ケン・フォレット

大聖堂――果てしなき世界〔中〕

ソフトバンク文庫

WORLD WITHOUT END (Vol.Ⅱ)

by Ken Follett

主要登場人物

マーティン……………………………建築職人
カリス……………………………………羊毛商人
グウェンダ……………………………労働者
ウルフリック…………………………グウェンダの夫
フィルモン……………………………グウェンダの兄
エドマンド……………………………カリスの父親。羊毛商人
ペトラニッラ…………………………エドマンドの姉
エルフリック…………………………建築職人
ラルフ……………………………………マーティンの弟。ウィグリー領主
アラン……………………………………ラルフの部下の兵士
グレゴリー・ロングフェロウ……法律家
マティ・ワイズ………………………治療師
エリザベス・クラーク……………司教の娘
タム・ハイディング…………………無法者
トマス……………………………………修道士
メアー……………………………………修道女
フライアー・マード………………托鉢修道士
ローランド……………………………シャーリング伯
ウィリアム……………………………ローランドの長男。カスター卿
リチャード……………………………ローランドの次男。司教
フィリッパ……………………………ウィリアムの妻
ソール・ホワイトヘッド…………森の聖ヨハネ修道院長
セシリア………………………………キングズブリッジ女子修道院長
ゴドウィン……………………………キングズブリッジ修道院長
ロイド……………………………………助祭長
アンリ……………………………………司教

第三部　一三三七年六月～十二月（承前）

28

ウルフリックはまた眠ってしまった。だが、隣りにいるグウェンダはそれどころではなかった。激しく気持ちが昂《たか》ぶっていた。半ばアネットを装わなくてはならなかったけれど、そんなことはどうでもいい。彼はあんなに飢えたようにセックスをし、そのあと、とても優しく、そして感謝を込めてキスしてくれた。おかげで、彼が永遠に自分のものになったような気がしたのだから。

心臓の鼓動が緩やかになり、気持ちも落ち着いてくると、グウェンダは彼の相続のことを考えた。まだ諦《あきら》めたくない。いまとなってはなおさらだ。外が白みはじめるなかで、必死で思案を巡らせた。何とかする方法はないだろうか。そして、目を覚ましたウルフリックに告げた。「わたし、キングズブリッジへ行ってくるわ」

「なぜ?」

「これからでもあなたが相続できる方法を探すためよ」

「どうやって？」

「わからない。でも、ラルフはあの土地をまだだれにも与えていないんだから、いまでもチャンスはあるはずよ。本来はあなたが相続すべき土地だし、あなたはそれに値するわ。あんなに働いて、あんなに苦労したんだもの」

「それで、どうするつもりなんだ？」

「兄のフィルモンに会うつもりよ。こういうことは、兄のほうがわたしたちより詳しいもの。何をする必要があるかをきっと知ってるわ」

ウルフリックが妙な顔でグウェンダを見た。

「何？　どうしたの？」

ウルフリックがいった。「きみは本当にぼくを愛してくれているんだな」

グウェンダは微笑した。幸せが満ちた。「もう一度しましょうか？」

翌朝、彼女はキングズブリッジ修道院にいて、菜園のそばの石のベンチに腰掛け、フィルモンを待っていた。ウィグリーからはるばる歩いてくるあいだに、日曜の夜のことを逐一反《はん》芻《すう》し、身体の喜びを噛みしめながらも、彼の言葉を訝《いぶか》った。ウルフリックはわたしを愛しているとはまだいってくれていない。でも、「きみは本当にぼくを愛してくれているんだな」とはいった。それに、わたしが彼を愛していることを喜んでいたみたいだ。もっとも、わたしの情熱の激しさにちょっと戸惑っているようではあったけれど。

何としても、彼の生得《しょうとく》の権利を取り戻してやりたかった。彼のために、そして、自分のために、二人のために、その権利を奪い返したかった。たとえ彼が自分の父親のジョビーのように土地を持たない労働者に身を落としたとしても、チャンスさえ与えられれば、わたしは彼と結婚する。だけど、彼にとっても、わたしにとっても、労働者なんかに落ちぶれないほうがいいに決まっている。絶対にあの土地を他人には譲らない。

フィルモンが妹を迎えようと修道院から出てくるのを見たとき、彼が修練士の緑のローブをまとっていることに、グウェンダはすぐに気がついた。「ホルガー！」それにびっくりして、彼女は思わず兄の本名を呼んだ。「あなた、修練士になったのね——ずっとなりたがっていたものに！」

フィルモンは誇らしげな笑みを浮かべ、昔の本名を使われたことに腹を立てる様子もなかった。「ゴドウィンが修道院長になって最初にしたことの一つだよ」と、彼はいった。「彼は素晴らしい男だ。彼に仕えるのは名誉だよ」そして、妹の隣りに腰を下ろした。穏やかな秋の日で、曇ってはいるものの、空気は乾いていた。

「勉強の進み具合はどうなの？」

「まあ、徐々にというところかな。大人になってから読み書きを憶えるのは一苦労だ」フィルモンが顔をしかめた。「子供たちのほうがよっぽど進むのが早い。でも、何とかラテン語の主の祈りを書き写せるようになったんだぞ」言葉遣いも修練士らしくなっていた。

グウェンダは羨《うらや》ましかった。彼女自身は自分の名前も書けなかった。「すごいじゃない！」兄は修道士になるという生涯の夢を実現しつつある。修練士になったら、そもそもは自分が無価値な人間だという思いに起因する、狡《ずる》さや悪賢さも影を潜めるのではないだろうか。

「でも、おまえはどうなんだい」と、フィルモンが訊いた。「どうしてキングズブリッジへきたんだ?」

「ラルフ・フィッツジェラルドがウィグリーの領主になったのを知ってる?」

「ああ、知ってるよ。彼はいま、この町にきてる。ベル・インに泊まって、あそこを大儲けさせてるよ」

「彼はウルフリックが父親の土地を相続するのを認めないのよ」グウェンダは兄に事情を説明した。「その決定に異議を申し立てられるかどうか、それを知りたいの」

フィルモンが首を振った。「結論からいえば、答えはノーだな。もちろん、ウルフリックはシャーリング伯に訴え、その決定を覆してほしいと頼むことはできる。だけど、伯爵は個人的な利害がない限り介入しないんじゃないかな。その決定が不当だと思ったとしても――まあ、明らかに不当だが――自分が任命した領主の権威を貶《おとし》めようとはしないだろう。だけど、おまえにはどういう利害があるんだ? ウルフリックはアネットと結婚するんだろ?」

「ラルフがその決定を下したとたんに、アネットはウルフリックを袖にしてビリー・ハワードと結婚したわ」

「そして、おまえがウルフリックと一緒になるチャンスが出てきたということか」

「たぶんね」グウェンダは自分が赤くなるのがわかった。

「どうしてわかるんだ？」フィルモンが抜け目なく訊いた。

「わたし、彼の弱みにつけこんだの」グウェンダは白状した。「アネットがほかの男と結婚して動揺している隙に、身体の関係を持ったのよ」

「そのぐらいは別に気にする必要もないんじゃないか。われわれのように貧乏に生まれた者は、知恵を働かさなければ欲しいものを手に入れられないからな。良心が咎《とが》めるなんていうのは、余裕のある人間の特権だよ」

グウェンダは兄のそういう考えを聞きたくなかった。彼は子供のころに辛さと困難を強いられた者は何をしても許されると思っている節があった。だが、グウェンダにはそれよりもウルフリックの問題のほうが大事だった。「わたしにできることは本当に何もないの？」

「いや、そうはいってない。シャーリング伯に訴えても無駄だといっただけだ。でも、ラルフを説得することはできるかもしれない」

「わたしじゃ無理ね。それは間違いないわ」

「わからないけど、ゴドウィンの従姉妹《いとこ》のカリスに相談してみたらみたらどうかな。おまえとは幼馴染《おさななじ》みなんだし、できることがあれば協力してくれるだろう。それに、彼女はラルフの兄のマーティンと恋仲だろう。もしかしたら、彼が何か考えつくかもしれない」

どんな希望でも、まったくないよりはいい。グウェンダは立ち上がった。「これからカリスに会いに行くわ」そして兄の額にさよならのキスをしようと身を乗り出したが、いまの彼はそういう接触を禁じられているのだと気がついて思いとどまり、握手に切り替えた。兄と妹の間柄なのに握手をするのは、何だか他人行儀で妙な感じだった。

「おまえのために祈るよ」と、フィルモンがいった。

カリスの家は修道院の門の向かいだった。グウェンダが入っていったとき、玄関広間にはだれもいなかったが、エドマンドがいつも仕事で使っている客間で声がしていた。カリスは父親と一緒だと、料理人のタティが教えてくれた。グウェンダは腰を下ろし、焦《じ》れったさをこらえられずに貧乏揺すりを始めた。やがて、扉が開いた。

エドマンドが男と一緒に出てきた。グウェンダの知らない男で、背が高く、鼻が横に広がっていて、それが傲慢《ごうまん》な印象を与えていた。エドマンドがグウェンダに気づき、愛想よくうなずいてから、男にいった。「修道院まで送りましょう」

二人の後ろから出てきたカリスが、グウェンダに抱きついた。「あの人はだれなの？」二人が出ていったとたんに、グウェンダは訊いた。

「グレゴリー・ロングフェロウよ。ゴドウィン修道院長が雇った法律家なの」

「何のために法律家なんか雇ったのかしら」

「ローランド伯爵が修道院の石切場から切り出した石の搬送を止めて、荷馬車一台について一ペニーの通行料を要求してるの。それで、ゴドウィンが国王に訴えようとしているってわけなの」

「あなたも関係してるの？」

「橋がなくては町はその税金を払えないと主張すべきだというのが、グレゴリーの考えなの。

それが国王を説得するいちばんいい方法なんだって。それで、父がゴドウィンと一緒に、国王の開く最高法院で証言することになったのよ」

「一緒に行くの?」

「行くわよ。ところで、どうしてここにきたの?」

「わたし、ウルフリックと寝たわ」

カリスが笑みを浮かべた。「ほんと? とうとうやったわね! それで、どうだった?」

「素晴らしかったわ。彼が眠っているあいだ、一晩じゅう隣りにいたの。そして……目を覚ました彼を……説得したのよ」

「もっと聞かせて。何から何まで詳しく知りたいわ」

グウェンダはすべてを語った。そして最後に、ここへきた本当の目的を伝えたくて逸《はや》る気持ちを抑えていった。「でも、あなたにも同じような話があるんじゃないの? 何だかそんな気がするんだけど」

カリスがうなずいた。「わたしもマーティンと寝たわ。結婚はしたくないといったら、彼ったらあのでぶのベシー・ベルのところへ行ったのよ。わたし、あの女がでっかい胸をマーティンに突き出して見せてるんじゃないかと思ってひどく動揺したものだから、彼が帰ってきたときはうれしくて、寝ないではいられなかったのよ」

「よかった?」

「とってもよかったわ。これまでで最高の経験だった。しかも、どんどんよくなってるわ。

実はわたしたち、できるときはいつでもしてるのよ」

「妊娠したらどうするの？」

「そんなこと、考えてもいないわ。それに、妊娠したってかまわない。一度――」カリスが小声になった。「森の池で水浴びをしたの。そのとき、彼が舐《な》めてくれたの……わたしのあそこをね」

「まあ、なんてことを！　でも、どんな感じだった？」

「素敵だったわ。彼もそうするのが好きになったみたいよ」

「あなたは彼に同じことをしてあげなかったの？」

「もちろん、してあげたわよ」

カリスがうなずいた。「そのまま射精したわ」

「でも、彼は……？」

「まずくなかった？」

カリスが肩をすくめた。「おもしろい味だったわ……でも、その瞬間って、とても刺激的で興奮するわよ。それに、彼もとてもよかったみたい」

グウェンダはびっくりし、同時に興味を持った。わたしもウルフリックに同じことをしてあげるべきかもしれない。水浴びをしてもいい場所はわかっている。どの道からも遠い、森のなかの小川だ……。

カリスがいった。「でも、ウルフリックの話をしにはるばるやってきたわけじゃないんでしょ？」

「もちろんよ。彼の相続のことできたの」グウェンダはフルフの決定を説明した。「マーティンなら、ラルフを説き伏せて考えを変えられるんじゃないかって、フィルモンが教えてくれたの」

カリスが悲観的に首を振った。「それはどうかしらね。あの二人は諍《いさか》いの最中だもの」

「そんな！」

「石切場から出る荷馬車を止めたのはラルフだったの。運の悪いことに、マーティンがたまたまその現場に居合わせたのよ。そして、その場で揉《も》めごとが起こって、ベン・ウィーラーが伯爵の部下の荒くれ者を殺してしまい、ラルフがベンを殺したの」

グウェンダは息を呑んだ。「それはリブ・ウィーラーが二歳の子供と残されたってことじゃないの！」

「そして、幼いベニーは父親を失ったわ」

グウェンダはリブのために、そして、自分自身のために落胆した。「そういうことなら、いくら兄だといっても、マーティンの影響力は期待できないわね」

「とにかく、マーティンに会いましょうよ。今日は島で仕事をしてるから」

二人は家を出て、大通りを川岸へ向かった。グウェンダは消沈していた。だれに聞いても可能性はほとんどないという。あんなに不当な仕打ちなのに。

イアン・ボートマンの舟で川を渡りながら、カリスが古い橋の代わりに新しい橋を二つ架けることになり、あの島を中間地点にすると決まったのだと説明した。

島へ着くと、マーティンは十四歳のジミーを助手にして、新しい橋の橋台の地取りをしていた。彼が使っている物差しは男の背丈の二倍以上ある鉄の棒で、基礎を掘る場所の目印として、岩がちの地面に先の尖《とが》った杭を打ち込んでいるところだった。

グウェンダはカリスとマーティンがキスをするのを見つめて思った——以前の二人とは違うわね。お互いの肉体がこれまでになく親密に気を許しているように見える。わたしがウルフリックに感じているのと同じ親密さだ。彼の身体は魅力的だけど、それだけではなくて、彼女の身体が楽しんでいるのがわかる。あたかも彼の身体が彼女の身体の一部であるかのようだ。

二本の杭のあいだを撚《よ》り紐で結ぶ作業を終えると、マーティンが道具を片づけるようジミーに指示した。

グウェンダはいった。「石がなかったら仕事にならないんじゃないの?」

「それでも、準備はできるからね。それに、石工は一人残らず石切場へ送り込んで、石の切り出しと整形をさせているんだ。ここにいても、することがないからね。石の蓄えをしているんだよ」

「そうね、そうしておけば、最高法院で勝ったとたんに工事にかかれるものね」

「心からそう願ってるよ。とにかく、裁判にどのくらい時間がかかるのか、それ次第なんだ。さらに、気候にもよるな。冬のさなかには霜でモルタルが凍ってしまう恐れがあるから、工事ができないからね。普段は十一月の半ばごろには仕事をやめるんだよ」マーティンが空を見た。「でも、今年はもう少し遅くまでできるかもしれないな。雨雲が地面を温めていてくれるからね」

グウェンダはここへきた用件を伝えた。

「助けてあげたいのは山々だよ」マーティンがいった。「ウルフリックはきちんとした男だし、あの喧嘩は全面的にラルフに非があったからね。でも、いまは仲違《なかたが》いしてるからな。あいつに何か頼むとしたら、その前に仲直りしなくちゃならない。だけど、あいつがベン・ウィーラーを殺したことだけは絶対に許せないんだ」

三つ目の悲観的な答えね。グウェンダは気持ちが沈んだ。わたしはそもそも無理なことをしようとしているのかもしれない。

カリスがいった。「あなたが自分でやるしかないかもしれないわね、グウェンダ」

「そうね、わたし一人でもやるわよ」彼女はきっぱりと答えた。そろそろ人に助けを求めるのはやめて、自力を頼むべきときだ。いままでだって、ずっとそうやって生きてきたじゃないの。「ラルフはこの町にいるのよね?」

「ああ、いるよ」マーティンが答えた。「両親に昇進の報告にきたんだ。この州で彼の昇進を喜ぶのは両親ぐらいしかいないからね」

「でも、彼はご両親の家には滞在してないんでしょ?」

「大物になったから、あんな家には泊まれないのさ。いまはベル・インにいるよ」

「彼を説得するとしたら、いちばんいい方法は何かしら」

マーティンがしばらく考えて答えた。「ラルフは両親を不面目だと感じてる。騎士《ナイト》だったのに、修道院に養ってもらうまでに落ちぶれたことをね。だとしたら、自分の社会的地位を拡大できると思えることなら何でもするはずだ」

イアン・ボートマンの舟で町へ戻るあいだも、グウェンダはそれを考えつづけた。ラルフの地位が上がるように思われる形で要請をするとすれば、わたしにできることは何だろう。午後の三時ごろだった。彼女はカリスやマーティンと一緒に大通りを上っていった。マーティンはカリスの家で食事をすることになっていて、カリスはグウェンダも一緒にどうかと誘った。だが、グウェンダは何を置いてもラルフに会いたかったので、招きを断わってベル・インへ向かった。

ラルフは二階のいちばんいい部屋にいると、給仕の男の子が教えてくれた。客の大半は相部屋が普通だったが、ラルフは自分の新たな地位を強調しようと、丸まる一部屋を借り切っていた。だけどその料金は、とグウェンダは苦い気持ちになった。ウィグリーの農民の貧しい収穫のなかから払われるんだわ。

彼女は扉をノックしてなかへ入った。

ラルフは同行している騎士見習《スクワイア》いと一緒だった。アラン・ファーンヒルは十八歳ぐらいか、肩幅ががっちりと広く、顔の小さい若者だった。二人が坐っているテーブルにはエールの入った水差しが置かれ、牛の関節の肉が湯気を立てていた。食事が終わろうとしているところらしく、ともにすっかり満ち足りた顔をしていた。あまり酔っていないといいんだけど、とグウェンダは願った。酔っぱらった男は女とまともな話なんかしない。ひたすら猥褻《わいせつ》な言葉を吐いて、それを面白がって下品に笑うだけだ。

　ラルフが覗《のぞ》くようにしてグウェンダを見た。部屋の明かりが十分でないのだ。「おまえはおれの農民の一人だな？」

「いいえ、違います。でも、そうなりたいと願っています。わたしはグウェンダといいます。父は土地を持たない労働者のジョビーです」

「グウェンダ？　子供のときに、あの森にいたグウェンダか？　村から遠く離れたここで何をしているんだ？　今日は市の日ではないだろう」

　ラルフの顔がもっとよく見えるように、グウェンダはさらに一歩なかへ入った。「ウルフリックのことでお願いに上がったのです。いまは亡きサムエルの息子のウルフリックです。彼がかつてあなたに無礼を働いたのは知っています。でも、あれ以来、彼はじっと苦しみに耐えてきました。両親も兄も橋が落ちたときに死に、家族の全財産が失われました。そしていま、許嫁《いいなづけ》だった女性はほかの男性と結婚してしまいました。彼があなたに働いた無礼を、そうやって神が手酷《てひど》く罰せられたのかもしれません。もしあなたがそうお思いなら、そろそろ慈悲を施してやってもらえないでしょうか」そして、マーティンの助言を思い出して付け加えた。「慈悲は真の貴人の特質です。どうか、それをお示しください」

　ラルフがいかにも満腹だというようにげっぷをし、ため息をついた。「ウルフリックの相続について、どうしておまえがそんなに心配しなくてはならないんだ？」

「彼を愛しているのです。アネットに拒絶されたいま、彼はわたしと結婚してくれるかもしれません——もちろん、あなたの寛大な許しがあればですが」

「もっと近くへこい」ラルフが命じた。

グウェンダは部屋の真ん中へ移動し、彼の前に立った。

ラルフの目が、舐めるように彼女の身体を見た。「美人とはいえんが、おまえには何かがある。処女か？」

「そんな……あの……わたしは……」

「処女であるはずがないよな」ラルフが哄笑《こうしょう》した。「もうウルフリックとは寝たのか？」

「そんなことはしていません！」

「嘘をつくな」ラルフがにやりと、おもしろそうに笑みを浮かべた。「さて、最終的にウルフリックに父親の土地を相続させるとしたらどうなるんだ？　もしかしたら、おれはそうすべきかもしれん。そのときはどうなるんだ？」

「ウィグリーはもとより、世界じゅうの人から真の貴人と呼ばれるでしょう」

「世界なんかどうでもいい。おまえはおれに感謝するのか？」

グウェンダはぞっとした。ラルフがどういうつもりなのか、見当がついてきた。「もちろん、心から感謝します」

「それをどういう形で表わしてくれるんだ？」

グウェンダは出口のほうへ後ずさった「恥ずかしくないことなら何でもします」

「着ているものを脱いでみせるか？」

嫌な予感が的中した。やっぱりそういうことなのね。「それはできません」

「なるほどな。しかし、それができないのなら、十分な感謝を表わしたことにならんな」

グウェンダは扉に手を伸ばして取っ手をつかんだ。だが、出てはいかなかった。「あの……わたしに何を望んでおられるのですか？」

「おまえの裸を見せてもらいたいんだよ。そのあとで、ウルフリックの問題の結論を出そうじゃないか」

「いま、ここでですか？」

「そうだ」

グウェンダはアランを見た。「あの人の前で？」

「そうだ」

こいつらに裸を見せてやるぐらいどうってことはないんじゃないの、とグウェンダは自分を叱咤《しった》した。それでウルフリックが相続権を取り戻せるなら、そのほうがいいに決まっている。

彼女はためらいなくベルトを外すと、着ているものをあっさりと脱いだ。そして、それを片手に持ち、もう一方の手で扉の取っ手を握りつづけながら、傲然《ごうぜん》とラルフを見据えた。ラルフは物欲しげな嫌らしい目で彼女の裸を眺めていたが、やがて、にやりと勝ち誇った笑みを浮かべてアランを見た。ラルフはほかのことについてもそうだが、力を誇示するにはこういうやり方しか知らないのだ、とグウェンダは悟った。

ラルフがいった。「面《つら》は不細工だが、胸は立派じゃないか――どうだ、アラン？」

アランが応じた。「あなたのところへ行くのに乗り越えなくちゃならないほどでかくはないですがね」

ラルフが笑った。

グウェンダはいった。「これでわたしのお願いを聞いてもらえるんでしょうか」

ラルフが自分の股間を撫《な》ではじめた。「おれと寝ろ。ベッドならそこにある」

「お断わりします」

「処女でもないくせに、いまさら何を気取ってるんだ――ウルフリックとはもうやったんだろう」

「いやです」

「土地のことを考えるんだな――九十エーカーだぞ。あいつの父親の土地全部だ」

グウェンダは思案した。同意すれば、ウルフリックがどうしても欲しいものが手に入る。そして、わたしたちは豊かな人生を望めるようになる。もし拒否しつづけたら、ウルフリックは土地を持たない労働者になるしかなく、ジョビーのような人生を送って、子供を養うために苦闘しなくてはならなくなり、しばしばそれもままならないはめに陥ることになる。

それでも、決心はつかなかった。ラルフは不愉快で、執念深くて、荒くれたけちな男だ。

兄のマーティンとは大違いだ。背が高くて、顔立ちがちょっと整っているからといって、そんなの何の意味もない。嫌いな男と寝るなんて、そこまで自分を卑しめたくはない。

きのうウルフリックと愛を交わしたせいもあって、ラルフとセックスするなど、考えただけでますます虫酸《むしず》が走った。ウルフリックと親密で幸せな夜を過ごしたあとで、ほかの男と同じことをするのはおぞましい裏切りでしかない。

そんなに強情を張ってどうするの、とグウェンダは自分を叱った。たった五分の辛抱じゃないの。これからの人生を棒に振るつもりなの？　彼女は母のことを、幼くて死んだ赤ん坊たちのことを、そして、自分とフィルモンがやむなく盗みを働いたことを思い出した。わずか数分の我慢を嫌って、これから生まれてくる赤ん坊に一生辛い思いをさせるほうがいいの？　一度だけ、ラルフに身を任せればすむことじゃないの。

彼女が迷っているあいだ、ラルフは沈黙を通した。なかなか賢いというべきだった。何かいえば彼女の反発を強くするだけだから、黙っているほうがいいとわかっているのだ。

「お願いです」グウェンダはようやくいった。「それだけは許してください」

「そうか」ラルフが応じた。「それでいいんだな」

「そんなことをするのは罪《シン》です」グウェンダは必死だった。罪などという言葉は滅多《めった》に使わなかったが、いまはそれでラルフを動かせるかもしれないと考えたのだった。「あなたがそういうことをいわれるのも罪ですし、わたしが同意するのも罪です」

「罪は赦《ゆる》される」

「お兄さんはどう思われるでしょう」
一瞬、ラルフがためらう様子で沈黙した。
「お願いです」グウェンダは懇願した。「ウルフリックの相続を認めてください」
ラルフの顔がふたたび厳しくなった。「おれは決めたぞ。もうそれを覆すつもりはない
——おまえがおれを説得できないかぎりはな。それから、〝お願い〟は何の役にも立たない
といっておこう」その目はぎらぎらと欲望に光り、口が開いて息遣いが少し荒くなり、髭の
奥の唇が濡れていた。
グウェンダは手にしていたドレスを床に落とすと、ベッドへ向かった。
「マットレスに四つん這いになれ」ラルフが命じた。「違う、顔は向こうだ」
グウェンダはいわれたとおりにした。
「こっち側のほうが眺めがいいからな」とラルフがいい、アランがけたたましく笑った。あ
の男は見物するつもりなんだろうかとグウェンダが考えていると、ラルフがいった。「おま
えは邪魔だ」直後に、扉の閉まる音がした。
ラルフがグウェンダの後ろに膝をついた。彼女は目を閉じ、赦しを乞うて祈った。太い指
が彼女を探ったと思うと、唾を吐く音が聞こえ、今度は濡れた手が彼女を撫でた。やがて、
ラルフが入ってきた。グウェンダは恥辱に呻《うめ》いた。
ラルフはその声を誤解したらしかった。「これが好きなのか、え？」
どのぐらい辛抱すればいいのだろう、とグウェンダは考えた。ラルフの腰がリズミカルに

動き出した。不快をやわらげるために、彼女もその動きに合わせた。ラルフが勝ち誇ったように笑った。グウェンダがその気になって興奮していると勘違いしているのだった。グウェンダが何より恐れたのは、これでセックスそのものが嫌いになるのではないかということだった。この先、ウルフリックと寝るときにこの悪夢が蘇《よみがえ》るのではないか。

しばらくすると、おぞましいことに腰のあたりが熱くなり、快感が広がりはじめた。恥ずかしさのあまり、顔が赤くなるのがわかった。嫌悪しか感じていないはずなのに、身体がグウェンダを裏切っていた。彼女の内部が濡れはじめ、その変化を感じ取ったラルフの腰の動きが速くなった。グウェンダはそんな自分が嫌になり、ラルフの動きに合わせるのをやめた。しかし、ラルフはしっかりと彼女の腰をつかみ、出し入れを交互に繰り返した。グウェンダになすすべはなかった。森でアルウィンに犯されたときの絶望が蘇った。あのときもいまと同じように、自分の身体が木の彫り物のようになればいいと思った。感覚も感情もなくなってほしかった。しかし、あのときもいまも、身体は意志に反して反応していた。

あのときは、アルウィンのナイフで彼を殺すことができた。

しかし、ラルフはそうはいかなかった。たとえ殺したくとも、彼はグウェンダの後ろにいた。彼を見ることもできなかったし、身体の自由もほとんどきかなかった。グウェンダはラルフの手の内にあった。彼が絶頂に近づいているのを感じて、彼女はほっとした。もうすぐ終わる。それに呼応するかのように、なかに入っているものがさらに大きくなったような気がした。グウェンダは力を抜き、何も考えまいとした。万に一つ自分も絶頂に達したら、こんな恥辱はない。ラルフが自分のなかで射精するのを感じて、彼女は身震いした。歓びなどではない、嫌悪の身震いだった。

ラルフがため息を漏らし、ごろりと横になった。

グウェンダは起き上がると、急いでドレスを着た。

「思っていたよりもよかったな」ラルフが褒め言葉でも与えているかのような口調でいった。

グウェンダは部屋を出て、力任せに扉を閉めた。

翌日曜日、教会へ行く前に、土地管理人のネイサン・リーヴがウルフリックの家にやってきた。グウェンダとウルフリックは台所に坐っていた。朝食をすませ、部屋の掃除を終えて、ウルフリックは革のズボンを縫い、グウェンダは紐でベルトを編んでいるところだった。二人とも、明かりを求めて窓際にいた――また雨が降りはじめていた。

グウェンダは納屋に住んでいる振りを装っていた。そうしておけば、ファーザー・ガスパードの機嫌を損じなくてすむからだが、実は毎晩ウルフリックと一緒に過ごしていた。彼は依然として結婚を口にせず、グウェンダをがっかりさせていた。それでも、正規の手続きがすんだらすぐに結婚するつもりの人々がしばしばそうするように、二人も多かれ少なかれ夫と妻として暮らしていた。貴族や紳士の階級にはそんなだらしない真似は許されなかったが、農民の場合は黙認されるのが普通だった。

恐れていたとおり、グウェンダは彼とセックスすると妙な気分になった。ラルフを頭から締め出そうとすればするほど、その存在が大きくなった。幸いなことに、ウルフリックはそれに気づいていなかった。彼があまりに真剣に、あまりに喜んで愛してくれるおかげで、そのあいだは、完全にというわけではなかったが、彼女も後ろめたさを忘れられた。

それに、結局はウルフリックが一家の土地を相続するのだという慰めがあった。それがすべてを埋め合わせてくれた。もちろん、彼に打ち明けるわけにはいかなかった。なぜなら、何があってラルフが考えを変えたのかを説明しなくてはならなくなるからだ。フィルモン、カリス、マーティンとの話の内容は教えたし、ラルフに会ったことも偶然のようにして部分的に明らかにし、彼が再考してくれると約束したといってはあった。それでウルフリックは希望を持ったが、勝ったという感じではなかった。

「二人とも、すぐに領主の屋敷へ行くんだ」ネイサンが濡れた顔を扉から突き出していった。

「ラルフ卿が何の用かしら？」グウェンダは訊いた。

「行かなくてもいいんだぞ。話し合いの議題がおまえたちの利害に関するもので、出席しないと芳《かんば》しくない結果になってもいいのならな」ネイサンが皮肉で応じた。「くだらんことを訊かないで、黙って行けばいいんだ」

グウェンダは毛布を頭からかぶって家を出た。いまも外套を持っていなかったのだ。ウルフリックには作物を売った代金があったから、外套ぐらいは買えるのだが、借地相続税の足しにしようと節約しているのだった。

二人は雨のなかを領主の屋敷――貴人の城の小型版で、長テーブルを備えた大きな広間があり、ソーラーと呼ばれる領主専用の部屋を備えた小さな二階がついていた――へ急いだ。いまの屋敷が男だけに占領されているのが明らかで、壁にタペストリーはなく、床に敷いた藁からは鼻をつく悪臭が漂い、新しくやってきた者たちに犬が吠えかかり、鼠が食器棚の上でその表面を齧《かじ》っていた。

ラルフはテーブルの上座に席を占め、アランを右隣りに置いて坐っていたが、グウェンダを見たとたんに意味ありげな笑みを浮かべた。だが、彼女としては無視する以外にすべがなかった。まもなく、ネイサンが入ってきた。その後ろに、狡猾なでぶのパーキンが卑屈に揉み手をし、脂ぎった頭をぺこぺこ下げながらつづいていた。義理の息子になりたてのビリー・ハワードも一緒だった。ビリーがちらりと、勝ち誇った目でウルフリックを見た――おれはおまえの女をものにし、今度はおまえの土地を頂戴するから、そのときになって驚くなよ、といっているかのようだった。

ネイサンがラルフの左隣りに着席した。ほかの者は立ったままだった。

グウェンダはこのときを待ち焦がれていた。自分の犠牲がようやく報われるのだ。ついに土地を相続できるとわかったときの、ウルフリックの表情を見たくてたまらなかった。きっと狂喜するに違いない。そして、それはわたしも同じだろう。二人の未来がついに安定するのだ。少なくとも、天候の予測がつかず、作物の値段が変動する世界で、可能なかぎりの安定がもたらされるということだ。

ラルフが口を開いた。「三週間前、私はサムエルの息子のウルフリックが父親の土地を相続することを、若すぎるという理由で認めなかった」ゆっくりとした、重々しい口調だった。この男はこういうのが大好きなんだわ、とグウェンダは思った。テーブルの上座に坐り、満座注視のなかで裁定をいい渡すのが。「それ以来、ウルフリックはその土地で仕事をしつづけている。その間、私はいまは亡きサムエルのあとをだれに引き継がせるべきか考えてきた」彼は一呼吸おいてからいった。「そしていま、ウルフリックを拒絶したことを疑うに至った」

パーキンが驚きを顔に表わした。自分が引き継ぐものと自信満々だっただけに、衝撃を受けたようだった。

ビリー・ハワードが口走った。「どういうことですか、おれはてっきりネイトが――」とたんにパーキンにつつかれて、彼は口を閉ざした。

グウェンダは勝利の笑みを抑えられなかった。

ラルフがつづけた。「若いとはいえ、ウルフリックは能力を示してみせている」

パーキンがネイサンを睨《にら》んだ。土地はパーキンのものだとネイサンが約束していたに違いない、とグウェンダは推測した。もしかしたら、もう賄賂《わいろ》を渡してしまったのかもしれない。

ネイサンもパーキンに負けず劣らずショックを受けていた。彼は一瞬あんぐりと口を開けてラルフを見、それから困惑した顔でパーキンを見て、最後に疑わしげにグウェンダを見た。

ラルフが付け加えた。「そして、グウェンダは骨身を惜しまず彼を支援している。彼女の強さと誠実さに、私はいたく感銘を受けた」

ネイサンがふたたび、今度は意味ありげにグウェンダを見た。彼が何を考えているか、グウェンダには手に取るようにわかった。わたしが介入したことに気づき、どうやってラルフの考えを変えさせたのかを訝っているのだ。もしかしたら、正しい推測をしているのかもしれない。でも、たとえそうだとしてもかまわない。ウルフリックにさえ知られなければいいのだ。

不意にネイサンが腹を決めた様子を見せた。彼は立ち上がると、曲がった背中をよじってテーブルに身を乗り出し、ラルフに小声で何事かを告げた。

「本当か？」ラルフが普段の声に戻って訊いた。「いくらだ？」

ネイサンがパーキンに向かって何かをささやいた。

グウェンダは声を上げた。「ちょっと待ってください！　何をこそこそ話してるんですか」

パーキンが腹立たしげな顔をしたが、渋々いった。「わかった、いいだろう」

「何がいいんですか」グウェンダはいやな予感がした。

「二倍だな？」ネイサンがいった。

パーキンがうなずいた。

グウェンダは恐怖に囚《とら》われた。

ネイサンが全員に聞こえる声でいった。「パーキンから通常の二倍の借地相続税を支払うとの申し出があった。つまり、五ポンドを払うということだ」

ラルフがいった。「それなら話は変わってくる」

グウェンダは悲鳴を上げた。「そんな馬鹿な！」

ウルフリックが初めて発言した。「借地相続税は慣習法で規定されています。それは荘園の文書に記録されているはずです」彼はゆっくりと、少年が大人になりはじめたときの声でいった。「交渉で決めるべきものではありません」

ネイサンが即座に反応した。「借地相続税は変更が可能だ。ドゥームズデイ・ブック（ヘンリー一世が一〇八六年に作らせた土地台帳）には、変更不可能だとは書いてない」

ラルフがいった。「おまえたちは法律家か？　そうでないのなら黙れ。借地相続税は二ポンドと十シリングだ。それ以外の金については、おまえたちの知ったことではない」

グウェンダは恐怖とともに気づいた――ラルフはわたしとの約束を反故《ほご》にする気なのだ。彼女は低いゆっくりとした声で、しかし非難を込めて、はっきりといった。「あなたはわたしに約束してくれたじゃありませんか」

「どうして私がそんなことをするんだ？」ラルフが訊いた。

それはグウェンダが正直に答えられない質問だった。「わたしがあなたにお願いしたからです」彼女は力なくいった。

「そして、私は再考するといった。だが、約束はしていない」

わたしはあの男にそこまで見くびられているの？　グウェンダはラルフを殺してやりたかった。「いいえ、約束されました！」

「領主は農民と取引などしない」

グウェンダは言葉を失い、ラルフを睨みつけた。すべては無駄だったのだ。キングズブリッジまでの長い旅も、ラルフとアランの前で裸を晒《さら》す屈辱に耐えたのも、ラルフのベッドで恥ずべき行為を我慢したのも、何の役にも立たなかったのだ。彼女はラルフに向かって指を突き立て、苦い声で吐き捨てた。「神があんたを地獄へ落とされるでしょうよ、ラルフ・フィッツジェラルド！」

ラルフが青ざめた。純粋に不当な扱いを受けた女の呪いは強力だと知られていた。「口を慎め」と、彼はいい返した。「あらぬことを口走る魔女は罰してもいいんだぞ」

グウェンダは引き下がった。女であれば、そういう脅しを軽々しく受け流すわけにはいかなかった。魔女だと決めつけるのは簡単だが、それを覆すのは難しい。それでも、一言いわずにはいられなかった。「この世での裁きを逃れても、来世で裁きを受けるんだわ」

ラルフがそれを無視してパーキンに向き直った。「その金はどこにある？」

パーキンは現金のありかを人に教えなかったからこそ金持ちになれた男であり、たとえ相手が領主でもその鉄則を曲げなかった。「いますぐに取ってきます」

ウルフリックがいった。「行こう、グウェンダ。ここにはぼくたちにとっての慈悲はなさそうだ」

グウェンダは懸命に涙をこらえた。怒りが悲しみに変わった。あらゆる手を尽くしたのに、戦いに負けてしまった。彼女は惨《みじ》めな思いを悟られまいと、俯《うつむ》いて踵《きびす》を返した。

パーキンが声をかけた。「待て、ウルフリック。おまえは仕事が必要だろう——そして、おれには手助けが必要だ。おれのために仕事をしてくれ。一日に一ペニー払おうじゃないか」

ウルフリックは真っ赤になった。自分の一家が所有していた土地で、労働者として働くなどという申し出なんか受けられるか。そんなことをしたら恥の上塗りだ。

パーキンが付け加えた。「グウェンダ、おまえもだ。おまえたちは二人とも若いし、しっかりしているからな」

意地悪をしているわけではなさそうね、とグウェンダは見てとった。彼は単純で、自分の利益の追求しか頭にない。だから、二人の若い労働者を雇い、併合した土地を耕やす手伝いをさせようと本気で考えているのだ。それがウルフリックにとって最大の屈辱だということなど気にもかけていない。あるいは、わからないのかもしれない。

パーキンがつづけた。「二人で仕事をすれば、週に一シリングになる。おまえたちにとっては大金だろう」

ウルフリックが苦々しげにいい返した。「何十年も自分の一家が持っていた土地で、労働者になって賃金をもらう？　そんな恥さらしな真似なんかできるはずがないだろう」そして、くるりと背中を向けて屋敷を出ていった。

グウェンダは彼のあとに従いながら途方に暮れた。わたしたち、これからどうすればいいんだろう。

29

ウェストミンスター・ホールは巨大で、いくつかの大聖堂の内部をもしのぐ広さを持っていた。奥行きも幅も人を畏怖させるほどで、恐ろしく高い天井は、上へ向かってどこまでも伸びる二列の円柱で支えられていた。そこはウェストミンスター宮殿で最も格式の高い部屋だった。

ローランド伯爵はここを完全にわがものにしているな、とゴドウィンは恨めしかった。伯爵と彼の息子のウィリアムは、洒落《しゃれ》た服装で尊大に振る舞っていた。伯爵はみな知り合いで、男爵の大半もそれは同じらしく、誰彼なく肩を叩き合って久闊《きゅうかつ》を叙し、冗談を飛ばしては楽しそうに笑い合っていた。ゴドウィンは彼らに、この部屋で開かれる法廷は、たとえおまえたちの身分がどんなに高かろうと死刑を宣告する力を持っているんだぞといってやりたかった。

ゴドウィンも彼に同行した者たちもみな押し黙り、言葉を交わすとしても小声で、内輪に限られていた。それが崇敬の念からではなく、場違いなところへきて神経質になっているからだということは、ゴドウィンも認めざるを得なかった。ゴドウィン自身も、エドマンドも、そしてカリスも、全員が疎外感を味わっていた。三人ともロンドンは初めてで、知っている人間といえばボナヴェントゥーラ・カロリだけだったが、いま、彼はロンドンを留守にしていた。そういうこともあって、まるで勝手がわからず、着ているものも流行遅れに思われたし、自分たちとしては大金だと思って持ってきた金も底を尽きかけていた。

エドマンドは表向き平然としていたし、カリスは上の空に見えた――まるでもっと大事な、しかし、ほとんどあり得ないことを考えているようだった――が、ゴドウィンは不安に苛《さいな》まれていた。選ばれたばかりの修道院長が、この国で最も位の高い人物と対峙《たいじ》しようとしているのだ。この問題を解決しなければ、キングズブリッジの町に未来はない。橋がなければ町は死んでしまう。イングランドの大都市の一つの心臓ともいうべき修道院が、小さな村の寂《さび》れた前哨《ぜんしょう》に落ちぶれ、修道士は数えるほどしかいなくなり、大聖堂は荒廃して、虚しく声が反響するだけになる。自分は手柄が灰燼《かいじん》に帰すのを見るために修道院長になろうと戦ったわけではない。

どんなに危険が伴うとしても、彼は主導権を握って支配したかったし、ほかのだれよりも頭が切れるという自信があった。そして、キングズブリッジではそのとおりだった。しかし、ここロンドンではまったく逆の思いに捕らわれ、その心許なさが彼を混乱させていた。

慰めはグレゴリー・ロングフェロウだった。大学時代からの友人であるグレゴリーは、法律家に打ってつけの鋭く抜け目のない頭脳を持っていた。最高法院によく馴染み、攻撃的に、さらに断固として、法律という迷宮のなかを過《あやま》つことなくゴドウィンを導いてくれた。グレゴリーはこれまでにも多くの請願を議会に提出していて、今回も、キングズブリッジ修道院の請願を行なっていた。もちろん、議会で議論が戦わされるわけではなく、大法官が監督する国王の諮問《しもん》機関、枢密院に渡されるのである。大法官が組織する法律家の一団――全員がグレゴリーの友人知己だった――は、その問題を国王の利害に関係した争いを処する最高法院に回してもよかったのだが、ふたたびグレゴリーが予見したとおり、彼らはわざわざ国王を煩《わずら》わせるまでもない些細《ささい》な問題だと判断して、この案件を普通裁判ではなく、民事で扱うことにしたのだった。

ここまで丸まる六カ月かかっていた。いまは十一月も下旬で、寒さが次第に募《つの》りつつあり、工事ができる季節はそろそろ終わろうとしていた。

今日、彼らはようやくサー・ウィルバート・ウィートフィールドの前に立った。ウィートフィールドは国王お気に入りの裁判官といわれていて、北部地方の男爵の次男だった。長男はその肩書きと土地を相続し、ウィルバートは聖職者としての訓練を受けて法律を学び、ロンドンへやってきて、最高法院で引き立てられたのである。彼は修道士よりも伯爵の側につく傾向があるとグレゴリーは警告したが、何をおいても国王の利害をいちばんに考える人物でもあった。

宮殿の東側の壁際、グリーン・ヤードとテムズ川を望む窓のあいだに一段高く設《しつら》えられた法廷に、ウィートフィールド裁判官が着席した。彼の前の長テーブルには、すでに二人の書記が坐っていた。訴訟当事者が坐る席はなかった。

「シャーリング伯は武装した部下を派遣し、キングズブリッジ修道院の所有する石切場を封鎖したのです」サー・ウィルバートが顔を向けるや、グレゴリーがすぐに切り出した。その声は怒りを装って震えていた。「その石切場は伯爵の領地内にあるのですが、二百年ほど前、ヘンリー一世王によってキングズブリッジ修道院に下賜《かし》されたものです。その譲渡証書の写しを法廷に提出してあります」

サー・ウィルバートは血色のいい白髪の美男子だったが、それは口を開くまでだった。話しはじめると、虫歯だらけの歯が露《あら》わになった。「その譲渡証書ならここにある」

ローランド伯爵が許可を求めることなく発言した。「修道士があの石切場を下賜されたのは、大聖堂を建てるためでした」うんざりだというような口調だった。

グレゴリーは即座に反論した。「しかし、その譲渡証書には、それ以外のいかなる目的にも使ってはならないとは書いてありません」

「いま、彼らは橋を架けたがっているのです」ローランドがいった。

「聖霊降臨日に崩落した橋を再建しようとしているのです。何百年も前に、国王の贈り物の材木を使って架けられた橋なのです！」グレゴリーは伯爵の一言一言に腹が立つといわんばかりだった。

「もともとあった橋の再建なら、許可は必要ない」サー・ウィルバートが遅滞なく答えた。

「それに、ここにある譲渡証書には、国王が大聖堂の建設を希望するとは書いてあるが、その教会が完成した後に彼らの権利が消滅するとも、石をほかの目的に使ってはならないとも書いてない」

ゴドウィンは元気づいた。裁判官は修道院の側についているらしい。しかも早々と。

グレゴリーが両腕を大きく広げ、掌《てのひら》を上に向けて、裁判官の発言はいかにも当然だというしぐさをした。「それに、実をいうと、キングズブリッジ修道院の歴代院長と歴代シャーリング伯のあいだには、三百年前から合意が成立しているのです」

それが完全な事実でないことをゴドウィンは知っていた。フィリップ院長の時代に、その譲渡証書を巡って争いがあったのである。しかし、サー・ウィルバートも、ローランド伯爵も、それを知らないはずだった。

ローランドの態度は堂々として、法律家との論争など自分の権威に関わるから適当にあしらっているのだといわんばかりだったが、それは人を欺《あざむ》くための策略で、実は本気でこの裁判に勝とうとしていた。「譲渡証書は修道院が税を逃れてもいいとはいっていません」

グレゴリーが反問した。「では、なぜ伯爵はいままでその税を課さなかったのですか」

ローランドはその答えを準備していた。「これまでの伯爵が税を免除したのは、それが大聖堂に寄与すると考えたからです。神を敬う敬虔《けいけん》な行ないだったのです。しかし、橋を架けるのは神を敬うこととも、敬虔さともまったく関係がありません。それなのに、修道院は税の支払いを拒否しているのです」

議論がいきなり方向を変えた。ずいぶん進み方が速いな、とゴドウィンは思った。何時間もかかりかねない修道士集会とは大違いだ。

グレゴリーが反撃した。「そして、石切場から石を運び出すのを伯爵の配下の人間が妨害し、哀れな荷馬車屋を一人殺しているのです」

サー・ウィルバートがいった。「そこまでのことになっているのなら、この争いはできるだけ早く解決しなくてはならないだろう。過去に伯爵が実際に自分の権利を行使したか否かにかかわらず、自分の領地内の道路、橋、渡り場を通過する場合には税を課する権利があるという彼の主張に対して、修道院はどう反論するのか、それを聞かせてもらいたい」

「石は伯爵の領内を通過しているわけではなく、もともとそこにあるのです。したがって、その石に税金をかけて修道士に払わせるのと同じです。それはヘンリー一世の譲渡証書にさからうことになります」

まずいな、とゴドウィンは動揺した。サー・ウィルバートはいまの議論が気に入らなかったようだぞ。

しかし、グレゴリーはまだ終わっていなかった。「それに、キングズブリッジに橋と石切場を下しおかれた歴代の国王は、十分な理由があったからそうされたのです。つまり、キングズブリッジと修道院を繁栄させたいと考えられたのです。そして、キングズブリッジは橋がなくては繁栄できません。それを証言するために、町のオールダーマンをここに同行しています」

エドマンドが進み出た。周囲の身分の高い者たちの豪華な服装と較べると、髪も手入れしていなかったし、着ているものも田舎臭かったが、ゴドウィンと違って気後れしている様子はなかった。「私は羊毛商人です」と、彼はサー・ウィルバートにいった。「橋がなければ取引はできません。取引ができなければ、キングズブリッジは国王に税金を払えないのです」

サー・ウィルバートが身を乗り出した。「この前、町が支払った税金はいくらだ」

彼はときどき議会が課す税金のことをいっているのだった。それは動産によって十分の一だったり十五分の一だったりしたが、もちろん十分の一を払う者はだれもいなかった。全員が自分の富を控えめに申告したからである。というわけで、それぞれの町や州が支払い得る金額はほとんど変動がなくなり、その負担は多かれ少なかれ公平に分散されて、貧しい者や下層農民はまったく支払いを免《まぬが》れていた。

エドマンドはその質問を予期して準備していたから、答えにも淀《よど》みがなかった。「千と十一ポンドです」

「橋を失った影響はどうなんだ？　支払う税金はどのぐらいになる？」

「さきほど推定してみましたが、三百ポンドを下回ると思われます。しかし、町の者は橋が再建されるという希望の下で、いまも商売をつづけています。その希望が、今日、この法廷で打ち砕かれれば、毎年の羊毛市と毎週の市はほとんど消滅するでしょう。そして、支払い可能な税金は五十ポンドまで急落するはずです」

「国王が必要としておられる規模を考えると、それは無に等しいな」サー・ウィルバートがいった。彼は黙っていたが、全員が知っていることがあった。つまり、数週間前にフランスに宣戦布告をしたために、国王が大至急、金を必要としているということである。

ローランドが苛立ち、嘲《あざけ》りの口調でいった。「これは国王の財政問題に関する審問ですか」

サー・ウィルバートはたとえ相手が伯爵でも怯《ひる》まず、穏やかにたしなめた。「ここは国王の法廷ですよ。あなたは何を期待しておられるのですかな?」

「公正な裁きです」ローランドが応えた。

「それなら、あなたの期待は裏切られないでしょう」サー・ウィルバートは持ってまわったいい方をして、内心で付け加えた。あんたが気に入るかどうかは別だがな。「エドマンド・ウーラー、最も近い市はどこで開かれているのかな?」

「シャーリングです」

「なるほど。では、キングズブリッジで商売ができなくなれば、そちらへ移ることになるわけだ」

「いいえ、そうはなりません。何人かは移る者もいるでしょうが、大半は消えてしまうでしょう。キングズブリッジの商売人はシャーリングへは行けないと考えます」

サー・ウィルバートがローランドを見た。「シャーリングから上がる税はどのぐらいですかな?」

ローランドは秘書のファーザー・ジェロームと相談し、すぐさま答えた。「六百二十ポンドです」

「シャーリングの市がさらに繁栄することを前提にすれば、それを千六百二十ポンドにするのは可能ですか？」

「それは無理です」ローランドが腹立たしげにいった。

サー・ウィルバートは穏やかな口調を崩さなかった。「では、あなたが橋の建設に反対すると、国王はかなりの損害を被ることになりますね」

「私には権利があるんです」ローランドが憮然《ぶぜん》としていった。

「そして、国王にも権利があります。毎年千ポンド前後の国の損失を埋め合わせる方法があなたにはありますか？」

「国王とともにフランスで戦うことで埋め合わせられると考えます。それは羊毛商人や修道士には絶対にできないことです！」

「確かに」サー・ウィルバートがいった。「しかし、あなたの騎士だって報酬を要求するでしょう」

「こんな裁判は馬鹿げている」ローランドが激昂《げっこう》した。敗北を悟ったのだ。ゴドウィンは勝利を顔に表わさないように苦労しなくてはならなかった。

サー・ウィルバートは自分の法廷指揮を馬鹿げているといわれたくなかった。彼は不快を顔に表わしてローランドを見据えた。「あなたが部下の兵士を派遣して石切場を封鎖したとき、まさか国王の利害を損ねるつもりはなかったでしょうな」そして、返事を待ち受けた。

ローランドは罠だと感じたが、できる答えは一つしかなかった。「もちろんです」

「それが法廷に対して、そしてあなたに対して明らかになったいま、橋の再建がどれほど国王の目的に、そしてまた、キングズブリッジの修道院と町の目的にかなうかを考慮すれば、あなたは石切場の封鎖を解除することに同意されるのでしょうな」

ゴドウィンは気がついた――サー・ウィルバートはなかなか狡賢いぞ。ローランドに命令するのではなく、伯爵が自ら同意するよう仕向けて、こののち、伯爵が国王に直訴する道を絶ってしまったではないか。

長い沈黙のあとで、ローランドが答えた。「同意します」

「石が無税で領内を通過することにも同意されますな？」

ローランドは自分が完全に敗北したことを知り、激しい怒りを露わにして認めた。「同意します」

「この一件は落着した」サー・ウィルバートが宣言した。「次の案件へ移ることとする」

大勝利だったが、遅きに失したかもしれなかった。

すでに十二月になっていた。普段なら、そろそろ工事が中断するころだった。雨が多かったせいで今年は霜が降りるのが遅くなりそうだとしても、工事のできる期間が延びるのはせいぜい二週間だと思われた。マーティンはすでに数百の石を切り出し、整形して、いつでも運び出して工事にかかれるよう準備を整えていた。しかし、その石をすべてキングズブリッジへ運び終えるには何カ月もかかるはずだった。ローランド伯爵は裁判に負けたにもかかわらず、ほぼ間違いなく、橋の建設を一年遅らせることに成功していた。

カリスはゴドウィンとエドマンドと一緒にキングズブリッジへ戻ったが、気持ちは沈んだままだった。町と反対側の川岸で馬の足取りを緩めながら、カリスはマーティンがすでに締切りを完成させていることに気がついた。スモール・アイランドの両側を流れる二つの水路に木の板が打ち込まれ、水面から二フィートほど顔を出して大きな円を描いていた。カリスはギルド会館で聞いたマーティンの説明を思い出した。川底に杭を打ち込み、二重の輪を作って、外側と内側の輪のあいだに粘土のモルタルを流し込み、水が入り込まないようにする。そのあとで締切りの内側の水を汲み出し、建築職人が川底に基礎を造れるようにするのだ。

マーティンの下で働いている職人の一人、石工のハロルド・メイソンが、カリスたちの乗った渡し船に同乗していた。締切りのなかの水はもう汲み出したのかとカリスが訊くと、ハロルドはまだだと答えた。「工事を始める準備ができるまではそのままにしておきたいというのが親方の考えなんです」

カリスはうれしくなった。あの若さにもかかわらず、マーティンはもう親方と呼ばれているのだ。「でも、それはなぜなの？」と、彼女は訊いた。「すぐに工事に取りかかれるように、すべての準備を整えておくんだとばかり思っていたけど」

「なかに水がないと、締切りが流れの力により強く圧迫されるというのが親方の考えなんですよ」

マーティンはどうやってそんな知識を得たのだろう、とカリスは不思議だった。初歩の知識は最初の親方だったエルフリックの父親のジョアキムに教えてもらっていたし、町へきた外国人とも、特にフィレンツェやローマの高い建物を見てきた者たちとよく話していた。そして、『ティモシーの書』の大聖堂建設にまつわる部分を読破していた。でも、こういう問題に関しては驚くべき直感が働くんじゃないかしら。空の締切りのほうが水の溜まっている締切りより弱いなんて、わたしなんかには想像もつかないわ。

浮かない気分だったにもかかわらず、三人は町へ入るや、マーティンに早くいい知らせを伝えて、工事の季節が終わる前に何かできるかを――何かあればだが――知りたくなった。というわけで、彼らは馬を預けに立ち寄っただけで、そのまま彼を捜しに出かけた。マーティンは大聖堂の北西の塔の上にある石工用の屋根裏にいて、いくつかのオイル・ランプの明かりの下で、製図床に欄干《らんかん》の設計図を引いていた。

マーティンは製図から顔を上げて三人を見ると、大きな笑みを浮かべて訊いた。「勝ったんでしょうね」

「勝ったとも」エドマンドが答えた。

「グレゴリー・ロングフェロウのおかげだ」ゴドウィンがいった。「ずいぶんな経費がかかったが、それだけの価値はある男だった」

マーティンは二人と抱擁した。ゴドウィンとの諍いは、少なくとも当面は忘れてもよかった。そして、カリスにキスをした。「きみがいなくて寂しかったよ」と、彼はささやいた。「何しろ八週間だろう！　もう二度と帰ってこないんじゃないかという気さえしたぐらいだ」

カリスは答えなかった。重大な話があったが、それは二人きりでしたかった。

父親は娘が無口なことに気づかなかった。「さあ、マーティン、これですぐに工事を始められるぞ」

「よかった」

ゴドウィンがいった。「明日からでも石の搬送を始められるが——冬の霜が降りるまでにはそう大したことはできないんじゃないかな」

「その問題については考えていたんですよ」マーティンは応え、ちらりと窓のほうを見た。午後はまだ半ばだったが、十二月は日が短く、早くも外は暗くなりはじめていた。「方法はあるかもしれませんよ」

エドマンドがとたんに勢いづいた。「どんな方法だ、早く教えろ。もったいをつけるな」

マーティンは修道院長を見た。「志願して石切場から石を運んでくれる人たちに免償符を発行してもらえますか」免償符の発行は罪《シン》を赦す特別な行為で、金を与えるのと同じであり、それで過去の負債を清算したり、将来の義務を肩代わりしたりできた。

「できなくはないが」ゴドウィンが訝った。「何を考えているんだ?」

マーティンはエドマンドを見た。「キングズブリッジの町に、荷馬車を持っている人はどのぐらいいますか」

「そうだな」エドマンドが眉間《みけん》に皺《しわ》を寄せて考えた。「ちゃんとした商売人はみんな一台は持っているから……少なくとも二百台はあるはずだ」

「今夜、町じゅうを回って、そういう人たち全員に頼んでみるのはどうでしょうね。明日、石切場へ行って、石を運んでもらえないかってね」

エドマンドはマーティンを見つめていたが、ゆっくりとその顔に笑みが広がっていった。「なるほど」と、彼はうれしそうにいった。「その手があったか！」

「ほかのみんなも協力してくれると、一人一人にいうんです」マーティンはつづけた。「休みの日みたいにするんですよ。一家揃《そろ》って、弁当とエールを持ってね。それぞれが荷馬車に石や砂利を積んで戻ってくれれば、二日もあったら橋脚の工事に取りかかるに十分な石が運べるはずです」

すごい名案だ、とカリスはびっくりした。誰一人考えつかないようなことを考えつくなんて、いかにも彼らしい。でも、うまくいくかしら？

「天気はどうだろうな」ゴドウィンが心配した。

「今年の雨は農民にとっては最悪だったけど、気温がひどく下がらないようにしてくれているんですよ。まだ一週間や二週間は大丈夫でしょう」

エドマンドが興奮し、不自由な足でどたどたと屋根裏を歩きまわった。「しかし、これからの数日で橋脚を建てられたら……」

「来年の終わりまでには橋の大部分ができあがります」

「その翌年には橋が使えるということか？」

「それは無理です……いや、ちょっと待ってくださいよ。羊毛市に間に合うよう、木の板を敷いて通行面を応急的に造ることはできるでしょう」

「ということは、再来年には橋が使えるようになり、しかも、羊毛市はたった一度諦めるだけですむわけだ！」

「羊毛市がすんだあとで、石敷きの通行面を完成しなくてはなりません。でも、そうすれば、三年目には通行面もしっかり固まって、普通に使えるようになりますよ」

「よし、何としてもやり遂げるんだ！」エドマンドの興奮は募る一方だった。

ゴドウィンが用心深くいった。「その前に、締切りのなかの水を汲み出さなくちゃならないだろう」

マーティンはうなずいた。「結構大変な仕事ですよ。もともとのぼくの計画では、二週間はかかることになっていました。でも、それについても考えがあるんです。でも、荷馬車の手配を先にしてしまいましょう」

全員が屋根裏を出た。いきなりやる気が出て、みんな生き生きしていた。ゴドウィンとエドマンドが狭い螺旋《らせん》階段を降りはじめると、カリスがマーティンの袖をつかんで引きとめた。キスをしたいんだなとマーティンは思い、両腕を彼女に回そうとした。だが、カリスは彼を押し戻していった。「ほかにも知らせておくことがあるの」

「まだ何かあるのか？」

「わたし、妊娠したわ」

カリスはマーティンの顔を見つめた。最初は驚きが浮かび、やがて赤茶色の眉が上がり、瞬《まばた》きし、首を傾げ、肩をすくめた。まるでこういっているかのようだった――驚くことはまったくないじゃないか。そして、笑みを浮かべた。初めは憂わしげだったが、やがて、混じりけのない純粋な笑みに変わった。「素晴らしい！」と、彼は声を上げた。

一瞬、カリスはマーティンが嫌になった。何て単純なの。「何をいってるの、素晴らしくなんかないわよ！」

「どうして？」

「だれかの奴隷になって一生を過ごしたくないからよ。たとえそれが自分の子でもね」

「奴隷？　それなら、母親はみんな奴隷なのか？」

「そうよ！　わたしがそんなふうに思っているのをよくも気づかずにいられたわね」

マーティンは困惑し、傷ついたようだった。カリスはいまの言葉を取り消そうかとちらりと思ったが、そうするには怒りをあまりに長く溜め込みすぎていた。

「たぶん、気づいていたと思う」と、彼がいった。「でも、きみはぼくと寝ただろう。だから、てっきり……」そして、ためらった。「……こうなるかもしれないとわかっているに違いないと思ったんだ――遅かれ早かれ、こうなるだろうとね」

「もちろん、わかってたわ。でも、そうじゃない振りをしていたのよ」

「そうか、それなら理解できる」

「そんなに簡単に理解しないでよ、弱虫」

マーティンが顔を強張《こわば》らせ、しばらく沈黙したあとでいった。「いいだろう、理解するのをやめようじゃないか。だから、情報だけをくれればいいよ。きみはどうするつもりなんだ？」

「どうするつもりもないわよ。あなたって、ほんとに馬鹿ね。ただ子供が欲しくないだけだわ」

「きみはどうするつもりもない。そして、ぼくは馬鹿で弱虫だ。それでも、ぼくに何かしてほしいのか？」

「何もしてほしくなんかないわ！」

「それなら、ここで何をしてるんだ？」

「そんなに理屈っぽく責めないでよ！」

マーティンはため息をついた。「きみのいってることは全然辻褄《つじつま》が合ってない。どうすればいいのか、わけがわからない。だから、ぼくはもうきみの望む人間になろうとするのをやめるよ」そして、部屋のランプを消して回った。「ぼくは子供ができてうれしい。きみと結婚して、二人で子供を育てたい。きみの気分はたぶん一時的なものだろう」彼は製図用具を革袋にしまうと、肩に掛けた。「だけど、いまのきみはまるっきり喧嘩腰で、ぼくはとても話をする気になれない。それに、まだ仕事があるんだ」そして、出口まで行って足を止めた。「それとも、キスをして仲直りするかい？」

「さっさと行きなさいよ！」カリスは怒鳴った。

マーティンが腰を屈《かが》めて低い出口を出ていき、階段へと姿を消した。

カリスは泣き出した。

キングズブリッジの人々がこの大きな目的のために結集してくれるかどうか、マーティンにはわからなかった。だれもが仕事を持ち、自分の悩みや心配を抱えているのだ。橋を架けるという共通の努力を、より重要だと見なしてくれるだろうか。確信はなかった。『ティモシーの書』を読んで、危機のときにフィリップ院長が一般の人々に多大な努力をしてくれるよう求め、それによってしばしば窮地を脱したのは知っていたが、マーティンはフィリップではなかった。人々を先導する権利もなかった。彼は一介の建築職人にすぎなかった。

彼らは荷馬車を持っている者のリストを作り、それを通り別に分類した。エドマンドは十人の有力者を、ゴドウィンは古参修道士を選び出した。そして、二人一組で依頼に回ることにした。マーティンの相棒はブラザー・トマスだった。

二人はまずリブ・ウィーラーの家の扉をノックした。彼女は労働者を雇い、夫の事業を引き継いでいた。「二台とも使ってもらってかまいませんよ」と、彼女はいった。「それから、御者もつけましょう。あのろくでもない伯爵をぎゃふんといわせるためなら何でもしますからね」

しかし、二軒目では断わられた。「おれは具合があまりよくないんだ」と、染色職人のピーター・ダイアーはいった。彼は黄色と緑とピンクに染めた毛織りの布を運ぶための荷馬車を持っていた。「だから、あまり遠くへは行けないんだ」

全然元気そうじゃないか、とマーティンは思った。たぶん伯爵の家来と対峙するのが怖いんだろう。力ずくの争いになる心配は絶対になかったが、ピーターの恐怖も理解できた。だが、みんながピーターと同じ恐怖を感じていたらどうしよう。

三軒目はハロルド・メイソンだった。彼はマーティンの下で石工として働き、橋の仕事をしたいと希望していることもあって、即座に頼みを聞き入れてくれた。「ジェイク・チェプストウも行くと思いますよ」と、彼はいった。「たぶん間違いありません」ハロルドとジェイクは仲がよかった。

それからあとは、ほぼ全員が参加を表明してくれた。

橋がどんなに重要かを説明する必要はなかった。荷馬車を持っている者は明らかに全員が商売人で、罪を赦す免償符というささやかな褒美《ほうび》があるだけでよかった。しかし、もっとも重要な要因は、予期せぬ休日が約束されたことにあるようだった。大半がこう訊いた。「あいつも行くのか?」友人や隣人が志願したと聞いて、自分だけ取り残されたくないと思ったのだ。

自分たちの割り当てを全部訪ね終えると、マーティンはトマスと別れて渡し船の乗り場へ下っていった。夜のうちに荷馬車に川を渡らせ、陽の出には引き返せるようにしなくてはならない。渡し船は一度に一台の荷馬車しか乗せられないから、二百台の荷馬車となると何時間もかかるはずだ。もちろん、だからこそ橋が必要なのだ。

牡牛が大きな車輪を回し、荷馬車はすでに川を渡りはじめていた。反対側へ渡ると、所有者は牧草地で牛に草を食《は》ませ、ふたたび渡し船で戻ってきて家へ帰った。エドマンドはジョン・コンスタブルと六人ほどの彼の助手を新市街《ニュータウン》へ派遣し、荷馬車と牛の見張りをさせていた。

夜半を一時間か二時間過ぎてマーティンがベッドに入ったときも、渡し船はまだ働きつづけていた。しばらくカリスのことを考えた。あの気紛《きまぐ》れで予測のつかないところが好きでもあるが、ときどきどうにも手に負えなくなる。キングズブリッジでいちばん頭が切れるが、同時に、どうしようもなく苛立つことがある。

しかし、何がいちばん嫌だといって、弱虫呼ばわりされるのがいちばん嫌だ。あの嘲りを赦す自信はない。ローランド伯爵も十年前、ぼくを辱《はずかし》めた――スクワイアにはなれないが、大工の徒弟にはぴったりだといって。だが、ぼくは弱虫じゃない。エルフリックの横暴に反逆し、橋の設計に関するゴドウィン修道院長の目論見《もくろみ》を覆し、いまは町全体を救おうとしている。ぼくは身体は小さいかもしれないが、絶対に強いんだ。

それでも、カリスをどうすればいいのかはわからない。マーティンはそれを気にしながら、とうとう眠りに落ちた。

曙光《しょこう》が射す直前、エドマンドに起こされた。そのころには、キングズブリッジの荷馬車のほとんどすべてが向こう岸へ渡り終え、不規則な列が新市街を貫いて、半マイルほども森のなかへ入り込んでいた。人間が渡るのに、さらに二時間かかった。その一団を手際よく組織できたという興奮のせいで、マーティンはとりあえずカリスと彼女の妊娠という問題を忘れられた。まもなく、向こう岸の牧草地が穏やかな混乱を見せはじめ、何十人もの人々が、自分の牛や馬を捕まえて荷馬車へ連れ戻しては引き綱につないでいった。ディック・ブルワーがエールの大樽を持ってきて、本人のいうところでは〝探検を元気づけるために〟置いていった。その結果はさまざまだった。何人かは元気をつけすぎて横になるはめに陥った。川の町の側に野次馬が集まり、見物を始めた。荷馬車の隊列がようやく動き出すと、どっと歓声が上がった。

しかし、石は問題の半分でしかなかった。

マーティンは次の問題へ頭を切り換えた。石切場から戻ってきてすぐに石積みを開始するとしたら、締切りの水を二週間ではなく、二日で汲み出さなくてはならない。歓声がやむと、彼は声を張り上げて野次馬に呼びかけた。興奮が鎮《しず》まり、次は何をしようかと考えはじめているときが、彼らの関心を引く瞬間だった。

「町に残っている人たちのなかで、いちばんの力持ちが必要なんです！」マーティンは叫んだ。野次馬が静かになり、関心を持った。「キングズブリッジに、力の強い人はいませんか？」これは誘いをかけている部分もないではなかった。仕事はきついものになるはずだが、力の強い男だけを募集すれば、腕に憶えのある若い男たちは、嫌でも自分の力を見せようと集まってくるのではないかと計算したのである。「明日の夜、荷馬車が帰ってくる前に、締切りの水を汲み出して空にしなくちゃならないんです。これはいままで経験したどんな仕事よりもきつくなるでしょう。だから、申し訳ないが、弱虫はいりません」マーティンはそう叫びながら、群衆のなかにカリスを見つけて目を合わせた。彼女がたじろぐのがわかった。自分が同じ言葉を使ったのを思い出し、マーティンを侮辱したことに気づいたのだ。「女性でも結構です。男に負けない力持ちだと自信のある人は加わってもらってかまいません」そして、さらにつづけた。「バケツを持って、できるだけ早くスモール・アイランドの対岸へきてください。ぼくはそこにいますから。いいですか――力の強い人だけですよ！」

うまくそそのかせたかどうか自信がなかった。呼びかけを終えた瞬間、群衆を掻《か》き分けてやってくるマーク・ウェバーの長身が目に留まった。「マーク、みんなをその気にさせてもらえないかな」マーティンは頼んだ。やはり、不安だった。

マークは心優しい大男で、町の人気者だった。「若い連中をつれてきてやろう。まかせとけ」特に若者に人望のある彼が請け合った。

「ありがとう」

次に、マーティンはイアン・ボートマンを見つけて頼んだ。「今日は一日じゅう、助けてもらえるといいんだけど。締切りまでみんなを乗せていって、また、乗せて戻ってきてほしいんだ。そのお礼といってはなんだけど、金でも、免償符でも、好きなほうを選んでくれ」

イアンは妻の妹に限度を超えた好意を抱いていたから、おそらく免償符のほうを選ぶだろう。それで過去の罪《シン》か、あるいは、この先間もなく犯そうとしている罪を赦してもらおうとするのではないか。

マーティンは通りを抜けて、橋を架ける予定の地点へ向かった。締切りを二日で空にできるだろうか？　まったくわからない。それぞれの締切りにどのぐらいの量の水があるのだろう。何千ガロンか？　何十万ガロンか？　計算する方法があるに違いない。ギリシャの哲学者たちがたぶんその方法を考え出しているだろうが、そうだとしても、修道院の学校では教えてくれなかった。それを知るためには、オックスフォードへ行かなくてはならないのかもしれない。ゴドウィンによれば、あそこには世界の有名な数学者が集《つど》っているそうだから。

マーティンは川岸で待った。果たしてだれかくるだろうか。

最初にやってきたのはメグ・ロビンスだった。トウモロコシを取引している商人の娘で、ただでさえ大柄なうえに、長年穀物の俵を持ち上げているせいで筋肉も発達していた。「この町のたいていの男には負けないわよ」と彼女はいい、マーティンもそれを疑わなかった。

次に若者の一団がやってきたと思うと、そのあとに三人の修練士がつづいた。

バケツを持った助っ人が十人になるや、マーティンはイアンに頼んで、二つの締切りの近いほうへ全員を運んでもらった。

締切りの縁の内側に、マーティンは張り出しを造っていた。水面からわずかに上にあるその張り出しは、男たちが立っても十分持ちこたえるだけの強度があった。その張り出しから四本の梯子《はしご》が川底まで降りていた。締切りの中央には大きな筏《いかだ》が浮かんでいた。筏と張り出しのあいだに二フィートほどの隙間があり、筏からは木製の桟がほとんど壁にくっつかんばかりに突き出していて、どの方向へも数インチ以上は動けないようになっていた。

「二人一組でやるんだ」マーティンは指示した。「一人は筏の上、一人は張り出しに立つ。

筏に乗ったほうがバケツで水を汲み、それを張り出しに立ったほうへ手渡す。渡されたほうは、バケツの水を締切りの向こうの川へ捨てる。空になったバケツはまた筏へ戻され、というふうにしてその作業を繰り返すんだ」

　メグ・ロビンスが質問した。「締切りのなかの水位が下がったらどうするの？　筏と張り出しのあいだで手が届かなくなるわよ」

「いい質問だ、メグ。あんたにはここの現場監督になってもらおう。手が届かなくなったら、三人一組になって、三人目は梯子に立つんだ」

　メグは飲み込みが速かった。「そして、また手が届かなくなったら四人一組になって、梯子に二人立つわけね」

「そういうことだ。だけど、そのころには休憩が必要になっていて、新手《あらて》を連れてくる必要があるはずだ」

「そうね」

「それでは始めてくれ。ぼくはもう十人集めてくる。人が立つ余地はまだたくさん残ってるからな」

　メグが九人に向き直って指示した。「さあ、みんな、相棒を決めてちょうだい」

　志願者たちはバケツに水を汲みはじめた。そのとき、メグがいった。「調子をとってやったほうがいいわね。汲んで、上げて、渡して、捨てる。一、二、三、四。そうね、歌のほうがいいかもね」そして、元気よく低音を響かせた。「おー、昔美男の騎士がいて……」

全員が声を合わせた。「彼の剣はまっすぐで本物だ、おー！」

マーティンは作業を見守った。だれもがすぐにびしょ濡れになった。水位は目に見えるほどには下がっていなかった。長い仕事になりそうだった。

彼は壁をまたぎ、イアンの舟に戻った。

岸に戻ってみると、さらに三十人がバケツを手にして待っていた。

マーティンはマーク・ウェバーを現場監督にして二つ目の締切りでも作業を始め、両方の人数を倍にして、疲れた者を新手と交代させていった。イアン・ボートマンは疲労困憊《こんぱい》して、漕ぎ役を息子に譲った。締切りの内側の水位は焦《じ》れったくなるほどゆっくりと、一インチずつ下がっていった。水位が下がるにつれて、作業の速度が落ちていった。なぜなら、バケツを縁まで持ち上げる距離が徐々に長くなっていくからである。

水の入ったバケツを片手に持ち、もう一方の手に空のバケツを持って、なおかつ梯子の上で体勢を維持するのは不可能だったが、メグが真っ先にそれに気づいて方法を改善した。つまり、一方通行のバケツ・リレー方式に切り替え、水の入ったバケツを上げるだけの梯子と、空のバケツを降ろすだけの梯子に分けたのである。マークも自分の締切りで同じやり方をしていた。

志願者たちは一時間作業をしては一時間休んだが、マーティンに休憩の暇はなかった。作業班を組織し、締切りと岸のあいだの志願者の輸送を監督し、壊れたバケツを取り替えなくてはならなかった。大半が休憩時間中にエールを飲み、その結果、午後には何件か事故が起こった。バケツを取り落としたり、自分が梯子から落ちたりする者が出てきたのである。マザー・セシリアが怪我人の手当てをしにきてくれ、マティ・ワイズとカリスが彼女の手伝いに同行していた。

あっという間に時間がたち、陽が落ちて、作業を中断せざるを得なくなった。締切りは二カ所とも、半分以上の水が汲み出されていた。明日の朝また戻ってきてくれるよう全員に頼んでから、マーティンは家路についた。そして、母親の作ったスープを何度か口に運んだだけで、そのままテーブルに突っ伏して眠ってしまった。気がついて毛布にくるまると、ようやく藁の寝床に横になった。翌朝、目覚めたとたんに頭に浮かんだのは、きのうの志願者たちが、二日目の今日もまたきてくれるだろうかという不安だった

その不安を抱えたまま、曙光とともに川へ急いだ。マーク・ウェバーとメグ・ロビンスはすでにそこにいた。マークはパンを齧りながら家を出、メグは足が濡れずにすむのではないかと長い編み上げブーツの紐をしっかりと結んでいた。それから三十分は一人も姿を見せなかった。だれもこなかったらどうしようかとマーティンが思案しはじめたころ、若者が数人、朝食を持ってやってきた。間なしに修練士も姿を現わし、ついにはきのうの顔ぶれが揃った。

イアン・ボートマンが到着し、マーティンはメグと数人の志願者を舟に乗せて、仕事を再開した。

作業は今日のほうが辛かった。きのう酷使された肉体が、痛みに悲鳴を上げていた。それに、十フィートも上までバケツを上げなくてはならなかった。しかし、終わりは間近だった。

水位が下がりつづけ、志願者たちにも川底が見えはじめた。

午後の半ば、最初の荷馬車が石切場から戻ってきた。石を牧草地に降ろして舟で向こう岸へ帰るよう、マーティンは荷馬車の持ち主に指示した。そのあとすぐに、メグの監督していた締切りの筏が川底を打った。

しかし、そこで終わりではなかった。最後の水が汲み出されると、筏を解体し、その厚板を一枚一枚引き上げ、さらに梯子を引き上げる必要があった。干上がった川底では何十匹もの魚がのたうっていたから、それを網ですくい上げて、みんなで分けなくてはならなかった。しかし、それが完了したとき、マーティンは張り出しに立ち、疲れと歓びをともに感じながら、二十四フィートの深さの穴を覗き込んで平らな川底を見た。

明日は数トンの砂利をそれぞれの穴に落とし込み、モルタルと混ぜて、巨大な動かない基礎を形成するつもりだった。

それが終わったら、いよいよ架橋工事に取りかかれる。


ウルフリックは打ちひしがれていた。

ほとんど何も食べず、身体を洗うのも忘れていた。夜明けには自動的に目を覚まし、暗くなるとふたたび横になった。だが、仕事はしなかった。夜になっても、グウェンダの身体を求めなかった。どうしたのかと訊いても、こう答えるばかりだった——「自分でもよくわからないんだ」何を尋ねても、そういう要領を得ない返事をするか、ただ鼻を鳴らすか、そのどちらかでしかなかった。

いずれにせよ、畑へ出ても仕事はほとんどなかった。この季節はいつもそうで、村人は炉のまわりに坐って革の靴を縫い、樫の木で鋤《すき》を造り、塩漬けの豚肉や柔らかくなった林檎、酢漬けのキャベツを食べて日を送っていた。グウェンダたちも、どうやって生きていくかはとりあえず心配しなくてよかった。ウルフリックが作物を売って得たお金がまだ残っていた。それよりも、彼自身のことがはるかに心配だった。

ウルフリックは働くのを生き甲斐にしていた。村人のなかには常に働くのを嫌がって不平を鳴らし、休日だけが幸せだという者もいたが、彼はそういう種類の人間ではなかった。気にするのは、畑、作物、家畜、そして、天気だった。これまでは日曜も決して落ち着かずに忙しく動きまわり、何かしら禁じられていないことを見つけては身体を動かしたし、休日もあらゆる手を使って規則を擦《す》り抜けていたのだ。

彼を普通の精神状態に戻さなくてはならない。さもないと、気持ちを病むだけでなく、身体まで悪くしてしまうだろう。それに、お金だって永遠につづくわけではない。早晩、二人とも働かなくてはならないのだ。

しかし、二度満月を迎え、間違いないとわかるまで、グウェンダはその知らせを彼に教えなかった。

そして、十二月のある朝、ついに意を決していった。「話があるの」

ウルフリックは例によって鼻を鳴らしただけだった。台所のテーブルに坐って杖を削りつづけ、その暇つぶしから顔を上げようともしなかった。

グウェンダは手を伸ばして彼の両手首をつかみ、その作業をやめさせた。「ウルフリック、お願いだからわたしを見てくれない?」

ウルフリックが露骨に不機嫌な顔で手を止めた。命令されるのは不愉快だが、逆らう気力もないという風情だった。

「大事な話なの」彼女はいった。

ウルフリックは黙ってグウェンダを見ているだけだった。

「赤ちゃんができたわ」

表情こそ変わらなかったが、ウルフリックがナイフと杖を置いた。

グウェンダはしばらく彼を見つめた。「わかった?」

ウルフリックがうなずいた。「赤ん坊だろ?」

「そうよ。わたしたちの子供よ」

「いつなんだ?」

グウェンダは微笑した。彼が質問したのは二カ月ぶりだった。「来年の夏よ。収穫の前になると思う」

「お腹の赤ん坊を大事にしなくちゃいけないな」といって、ウルフリックがすぐに付け加えた。「もちろん、きみもだ」

「そうね」

「ぼくは働かなくちゃ」そして、また顔を曇らせた。

グウェンダは息を詰めた。それで、どうするつもりなの？

ウルフリックがため息をついて、表情を引き締めた。「パーキンのところへ行ってくる。冬のあいだに畑を鋤《す》くのに人手がいるだろう」

「それに、肥料もやらなくちゃならないわ」グウェンダの声が思わず弾んだ。「わたしも行く。彼は二人とも雇うっていってたもの」

「いいだろう」ウルフリックはまだグウェンダを見つめていた。「子供か」と、彼は奇跡でも起こったような口振りでいった。「男かな、それとも女だろうか」

グウェンダは立ち上がると、テーブルを回って彼の隣りに腰を下ろした。「どっちがいい？」

「女の子がいいな。男兄弟だったから」

「わたしは男の子が欲しいわ。あなたの小型版がね」

「双子かもしれないぞ」

「男の子と女の子のね」

ウルフリックがグウェンダに腕を回した。「ファーザー・ガスパードのところへ行って、きちんと結婚すべきだな」

グウェンダは満ち足りた吐息を漏らし、彼の肩に顔を預けた。「そうね。そうすべきかもしれないわね」

　マーティンはクリスマスの直前に両親の家を出た。いまは自分のものになったスモール・アイランドに、自身のために一部屋の家を建てたのだった。貴重な建築資材――石、材木、石灰、ロープ、そして、鉄製の道具――がどんどん運び込まれているから、自分が島に常駐して、それを守る必要があるというのが理由だった。

　同時に、カリスの家へ食事をしに行くのをやめた。

　十二月の三十日に、カリスはマティ・ワイズを訪ねた。

「ここへきた理由は聞かなくてもいいわよ。わかってるから」マティがいった。「三カ月たったものね」

　カリスはうなずき、マティの視線から目をそらした。そして、瓶《かめ》や壺が並んでいる狭い台所を見回した。マティは小さな鉄のポットで何かを温めているところだった。そこから、くしゃみが出そうな、鼻をつく臭いが立ち昇っていた。

「赤ん坊は欲しくないの」カリスはいった。

「そういう言葉を聞くたびに、自分に子供がいればよかったのにと思うわね」

「わたし、間違ってるかしら」

　マティが肩をすくめた。「わたしは薬は作るけど、人のすることについてはいいとも悪いとも判断しないことにしてるの。何が正しくて何が間違っているかは、当人が当然知っているものね。そして、どっちかわからない場合には聖職者が判断するわ。彼らはそのためにいるんだもの」

カリスはがっかりした。同情してくれると思っていたのに。それでも、気を取り直して、冷静に訊いた。「流産する薬はある？」

「あるけど……」マティが口ごもった。

「問題があるの？」

「流産は女の身体を傷めるのよ。なかには強いワインを一ガロンも飲んで流産する女性もいるわ。わたしが作るのは何種類かの毒草を混ぜたものなの。うまくいくときもあるし、そうでないときもあるわ。でも、恐ろしく気分が悪くなることは間違いないわね」

「危険なの？　死ぬかもしれない？」

「その可能性は否定できないわね。でも、赤ん坊を産むほどじゃないわ」

「わたし、その薬をもらうわ」

マティがポットを火から下ろし、石の板の上に置いて冷ました。そして、引っ掻き傷だらけの作業台に向かうと、戸棚から小さな深皿を出し、そこに何種類かの粉を少し移した。

カリスは訊いた。「どうしたの？　人のすることについてはいいとも悪いとも判断はしないといったのに、何だか気に入らないみたいね」

マティがうなずいた。「そのとおりよ。もちろん、わたしだって判断するときもあるわ。わたしだけじゃない、みんなそうよ」

「わたしを判断してるわけね」

「マーティンは素敵な男性だし、あなたは彼を愛している。でも、彼と一緒にいると、あなたは幸せを見つけられないようだって、そんな気がしてるの。だから、悲しいのよ」

「わたしにほかの女のようになれといってるの？　男に従属して一生を送れって？」

「彼女たちはそれで幸せそうよね。でも、わたしは違う生き方を選んだけどね。どうやら、あなたもそうなるようね」

「あなた、幸せ？」

「わたしは生まれついて不幸せよ。でも、人々を助けているし、自分で暮らしを立てているし、それに自由だわ」マティは混ぜ合わせた粉をカップに移すと、ワインを少し加えて掻き混ぜ、粉を溶かした。「朝御飯は食べた？」

「ミルクを少し飲んだだけだけど」

マティがカップに蜂蜜を落とした。「これを飲んで。お昼は食べちゃ駄目よ――もどすだけだから」

カリスはカップを手に取り、ためらったあとで一気に飲み下した。「ありがとう」蜂蜜の甘さが多少はごまかしてくれたとはいえ、胸の悪くなるような苦さだった。

「うまくいくにせよいかないにせよ、明日の朝にはすべてが終わってるはずよ」

カリスは料金を払って、マティの家をあとにした。昂揚感と悲しさの入り混じった奇妙な気分が交錯した。何週間も迷ったあとで決心をしたせいか、肩の荷が下りたような感じがしていた。しかし、一方では喪失感に苛まれてもいた。まるでだれかに永遠の別れを告げたような気分だった。そのだれかとは、もしかするとマーティンかもしれない。彼との別れは永遠のものになるのだろうか、とカリスは思った。それでも、動揺はしなかった。なぜなら、まだ彼に腹を立てていたからだ。それでも、彼を失ったら心底寂しくなるだろうということはわかっていた。最終的には、彼は別の恋人を見つけるだろう。それはベシー・ベルかもしれない。でも、わたしには恋人は現われないだろう。どんな男性だろうと、マーティンを愛したようには愛せるはずがない。

　家に着くと、豚肉を焼く臭いが満ちていて、気分が悪くなった。彼女はまた外に出た。大通りで女たちと噂話をするのも、ギルド会館で男たちを相手に仕事の話をするのも嫌だったので、何となく修道院の構内へ入ってみた。分厚い毛織りの外套を着ていたから、寒くはなかった。墓地へ行って墓石に腰を下ろし、大聖堂の北の壁を眺めた。彫刻を施された蛇腹《モールディング》も、飛び控《フライング・バットレス》えも、目を見張るほど完璧だった。

　気分が悪くなるのに時間はかからなかった。

墓石に嘔吐《おうと》したが、ほとんど何も食べていないせいで、苦い胃液しか出てこなかった。頭痛がしはじめた。横になりたかったが、あの臭いを思うと、家には帰りたくなかった。修道院の施療所へ行こう。あそこなら、しばらく休ませてもらえるだろう。墓場を出て大聖堂の前の緑地を突っ切り、施療所へ入った。不意に、ひどい渇きを覚えた。

　優しいオールド・ジュリーの丸い顔が見えた。「ああ、シスター・ジュリアナ」カリスはほっとした。「水を一杯もらえませんか」修道院は上流から水を引いていた。その水は冷たく澄んでいて、飲んでも安全だった。

「具合が悪いの？」オールド・ジュリーが心配そうに訊いた。

「ちょっとふらふらするんです。よかったら少しのあいだ休ませてもらえませんか」

「もちろんよ。いま、マザー・セシリアを呼んできますからね」

カリスは床にきちんと並べられた藁の敷き布団の一つに横になった。しばらくは気分も落ち着いていたが、やがて、頭痛がひどくなった。ジュリーが水差しとカップを持ち、マザー・セシリアをともなって戻ってきた。カリスは水を飲み、嘔吐し、また水を飲んだ。

セシリアがいくつか質問をしてからいった。「何か悪いものを食べたのね。吐いて、それを出してしまう必要があるわ」

あまりの頭痛のひどさに、カリスは返事ができなかった。セシリアがどこかへ行き、すぐに瓶とスプーンを持って戻ってきた。そして、丁子《ちょうじ》の味のする甘ったるい解毒剤を飲ませた。

カリスはふたたび横になって目を閉じ、痛みが去ってくれることを願った。しばらくすると、胃が痙攣《けいれん》しはじめ、こらえようのない下痢が襲ってきた。きっと解毒剤が効いてきたのだろう、と彼女はぼんやりと想像した。一時間後、下痢がおさまった。ジュリーが服を脱がせ、身体をきれいにして、汚れてしまったドレスの代わりに修道女のローブを着せて、きれいな敷き布団に移してくれた。カリスは疲れきり、横になったまま目を閉じていた。

ゴドウィン修道院長がやってきて、瀉血《しゃけつ》をしなくてはならないといった。そのために、別の修道士が現われた。彼はカリスの上半身を起こし、大きな深皿の上で肘ごと腕を伸ばさせると、鋭いナイフで肘の内側の静脈を切った。そのときの痛みにも、出血しているときのゆっくりとした拍動にも、カリスはほとんど気づかなかった。やがて、修道士が切り裂いた部分に包帯を巻き、しばらくしっかり押さえているようにと指示した。そして、血の溜まった深皿を持って去っていった。

人々が自分を心配して見にくるのが、薄らいでいる意識のなかでわかった。父親、ペトラニッラ、マーティン。オールド・ジュリーがときどきカップを唇に当てがってくれた。そのたびに、カリスは貪《むさぼ》り飲んだ。どこまでも喉が渇いていた。ある時点で、蠟燭《ろうそく》が灯っているのに気づき、夜になったのだとわかった。ついに眠りに落ちたが、熟睡とはいかず、恐ろしい夢を見た。血にまつわる夢だった。目を覚ますたびに、ジュリーが水を飲ませてくれた。

ようやく、次の日の昼になって目が覚めた。ずいぶん楽になり、頭に鈍い痛みが残っているだけだった。次に気づいたときには、だれかが太腿を洗ってくれていた。カリスは肘を支えにして上半身を起こした。

着ているものが腰までめくり上げられ、天使のような顔の修練女が敷き布団の脇にうずくまって、お湯に浸した布でカリスの太腿を拭《ふ》いていた。とたんに、彼女の名前が蘇った。

「メアーね」カリスは声をかけた。

「そうです」修練女が微笑した。

彼女が布を絞り、深皿に浸けようとするのを見て、カリスはぎょっとした。布が真っ赤になっていた。「血じゃないの！」

「心配いりませんよ」メアーがなだめた。「ただの月のものです。重たいけれど、異常というわけではありませんから」

自分の着ているものと敷き布団が血に濡れているのがわかった。

ふたたび横になり、天井を見上げた。涙がこみ上げた。だが、安堵《あんど》の涙なのか、悲しみの涙なのか、よくわからなかった。

カリスはもう妊娠していなかった。

第四部

一三三八年六月〜一三三九年五月

30

一三三八年の六月はすばらしい天気に恵まれたが、羊毛市は、キングズブリッジにも、羊毛商人のエドマンドにも、惨憺《さんたん》たるものだった。その週の半ばには、カリスは父が経済的な苦境に陥ったことを知った。

町の人々は状況の悪さを見越してできるだけの準備をした。川を渡れるようにマーティンに大きな三艘の筏を造らせ、渡し船とイアンのボートだけではまかなえない分を補えるようにした。もっと造ることもできたが、岸にはそれ以上の筏を着ける余裕がなかった。修道院の敷地は例年より一日早く開放され、渡し船は松明《たいまつ》をともして終夜運航した。キングズブリッジの商人たちが川の向こう側へ渡って、行列に並ぶ人たちを相手に商売ができるよう、ゴドウィン修道院長に許可を出すよう説得したりもした。ディック・ブルワーのエールだったり、ベティ・バクスターのパンだったりが、並んで待つ人たちの慰めになればと思ったのだ。

しかし、それでも駄目だった。

羊毛市への人出は例年より少なかったが、それでも川を渡るのを待つ行列はかつてないほどの長さになった。筏を追加してもさばききれず、さばけたところで、沼のようになっている両岸ではひっきりなしに荷馬車が泥にはまり、牛を数頭使って引っぱり出さなければならなかった。さらには、そもそも舵取《かじと》りの難しい筏が二度ほど衝突し、乗客たちを水に投げ込んでしまった。溺死者が出なかったのが幸いだった。

こうした騒ぎを予想して、そもそも市にやってこなかった行商人もいたし、行列の長さを見て引き返す者もいた。町に入るだけのために半日も列に並んだ人々は、一日か二日後に町から出ていくとき、また同じ騒動を繰り返すはめになった。水曜日には、渡し船が運ぶ人間の数は、町にやってくるより出ていくほうが多くなっていた。

その朝、カリスとエドマンドは、ロンドンからきたギョームと橋の工事を見て回った。ボナヴェントゥーラ・カロリほどの上客ではないが、今年いちばんの客ではあったので、カリスたちは精一杯もてなした。背が高く恰幅《かっぷく》のいいギョームは、高級なイタリアの布で仕立てた、真っ赤な外套を羽織っていた。

彼らはマーティンから建設資材を運ぶ筏を借りた。甲板が高く、巻き上げ装置が作りつけられていた。若い助手のジミーが竿《さお》を操り、筏を動かしてくれた。

川のなかほどにはマーティンが去年の十二月に急遽《きゅうきょ》建てた橋脚があり、まだ防水用の堰《せき》に囲まれていた。マーティンはエドマンドとカリスに、橋があらかた完成するまではこのままにしておこうと思っている、と話していた。工事中に石が傷つくのを防ぐためだ。堰を取り外した後は、大きめの石をいわゆる捨て石として積み上げて、波による浸食から守るつもりだった。

水面から巨大な石の柱がまっすぐにそびえ、そこからアーチが両側に伸びて、岸近くの流れの浅いところに立っている橋脚まで届いていた。その橋脚からは、中心の橋脚へ向かうアーチと、岸の橋台に向かうアーチが伸びていた。その上に、十数人の石工たちが忙しそうに足場を組んでいた。切り立った崖にしがみついているカモメの巣のようだった。

島に到着したカリスたちは、トマスと一緒にいるマーティンを見つけた。トマスは、川の北側へ伸びる橋の橋台を作っている石工たちを監督していた。橋の敷地は聖堂区ギルドに貸し出されており、建造は町の人々から借りた資金に頼っていたが、修道院はまだ橋の所有者であり、管理者だった。トマスがしばしば現場にやってきていたのは、ゴドウィンが自分の所有物について、そして特にその見栄えについて気にかけていたからである。自分の記念碑的な事業になるとでも思っているのだろう。

マーティンは金の混じった茶色の瞳で客を見た。カリスは心臓の鼓動が速くなったような気がした。ここのところほとんど会っていなかったし、会ったとしても仕事の話しかしなかった。マーティンを見ると、いまだに妙な気持ちになった。普通に息をし、無関心を装い、普段どおりの口調で話すだけのことに、いちいち努力をしなくてはならなかった。

喧嘩の仲直りはまだだった。中絶についても話していなかった。流産が自然なものかそうでないのかを知らないはずだし、そもそものことには触れないようにしていた。マーティンが深刻な顔で訪ねてきて、もう一度やり直したいと懇願したことも二度ほどあった。だがカリスは、別の男性を愛したりはしないけれど、だれかの妻や母として生きていくつもりはないといって断わった。「それなら、きみはどういう人生を送りたいんだ?」と尋ねられたが、わからないとしか答えられなかった。

かつてのいたずらっ子の面影は、すっかりマーティンから消え去っていた。理髪師のマシューのところに通い、髪と髭はきちんと刈り込まれていた。石工たちと同じく小豆色の上衣を着てはいたが、親方を意味する毛皮の縁飾りの黄色いケープを身に着け、羽飾りのついた、少し背が高く見える帽子をかぶっていた。

いまもマーティンを逆恨《さかうら》みしているエルフリックは、マーティンはどのギルドのメンバーでもないと難癖《なんくせ》をつけ、親方であることを示すその服装にも言いがかりをつけた。マーティンはそれを受けて、自分が親方であるのは間違いなく、あとはギルドに迎えられれば問題は解決すると返した。そして、問題は解決されないままだった。

まだ二十一歳のマーティンを見るなり、ギョームは叫んだ。「若いじゃないか!」

カリスは控えめにいった。「十七のころから、彼は町でいちばんの建築職人だったんです」

マーティンがトマスに一言二言残し、彼らのほうへやってきた。「あの橋台は重くしなくてはならないんです。だから、深く埋め込む必要があるんですよ」彼はいま造っている巨大な石の堤について説明した。

ギョームが訊いた。「それはなぜだ、若いの?」

横柄《おうへい》な態度をとられることには慣れていたので、マーティンはそれを受け流し、小さく笑みを浮かべていった。「説明しましょう。脚をできるだけ開いて立ってみてください。こんなふうに」そして、自分でやってみせた。ギョームが少しためらったあとでそれを真似た。

「足がどんどん開いていってしまいそうになりませんか？」

「うむ」

「橋の両端も同じで、もっと広がろうとするんです。いまのあなたの脚のようにね。その力が橋をひずませるんです。あなたの脚の付け根にも力が加わっていますよね」マーティンはまっすぐ立ち直すと、自分のブーツの脚をギョームの柔らかい革靴の横にしっかりとくっつけた。「これで足が動かなくなりました。脚の付け根の力は少し弱りましたね？」

「ああ」

「橋台は、この私の足と同じような役割をするんです。足を支えて、緊張を和らげる」

「なるほど、面白いな」ギョームが感心しながら脚を元に戻した。マーティンを見くびっていたと気づいたようね、とカリスは思った。

「ほかにもご案内しましょう」マーティンがいった。

島はこの六カ月でまったく様子を変えていた。岩だらけの土地には店が建ち、きっちりと積み上げられた石材、樽に詰まった石灰、木材の束、巻いたロープが並んでいた。兎はいまだにあちこちにいて、建築職人たちと場所の取り合いをしていた。鍛冶場では、鍛冶屋が古い道具を直したり新しい道具を鍛えたりしていた。数軒の石工たちの小屋と、マーティンの新しい家があった。小さいがしっかりとした造りで、形も美しかった。大工、石工、左官たちが、工事現場へ材料を供給しつづけるべく働いていた。

「いつもより人が多いみたい」カリスはマーティンの耳にささやいた。

マーティンがにやりと笑って静かに答えた。「人に見られる場所には、できるだけ多くの人間を配置するようにしてるんだ。やってくる全員に、ぼくたちがどれだけ早く橋を造り上げようとしているかを知ってほしいからね。来年の羊毛市こそ旧に復すると信じてもらいたいんだよ」

橋から遠く離れた西の外れ、マーティンがキングズブリッジの商人たちに貸している区画には、貯蔵庫と倉庫が建っていた。町のなかで通常払われる賃料よりも安かったが、マーティンはすでに、その区画の毎年の使用料をかなり超える額を手にしていた。

彼はエリザベス・クラークにもたびたび会っていた。カリスから見ると冷血で嫌な女だったが、カリスを除いて唯一マーティンとやりあえる女性だった。司教だった父親から小さな本箱を遺されていて、マーティンは夕方になると彼女の家に行ってその本を読んだ。ほかにしていることがあったとしても、カリスには知るすべがなかった。

ひととおり見て回ると、エドマンドはギョームと帰途につき、カリスはマーティンと話すために残った。「客なのか？」筏が進んでいくのを眺めながら、マーティンが訊いた。

「安い羊毛を二俵買ってくれたわ。仕入れ値よりも安い値段だったけどね」一俵あたり三百六十四ポンドの、きれいに洗って乾かした羊毛だった。今年は一俵三十六シリングで売っていたが、本来ならその倍はする。

「どうして？」

「こういうときには現金を持ってるほうがいいからよ」

「今年の羊毛市はあまり人がこないとわかっていたんだろう」

「こんなにひどいとは思わなかったのよ」

「驚いたな。きみのお父さんは、先を読むことにかけてはいつも神がかり的だったじゃないか」

カリスは口ごもった。「世の中の流れだけならまだしも、今回は橋がないこともあるから」しかし、実は彼女自身も驚いていた。利益が見込めないにもかかわらず、父は商品をいつもと同じ値段で仕入れていた——出費を抑えて安全をはかるべきではないかとカリスは訝っていたのだが。

「余った羊毛はシャーリングの市で売るのか？」マーティンが尋ねた。

「ローランド伯爵はそう薦めてるけど、わたしたちはそこで商売をしたことがないのよ。だから、いい商売はできないわ。キングズブリッジと同じよ。父とほかの二、三人ぐらいでいちばんいいお客さんたちを取ってしまって、もっと小さな店だったり、よそからやってきた商人たちは、残り物を分け合うしかないの。シャーリングの商人たちも同じようにすると思うわ。わたしたちが行って何俵か売れたところで、状況はよくならないわ」

「だったら、これからどうするんだ？」

「それを話そうと思ってたの。実は、橋の工事を止めなければならなくなるかもしれないわ」

マーティンがカリスを見つめ、低い声でいった。「それはできない」

「本当にごめんなさい、でも、父にはもうお金がないの。売れもしない羊毛に注ぎ込んでしまったんだもの」

マーティンが頰をぴしゃりとやられたかのような表情になり、しばらくして口を開いた。

「それなら、ほかの方法を探すべきだ」

カリス自身もそう思ったが、希望のありそうな考えは何一つ思いつかなかった。「父が橋を架けるために出すと約束した七十ポンドは、半分はもう渡しているけれど、残りは倉庫の羊毛に変わってしまったと思うわ」

「きみのお父さんが一文無しになるなんてあり得ないだろう」

「いいえ、限りなくそれに近いの。ほかの出資者たちも、きっと似たような状況だわ」

「工期を延長すればいい」マーティンが絶望のにじむ声でいった。「職人を何人か解雇して、いまある材料でなんとかつづけるんだ」

「そうしたら、来年の羊毛市に橋が間に合わなくなるわ。もっとひどい状況になってしまうわよ」

「でも、完全に諦めるよりはましだ」

「そうね」彼女はいった。「でも、もう少し待ってちょうだい。羊毛市が終わったら、また考えましょう。今日は、どういう状況なのかを伝えたかっただけなの」

マーティンはまだ青ざめていた。「ありがとう」

筏が戻ってきた。カリスを岸に送っていこうとジミーが待っていた。筏へ向かいながら、カリスは何気ない口調で尋ねた。「エリザベス・クラークは元気？」

マーティンが驚いたふりをした。「ああ、元気だと思うよ」

「しょっちゅう会ってるみたいだから」

「特別な関係じゃないよ。これまでだって友だちだったんだから」

「そうよね」と答えたものの、本心は疑っていた。嘘だわ。だって、わたしと一緒にいることが多かった去年は、ずっとエリザベスを無視していたじゃないの。しかし、それを指摘するのはみっともないと思ったので、それ以上は何もいわなかった。

彼女は手を振り、ジミーが筏を出した。マーティンはエリザベスとの関係がロマンティックなものではないと印象づけようとしていたようだった。そうなのかもしれない。あるいは、だれかほかの女性と恋に落ちたのを認めたくないだけかもしれない。どちらなのかはわからない。確かなことは一つ、エリザベスにはそれがロマンティックなものだということだ。エリザベスが彼を見る目だけでわかる。エリザベスは氷の乙女かもしれないが、マーティンのこととなると別人のような情熱が感じられる。

筏が対岸に着いた。カリスは町の中心へと坂を上った。

自分が伝えた話に、マーティンは大きく動揺していた。彼の顔に浮かんだショックと狼狽《ろうばい》

――やり直そうといわれたのを断わったときと同じ顔だった――を思い出しただけで、泣きそうになった。

自分がどういう人生を送ろうとしているのか、カリスにはまだわからなかった。何をしていようが、いい家に住み、実入りのいい仕事をしているだろうとしか、これまでは思ってこなかった。ところがいま、その土台が揺り動かされていた。この事態を切り抜けるにはどうすればいいのだろう？　父は不思議なほど穏やかだ。被《こうむ》った損失がどれほど大きなものなのか、まだ把握していないかのようでもある。でも、何か手を打たなければならないはずだ。

大通りを歩いていくと、エルフリックの娘のグリセルダとすれ違った。生まれて六カ月の赤ん坊を抱いている。男の子で、マーティンと名づけていた。自分と結婚しなかったマーティンに、永遠の責めを与えたつもりなのだ。グリセルダはいまだに傷つけられた純真な乙女を演じていたが、マーティンが本当の父親ではないのはみんなが知っていた。それでも、身体の関係を持ったのであれば結婚すべきだと考えている者もいないではなかった。

家に戻ると、父親が出てきた。カリスはびっくりした。下着――長袖の肌着とズロース、長靴下――しか身に着けていなかった。「服はどうしたの？」

エドマンドが自分の姿を見下ろし、嫌悪の混じった声で答えた。「なんだかぼんやりしてしまった」そして、引っ込んだ。

屋外に用足しに行ったときに外套を脱いで、着て戻ってくるのを忘れただけだろう、とカリスは考えた。もうそんな歳になったのだろうか？　でも、父はまだ四十八だ。ただの物忘れというよりはもっと深刻な問題のようにも感じられて、カリスはぞっとした。

エドマンドがきちんと服を着てから、二人は大通りを渡って修道院の敷地に入った。「マーティンに金の話をしたのか？」父親が訊いた。

「ひどくショックを受けてたわ」

「何といってた？」

「工期を延長したらどうだろうって」

「だが、それでは来年の市に間に合わなくなる」

「でも、彼もいってたけど、もう半分まで出来上がってるのに中止するよりはましでしょう」

鶏を売っているパーキン・ウィグリーの屋台の前で、尻軽娘のアネットが、首から紐で吊した盆に卵を載せて立っていた。カウンターの後ろにグウェンダがいた。いまはここで働いているのだ。妊娠八カ月目で、胸は膨らみ、お腹は大きく突き出ていた。彼女は片方の手を腰に当て、出産間近の女性になじみの姿勢で痛む背中を伸ばしていた。

マティのくれた薬を飲まなかったら自分も妊娠八カ月目になっていたのだ、とカリスは思った。中絶したあとも母乳が出て、自分のしたことを自分の身体に責められているように感じられてならなかった。しかし、良心の呵責《かしやく》にさいなまれながらも冷静に考え直してみると、仮にやり直せる機会を与えられたとしてもきっと同じことをするだろうという結論しか出てこなかった。

　グウェンダがカリスに気づいて微笑んだ。周囲の予想を裏切り、グウェンダは望みを叶えていた。ウルフリックと結婚したのだ。彼の姿も見えた。馬のように強く、ますます男前になっている。彼は木の籠《かご》を積み重ねて荷車に運んでいた。カリスはわくわくしながらグウェンダに話しかけた。「具合はどう？」

「朝から背中が痛いの」

「もうすぐね」

「あと一、二週間だと思うわ」

　エドマンドが訊いた。「だれだね、カリス？」

「グウェンダよ、憶えてないの？」カリスはいった。「十年も前から、毎年一度は必ずうちに遊びにきてくれてるじゃない！」

　エドマンドが微笑んだ。「気づかなかったよ、グウェンダか。きっと、おなかが大きくなったからだろう。元気そうだね」

　カリスたちは店を出た。ウルフリックが遺産を相続できなかったのは知っていた。グウェンダの頑張りも、それについては実を結ばなかった。去年の九月、グウェンダがラルフを訪ねたときの詳しい話は聞いていなかったが、ラルフはそのとき何らかの約束をして、それを後に翻《ひるがえ》したらしい。ともあれ、いまのグウェンダは恐ろしいほどの激しさでラルフを憎んでいた。

　近くに屋台が並んでいた。地元の生地屋が茶色いビュレルを売っている。緩く織られた布地で、裕福でない者が自分で服を作るために買っていくのだ。彼らの商売はそこそこうまくいっているように見えた。羊毛商とは大違いだ。加工していない羊毛は卸売り商品だから、大手の注文客が数人いなくなっただけで市場は崩壊してしまう。だが、布地なら小売りができる。みんなが必要としているし、買っていく。不況になれば多少は売り上げが減るかもしれないが、必需品であることに変わりはない。

カリスの頭にぼんやりとした考えが浮かんだ。羊毛が売れないなら、それを織って、布として売ることも考えなければならないのではないか。でも、それには手間がかかるし、茶色いビュレルでは儲けが出ない。みんな、なるべく安い商品を買おうとするし、店のほうも、まわりより安い値段をつけつづけなければならない。

カリスは改めて屋台を見つめた。「何がいちばんお金になるかしら」ビュレルは一ヤード十二ペンスだ。水に浸して密度を高くした布になると、値段は五割り増しになる。それに、自然の色のままの茶色ではなくてほかの色をつければ、さらに高くなる。ピーター・ダイアーの屋台では緑や黄色やピンクの布を、ヤードあたり一シリング、つまり二十四ペンスで売っていたが、それもあまり明るい色合いではない。

少しずつ形になってきた思いつきを相談しようと、カリスは父のところへ戻った。しかし、そのときにある事件が起きて、それは後回しになってしまった。

羊毛市にやってきたラルフは、去年の市での出来事を苦々しく思い出し、不恰好《ぶかっこう》な鼻に手をやった。なんであんなことになったのか？　アネットという名の小娘に他愛のないちょっかいを出していただけなのに、そして、その恋人に敬意の表わしかたを教えてやろうとしただけなのに、いつの間にかそれが屈辱的な騒ぎに変わってしまった。

パーキンの屋台に近づきながら、ラルフはその後のことを思い出して自分を慰めた。橋の崩落のときにはローランド伯爵の命を救ったし、石切場での毅然《きぜん》とした態度を伯爵は喜んでおられた。そして、ついに高い身分にもなれた——領地がウィグリーという小さな村だとしても、だ。ベン・ウィーラーという取るに足りない荷馬車屋を殺し、自分に力と度胸があると証明することもできた。

それに、兄とも仲直りができた。母にクリスマスの正餐《せいさん》に呼ばれ、握手をするよう命じられたのだ。雇い主が敵対しているのが不幸だったのだと父はいった。だが、それぞれ最善を尽くすのがおまえたちの義務だ、内乱で敵味方に分かれてしまったようなものなのだ、と。ラルフはその話を聞いて嬉しかったし、マーティンもそれは同じだろうと考えた。

ウルフリックに遺産の相続を許さず、復讐してやったのも満足だった。それに、アネットをビリー・ハワードと結婚させてやった。ウルフリックは醜いグウェンダで満足しなければならないのだ——もっとも、あの女は情熱的ではあるが。

ただ、ウルフリックがあまりこたえたように見えないのが残念だ。やつは背筋を伸ばして誇らしげに、まるでおれでなく、あいつ自身が領主であるかのように歩き回っている。村人もやつを好いているし、妊娠した女房はやつを崇拝している。おれが与えてやった敗北を除いては、ウルフリックはまるで英雄のようだ。ひょっとしたら、それはあいつの妻がめげていないからかもしれない。

　グウェンダがベル・インに自分を訪ねてきたときの一部始終を、あいつに話して聞かせてやろうか。「おれはおまえの女房と寝たんだぞ、喜んでたぜ」と。そうすれば、ウルフリックの顔に浮かんでいる自慢げな表情は掻き消えるだろう。しかしそれは、そのときの約束をおれが恥ずかしげもなく破ったのを教えてやることにもなる——そして、ウルフリックにまた優越感を抱かせることになる。自分の裏切りを知ったウルフリックやほかの人間たちが自分に対して持つであろう軽蔑を想像して、ラルフは身震いした。マーティンは特にさげすむだろう。やはり、グウェンダとの一件は秘密にしておくしかない。

　みんながその屋台へ集まってきた。最初にラルフがやってくるのを見つけたのは主人のパーキンだった。彼は例によって媚《こ》びへつらいの笑みを浮かべて領主を迎えに出、深々と頭を下げた。「ごきげんよう」妻のペギーもその後ろでお辞儀をした。グウェンダは痛む背中をさすっていた。卵の盆を抱えているアネットを見たラルフは、その卵のように丸くて固い、彼女の小さな胸をまさぐったことを思い出した。アネットがラルフに見られているのに気づき、恥ずかしそうに目を伏せた。もう一度胸を触りたくなった。いいではないか？　おれは領主なんだ。そのとき、ウルフリックが屋台の後ろにいるのに気がついた。籠を荷馬車に積みながら、ラルフをじっと見つめていた。顔は平静を保ち、視線は穏やかだった。傲慢さとはまったくかけ離れていたが、ラルフには脅迫以外の何物にも思えなかった。確かめるまでもないほどはっきりと、彼女に指一本でも触れてみろ、殺してやる、といっていた。

いや、むしろそのほうがいいのかもしれない、とラルフは思った。挑発して、向こうに手を出させるのだ。そうしたら剣で刺し貫いてやる。逆上した農民から貴族が身を守るだけのことなのだから、正当性はこちらにある。ウルフリックの視線を受けながら、ラルフはアネットの胸を愛撫しようと手を上げた。そのとき、グウェンダが苦痛の叫びを上げ、全員が彼女を見た。

31

カリスはその悲鳴がグウェンダのものだと気づいた。恐怖で胸が締めつけられた。何かがおかしい。カリスは急いでパーキンの屋台へ戻った。

ストゥールに坐っているグウェンダは蒼白で、手を腰に当て、苦痛に顔をゆがめていた。ドレスが湿っていた。パーキンの妻のペギーがきびきびといった。「破水ね。これから始まるわよ」

「早すぎるわ」カリスは不安だった。

「でも、もう赤ちゃんは出てくるわ」

「危険よ」カリスはすぐさま決断した。「施療所へ連れていくわ」普通は出産で施療所へは行かないのだが、わたしが頼めば受け入れてくれるだろう。早産が危険なのはだれもが知っているのだから。

現われたウルフリックを見て、カリスは驚いた。若いわね、十七歳の少年がもうすぐ父親になるわけ？

グウェンダがいった。「なんだか目が回るの。でも、すぐによくなると思うわ」

「ぼくが運ぶ」ウルフリックが軽々と彼女を抱き上げた。

「ついてきて」カリスはいった。そして彼の前に立ち、屋台のあいだを縫っていった。「通してください、お願いします！　通して！」施療所まではすぐだった。

扉は開いていた。夜を過ごした患者が数時間前に帰され、藁のマットレスが壁の前に高く積まれていた。何人かがせっせと床を洗っていた。カリスはいちばん近くにいる裸足の中年女性に声をかけた。「オールド・ジュリーを呼んできてください、急いで――カリスが呼んでいる、と伝えて」

カリスは十分にきれいな敷き布団を選び、祭壇《オールター》に近い床に敷いた。病気を治すのに祭壇がどれほど効果があるかはわからないが、しきたりに従っても害はない。ウルフリックがグウェンダを注意深く、ガラスでできているかのようにそっと寝かせた。彼女は膝を立て、脚を広げて仰向けになった。

すぐにジュリーがやってきた。この四十は越えていないだろうが貫禄のある修道女に、わたしはいったい何度ほっとさせられてきただろうと思いながら、カリスは説明した。「グウェンダ・ウィグリーです。彼女は大丈夫だと思うんですが、赤ちゃんが予定よりも数週間早く生まれそうなので、念のために連れてきたんです。それに、すぐそばだったので」

「賢明な判断よ」ジュリーはそう応じながらカリスをそっと押しのけ、グウェンダの横に膝をついた。「気分はどう?」

ジュリーがグウェンダに小声で話しかけているあいだに、カリスはウルフリックをうかがった。端正な若い顔が不安に引きつっていた。アネットに首ったけでグウェンダと結婚するつもりなどなかったのに、いまは、ずっとグウェンダを愛しつづけてきたかのように心配していた。

グウェンダが痛みに悲鳴を上げた。「大丈夫よ」ジュリーが声をかけ、グウェンダの脚のあいだに屈んでスカートのなかを覗いた。「もうすぐよ」

修道女がもう一人やってきた。天使のような顔をした修練女のメアーだった。「マザー・セシリアを呼びましょうか?」

「その必要はないわ」ジュリーが答えた。「物置へ行って、〈出産〉と書かれている木箱を持ってきてちょうだい」

メアーが急いで出ていった。

グウェンダが訴えた。「神様、痛いわ」

「いきみつづけて」ジュリーがいった。

ウルフリックが訊いた。「いったいどうしたんです?」

「心配しなくても大丈夫よ」ジュリーが答えた。「これが普通なの。こうやって女性は子供を産むのよ。あなたはきっと、家族のなかでいちばん年下なのね? そうでなければ、あなたのお母さんがこうやって子供を産んだことを知っているはずですものね」

カリスもまた、家族のなかでは最年少だった。出産が苦痛を伴うのは知っていたが、実際に見たことがなかったから、あまりの大変さにショックを受けていた。

メアーが木箱を持って戻ってきて、ジュリーの隣りに置いた。

グウェンダが呻くのをやめ、目を閉じて眠ったかに見えたが、またすぐに叫びだした。

ジュリーがウルフリックに指示した。「隣りに坐って、手を握っていて」彼はすぐに指示に従った。

ジュリーはグウェンダのドレスのなかを覗き込んでいたが、しばらくして声をかけた。「いきむのをやめて。短い呼吸を何度もして」そして、手本を示そうと喘《あえ》いでみせた。グウェンダはそのとおりにし、苦痛が束の間和らいだように見えた。しかし、また悲鳴が始まった。

カリスは耐えられなかった。これが普通のお産なら、難産はいったいどんなに大変なのだろう？　時間の感覚が飛んでいた。いろいろなことがあまりに一時に起こりすぎたし、グウェンダの苦痛には終わりがきそうにもなかった。カリスは無力感を覚えた。何よりも嫌いな感情だった。母が亡くなったときにも、同じ感情に襲われた。助けてあげたいのに、何をしたらいいのかわからない。とても不安だった。血がにじむほど唇を嚙みしめた。

ジュリーがいった。「生まれるわよ」そして、グウェンダの脚のあいだに手を伸ばした。ドレスがめくれあがり、下を向いて濡れた赤ん坊の頭が、ありえないほど広がったところから出てくるのがはっきりと見えた。「なんてこと、あれじゃ痛いのは当然よ！」カリスは恐怖に叫んだ。

ジュリーが赤ん坊の頭を左手で支えた。赤ん坊の向きがゆっくりと変わり、小さな肩が出てきた。その肌は血と、何か別の液体でぬるぬるしていた。「もう力を抜いても大丈夫」ジュリーがグウェンダにいった。「ほとんど終わったわ。きれいな赤ちゃんよ」

きれい？　カリスは思った。わたしには不気味な生き物にしか見えないけど。

ついに赤ん坊の胴体が現われ、つづいて、一気に脚が出てきた。太くて青い紐が臍《へそ》からつながって脈打っていた。ジュリーが赤ん坊を抱き上げた。小さくて、頭はジュリーの掌ほどの大きさもなかった。

何かがおかしい、とカリスは思った、赤ん坊が息をしていないじゃないの。

ジュリーが赤ん坊の小さな鼻に息を吹き込んだ。

すると、赤ん坊がいきなり口を開けて息を吸い込み、泣き出した。

「神さま、感謝します」ジュリーがいった。

彼女は赤ん坊の顔を自分の袖で拭うと、耳、目、鼻、口の周りもやさしくきれいにしていった。それから赤ん坊を胸に抱いて目を閉じた。その瞬間、ジュリーは自らを完全に神に捧げていた。やがて、赤ん坊はグウェンダの胸に戻された。

グウェンダが赤ん坊を見下ろした。「男の子？　女の子？」

カリスにはどちらにも見えなかった。ジュリーが赤ん坊の脚のあいだを覗き込んで教えた。

「男の子よ」

青い紐は脈打つのをやめて白くなっていた。ジュリーが木箱から短い糸を二本取り出して臍の緒を二カ所で結び、小さな鋭いナイフで結び目のあいだを切断した。

メアーがジュリーからナイフを受け取り、木箱から小さな毛布を出して手渡した。ジュリーはグウェンダから赤ん坊を取り上げると、その毛布にくるんでから戻してやった。メアーが枕をいくつか持ってきて、グウェンダが頭を起こしていられるように積み上げた。グウェンダが大きく張った胸を出し、乳首をふくませた。赤ん坊は乳を吸いはじめたが、すぐに寝入ってしまったようだった。

臍の緒の一方の端はまだグウェンダの身体につながったままだったが、数分後、それが動いたかと思うと、どろりとした赤いものが流れ出してきた。後産だ。マットレスに血がしみこんだ。ジュリーがその塊《かたまり》を持ち上げてメアーに渡した。「燃やしてちょうだい」

ジュリーがグウェンダの骨盤のあたりを見つめた。予想外の何かが起きているようだった。その視線を追ったカリスは、血がまだ流れつづけているのに気づいた。ジュリーが何度拭き取っても、血の流れは止まらなかった。

ジュリーが戻ってきたメアーにいった。「マザー・セシリアを呼んでちょうだい。お願いだから急いで」

ウルフリックが訊いた。「何かまずいことでも?」

「もう出血が止まってないといけないんだけど」ジュリーが答えた。

それを聞いて、その場の空気が固まった。ウルフリックの顔に恐怖が浮かんだ。赤ん坊が泣き出し、グウェンダがまた乳首を与えた。赤ん坊は少し乳を飲んだだけで、またすぐ眠ってしまった。ジュリーはずっと扉のほうを見ていた。

　ようやくセシリアがやってきた。彼女はグウェンダを見るなり訊いた。「後産は？」

「数分前に」

「赤ん坊に胸は吸わせた？」

「臍の緒を切ってからすぐに」

「医者を呼んできましょう」セシリアは足早に立ち去った。

　数分後に戻ってきたとき、彼女は小さなガラスの容器を手にしていた。なかには黄色い液体が入っていた。「ゴドウィン修道院長が処方してくれたわ」

　カリスは憤然としていった。「まさか、グウェンダで実験をするつもりではないでしょうね？」

「とんでもない」セシリアがきびきびと答えた。「彼は修道士であり、聖職者です。女性のひそやかな部分に興味はありませんよ」

「プーデックス」とカリスは吐き捨てた。ラテン語で〝ろくでなし〟を意味する言葉だった。

　セシリアは聞こえなかったふりをし、グウェンダの横にひざまずいた。「さあ、これを飲んで」

　その薬を飲んでも、出血は止まらなかった。グウェンダは青ざめ、出産直後より弱々しく見えた。赤ん坊は満足げに彼女の胸で眠りつづけていたが、それ以外の全員が不安におのののいていた。ウルフリックはそわそわと立ったり坐ったりを繰り返した。ジュリーはグウェンダの腿の血を拭きながら、いまにも泣き出しそうに見えた。何か飲みたいとグウェンダが訴えたので、メアーがエールをカップに入れて持ってきた。

「打てる手はすべて打ったわ」ジュリーがいった。

カリスはジュリーの耳元でささやいた。「こんなに血が出たら死んでしまうわ！」

「こういうことはこれまでにもあったんですか？」

「三人ほどいたわね」

「彼女たちはどうなったの？」

「亡くなったわ」

カリスは絶望の呻きを低く漏らした。「何かもっとできることがあるはずだわ！」

「もう神の手に委ねられたのです。祈りなさい」

「わたしはそういうことをいってるんじゃないんです」

「口に気をつけなさい」

カリスはとたんに罪の意識を覚えた。ジュリーのように親切な人と言い争いたくなかった。

「すみません、シスター。祈りの力を否定してるわけではないんです」

「そうだといいけれどね」

「ただ、わたしにはグウェンダを神様の御許《みもと》に返す心の準備ができていないんです」

「ほかに何ができるかしら？」

「待っていてください」カリスは病院を飛び出した。

彼女はもどかしげに買い物客たちを押しのけ、市を歩き回った。生死の境目をさまよっている人間がいるときに、物を売ったり買ったりしている人がいるのが不思議だった。しかし、カリスにしても、妊娠している女性が出産に入ったと聞いたことはいままで何度もあったが、だからといって自分のしていることを中断したりはしなかった。ただ無事に生まれてくれるよう願っただけだった。

カリスは修道院の敷地を出ると、マティ・ワイズの家へ走った。扉をノックして開けたとたんに、マティの姿を認めて安堵した。

「グウェンダが子供を産んだの」カリスはいった。

「何があったの？」マティがすぐに訊いた。

「赤ちゃんは元気なんだけど、グウェンダの出血が止まらないのよ」

「後産はきた？」

「ええ」

「それなら、血が止まらないとおかしいわね」

「助けてくれる？」

「やってみるわ」

「急いで、お願い！」

マティは壺を火からおろして靴を履くと、家を出て戸締りをした。

カリスは強い口調でいった。「わたし、絶対に子供は産まないわ。誓ってもいい」

二人は修道院まで走り、施療所へ向かった。血の臭いが強く漂っていた。

マティがジュリーに気づいて挨拶した。「こんにちは、シスター・ジュリアナ」

「マティ」ジュリーが非難めいた視線を返した。「修道院長の薬でも効果が見えないのに、あなたにこの女性が助けられるの?」

「シスターがわたしと彼女のために祈ってくださるなら、何が起こるかはだれにもわからないんじゃないでしょうか?」

うまい返し方をされて、ジュリーが沈黙した。

マティは母子の傍《かたわ》らにひざまずいた。グウェンダはさらに青白くなり、目を閉じていた。赤ん坊が乳首を探していたが、グウェンダはその手助けをするのさえ辛そうだった。

マティがいった。「何かを飲ませつづけないといけないわ——でも、強いお酒は駄目よ。お湯にワインを少し混ぜて持ってきてちょうだい。それから、厨房へ行って、きれいな石鹸水があれば温めてもらってきて。熱すぎないようにね」

メアーがどうしたものかとジュリーを見た。ジュリーは一瞬ためらったが、結局許可を与えた。「行きなさい——でも、マティの指示だということは内緒にするのよ」

マティはグウェンダのドレスをできるかぎり押し上げ、彼女の下腹部をすべて露わにした。ほんの数時間前までぱんぱんに張っていたおなかは、もう緩くたるんでいた。マティはその肉をつかむと、ゆっくりと、しかし力を込めて、グウェンダの下腹を押さえた。グウェンダが呻いたが、それは痛みではなくて不快さのせいのようだった。

マティがいった。「子宮が柔らかいわ。収縮しそこなったのね。だから、血が止まらないのよ」

泣き出しそうになっているウルフリックが訊いた。「何とかならないんですか？」

「わからないわ」マティがマッサージを始めた。どうやら子宮を押しているようだった。

「こうすると、子宮が縮まることがあるのよ」

全員が固唾《かたず》を呑んで見守った。カリスは息をするのも忘れるほど怯えていた。

メアーがワインのお湯割りを持って戻ってきた。「飲ませてあげて」マッサージの手を休めずにマティが指示した。メアーがカップを口に当てがうと、グウェンダは渇《かっ》えたように飲みはじめた。「飲ませすぎないで」マティが注意した。メアーがカップを口から離した。

マティはマッサージをつづけながら、ときおりグウェンダの腰のあたりに目をやった。ジュリーは声に出さずに祈りを唱えていた。血は絶え間なく流れつづけていた。

マティが不安げに手の位置を変えた。左手をグウェンダの臍のすぐ下に置き、右手を左手の上に乗せた。そして、ゆっくりと体重を加えていった。痛いのではないかとカリスは不安になったが、グウェンダは朦朧《もうろう》としているだけだった。徐々にではあったが、マティがついに全体重をかけた。

ジュリーがいった。「血が止まったわ！」

マティは体勢を崩さなかった。「だれか、五百まで数えて」

「わたしがやるわ」カリスが引き受けた。

「ゆっくりね」

カリスは大きな声で数えはじめた。ジュリーがまたグウェンダの血を拭き取った。その後、そこが血で汚れることはなかった。ジュリーが声に出して祈りはじめた。「慈《いつく》しみあふれる聖母マリア……」

誰一人動かなかった。まるで彫像の集まりのようだった。母と子がベッドに横たわり、知恵と経験を備えた女性がじっと母の腹を押さえている。夫、祈る修道女、そして、数を数えているカリス。「百十一、百十二……」

カリスには自分の声とジュリーの祈りの声だけでなく、外の市で何百人もの人間が一度に話している、どよめきのような声も聞こえていた。マティの顔には力を込めてグウェンダの腹を押さえている疲れが現われはじめていたが、彼女は身じろぎもしなかった。ウルフリックは声を殺して泣き、陽に焼けた頬を涙が伝っていた。

五百を数え終わると、マティがゆっくりと手を離した。また血が溢れ出るのではないかと怯えながら、全員がグウェンダの股間を見た。

だが、何事も起こらなかった。マティが長い安堵の吐息を漏らした。ウルフリックの顔に笑みが浮かんだ。ジュリーがいった。「神を讃えよ!」

マティが指示した。「グウェンダにもう一度飲ませてあげてちょうだい」

メアーはふたたびカップを口にあてがってやった。グウェンダが目を開け、それを全部飲み干した。

「もう大丈夫よ」マティが保証した。

グウェンダがささやいた。「ありがとう」そして、目を閉じた。

マティがメアーを見た。「スープを持ってきてくれないかしら。彼女は体力を取り戻さなくちゃならないわ。さもないと、おっぱいが出なくなってしまうから」

メアーがうなずいて去っていった。

赤ん坊が泣き出した。グウェンダは意識を取り戻したらしく、赤ん坊をもう一方の胸へ移して、乳首を見つけるのを手伝ってやった。そして、ウルフリックを見上げて微笑した。

ジュリーがいった。「何てきれいな男の子なんでしょう」

カリスはもう一度赤ん坊を見た。初めて一個の人間だと思うことができた。この子はどんなふうになるのだろう――ウルフリックのような強くて本物の男になるのか、それとも、この子の祖父のジョビーのように弱くて不誠実な男になるのか。でも、どっちにも似ていないわねと思って、彼女は訊いた。「この子はだれに似てるのかしら?」

ジュリーがいった。「肌の色はお母さんに似てるわね」

確かにそうだ、とカリスは認めた。髪は黒いし、肌はベージュだわ。でも、ウルフリックの肌は白いし、髪はダーク・ブロンドだ。赤ん坊の顔はだれかを思い出させた。そしてすぐに、マーティンだと気がついた。ある馬鹿げた考えが頭をよぎり、彼女はすぐにそれを追い払った。それでも、似ているのは事実だった。「この子を見て、わたしがだれを思い出したかわかる?」と、彼女は訊いた。

そのとき、いきなりグウェンダの表情が変わった。目を大きく見開いた顔に狼狽が走ったと思うと、ほとんどそれとわからないぐらい小さく首を振った。一瞬のことだったが、何をいおうとしていたかは間違う余地がなかった。黙っていろといっているのだ。カリスは口を閉ざした。

「だれかしら」ジュリーが無邪気に訊き返した。

カリスは躊躇《ちゅうちょ》し、何か答えなくてはと必死で考えて、ようやく閃《ひらめ》いた。「グウェンダのお兄さんのフィルモンよ」

「それはそうよね」ジュリーがいった。「だれか、生まれたばかりの甥に会いにくるよう、彼に知らせてあげるべきね」

カリスは困惑した。つまり、ウルフリックの子じゃないってこと? それなら、だれの子なの? マーティンではあり得ない。誘惑に弱いからグウェンダと寝たかもしれないけど、もしそうであれば、わたしに黙っていられるはずがない。マーティンでないとしたら……

不意に思い当たって、ぎょっとした。あの日、グウェンダがウルフリックの相続を認めてほしいと頼みにラルフに会いに行ったとき、そこで何があったのか? ラルフの子だなんてことがあるだろうか? 考えるだに気持ちが悪かった。

カリスはグウェンダを見、赤ん坊を見、そして、ウルフリックを見た。ウルフリックはまだ頬を涙で濡らしたまま、歓びに顔をほころばせている。何一つ疑っていない。

ジュリーがいった。「赤ん坊の名前は考えてあるのかしら」

「もちろん」と、ウルフリックが答えた。「サムエルです」

グウェンダがうなずき、赤ん坊の顔を見ていった。「サムエル。サム」

「ぼくの父親の名前をもらったんだ」ウルフリックは幸せそうだった。

32

アントニーの死から一年がたち、キングズブリッジ修道院は生まれ変わった。日曜日の羊毛市のあと、大聖堂に佇《たたず》みながら、ゴドウィンは満足だった。

いちばんの違いは、修道士と修道女が切り離された点だ。もはや歩廊《クロイスター》や図書室や記録室で一緒になる心配はない。教会のなかでさえ、聖歌隊席の中央に彫刻が施された新しい樫の仕切りが立てられ、お互いに顔を合わせることはなくなった。施療所のなかだけは一緒になる場合があるが、それはやむを得ない例外だ。

修道院長のゴドウィンは説教のなかで、一年前の橋の崩壊は神が修道士と修道女の弛《ゆる》みと市民の罪《シン》を罰せられたのだと話した。修道院での厳格な規律と純潔、町での敬虔と従順の新しい精神が、この世と来世において、すべてのものによりよい暮らしをもたらすだろうと。

そして、かなりの手応えを感じていた。

そのあと、ゴドウィンは宝物係のシメオンと院長の館で食事をとった。フィルモンが鰻《うなぎ》のシチューとサイダーを出した。「私は新しい院長の館を造りたい」ゴドウィンはいった。

シメオンの細長い顔がさらに長くなった。「特別な理由でもあるのですかな？」

「キリスト教世界の修道院長のなかでも、こんな貧相な家に住んでいるのは私ぐらいのものだろう。この一年のあいだにここを訪れた客を思い出してもらいたい――シャーリング伯、キングズブリッジ司教、モンマス伯――こういう人々を迎えるには、この建物はふさわしくない。われわれやわれわれの地位が劣っていると思われてしまう。キングズブリッジ修道院の威信を示すためには堂々たる館が必要だ」

「御殿が欲しいわけですか」シメオンがいった。

ゴドウィンはシメオンの声に非難の色を感じ取った。修道院よりも自分の名を挙げるためだろうといわんばかりじゃないか。「そう呼びたければ、呼べばいい。だが、そのどこがいけないんだ？　司教やほかの修道院長たちは御殿に住んでいるじゃないか。だが、それは自分の安楽のためではない。客のためであり、自分が代表を務める組織の名声のためだ」

「そうだとしても」シメオンが攻め方を変えていった。「先立つものがないでしょう」

ゴドウィンは眉をひそめた。年配の修道士には腹蔵ない意見を述べてくれといってはいたが、実は反対されるのは嫌だった。「何をいっているんだ。キングズブリッジはこの国でも指折りの豊かな修道院だぞ」

「常々そういわれているし、確かに大きな資産もあります。しかし、羊毛の値は今年も、五年連続で下がっています。われわれの収入は落ち込んでいるんです」

フィルモンがいきなり口を挟んだ。「イタリアの商人たちはスペインで羊毛を買っているそうです」

フィルモンは徐々に変わりつつあった。念願の修練士になってからというもの、おどおどした少年っぽさがなくなって自信がつき、言葉遣いこそ丁寧になったものの、院長と宝物係の話に割り込む——有益な手助けをしてくれる——までになった。

「それはあり得るな」シメオンが認めた。「また橋がないために、羊毛市の規模は小さくなっている。そのため、われわれが得ていた税金と通行料収入がかなり減ってしまった」

ゴドウィンはいった。「だが、われわれには何千エーカーもの農地があるじゃないか」

「われわれの土地が大半を占めるこの地域では、さんざん降りつづいたあの雨のせいで、昨年は不作でした。多くの農民は生き延びるのに必死だったんです。ひもじい思いをしているときに、賃料を無理やり払わせるのは難しいし——」

「それでも払ってもらわないと」ゴドウィンはシメオンをさえぎった。「修道士だってひもじいんだ」

フィルモンがまた口を挟んだ。「村にいる土地管理人が農民が賃料を払っていないとか、ここの土地は借用に適さないから賃料が入らないとかいったら、それが真実かどうか確認する手立ては何もありません。土地管理人が農民に買収されている可能性もあります」

ゴドウィンは苛立ちを覚えた。過去にもこういう会話は数えきれないほどしてきた。修道院の財政管理を引き締めるよう決断を迫られたが、改革しようとするたびに壁にぶち当たった。「何か考えはないのか?」彼はいらいらしてフィルモンに訊いた。

「検査官を派遣するんです。村々を巡回させて土地管理人と話をさせ、土地を見させ、飢え死にしそうだという農民の家を回らせるのです」

「管理人が買収されるのなら、検査官も同じだろう」

「検査官が修道士でない場合にはそうでしょうが、修道士なら金で買われる心配はないでしょう」

ゴドウィンはフィルモンの過去の盗癖を思い出した。確かに修道士に自分の金は必要ないということになってはいるが、だからといって買収されないという保証はない。しかし、修道院長の検査官がくれば、間違いなく土地管理人は気をつけるだろう。「いい考えだ」ゴドウィンはいった。「検査官になりたいか?」

「慎んでお受けします」

「それでは決まりだ」ゴドウィンはシメオンに向き直った。「やはり、われわれにはまだ巨額の収入がある」

「巨額の出費もですよ」シメオンが答えた。「われわれは司教に助成金を払っています。二十五人の修道士に七人の修練士、さらに、十九人の住民を養い、衣食住を賄っています。清掃係、料理人、厩《うまや》番など三十人を雇っています。蠟燭には大金がかかります。修道士のローブは――」

「わかった。いいたいことはよくわかった」ゴドウィンが我慢できずにさえぎった。「それでも私は新しい館を造りたい」

「だから、その資金はどこで調達するんですか？」

ゴドウィンはため息をついた。「いつものところだ。マザー・セシリアに頼んでみよう」

しばらくして、ゴドウィンは彼女に会った。いつもなら、教会内での男性の優位を示すために彼女にきてもらうのだが、今回は下手に出るほうがいいと考えた。

女子修道院長の館は男子のそれとまったく同じ造りだったが、どこか感じが違っていた。クッションやラグが置かれ、テーブルには花を活《い》けた花瓶、壁には聖書の話や聖句が刺繍された布が掛けられ、暖炉の前では猫が眠っていた。セシリアは焼いた子羊肉と濃い赤ワインの食事を終えるところで、ゴドウィンが着くと、彼が取り入れた規則どおりにヴェールを被った。修道士が修道女と話をするときの決まりだった。

ヴェールがあろうとなかろうと、セシリアの心の内を読むのは難しかった。彼が修道院長に選任されると、彼女は形ばかりの歓迎をし、修道士と修道女を分離するという厳しい規則に抗議もせずに賛成し、施療所を効率よく運営するために、実用的な意見をたまに述べるだけだった。決して反対はしなかったが、本当は味方でないのはわかっていた。もはや彼女を喜ばせるのは無理だと思われた。彼が若かったころには少女のように笑わせることができたのに、いまはもう簡単には笑ってくれない——あるいは、自分がこつを忘れてしまったのだろう。

ヴェールを被った女性とは雑談できそうになかったので、いきなり本題に入った。「貴族と身分の高い客人を迎えるために、新しい建物を二棟造ったほうがいいと思うんです」と、彼はいった。「一つは男性用、一つは女性用です。修道院長の館と女子修道院長の館と呼ばれるでしょうが、真の目的は客人に馴染みのやりかたで滞在してもらうことです」

「面白い考えね」セシリアがいった。相変わらず素直だが、心がこもっていない。

「目を見張るような石造りの建物がいいでしょう」ゴドウィンはつづけた。「何といってもあなたは十年以上ここで女子修道院長を務めてこられた――この国でいちばんの古株といえる修道女です」

「わたしたちがお客様に感心してほしいのは、富ではなく、修道院の神聖さと修道士と修道女の敬虔さよ」

「おっしゃるとおりです。しかし、建物はその象徴となります。大聖堂が神の威厳を象徴するようにね」

「新しい建物はどこに建てるつもり？」

いいぞ、ゴドウィンは思った――すでに具体的な話に移っている。「いまの建物の近くです」

「それなら、あなたたちのは教会の東端で修道士集会場の隣り、わたしたちのは生け簀《す》のそばのことというわけね」

馬鹿にされているのかもしれないという思いがゴドウィンの頭をよぎった。彼女の表情は見えない。女性にヴェールを課すのは不便だな、とつくづく思った。「別の場所でもいいですよ」彼はいった。

「ええ、そうするかもしれないわ」

短い間があった。金の話を持ち出すのは難しそうだった。ヴェールの規則を変えて、女子修道院長は例外とするか。そうでもしないと、これではとても交渉にならない。

ゴドウィンはまたもややむを得ず、唐突に切り出した。「残念ながら、私は建設費用を寄付できないんです。男子修道院の財政は非常に逼迫《ひっぱく》しているのでね」

「女子修道院長の館までは、という意味かしら？」彼女がいった。「そんなことは期待してないわ」

「そうではなくて、修道院長の館の費用のことです」

「つまり、女子修道院にあなたの新しい館の建築費用まで払ってほしいわけね」

「そうお願いしなければなりませんね」

「そうね、キングズブリッジ修道院の威信がかかっているなら……」

「そういってもらえると思っていましたよ」

「……ちょうどいま、修道女用の新しい歩廊を造っているの。もう修道士と一緒には使えないから」

ゴドウィンは何もいわなかった。彼はセシリアがマーティンに歩廊の設計を依頼したことにやきもきしていた。安上がりのエルフリックにしないのは無駄な浪費だったが、ここで口にするべきではなかった。

セシリアがつづけた。「それが終わったら、修道女の図書室を作って本を買わなくてはならないわ。もうあなたたちの図書室は使えないものね」

　ゴドウィンはしびれを切らして足を鳴らした。話がずれてきているぞ。

「それから、教会までの屋根付きの歩道がいるわ。いまは修道士とは別の道を使っているから、天気が悪いときには雨をさえぎるものがないのよ」

「なるほど」ゴドウィンはかろうじて応じた。本当は、べらべら話すのは止めてくれ！　と叫びたかった。

「そういうわけで」彼女がこれで話し合いは終わりだというようにいった。「三年もしたら、この提案を考えられると思うわ」

「三年？　私はいまから始めたいんですよ！」

「それは無理ね」

「どうして？」

「予算があるからよ」

「しかし、こっちのほうがもっと大事でしょう」

「予算はきちんと守らないといけないの」

「なぜ？」

「財政面でしっかり自立していられるようによ」そういうと、あてつけるように付け加えた。

「お金の無心をしたくないのでね」

ゴドウィンは返す言葉がなかった。それどころか、ヴェールの下で自分を笑っているかと思うと身の毛がよだった。笑いものにされるのは耐えられなかった。彼はいきなり立ち上がった。「ありがとう、マザー・セシリア」冷たくいった。「このことについてはまた話し合いましょう」

「そうね」彼女が応えた。「三年したらね。楽しみにしてるわ」

彼女が笑っているのがはっきりわかった。ゴドウィンは背を向けると、そそくさとその場を去った。

自分の館に戻ると、椅子にどっかと腰を下ろし、まだ居残っているフィルモンに息巻いた。

「あの女には虫唾《むしず》が走る」

「駄目だといわれたんですか?」

「三年したら考えると抜かしてくれたよ」

「ただの駄目よりひどい」フィルモンがいった。「三年も駄目なんですからね」

「われわれはいつでも彼女の思いどおりだ。何しろ、彼女には金があるからな」

「私は年配の修道士の話に耳を傾けているんですが」フィルモンが明らかに見当違いなことをいった。「学ぶことばかりで驚きですよ」

「何がいいたいんだ?」

「修道院が初めて製粉所を作ったり、生け簀を掘ったり、兎の飼育場を囲ったりしたとき、院長たちは町の住民に修道士の施設を使うことを義務づけ、使用料を払わせる法律を作ったんです。家で穀物を挽《ひ》いたり、足踏みして布目をつめたりすることは許されず、生け簀や飼育場も持てなかった——つまり、われわれから買わなければならなかったということです。その法律によって、修道院は建設費用を賄えたんです」

「その法律はなくなったのか？」

「変わったんです。禁止する代わりに、貢納金を払えば自分で設備を持つことが許された。しかし、アントニー院長の時代にその法律はなくなりました」

「いまではどの家にも手回しの石臼があるからな」

「魚売りはみな生け簀を持っているし、飼育場は六つあります。染物屋は修道院の縮絨機《しゆくじゆうき》を使わずに、妻や子供に踏ませて布目をつめています」

ゴドウィンは興奮した。「そういう者たちがみな自分の設備を持つ権利として貢納金を払えば……」

「相当の金になるでしょう」

「だが、黙って受け入れはしないだろう」ゴドウィンは顔をしかめた。「われわれの主張を証明できるのか？」

「貢納金のことを憶えている者はたくさんいます。でも、修道院の記録のどこかに記されているはずですよ——たぶん『ティモシーの書』に」

「貢納金の正確な金額を調べたほうがいい。前例を口実にやるなら、正確にやらないとな」

「申し上げてもよろしければ……」

「いってみろ」

「日曜の朝、大聖堂での説教のなかで新しい制度を発表するのです。そうすれば、これが神のご意志であると印象づけられます」

「名案だ」ゴドウィンはいった。「それこそ私の仕事だ」

33

「わたしにいい考えがあるわ」カリスは父親にいった。

エドマンドがテーブルの上座の大きな木の椅子に背中を預けて微笑した。カリスのよく知っている、懐疑的だが聞く耳は持っているぞという顔だった。「聞かせてもらおうか」

カリスは少し神経質になった。自分の考えに自信はあった——これなら、父の財産とマーティンの橋を守れるはずだ。でも、父を納得させられるだろうか。

「余りの羊毛を布に織って染めるの」彼女は簡単にいった。そして、息を詰めて反応を待った。

「羊毛商人は不況のときによくその手を使う」エドマンドがいった。「だが、なぜそれがうまくいくと思ったんだ？　経費はどれくらいになる？」

「洗って、紡いで、織る作業をして、一俵あたり四シリングよ」

「それで、どのくらいの量の布ができるのかね？」

「一俵の羊毛で四十八ヤードの布ができるわ。一俵あたりの経費は、品質の悪い羊毛の購入費が三十六シリングで、羊毛を布にするには四シリング、合わせて四十シリングよ」

「それをいくらで売るつもりなんだ?」

「染めていない茶色のビュレルがヤードあたり一シリングだから、全部で四十八シリング——つまり、かかったお金より八シリング儲かるわ」

「手がかかるわりにはたいした儲けにならんな」

「でも、肝心なのはそこではないの」

「ほう?」

「布を織る人は、手っ取り早くお金を得ようとして、茶色のビュレルを売るの。でも、もしあと二十シリングかけて、縮絨し、生地の目を詰め、染めまでやって仕上げれば、倍の値段になるわ。一ヤードあたり二シリング、つまり、全部で九十六シリングよ。三十六シリングの儲けになるわ」

エドマンドは不審そうだった。「そんなに簡単なら、どうしてみんながやらないのかな」

「資金がないからよ」

「私だってないぞ」

「ロンドンのギョームから三ポンドもらったじゃないの」

「それを使ったら、来年羊毛を買う金がなくなってしまうんじゃないか?」

「この値段なら商売なんかやめたほうがましだわ」

エドマンドが苦笑した。「確かにおまえのいうとおりだ。いいだろう、安いものを使って試してみるといい。イタリア人が決して欲しがらないような、粗いデヴォンの羊毛が五俵ある。それを一俵やるから、思いどおりにいくかどうか試してみるといい」

二週間後、カリスはマーク・ウェバーが自分の石臼を叩き壊すのを見た。かわいそうな男が大事な道具を壊すのを目にして、彼女はショックを受けた——驚きのあまり、束の間自分の悩みも忘れたほどだった。

石臼は二つの石の円盤でできていて、それぞれ片面がざらついている。そのざらついた面を合わせるように、大きい円盤の上に小さい円盤が乗って、浅い溝にぴったりはめこまれている。下の円盤を固定し、突き出た木の取っ手で上の円盤を回して、穀物の実を二つの石のあいだですりつぶして粉にするのだ。

キングズブリッジの下層階級のほとんどが石臼を持っていた。貧乏すぎても持てないし、裕福なら必要がない——粉屋から買えばいい。だが、ウェバーのような家族は、子供たちを育てるために一ペニーでも節約したいので、それは天からの授かりものも同然だった。

マークは自分の小さな家の前にそれを据えた。彼はどこからか、柄の長い、鉄の頭がついた砕石用の大槌を借りてきていた。二人の子供がそれを見ている。襤褸《ぼろ》を着た、痩せた女の子と、裸の幼児だった。彼は大槌を振り上げ、大きな弧を描いて石臼に叩きつけた。それは見物《みもの》だった。彼はキングズブリッジ一の大男で、肩は馬車馬のようにごつく盛り上がっていた。石臼は卵の殻のように罅《ひび》割れ、粉々になった。

カリスは訊いた。「いったい何をしているの？」

「おれたちは修道院の水車を使ってトウモロコシを粉に挽かなけりゃならない。そして二十四俵につき一俵を、料金として没収されるんだ」マークがいった。

彼は落ち着いているように見えたが、カリスは震えあがった。「新しい規則は免許のない風車や水車のためのものだと思ったわ」

「おれは明日、ジョン・コンスタブルと一緒にみんなの家を巡回するんだ。そして、違法な石臼を壊さなくちゃならん。自分のだけとってあるなんていわれたくないから、だれにでもわかるように道の真ん中で壊したのさ」

「ゴドウィンが貧しい人の口からパンを奪うようなことをするとは思わなかったわ」カリスは沈んだ声でいった。

「おれたちは織り仕事をもらえたからまだ運がいい——ありがたいことだ」

カリスは自分の仕事を思い出した、「布はどんな様子かしら？」

「ぜんぶ終わってるよ」

「ずいぶん早いのね！」

「冬になるともっと時間がかかるが、夏は十六時間も陽の光があるからな、マッジに手伝わせて、おれなら一日に六ヤードはできるさ」

「すごいわ！」

「まあ、入ってくれ、見せてやろう」

彼の妻マッジが一間きりの家の奥の炉の脇で、赤ん坊を抱いて立っていた。そのそばで、男の子が恥ずかしそうにしていた。マッジは夫より一フィート以上背が低いが、どっしりしていた。大きな胸と突き出た尻が鳩を連想させた。しゃくれた顎が攻撃的な感じを与えたが、その印象は間違いではなさそうだ。気は強いが根は親切で、カリスは彼女が好きだった。サイダーをすすめられたが、この家にそんな余裕があるはずもないので断わった。

マークの織機は木枠で、一ヤードちょっとの角形をしている。それが生活空間のほとんどを占めていた。後ろの裏口の近くに、テーブルと二つのベンチがあった。みんなで織機のまわりの床に寝ているのが見てとれる。

「おれはナロウ・ダズンズを作っているんだ」マークが説明した。「一ヤード幅で十二ヤードの長さの布のことさ。広幅を作ろうにも、あんなに幅のある織り機はとてもここには置けないのでね」茶色い羊毛のビュレルを巻いた反物が四本、壁に立てかけてあった。「一俵の羊毛で四巻のナロウ・ダズンズができるんだ」彼はいった。

カリスは標準大の俵一俵分の羊毛をマークに与え、仕事を頼んでいた。マッジがそれを洗い、仕分けて、糸にするまでの手はずをつけ、糸は町の貧しい女が紡いだのだ。

カリスは布に触った。興奮していた。第一段階は終わった。「でも、なぜこんなに目がゆるいのかしら?」彼女は聞いた。

マークが気色《けしき》ばんだ。「ゆるい? おれの織物はキングズブリッジでいちばん目が詰まっているはずだ」

「わかってるわ――けちをつけているんじゃないの。でも、イタリアの布はぜんぜん手触りが違うのよ。わたしたちから買った、同じ羊毛で織っているのにね」

「織り手の力が強いかどうかも関係があるな。どれだけ筬《おさ》に圧力をかけられるかだから」

「イタリアの織り手が、みんなあなたより力が強いなんて考えられないわ」

「それなら織機のせいだな。織機がよければ目は詰まる」

「やっぱりね」つまり、イタリアの織機を買わなければイタリアの高品質な毛織り物に対抗できないということだ。だが、それは無理だ。

問題は一つずつ解決していくしかない、とカリスは自分にいい聞かせた。彼女は四シリングを数えてマークに支払った。だが、彼はその半分を糸紡ぎの女に払わなくてはならない。理屈では、カリスは八シリングの利益を出したが、それっぽちでは橋に貢献できない。それに、これでは父が抱えている羊毛を全部織り上げるのに何年もかかってしまう。「もっと早く仕上げる方法はないかしら?」彼女はマークに訊いた。

マッジが答えた。「キングズブリッジにはほかの織り手もいるけど、大部分は生地を売って商売をしているのよ。町の外でよければ、探してあげるけどね。大きな村には織機を持った織り手が結構大勢いて、自分で羊毛を持ち込んでくる村人のために布を織っているの。そういう者たちは、手間賃がよければ簡単にこちらの仕事をしてくれるわ」

カリスは不安を押し隠した。「そうね。あとで返事をするわ。ところで、ピーター・ダイアーのところにこの布を届けてもらえないかしら？」

「もちろんよ。すぐにわたしが持っていくわ」

食事のために帰途についたカリスは、道々ずっと考えつづけた。本気で儲ける気なら、父の手元に残った金のほとんどを使ってしまわなければならない。失敗すればもっと困窮してしまう。でも、ほかに道があるだろうか？　わたしの計画は危険をともなうが、だれもいい考えが浮かばないのだから、やるしかないのではないか。

家に着くと、ペトラニッラが羊肉のスープをよそっていた。エドマンドは上座についていた。羊毛市の財政的な失敗は、カリスが想像する以上のダメージを父に与えていた。いつもの元気さは影をひそめ、沈んでいるというほどではなくても、考え込んでいた。カリスは心配になった。

「マーク・ウェバーが石臼を叩き壊しているのを見たの」カリスは席につきながら不満を口にした。「理解できないわ」

ペトラニッラが応じた。「ゴドウィンには権利があるのよ」

「そんな権利は時代遅れよ――事実、長いあいだ有名無実だったじゃないの。そんなことをしている修道院がほかにあるかしら」

「セント・オールバンズよ」ペトラニッラが勝ち誇ったようにいった。

エドマンドが割り込んだ。「セント・オールバンズのことなら聞いているぞ。町の住人が修道院に対してしょっちゅう暴動を起こしているらしい」

「キングズブリッジ修道院は製粉所を建てた費用を取り戻す権利があるわ」ペトラニッラが抗弁した。「あなただって、エドマンド、橋のために出した費用を返してもらいたいでしょう？　だれかが次に橋を架けたら、あなただって平気じゃいられないんじゃないの？」

エドマンドは返事をしなかった。代わりにカリスが答えた。「でも、それはいつの話なの？　修道院の製粉所は百年も前に建てられたのよ。兎の飼育場や養魚池と一緒にね。町の財産を永遠に自分たちだけのものにするのは許されないわ」

「修道院には取立てをする権利があるのよ」ペトラニックが頑固にいい張った。

「そうかもしれないけど、こんなやり方をつづけていたら、だれもこの町にいなくなるわ。みんなシャーリングに引っ越してしまうでしょうね。だって、あそこは石臼を使えるんですもの」

「修道院の経費が神聖だということがわからないの？」ペトラニッラが怒ったようにいった。

「修道士たちは神に仕えているのよ！　それに較べたら、町の連中なんて取るに足りないわ」

「あなたの息子のゴドウィンもそう思っているの？」

「もちろんよ」

「やっぱりね」

「修道院長の仕事は神聖だと思わないの？」

カリスはそれには答えられなかった。だから、肩をすくめるしかなかった。ペトラニッラは満足げだった。

食事はおいしかったが、カリスは緊張のあまり食欲がなかった。エドマンドとペトラニッラが食べ終えるのを待って、彼女はいった。「これからピーター・ダイアーに会ってくるわ」

ペトラニッラが反対した。「まだお金を使うつもりなの？　マーク・ウェバーにエドマンドのお金を四シリングも渡してしまったのに」

「もちろんよ。布は原料の羊毛より十二シリング高いのよ、わたしは八シリング儲けたわ」

「いいえ、まだよ」ペトラニッラがいい返した。「だって、布が売れたわけじゃないでしょう」

カリスは自分が最も悲観的になったときに抱えたのと同じ疑問を聞かされ、弾かれたように否定した。「絶対に売れるわよ――赤く染めてあったらなおさらだわ」

「それで、ピーターは四巻のナロウ・ダズンズに染めと縮絨をしていくら取るの？」

「二十シリングよ。でも、赤い布は茶色の倍の値がつくから、あと二十八シリング儲かる勘定よ」

「それは売れればの話でしょう。でも、売れなかったらどうするの？」

「売れるわよ」

エドマンドが割って入った。「カリスの好きなようにさせてやれ。私がいいといったんだ」

シャーリング城は丘の上にあった。そこは州長官の住まいだった。丘のふもとには絞首台がある。刑が執行されるとき、囚人は荷車で城から降り、教会の真ん前で吊された。

絞首台のある広場には市場もあった。シャーリングの市はここ、ギルド会館と羊毛取引所と呼ばれる大きな木造の建物のあいだで開催された。広場のまわりには、司教の館や宿屋などがたくさん立ち並んでいる。

今年はキングズブリッジの事件のおかげでいつもよりたくさんの店が出て、道のほうまであふれ出した。エドマンドは四十俵の羊毛を十台の荷馬車に引かせて運んだが、もっと必要なら、週末になる前にキングズブリッジから取り寄せる手はずを整えていた。

カリスが落胆したことに、その必要はなかった。初日は十俵売れたが、それっきり一俵も売れなかった。原価より安くして十俵売るのがやっとだった。エドマンドは見たことがないほど落ち込んでいた。

カリスは地味な茶色がかった赤の布を四巻、売り場に広げた。一週間かかって三巻が売れた。「こう考えましょうよ」彼女は市の最終日に父にいった。「市の前は売り物にならない羊毛と四シリングしか持っていなかったのに、いまは三十六シリングと一巻の布があるじゃない」

しかし、彼女の陽気さは父を励ますためのものにすぎず、本当は自分もひどく気が滅入っていた。布は売れると断言したのに売れ残ってしまった。完全な失敗ではないとしても、成功とはいいがたい。原価より高く売れなければ、問題の解決にはならない。どうしたらいいだろう？　彼女は店を離れ、ほかの布地を売る商人を調べに向かった。

いつもながら、最高の布はイタリアからくる。カリスはロロ・フィオレンティーノの店に立ち寄った。ロロのような布地商人は羊毛を買うことはしないが、しばしば羊毛商人と密に連携して仕事をした。ロロがイングランドで得た利益をボナヴェントゥーラに渡すのを、カリスは知っていた。ボナヴェントゥーラはその金でイングランドの羊毛商人に支払いをし、そのあとの儲けでロロの家族に支払いをする。そうやって、金貨や銀貨を樽に詰めてヨーロッパじゅうを運ぶ危険を回避していた。

ロロの店には二巻の布しかなかった。しかし、その色は地元の職人が作るどんな布よりも鮮やかだった。「これだけしか持ってこなかったの？」カリスは訊いた。

「まさか。売れてしまったんだよ」

彼女はびっくりした。「みんな、あまり儲からなかったのに」

彼が肩をすくめた。「いい布はいつでも高く売れるんだよ」

カリスの頭にある考えが浮かんだ。「赤はいくらなの？」

「一ヤードにつきたった七シリングだよ」

ビュレルの七倍だった。「買う人がいるの？」

「司教は私の赤をたくさん買い求めるよ、それに、レディ・フィリッパが緑と青を買ってくれる。エールの醸造屋や町のパン屋、あとは周辺の村の旦那や奥方たちかな……こんな景気の悪いときでも、儲かっている人間はいるものさ。この赤はあんたによく似合うと思うよ」

彼は素早い動きで反物をゆるめ、カリスの肩に広げた。「すばらしい、もうみんながあんたに見とれているじゃないか」

カリスは微笑した。「どうしてそんなによく売れるのかわかったわ」彼女は布を手に取った。織りが密だった。イタリア製の赤い外套なら持っていた。母の形見でもあり、彼女のお気に入りだった。「こんな赤に染めるには何を使うの？」

「セイヨウアカネだよ、みんなと同じだ」

「でも、どうしてこんなに鮮やかなの？」

「それは秘密でもなんでもない。ミョウバンを使うんだ。色を鮮やかにして、しかも色落ちを防いでくれる。この色はあなたにぴったりだ、いつまでも楽しめること請け合いだ」

「ミョウバンね」カリスは繰り返した。「なぜイングランド人はそれを使わないのかしら」

「トルコからくるんで、値段が高いんだ。そんな贅沢《ぜいたく》は特別な女性しか許されないからね」

「青はどうなの？」

「あんたの瞳のような？」

彼女の瞳は緑だったが、訂正するのはやめた。「ずいぶんと深みのある色ね」

「イングランドの染めではホソバタイセイを使うが、われわれはベンガルのインディゴを使うんだよ。ムーア人の貿易商がインドからエジプトに運んで、イタリア商人がそれをアレキサンドリアで買うというわけさ」ロロが微笑した。「あんたの美しさを引き立てるために、はるばる旅をしてきたというわけだ」

「そうね」カリスはいった。「わたしもそれを考えていたの」

ピーター・ダイアーの川岸の工場はエドマンドの家くらい大きかったが、石造りで、なかは仕切りも床もなかった。鉄の大釜が大きな炉の上にかかり、それぞれの脇には、マーティンが建築に使うような巻き上げ装置があった。それらは大きな羊毛の俵や布を持ち上げて、大桶に浸すために使われるのだった。床はいつも濡れていて、空気は蒸気で湿っていた。徒弟たちは暑いので裸足のまま下着姿で歩き回り、顔から汗が滴り落ちて、髪は濡れて光っていた。酸の臭いが喉の奥をつんと刺激した。

カリスはピーターに売れ残りの布を見せた。「イタリアの布のような鮮やかな赤が欲しいの」彼女はいった。「いちばん売れるから」

ピーターは陰気な男で、何をいっても、いつも傷ついたように見える。彼はけちをつけられても当然だというように、暗い顔でうなずいた。「もう一度セイヨウアカネで染めよう」

「それにミョウバンね。色落ちを防いで、鮮やかな色を引き出すために」

「ミョウバンは使ったことがないな。だれもそんなものは使わないよ」

カリスは心中で自分を呪った。どうして前もって調べなかったの。ピーターなら染物のことを全部知っていると思い込むなんて、なんてうかつなの。「試してみない？」

「ミョウバンがないからな」

カリスはため息をついた。ピーターは経験のないことはやらないタイプの職人らしい。

「手に入るかもしれないわ」

「どこから？」

「たぶんウインチェスターかロンドン、それとも、メルコムかしら」それはいちばん近くの大きな港で、ヨーロッパじゅうから船がやってきていた。

「だけど、使い方がわからないしな」

「教えてもらえばいいわ」

「だれに?」

「わたしが教わって、あなたに教えるわ」

ピーターが悲観的に首を振った。「それはどうかな……」

彼と喧嘩はしたくない。これだけ大きい染物屋は町にないのだから。「ともかく、やってみるわ」カリスはなだめるようにいった。「いま議論して、あなたの時間を取るのは悪いしね。まず、ミョウバンが手に入るかどうかやってみるわ」

カリスは染物屋を出た。だれかミョウバンに詳しい者がいるだろうか? ロロ・フィオレンティーノにもっと質問しておけばよかったと、いまさらながらに悔やまれた。修道士はそうしたことに詳しいが、女性と話すのを許されていない。マティ・ワイズに会ってみよう。マティはいつもわけのわからない材料をかき回している――ミョウバンだってそのうちの一つかもしれない。彼女なら、知らなかったらすぐに知らないといってくれるだろう。修道士や薬剤師は馬鹿だと思われるのを恐れて、いい加減な嘘をでっちあげるかもしれない。

マティは開口一番に訊いた。「お父さんは元気?」

「羊毛市の失敗で少し動揺してるわ」さすがはマティね、とカリスは感心した。心配事を見抜くのはお手のものみたい。「それに、忘れっぽくなって、年をとったような気がするわ」

「面倒を見てあげるのよ」マティがいった。「立派な人なんだから」

「わかってるわ」何をいいたいんだろう、とカリスは訝った。

「ペトラニッラは自己中心的でつまらない女だからね」

「それもわかってるわ」

マティは乳鉢《にゅうばち》とすりこぎで何かすりつぶしていたが、やがて鉢をカリスのほうへ押しやった。「手伝ってくれたらワインを一杯振る舞うわ」

「ありがとう」カリスは乳鉢とすりこぎを手に取った。

マティが二つの木のカップに黄色いワインを注いだ。

「どうしてここにきたの？　病気ではなさそうだけど」

「ミョウバンを知ってる？」

「傷口の手当てに使うけどね。下痢も止まるし。だけど、量が多いと毒になるわ。ほかの毒と同じように吐き気がするのよ。わたしが去年処方した薬のなかにも入っているわ」

「薬草の一種なの？」

「いいえ、土類よ。トルコやアフリカからムーア人が掘り出したの。革職人が皮を鞣《なめ》すときに使うし、布を染めるのにもいいんじゃないかしら」

「そうなの」いつものように、マティの想像力は超自然的なくらい鋭かった。

「媒染剤の役目をするから、染料が生地にしっかり染み込むのよ」

「どこで手に入れたの？」

「メルコムで買ったわ」マティが答えた。


カリスは二日をかけ、父の使用人を一人護衛につけてもらって、前にも何度か行ったことのあるメルコムへ旅をした。波止場のあたりで香辛料や籠に入れた鳥や楽器、それに世界じゅうから集めた珍しい品物を売る商人を見つけた。彼はフランスでできたセイヨウアカネの根と、ミョウバンの一種でスピラルムと呼ばれるもの（エチオピアからきたそうだ）を売ってくれた。小さな樽に詰められたセイヨウアカネが七シリング、一袋のミョウバンが一ポンドだった。それが妥当な値段なのか、高すぎるのか、カリスにはわからなかった。彼は在庫を全部売ってくれ、次にイタリアの船が入港したらもっと売ってくれると約束した。染料の量とミョウバンの割合を訊いてみたが、彼は知らなかった。

家に着くと、売れなかった布の切れ端を鍋に入れて染めてみた。ペトラニッラが臭いを嫌がったので、裏庭で火を焚《た》いた。染料を入れた溶液に布を入れて煮立てなければならないのはわかっていた。ピーターが染料の分量もきちんと教えてくれた。だが、ミョウバンの量や使い方についてはだれも知らなかった。

彼女は苦しい試行錯誤をくり返した。染める前にミョウバンで洗ってみたり、染料と同時に入れたり、染めた布を後からミョウバンの溶液に入れてみたりした。染料と同じ量のミョウバンを使ってみたり、増やしたり、減らしたり。マティの助言でほかの材料も試した。キーク・ガル（樫にできる虫瘤）、チョーク、石灰水、酢、尿までも。

時間がなかった。どの町でも、ギルドのメンバーでなければ布を売ることはできない――市の期間だけは別で、そのときは普段の規則が緩められた。そして、市は夏のあいだだけだった。最後の市は聖ジャイルズの市で、ウインチェスターの市の東の丘陵地帯で、聖ジャイルズの日、九月十二日に開かれる。いまは七月の半ばなので、あと八週間しかなかった。

朝早く始めて、暗くなってからも遅くまで作業をつづけた。常に布を攪拌《かくはん》し、持ち上げては鍋に入れたり出したりするので、腰が痛んだ。両手は強い化学作用の液に浸すので、赤く染まって荒れていた。髪は臭くなってきた。それでも、苦しいなかにも幸せを感じる瞬間があった。そんなときには鼻歌を歌ったり、子供のときに覚えて、もう歌詞も忘れかけたような古い歌を歌ったりした。近所の人たちは裏庭の塀越しに、物珍しそうに彼女を眺めた。

　ときどき思うことがあった――いったいこれはわたしの宿命だろうか。ときどき人生をどう生きたらいいかわからなくなることがある。仕事というのは自由には選べないのだろうか。医者にはなれなかった。羊毛商人になるのはいい考えではなかったようだ。夫や子供に縛りつけられて暮らすのは嫌だし――でも、ついに染物屋になるとは夢にも思わなかった。でも、これが本当にやりたいことだとは思えない。始めてしまったのだから絶対に成功はさせたいが、宿命とは思えない。

　最初は赤みがかった茶色か、薄いピンクにしか染まらなかった。ちょうどいいと思う赤に近づいたのに、陽に干すと褪色《たいしょく》するのに気づいたときには、気が狂うほど悔しかった。水に戻すとまた濃くなってしまう。二度染めも一時的なもので大差はない。ピーターはだいぶ経ってから、布を染めるよりも糸のうちに染めるか、または原毛のうちに染めるほうがよく染まると教えてくれた。それで色の濃さの問題は解決されたが、色褪《あ》せには効果がなかった。

「染物は親方に習うしか道はないんだよ」と、ピーターは何度もいった。みんなそういう考え方なのだとカリスは思った。ゴドウィンは百年前の本を読んで医学を勉強し、患者を診《み》もしないで薬を処方している。エルフリックはマーティンが五人の賢い処女と愚かな処女を新しいやりかたで彫ったといって彼を罰した。ピーターは絶対に赤染めを試そうとしない。崇拝する権威のいうとおりではなく、自分で考えて物事を決めるのはマティだけだ。

ある晩、姉のアリスが腕を組み、口元をすぼめて様子を見ていた。だんだんと庭の隅が暗くなってきて、カリスの火がアリスの不興げな顔を赤く照らし出した。「こんな馬鹿馬鹿しいことのために、パパのお金をどれだけ無駄にしたのよ」彼女はいった。

カリスは計算した。「セイヨウアカネに七シリング、ミョウバンに一ポンド、布に十二シリング――三十九シリングね」

「何てこと！」アリスが身震いした。

カリス自身も怖気《おじけ》づいていた。それはキングズブリッジに住むほとんどの人の年収を超える額だった。「確かに大金だけど、それ以上に稼ぐわよ」彼女はいった。

アリスは怒っていた。「パパのお金をそんなに使う権利はないでしょう！」

「権利がないですって？」カリスはいった。「パパには許可をもらってあるわ、ほかに何が必要なの？」

「パパは年をとってしまったのよ、判断力も前のようではないわ」

カリスは気がついていないふりをした。「判断力に問題はないわ、あなたよりだいぶましよ」

「あなたはわたしたちの財産を使い果たそうとしているのよ！」

「そんな心配をしているの？　それなら大丈夫よ、わたしがお金を作ってあげるから」

「危険を冒したくないの」

「危険を冒しているのはあなたじゃないわ、パパよ」

「わたしたちが貰えるお金を無駄に使うべきじゃないわ！」

「パパにそういってごらんなさいよ」

アリスは言い合いに負けてその場を去った。カリスは自信たっぷりに見せかけたが、内心は違った。わたしはこの問題を解決できないかもしれない。そうしたら、わたしと父はどうしたらいいのだろう。

ついに正しい処方を発見したが、それは驚くほど簡単だった。セイヨウアカネ一オンスとミョウバン二オンスを、三オンスの羊毛に対して使う。まず羊毛をミョウバンで煮立て、セイヨウアカネを入れるが、そのときはもう煮立ててない。特別に使うのは石灰水だった。信じられないくらいの結果だ。願った以上の大成功だった。鮮やかな赤が生まれた。まるでイタリアン・スカーレットのようだけど、また褪せてしまうんじゃないかしら。またがっかりすることになるかもしれない。だが、その赤は染めたあとで洗っても、縮絨しても変わらなかった。

カリスはピーターに処方を教えた。そして、彼女の厳しい管理のもと、彼は残ったすべてのミョウバンを使い、十二ヤードの最高級の羊毛を巨大な鍋で染めた。縮絨が終わると、彼女は仕上げ職人に指示して余計な繊維片や野草のかけらを取り除かせ、傷を処理してもらった。

カリスはセント・ジャイルズの市に、完璧な赤の布を持っていった。

それを広げていると、ロンドン訛《なま》りのある男が話しかけてきた。「それはいくらかな？」見るところ裕福そうだが、貴族ではなさそうだ。声が震えるのを抑えながら、カリスは答えた。「ヤード七シリングです、最高級の……」

「そうではなくて一巻きでだよ」

「十二ヤードあるから、八十四シリングです」

彼は親指と人差し指で布をつまんで擦《さす》った。「イタリアの布のように密ではないが、悪くない。では、二十七ゴールド・フローリンでいいかな」

イングランドには金貨がなかったからフィレンツェの金貨は普通に使われていた。そして、だいたい三シリングの価値があった。つまり、イングランドの銀貨で三十六ペニーだ。ロンドンからきたらしいこの男は一巻きを全部、ヤード単位で売るよりたった三シリング少ないだけで買い取るという。しかし、カリスはこの男があまりしつこく交渉するタイプではないのではないかと感じていた――そうでなければ、もっと低い価格から始めたはずだ。「それでは売れません」そういいながら、彼女は自分の無鉄砲さに呆れた。

「いいだろう」と、男はすぐに彼女の勘を裏付けた。カリスは男が財布を出すのを眺めてわくわくした。直後、彼女の手には二十八ゴールド・フローリンがあった。

カリスは注意深く金貨を確かめた。銀のペニーより少し大きい。片側にはフィレンツェの守護神であるバプテスマのヨハネ、裏にはフィレンツェの花が描かれていた。彼女はそれを秤《はかり》に載せ、父が用意した鋳造したてのフローリン貨を反対側に乗せた。金貨は本物だった。

「ありがとうございます」彼女はいった。うまくいったのが信じられなかった。

「私はハリー・マーサーだ。ロンドンのチープサイドからきたんだ」男がいった。「父はイングランド最大手の生地商人でね。この赤い布地がもっと手に入ったらロンドンにくるといい。持ってきただけ買わせてもらおう」

「全部織ってしまいましょうよ！」家に帰ると、カリスは父にいった。「まだ四十俵の羊毛が残っているんですもの、みんな赤に染めるべきだわ」

「それはまた大胆だな」エドマンドが思案した。

カリスは成功を確信していた。「織り手はいくらでもいるし、みんな貧しいわ。染物職人はピーターだけじゃないから、みんなにミョウバンの使い方を教えればいいじゃない」

「秘密を知られたら、みんなが真似をするようになるぞ」

思わぬ障害が出るかもしれないという父親の考えが正しいのはわかっていたが、それでもカリスは苛立った。「真似させればいいじゃない。みんなで儲ければいいのよ」

父親は簡単には動かされなかった。「同じような布がたくさん売り出されれば値が下がる」

「でも商売が下向きになるには、だいぶ間があるんじゃないかしら」

エドマンドがうなずいた。「それはそうだ。だが、キングズブリッジやシャーリングだけでそんなにたくさん捌《は》けるかな？」

「だったら、ロンドンに持っていけばいいわ」

「いいだろう」父親が微笑んだ。「腹を決めているようだな。確かにいい計画かもしれん――それに、思うとおりにいかなくても、おまえなら何とかするだろう」

カリスはその足でマーク・ウェバーの家へ行き、もう一俵分の羊毛を織ってもらうことにした。それからマッジに、エドマンドの荷馬車に四俵の羊毛を載せて近隣の村を回り、織り手を見つけてほしいと頼んだ。

しかし、カリスの家族は不満げだった。翌日、アリスが正餐にきた。みんなが席につくと、ペトラニッラがエドマンドにいった。「アリスとわたしは、布を作る計画を考え直してもらいたいの」

カリスは父に、もう決めたことだから後戻りできないといってほしかった。しかし、エドマンドは穏やかにいった。「ほう？　それはなぜだ？」

「あなたが有り金全部を危険にさらしているからよ」

「大部分が危険にさらされているのは確かだな」彼は応じた。「倉庫いっぱいの売れない羊毛を抱えているわけだからな」

「でも、あなたは悪い状況をもっと悪くしているわ」

「賭けに出ることにしたのさ」

アリスが割って入った。「わたしはどうなるの？　不公平よ」

「なぜ？」

「カリスはわたしの遺産を使ってしまおうとしてるのよ！」

エドマンドの顔が翳《かげ》った。「私はまだ死んでないぞ」

ペトラニッラがとたんに口を閉ざした。彼の抑えた声の気配に気がついたのだ。しかし、アリスは父がどれほど怒っているかわからずになおもつづけた。「将来のことも考えてよ。わたしに長子相続権のある財産をカリスが使うのをどうして許すの？」

「その財産はまだおまえのものではない。それに、将来もけっしておまえのものにはならないからだ」

「わたしのものになるはずのお金を無駄にしないで！」

「私の金をどう使うかは私の自由だ——とりわけ、子供たちに指図されるいわれはない」彼はいった。その声は怒りに張りつめ、さすがのアリスも父の怒りに気づいたようだった。

アリスの声が多少和らいだ。「気を悪くさせようとしたわけではないのよ」

エドマンドは呻き声で応えただけだった。それで謝ったつもりなのだろうか。だが、彼はいつまでも機嫌を悪くしていられる性格ではなかった。「さあ、食事にしよう。もうその話はやめだ」とりあえずわたしの計画は生き延びたわね、とカリスは安堵した。

　食事を終えると、彼女は、大量の仕事が入るのを知らせるために、ピーター・ダイアーを訪ねた。しかし、彼はいった。「無理だな」

　カリスは驚いた。いつでも悲観的だが、彼女のいうことは聞いてくれていたからだ。「心配しないで、全部あなたが染めなくてもいいのよ」彼女はいった。「ほかの職人にも頼むから」

「問題は染めじゃない」ピーターがいった。「縮絨なんだ」

「なぜ？」

「おれたちはもう自分で縮絨できない。ゴドウィン修道院長が新しい布令を出して、修道院の機械を使わなければならないことになったんだ」

「そうなの。それならそれを使えばいいわ」

「あれを使ったんじゃ仕事が遅すぎるんだ。機械が古くて、しょっちゅう止まるんだよ。何回も修理を重ねていて、木の部分は新しいのと古いのがごちゃまぜだ。だから、うまく動かない。あれでは、桶に水を入れて人が踏むのと変わらないんだ。しかも、機械はたった一台しかないときてる。キングズブリッジの織り手と染物屋の仕事をまかなうのがやっとだよ」

　冗談じゃない。わたしの計画が従兄弟《いとこ》のゴドウィンの馬鹿げた規則のおかげで滅茶苦茶にされるなんて。カリスは憤然としていった。「でも、機械が動かないなら、修道院長は足で踏むのを許可しなくてはならないわ」

　ピーターが肩をすくめた。「院長に直接そういってもらうしかないな」

「もちろんよ！」

　カリスは修道院に向かって歩きだした。が、着く前に考え直した。修道院長の館の玄関広間は町の人々との面会に使われている。だが、女性が一人で、しかも約束もなしに行くのは普通ではないし、ゴドウィンはそうしたことにますます神経を尖らせている。それより何より、考えを変えさせるには、真っ向から対決するのは逆効果かもしれない。よく考えるに越したことはない。彼女は家に帰り、客間で父と向かい合った。

「若いゴドウィンにはまだしっかりした見識がない」エドマンドがいった。「昔は縮絨機を使うのに金はかからなかった。それは町の住民のジャック・ビルダーが偉大な修道院長のフィリップのために作ったもので、ジャックが死んだときにフィリップが機械を使う権利を永久に町に与えたと、私はそう聞いている」

「どうして使わなくなったのかしら？」

「破損してしまったのさ。それに、だれが管理費を払うかで揉《も》めたのではないかと思う。それはついに解決されずに、みんな家に帰って自分で踏むことになったんだな」

「それなら、ゴドウィンがお金を要求する権利なんかないじゃない。それに、みんなに使うことを強制もできないはずよ！」

「そのとおりだ」

エドマンドは修道院に使いをやって、ゴドウィンに面会したいが、いつが都合がいいかと尋ねさせた。すぐに、いまなら大丈夫だという返事が返ってきた。エドマンドとカリスは通りを横切って、修道院長の館へ向かった。

ゴドウィンは一年ですっかり変わってしまった、とカリスは思った。もう少年らしい熱心さはない。彼は用心深く見えた。攻撃されるのを予想しているようだった。修道院長にふさわしい性格の強さが彼にあるかしら、とカリスは疑いはじめていた。

フィルモンが彼に付き添い、椅子を持ってきたり飲み物を注いだり、みっともないくらい一生懸命だったが、その様子には、居場所を見つけたといったような、いままでにない余裕のようなものが感じられた。

「フィルモン、あなたはもう伯父さんなのよね」カリスはいった。「甥のサムをどう思う？」

「私は修練士なので」彼は澄ましていった。「世俗の関係を断《た》っているのですよ」

カリスは肩をすくめた。妹のグウェンダを可愛く思っているのはわかっているわ。でも、そうではないふりをするなら、それはそれでかまわない。

エドマンドはゴドウィンに率直に話をした。「キングズブリッジの羊毛商人が経済的に立ち直らなければ、橋の工事は中止せざるを得ない。だが、幸いにも私たちは収入のめどがついた。カリスが高品質の赤い布地の製法を発見したんだ。しかし、計画には一つだけ障害がある。それは縮絨機だ」

「なぜですか？」ゴドウィンが訝った。「その赤い布はここの機械で縮絨できるでしょう」

「それが駄目なんだ。ここの機械は古くて使い物にならないらしい。普通の仕事がやっとで、特に量の多いときには対応できない。おまえが新しい機械を作るか、それとも――」

「とんでもない」ゴドウィンがさえぎった。「そんなものに割《さ》く金はありませんよ」

「そうかね」エドマンドはいった。「それでは昔のやり方を許すしかないだろう、桶の水につけて、裸足で踏むやり方をな」

ゴドウィンの表情は、カリスにはなじみのものだった。敵意と傷ついたプライドが入り混じった、手のつけられない強情さだった。子供のころも、人に反対されるといつもこんな顔をしたものだ。そして、相手を屈服させようとする。それが通らなければ地団駄《じだんだ》を踏んで、家に帰ってしまう。どうやら彼は、自分の思いどおりにしたいというより、人に考えが間違っていると思われるのが耐えられないほどの苦痛らしい。解釈はどうあれ、その表情からすると、まともな理屈が通りそうにはない。

「あなたが私に反対の立場を取るだろうというのはわかっていましたよ」ゴドウィンが苛立たしそうにいった。「修道院はキングズブリッジの利益を守るために存在していると思っておられるらしいが、実はその逆なんです。それをわきまえるべきでしょうね」

エドマンドが腹を立てた。「互いに助け合うのだということがわからんのか？　それがわかっていると思えばこそ、選挙のときに応援したんだぞ」

「私は修道士に選ばれたんです。商人に選ばれたわけじゃない。町は修道院に頼っているかもしれないが、町ができる前から修道院はあった。町がなくてもやっていけるんです」

「たしかに存在することはできるかもしれん、居留地のようにしてな。だが、それでは繁栄する町に脈打つ心臓にはなれない」

カリスはいった。「あなたもキングズブリッジを繁栄させたいんじゃないの、ゴドウィン？——そうでなければ、ローランド伯爵に逆らったりはしなかったんじゃないの？」

「私は昔からの修道院の権利を守ろうとしただけだ——そして、それはいまも変わらない」

エドマンドが憤然としていった。「それは裏切りだ！　私たちがおまえを修道院長に推したのは、橋を架けるために運動してくれると、おまえが私たちに思わせたからじゃないか」

「あなたがたに借りはない」ゴドウィンはいった。「母は私を大学にやるために家まで売った——そのとき、金持ちの叔父さんは何をしてくれましたか」

カリスは驚いた——ゴドウィンは十年も前のことをまだ恨んでいるのか。

エドマンドの顔が敵意に凍りついた。「ここの縮絨機を使うのを押しつける権利はおまえにはない」彼は冷ややかにいった。

ゴドウィンがフィルモンと目を合わせた。二人はそれを知っているのだ、とカリスは直感した。ゴドウィンがいった。「たしかに修道院長が寛大にも、町の者たちにただで機械を使わせてやっていたころもありました」

「あれはフィリップ院長からの町への贈り物だったんだ」

「そんなことは知りません」

「証拠の書類があるはずだ」

ゴドウィンが怒りを露わにした。「町の者たちが機械を修理しないので修道院が金を出さねばならなかった。贈り物の件はそれで十分に帳消しになるはずだ」

父は正しい、とカリスは改めて確認した。ゴドウィンは十分な見識がない。彼はフィリップ院長からの贈り物だと知っているくせに、それを無視しようとしている。

エドマンドが重ねていった。「私たちのあいだで解決できることだろう。さして難しい問題ではあるまい」

「私は布告を取り下げませんよ」ゴドウィンは譲ろうとしなかった。「それでは私が弱く見られる」

彼を本当に悩ませているのはそれなんだ、とカリスは思った。もし考えを変えれば、町の人たちが自分を尊敬しなくなるだろうと恐れているんだ。強情さが逆に彼の臆病さを裏づけていた。

エドマンドがいった。「私もおまえも、またはるばるロンドンくんだりまで行って、裁判に手間と経費をかけるのは望むところではあるまい」

ゴドウィンが逆上した。「私を脅す気ですか？」

「できれば、そんなことはしたくない。だが――」

カリスは目を閉じ、二人が議論のあげく、お互いを追いつめないように祈った。

「だが――何ですか？」

エドマンドがため息をついた。「だが……どうしても町の人々にここの縮絨機を押しつけるというのなら、王に訴えるしかないだろうな」

「好きにすればいいでしょう」ゴドウィンが吐き捨てた。

34

一歳か二歳の若い牝鹿だった。腰回りに艶《つや》があり、滑らかな皮膚の下の筋肉は引き締まっている。空き地の向こう側で、低木の茂みに頭を突っ込み、わずかばかりの葉を漁っていた。ラルフ・フィッツジェラルドとアラン・ファーンヒルは馬上だった。蹄《ひづめ》の音は濡れた落ち葉の絨毯でくぐもり、犬も音をたてないように訓練されていた。そのせいで、また、おそらくは餌にありつこうと必死になっていたせいで、鹿が彼らに気がついたときはもう手遅れだった。

最初にラルフが鹿を見つけ、空き地のほうを指さした。長弓をかついでいたアランが、左手で弓と手綱をつかみ、手練《てだれ》の早業《はやわざ》で素早く矢をつがえて放った。

犬は一足遅れた。弦音の響きと矢が風を切る音を耳にして、ようやく反応した。母犬バーリーはその場で立ち止まり、顔をあげて耳を澄ませた。いまでは母犬より大きくなったブレードが低く唸り、あわてて吠えはじめた。

白鳥の羽根の矢の長さは一ヤード、矢柄《やがら》にしっかりとおさまっている鏃《やじり》は、二インチの硬い鉄でできていた。先端の鋭い狩猟用の矢だ。戦闘用の矢なら、曲がらずに甲冑《かっちゅう》を射抜くように四角い鏃だった。

アランの射術はうまかったが、完璧ではなかった。矢は首の下に命中した。鹿がおそらく突然のことに驚き、痛みに苦悶《くもん》して跳ね、藪から頭を上げた。そのまま倒れると思いきや、すぐに走り出した。矢は首に突き刺さったままだったが、傷から血がほとばしるというより滲《にじ》み出ているという様子だったので、太い血管をそれて筋肉にとどまっているに違いない。

犬は自分たちも矢で射ぬかれたかのように飛び出し、二頭の馬は悠然とあとを追った。ラルフは愛馬のグリフにまたがっていた。興奮がかきたてられ、生きているのが実感できた。その神経にぴりりと緊張が走り、喉が締めつけられ、思わず甲高い声で叫びたくなった。その昂揚感は性的な興奮とも似ていたが、ラルフには両者の違いを説明できなかった。

ラルフのような男たちは戦うために存在している。王や貴族は彼らを領主や騎士に登用し、村や領地を与える。それには理由があった。王が軍隊を必要としたら何時でも、馬、従者、武器、甲冑を用意して駆けつけられるようにするためだ。だが、毎年戦争があるわけではない。反抗的なウェールズや野蛮なスコットランドとの国境で小規模な軍事活動さえないまま、二、三年が過ぎることもあった。その間、騎士にはすべきことがあった。健康を保ち、馬術の技量――おそらく、それが最も重要だった――と、流血への欲望を維持しなければならない。兵士は人を殺すのが仕事であり、殺したいと願えばさらに力を発揮できる。

狩猟は妙案だった。王からラルフのような下級の領主まで、ほとんどすべての貴人が週に数回、機会をとらえて猟に出た。彼らは猟を楽しみ、猟のおかげで、お呼びがかかればいつでも戦いにのぞむことができた。ラルフも、足繁く通うアールズカースルではローランド伯爵に同伴し、カスターハムではたびたびウィリアム卿の猟に加わった。自分の村のウィグリーにいるときは、従者のアランを連れて周辺の森へ出かけた。二人はたいてい猪を獲物にした――野生の猪の肉づきはよくなかったが、激しく抵抗するせいで狩りの楽しみが増した。狐や、ごくたまには狼も狙った。とはいえ、いちばんは鹿だった。身軽で足が速く、百ポンドのうまい肉を持ち帰ることができる。

いま、ラルフはグリフの感触――馬の重量と強さ、筋肉の力強い動き、地面を踏みつけるリズミカルな音――に興奮をおぼえていた。鹿は茂みのなかに姿を消してしまったが、バーリーが居場所を知っていた。馬は犬につづいた。ラルフは右手に槍を握っていた。焼いて固くした槍頭が、トネリコの長い柄についている。グリフが急に曲がって跳躍しても、ラルフは頭を屈めて突き出た枝をよけ、長靴を鐙《あぶみ》にしっかりと固定し、両膝で馬の腹を挟み込んで、難なく姿勢を保って馬を操った。

藪のなかでは、馬は鹿ほど敏捷《びんしょう》に走れずに後れをとったが、犬には有利で、彼らが獲物を追いつめるにつれて、半狂乱の吠え声が聞こえてきた。突然、一瞬声がやんだ。ラルフはすぐに理由がわかった。鹿が藪から小道に入って、犬を振りきってしまったのだ。だがそこは馬に分《ぶ》があり、今度は馬が犬を追い越して鹿に迫った。

獲物は明らかに弱っていた。鹿の尻に血がついていた。おそらく、どちらかの犬に咬まれたのだろう。足どりは不規則で、やっとのことで逃げていた。鹿は短距離走に長《た》け、突然全力疾走したりもしたが、それは長くは続かなかった。

獲物に近づくにつれて、ラルフは血が躍り、槍をしっかりと握りしめた。大きな動物の強靭《きようじん》な身体に木の槍頭を突き刺すには、かなりの力が必要だった。動物の皮膚は堅く、筋肉は締まっていて、骨も頑丈だ。頸椎《けいつい》をうまく外して頸静脈に突き刺すとすれば、首がいちばん柔らかい的だった。まさにその瞬間に、ありったけの力で迅速に突き刺さなければならない。

鹿は馬が間近に迫っているのに気がつくと、必死で方向転換して藪に飛びこんだ。これで、数秒猶予ができた。馬も歩を緩め、鹿が躊躇《ちゆうちよ》せず入っていった藪に突入した。犬が追いついたので、鹿はこれ以上遠くへ逃げられないはずだった。

普段のやり方なら、犬がさらに傷を負わせて鹿を衰えさせたところに馬が追いつき、人間がとどめを刺すのだが、今回は手違いが起きた。

犬と馬があと一歩と迫ったところで、鹿がひらりと身をかわしたのだ。まだ若いブレードは、頭脳よりも勢いで獲物を追いかけていたために、思いがけずグリフの正面に出た。馬はかなりの速度を出していたため、停止することも犬を避けることもできず、強靭な前脚で犬を蹴飛ばしてしまった。ブレードは七、八十ポンドもあるマスチフだったので、馬は犬を蹴った衝撃でよろめいた。

ラルフは鞍から振り落とされた。槍が手から離れ、身体が宙に舞った。その瞬間、彼が最も恐れたのは、馬が自分の上に倒れてくることだった。だが、地面に落ちる直前に、グリフが何とか体勢を立て直すのが目に入った。

ラルフはサンザシの茂みに落下した。両手と顔にひどい引っかき傷を作ったものの、枝が受けとめてくれた。それでも、かっと頭に血が昇った。

アランが馬を止めた。バーリーは鹿を追っていたが、すぐに引き返してきた。獲物は逃げてしまったらしい。ラルフは毒づきながら、何とか立ちあがった。主を失ったグリフをアランが捕まえ、二頭の馬を押さえた。

ブレードは口から血を流し、落ち葉の上でぴくりともせず横たわっていた。グリフの蹄鉄《ていてつ》で頭を蹴られたのだ。バーリーはブレードのそばに寄ると匂いを嗅ぎ、鼻でちょっとつついてから顔についた血を舐めて、途方にくれたような表情で顔をそむけた。アランがブーツの先で横たわっている犬を蹴った。何の反応もない。ブレードは息をしていなかった。「死んでいます」アランがいった。

「こんな馬鹿犬は死んで当然だ」ラルフはいい捨てた。

二人は休む場所を探しながら、馬を引いて森を歩いた。しばらくして、せせらぎの音が聞こえた。音のほうへ向かうと、流れの速い小川に出た。それがどちらへ流れているかを見て、ラルフは自分たちがウィグリーの畑をほんの少し越えたところにいると判断した。「一休みするか」彼はいった。アランが馬をくくりつけ、鞍嚢《あんのう》から栓をした水差し、木のカップ、食料の入ったカンヴァスの袋を取りだした。

バーリーが小川に顔を突っ込み、冷たい水を貪《むさぼ》りはじめた。ラルフは岸に腰を下ろして木にもたれた。アランが隣りにきて、エールとチーズを差しだした。ラルフは飲み物を受け取り、チーズは拒否した。

アランは主人の機嫌が悪いのを察して沈黙を守った。ラルフはエールを飲み干し、やはり無言でふたたびカップを満たした。二人が押し黙っていると、女の声がした。アランが眉を上げ、怪訝《けげん》そうにラルフを見た。バーリーが唸り声をあげた。ラルフは黙れと犬に合図し、ゆっくりと声のほうへ近づいた。アランもあとを追った。

数ヤード下流で立ち止まり、茂みを覗き込んだ。村の女たちが数人、川のほとりで洗濯をしていた。水面から顔をのぞかせた岩に沿って水の流れが速くなっている場所だった。じめじめした十月の涼しいけれども寒くはない日で、女たちは袖をまくり、ゆったりとしたドレスが濡れないよう、裾を腿のあたりまでたくし上げていた。

ラルフは女たちを一人ずつ観察した。四カ月の赤ん坊をおぶった、たくましい腕とふくらはぎのグウェンダがいた。パーキンの女房のペグが、亭主のズボン下を石でこすっている。ラルフの使用人のヴィラもいる。三十代くらいのいかつい顔の女で、ラルフは一度、彼女の尻を軽く叩いたことがあった。とたんに冷酷に睨みつけられ、二度とヴィラに手を出す気になれなかった。彼が耳にした声の主は、一人暮らしのせいでおしゃべり好きな、未亡人のウィドウ・ヒューバーツだった。彼女は流れのなかほどに立ち、少し離れたところにいるほかの女たちと大きな声で噂話をしていた。

そして、アネットがいた。

アネットは岩の上で小物を洗濯しており、屈んで洗濯物を水に浸けては、立ち上がってごしごしこすっている。アネットの長くて白い足が、皺になったスカートの下になまめかしく隠れていた。彼女が屈むたびに襟ぐりがあいて、淡い色の果物に似た小ぶりの乳房が、誘惑に満ちた果実のように揺れているのが見えた。金髪の髪の先を濡らしたかわいらしい顔に、自分はこんな仕事をするために生まれたのではないという、駄々っ子のような表情を浮かべている。

女たちはしばらく前からそこにいたようだが、ウィドウ・ヒューバーツの大きな声がなければ、ラルフは彼女たちの存在に気がつかなかっただろう。彼は茂みに隠れ、落葉した枝の隙間から覗いた。アランが隣りにしゃがんだ。

昔から、ラルフは女の様子を盗み見するのがたまらなく好きだった。女たちは身体をかきむしり、脚を広げてだらしなく坐って、男が聞いているとわかったら絶対に口にしないような話をする。現にいまも、女たちは男のように振る舞っていた。

ラルフは、無警戒な村の女たちを見て楽しみ、そのおしゃべりに耳をそばだてた。ラルフはグウェンダを眺めた。小柄でひきしまった身体に目をやると、彼女がベッドに裸で膝をついた姿が浮かび、彼女の尻をつかんで自分のほうに引き寄せたときの感触がよみがえり、彼女の反応が変わっていった様子が思い出された。最初は自分のしている行為に対する憤りや嫌悪感を何とか隠しながら、冷ややかな態度で言いなりになっていた。だが、そのうちにゆっくりと変化が現われた。うなじに赤味が増し、息遣いが荒くなり、頭を下げて目を閉じた姿が、恥辱と悦びがないまぜになっているように見えた。ひんやりとした十月の気候にもかかわらず、ラルフはそれを思い出して呼吸が速くなり、額にうっすらと汗が滲んだ。もう一度グウェンダを抱くことはできないものかと、彼はぼんやり考えた。

やがて、女たちが帰り仕度をはじめた。濡れた洗濯物をたたむと、籠に入れたり、布で包んで頭に載せたりして、小川のそばの小径《こみち》を歩きだした。すると、アネットと母親が口論を始めた。アネットは持ってきた洗濯物の半分しか洗っていなかった。彼女は残りの半分は家で洗うといったようだが、ペグはその場に残って最後まで終わらせなくてはならないと決めている様子だった。結局ペグは荒々しく歩き去り、ふくれっ面をしたアネットが一人残された。

ラルフは自分の運のよさが信じられなかった。

彼は声を低くしてアランにいった。「あの女と楽しい時間を過ごせそうだ。気がつかれないように後ろへ回り込んで、逃げられないようにしろ」

アランが姿を消した。

アネットは残りの洗濯物をおざなりに流れに浸したあと、岸に腰を下ろして、不機嫌に川を睨みつけていた。ほかの女たちが声の届かないところへ遠ざかり、アランも配置についたと判断したところで、ラルフは立ち上がった。

茂みをかき分ける音に気づき、アネットがはっと顔を上げた。その表情が、驚きと好奇から恐怖へ変わっていった。森のなかでラルフと二人きりだと気づいたのだ。腰を上げたときには手遅れだった。その様子を面白がって眺めていたラルフが、彼女の腕をがっちりとつかまえた。「やあ、アネット。ここで何をしているんだ……たった一人で？」

アネットがラルフの後ろを見た――だれかが彼を押しとどめてくれるのではないかと期待したらしかったが、犬しかいないとわかって落胆の色を浮かべた。「家に帰るんです」彼女はいった。「母さんはたったいま行っちゃって」

「そんなにあわてるな」ラルフはいった。「こういう格好だと、おまえは魅力的だな――髪を濡らして、膝を見せているとな」

アネットが急いで裾を降ろした。ラルフはあいているほうの手でアネットの顎を持ち上げ、顔を正面に向かせた。「笑ったらどうだ？　心配そうな顔をするな。危害を加えたりはしない――私はおまえの領主じゃないか」

アネットが微笑した。「少しあわてただけです。びっくりしちゃって」アネットはいつものあだっぽい態度で媚《こび》を売った。「家まで送ってくれますよね？　森のなかでは、若い女は守ってくれる人が必要なんです」

「もちろん、守ってやるとも。間抜けなウルフリックやおまえの亭主よりずっと大事にしてやる」

ラルフは顎から手を離して、片方の乳房をつかんだ。記憶のとおり、それは小さく引き締まっていた。両方の乳房をつかもうと、彼はアネットの腕を放した。

とたんにアネットが逃げだした。小径を森に向かって走っていく彼女を見て、ラルフは声を上げて笑った。やがて、驚きの悲鳴が聞こえた。ラルフがその場で待っていると、アランが女の腕を後ろに捻り上げて連れてきた。乳房がそそるように突き出していた。

ラルフは刃渡り一フットの鋭い短剣を取りだした。「服を脱げ」

アランが手を離しても、アネットはすぐには従わなかった。「お願いです、わたしはいつだってあなたを尊敬していて——」

「服を脱げ。さもないと、おまえの頬に生涯消えない傷が残ることになるぞ」

うぬぼれの強い女には格好の脅しだった。アネットはすぐにおとなしくなり、涙を流しながら、茶色い地味な毛織りの服を頭から脱いだ。最初は裸を隠そうと、くしゃくしゃになった服を身体の正面に持っていたが、アランがひったくって脇に放り投げた。

ラルフは女の裸体を眺めまわした。アネットは目を伏せて立っていた。涙が頬を流れ落ちた。腰は細く、くすんだブロンドの陰毛が盛りあがっている。「ウルフリックはおまえのこんな姿を見たことがないだろう？」ラルフはいった。

アネットはうつむいたまま、顔を横に振った。

ラルフは女の腿のつけ根に手を伸ばした。「あいつはここを触ったことがあるのか？」

「お願いです、わたしは結婚していて——」

「ますます都合がいい——処女でないとすれば、心配することは何もないわけだ。横になれ」

アネットが後ずさり、アランとぶつかった。アランが巧みにつまずかせ、彼女を仰向けに倒した。ラルフは足首を押さえた。アネットが死にものぐるいでもがいた。「こいつを抑えつけろ」ラルフはアランに命じた。

アランが女の頭を地面に押しつけ、それから膝で腕を、両手で肩を押さえた。

ラルフはペニスを出し、自分でしごいて硬くすると、アネットの太腿のあいだに腰を沈めた。

アネットは泣き叫んだが、その声はだれにも届かなかった。

35

そのあと、アネットと最初に会ったのは、幸運にもグウェンダだった。

グウェンダとペグは洗濯物をパーキンの家に運ぶと、台所の炉の回りに干していた。グウェンダはまだパーキンのところで下働きをしていたが、秋になり、野良仕事がなくなったので、ペグの家事を手伝っていた。洗濯物を干し終わると、二人はパーキンと彼の息子のロブ、ビリー、ウルフリックのために昼食の仕度をした。一時間ほどしてペグがいった。「アネットはどうしたんだろうね？」

「わたし、見てくるわ」グウェンダはまず赤ん坊の様子を見にいった。サムはくたびれた茶色い毛布にくるまれて籠に寝かされていた。きょろきょろと動く黒い瞳で、天井の下にたまって渦巻いている煙を眺めている。グウェンダは赤ん坊の額にキスをして、アネットを探しにいった。

風のなかを森へ向かっていると、村のほうへ早駆けでいくラルフとアラン・ファーンヒルとすれ違った。今日の狩りを途中で切りあげたらしい。森に入って洗濯場につづく道を歩いていると、向こうからアネットがやってきた。

「大丈夫?」グウェンダは訊いた。「お母さんが心配しているわよ」

「うん」アネットが答えた。

何かおかしい。「どうかしたの?」グウェンダは訊いた。

「別に」アネットが視線をそらした。「何でもないわ。わたしにかまわないで」

グウェンダはアネットの正面に立ち、頭のてっぺんから爪先までよくよく眺めまわした。アネットの表情からして、何か悪いことがあったのは間違いない。一見したところ――毛織りのゆったりとした服の下に隠れていたが――怪我はないようだ。だが、服には血の痕らしい黒っぽい染みがついていた。

グウェンダはラルフとアランが駆け去ったのを思いだした。「ラルフに何かされたの?」

「家に帰るわ」アネットがグウェンダを押しのけようとした。グウェンダはその腕をつかんで引き止めた。

「怪我をしているじゃない!」

アネットの目に涙があふれた。

グウェンダはアネットの肩を抱き寄せた。「帰りましょう。このことをお母さんに話すのよ」

アネットがかぶりを振った。「いやよ、だれにもいわないわ」

わたしが知った以上、そうはいかないわ、とグウェンダは思った。

アネットをパーキンの家に連れて帰る途中、グウェンダは状況を思案した。明らかにアネットは暴行を受けている。一人あるいは複数の旅人に襲われたのかもしれないが、近くに街道はない。もちろん、無法者の可能性もあるが、ウィグリーの近くで無法者が目撃されたのはずいぶん前の話だ。いちばん考えられるのは、やはりラルフとアランだ。

ペグはきびきびとアネットをストゥールに坐らせ、ドレスを引き下ろした。両腕の上のほうが腫《は》れ、赤い痣《あざ》ができていた。「だれかがおまえを押さえつけたんだね」ペグが声を荒らげた。

アネットは答えなかった。

ペグがしつこく訊いた。「そうなんだろう? 話しておくれ、さもないともっと面倒なことになるよ。だれかがおまえを押さえつけたんだね?」

アネットがうなずいた。

「何人だい? ほら、いってごらん」

アネットが黙って指を二本立てた。

ペグの顔が憤怒で真っ赤になった。「そいつらがおまえを痛めつけたんだね?」

アネットはふたたびうなずいた。

「どこのだれなんだ?」

アネットが首を横に振った。

アネットがいいたくないのは当然だった。領主を告発すれば、わが身を危険にさらすことになる。グウェンダはいった。「ラルフとアランが馬で走り去るところを見たわ」

ペグがアネットに訊いた。「ラルフとアランにやられたのかい？」

アネットがこくりとうなずいた。

ペグは声を落としてささやき声になった。「アランがおまえを押さえつけて、ラルフがやったんだね」

アネットがもう一度うなずいた。

真相を突きとめたペグの身体から力が抜けた。彼女は娘を抱きしめた。「かわいそうに。本当にかわいそうに」アネットがすすり泣きはじめた。

グウェンダはパーキンの家をあとにした。

もうすぐ男たちが昼食をとりに戻ってきて、アネットがラルフに暴行されたことを知るだろう。彼女の父、弟、夫、前の恋人は怒り狂うに違いない。パーキンは年をとりすぎて馬鹿な真似はできないし、ロブも父親に従うはずだ。ビリー・ハワードには揉《も》めごとを起こす度胸はない——だが、ウルフリックはかっとなりやすい。ラルフを殺すかもしれない。

そんなことをしたら、彼は縛り首だ。

事の成り行きを転換させなくてはならない。さもないと、わたしは夫を失うかもしれない。

グウェンダはだれとも口をきかずに急いで村を通り抜け、領主の屋敷に着いた。ラルフとアランが正餐を終えてまた外出してくれていることを願ったが、残念ながら、二人はまだ屋敷にいた。

グウェンダは屋敷裏の厩舎で、蹄に炎症を起こした馬を調べている二人を見つけた。ふだんなら、ラルフやアランの前ではどうにも落ち着かなかった。キングズブリッジのベル・インのベッドで裸でひざまずく自分の姿を思いだしているに違いないと感じるからだ。だが、今日はそんなことは思いもしなかった。どうしても二人を村から離れさせる必要がある——一刻も早く、ウルフリックがラルフとアランの所業を知る前に。でも、そのための口実をどうすればいいのだろう？

グウェンダは一瞬言葉につまり、やがて、必死の思いでいった。「ローランド伯爵から使いがありました」

ラルフが驚いた。「いつだ？」

「一時間ほど前です」

ラルフが馬の足を抱えて調べていた馬丁を見た。「ここにはだれもきていません」馬丁が答えた。

もちろん使者は屋敷へ行って、領主の使用人に声をかけるはずだ。ラルフがグウェンダに訊いた。「なぜ、使者はおまえに言付《ことづ》けたのだ？」

グウェンダは何とか話をこしらえた。「村外れの道で会ったんです。その人からあなたのことを訊かれたので、いま狩りに出かけていて、正餐には戻るはずだと答えたら——その人はゆっくりしていられないといって」

それは使者に似つかわしくなかった。使者はたいてい訪問先で一休みし、飲み食いをして、馬にも休養をとらせる。ラルフが訊いた。「なぜ、そんなに急いでいたのだ？」

グウェンダは即座に理由をでっちあげた。「陽の入りまでにカウフォードに行かなければならないと……わたしは使いの人にあれこれ聞けるほど勇ましくありません」

ラルフが舌打ちをした。最後の部分はもっともらしかった。ローランド伯爵の使者が農民風情の女の詰問を許すわけがない。「なぜ、もっと早くいわなかった？」

「森へ向かっているときお見かけしましたけど、あなたはわたしに気がつかれず、早駆けで行ってしまわれたので」

「そういえば、すれ違ったな。それはどうでもいい——で、言付ては何だ？」

「できるだけ早くアールズカースルにくるようにとのことです」グウェンダは息をつくと、さらにありそうもない話をつづけた。「使いの人がいっていました。正餐まで待たないで、元気のいい馬ですぐに出発するようにと」これっぽっちも信じられない話だが、何としてもウルフリックが現われる前にラルフを出発させなくてはならない。

「そこまで急がせる理由を使者はいっていたか？」

「いいえ」

「ふむ」ラルフは考えこんだ様子で、しばらく何もいわなかった。

グウェンダは不安になって尋ねた。「あの、すぐに行かれないんですか？」

ラルフが睨みつけた。「おまえの知ったことではない」

「一刻の猶予もないことをはっきり説明しなかったと、あとでいわれたくないんです」

「そうか。だが、おまえが何といわれようと、そんなことはどうでもいい。さっさと立ち去れ」

グウェンダは立ち去るしかなかった。

パーキンの家に戻ってすぐ、男たちが畑から帰ってきた。サムは相変わらず籠で機嫌がよかった。アネットはさっきのストゥールに腰かけ、服を下ろして腕の痣を露わにしていた。

ペグが咎めるようにグウェンダに訊いた。「どこに行ってたんだい?」

グウェンダが返事をせずにいると、ペグは入ってきたパーキンに気をとられた。「どうした? アネットに何があったんだ?」その場の様子がおかしいのを察して、パーキンがとたんに声を上げた。

ペグが答えた。「森で一人でいるとき、運の悪いことにラルフとアランに出くわしたんだよ」

パーキンが怒りで顔色を変えた。「なぜアネットは一人だったんだ?」

「わたしが悪いんだよ」ペグが泣きだした。「この子は洗濯がのろいのさ、いつもそうなんだよ。それで、わたしがほかの女たちが家に帰ったあとも、残って洗濯を終わらせるようにいいつけたんだ。そしたら、そのときにあの二匹の獣《けだもの》が現われたんだよ」

「ちょっと前に、二人が馬でブルックフィールドの向こうを走っているのを見たぞ」パーキンがいった。「森を出たところだったんだな」彼は不安げだった。「これは危ないことになったぞ。おれたち一家を破滅させかねない」

「でも、わたしたちは何も悪くないよ！」ペグが口をはさんだ。

「ラルフは罪の意識から、責任のないおれたちを憎悪するようになる」

たぶんそのとおりだろう、とグウェンダは思った。パーキンは卑屈な男だが、馬鹿ではない。

アネットの夫のビリーが、泥だらけの両手をシャツで拭きながら入ってきた。弟のロブがすぐ後ろにいた。ビリーが妻の痣に気づいて訊いた。「おまえ、どうしたんだ？」

代わりにペグが返事をした。「ラルフとアランの仕業だよ」

ビリーは妻を見つめた。「やつらがおまえに何をした？」

アネットは目を伏せて黙っていた。

「二人とも殺してやる」声は逆上していたが、ただの脅しでしかないのは明らかだった。ビリーはおとなしく、身体つきもほっそりとして、酔っぱらってさえ喧嘩をしなかった。

ウルフリックが最後に入ってきた。アネットがどれほど魅力的か、グウェンダはようやく気がついた。長い首、華奢《きやしや》な肩、そして、いまは乳房の半分が露わになっている。醜い痣がかえって彼女のほかの魅力を際だたせていた。ウルフリックはあからさまにアネットに見惚《みと》れていたが——彼は自分の気持ちを隠せない性分だった——しばらくしてようやく赤く腫れた痣に気づき、顔をしかめた。

ビリーが訊いた。「あいつらに手込めにされたのか？」

ウルフリックの顔にショックと狼狽が表われ、白い肌が朱に染まった。

ビリーが畳みかけた。「やられたのか？」

いつもはかわいげのないアネットだったが、グウェンダは彼女への哀れみが湧き起こってくるのを感じた。なぜよってたかって彼女をいじめるような質問するのだろう。そんな権利はだれにもないはずなのに。

ついに、アネットが黙ってうなずいた。

ウルフリックが血相を変えて訊いた。「相手はだれなんだ？」怒りが露わだった。

ビリーがさえぎった。「おまえには関係ない。家に帰れ、ウルフリック」

パーキンが震える声でいった。「揉めごとはごめんだ。ことを荒だてたら、家族がめちゃくちゃになる。それだけは駄目だ」

ビリーが義父を睨みつけた。「そうすると何かい？　おれたちに何もするなというのか？」

「万が一領主の反感を買ったら、一生辛い思いをしなくちゃならん」

「だけど、ラルフはアネットを手込めにしたんだぞ！」

それを聞いて、ウルフリックが信じられないという表情になった。「ラルフがやったのか？」

パーキンがいった。「神が彼を懲《こ》らしめてくださる」

「それなら、ぼくが神に代わって成敗《せいばい》してやる」ウルフリックがいった。

グウェンダは思わず叫んだ。「お願い、ウルフリック、やめて！」

ウルフリックが出口へ向かった。

グウェンダは恐怖のあまり半狂乱になり、ウルフリックに追いすがって腕をつかんだ。ラルフに偽の伝言を伝えてから、まだ数分しか経っていない。彼がその伝言を信じたとしても、緊急性をどこまで真剣に受け取ったかはわからない。まだ出発していない可能性は十分ある。

「領主の屋敷へなんか行かないで」グウェンダは哀願した。「お願いよ」

ウルフリックが乱暴に彼女を振り払った。「邪魔するな！」

「あんたの赤ん坊を見てよ！」グウェンダはサムを指さした。「あの子を父《てて》なし子にするつもり？」

それでも、ウルフリックは出ていった。

グウェンダはあとを追った。男たちもそれにつづいた。ウルフリックは身体の横で拳を握り、蒼白な顔で正面を睨みながら、足早に村を進んでいった。激しい怒りのせいで顔がひきつっている。食事のために家に帰る途中だった村人たちが声をかけたが、みな無視された。ウルフリックについていく者もいて、数分後にラルフの屋敷に到着したころには、小さな集団になっていた。ネイサン・リーヴが自分の家から姿を見せて、何が起きているのかグウェンダに尋ねた。「あの人を止めて、だれか、お願い！」グウェンダは叫びつづけた。だが、無駄だった。仮にだれかが勇気を出して止めようとしても、いまのウルフリックを押しとどめられるとは思えなかった。

ウルフリックはラルフの屋敷の玄関の扉を開け、ずかずかとなかに入っていった。グウェンダがすぐにつづき、そのあとから村人たちが雪崩《なだ》れ込んだ。女使用人頭のヴィラが咎めた。

「ノックをしなさい！」

「ラルフはどこにいる？」おかまいなしにウルフリックが訊いた。

ウルフリックの表情に気づいて、ヴィラが怯んだ。「厩舎よ」そして、つづけた。「すぐにアールズカースルに向かわれるわ」

ウルフリックはヴィラを押しのけ、厨房を通り抜けた。彼とグウェンダが裏口から外に出ると、馬にまたがったラルフとアランがいた。グウェンダは悲鳴を上げそうになった——ほんの一瞬早すぎたのだ！

ウルフリックが飛びだした。グウェンダはとっさに足を出し、夫の足首を引っかけた。

ウルフリックがばったりとぬかるみに倒れた。

ラルフは二人に気がつかず、馬を蹴って庭から出ていった。アランは二人を目にとめたが、状況を判断して面倒を避けることにし、ラルフを追った。庭を出たとたん、アランがラルフを追い越した。ラルフの馬も一気に速度を速めた。

ウルフリックが悪態をつきながら弾かれたように立ち上がり、すぐにあとを追った。グウェンダも追いかけた。さすがに馬には追いつけないだろうとグウェンダは安堵したが、一方では、ラルフが後ろを振り返って歩調をゆるめ、何を大騒ぎしているのか確かめるのではないかと恐れてもいた。

しかし、ラルフもアランも馬の潑溂《はつらつ》とした力を楽しんでおり、後ろには目もくれずに村の外へ出る道を走り去った。二人はすぐに視界から消えた。

ウルフリックががっくりと崩れるように膝をついた。

グウェンダはウルフリックに追いつくと、腕をとって立ちあがらせようとした。だが乱暴に押しのけられ、よろめいてもう少しで倒れそうになった。女を手荒に扱うなんて、と彼女は驚いた。およそいつもの夫らしくない。

「わざと足を引っかけたな」ウルフリックが自力で立ちながらいった。

「あなたの命を助けたのよ」

ウルフリックはグウェンダを憎悪の目で睨んだ。「絶対に許さないからな」


アールズカースルに着いてみると、ローランド伯爵は使者など送っておらず、緊急の用はないとのことだった。胸壁にいた新兵がせせら笑った。

アランが憶測を働かせた。「きっとアネット絡みですよ。おれたちが出発するとき、ウルフリックが屋敷の裏口から出てくるのを見たんです。そのときは何とも思いませんでしたが、おそらく、やつはあなたと対決するつもりだったんじゃないでしょうか」

「そうか」ラルフは答え、腰の短剣に手を当てた。「そのときに教えてくれるべきだったな——やつの腹を抉《えぐ》ってやる格好の口実になっただろうに」

「たぶんグウェンダもそれを恐れたんでしょう。だから、伝言をでっちあげて、殺気だった自分の亭主からあなたを遠ざけたというところでしょうね」

「それしかないだろうな」ラルフはうなずいた。「道理で、ほかに誰一人として使者を見かけた者がいないわけだ——使者などはなから存在しなかったんだ。まったく、悪知恵の働く女だ」

女を罰するべきだろうが、それは難しいかもしれない、とラルフは考えた。グウェンダは最善の結果が得られることをしたまでだというだろうし、おれとしても、亭主が領主を襲うのを阻止したのは間違いだというわけにはいかない。それどころか、グウェンダのでっちあげを公《おおやけ》にしたら、おれがあの女に出し抜かれた事実が明らかになってしまう。公式に処罰を下すわけにはいかない——だが、あの女を懲らしめる非公式の方法はあるかもしれない。

アールズカースルに滞在中、ラルフは伯爵やその側近と狩りに行き、アネットの件は忘れてしまった——だが二日目の晩、ローランドから私室へくるよう命じられた。伯爵の秘書のファーザー・ジェロームも同室していた。椅子はすすめられなかった。「ウィグリーから聖職者がきている」ローランドがいった。

ラルフは驚いた。「ファーザー・ガスパードがアールズカースルにですか？」

ローランドはその質問を無視した。説明するまでもないといわんばかりだった。「おまえがビリー・ハワードの女房のアネットという女を暴行したと訴えている」

ラルフは動揺した。伯爵に苦情を申し立てる度胸が農民にあるとは思ってもいなかった。農民が裁判で領主を告発するのは至難の業だ。だが連中は小狡く、ウィグリーのだれかが上手にガスパードを焚きつけたのだろう。

ラルフは平静を装った。「馬鹿馬鹿しい。確かにその女とは寝ましたが、向こうも喜んでいたのです」ラルフはローランドに、同じ男ならわかるだろうとばかりに薄笑いを浮かべて見せた。「いや、それ以上でした」

ローランドが嫌悪の表情を浮かべ、問いかけるようにファーザー・ジェロームを見た。

ジェロームは教養のある野心家の若者で、ラルフがとりわけ気に入らない類の人間だった。そのジェロームが尊大な態度でいった。「ここに娘がいる。まだ十九だが、あえて女といおう。女の両腕にひどい痣があり、服には血痕がついていた。女は森であなたと出くわし、あなたの従者が彼女を押さえつけたといっている。またウルフリックという男は、あなたが現場から馬で走り去るのを見た者がいるといっている」

アールズカースルへ行くようファーザー・ガスパードを説き伏せたのはウルフリックだな。

「それは違います」ラルフはできるだけ憤った調子になるよう努めた。

ジェロームが疑わしげな顔をした。「なぜ彼女が嘘をつかなければならないのです？」

「私たちを見た者が女の亭主に告げ口したんです。女に痣をつけたのは亭主でしょう。女は亭主のその暴力をやめさせるために乱暴されたといったのですよ。そして、服には自分で鶏の血をつけたんです」

ローランドがため息をついた。「いささか間抜けだとは思わんのか、ラルフ？」

ラルフにはどういう意味かわからなかった。伯爵は家臣たちに腰抜けの修道士のように振る舞ってほしいのだろうか？

ローランドがつづけた。「おまえがこの手の事件を起こすのではないかという危惧《きぐ》は前々から持っていた。息子の嫁が常々そう警告してくれていたのだ」

「フィリッパさまがですか？」

「レディ・フィリッパと呼べ」

はたと思い当たったラルフは、信じられないといった面持ちで訊いた。「伯爵の命を助けたあとも、私が昇進できなかったのはそのせいですか――女が私に反感を抱いているからなのですか？　小娘どもに家臣を選ばせたら、伯爵はどういう軍隊を抱えることになるでしょうか？」

「もちろん、そのとおりだ。だからこそ、結局は嫁の判断に従わなかったのだ。女には決してわからないだろうが、まったく癇癪《かんしゃく》を起こさない男は畑を耕す以外の役には立たない。戦場に腰抜けを連れていくわけにはいかん。だが、おまえが私に厄介事をもたらすといったフィリッパも正しい。平時に、農民の妻が乱暴されたと泣き言をいいにくる忌々《いまいま》しい聖職者に煩わされるなど願い下げだ。二度と同じへまをするな。農民の女と寝るのはかまわん。必要とあらば男と寝てもいい。だが他人の女房を相手にするときは、同意のうえであろうとなかろうと、亭主に何らかの方法で埋め合わせをする覚悟をしておけ。たいていの農民なら金で何とかなる。とにかく、私のところに面倒を持ちこむな」

「はい、伯爵」

ジェロームが口をはさんだ。「ガスパードはいかがいたしましょう？」

「そうだな」ローランドが考え込むような顔でいった。「ウィグリーは領地の端にあって、ウィリアムの領地から遠くないな？」

「そうです」と、ラルフは答えた。

「その娘と会ったのは、境界からどのくらい離れたところだ？」

「一マイルです。ウィグリーを出たところです」

「よし」ローランドがジェロームに向き直った。「いずれはこれが言い訳だとわかるだろうが、ファーザー・ガスパードには、事件はウィリアムの地所で起きたものなので私には裁定できないと伝えろ」

「的確なご判断です」

ラルフはいった。「連中がご子息のところへ訴えて出たらどうするのですか？」

「おそらく、それはないだろう。だが、もし連中がしつこく訴えてきたら、おまえはウィリアムと話し合う必要があるかもしれない。そのうちに、農民どもも文句をいうのにうんざりするはずだ」

ラルフはほっとしてうなずいた。一瞬、自分が判断を誤って、結局アネットを乱暴した代償を払わされるのではないかという恐怖に襲われた。が、最後には予想どおり、それを免れることができた。

「ありがとうございます」ラルフは感謝を述べた。

兄はこの件をどう思うだろうと考えると忸怩《じくじ》たる思いだったが、結局は知られずにすむかもしれなかった。

「ウィリアム卿に訴えるしかない」ウィグリーに戻ると、ウルフリックはいった。

この件を話し合うために、村人全員が教会に集まっていた。ファーザー・ガスパードと土地管理人のネイサン・リーヴもいたが、どういうわけか、若いウルフリックがリーダーのようだった。彼は村人の前に立った。グウェンダと赤ん坊のサムもそのなかにいた。

グウェンダはこの問題の打ち切りが決まるよう祈っていた。ラルフが処罰されずにすむのを望んだわけではない――それどころか、生きたまま釜ゆでにされるのを見たかった。わたしだったら、暴行すると脅されただけで二人を殺していただろう。彼女は過去の出来事を身震いしながら思いだした。しかし、ウルフリックが主導的な役割を担うのは気に入らなかった。理由の一つは、ウルフリックがアネットに強い思いを抱いていて、それに突き動かされているからだ。そのことで、グウェンダは傷ついたし、悲しかった。しかしそれより何より、夫を心配していた。ラルフとの反目が原因では、すでにウルフリックは親譲りの身代を失っている。ラルフはほかにどんな報復に出るだろうか？

パーキンが口を開いた。「おれは被害者の父親だが、これ以上騒ぎを大きくしたくない。領主の悪業に不平をいうのは危険だ。自分のしたことが正しかろうと間違っていようと、ラルフは絶対に不平をいう人間を処罰する方法を見つけだす。この件は終わりにしよう」

「もう手遅れだ」ウルフリックはいった。「ぼくたちはすでにファーザー・ガスパードを送って苦情を申し立てたんだ。いまさら取り下げても、何も得るものはない」

「おれたちは十分やった」パーキンが反論した。「ラルフは伯爵の前で気まずい思いをした。何でもやりたい放題にできるわけではないと、あいつもわかっただろう」

「それは違う」ウルフリックは反論した。「ラルフは処罰を免れ、うまくやってのけたと思っているに違いない。同じことを繰り返さないという保証はない。村の女性たちに危険がつきまとう」

グウェンダもパーキンと同じことをいって、ウルフリックを説得しようとしていた。だが、返事をしてもらえなかった。領主の屋敷の裏口で足を引っかけられて以来、ろくに口もきいてくれなかった。最初は、彼が自分の愚かさにすねているのだろうと思っていた。アールズカースルから戻ってくるころには忘れているだろうと。ところが、その観測は間違っていた。この一週間というもの、夜も、そして、昼でさえ、グウェンダに指一本触れず、目も合わせようとしなかった。極めて短い言葉か、唸り声しか発しなかった。グウェンダもそろそろ気が滅入りはじめていた。

ネイサン・リーヴが口をはさんだ。「ラルフには勝てっこない。農民は決して領主を倒せないんだ」

「それはどうかな」ウルフリックが異議を唱えた。「だれにだって敵はいる。ラルフが押さえつけられるところを見たいのは、ぼくたちだけじゃないかもしれない。あいつが裁判で有罪の判決を受けるのは期待できないとしても、同じ犯罪を繰り返す前に警告を発することはできる。できるかぎりの騒ぎを大きくし、恥をかかせて苦しめてやるんだ」

同調してうなずく者もいたが、積極的にウルフリックを支持する声は上がらなかった。ウルフリックはこの論争に負けるかもしれない、とグウェンダは希望を抱きはじめた。ところが、夫は絶対にあとにはひかないという様子で、今度はファーザー・ガスパードに顔を向けた。「あなたはどう思われますか?」

ガスパードは若く、貧しく、真剣だった。それに、貴族をまったく恐れていなかった。野心というものがなかったので――司教にも、支配階級にもなりたくなかった――貴族の機嫌をとる必要がないのだ。ガスパードが口を開いた。「アネットはひどい目にあいました。村の平和が害されただけでなく、領主は邪悪で恥ずべき罪を犯したのです。彼はその罪を認め、悔い改めなければなりません。被害者のために、私たち自身の自尊心のために、そして、領主を地獄の業火から守るためにも、われわれはウィリアム卿のところへ行かねばなりません」

賛同の声がどよめいた。

ウルフリックは並んで坐っているビリー・ハワードとアネットを見た。どう議論をしても、とグウェンダは思った。結局、村人たちはアネットとビリーの望みどおりにするだろう。「面倒には関わりたくないが」ビリーが口を開いた。「しかし、始めたのなら最後までやらなきゃならない。村の女たち全員を守るためにもだ」

アネットは床から目を上げなかったが、こっくりとうなずいた。グウェンダは呆然とした。

ウルフリックが勝ったのだ。

「あなたが望んでいたとおりの結果になったわね」教会を出たところで、グウェンダはウルフリックにいった。

ウルフリックは唸っただけだった。

彼女はつづけた。「あなたは自分の妻とは口もきかないくせに、ビリー・ハワードの妻のためなら命を危険にさらすのね」

ウルフリックは返事をしなかった。両親の不和を感じとってサムが泣きだした。

グウェンダは惨めだった。全力を尽くして自分の愛する男を手に入れ、結婚し、子供を産み、そしていま、その男に敵のように扱われている。あのジョビーでさえ――父の振る舞いは他人の模範にはならないが――母に対してこんな態度をとったことはない。しかし、グウェンダは夫にどう対応していいかわからなかった。サムを利用して、片手に赤ん坊を抱き、もう一方の手で夫に触れて、愛する息子と一緒にいることで夫の愛情を取り戻そうとしたが、ウルフリックはグウェンダも息子もはねつけて立ち去った。色仕掛けもやってみた。夜、夫の背中に胸を押しつけ、腹を撫で、ペニスに触れた。だが、それもうまくいかなかった――去年の夏、アネットがビリーと結婚する前の執心ぶりを見ているのだから、ウルフリックがこのぐらいのことをするのはわかっているはずなのに。

グウェンダも泣きだした。悔しかった。「何が気に入らないの？　わたしはあなたの命を助けようとしただけよ！」

「あんなことはするべきじゃなかった」ウルフリックがいった。

「ラルフを殺すのを手をこまねいて見ていたら、あなたは絞首刑になっていたわ！」

「きみにそんな権利はない」

「権利があろうとなかろうと、どうだっていいじゃない」

「それはきみの父親の哲学だ」

グウェンダは呆気《あっけ》にとられた。「どういう意味よ？」

「きみの父親のジョビーは、自分が何かをする権利を持っているかどうかは重要でないと考えていた。最善の結果が得られるなら、彼は何でもやった。家族を養うためにきみを売ったのが一例だ」

「両親はわたしを売って慰みものにしようとした！　わたしは足を引っかけて、絞首台からあなたの命を救った。全然違うわ」

「きみがそう考えているかぎり、ジョビーやぼくのことは絶対に理解できない」

夫が間違っていることを証明してみせても愛情を取り戻せないのだと、グウェンダはようやく気がついた。「そうね……わたしにはわからないわ」

「きみは自分で決断するというぼくの権利を奪ったんだ。ジョビーがきみを扱ったようにぼくを扱った。人ではなく、物を支配するみたいにな。ぼくが正しいか間違っているかは関係ない。肝心なのは、決めるのはぼくであって、きみではないということだ。だが、それがわからなかった。ジョビーがきみを売ったとき、きみから奪い取ったものがわからなかったようにな」

グウェンダはその二つはまったく違うといまも思っていたが、反論はしなかった。夫が怒っている理由がわかりはじめたからだ。ウルフリックは自主性を求めている――わたしも同じような経験があるから、それには共感できる。わたしはその自主性を夫から奪っていたのだ。グウェンダは口ごもりながらいった。「わたし……わかった気がする」

「ほんとか？」

「とにかく、こんなことは二度としないようにする」

「それならいいんだ」

自分が間違っているときちんと認めてはいなかったが、どうしても諍いを終わらせたかった。「ごめんなさい」

「うん」

ウルフリックはそれ以上何もいわなかった。だが、グウェンダは彼の機嫌が直ったと感じた。「ラルフのことでウィリアム卿に苦情の申し立てはしてほしくないけど、あなたがそうすると決めたのなら止めないわ」

「そうか」

「実をいうと、あなたを助けられるかもしれない」

「え？　どうやって？」

36

カスターハムにあるウィリアム卿とレディ・フィリッパの屋敷はかつては城だった。銃眼つきの胸壁の名残りが残っていたが、いまは荒れ果てて牛小屋として使われている。中庭を囲む壁は完全に残っているが、濠《ほり》は干上がり、その跡をかすかにとどめる窪地は、野菜や果樹を育てるのに使われている。その昔、吊り上げ橋があったところは、いまはただの傾斜路になっていて、門番小屋につながっている。

グウェンダはサムを抱いて、ファーザー・ガスパード、ビリー・ハワード、アネット、ウルフリックと一緒に門番小屋のアーチをくぐった。おそらく見張りをしているのだろう、若い兵士がベンチにもたれていたが、聖職者のローブを見ると、黙って通してくれた。のんびりしたその様子に、グウェンダは勇気づけられた。レディ・フィリッパに面会したかった。

彼らは正門から屋敷に入り、気がつくと、教会のような高窓のある伝統的な玄関広間にいた。それは屋敷のほぼ半分の広さを占めているかに見えた。ほかの部分はおそらく家族用の部屋になっているのだろう、その現代的な造りが貴族一家のプライヴァシーを強調し、軍事的な守りの色を薄めていた。

　革の上衣をまとった中年の男が机の前に坐り、何かを計算していた。彼はちらりと訪問者を見ると、計算をやめて石盤に何やら書きとめた。「何用でしょう」

「土地管理人の方ですね」ガスパードが男の職業を推理していった。「ウィリアム卿にお目にかかりたいのですが」

「正餐までには戻ってこられるはずです」土地管理人が丁重に答えた。「用向きをうかがってもいいですかな?」

　ガスパードが説明を始めると、グウェンダはそっと外へ抜け出した。

　屋敷をまわって、使用人たちがいるほうへ向かった。すると、厨房らしき木造の増設部分があった。女の使用人が一人、厨房の扉のそばのベンチに坐り、袋からキャベツを出しては大きな桶で泥を落としていた。その若い娘がいとしそうにサムエルを見て訊いた。「何カ月ですか?」

「四カ月、いえ、もうすぐ五カ月よ。名前はサムエル。サムって呼んでいるの」

　サムが娘に笑ってみせた。「可愛いわね」娘が喜んだ。

　グウェンダはいった。「わたしはただの普通の女なの、あなたと同じようにね。でも、レディ・フィリッパと話がしたいの」

　娘が眉をひそめて、困ったという表情をした。「わたしは台所の下働きにすぎないんです」

「でも、レディ・フィリッパと顔を合わせないわけじゃないでしょう。わたしの代わりに話せるじゃない」

娘は立ち聞きされているのを恐れるかのように、ちらりと後ろを見た。「困ります」

これは思っていた以上に難しいかもしれない、とグウェンダは思った。「伝言だけでも伝えてくれないかしら」

娘が首を振った。

そのとき、なかから声がした。「だれがわたしに伝言ですって？」

まずいことになるのではないかと身を固くし、グウェンダは台所の扉のほうを見た。すぐに、レディ・フィリッパが現われた。

彼女は正統派の美人というわけではなく、可愛いという形容詞も当てはまらなかったが、顔立ちが整っていないわけではなかった。鼻筋が通り、顎が張り、大きな緑の目はくっきりしていた。彼女はほほえんではいず、実際にはかすかに眉をひそめていたが、それにもかかわらず、顔にはどこか優しく、物の道理がわかっているような表情があった。

グウェンダは答えた。「ウィグリーのグウェンダと申します」

「ウィグリーね」フィリッパがさらに眉をしかめた。「それで、話とは何かしら？」

「ラルフ卿のことです」

「そうではないかと思ったわ。さあ、なかに入って。赤ん坊をかまどの火で暖めてあげなさい」

貴族の女性なら、ほとんどが自分のような身分の低い者と話すのを拒否するだろう。だが、この人は外見はかなりこわそうだけれど、その下に広い心をもっているに違いない。グウェンダはフィリッパについて厨房に入った。サムがむずかりだしたので乳をふくませた。

「坐りなさい」フィリッパがいった。

グウェンダはまたもや驚いた。農民は立ったまま貴婦人と話すのが普通だ。フィリッパが優しいのは赤ん坊がいるからかもしれない、と彼女は想像した。

「さあ、話してごらんなさい」フィリッパが促した。「ラルフが何をしたの?」

「憶えておられるでしょうが、去年、キングズブリッジの羊毛市で争いがありました」

「もちろん憶えているわ。ラルフが農民の娘の身体をまさぐり、彼女の若い端正な許婚《いいなずけ》がラルフの鼻をへし折ったわよね。若者はもちろんそんなことをすべきではなかったけど、ラルフは獣よ」

「そのとおりです。先週、彼はその娘のアネットと森でばったり出会いました。そして、従者に彼女を押さえつけさせて、強姦したのです」

「何てこと」フィリッパが困惑の表情を浮かべた。「ラルフは人間ではないわ。人の皮をかぶった獣よ。彼を領主にしてはいけないと、わたしにはわかっていたの。それで、義父に彼を昇進させてはいけないと忠告したんだけど」

「伯爵があなたの忠告に従われなかったのが残念です」

「それで、その許嫁が裁きを求めているのね」

　グウェンダは口ごもった。この複雑な話をどの程度まで話していいかわからなかった。しかし、正直に話すのがいちばんだろうと腹をくくった。「アネットは結婚しています。もっとも、別の男とですけれど」

「それでは、あの男前の若者を手に入れた幸運な娘はだれなの？」

「実は、ウルフリックはわたしと結婚しました」

「それはおめでとう」

「でも、ウルフリックは今度の一件を訴えるために、アネットの主人と一緒にここにきているのです」

　フィリッパの表情が鋭くなった。何かいおうとしたようだったが、思い直したらしく、こう訊いた。「でも、あなたたちはどうしてここにきたの？　ウィグリーは夫の領地ではないわ」

「事件は森で起こりましたが、伯爵がおっしゃるには、そこはウィリアム卿の土地で、ご自分では裁けないのだそうです」

「それは口実ね。ローランドに裁けない事件なんてないもの。最近昇進させたばかりの男を罰したくないだけよ」

「いずれにしても、ウィリアム卿に真相を伝えるために、わたしたちの村の聖職者がここにきたのです」

「それで、あなたはわたしに何をしてもらいたいの？」

「あなたは女性です。男がどのように強姦の言い逃れをするかご存じのはずです。男は娘がいい寄ったとか、挑発的なことをしたとかいうに決まっているんです」

「そのとおりね」

「もしラルフがこの事件を軽い罪で逃れたら、また同じことを繰り返すかもしれません——たぶん、今度はわたしに」

「あるいは、わたしかもしれないわよ」フィリッパがいった。「彼がどんな目つきでわたしを見るか、教えてあげましょうか——池のガチョウを狙う犬みたいな目で見てるわよ」

グウェンダはその言葉に元気づけられた。「ラルフを軽い罪で逃れさせないのがいかに大切か、ウィリアム卿を説得していただけないでしょうか」

フィリッパがうなずいた。「やってみましょう」

サムが乳を吸うのをやめて眠った。グウェンダは立ち上がった。「ありがとうございました」

「よく訪ねてきてくれました」フィリッパが答えた。


翌朝、ウィリアム卿は彼らを大広間へ呼んだ。グウェンダはレディ・フィリッパが卿のそばに坐っているのを見て嬉しかった。そして、彼女が親しげに自分を見たのに気づき、きっと夫に話してくれたのだと確信した。

ウィリアムは背が高く、黒髪で、父親の伯爵と似ていたが、すでに禿《は》げかけ、黒い顎鬚と眉毛の上のその頭蓋が威信にいっそう思慮深さを添えて、評判に違《たが》わぬ人物のように見えた。彼は血痕のついた服を調べ、アネットの痣に目をやった。痣は赤く腫れた状態から、青く変色していた。それでも、傷を目にしたフィリッパの顔に激しい怒りが浮かんだ。傷の痛々しさもさりながら、筋骨たくましい従者が娘の腕を膝で押さえつけ、そのあいだにもう一人が強姦するというおぞましい光景が目に浮かんだからだろう、とグウェンダは推測した。

「おまえはこれまでのところ、すべてのことを正しく行なってきた」ウィリアムがアネットにいった。「おまえはすぐにいちばん近い村へ行き、きちんとした男たちに傷を見せ、おまえを襲った男の名前を教えた。次はシャーリングの州裁判所の最高法院判事に訴状を提出しなければならない」

アネットが不安そうな顔をした。「それはどういうことでしょうか?」

「訴状とは訴えを文書にしたもので、ラテン語で書かれなくてはならない」

「わたしは英語も書けません。まして、ラテン語なんて見たこともありません」

「ファーザー・ガスパードが代筆してくれるだろう。判事はその訴状を大陪審の前に置き、おまえは何があったかを彼らに話すのだ。それができるか? 口にするのがはばかられるようなことを細々と尋ねられるかもしれないぞ?」

アネットがしっかりとうなずいた。

「大陪審がおまえの話を信用したら、土地管理人に命じてラルフ卿を一カ月後に裁判所に出頭させ、裁判を受けさせる。そのとき、おまえには二人の保証人が必要になる。保証人とは、一定額の金を保証金として支払い、おまえが裁判に現われるのを保証する人物のことだ」

「でも、わたしの保証人になってくれる人なんかいません」

「ファーザー・ガスパードがなってくれるだろう。もう一人には私がなろう。保証金も私が提供しよう」

「ありがとうございます」

「礼は私の妻にいうがいい。私の領地で王の平安が強姦のような行為で破られるのを許してはならないと、妻が私を説得したのだからな」

アネットが感謝を込めてフィリッパを見た。

グウェンダはウルフリックを見た。ウィリアム卿の妻と話したことは打ち明けてあった。目が合うと、ウルフリックが感謝の目でうなずいた。きみのおかげだ、と。

ウィリアムがつづけた。「裁判では、おまえはもう一度、自分の身に起こったことを話さなくてはならない。おまえの友人はみな証人になる。グウェンダはおまえが服を血まみれにして森から出てきたのを見たと証言する。ファーザー・ガスパードはおまえが自分に起こったことを話したと証言する。ウルフリックはラルフとアランが現場から馬で去っていくのを見たと証言する」

いま名前の出た全員が、厳粛な顔でうなずいた。

「もう一つある。いったん始めたら、途中でやめることはできない。上訴請求を取り下げるのは法律に違反するから、おまえは厳しく罰せられる――そうなったとき、ラルフがおまえにどんな復讐をするかはいうまでもないだろう」

アネットがいった。「気持ちは決して変わりません。でも、ラルフはどうなるのですか？ 彼はどう罰せられるのですか？」

「強姦罪の刑罰は一つしかない」ウィリアム卿がいった。「絞首刑だ」


彼らはみな城の大広間で外套にくるまり、ウィリアムの下僕や従者、それに犬たちと一緒に、床のイグサの敷物の上で寝た。巨大な暖炉の残り火がかすかな明かりを供するだけになると、グウェンダはためらいがちに夫のほうへ手を伸ばし、毛織りの外套の上から彼の腕を叩いた。今度の事件があってから、二人は愛し合っていなかった。彼が自分を欲しているのかどうか、グウェンダはわからなかった。わたしは彼をしくじらせてひどく怒らせてしまったけれど、レディ・フィリッパと話をつけたことで償いはすんだと感じてくれているだろうか。

ウルフリックがすぐに応えて彼女を引き寄せ、唇にキスをした。グウェンダは彼の腕のなかで感謝し、ほっと胸を撫でおろした。しばらく愛撫しあいながら、あまりに幸せで泣きたいぐらいだった。

ウルフリックが上になるのを待ったが、彼はこなかった。彼がそうしたいのはわかっていた。とても優しかったし、手のなかのペニスは固くなっていた。たぶん、大勢の人がいるなかだから、ためらっているのだろう。人々はこのような広間で愛し合う。それは普通のことで、だれも気にしない。でも、きっとウルフリックは恥ずかしいのだろう。

それでも、グウェンダは二人の愛の修復を確かなものにしようと決心し、すぐに自ら彼の上に乗って、自分の外套を掛けた。互いに身体を動かしはじめるや、一人の少年が目を丸くして、数ヤード離れたところから見ているのがわかった。大人ならもちろん気をきかせて目をそらすのだろうが、少年はセックスが魅惑の神秘である年ごろで、視線をそらせることなどできようはずがなかった。グウェンダはとても幸せだったので、ほとんど気にならなかった。少年と目が合うとにっこりほほえみ、身体を動かしつづけた。少年はショックで口をぽかんと開け、苦しいほどの当惑に襲われたようだったが、やがて、憮然とした様子で寝返りを打ち、両目を腕でおおった。

グウェンダは外套を二人の頭まで引き上げ、彼の首に顔をうずめて、悦びに身を任せた。

37

最高法院にくるのは二度目だったので、カリスは落ち着いていた。もうウェストミンスター・ホールの広い内部にたじろぎもしなかったし、裁判官席をとり巻く、富と権力を持つ人々の一団に脅えもしなかった。以前ここにきたおかげで要領もわかり、一年前にはあれほど珍しかったことが、いまではすべてなじみのように思われた。服装までが、右側が緑、左側が青のロンドン風だった。周囲の人々を観察し、彼らの顔から生活ぶりを読みとり、独善、自暴自棄、当惑、狡猾さを認めて愉しんだ。初めてロンドンにきた人間は、大きく見開いた目と不安そうな様子ですぐに見分けがついた。自分は何でも知っていて優れていると感じて、カリスは優越感に浸った。

唯一不安があるとすれば、それは彼女の代弁をする法律家のフランシス・ブックマンだった。彼は若いが博識で——法律家はたいていそうなのだろう——自分にとても自信があるように見えた。薄茶色の髪をした小男で、身のこなしが敏捷《びんしょう》で、いつでも議論の態勢ができていた。窓枠にとまってパン屑をついばみながらライヴァルを追い払う、図々しい小鳥を思いださせた。この裁判は議論するまでもありませんよ、と彼は広言していた。

ゴドウィンにはもちろん、グレゴリー・ロングフェロウがついていた。グレゴリーはローランド伯爵との訴訟で勝っていたので、ゴドウィンは当然、彼にもう一度修道院を代表してくれるように頼んでいた。グレゴリーの手腕はすでに証明されていたが、ブックマンは未知数といわざるを得なかった。しかし、カリスは切り札を持っていて、それがゴドウィンに一撃を与えるはずだった。

カリス、エドマンド、そして、キングズブリッジの住民全員を裏切ったことを、ゴドウィンはおくびにも出さなかった。彼は常に改革者気取りで、アントニー院長が困難な状況に甘んじ、町の要求に同情的で、修道士も商人も等しく繁栄することに熱心なのに苛立っていた。そこで修道院長になって一年もたたないうちに、彼は反対路線をとると決め、アントニーよりはるかに過激な保守主義者になった。だが、それを恥じている様子はみじんもなかった。カリスはそれを思うたびに、顔が赤くなるほど腹が立った。

ゴドウィンには住民に毛織物の縮絨機を使うよう強いる権利はなかった。彼が出すそのほかの不当な要求——たとえば石臼の禁止、私的な養魚池と養兎場への借地料——は、法外なものではあっても法律上は正しかった。だが縮絨機は無料で使えるはずで、ゴドウィンもそれは知っていた。彼はどんな嘘もごまかしも、神の業のために行なわれるのなら許されると信じているのだろうか。カリスは不思議でならなかった。神に仕える身であるなら、誠実さにおいては俗人よりはるかに細心であるべきではないか。

裁判所のなかをうろうろしながら裁判の順番がくるのを待っているとき、カリスはその点についてエドマンドに質《ただ》した。父は答えた。「私は説教壇から自分の徳行をいいふらす人間はだれも信用しない。そのような高慢な人間は、常に自分で定めた規則を破るために言い訳を探す。むしろ私は、長い目でみれば真実を語り、約束を守ることがおそらく自分のためになるだろうと考える、平凡な罪人と商売がしたいものだ。ゴドウィンが考えを変えるとは思えない」

父親の具合がいいとき、カリスは父がいかに変わったかを痛感した。いまではかつての抜け目のなさや、頭の回転の速さはめったに見られない。いつも忘れっぽくて混乱している。衰えはわたしが気づく数カ月前から始まっていたのではないだろうか。羊毛市の崩壊を予測するあの大失敗は、そのせいではないのだろうか。

数日待ったあと、彼らはサー・ウィルバート・ウィートフィールドの前に呼び出された。彼はぼろぼろの歯をした赤ら顔の裁判官で、一年前、ローランド伯爵と争った修道院に勝ちをもたらした男だった。その裁判官が東の壁を背にしてベンチに腰を下ろしたとき、カリスは自信が揺らぎはじめた。一介の人間がそのような権力を有するとはなんと恐ろしいことか。もし彼が誤った決断を下し、この新しい布地製造計画がつぶれたら、父は没落し、だれも新しい橋の建設費用を出せなくなる。

フランシスが話しはじめると、カリスは気を取り直した。彼は縮絨機の歴史から説き起こし、一号機を建設した伝説的人物、ジャック・ビルダーがどのようにしてそれを発明したかを述べ、次いで、フィリップ修道院長が住民に無料で使用する権利を与えた経緯を明らかにした。

フランシスはそのあとゴドウィンの反論を取りあげ、あらかじめこの修道院長の刃《やいば》を折っておいた。「縮絨機の手入れが悪くてしょっちゅう故障するというのは事実です」彼はいった。「しかし、そのことで、住民が縮絨機に対する権利を失ったと院長はいえるでしょうか。これは修道院の資産で、手入れをするのは修道院です。ただし、院長がその義務を怠ったのは、この際問題ではありません。そもそも住民には修理する権利も義務もないし、フィリップ院長の使用許可は条件つきではないのです」

ここで、フランシスは秘密兵器を取りだした。「現院長が使用許可は条件つきだ、、、たと主張するなら、私はフィリップ院長の遺言書の写しを読むよう法廷に求めます」

ゴドウィンは仰天した。彼は遺言書が紛失したように装うつもりだったからだ。しかし、ブラザー・トマスはマーティンへの好意からそれを探すことに同意し、こっそり図書室から持ち出してくれた。たった一日だけとはいえ、エドマンドがそれを写すには十分だった。

自分の偽装が失敗したとわかったときにゴドウィンの顔に表われた衝撃と激怒の表情を、カリスは楽しまずにはいられなかった。彼は前に進みでて、憤然として訊いた。「どこで手に入れたのだ？」

この問いは意味深長だった。彼は〝どこで見つかったのか〟とはいわなかった——もしほんとうに紛失していたのなら、当然そう訊いたはずだ。

グレゴリー・ロングフェロウが不快感を露わにしてゴドウィンに手を振り、黙るよう合図をした。ゴドウィンは口をつぐんで引き下がった。本心を暴露してしまったと気づいたとしてももう手遅れよ、とカリスは内心で快哉《かいさい》を叫んだ。裁判官にもわかったはずだわ。ゴドウィンが腹を立てた理由はただ一つ、遺言書が市民の味方だという事実を隠そうとしていたのがばれたからよ。

そのあと、フランシスは速やかに発言を締めくくった——それでいいのよと、カリスは思った。なぜならグレゴリーがどう弁論しても、ゴドウィンの二枚舌は裁判官の心に焼きついたのだから。

しかし、グレゴリーの次の一手が、全員に完全な不意打ちをくらわせた。

彼は進み出ると、裁判官にいった。「キングズブリッジは王によって認可された自由都市ではありません」彼はあたかもいうべきことはそれだけだといわんばかりに発言を終えた。

法律上はそうだった。ほとんどの町が王の認可を得て、土地の貴族に義務を負うことなく自由に商売し、市を開いていた。そのような町の人々は自由市民で、王にしか忠誠の義務がない。ところが、キングズブリッジのような町は、数は少なかったがいまも領主の私有地のままで、領主は司教か修道院長が一般的だった。たとえば、セント・オールバンズやベリー・セント・エドマンズなどもそうである。だから、彼らの地位はいま一つはっきりしていなかった。

サー・ウィルバートがいった。「それは重要なことだ。最高法院に訴えるのは自由市民に限られる。これについてはどう考えているのかな、フランシス・ブックマン？　あなたの依頼人は農民なのか？」

フランシスが切迫した低い声でエドマンドに訊いた。「いままでに住民が最高法院に訴えた例はありますか」

「ない。修道院長なら……」

「では、聖堂区ギルドはどうです？　過去にそういう例はありませんか？」

「そんな記録はないな」

「そうなると、先例は持ち出せないわけだ。くそ……」フランシスは裁判官のほうに向きなおった。その顔が、一瞬のうちに困惑から自信に変わった。彼は些細なことを取りあげて恐縮ですがといわんばかりにいった。「ここの市民たちは自由です。彼らは自由都市の市民と同等の地位を謳歌しています」

グレゴリーが急いで発言した。「自由都市の市民の地位はどこでも同じではありません。つまり、ところによってまちまちなのです」

裁判官が訊いた。「領主に対する義務について書かれたものはあるのかな？」

フランシスはエドマンドを見たが、彼は首を振った。「歴代の修道院長はだれもそんなことを書き留めるのに同意しなかった」彼はつぶやいた。

フランシスは裁判官に向きなおった。「書かれたものはありませんが、明らかに……」

「それでは、この法廷は諸君が自由市民かどうかを決めなければならない」サー・ウィルバートがいった。

エドマンドが裁判官に直接訴えた。「キングズブリッジの住民は自分の家を自由に売買できます」これは農民には与えられていない重要な権利で、農民は領主の許可を必要としていた。

グレゴリーが発言した。「しかし、住民には封建的義務があります。あなたがたは修道院の製粉所と養魚池を使わなければなりません」

サー・ウィルバートがいった。「養魚池のことは忘れるように。肝心なのは最高法院と住民との関係だ。町は王の州長官を自由に出入りさせているのかな？」

グレゴリーが答えた。「いいえ、州長官が町に入るには許可が必要です」

エドマンドが憤然として抗議した。「それは修道院長が決めることで、われわれが決めることではありません！」

サー・ウィルバートが訊いた。「なるほど。それでは、住民は陪審を務めているのかな？それとも、免除を要求しているのか？」

エドマンドが口ごもり、ゴドウィンが勝ち誇った顔をした。陪審を務めるのは時間をくう仕事だったので、可能なときはだれもが避けていたからだ。しばらく間があって、エドマンドがいった。「われわれは免除を要求しています」

「では、これで決まりだ」裁判官がいった。「自分たちが農民だという理由で陪審の義務を拒むのなら、諸君は領主の頭越しに王の裁判所に訴えを起こすことはできない」

グレゴリーがそれ見ろというふうにいった。「その観点から、なにとぞ住民の申請を却下してくださるようお願いします」

「そう裁定する」裁判官は結論した。

フランシスは憤慨している様子だった。「発言してもいいでしょうか？」

「駄目だ」サー・ウィルバートが却下した。

「しかし……」

「一言でもしゃべったら、裁判所への侮辱行為とみなす」

フランシスが口を閉じて頭を下げた。

サー・ウィルバートがいった。「次の案件に移る」

別の法律家が発言しはじめた。

カリスは茫然とした。

フランシスがカリスと父親に抗議した。「あなたがたが農民であることを先にいっておいてくれなければ！」

「わたしたちは農民ではないわ」

「裁判官はあなたがたがそうだという裁定を下しました。情報が不完全では勝ち目はありません」

カリスはフランシスと口論しないことにした。彼は過ちを認めることのできない若者だった。

ゴドウィンはいたく満足し、何かいいたくてたまらない様子だったが、去り際に止《とど》めを刺さずにはいられないというように指を一本立ててエドマンドとカリスに振りながら、重々しくいった。「あなたがたが、将来、神の意志に服従する知恵を学ぶことを望みますよ」

「うるさい、とっとと消えてよ」カリスは吐き捨てざまに背を向けた。

彼女は父親にいった。「これでわたしたちは完全に無力よ！　わたしたちに縮絨機をただで使う権利があることは証明したけれど、ゴドウィンはまだその権利を行使させないようにできるんだから」

「そのようだな」エドマンドが答えた。

カリスはフランシスを見て、腹立たしげに訊いた。「何かわたしたちにできることがあるはずよ」

「そうだな」彼が答えた。「キングズブリッジを自由都市にすることならできますよ。あなたがたの権利と自由を保証する王の勅許状を手に入れるんです。そうすれば最高法院に出入りできます」

小さな希望の光が見えた。「それには、どうすればいいの？」

「王に願い出るんですよ」

「認めてくれるかしら」

「税金を払うために必要だといえば、聞き届けてくれるでしょう」

「それなら、やってみなくちゃ」

エドマンドが警告した。「ゴドウィンが怒り狂うぞ」

「怒らせておけばいいわよ」カリスは毅然としていった。

「何をしでかすか、ゴドウィンを甘く見てはいけない」父親は譲らなかった。「あいつがいかに冷酷かはおまえも知っているだろう。ちょっとした口論でもそうだ。今度のことでは全面戦争になりかねない」

「全面戦争ね」カリスは冷たくいい放った。「結構じゃないの」


「ラルフ、あなた、よくもそんな真似ができたわね?」母親がなじった。

マーティンは両親の家の薄暗い明かりのなかで弟の顔を見つめた。ラルフは全面否定と自己弁護のあいだで揺れているようだった。

ようやくラルフがいった。「彼女に仕向けられたんだ」

モードは腹が立つというより、むしろ悲しげだった。「でも、他人《ひと》の妻じゃないの!」

「農民の妻だよ」

「たとえそうでも」

「心配いらないよ、母さん。農民の話ぐらいで、領主に対して有罪が宣告されることはあり得ない」

マーティンにはそうは思えなかった。ラルフは名もない領主だ。その領主がカスターのウィリアム卿の不興を買っているらしい。裁判がどうなるかはわからない。

父親が厳しい口調でいった。「たとえ有罪が宣告されなくても――それを祈るが――恥を知れ！　おまえは騎士の息子ではないか――よくもそれを忘れられたな」

マーティンは恐ろしかったし、気も動転していたが、驚きはしなかった。ラルフには昔から暴力的なところがあった。子供のころから喧嘩っぱやく、マーティンは殴り合いをかわすために、言葉や冗談でなだめすかしては対決にもちこまないようにしていた。自分の弟でなければ、マーティンもこのような恐ろしい強姦犯が絞首刑になるところが見たかっただろう。

ラルフはさっきからマーティンをちらちらとうかがっていた。兄の不興を気にしているのだった。おそらく、母親よりも兄のほうが気になるのだろう。彼はずっと兄を尊敬してきた。マーティンはラルフに手枷《かせ》足枷をかけてでも、人を襲わないようにさせたいと願うばかりだった。自分がそばについていて、面倒を避けてやることはもうできないのだから。

すっかり取り乱している両親との話し合いはしばらくつづいたが、そのとき、質素な造りの小さな家の扉をノックして、カリスが入ってきた。彼女はジェラルドとモードにほほえみかけたが、ラルフを見るや顔色が変わった。

自分に用があるのだ、とマーティンは立ち上がった。「ロンドンから帰ってきたんだね。知らなかったよ」

「いま着いたばかりよ」彼女は答えた。「ちょっと話せる？」

マーティンは外套を羽織ると、カリスと一緒に冷たくほの暗い、十二月の灰色の光のなかに出た。二人の情事が終わって一年がたっていた。彼はカリスの妊娠が施療所で終わったのを知り、おそらく何らかの方法で堕胎《だたい》したのだろうと推測した。そのあと二、三週間のあいだに二度、自分のもとに戻ってきてほしいと頼んだが拒否された。どうしたらいいのかわからなかった。まだ自分を愛しているのはわかっているが、彼女はいい出したら聞かない。マーティンは希望を捨て、そのうちに嘆きも悲しみも薄らいでいくだろうと思うことにした。ところが、これまでのところ、そうはなっていなかった。カリスを見ると心臓が高鳴り、カリスと話すのはこの世の何より幸せだった。二人は大通りまで歩き、ベル・インに入った。午後も遅く、そこはひっそりしていた。マーティンもカリスも、香辛料のきいた温かいワインを注文した。

「裁判に負けたの」カリスがいった。

マーティンは衝撃を受けた。「どうして？　きみにはフィリップ院長の遺言書が……」

「それが役に立たなかったの」カリスはひどく落胆しているな、とマーティンは思った。彼女が説明を始めた。「ゴドウィンの抜け目のない弁護士が、キングズブリッジの住民は修道院の農民で、農民には最高法院に訴える権利がないと主張したの。それで、裁判官がわたしたちの訴えを却下したのよ」

マーティンは腹が立った。「しかし、それは馬鹿げているだろう。それだと、修道院は法律や勅許状に関係なく、何でも好きなようにできるってことじゃないか……」

「わかってるわよ」

マーティンは気がついた。カリスは自分で何度も考えた、わかりきったことしかいってもらえないのでいらいらしているのだ。彼は憤りを抑え、実際的な話をすることにした。「これからどうするつもりなんだ?」

「自由都市になるための勅許状を申請するわ。それがあると、町は修道院の支配から解放される。弁護士はこちらには強力な言い分があると考えているのよ。わたしは縮絨機の件でも勝てると思っていたんだけどね。でも、王はフランスとの戦争のためにお金が欲しくてたまらない。王には税金を払ってくれる裕福な町が必要なのよ」

「勅許状はどれぐらいで手に入るんだ?」

「それがまずいのよ——少なくとも一年、もっとかかるかもしれないわ」

「そのあいだ、きみたちは赤い布地が織れないわけだ」

「古い縮絨機では無理ね」

「そうなると、橋の建設も中止せざるを得ない」

「しょうがないわ」

「ちくしょう」あまりにも理屈に合わない話だった。町の繁栄を取り戻す手段が手近にあるというのに、一人の男の頑迷さがそれを邪魔しているなんて。「みんな、ゴドウィンを見損なっていたな」

「その話はやめて」

「ぼくたちは彼の支配から逃れなければならない」

「わかってるわ」

「しかも、一年後じゃなくて、もっと早くだ」

「方法があればいいんだけどね」

マーティンは懸命に頭脳を働かせた。そして、そうしながらカリスを観察した。彼女はロンドン製の新しい服を着ている。眉根を寄せて不安そうではあるが、いま流行りの多色使いの服のせいで明るく見える。濃い緑と少し淡い青の色彩が、彼女の目を輝かせ、肌に艶を与えているようだ。そういえばいままでも、ときどきこんなふうに感じたことがあったっけ。橋をどうするかという問題を話すのに没頭していて――二人はほとんどそれ以外の話はしなかった――突然、なんて可愛いのだろうと気づいたときなどに。

そんなことを考えているあいだにも、彼の頭のなかの問題解決部門が一つの案を思いついた。「自分たちの縮絨機を造ったらどうだろう」

カリスが首を振った。「それは違法よ。ゴドウィンはジョン・コンスタブルに命じて取り壊させるに決まってるわ」

「町の外に造ったらどうだろう」

「森ってこと？　それも違法よ。王の御料林管理者がうるさいわ」御料林管理者は森林法の監督者だった。

「それなら、森はやめだ。どこかほかの場所にしよう」

「どこに行っても、領主の許可がいるわ」

「ラルフも領主だな」

ラルフの話が出るや、カリスは嫌悪の表情を浮かべた。だが、熟慮しているうちに表情が変わった。「ウィグリーに縮絨機を造るの？」

「いいんじゃないか？」

「水車を回せるような流れの速い川があるの？」

「きっとあるさ――たとえなくても、渡し船みたいに牛に回させればいい」

「ラルフが許すかしら？」

「もちろんだ。ぼくの弟だからな。ぼくが頼めば大丈夫だ」

カリスはわくわくしているな、とマーティンは思った。だが、ぼくに対してはどう思っているのだろう。問題の解決策が見つかって喜び、ゴドウィンの裏をかこうと一生懸命なのはわかるが、それ以外のことをどう思っているのかがわからない。

「喜ぶのはよく考えてからにしましょう」カリスがいった。「ゴドウィンは縮絨するために布地をキングズブリッジから持ち出してはいけないという規則を作るでしょう。多くの町にそういう法律があるわ」

「ギルドと協力しないことには、いかに彼でもそんな規則は実施できない。それに、もしそうなっても、何とかすり抜けられるさ。どのみち、布地はあちこちの村で織られているんだろう」

「そうだけど」

「それなら、布地を町に持ち込まなければいい。織り手から直接ウィグリーに送るんだ。そこで染めて、新しい機械で縮絨し、そのあとロンドンに運ぶ。そうすれば、ゴドウィンは何も口出しできない」

「縮絨機を造るのにどれぐらいかかるの？」

マーティンは考えた。「木造の建物は二、三日でできる。機械も木製だが、それはもっとかかるだろう。寸法を正確に測らなければならないからな。いちばん時間がかかるのは職人と材料の調達だが、クリスマスの一週間後には完成させられると思う」

「すばらしい！」カリスは叫んだ。「それで決まりよ」


エリザベスが賽をふり、最後の駒を盤上の自分の陣地に移した。「わたしの勝ちよ！」彼女は叫んだ。「三連勝よ。さあ、払ってちょうだい」

マーティンは銀貨を一枚渡した。このゲームで彼を負かしたのはたった二人、エリザベスとカリスだけだった。彼は負けても気にならなかった。相応な相手がいるほうがありがたい。

彼は坐り直して洋梨のワインを飲んだ。一月の寒い土曜日の午後で、すでに日が暮れていた。エリザベスの母親は暖炉のそばの椅子で眠っており、口をあけて、かすかにいびきをかいていた。彼女はベル・インで働いていたが、マーティンが娘を訪ねると、いつも家にいた。むしろそのほうがありがたかった。エリザベスにキスするかどうか悩む必要がないからだ。ひんマーティンにとって、それは考えたくない問題だった。もちろん、キスはしたかった。

やりした唇や、平らで固い胸が思い出された。しかし、それはカリスとの情事が永遠に終わったと認めることであり、彼にはまだその覚悟ができていなかった。

「ウィグリーの新しい水車はどうなったの？」エリザベスが訊いた。

「完成して動いているよ」マーティンは誇らしげに答えた。「一週間前から、カリスがそこで布地を縮絨している」

エリザベスは眉を上げた。「自分で？」

「いや、そうじゃない。実際はマーク・ウェバーがやってるんだ。もっとも、彼は村の男たちに引き継がせようと、彼らを特訓中だけどね」

「カリスの右腕になれるのなら、マークにとっていいことだわ。彼はずっと貧しかったからね——大きなチャンスよ」

「カリスの新しい計画は、ぼくたちみんなにとっていいことだらけだよ。橋を完成できるわけだしね」

「彼女は賢いわね」エリザベスが穏やかな声でいった。「でも、ゴドウィンが何というかしら？」

「いまのところは何もいってない。気づいているのかどうかもわからない」

「でも、いずれ気づくんじゃないの」

「気づいたって、何もできないさ」

「彼は高慢な男よ。出し抜かれたら決して許さないわ」

「大丈夫だよ」

「それで、橋はどうなるの？」

「問題はいろいろあるけど、工事は二週間しか遅れていない。遅れを取り戻すには金がかかるが、橋は使える——まだ仮設の木の通行面だけどね。次の羊毛市には大丈夫だ」

「あなたとカリスが協力して町を救ったのね」

「まだだよ——でも、きっと救ってみせる」

扉をノックする音がして、エリザベスの母親がはっと目を覚ました。「だれかしら？　外は暗いのに」

エドマンドの徒弟の一人だった。「マーティン親方、聖堂区ギルドの会合に行ってください」

「なぜ？」

「エドマンド親方にそう伝えるようにいわれたんです」彼は明らかに伝言だけを暗記してきたらしく、それ以上は知らなかった。

「橋のことだろうな」マーティンはエリザベスにいった。「彼らは費用の心配をしているから」そして、外套を取りあげた。「ワインをごちそうさま——それから、ゲームも」

「いつでもどうぞ」エリザベスがいった。

マーティンは徒弟と並んで、大通りをギルド会館まで歩いた。今夜は仕事上の会合で、酒宴ではなかった。キングズブリッジの有力者が二十人ほどトレッスル・テーブルを囲んで、ある者はエールやワインを飲み、ある者は小声で話していた。マーティンは緊張と怒りが漂っているのを感じ、何かあるなと身構えた。

エドマンドが上座にいて、ゴドウィン修道院長が隣りに坐っていた。修道院長はギルドのメンバーではない。彼がいるということはマーティンの推測が正しかったわけで、会合は橋に関するものに違いなかった。ところが、保守営繕係のトマスがいなかった。それなのにフィルモンがいるのが妙だった。

最近、マーティンとゴドウィンのあいだでちょっとした諍いがあった。マーティンの契約は一年で、一日二ペンスの工賃にスモール・アイランドの賃借権が足されていた。契約の更新時期がきて、ゴドウィンが一日二ペンスの支払いを継続すると提案してきた。マーティンは四ペンスを主張し、結局ゴドウィンが折れたのだが、そのことでギルドに文句をいいにきたのだろうか。

エドマンドがいつもの唐突さで口を開いた。「きみをここに呼んだのは、ゴドウィン院長がきみを橋の建設責任者から外したいというからなんだ」

マーティンは顔を殴られたような気がした。まったく予想していないことだった。「何ですって?」彼は叫んだ。「しかし、院長がぼくを指名したんですよ!」

ゴドウィンがいった。「だから、私にはきみを解雇する権利がある」

「しかし、なぜ?」

「工事が遅れているし、予算も超過している」

「遅れているのは伯爵が石切場を閉鎖したからで――予算が超過しているのは遅れを取り戻すのに金がかかるからです」

「言い訳だ」

「ぼくのせいで荷馬車屋が死んだからですか？」

ゴドウィンが鋭くいい返した。「きみの弟に殺されたのだ！」

「それが何の関係があるんです？」

ゴドウィンがその質問を無視して付け加えた。「強姦の容疑で告訴された男だ！」

「兄弟の品行を理由に建設責任者を解雇することはできませんよ」

「私に指図がましい口をきくとは、いったい何様のつもりだ？」

「あなたの橋の建設責任者ですよ！」そのとき、はっと気がついた。建設責任者としての仕事はほとんど終わっている。最も複雑な部分はすべて設計したし、石工たちに教えるための木の模型も作った。自分以外にだれも造り方を知らない囲い堰《ぜき》も造った。そして、重い石を移動させて流れのなかに置くための浮きクレーンや巻き上げ機も組み立てた。あとの仕事はだれでも仕上げられる。マーティンは狼狽した。

「きみの契約を更新する根拠は何もない」ゴドウィンがいった。

そのとおりだった。マーティンは部屋を見回し、救いを求めた。だれも目を合わそうとしなかった。この件はもう話がついているのだろう。絶望感に襲われた。なぜこんなことになったのだろう。橋の工期が遅れているとか予算が超過しているというのは理由ではない――

遅れはぼくのせいではないし、いずれにしても、いま追い上げにかかっているところなのだ。ほんとうの理由は何だろう。とたんに、答えがひらめいた。「ウィグリーの縮絨機だ！」

　ゴドウィンが澄まして応えた。「その二つは必ずしも関係ない」

　エドマンドが静かに、しかし、はっきりといった。「嘘つき修道士が」

　フィルモンが初めて口を開いた。「発言に気をつけるように」

　エドマンドは黙らなかった。「マーティンとカリスに裏をかかれたんだな、ゴドウィン？　ウィグリーの水車は法的にも何ら問題はない。おまえは自分の欲と強情で自滅したんだ。それなのに、こうやって復讐しようというわけだ」

　エドマンドのいうとおりだった。マーティンほど有能な建築職人はいなかった。それはゴドウィンにもわかっているはずだが、明らかに無視していた。「ぼくの代わりにだれを雇うんですか？」マーティンは訊いた。そして、その問いに自分で答えた。「エルフリックでしょう」

「未定だ」

　エドマンドがいった。「また嘘だ」

　フィルモンがふたたび口を開いた。さっきより声が甲高かった。「黙らないと教会裁判所に引き出されるぞ！」

　マーティンは思った。これは単なる手段にすぎないのではないか。ゴドウィンが自分との契約をやり直すための方便ではないのだろうか。彼はエドマンドに訊いた。「この件について、聖堂区ギルドは修道院長に同意しているんですか？」

ゴドウィンがいった。「これは彼らが同意するとかしないとかいう類いの問題ではない！」

マーティンは彼を無視し、エドマンドを見て助けを求めた。

エドマンドは情けなさそうな顔をしていた。「院長の権利を拒否はできないんだ。ギルドのメンバーは橋の建設に資金を出しているが、院長は町の統治者だ。それについては、最初から合意されている」

マーティンはゴドウィンを見た。「ほかに何かいうことはありませんか、院長？」彼は待った。ゴドウィンがほんとうの要求を出してくるのではないか。

しかし、ゴドウィンは無表情に答えた。「ない」

「それでは、失礼します」

マーティンはほんの少しだけ待った。口を開く者はいなかった。その沈黙で、すべてが終わったのだとわかった。

彼は部屋を出た。

建物を出ると、冷たい夜の空気を深く吸いこんだ。いま起こったことが信じられなかった。もう橋の建設責任者ではないなんて。

暗い通りを歩いていった。よく晴れた夜で、星明かりで道が見えた。エリザベスの家を通り過ぎた。エリザベスとは話したくなかった。カリスの家の外でどうしようか迷ったものの、やはり通り過ぎ、水辺に下りた。彼の小舟がスモール・アイランドの対岸につないであった。

マーティンは小舟に乗って漕ぎだした。

家に着くと、ドアの外で足を止めて星を見上げ、涙をこらえた。結局ゴドウィンを出し抜くことはできなかった――むしろ逆だった。自分に逆らう人間を修道院長がどのように罰するかをみくびっていた。マーティンは自分を賢いと思っていたが、ゴドウィンはもっと抜け目がなく、少なくとも冷酷だった。必要とあれば、町と修道院に損害を与えるのもいとわない。自分の誇りが傷つけられた恨みを晴らすつもりなのだ。そして、その執念深さが彼に勝利をもたらした。

マーティンは家に入り、独り打ちのめされて横になった。

38

ラルフは裁判を前にして、一晩じゅうまんじりともしなかった。

絞首刑で死んでいく人間なら大勢見てきた。毎年二十人から三十人の男と数人の女が州長官の荷馬車でシャーリング城の監獄から丘を下り、市の立つ広場にある絞首台へ連れていかれた。それはありふれた出来事だったが、ラルフの記憶に残っているその男たちが蘇ってきて、彼をさいなんだ。

絞首台から落下し、首が折れてすぐ死ぬ者もいたが、数は多くなかった。たいていは徐々に窒息して死んでいく。彼らは宙を蹴り、もがき、大きく口を開け、声もなく、息もなく叫んで、小便や大便を漏らした。魔術を使った罪で死刑宣告を受けた老女が思い出された。落下したとき、弾みで嚙み切られた舌が口から飛び出した。それが飛んできて埃《ほこり》にまみれた地面に落ちたとき、絞首台を取り囲んでいた群衆はぎょっと驚き、血だらけの肉片を避けようとあとずさりした。

絞首刑にはならないだろうとだれもがいってくれた。ラルフはそれにすがっていた。自分の選んだ領主が農民の訴えで死刑になるのを、ローランド伯爵が許すはずがないと人々はいった。しかし、いまのところ、伯爵はいっさい介入していなかった。

予備陪審はラルフに対する訴えを、シャーリングの最高法院判事に戻した。その種の陪審がみなそうであるように、この陪審も、主にローランド伯爵に忠誠の義務をもつ州の騎士からなっていた。ところが、それにもかかわらず、彼らはウィグリーの農民の証言に従った。男たちは——陪審員にもちろん女はいない——仲間の騎士を起訴するのを躊躇しなかった。実際、陪審員たちの質問にはラルフの所業への嫌悪がありありとうかがえ、数人はそのあとで彼と握手するのを拒んだほどだった。

ラルフはアネットをウィグリーに監禁してシャーリングに行けないようにし、本裁判で再度証言するのを阻止しようと目論《もくろ》んだ。ところが、彼女を捕らえに家に行くと、すでに出発したあとだった。ラルフの動きを察知して早めに出発し、裏をかいたに違いなかった。

今日は別の陪審が事件を審理する予定だったが、ラルフががっかりしたことに、そのうちの少なくとも四人が予備陪審も担当していた。アネットも予備陪審もいうことは前回と同じだろうから、今回異なった評決を答申させるには、陪審員たちに何らかの圧力をかけるしかない。しかし、それも手遅れになりそうだった。

ラルフは夜明けと同時に起きだし、シャーリングの市が立つ広場にあるコートハウス・インの一階に下りた。一人の少年が身震いしながら裏庭の井戸の氷を割っていたので、パンとエールを持ってくるようにいった。それから共同宿舎へ行って、兄のマーティンを起こした。ゆうべのエールとワインのむっとする臭いが残る、冷え冷えとした面会室に二人揃って腰を下ろすと、ラルフはいった。「絞首刑にするつもりかな。それが恐ろしいんだ」

「それはぼくも同じだ」マーティンが答えた。

「どうしたらいいんだ」さっきの少年がジョッキを二つとパンを持って戻ってきた。ラルフは震える手でジョッキを取り、一気に喉へ流し込んだ。

マーティンは機械的にパンを口に入れ、脳を無理やり働かせるときはいつもそうするように、眉を寄せて横目で天井を睨んだ。「唯一考えられるとすれば、告発を取り下げて和解するよう、アネットを説得してみることだ。彼女に賠償しなければならないだろうけどな」

ラルフは首を振った。「彼女はあとには戻れない——それは許されていないんだ。告訴の取り下げは罰せられる」

「わかってるさ。だけど、彼女にわざと頼りない証言をさせて、疑いの余地を残すことはできる。よく使われる手だろう」

ラルフの心に希望の火が灯った。「彼女が同意するかな」

少年が腕一杯に薪をかかえてきて、暖炉の前に屈んで火をおこしはじめた。

マーティンは考え考えいった。「アネットにどれぐらいの金額を渡せるんだ？」

「二十フローリンある」それはイングランドの銀貨の三ポンドに値した。

マーティンはぼさぼさの赤い髪をかいた。「それでは足りないな」

「農民の娘には十分だろう。それに、彼女の一家は農民にしては金持ちだ」

「ウィグリーからはたくさんもらっているのか？」

「おれは鎧《よろい》を買わなければならない。領主になると、いつでも戦いに行けるようにしておかなければならないんだ」

「金なら貸せるけどな」

「どれぐらい？」

「十三ポンドなら」

ラルフは仰天し、一瞬悩みを忘れた。「そんな大金、どこで手に入れたんだ？」

マーティンはいささか憤慨してみせた。「よく働いて、たくさん支払ってもらっているからだよ」

「だけど、橋の責任者からはずされたじゃないか」

「ほかにも仕事はたくさんある。それにスモール・アイランドの土地も貸しているし」

ラルフが憤慨した。「それなら、建築職人は領主より金持ちってわけか」

「おまえにとってはよかったじゃないか。アネットはどれぐらい欲しがるかな？」

ラルフは思わぬ障害に気づいて、また落ちこんだ。「アネットではなく、ウルフリックだ。あいつがこの話の首謀者だ」

「当然そうだろうな」マーティンは縮絨機を造っているあいだウィグリーに長くいたので、ウルフリックがアネットに捨てられた直後にグウェンダと結婚したのを知っていた。

「それなら、彼に話してみよう」

そんなことをしても無駄だとラルフは思ったが、失うものは何もないのだと思い直した。

二人は寒々とした灰色の光のなかに出ると、冷たい二月の風に備えて外套をはおった。広場を抜けてコートハウス・インに入ると、ウィグリーの人々がいた――金はウィリアム卿から出ているのだろう、とラルフは思った。彼の援助がなかったら、こんなことはできるはずがない。しかし、ほんとうの敵は自分に悪意を持っている、あのなまめかしいウィリアムの妻フィリッパではないか。心をそそる魅惑的な女だと思ってやっているにもかかわらず――というよりはむしろそれゆえに、彼女はおれを憎んでいるようだ。

ウルフリックはすでに起きていて、ベーコン入りの粥《ポリッジ》を食べていた。ラルフを見ると、威《い》嚇《かく》を顔に表わして立ち上がった。

ラルフが剣に手を置き、いつでも闘える体勢をとったのを見て、マーティンがあわてて割って入り、両手を広げてとりなした。「ぼくは友人としてきたんだ、ウルフリック」マーティンはいった。「怒らないでくれ。さもないと、弟ではなく、きみが裁判にかかることになる」

ウルフリックは両手を腰に当てて立っていた。ラルフはがっかりした――闘いさえすれば、どっちつかずのこの辛さがおさまったのに。

ウルフリックがベーコンの皮を床に吐き出した。「何の用だ。やっかいな話か？」

「和解だ。ラルフは賠償金として、十ポンドをアネットに払うつもりがある」

ラルフは金額を聞いて驚いた。マーティンがほとんどを払うということじゃないか――しかし、兄はためらう素振りもなかった。

ウルフリックがいった。「アネットは告訴を下げられない――それは許されてない」

「しかし、証言を変えることはできるだろう。最初は同意したけれど、気持ちが変わったときにはもう遅かったといえば、陪審はラルフに有罪を宣告できない」

ラルフはウルフリックの顔を見つめて承諾のしるしを待った。だが、ウルフリックは顔を強張《こわば》らせたままで答えた。「ということは、きみたちはアネットを買収して偽証させるつもりなんだな」

もう駄目だ、とラルフは絶望しかけた。ウルフリックはアネットが金を受けとることを望んでいない。やつの目的は復讐であって賠償金ではないらしい。望みは絞首刑しかないんだ。

マーティンが穏やかにいった。「ぼくは彼女に別の正義を与えようとしているんだけどな」

「弟を逃がしてやろうとしているだけだろう」

「きみだって同じことをするんじゃないのか？　きみにも兄さんがいただろう」橋が崩壊したとき、ウルフリックの兄が両親と一緒に命を落としたことをラルフは思い出した。「兄さんの命を救おうとしないのか？――兄さんが間違ったことをしたら、知らん顔をしているというのか？」

家族愛に訴えられて、ウルフリックがたじろいだ。たとえ肉親であっても、ラルフを愛している者がいるとは思わなかったのだろう。だが、すぐに気を取り直していった。「デイヴィッドはラルフとは違う。兄は絶対にあんな卑劣な真似はしない」

「もちろんだ」と認めて、マーティンはつづけた。「それでも、ぼくがラルフを救う方法を見つけようとするのを非難されるいわれはないんじゃないかな。しかも、アネットに法を侵せといっているわけでもないんだから」

たいした弁論術だな、とラルフは感心した。マーティンなら小鳥を巣からおびきだすこともできるんじゃないか？

しかし、ウルフリックはそうやすやすと説得されなかった。「村人たちはラルフを厄介払いしたがっている。また同じことをしでかすのではないかと、みんなが恐れているんだ」

マーティンはそれを無視していった。「だけど、この提案をアネットに伝えることはしたほうがいいんじゃないかな。決めるのは彼女なんだから」

ウルフリックが思案した。「きみたちが金を支払うという保証はどこにあるんだ？」

ラルフの胸で希望が頭をもたげた。ウルフリックが軟化してきたぞ。

マーティンは答えた。「裁判の前に、カリス・ウーラーに現金を渡そう。ラルフが無罪を宣告されたら、彼女からアネットに支払ってもらう。きみもわれわれもカリスを信用しているわけだから、それなら安心だろう」

ウルフリックがうなずいた。「たしかにぼくの決めることではないな。アネットに伝えるだけは伝えよう」そして、二階へ上がっていった。

マーティンは長い安堵のため息をついた。「やれやれ、そうとう腹を立てているな」

「だけど、あんたはあいつをいいくるめたじゃないか」

「彼は提案を伝えるといっただけだ」

兄弟はウルフリックがいなくなったテーブルに腰かけた。給仕の少年が朝食はいらないかと訊きにきたが、二人とも断わった。宿屋は塩漬け肉やチーズやエールを大声で頼む客で混雑していた。みな裁判所にいく者たちだった。州の騎士たちはうまい口実が見つからないかぎり、全員裁判所に通う義務があった。上級聖職者、裕福な商人、年収四十ポンド以上のすべての男といった、州の主だった男たちもそれは同じだった。ウィリアム卿、ゴドウィン院長、エドマンド・ウーラーもそこに含まれていた。ラルフとマーティンの父親のサー・ジェラルドも、不名誉を蒙《こうむ》るまでは毎回出廷していた。彼らは陪審員として出席しながら、税金を払ったり、議会の議員を選出するといった、ほかの仕事も果たさなければならなかった。加えて大勢の被告人、被害者、保証人がいた。裁判は大量の金を町の宿屋にもたらしていた。

ウルフリックを待ちかねて、ラルフが焦《じ》れた。「あいつら、いつまでも何を話しているんだ」

マーティンは答えた。「アネットは金を受け取る気になるかもしれないぞ。彼女の父親はそうすすめるだろうし、夫のビリー・ハワードもたぶんそうだろう。だが、ウルフリックは金よりも真実を話すほうが大切だと考える男だ。妻のグウェンダは夫を愛しているから彼を支持するだろうし、ファーザー・ガスパードも道義上そうするだろう。何よりも、彼らはウィリアム卿の意見を聞かなければならないが、彼はレディ・フィリッパが望むとおりにするだろう。彼女はなぜかおまえを憎んでいる。とはいえ、女は対決より和解を選ぶものだからな」

「ということは、どっちの可能性もあるわけか」

「そういうことだ」

宿屋の常連客は朝食をすませて次々と出ていき、広場を横切って裁判所へ向かった。早くしないと間に合わなくなってしまうと、それを恐れているのだ。

ようやくウルフリックが戻ってきた。「彼女は承知しない」彼はぶっきらぼうにいって、また戻っていった。

「ちょっと待ってくれ！」マーティンが叫んだ。

ウルフリックは知らん顔で、ふたたび階段に消えた。

ラルフは悪態をついた。死刑の執行が猶予されるのではないかと期待していたのに、また陪審の手のなかにとらわれてしまった。

ハンドベルの音が聞こえてきた。州長官の副官が、裁判に関係のあるすべての男を招集しているのだ。マーティンが立ち上がり、ラルフもしぶしぶそれに従った。

二人は裁判所に戻り、奥の広い部屋に入った。突き当たりの一段高くなった壇上に、裁判官の〝ベンチ〟がある。ベンチと呼び慣わされているが、実際は玉座のような、彫刻が施された木の椅子だった。裁判官は着席していなかったが、書記はすでに壇の前の机について、巻物に目を落としていた。片側に、陪審員のための長い二つのベンチがあった。部屋にはほかに椅子はなく、全員が、どんなに坐りたくても立っていなければならなかった。裁判官の権限で秩序が維持され、不正行為を働いた者はただちに刑に処せられる。判事が自ら目撃した犯罪に裁判は必要ない。ラルフは怯えた表情のアラン・ファーンヒルを見つけ、黙ってそばに立った。

くるのではなかったと、ラルフは後悔しはじめていた。口実なら何とでもなったはずだ。病気だとか、日にちを勘違いしたとか、馬が途中で足をくじいたとか。しかし、それは先延ばしにしかならない。結局は州長官が武装した副官を連れて逮捕しにくるはずだ。たとえうまく逃げおおせても、無法者と宣告されて一巻の終わりだ。

だが、それでも絞首刑よりはましだ。いまからでも逃げたらどうだろう。おそらくここからはなんとか逃れられるだろう。だが、徒歩ではそう遠くまでは行けない。町の人間の半分が追いかけてきて、たとえ彼らに捕まらなくても、州長官の副官が馬で追ってくる。そして、逃亡したのは罪を認めた証《あかし》だとみなされるに違いない。それなら、ここにいるほうがいい。まだ無罪放免のチャンスはあるかもしれない。アネットが恥ずかしさのあまり、はっきり証言できないかもしれない。ひょっとすると、鍵となる目撃者が現われないかもしれない。最後の最後に、ローランド伯爵が介入してくるかもしれない。

法廷が満員になった。アネット、村人たち、ウィリアム卿、レディ・フィリッパ、エドマンド・ウーラーとカリス、ゴドウィン院長と彼のうす汚ない助手のフィルモンの姿もあった。書記が机を叩いて静粛を求め、裁判官が横の扉から入ってきた。大地主のサー・ギュイ・

ド・ボワだった。禿げ頭で肥え太っている彼はローランド伯爵の昔の戦友で、その点ではラルフの味方についてくれるかもしれないが、もう一方ではレディ・フィリッパの叔父だから、彼女から敵意を吹きこまれているかもしれない。塩漬けの牛肉と強いエールを朝食に平らげて顔を真っ赤にしたギュイ・ド・ボワが、着席するなり音も高く放屁し、満足そうに大きく息を吐いてから宣言した。「開廷する」

ローランド伯爵の姿はなかった。

ラルフの裁判が最初だった。全員が最も関心のある裁判で、それは裁判官も同じだった。訴状が読み上げられ、アネットが証言を求められた。

ラルフは自分が妙に集中できないことに気がついた。もちろん、証言はすべて聞かなくてはならない。アネットが今日話すことに矛盾がないか、自信のなさそうな気配がないか、ためらいやぐらつきがないか、真剣に耳を傾けるべきなのだ。だが、彼はすでに自分の運命を感じ取っていた。敵は総力をあげている。自分の強力な味方であるローランド伯爵はいない。マーティンはそばにいてくれるが、その兄も全力でおれを助けようとしたものの失敗した。おれの命運は尽きたんだ。

グウェンダ、ウルフリック、ペグ、ガスパードといった証人があとにつづいた。こんなやつらになど絶対に負けるはずはないと考えていたのに、どういうわけか、逆にやりこめられてしまった。陪審員長のサー・ハーバート・モンテンはラルフとの握手を拒否した一人で、犯罪の恐ろしさを強調するつもりだとしか思えない質問をした。苦痛はどれぐらいひどかったか？　血はどれぐらい出たか？　泣いたか？

ラルフが発言する番がきた。しかし、彼は陪審に信じてもらえそうにないことを、小声で、つまりながら話すていたらくだった。それに較べると、アラン・ファーンヒルは話がうまく、アネットがラルフと寝たがっていたとか、小川のほとりで愛を交わしているあいだ消えてくれと二人の恋人から頼まれたなどと発言した。だが、そんな話を陪審が信じるわけもなかった。彼らの顔を見れば、ラルフにもそのぐらいはわかった。訴訟手続きにほとほと飽きてきて、早く終わって自分の運命に決着をつけてもらいたいとさえ思った。

アランが退くと、ラルフの肩越しに新しい人影が現われてささやいた。「よく聞いてください」

ラルフが振り返ると、それはローランド伯爵の秘書のファーザー・ジェロームだった。そのとき彼の頭によぎったのは、このような法廷は――たとえ無断で入ってくるという罪を犯しても――聖職者には力を及ぼせないということだった。

裁判官は陪審のほうを向いて評決を求めていた。

ファーザー・ジェロームがつづけた。「外に馬を待たせてあります。鞍もついていて、いつでも走れるようになっています」

ラルフは凍りついた。聞き違いではないのか？　彼は振り返って訊き直した。「何だって？」

「早く逃げるんです」

ラルフは後ろを見た。百人もの男が扉までの道を塞《ふさ》いでいて、そのほとんどが武器を持っている。「無理だ」

「横の扉を使うんです」ジェロームはそういってわずかに首を傾《かし》げ、さっき裁判官が入ってきた入り口を示した。横の扉と自分とのあいだにはウィグリーの人間しかいないことを、ラルフはすぐに見てとった。

陪審員長のサー・ハーバートが勿体《もったい》をつけて立ち上がった。

ラルフはアラン・ファーンヒルと目が合った。彼はそばで全部を聞いていて、その気になっていた。

「早く！」ジェロームが急かした。

ラルフは剣に手をそえた。

「ウィグリーのラルフ卿を強姦の罪で有罪とみなします」サー・ハーバートが宣言した。

ラルフは剣を抜くと、それを振りかざしながら扉に向かって突進した。

一瞬、法廷は呆《あっ》気《け》にとられて静まり返ったが、すぐに、全員がいっせいに叫びだした。しかし、ラルフはそこで武器を握っているただ一人の男だった。ほかの連中が剣を抜くまでには多少の時間があるだろう、と彼は踏んだ。

ウルフリックだけがラルフを止めようとして、怯えも見せず、決然として、無鉄砲にも行く手をはばんだ。ラルフはウルフリックの脳天をめがけて、まっ二つにしてやるといわんばかりに、ありったけの力を込めて剣を振り下ろした。ウルフリックは素早く身をかわしたが、それでも、剣先が顔の左側をかすめ、こめかみから顎にかけてぱっくりと傷口が開いた。突然の激痛に、ウルフリックが両手を頬に当てて悲鳴を上げた。その隙に、ラルフは彼のかたわらをすり抜けた。

力まかせに扉を開け、後ろを見た。アラン・ファーンヒルが横を駆け抜けた。サー・ハーバートがアランのすぐ後ろで、剣を振りかぶっていた。一瞬、ラルフは昂揚感に包まれた。物事はこう決着しなければならない——闘いで決着すべきで、話し合いではない。勝とうが負けようが、おれはそのほうが好きだ。

興奮して喚きながら、彼はサー・ハーバートに切りつけた。剣先が陪審員長の胸に触れ、革の上衣が裂けた。だが、距離があったので肋骨《ろっこつ》に達するまでには至らず、皮膚を切って骨をかすめただけだった。ハーバートが怒号を発し——痛みよりも恐怖のせいだった——よろめいて、後ろにいた男たちにぶつかった。ラルフは叩きつけるように扉を閉めた。

気がつくと、建物の縦方向に伸びた通路にいた。一方の端に広場へ向から扉があり、もう一方の端に厩舎へつづく扉があった。馬はどこだ？　ジェロームは外にいるとしかいわなかった。アランはすでに裏口へ向かって走っていた。ラルフもつづいた。裏庭に飛びだしたとたんに、背後に音が聞こえた。法廷にいた連中が追いかけてきたのだ。

馬のいる様子はなかった。

ラルフはアーチを走り抜けて正面へ向かった。

そこに、この世でいちばん歓迎すべき光景が待っていた。愛馬のグリフが鞍をつけ、前足で土をかいている。アランの二歳馬のフレッチもそばにいて、二頭はパンをほおばった裸足の馬丁に手綱をとられていた。

ラルフは手綱をつかんで馬に飛び乗った。アランもつづいた。二人が馬の腹を蹴った瞬間、法廷を飛びだしてきた群衆がアーチを抜けてきた。馬丁が飛びのき、恐怖に震えながら道をあけた。二頭の馬は委細かまわず疾走した。

群衆のなかからナイフが飛んできて、グリフの脇腹に当たった。だが、それは四分の一インチほど刺さっただけで、虚しく地面に落ちた。そのせいで、グリフがさらに逸《はや》りたった。

二頭は人だろうと動物だろうと、行く手をさえぎるものをすべて蹴散らしながら、通りを全速力で突っ走った。古い城壁の門を駆け抜け、庭や果樹園が散在する住宅区域を走りすぎた。後ろを見たが、追っ手の姿はなかった。

もちろん州長官が追っ手を繰り出すだろうが、そのためには、まずは馬を連れてきて鞍をつけなければならない。ラルフとアランはすでに広場から一マイルのところまできていた。馬に疲れた様子は見えなかった。嬉しさがこみあげた。五分前には絞首刑もやむなしと観念していたのに、いまや自由の身になったのだ！

道が二股になった。ラルフは行き当たりばったりに左に折れた。一マイル行ったところで林が見えた。彼はそこで脇道にそれ、姿を消した。

だが、これからどうするかが問題だった。

39

「ローランド伯爵は利口だったよ」マーティンはエリザベス・クラークにいった。「裁判官の仕事はほぼ最後までやり終えさせた。判事に賄賂をつかませたり、陪審に圧力をかけたり、目撃者を脅迫したりせず、息子のウィリアム卿との争いも避けた。しかも、自分の家来が絞首刑になるのを見る屈辱はちゃんと免れたんだからね」

「ラルフはいまどこにいるの?」エリザベスが尋ねた。

「わからない。あの日以来、弟とは会ってもいない」

日曜日の午後、二人はエリザベスの家の台所にいた。彼女はマーティンのために夕食を作っていた。ゆでた塩漬け肉に煮た林檎とイチヤクソウをつけ合わせたもので、母親が働いている酒場から買ってきた——いや、たぶんちょろまかしてきた——ワインが、小さなジョッキに一杯そえられていた。

エリザベスが訊いた。「これからどうなるの?」

「死刑判決はそのままだ。彼はウィグリーには帰れないし、ここキングズブリッジにもこられない。逮捕されないかぎりね。事実上、彼は無法者だからな」

「彼にできることは何もないの？」

「王から許しを得ることはできるだろう――だけど、それには大金がいる。弟やぼくに出せる額じゃない」

「それで、あなたは彼をどう思っているの？」

マーティンはたじろいだ。「そうだな、あいつは罰せられて当然だ。とはいえ弟だからね、死刑は見たくない。どこにいようと、無事でいてほしいと思うだけだよ」

マーティンはこの数日間、何度もラルフの裁判の話をしてきたが、エリザベスほど鋭い質問をする者はいなかった。彼女は聡明で思いやりがあった。日曜日の午後をこうして過ごすのも悪くないな。そんな思いが彼の頭をよぎった。

エリザベスの母親のサリーはいつものように暖炉のそばで居眠りをしていたが、やがて、目を開けていった。「しまった！　パイのことを忘れていたわ」そして、白髪まじりの乱れた髪を叩いて立ち上がった。「ベティ・バクスターに頼んでおくと約束したんだった。革鞣し業ギルドのために、塩漬け肉と卵入りのパイを作ってくれってね。彼らは明日、ベル・インで、〝変容の祝日〟の晩餐会をすることになってるのよ」母親は毛布を肩にかけて出ていった。

二人だけで残されることは滅多になかったのでマーティンはとまどったが、エリザベスはほっとしたようだった。彼女がいった。「あなたは何をしているの、橋の仕事はしてないんでしょ?」

「ディック・ブルワーの家を建てているし、ほかにもいろいろやってるよ。ディックは引退して息子に家業を譲る気でいるけれど、あそこに住んでいるあいだは働くのをやめないといっている。それで、彼は古い城壁の外に庭つきの家が欲しいんだ」

「あら——それってラヴァーズ・フィールドの向こうの建築現場のこと?」

「そうとも。キングズブリッジでいちばん大きな家になるだろう」

「醸造業者はお金に不自由していないのね」

「見たいか?」

「建築現場を?」

「家だよ。まだ完成していないけど、四方の壁と屋根はできている」

「いま?」

「まだ一時間は明るいだろう」

エリザベスは躊躇した。あたかもほかに予定があるかのようだったが、やがてうなずいた。

「行くわ」

二人は頭巾つきの分厚い外套を着て家を出た。三月の初めの日だった。にわか雪に大通りへと追い立てられ、彼らは渡し船に乗って郊外へ向かった。

羊毛商売は浮き沈みがあるものの、町は年々少しずつ発展しているようで、修道院は牧草地と果樹園を次々に賃貸用住宅地に変えていた。十二年前の少年時代、初めてキングズブリッジにきたときにはなかった住宅が、いまは五十軒はあるのではないだろうか。

ディック・ブルワーの新しい家は道から引っ込んだところにあって、二階建てだった。鎧戸も扉もついていないので、壁に開いた穴は、葦《あし》を編んで木枠で囲った編み垣でとりあえず覆ってあった。正面の入り口はそういうわけで塞がっていたが、マーティンについて裏へ回ると、そこに鍵のついた仮設の木の扉があった。

マーティンの十六歳の助手のジミーが台所にいて、泥棒から家を守っていた。彼は迷信深い少年で、いつも十字を切ったり、肩に塩をかけたりしていた。大きな暖炉のそばのベンチに腰かけていたが、何か気がかりな様子だった。「やあ、親方」彼はいった。「親方がきたんなら、晩飯を食いにいっていいですか？　ロル・ターナーが持ってきてくれることになっていたのに、こないんですよ」

「暗くなるまでに戻ってくるようにしろよ」

「すいません」少年は急いで出ていった。

マーティンは出入り口から家のなかに入った。「一階に四部屋だ」彼はそういって、エリザベスを案内した。

彼女は信じられなかった。「これ全部をどう使うつもり？」

「台所、客間、食堂、玄関広間だ」階段はまだついていなかったが、マーティンが梯子を上って二階へ行ったので、エリザベスもあとにつづいた。「寝室が四つだ」彼女が上がってくると、彼はいった。

「ここにだれが住むの?」

「ディックと奥さん、それに息子のダニー夫婦、それから娘だけど、娘が結婚しないでずっといるってことはないだろう」

キングズブリッジではほとんどの家族が一室に住んでいて、両親、子供、祖父母、義理の親など、全員が床に並んで寝ていた。エリザベスがいった。「この家は貴族の屋敷より部屋が多いわね」

確かにそうだった。大勢の取り巻きがいる貴族でさえ、夫婦の寝室と残りの者たちのための大広間の二部屋で暮らしていた。しかし、マーティンは最近キングズブリッジの裕福な商人のために何軒かの家を設計していたが、その全員が望んだ贅沢がプライヴァシーだった。新しい時代の好みだ、と彼は思った。

「窓にはガラスが入るんでしょ?」エリザベスが訊いた。

「もちろん」これも流行だった。マーティンはキングズブリッジにガラス職人がいなかった時代を憶えていた。一、二年ごとにやってくる旅商人がいるだけだった。いまはこの町に住むガラス職人がいる。

二人は一階に下りた。エリザベスがジミーの坐っていた暖炉の前のベンチに腰を下ろして手を温めた。マーティンもそばに坐った。「いつか、自分のためにこんな家を建てるつもりだよ」彼はいった。「果樹の植わる大きな庭付きのね」

驚いたことに、エリザベスが彼の肩に頭を載せた。「すてきな夢ね」

二人は暖炉の火を見つめた。彼女の髪がマーティンの頰に触れた。やがて、エリザベスが彼の膝に手を置いた。沈黙のなかで、マーティンの耳には彼女の吐息と、自分の吐息と、薪のはぜる音が聞こえていた。

「あなたの夢では、家にいるのはだれ？」彼女が訊いた。

「わからない」

「いかにも男の人らしいわね。わたしは自分の家なんか想像できないけれど、だれがいるかはわかるわ。夫と、幼い子供たちと、母と、義母と、そして三人の使用人よ」

「男と女では夢が違うんだな」

エリザベスが頭を上げ、マーティンを見て、その顔に触れた。「その二つの夢をまとめると、人間らしい暮らしになるわ」彼女が口づけをした。

マーティンは目を閉じた。数年前のあの唇の感触が思い出された。あのとき、エリザベスの唇はほんの一瞬彼の唇の上にあっただけで、彼女はすぐに身を引いた。

マーティンは奇妙なほど覚めていた。まるで自分の姿を部屋の隅から見ているようだった。自分の気持ちがわからなかった。エリザベスを見て、いかに彼女が愛らしいかを再認識した。彼女のどこがそんなにすばらしいのだろうと自問したとき、答えはすぐにわかった。まるで美しい教会の各部分のように、すべてに調和がとれている。口、顎、頰骨、額。もし自分が女性を創る神だったら、間違いなく彼女を理想としただろう。

エリザベスが平静な青い瞳でマーティンを見返した。「わたしに触って」そういって、外套の前を開いた。

マーティンは乳房をそっと掌で包んだ。昔こうしたことがあったな、と彼は思い出した。乳房は平たく引き締まっている。乳首に触れると、そこは持ち主の平静な態度とは裏腹に、たちまち硬くなった。

「わたし、あなたの夢の家に住みたいわ」彼女はそういって、もう一度口づけした。

これはもののはずみなんかじゃないぞ、とマーティンは思った。彼女は決してそんなことはしない。前々から考えていたのだ。いつものように訪ねていって楽しく過ごしているとき、ぼくはそれ以上のことは考えていなかった。でも、彼女は一緒に暮らすところを想像していたのだ。ひょっとすると、この場面を計画していたのかもしれない。彼女の母親がパイを口実に二人だけにしたのも説明がつく。ぼくはディック・ブルワーの家に案内するといってその計画をぶち壊しかけたが、彼女は臨機応変に対応したのだ。

そういう計算ずくのやり方は、それはそれでかまわない。彼女は理性的な人間で、ぼくが彼女に惹かれる要素の一つだ。でも、そうでありながら、その下では情熱が燃えている。いま、それがわかった。

問題だと思われるのは、マーティン自身の感情の欠如だった。女性に対して冷静で理性的でいるのは、彼の流儀ではなかった――まったく逆だった。彼は愛情を感じるとその愛情に支配され、欲望と優しさだけでなく、怒りと憤りまで感じるのだった。いま、彼は気持ちをそそられ、心をくすぐられ、刺激されていたが、しかし、自制がきかないわけではなかった。彼のキスに気持ちがのっていないと感じ、エリザベスが身体を離した。懸命に無表情を装おうとしていたが、それでも、そこに恐れがあるのが見てとれた。彼女は生まれつき思慮深い人間だから、ここまで積極的になるにはよほどの覚悟があったに違いなく、決定的に拒絶されるのを恐れているのだった。

彼女が立ち上がり、スカートをたくし上げた。すらりと長い脚にはほとんど目に見えないほど細かいブロンドの毛があった。ほっそりした長身の腰の下が、女らしい豊かさを見せていた。マーティンの視線はどうしようもなく彼女の股間へ向かった。淡いブロンドの薄い陰毛を透かして、二つに割れたふくらみと、そのあいだのかすかな線がおぼろに見えた。

マーティンが見上げると、彼女の顔には自暴自棄の表情があった。すべてを試みたけれども、うまくいかなかったと認めて、最後の手段に訴えているのだった。

マーティンは謝った。「ごめん」

彼女がスカートをおろした。

「聞いてくれ」彼はいった。「ぼくは……」

エリザベスがさえぎった。「何もいわないで」欲望は怒りに変わっていた。「どうせ心にもない口実でしょ？」

彼女のいうとおりだった。マーティンはいまのいままで、気分がすぐれないとか、ジミーがいつ戻ってくるかわからないといった、まんざら嘘ではない口実を頭のなかでひねくりまわしていた。だが、彼女をなだめるのは無理だろう。肘鉄《ひじてつ》をくらわされた身にしてみれば、どんな言い訳も耳に入るはずがない。

マーティンを睨みつける美しい顔には、悲しみと怒りの両方があった。ついに、敗北の涙がこぼれた。「どうしてなの？」彼女は叫んだが、彼が答えようと口を開いたとたんにさえぎった。「答えないで！　どうせ言い訳なんだから」それも正しかった。

エリザベスはくるりと向きを変えて出ていったが、また戻ってきた。「カリスよ」そういった彼女の顔は、激しい怒りでひきつっていた。「あの魔女があなたに呪文をかけたのよ。彼女はあなたとは決して結婚しない。それなのに、ほかのだれもあなたを自分のものにできない。彼女は邪悪よ！」

それだけいうと、ふたたび踵を返し、扉を荒々しく閉めて出ていった。泣きじゃくる声が一度だけ聞こえた。彼女は去っていった。

マーティンは暖炉の火を見つめてつぶやいた。「なんてことだ」


「話があるのですが」一週間後、エドマンドと連れだって大聖堂を出ながら、マーティンはいった。

エドマンドの顔に、マーティンのよく知っている楽しげな表情が浮かんだ。私はきみより三十歳年上だと、その表情は語っていた。だから、きみは私の話に耳を傾けるべきで、私に説教するべきではない。しかし、若い熱意は楽しいものだ。それに、もう学べないというほど歳もとっていない。「いいとも」エドマンドがうなずいた。「だが、ベル・インで聞こう。ワインが飲みたいんだ」

二人は宿屋に入り、暖炉のそばの席に腰を下ろした。エリザベスの母親がワインを持ってきたが、つんと顔をそむけて何もいわなかった。「サリーは怒っているのかな？ きみか私に？」

「気にしないでおきましょう」マーティンはいった。「波打ち際で、裸足で砂の上に立ち、爪先を海水が洗うのを経験したことがありますか？」

「もちろんあるさ。子供はみな水で遊ぶ。私だって子供のころはそうだった」

「寄せたり返したりする波の動きが足のまわりの砂を洗い流して、小さな溝ができるのを憶えていますか？」

「憶えているとも。大昔のことだが、きみのいっていることはわかる」

「それが以前の木造の橋で起こったんですよ。水の流れが、中央の橋脚の下の土を洗い流したんです」

「どうしてわかるんだ？」

「崩壊直前の木造部の裂け目の形からです」

「何がいいたいんだ？」

「川は変わっていません。前の橋と同じように、きっと新しい橋の下も抉《えぐ》り取るでしょう——防ぐ手立てをしないかぎりはね」

「その手立てがあるのか？」

「ぼくの図面では、新しい橋の橋脚の周りに大きな石がゆったり積んであります。その石が流れを砕いて水の力をそぐんです。撚《よ》りの甘い糸で結わくのと、しっかり編んだロープで縛るのとの違いです」

「どうしてわかる？」

「ボナヴェントゥーラに聞いたんです。橋が崩れたすぐあとで、彼がロンドンに戻る前にね。彼がいうには、イタリアで橋脚の周りにそんな石積みがあるのを見て、何のためにあるのだろうとよく思ったんだそうですよ」

「面白い話だ。きみはこの話を一般教養として話しているのかね？　それとも、ほかに特定の目的があるのかね？」

「ゴドウィンやエルフリックのような人間にはこれは理解できないし、そもそも耳を傾けようとしないでしょう。エルフリックの石頭がぼくの設計に正確に従わない場合に備えて、町の少なくともだれか一人には、あの石積みの理由を知っておいてほしいんです」

「しかし、そのだれか一人は……きみだろう」

「ぼくはキングズブリッジを出ていきます」

エドマンドが驚きを露わにした。「出ていく？　きみが？」

そのとき、カリスが現われた。「長居は駄目よ」彼女は父親にいった。「ペトラニッラが正餐を準備しているのよ。あなたも一緒にこない、マーティン？」

エドマンドがいった。「マーティンはキングズブリッジを出ていくそうだ」

とたんに、カリスが蒼白になった。

マーティンは彼女の反応に衝撃を受けたが、満足でもあった。ぼくを拒絶したくせに、町を出ていくと聞いて狼狽してるじゃないか。しかし、彼はただちにそんな不埒《ふらち》な気持ちを恥じた。カリスを愛おしく思っていたので、苦しめたくはなかった。それでも、平然としていられたら嫌な気がしただろう。

「なぜ？」

「ぼくにとって、ここにはもう何もないからさ。これから何を造るんだ？　橋の仕事はできない。大聖堂はすでにある。死ぬまで商人の家を建てるだけなんて真っ平だ」

カリスが消え入るような声で訊いた。「どこへ行くの？」

「フィレンツェへ行こうと思ってる。イタリアの建築がずっと見たかったんだ。ボナヴェントゥーラ・カロリに紹介状を書いてもらうつもりだよ。ひょっとすると、彼の委託貨物と一緒に旅をすることになるかもしれない」

「でも、あなたにはキングズブリッジに所有地があるわ」

「そのことで話がしたかったんだ。ぼくに代わって管理してくれないだろうか。地代を集め、手数料を引いて、差額をボナヴェントゥーラに渡してほしい。彼なら金を郵便でフィレンツェに送れるから」

「手数料なんかいらないわよ」カリスが不機嫌な声でいった。

マーティンは肩をすくめた。「仕事だから、金をとるべきだよ」

「どうしてあなたはそう冷淡なの？」カリスが金切り声で訊いた。居合わせた数人の客が顔を上げたが、彼女は気にもとめなかった。「友だちをみんな見捨てていくなんて！」

「ぼくは冷淡なんかじゃない。友だちはすばらしい。でも、結婚したいんだ」

エドマンドが口をはさんだ。「キングズブリッジの娘たちは、みんなきみと結婚したがってるはずだ。きみは男前ではないが裕福だ。それは外見のよさよりずっと値打ちがある」

マーティンは苦笑した。エドマンドには人を無防備にさせるところがある。カリスもそれを受け継いでいた。「しばらくのあいだ、自分ではエリザベス・クラークと結婚するかもしれないと思っていました」

エドマンドがいった。「私もそう思っていたよ」

カリスがいった。「彼女は冷たくてお高くとまった娘よ」

「いや、それは違う。だけど、彼女に結婚したいといわれたとき、ぼくは断わったんだ」

カリスがいった。「なるほど――それで、彼女はこのところ機嫌が悪いのね」

エドマンドが付け加えた。「だから、彼女の母親もマーティンを見ようとしないんだな」

「どうして断わったの？」カリスが尋ねた。

「ぼくが結婚したい女性はキングズブリッジに一人しかいない――ところが、その人はだれの妻にもなりたがらない」

「でも、その人はあなたを失いたくないわ」

マーティンは腹が立ってきた。「ぼくにどうしろというんだ？」

その声があまりに大きかったので、周囲が会話をやめて耳を澄ませた。「ゴドウィンには解雇され、きみには拒絶され、おまけに弟は無法者ときてる。いったい全体、なぜぼくがここにいなければならないんだ？」

「わたし、あなたに行ってほしくない」カリスが食い下がった。

「それだけじゃ駄目なんだ」マーティンは思わず怒鳴った。

店は静まり返っていた。二人のことはみんなが知っていた。店の主人のポール・ベルも、彼の豊満な娘のベシーも、エリザベスの母親の女給のサリーも、マーティンを雇うのを断ったビル・ワトキンも、悪名高い浮気男のエドワード・ブッチャーも、マーティンの賃借人のジェイク・チェプストウも、それにフライアー・マードとマシュー・バーバーとマーク・ウェバーも、全員がマーティンとカリスの歴史を知っていたから、二人の喧嘩から目が離せなかった。

マーティンは気にしなかった。聞きたければ聞かせてやる。彼は激昂していった。「きみの周りをうろついて一生を過ごすつもりは、ぼくにはない。きみにかまってもらいたがっている犬じゃあるまいし、きみの夫にはなっても、犬になるつもりはない」

「それなら、いいわ」彼女がつぶやくようにいった。

カリスの口調が突然変わって、マーティンは戸惑った。どういう意味なのかがわからなかった。「いいわって、何が？」

「いいわ、あなたと結婚するわ」

一瞬、マーティンはショックで言葉を失い、しばらくして、疑わしそうに訊いた。「本気なのか？」

カリスがようやくマーティンを見上げ、恥ずかしそうにほほえんだ。「本気よ。だから、ちゃんとプロポーズして」

「いいとも」マーティンは深呼吸した。「ぼくと結婚してくれるか？」

「ええ、結婚するわ」彼女は答えた。

エドマンドが叫んだ。「万歳！」

そこにいる全員が、歓声を上げて拍手した。

マーティンとカリスは大笑いを始めた。「ほんとうなんだな？」彼は念を押した。

「ほんとうよ」カリスが答えた。

二人はキスし、マーティンはカリスを力いっぱい抱きしめた。腕をゆるめたとき、彼女が泣いているのが見えた。

「ぼくの婚約者にワインを」彼は叫んだ。「一樽だ。つまり――みんなに一杯ずつ配ってくれ。みんなでぼくたちの健康に乾杯してもらうんだ！」

「そうこなくっちゃ」ポール・ベルが答えると、みんながまた歓声を上げた。

それから一週間後、エリザベス・クラークは修練女になった。

40

　ラルフとアランは惨めだった。獲物の肉と冷たい水だけでなんとかしのいでいるありさまで、ラルフの頭には、いつもは蔑《さげす》んでいた食べ物――玉ネギ、林檎、卵、牛乳など――が浮かびつづけた。毎晩場所を移動し、必ず火を焚いて寝た。二人とも厚い外套を着ていたが、外での生活には十分とはいえず、夜明けには必ず寒さに震えて目が覚めた。通りかかった者を手当たり次第に襲ったが、手に入ったのは粗末な衣服、家畜の飼料、現金など、森では使い道のない、何の役にも立たないものばかりだった。

　ある日など、大きなワインの樽を盗んだ。森のなかまで百ヤードを転がしていき、飲めるだけ飲み、そのまま寝てしまった。目が覚めると、二日酔いがひどくて気分も悪く、残ったまるまる四分の三のワインを持ち歩くわけにもいかず、そこに置いていくしかなかった。

　ラルフは昔の生活を思い返してみた。領主の邸宅、燃え盛る暖炉、使用人、正餐。しかし、いまこうやって暮らしてみると、そういう生活がさして魅力的とも思えなかった。退屈すぎる。だから、あの女を強姦したのだ。何か興奮できるものが必要だったからだ。

森での生活が一ヵ月を過ぎようとするころ、計画的な生活を送る必要があると感じるようになった。拠点となる隠れ家を作り、食料を保存しなければならない。そして、盗みをするのも計画的に、必要なもの、たとえば温かい服や新鮮な食料などを狙うのだ。

それに気づくようになったころ、二人の放浪生活はキングズブリッジから数マイルの丘にまで範囲を広げていた。その山の斜面は冬は荒涼として何もないところだが、夏には羊たちの餌場となり、羊飼いたちは斜面にできたくぼみに石を積んで隠れ場を作っていた。少し大きくなって狩りをするようになると、ラルフとマーティンはこれらの粗末な建造物を発見して、そこで火を焚き、弓矢で仕留めた兎やヤマウズラを料理した。そのころにはすでに、ラルフは狩りをするのが楽しくてたまらなかった。怯える獲物を追いかけまわして矢を放ち、ナイフやほかの武器で止めを刺すときのぞくぞくするような興奮、命を奪う快感を楽しんでいた。

春がきて新しい草が生い茂るまで、山にくる者はいないだろう。聖霊降臨日か、羊毛市のころまでか。いずれにせよ、あと二ヵ月は先だ。ラルフは丈夫そうな小屋を見つけ、そこを二人の住まいにした。窓もなければ、扉もない。低い入り口があるだけだが、屋根には煙を外に逃がすための穴が空いていて、なかで火を焚くこともできる。二人は一ヵ月ぶりに、やっと温かい塒《ねぐら》を確保できた。

キングズブリッジの近くにいるということで、ラルフは名案を思いついた。人々が市に行くところを襲えばいいじゃないか。チーズ、大瓶のサイダー、蜂蜜、オート麦のビスケットなど、村で作られたものを彼らは運んでいる。町の住人と――そして、無法者のために。

キングズブリッジの市は日曜日に開かれる。ラルフは曜日の感覚を完全に失っていたが、托鉢修道士に尋ねて曜日を知った。もちろんその後、修道士からは三シリングとガチョウを一羽、しっかり頂戴した。次の土曜日、ラルフとアランはキングズブリッジへの道からそう離れていないところに野宿し、一晩じゅう火を焚いて起きていた。そして、夜明けに道へ降りて待ち伏せをした。

最初の通行人は、家畜の餌を運んでいた。キングズブリッジには何百頭もの馬がいるが、牧草地はそう広くない。それで、町では大量の牧草が定期的に必要なのだ。だが、牧草はラルフには必要ない。グリフとフレッチも、森のなかで牧草は欲しがらない。

待つのは退屈ではなかった。待ち伏せをするのは、女が服を脱ぐのを見ているようなものだ。期待して待つ時間が長ければ長いほど、興奮も高まる。

すぐに歌声が聞こえてきた。ラルフの首の後ろの毛が逆立った。まるで天使のような歌声だ。朝靄《あさもや》がかかっていた。歌っている者たちが見えたときは、まるで彼らに後光が射しているように思われた。アランも同じように見えたらしく、恐ろしさのあまり泣きそうになっていた。だが、彼らの後ろに見えていたのは、冬の柔らかい朝陽にすぎなかった。農家の女たちだ。卵の入った籠をそれぞれ担《かつ》いでいる。盗む価値はあったが、とりあえずやりすごした。太陽が少し高くなってきた。もうすぐ、道は市へ行く者たちで混雑するだろう。そうなれば、襲撃するのは難しくなる。そんなことを考えていると、家族連れの一行が通りかかった。三十代くらいの男と女、そして、十代の男の子とまだ小さい女の子だ。ラルフはどこかで会ったような気がした。かつてキングズブリッジに住んでいたときに見かけたに違いない。彼らはいろいろなものを持っていた。父親は野菜をたくさん入れた籠を背負い、母親は生きた鶏を長い棒の両端に吊り下げて担いでいる。男の子は重たい塩漬け肉を肩に担ぎ、女の子が抱えているのは、おそらく塩漬けバターの入った壺だろう。ラルフは塩漬け肉を思って涎《よだれ》が出た。

腹の奥底から興奮してきて、アランに合図を送った。

一家が目の前までやってきたとき、二人はすかさず草むらを飛び出した。

母親が悲鳴を上げ、男の子は恐怖に叫んだ。

ラルフはあっという間に父親に飛びかかって剣を突き刺し、籠を下ろす暇も与えずに肋骨の下を貫いた。そのあと、剣を上向きに押し上げた。父親の呻きは剣が心臓に達した瞬間にやんだ。

アランは母親に向かって剣を振り下ろし、首をほとんど切り落とした。切り裂かれた喉から真っ赤な血が噴き出した。

高揚してきたラルフは男の子を見た。少年の反応は速かった。すでに塩漬け肉を捨て、ナイフを抜いていた。ラルフが剣を振りかぶった隙《すき》をつき、少年はラルフに突進してナイフを振るった。闇雲な攻撃は素人のもので、致命傷など与えられるはずもなかったが、それでも切っ先が右の上腕をかすった。ラルフは突然の痛みに思わず剣を落とした。少年はその機を逃さず、キングズブリッジのほうへ走りだした。

アランは女の子に向かう前に、母親に止めをさした。その一瞬の遅れが、危うく命取りになるところだった。少女がバターの入った壺を投げつけたのだ。正確にというべきか、運よくというべきか、壺はアランの後頭部を直撃した。不意をつかれたアランが前のめりに倒れた。

少女は兄を追って走りだした。

ラルフは左手で剣を拾い、二人を追いかけた。

子供たちの逃げ足は速かったが、ラルフの長い脚は着々と間隔を詰めていった。追っ手がすぐそこまできていると気づいた少年が、驚いたことにナイフを振りかざして、声を上げながら突進してきた。

ラルフは剣をかまえた。少年の足がラルフの剣の届く手前で止まった。ラルフは足を踏み出し、剣を振るった。少年がさっと身をかわし、相手の体勢が崩れた瞬間を狙って、懐に飛び込もうとした。その動きを予想していたラルフは素早く身を引き、再度剣を繰り出した。剣先が喉を貫き、首の後ろから飛び出した。

少年は仰向けに倒れ、こと切れた。致命傷を与えた正確で無駄のない一撃に満足し、ラルフは剣を引き抜いた。

女の子の姿はずいぶん遠くにあった。走っては追いつけない。馬のところまで戻って追いかけたとしても、キングズブリッジの手前で追いつくのは無理だろう。

見ると、アランが立ち上がろうともがいていた。「おまえ、あの娘に殺されたんじゃなかったのか」ラルフはそういうと、死んだ少年のチュニックで剣の血を拭き取って鞘《さや》に収め、負傷した左腕を右手で押さえて止血しようとした。

「頭が割れそうですよ」アランがいった。「二人とも殺《や》ったんですか?」

「娘のほうには逃げられた」

「おれたちのことを知ってるでしょうか」

「かもな。この一家は前に見たことがあるような気がする」

「そうだとすれば、おれたちは人殺しの烙印《らくいん》を押されるかもしれませんね」

ラルフは肩をすくめた。「飢え死にするより、絞首刑のほうがましかもしれん」そして、三つの死体を見た。「それはともかく、だれかくる前にこいつらを隠すんだ」

ラルフが左腕一本で父親を道の端へ引きずっていくと、アランがその死体を草むらへ投げ込んだ。母親と少年も同じように隠して、通行人から見えないことを確かめた。道に流れた血は早くも土に吸収され、それとわからなくなっていた。

ラルフは女の服を引き剝がし、包帯代わりに自分の腕に巻きつけた。痛みはあるが、出血はだいぶ少なくなっている。彼は戦いのあとの虚脱感——セックスのあとに似ていた——を感じていた。

アランが戦利品を集めはじめた。「なかなかの収穫ですよ」と、彼は報告した。「塩漬け肉、鶏、バターと……」そして、父親が背負っていた籠を覗き込んだ。「それに、玉ネギもある！ 去年のものだが、まあいけるでしょう」

「母親がいっていたが、古い玉ネギはどんな玉ネギよりうまいそうだ」

アランを倒したバターの壺を拾おうと屈んだとき、ラルフは尻に何か尖ったものが突き刺さるのを感じた。アランは彼の前方で縛られた鶏と格闘している。「だれだ……？」

冷酷な声が返ってきた。「動くな」

そんな命令に従うラルフではない。前方へ飛んで声の主から遠ざかり、振り向いた。どこからともなく、六、七人の男たちが現われていた。ラルフは一瞬たじろいだが、左手で剣をかまえた。いちばん近くにいた男――おそらくそいつが尻に剣を突きつけたのだろう――が、剣を振り上げて戦いを挑んできた。ほかの男たちは略奪品をかき集めていた。鶏をひったくり、塩漬け肉をめぐって仲間内で争っている。アランが鶏を守ろうと剣をかまえ、ラルフは自分の相手と向き合った。別の無法者の集団に自分たちの獲物を強奪されようとしていると思うと、怒りが爆発そうだった。おれたちは略奪するために農民一家を襲ったのに、今度はこいつらがおれたちから略奪しようというのか！ 恐怖などなかった。あるのは怒りだけだった。左手で戦う不利はあるが、怒りをそっくり敵にぶつけしやる。そのとき、高圧的で大きな声がした。「剣を下ろせ、馬鹿者どもが」

敵の集団がその場に立ち竦《すく》んだ。ラルフは剣をかまえたまま、何かの罠ではないかと疑って声のほうを見た。顔立ちの整った、どこか気品を感じさせる二十代の若者が立っていた。

質のよさそうな服がひどく汚れていた。イタリアン・スカーレットの外套には木の葉や枝がへばりつき、錦織りの上衣のあちこちに食べこぼしの痕《あと》があり、濃い栗色の革のズボンはひっかき傷があって泥で汚れていた。

「強奪者から盗品をいただくのは快感でね」男がいった。「無法者が無法者を略奪するのは犯罪じゃないしな」

面倒なことになった、とラルフは思った。しかし同時に、この男に興味を持った。

「おまえ、もしかしてタム・ハイディングか?」ラルフは訊いた。

「そういえば、子供のころにそんな名前を聞いたことがあるな。だいぶ悪名高かったらしいじゃないか」男が応えた。「だけど、勝手に他人の名を名乗る輩《やから》もいるからな。劇のなかで、修道士が魔王の役を演じるようにな」

「おまえはただの無法者じゃないな」

「おまえこそ、そうだろう。もしかして、ラルフ・フィッツジェラルドか?」

ラルフはうなずいた。

「おまえの逃亡については耳にしている。いつ会えるかと思っていたが」タムが空を仰ぎ、そして、道に視線を落とした。「たまたまここで出会えたってわけだ。なぜこの場所を選んだ?」

「まず、日にちと時間だ。今日は日曜だ。そして、この時間には農民たちがキングズブリッジの市へ作物を売りに行く。この道を通ってな」

「なるほど。法の外で十年暮らしているが、それは考えなかったな。仲間にならないか？とりあえず、その剣を下ろしたらどうだ？」

ラルフは躊躇した。しかし、タムは武装していない。油断させるつもりではないようだ。とにかく数では圧倒的に負けているわけだし、ここは戦いを避けたほうがよさそうだ。ラルフはゆっくりと剣を収めた。

「それでいい」タムがラルフの肩に腕を回し、森へ連れていきながらいった。「戦利品はやつらが持ってくるから心配するな。こっちだ。いろいろ話がある」二人とも珍しいぐらいの大男で、背丈も同じぐらいだった。

エドマンドがこつこつとテーブルを叩いた。「聖堂区ギルドのメンバーに緊急に集まってもらったのは、無法者の問題を話し合うためだ。しかし、私もずいぶん年をとり、身体もいうことをきかなくなってきたので、現状報告は娘にしてもらおうと思う」

カリスは赤い布地の生産で成功した実績を買われ、いまや聖堂区ギルドのメンバーになっていた。新しい商売のおかげで、カリスの父の暮らしも楽になった。キングズブリッジに住むほかの者たち――とりわけウェバー一家――も、この商売が繁盛したおかげで恩恵を被っていた。カリスの父は橋を造る資金を融通する約束を果たせたし、ほかの商人たちも景気の上昇に合わせて、同じように金を融通できるようになっていた。橋の建設は急速に進んでいた――残念なのは、監督がマーティンではなく、エルフリックだということだった。

ここのところ、カリスの父は主導権を握ることが少なくなり、かつてのような当意即妙の才もあまり見られなくなっていた。カリスは心配だったが、なすすべはなかった。彼女は母が病に倒れたときと同じ怒りを感じていた。父を救うことはできないのだろうか。父のどこがおかしいのか、だれもわからない。病名すらつけられない。もう年だというだけだ。でも、まだ五十歳にもなっていないのよ！

わたしが結婚するまでは父に生きていてほしいと、カリスは願っていた。羊毛市が終わった日曜日に、キングズブリッジの大聖堂でマーティンと結婚式を挙げる予定だった。ちょうど一カ月後だ。長老参事《オールダーマン》の娘の結婚式となると、一大行事になるだろう。町の有力者たちを招待し、ギルド会館で披露宴が催され、ラヴァーズ・フィールドに何百人もの客を招いて野外の宴が開かれるだろう。しかし、カリスの父は何時間もかけて食事のメニューを考え、余興を計画しておきながら、次の日になるとそれをすべて忘れてしまい、一からやり直しになることがあった。

カリスは父の病気については考えないようにして、解決できる問題に集中しようとした。「ここ一カ月、無法者たちによる襲撃が増え、特に日曜日に頻発しているようです。そして、犠牲者は決まってキングズブリッジに作物を運んでくる人たちです」彼女は報告した。

エルフリックがさえぎった。「そいつはあんたの許婚の弟だろう！　おれたちではなく、マーティンと話をしたらどうだ」

カリスは爆発しそうな怒りを抑えた。姉の夫であるこの男は、妻の妹の邪魔をする機会を決して逃さなかった。ラルフが関与しているらしいと知って、彼女は胸が痛んだ。マーティンの心中を思うと辛かった。エルフリックはそれを楽しんでいた。

ディック・ブルワーが発言した。「タム・ハイディングの仕業だろう」

「おそらく、両方でしょう」カリスは応えた。「ラルフ・フィッツジェラルドは兵士としての訓練を受けています。おそらく無法者の一味に加勢しているのだと思います」

体格のいいベティ・バクスター――町で最も成功しているパン屋――がいった。「だれだろうと、放っておくと町の破滅につながるわ。だれも市にこなくなってしまうわよ！」

それは大げさにすぎるとしても、週に一度の市にくる人数が激減しているのは確かだった。そしてその影響は、パン屋から淫売宿《いんばい》まで、町全体の商売に及んでいた。「でも、悪いことばかりではありません」カリスは声を張り上げた。「四週間後には羊毛市が開かれます。このなかには、新しい橋の建設のために投資をした方もいらっしゃいます。市が立つ前には、木造の仮の通行面ではありますが、橋も使えるようになるでしょう。ほぼわたしたち全員の生活が、年に一度の羊毛市の成否にかかっているのです。わたし自身も、費用を注ぎ込んで製作した赤い布地を売りに出す予定です。もし、キングズブリッジにやってくる人たちが無法者たちに襲撃されるという噂が広まったら、この市にきてくれる人はいなくなるかもしれません」

カリスの心のなかは、表向きの態度以上に不安でいっぱいだった。わたしたち父子にはもうお金が残っていない。有り金はすべて橋の建設に投資したか、原毛の購入と赤い布地の製作に注ぎ込んでしまったのだ。わたしと父は、羊毛市でそのお金を取り戻さなくてはならない。来場者が少なかったら、大きな痛手を受けるだろう。それに、だれが結婚式の費用を出すというのだ。

心配しているのは彼女だけではなかった。宝石商ギルドの取りまとめ役をしているリック・シルヴァーズもその一人だった。「そうなれば、三年連続で凶年になる」神経質な小うるさい男で、いつも汚れ一つない服を身に着けている。「今年失敗したら、うちのギルドでは生活できなくなる者が出るだろう。われわれの商売の半分は羊毛市で成り立っているんだ」

エドマンドがいった。「この町も崩壊してしまうかもしれない。しかし、断じてそれを許すわけにはいかない」

賛同する者も出てきた。何となく座長を務めていたカリスは、出席者にいいたいことをいわせた。緊急を要するという意識が高まれば、自分が提案しようとしている画期的な解決案も受け入れてもらいやすくなるだろう。

エルフリックが発言した。「シャーリングの州長官が何とかすべきだろう。平和を守れなくて、何のための長官なんだ」

「長官だけの力で森全体を捜すのは無理でしょう。配下の人数も十分とはいえないし」カリスはいった。

「ローランド伯爵にはたくさんいるじゃないか」

それは期待できるかもしれない。それでも、カリスは話し合いを続行させた。そうすることで、自分が解決策を提示したときに、それ以外に方法はないとみんなは納得してくれるだろうと踏んだのだ。

エドマンドがエルフリックに告げた。「伯爵は手を貸してくれない——もう頼んでみたんだ」

実は、ローランド伯爵宛てのエドマンドの手紙を書いたのはカリスだった。「ラルフは伯爵の家臣でした。そして、いまでもそうです。シャーリングの市に行く人たちを無法者たちが襲っていないことには、みなさんも気がついていますよね」

エルフリックが憤慨した。「ウィグリーの農民たちは、伯爵の家来を訴えたりするすべきじゃなかったんだ。あいつら、農民風情のくせに、いったい自分たちを何様だと思ってるんだ」

カリスは憤然として反論しようとしたが、ベティ・バクスターに先手を打たれた。「あら、あなたは伯爵の家来であればだれでも好き勝手に強姦してもいいと思っているの!」

「それはいま話し合う問題ではない」エドマンドがかつての威厳を示していい切った。「現に問題が起きているのだ。ラルフはわれわれを食いものにしている。それをどうするかを話し合うんだ。州長官は頼れない。伯爵も同じだ」

リック・シルヴァーズがいった。「ウィリアム卿はどうだろう？　ウィグリーの一部を統治しているだろう。ラルフが無法者になったのも彼の責任だ」

「彼にも頼んでみた」エドマンドがいった。「しかし、われわれは自分の統治下にはないといわれた」

「修道院がわれわれの領主であるのが問題なんだ。守ってほしいときに何の役にも立たない修道院長がな」リックがつづけた。

「キングズブリッジを自由都市にしてほしいと国王に申請しているもう一つの理由がそれなんです。そうなれば、わたしたちは国王の庇護《ひご》の下に置かれます」カリスはいった。

「ここにだって治安官がいるじゃないか。いったい彼は何をしているんだ?」エルフリックがいった。

マーク・ウェバーが答えた。彼は治安官の助手の一人だった。「必要とあれば何でもする準備はできている。何をすればいいかいってくれ」

「あなたたちの勇気を疑う者はだれもいないわ。でも、あなたたちの仕事は町のなかで起きる問題を処理することでしょう。それに、ジョン・コンスタブルは無法者を取り締まるための専門的な知識を持っていないわ」カリスはいった。

マークはウィグリーにあるカリスの縮絨工場を任されているので、彼女とは親しかった。その彼が、かすかに怒りを表わしていった。「それなら、だれがやるんだ?」

カリスはこの質問を待っていた。「実は経験豊富な兵士がいて、わたしたちに手を貸そうといってくれているんです」彼女は明らかにした。「それで、今夜ここにきてくれるよう頼んだんです。いま、礼拝堂で待機してもらっています」そして、声をかけた。「トマス、入ってもらえますか？」

廊下の突きあたりにある小さな礼拝堂から、ブラザー・トマスが姿を現わした。

「修道士じゃないか？」リック・シルヴァーズが訝った。

「修道士になる前、彼は兵士だったの」カリスは説明した。「片腕を失ったのはそのときよ」

「彼を呼ぶには、ギルドのメンバーの承諾が必要だったんじゃないのか」エルフリックが不機嫌にいったが、だれも取り合わなかった。トマスが何を話すか、みんな興味津々だった。

カリスは嬉しくなった。

「市民軍を結成する必要があります」トマスが話しはじめた。「無法者の人数はたぶん二十人から三十人でしょう。それほど多くはありません。町の人たちのほとんどは大弓を使えます。日曜の朝の練習のおかげですね。準備を整え、きちんとした指揮の下で行動すれば、百人もいれば無法者たちを鎮圧するのは簡単でしょう」

「すばらしい考えだ」リック・シルヴァーズがいった。「しかし、やつらがどこにいるのかを突き止めなければなるまい」

「もちろんです」トマスは答えた。「しかし、やつらの所在を知っている人物がキングズブリッジにいるはずです」

マーティンは材木商人のジャック・チェプストウに、ウェールズの石盤を持ってきてくれるよう頼んであった。その後、材木搬出にウェールズへ行ったとき、ジャックは四フィート平方の灰色の薄い石盤を持ち帰ってくれた。マーティンはそれを木の枠にはめ込み、図面を引くのに使った。

その夜、カリスが聖堂区ギルドの集まりに出かけているあいだ、マーティンはスモール・アイランドの自宅で島の見取り図を描いていた。まずは埠頭《ふとう》と倉庫を建設するための資材を調達する必要がある。島の両岸に架かる二本の橋が島を横断する道で結ばれ、その通り沿いに宿や店が並ぶ光景を思い描いた。建物を自分で建て、キングズブリッジの商人たちに貸すのだ。町の未来図を描き、必要となる建物や通りを想像すると、マーティンは興奮した。本来であれば、これは修道院がやっておくべきだ。ちゃんとした指導者がいないからできないだけなのだ。

計画のなかには、彼とカリスの家も入っていた。結婚してすぐは住み心地のいい小さな家でもいいだろう。しかし、子供ができたら広くないと駄目だ。場所は南の海岸沿いがいい。そこなら、新鮮な川風を取り込める。島のほとんどの場所は岩だらけだが、念頭においているところには耕せる土があるので、果樹なら植えられる。マーティンはこの家の設計をするときはいつも、二人一緒に幸せに暮らしている光景を夢見ていた。

空想のひとときは、扉をノックする音に破られた。マーティンはびくっとした。夜中に島を訪れる者はいない。カリスは別だが、彼女ならノックはしないはずだ。「だれだ？」彼は用心深く訊いた。

ブラザー・トマスが入ってきた。

「修道士はこの時間には寝ているはずでしょう」マーティンはいった。

「ゴドウィンは私がここにいることを知らないよ」トマスが石盤を見た。「左利きなのか？」

「いや、両手利きなんです。ワインでもどうです？」

「いや、結構だ。二、三時間はきみに付き合わないといけないからな。寝るわけにはいかないんだよ」

マーティンはトマスが好きだった。十二年前のあのとき、トマスが死んだら、手紙を埋めたところへ聖職者を連れていくという約束を交わした日以来、二人は固い絆で結ばれていた。その後、大聖堂の修理を一緒にやったときも、トマスの指示は常に的確で、徒弟たちに対しても思慮深く接していた。神の意思に対しても、決して思い上がることなく誠実だった。聖職につく者はだれもがこうあってほしい、とマーティンは思っていた。

マーティンは暖炉の近くの椅子を勧めた。「それで、用件は何ですか」

「きみの弟のことだ。これ以上放っておくわけにはいかない」

マーティンが何かに刺されたかのように顔をしかめた。「できることなら何でもします。でも、弟とはずいぶん長いあいだ会っていないんです。会ったとしても、ぼくのいうことに耳を傾けるとは思えません。ぼくに助けを求めたときもありましたが、その時期はもう過ぎたと思っています」

「私はたったいま終わった、聖堂区ギルドの集まりからきたんだ。市民軍を結成してほしいと依頼された」

「ぼくに参加してほしいなんていわないでくださいよ」

「そんなことを頼みにきたわけではないよ」トマスが苦笑をした。「あらゆる面で抜きん出たきみの才能には、軍隊における能力は含まれていないようだからね」

マーティンは哀れっぽくうなずいた。「それはどうも」

「しかし、私の力になってもらえることがあるんだ。もし引き受けてくれるとしたらだがね」

マーティンはいやな予感がした。「何でしょう?」

「やつらはキングズブリッジからそう遠くないところに隠れているはずだ。きみの弟がいそうな場所を考えてほしい。おそらく、きみたち二人が知っている場所——洞穴か、あるいは林地管理官が使っていた小屋じゃないかと思うんだが」

マーティンはためらった。

「弟を騙し討ちしたくないのはわかる。だが、最初に彼が襲った家族のことを考えてみてくれ。慎み深く、勤勉な農民だった。美しい妻、十四歳の息子、そしてまだ小さな娘。両親と息子は殺され、娘は孤児になってしまった。きみが弟を愛しているのはわかるが、彼を捕まえるために協力しなければならない」

「わかっています」

「どこにいるか、見当がつくか?」

マーティンはまだその質問に答える準備ができていなかった。「彼を殺さないでもらえますか？」

「できればな」

マーティンは首を振った。「それでは駄目です。生かしておくと約束してもらわないと」

トマスがしばらく沈黙し、やがて答えた。「わかった。殺さないでおこう。方法はわからないが、何とかしよう。約束する」

「ありがとうございます」マーティンは間を置いた。協力しなければならないのはわかっていた。だが、心の内で葛藤があった。しばらくして、彼はようやく言葉を搾《しぼ》り出した。「十三歳くらいのころ、ぼくたちはよく狩りに行きました。年上の子たちと一緒のときもありました。一日じゅう森にいて、仕留めた獲物を料理して食べたんです。ときどきチョークの丘まで足を延ばし、夏には、羊の放牧をしている何組かの家族に出会うこともありました。羊飼いの女の人は、とても自由で屈託がありませんでした――なかにはキスをさせてくれる人もいましたよ」マーティンは一瞬笑みを浮かべた。「冬になると羊飼いの小屋は空っぽになるので、ぼくたちはそこを隠れ家として使っていました。ラルフが隠れているのは、おそらくそこでしょう」

「感謝するよ」トマスが立ち上がった。

「約束は必ず守ってくださいよ」

「もちろんだ」

「十二年前、あなたはぼくを信用して秘密を打ち明けてくれましたね」

「確かに」

「ぼくはあなたを裏切っていません」

「そうだな」

「今度はぼくがあなたを信じる番です」この言葉は二通りに解釈されるのではないか――二人の関係にすがる思いと、それとない脅し。まあ、どっちでもかまわない。トマスがいいように解釈すればいい。

トマスが手を差し出した。マーティンはその手を握り締めた。「約束は必ず守るよ」トマスはそういうと帰っていった。


ラルフとタムは轡《くつわ》を並べて丘を上っていた。アラン・ファーンヒルがやはり馬であとにつづき、そのほかの無法者たちは徒歩でついてきていた。ラルフは上機嫌だった。今朝も、日曜の朝の襲撃がうまくいったのだ。春がきて、農民たちは新しい季節の作物を市に持ってくるようになっていた。ラルフたちは子羊を六頭、蜂蜜を一壺、クリームを一瓶、革の袋に入ったワインを数本手に入れていた。いつものように、自分たちはほとんど無傷だ。せいぜい擦り傷か打撲程度ですんでいる。犠牲者たちも抵抗するだけ無駄なのに。

タムと組んだのは大成功だった。数時間軽く剣を振るっただけで、一週間も贅沢な暮らしができる。襲撃をしていないときは、昼間は狩りをし、夜になると酒を飲んだ。境界線について争ったり、借地料をごまかして困らせるような行儀の悪い農民はここにはいない。足りないのは女だけだった。しかし今日、それも解消された。二人の少女——十三、十四歳くらいの姉妹——を連れてきたのである。

ラルフが唯一後悔しているのは、王のために戦った経験がないことだった。それが子供のころからの夢だった。いまでもその野心が頭をもたげるときがあった。無法者になるのは簡単すぎる。武装していない農民を殺しても誇らしくなど感じられない。彼のなかにある少年の心はまだ栄光を追い求めていた。彼自身に対しても、ほかの者に対しても、自分の身体には真の騎士の血が流れていることを証明したかった。

だが、だからといって落ち込みはしなかった。自分たちの隠れ家がある高台の牧草地を目指しながら、ラルフは今夜の酒盛りが楽しみだった。串刺しにした子羊をあぶり、蜂蜜入りのクリームを飲む。そして、少女を並べて横たわらせる。そうすれば、二人は次から次へと男たちに暴行を加えられるのをお互いに見なくてはならない。そんな想像をすると、心臓の鼓動が速くなった。

石造りの隠れ家が見えてきた。ここにもそう長くはいられないぞ、とラルフは考えた。草も伸びはじめたので、やがて羊飼いたちがやってくるだろう。今年の復活祭は早かったから、聖霊降臨日は五月祭のすぐあとにあるはずだ。それまでに別の根城を探さなくては。

いちばん近い小屋から五十フィート手前まできたところで、ラルフは驚いた。小屋からだれかが出てきたのだ。

ラルフとタムは馬を止めた。ほかの無法者たちも武器を手に集まってきた。

男が近づいてきた。修道士だった。ラルフの横でタムがつぶやいた。「これはいったい……？」

修道士のローブの片方の袖がひらひらとはためいていた。ラルフはそれで、この男がキングズブリッジのブラザー・トマスだとわかった。トマスはまるで大通りで偶然会ったかのように二人に近づいてきた。「やあ、ラルフ。私を覚えているかな？」

タムがラルフに訊いた。「知り合いか？」

トマスはラルフの馬の右側に近寄り、使える右手を差し出して握手を求めた。こんなところでいったい何をしているのだ？　しかし、片腕の修道士が何の危害を加えるというのか？　当惑しながらも馬から降りて、ラルフは差し出された手を握り返した。とたんに、トマスがラルフの腕を摑んだ。

石小屋の近くで何かが動いた。ラルフはそれを目の片隅に捉え、上目使いにそのほうを見た。いちばん近くの建物の戸口から男が続けざまに姿を現わしたと思うと、すべての小屋からどっと人が飛び出してきて大弓に矢をつがえた。待ち伏せされたのだと気づいたその瞬間、ラルフの肘が強く締め上げられ、突然引っ張られて、いきなり馬から突き落とされた。

無法者たちの叫び声が聞こえた。ラルフは地面に仰向けに叩きつけられた。愛馬のグリフは怯えて逃げ去った。起き上がろうとしたが、トマスにのしかかられ、地面に釘付けにされた。「動くな。そうすれば殺しはしない」トマスが耳元でささやいた。

大弓から放たれた矢がいっせいに飛び交う音が聞こえた。まるで突風を伴った一瞬の雷雨のような、正確で致命的な攻撃だった。すごい音だ――射手は百人はいるに違いない。仲間は矢を避けて隠れてしまったようだ。トマスがおれの腕を摑んだのが攻撃の合図だったに違いない。

ラルフは抵抗するかどうかを思案し、結局諦めた。急所を打たれた仲間の悲鳴が聞こえた。倒れていてよく見えなかったが、剣を抜いている者もいた。だが、射手から遠すぎる。相手陣地に突進しても、はるか手前でやられてしまうだろう。これは戦いとはいえない。大虐殺だ。地面を蹴る足音が聞こえた。タムが突撃しているのだろうか。それとも、逃げようとしているのか。

混乱は長くつづかなかった。仲間はすべて退却したようだった。

トマスがベネディクト会修道士のローブの下から長めの短剣を出し、ラルフを解放した。

「剣を抜こうなんて考えは起こすなよ」

ラルフは立ち上がり、射手の顔を見た。知っている者ばかりだった。でぶのディック・ブルワー、女好きのエドワード・ブッチャー、陽気なポール・ベル、気難しいビル・ワトキン――みんな臆病で、法に忠実なキングズブリッジの住民だ。おれは商人たちに捕らえられたというわけか。しかし、その驚きはまだ序の口だった。

ラルフはトマスを見て訝った。「どうして助けたんだ」

「おまえの兄さんに頼まれたからだ」トマスがぶっきらぼうに答えた。「彼が命乞いをしなかったら、おまえは地面に倒れる前に死んでいただろうな」

キングズブリッジの牢はギルド会館の地下にあった。房は四方を石の壁に囲まれ、床は土がむき出しで、窓はなかった。炉もなく、冬は寒さで凍え死んでしまう囚人もいた。しかし、いまは五月だし、ラルフは毛皮の外套を持っていたので、夜も寒くはなかった。おまけに、彼の房には椅子、長椅子、そして、小さなテーブルといった家具もあった。ジョン・コンスタブルから借りたもので、賃料はマーティンが払ってくれた。閂《かんぬき》で閉ざされた樫の扉の向かいが、ジョン・コンスタブルの事務所だった。市の日と羊毛市のあいだ、彼と助手はどこかでいざこざが起こった場合に備えて事務所で待機していた。

アラン・ファーンヒルもラルフと同房だった。キングズブリッジの射手が、太腿に矢の刺さったアランを連れてきたのである。深傷《ふかで》ではなかったが、走れなかったのだ。だが、タム・ハイディングは逃げおおせたようだった。

二人にとって、ここで過ごすのは今日が最後だった。正午に、州長官が二人をシャーリングへ連れていくことになっていた。ともに、欠席裁判で死刑を宣告されていた。アネットへの強姦罪と、裁判官の目の前で犯した、陪審員長とウルフリックに暴行を加えて逃亡した罪によるもので、絞首刑はシャーリングで執行される予定だった。

正午の一時間前、ラルフの両親は二人を食事に連れ出した。熱い塩漬け肉、焼きたてのパン、強いエールをジョッキ一杯。マーティンも一緒だった。これが最後の正餐のつもりなのだろうな、とラルフは思った。

父親の言葉で、それが確かなものになった。「私たちはシャーリングには行かないからな」「見たくないから。あなたの……」母親が泣き崩れた。だが、彼女が何をいおうとしたかは明らかだった。わざわざシャーリングまで行って、息子が絞首刑になるのを見たくはないのだ。

ラルフはエールこそ飲んだものの、食事には手をつけなかった。これから絞首刑に処せられるのに、何を食べても意味がないように思われた。いずれにしても、食欲がなかった。一方、アランの食欲はものすごかった。これから彼を待ち受けている運命などものともしていないようだった。

ぎこちない静寂のなかで、彼らはテーブルを囲んでいた。家族が一緒にいられる最後のひとときだというのに、だれも何をいっていいのかわからなかった。モードは声を殺して泣いていた。サー・ジェラルドは険しい顔をし、マーティンは両手で頭を抱えていた。アラン・ファーンヒルはただ退屈そうだった。

ラルフは兄に尋ねたいことがあった。気は進まなかったが、これが最後の機会だった。「ブラザー・トマスがおれを馬から降ろし、矢の攻撃から守ってくれた。命を救ってくれたことの礼を述べたら」彼は兄の顔を見てつづけた。「トマスはあんたのためにやったといったんだよ」

マーティンはただうなずいただけだった。

「やつに頼んだのか？」

「ああ」

「つまり、何が起きるかをあんたは知ってたわけだな」

「ああ」

「……トマスはどうしておれのいる場所を知ってたんだ?」

マーティンは答えなかった。

「あんたが教えたんだな?」

サー・ジェラルドが愕然とした。「マーティン、おまえはなんてことを!」

アラン・ファーンヒルが口を挟んだ。「裏切り者の豚野郎」

マーティンはいった。「ラルフ、おまえは人殺しをつづけていた。罪もない農民、その妻、そして子供たちをな! それをやめさせなくてはならなかったんだ!」

驚いたことに、ラルフはそれほどの怒りを感じなかった。息が苦しくなって、深呼吸をした。「それなら、なぜトマスにおれの命を助けるよう頼んだ? おれが絞首刑になったほうがいいと思ったのか?」

「やめて、ラルフ」モードがすすり泣きながらいった。

「わからない。きっと少しでも長く生きていてほしかったんだと思う」

「だが、あんたはおれを裏切った」自分でも、いまにも泣き崩れそうな気がした。涙が眼の奥に溜まっていき、頭が何かに押されていくような感じがした。「おれを裏切ったんだ」ラルフは繰り返した。

マーティンが立ち上がり、怒りを込めていった。「当然の報いじゃないか！」

モードが懇願した。「喧嘩はやめて」

ラルフが悲しそうに首を振った。「喧嘩なんかしないさ。そんな時代はもう終わってるよ」

扉が開いて、ジョン・コンスタブルが入ってきた。「州長官が外でお待ちだ」

モードが泣きながらラルフを抱きしめた。しばらくして、サー・ジェラルドが彼女を引き離した。

ジョンが外に出ると、ラルフはその後ろに従った。縄で縛られもせず、鎖を巻かれもしないのが意外だった。おれは以前に逃亡している。同じことをすると心配じゃないのだろうか。

事務所のなかを通って外へ出た。家族もあとにつづいた。

午前中に雨が降ったのだろう、濡れた道に陽の光が反射して眩《まぶ》しかった。ラルフは目を細めた。目が慣れてくると、愛馬のグリフがそこにいるのに気がついた。鞍もちゃんとついている。その光景がラルフの心を揺り動かした。手綱をとって、馬の耳元にささやいた。「おまえは決しておれを裏切ったりはしないよな？」馬は鼻息荒く足を踏み鳴らし、主人との再会を喜んでいた。

州長官と数名の部下が馬にまたがり、完全武装で待っていた。ラルフを馬に乗せてシャーリングまで連行するのだろう。だが、彼らは手出しをしようとしなかった。今回は逃げられそうもないな、とラルフは観念した。

ラルフはもう一度顔を上げて気づいた。確かに州長官はいるが、武装して馬に乗っている者たちは彼の部下ではなく、ローランド伯爵の家臣だ。それに、伯爵本人の姿もある。黒い髪に黒い髭を蓄え、灰色の馬にまたがっている。いったいこんなところで何をしているのだろう。

馬から降りることもなく、ローランドが巻いた羊皮紙をジョン・コンスタブルに手渡した。

「読んでくれ」伯爵がいつものように、口の片側だけを動かしていった。

「これは国王の公式書簡である。国じゅうのすべての囚人は恩赦が与えられ、自由となるものとする。ただし国軍に入隊することを条件とする」ジョンが読み上げた。

「やったぞ！」サー・ジェラルドが歓声を上げ、モードが泣き出した。マーティンはジョンの肩越しに書簡を覗き込んだ。

「どういうことです？」アランがラルフに訊いた。

「おれたちは自由の身だということだ！」ラルフは答えた。

「おれが正しく読んでいれば、そういうことだ」といって、ジョン・コンスタブルが州長官を見た。「これでよろしいですか？」

「うむ」

「では、以上だ。この二人がローランド伯爵に同行することを許す」ジョンが羊皮紙を巻いた。

ラルフは兄を見た。マーティンは泣いていた。喜びの涙か、落胆の涙か、それはわからなかった。

あれこれ考える時間はなかった。「さあ、ついてこい」ローランド伯爵が急《せ》かした。「堅苦しい儀式はこれで終わりだ。出発する。国王はフランスにおられる――長い旅になるぞ！」そして馬を走らせ、大通りへ出ていった。

ラルフもグリフの横腹を蹴り、伯爵のあとにつづいた。

41

「勝つのは無理だな」グレゴリー・ロングフェロウが、院長の館の広間で、大きな椅子に坐っているゴドウィン院長にいった。「国王は間もなく、キングズブリッジを自由都市として認可されるだろう」

ゴドウィンは彼を睨んだ。この男は最高法院で二度も勝った法律家だ。一件は伯爵に対して、もう一件は長老参事《オールダーマン》に対して。これだけ裁判に強い男がそういうのだから、敗北は避けられないのかもしれない。

だが、それは耐えられない。もしキングズブリッジが自由都市になったら、修道院は相手にされなくなるだろう。何百年ものあいだ町を統治してきたというのに。ゴドウィンの目には、町は修道院のためだけに存在し、それはすなわち神に仕えることだと映っていた。それなのに、町は金の亡者の商人たちに牛耳《ぎゅうじ》られ、修道院は単なる町の一部になってしまう。そして、この事態を招いた院長はゴドウィンだと記されるのだ。

ゴドウィンは驚いて訊き返した。「それは確かなのか？」

「ぼくは常に確かなことしかいわない」グレゴリーは答えた。

ゴドウィンはむっとした。グレゴリーの自信満々の態度は敵を冷笑しているときにはとても気分のいいものだったが、それが自分に降りかかってくると、感情を逆撫《さかな》ですることにしかならなかった。ゴドウィンは怒りを抑えられなかった。「きみはぼくの頼みを聞けないというために、わざわざキングズブリッジまできたのか」

「それと、弁護料をもらいにな」グレゴリーがしれっと答えた。

ゴドウィンはこの男を服を着たまま、魚の泳ぐ池にぶち込んでやりたかった。

今日は聖霊降臨日の週末で、羊毛市が立つ前日だった。外では、大聖堂の西側の緑地に何百人もの商人が屋台を出し、おしゃべりをしていた。彼らの話し声や互いを大声で呼び合う声が混じりあい、怒号のようになって院長の館の広間まで聞こえていた。ゴドウィンとグレゴリーは、その広間のテーブルの両端に坐っていた。

壁際のベンチに控えていたフィルモンがグレゴリーにいった。「なぜそのような悲観的な結論に至ったのかを、院長に説明されたほうがいいのではありませんか？」へつらうような、それでいて、侮辱するような口調だ。ゴドウィンはそれが好きかどうか、よくわからなかった。

グレゴリーはフィルモンの口調に何の反応も示さなかった。「もちろんだ。国王はいまフランスにおられる」

ゴドウィンはいった。「国王がフランスに行かれて、かれこれ一年になる。しかし、何の変化もない」

「この冬には何かが起きるさ」

「なぜだ？」

「南のほうの港で、フランス人による襲撃が何件かあったのは知っているよな？」

「知っています」フィルモンが答えた。「フランスの船乗りがカンタベリー寺院の修道女を強姦したという話ですね」

「敵に修道女が襲われたと主張するのは常套手段だ」グレゴリーが見下したようにいった。

「それによって、世間は戦争を支持するようになる。しかし、敵はポーツマスに火をつけてしまった。その結果、海運業は大きな痛手を被《こうむ》った。羊毛の価格が上がっているのには気づいているだろう」

「もちろん」

「原因の一つは、フランドル地方への輸送が困難になったことにある。ボルドー地方のワインの価格が上昇しているのも同じ理由だ」

もはや昔のワインの価格ではとても買えないとゴドウィンは思ったが、口には出さなかった。

グレゴリーがつづけた。「これらの襲撃は前兆にすぎない。フランスは侵攻艦隊を結成している。われわれの間諜《スパイ》によると、すでに二百隻以上の軍艦がツワイン川の河口に停泊しているそうだ」

　ゴドウィンは、グレゴリーがまるで自分が政府の一員であるかのように〝われわれの間諜〟といったことに気がついた。実際のところは噂を受け売りしているにすぎないのだろうが、いずれにせよ、説得力はある。「しかし、フランスとの戦争とキングズブリッジが自由都市になるかどうかとどういう関係があるんだ？」

「税金だよ。国王は金が必要なんだ。商人たちが修道院の支配から自由になれば町はもっと繁栄し、そうなれば税金もより多く支払えるようになると聖堂区ギルドは主張している」

「そして、国王はそれを信じていると？」

「彼らの主張が正しいことは歴史が証明している。だから、国王は自由都市にしたいんだ。自由都市になれば商売が活性化する。商売が活性化すれば、税金収入が増えるわけだからな」

　また金か、とゴドウィンはうんざりした。「何か手は打てないのか？」

「ロンドンでは無理だな。キングズブリッジでの手段を考えたほうが賢明だろう。聖堂区ギルドに申請を取り下げるよう説得するのは難しいのか？　現職のオールダーマンはどんな人物なんだ？　賄賂で動くような男か？」

「オールダーマンはぼくの叔父のエドマンドだが、彼はいま健康状態がよくない。そう長くはないだろう。実際にいまの動きを煽《あお》っているのは、彼の娘で、ぼくの従姉妹のカリスだ」

「ああ、あの娘か。裁判のときにいたな。かなり横柄な印象を受けたけどな」

カリスにいい印象を持っていないのなら、とゴドウィンは一計を案じた。「彼女は魔女なんだ」

「ほんとか？　それは使えるぞ」

「文字どおりというわけではないがな」

フィルモンが口を挟んだ。「実際には噂があるんですよ、院長」

グレゴリーが眉を上げた。「聞かせてもらおう」

フィルモンはつづけた。「彼女は無知な住民に薬を調合している、マティという女ととても親しいんです」

魔女に仕立てあげるのはやはりまずいんじゃないかとゴドウィンは思い直しかけたが、口に出かかったその言葉を危うく飲み込んだ。自由都市という発想を叩き潰《つぶ》すためには、どんな手段であれ、神の思《おぼ》し召しだという形を取らないとまずい。それに、カリスが本当に魔法を使っているかもしれず、真実はだれにもわからないのだ。

グレゴリーがいった。「躊躇するのはわかる。従姉妹を可愛いと思っているのならなおさらだ……」

「子供のころは可愛いと思っていたよ」ゴドウィンはいった。一瞬、あのころの純真さが懐かしくなった。「だが、残念ながら、彼女は神を畏《おそ》れる女性に成長しなかった」

「もしそうだとしたら……」

「真実を探る必要がある」ゴドウィンはいった。

「一つ、提案をしてもいいか？」グレゴリーが訊いた。

グレゴリーの提案はもううんざりだったが、拒否する度胸もなかった。「もちろん」

「異端信仰の調査は……汚れ仕事だ。きみ自身の手を汚してはならない。人々も院長には話したがらないかもしれない。威圧的でないだれかに任せるんだ。たとえば、この若い修練士とか」グレゴリーがフィルモンを指差した。「彼は……なかなか鋭いところがあるようだ」

リチャード司教の弱み――マージェリーとの関係――を発見したのはフィルモンだったな、とゴドウィンは思い出した。彼はまさに汚れ仕事にふさわしい男だ。「わかった。フィルモン、おまえに頼もう」

「かしこまりました、院長」フィルモンが嬉々として引き受けた。「喜んで」


日曜の朝、キングズブリッジへ押し寄せる人の波は途切れることがなかった。カリスはマーティンの造った二つの橋を渡ってくる人々を見つめた。徒歩の者、馬に乗っている者、あるいは、市に出す品物をどっさり積んだ二輪や四輪の馬車、牛車《ぎっしゃ》。カリスは胸が熱くなった。

開会の儀式はなかった――橋は未完成で、木製の通行面を仮設しただけだった――が、市が開かれ、道中も無法者は襲われる心配がなくなったという噂が広まっていた。ボナヴェントゥーラ・カロリの姿もあった。

マーティンは通行料を徴収するためのいくつかの方法を提案していた。聖堂区ギルドはその案に飛びついた。橋の入り口に料金所を置くと渋滞を招くので、そうではなく、二つの橋をつないでいる島の道の十カ所に臨時の料金所を置き、十人を配置するのである。それなら、渋滞せずに通行料を払える。「列もできてないじゃないの」カリスは独りごちた。

おまけに天気も快晴で、雨の兆候はまったくない。市は大成功だ。

そして、今日から一週間後、わたしはマーティンと結婚するのだ。

それでも、不安はあった。自立した生き方を失い、だれかの所有物になってしまうのだと考えると怖かった。もちろん、マーティンは妻に対して威張り散らすような男ではないけれど。本心を吐露する機会は滅多にないが、グウェンダやマティ・ワイズにいわせると、わたしは男みたいな発想を持っているらしい。確かにそうかもしれない。

でも、彼を失うのはもっと嫌だ。そうなれば、布を生産する商売しかわたしには残らない。その商売にも、もう昔ほど魅力を感じない。マーティンが町を出るといったとき、突然、将来に何もないような気がした。そして、彼と結婚するより悪いたった一つのことは、彼と結婚しないことかもしれないとわかった。

ただし、それは前向きに考えているときの気持ちだった。真夜中に横になって目を覚ましていると、結婚式の直前に——いや、真っ最中に——足が前へ進まなくなり、誓いを交わすのを拒んで教会を逃げ出し、参列者を仰天させてしまう自分の姿が目に浮かぶことがあった。

でも、そんな馬鹿なことがあるものかと、すべてがうまくいっている真昼には思われた。マーティンと結婚すれば幸せになれるのだと。

カリスは川岸を離れて、町を通り抜け、大聖堂へ向かった。そこはすでに、朝の礼拝の始まりを待つ信者でいっぱいだった。柱に隠れてマーティンに身体を愛撫されたときが懐かしく思い出された。付き合いはじめたあのころは、無鉄砲で、情熱的で、長いあいだ熱く語り合い、そして、唇を重ね合った。

会衆の前のほうにマーティンの姿があった。聖歌隊席の南側の側廊を調べている。二年前に二人の目の前で崩れ落ちた教会の一部だ。マーティンと一緒に円天井の隙間へ上ったこと、ブラザー・トマスと別居中の妻の悲しい関係を盗み聞きしたこと、マーティンを拒絶してしまうようないろんな不安が具体化された会話などが思い出された。でも、もう忘れてしまおう。「修理した部分は大丈夫みたいね」カリスはいった。マーティンも同じことを思っているに違いない。

しかし、マーティンは同意しなかった。「まだ二年しかたってない」

「でも、崩壊の兆《きざ》しはなさそうじゃないの」

「それがそう簡単じゃないんだ。何年かたつうちに、目に見えない脆《もろ》さが崩壊へつながる場合がある」

「脆いところなんかなさそうだわ」

「いや、きっとある」マーティンがかすかに苛立った。「二年前だって、崩壊した原因はあったんだ。だけど、まだそれが明らかになっていない。だから、修理が完全に終わったわけではないんだ。修理が完全に終わっていないということは、まだそこは脆いということだ」

「自然に直ったかもしれないじゃない」

カリスはただ議論を楽しんでいただけだが、マーティンはそれを真面目に受け止めた。

「建物が自然に修復されることはあり得ない——でも、きみのいうとおり、その可能性はあるかもしれない。水の浸出——たとえば口をふさがれたガーゴイルからの水——が、害の少ないほうへ迂回《うかい》していったりすればね」

修道士が列を組み、賛美歌を歌いながら入ってきた。会衆が静かになった。修道女たちが別の入り口から現われた。修練女の一人が顔を上げた。頭巾に隠れた青白く美しい顔は、エリザベス・クラークだった。マーティンと一緒にいるところを見たとたん、彼女の目にいきなり敵意が表われ、カリスは震え上がった。エリザベスはふたたび頭を垂れ、地味な修練女へ戻った。

「きみを嫌っているみたいだな」マーティンがいった。

「あなたと結婚できないのは、わたしのせいだと思っているのよ」

「それは正しいな」

「違うわ。あなたはだれとでも好きな人と結婚していいのよ！」

「でも、ぼくが欲しいのはきみだけなんだ」

「エリザベスを弄《もてあそ》んだの？」

「彼女はそう受け取ったかもしれない」マーティンは申し訳なさそうにいった。「でも、彼女と話すのが楽しかっただけさ。何しろ、きみが氷のように冷たくなったあとだったからな」

カリスはそわそわした。「わかっているわ。でも、彼女は裏切られたと思ってるわ。いま、彼女に睨まれてぞっとしたわよ」

「心配するな。いまの彼女は修練女だ。きみに危害を加えたりはしないよ」

二人はしばらく黙っていた。肩が触れ合うように並んで立ち、儀式が進められるのを見つめた。リチャード司教は東端にある司教座に着いて、礼拝の進行役を務めていた。マーティンがこういう儀式が好きなのをカリスは知っていた。礼拝の後の彼はいつも上機嫌で、教会に行くのは自分のためだという。カリスが教会に行くのは、教会に行かなかったら周りの人に何かいわれるからであって、そもそもこういうことに疑問を持っていた。神を信じていないわけではないが、神はほんとうに自分の望みをゴドウィンのような者だけにしか明らかにされないのだろうかという疑問があった。たとえば、なぜ神は自分が賛美されることを求められるのだろう？　国王と伯爵が崇拝されることを求め、身分が低い者は低いなりのものを求めるのはわからなくもないが、全能の神はキングズブリッジの人たちが神を賛美する歌を歌おうが歌うまいが気にしないのではあるまいか。森のなかの鹿に自分が恐れられているかどうかをわたしが気にしていないのと同じように。でも、ときどきこういう考えを口にしても、だれも真面目に取り合ってくれない。

カリスの想いは未来へ飛んだ。国王がキングズブリッジを自由都市として承認する手応《てごた》えは十分にある。その暁には、健康さえ回復すれば、父が初代の市長になるだろう。布の商売も順調にいくし、マーク・ウェバーも金持ちになるはずだ。そうやってどんどん繁栄していけば、聖堂区ギルドは羊毛取引所も建設できる。雨の日でも快適な商売が可能になる。建物の設計はマーティンにしてもらえばいい。院長だって暮らし向きは豊かになるはずだ。もっとも、ゴドウィンがわたしに感謝するなんてあり得ないだろうけれど。

礼拝も終わりに近づき、修道士と修道女が退出しはじめた。一人の修練士が突然列を離れ、会衆のなかに入ってきた。フィルモンだった。驚いたことに、彼はカリスのところへやってきていった。「ちょっといいかな?」

カリスは身体が震えそうになった。グウェンダの兄には嫌悪を感じさせる何かがあった。

「何かしら?」彼女はつっけんどんに訊いた。

「教えてもらいたいことがあるんだ」フィルモンが愛嬌《あいきょう》のある笑顔を作ろうとしていった。「マティ・ワイズを知っているよな?」

「知ってるけど」

「彼女のやり方をどう思う?」

カリスはフィルモンを睨みつけた。ここをどこだと思っているの? とにかく、マティを守ることが先決だ。「彼女は大昔の資料で勉強してはいないけど、それでも、彼女の治療は効果があるわ――ときには修道士が施す治療よりもね。それは彼女の治療がそれまでの実績に基づいて行なわれているからで、人間の体質や気質の理論から行なわれているのではないからよ」

周囲の者が耳を澄ませはじめた。なかには、勝手に会話に入ってくる者もいた。

「彼女の薬のおかげでノラの熱が下がったわ」マッジ・ウェバーが口を挟んだ。

ジョン・コンスタブルがつづいた。「おれが骨を折ったとき、彼女の薬は痛みを取ってくれた。マシュー・バーバーは骨を接《つ》いでくれた」

フィルモンが訊いた。「薬を調合するとき、彼女はどんな呪文を唱えるんだ？」

「呪文なんか唱えないわよ！」カリスは憤慨していい返した。「彼女は薬を飲むときには祈るようにいうわ。神だけが癒せるのだからってね」

「彼女が魔女だという可能性は？」

「馬鹿馬鹿しい！　あり得ないわよ」

「教会裁判所に訴状がきているんだ」

カリスは突然恐怖に襲われた。「だれから？」

「それはいえない。ただ、調べるようにいわれているんだ」

カリスは訝った。マティの敵はだれなの？「フィルモン、あなたの家族はマティがどれだけのことをしてくれたかよく知ってるはずよ——あなたの妹がサムを産んだとき、彼女の命を救ったのはマティでしょ。マティがいなかったら、グウェンダは出血多量で死んでいたわ」

「そうらしいな」

「らしい？　現にグウェンダは生きているんじゃないの？」

「もちろんだ。つまり、マティは悪魔に呼びかけてはいないというんだな？」

カリスはフィルモンの声が少し高くなっているのに気がついた。まるで周りの聴衆に聞かせようとしているかのようだった。だが、彼女はきっぱりといった。「当たり前でしょ！　誓ってもいいわ」

「それには及ばないよ」フィルモンが声を和らげた。「ありがとう」そして、わずかに頭を下げると、そそくさと立ち去った。

カリスとマーティンは出口に向かった。「馬鹿じゃないの！」彼女は吐き捨てた。「マティが魔女だなんて！」

マーティンが訝った。「フィルモンは彼女に不利な証言が欲しかったんだと、きみはそう思っているんだな？」

「そうよ」

「それなら、なぜきみのところにきたんだろう？　そんな疑惑はだれにもましてきみが否定することぐらい、もちろん彼にはわかっていたはずだ。それなのに、なぜあんなにしつこく彼女の名前を連呼したんだろう？」

「わからないわ」

二人は大聖堂西側の大扉を抜けて緑地へ出た。太陽の光が眩《まぶ》しく、その光が何百もの屋台に積み上げられた、色とりどりの商品を照らしていた。「その意味がわからない」マーティンがいった。「だから、気になるんだ」

「どうして？」

「南側側廊の脆い部分のようなものさ。もしそれが見えなければ、見えないところがどんどん蝕《むしば》まれていき――すべてが崩れ落ちて、初めて気がつくことになるからだよ」

カリスの赤い布地は、ロロ・フィオレンティーノのそれほど質がよくなかった。もちろん、毛織物の違いを見抜くには鋭い眼力が必要だが、そういう目で見れば、織りがそれほど詰ってはいないのは、イタリアの織機《しょっき》のほうがいくらか優れているからであり、色は鮮やかだが長さが必ずしも均等ではないのは、イタリアの染物職人のほうが熟練しているからだとわかる。その結果として、カリスの布地はロロの商品の九割の値しかつけられなかった。

それでも、それはキングズブリッジでこれまで見たなかではイングランド最高の品質を誇り、商売としては上々だった。マークとマッジは客の好みに合わせて一ヤード単位で布地を切り売りし、一方、カリスは卸売り業者との取引を担当した。ウィンチェスターやグロスター、そしてロンドンからきた反物《たんもの》業者と値段の交渉もした。月曜の昼には、週末まで待たなくても完売するだろうと予想された。

正餐時に客足が途絶えると、カリスは市を歩いてみた。心の底から満ち足りていた。困難を乗り越え、ついに勝利を収めたのだ。そして、マーティンもいる。パーキンの屋台で足を止め、グウェンダの一家と話をしようと思った。彼女も勝利を手にした女性だ。無理だと思われていたのにウルフリックと結婚し、サムを産んだ。一歳になるサムはまるまると太って、幸せそうに地面に坐っている。アネットはいつものように、卵を盆に載せて売っていた。そして、ラルフは国王とともにフランスへ従軍していて、二度と帰ってこないかもしれない。向こうに、グウェンダの父のジョビーの姿が見えた。リスの毛皮を売っている。卑劣な男だが、グウェンダをどうこうする力はなくなってしまったらしい。

カリスは自分の父親の屋台の前で足を止めた。今年は羊毛の購入量を減らすよう、彼女は父親にいっていた。フランスとイングランドがお互いの港を襲撃し、船を炎上させているような状況で、国際的な羊毛市場が繁栄するとは思えなかった。「どう、調子は?」彼女は父親に声をかけた。

「まずまずだな」エドマンドが答えた。「私の判断に誤りはなかったようだ」父の判断ではなく、カリスの判断だったということを忘れているらしい。でも、そんなことはどうでもいい。

料理人のタティがエドマンドの食事を持って現われた。壺に入った羊肉のシチューとパン一切れ、そして、ジョッキ一杯のエールだ。料理というのは、度を過ぎない程度に豪華に見えるのが大事だった。何年も前にエドマンドが教えてくれたことがあった——客は成功している店で買い物をしたがるが、あまり店が金を持っているように振る舞うと妬《ねた》むものだと。

「腹は空いてないか?」父が訊いた。

「ぺこぺこよ」

エドマンドが立ち上がり、シチューの壺に手を伸ばした。とたんによろめき、呻きとも叫びともつかない声を漏らして倒れ込んだ。

タティが悲鳴を上げた。

カリスは叫んだ。「パパ！」返事がなかった。倒れている様子から、意識がないのがわかった。ぐったりと、そしてずっしりと、まるで麻袋に入った玉ネギのようだ。カリスは悲鳴を呑み込み、父親の横にひざまずいた。父は生きていた。弱々しいけれども息はしている。その腕を取って脈を診《み》た。しっかりしているが、遅い。顔が紅潮しているように見える。普段から赤ら顔だが、いまはもっと赤かった。

「どうしたんでしょう」タティが訊いた。

カリスは平静さを装った。「発作が起きたみたい。マーク・ウェバーを呼んできてくれる？　父を施療所へ連れていってもらうから」

タティが走っていった。近くで店を出していた者たちが集まってきた。ディック・ブルワーが現われた。「エドマンドじゃないか――おれにできることは何かないかい？」

ディックは年を取りすぎているし、太りすぎているから、抱き上げるのは無理だ。「マークに施療所に連れていってもらうから大丈夫よ」そういいながら、カリスは涙が出てきた。

マークがやってきて軽々とエドマンドを持ち上げると、大きな腕にそっと抱きかかえ、人混みをかき分けながら施療所へと歩きだした。

カリスもついていった。ひどく動揺していた。涙で視界が曇っていたので、マークの大きな背中の後ろにぴったりくっついた。三人は施療所に入った。懐かしい姿を見つけて、カリスはほっとした。ごつごつした顔のオールド・ジュリーだ。「マザー・セシリアを呼んできてください。急いで！」カリスは頼んだ。ジュリーがあわてて出ていき、マークはエドマンドを祭壇の横にある粗末なベッドに寝かせた。

依然として意識はなかった。目は閉じたままで、呼吸は依然として弱かった。カリスは父の額に手を当てた。熱くもなく、冷たくもない。どうしてこうなってしまったのだろう。あまりにも突然だった。たったいままで普通に話していたと思ったら、いきなり倒れて意識を失ってしまった。なぜだろう？

マザー・セシリアがやってきた。きびきびした動きには無駄がなく、カリスはほっとした。セシリアはベッドの横にひざまずくと、エドマンドの心臓に触れて脈を診、呼吸を聞いて顔に触れた。そして、ジュリーに指示した。「枕と毛布を持ってきて。それから、医師をお願い」

セシリアが立ち上がってカリスを見た。「発作が起きたようね。わたしたちにはお父さんを楽にしてあげることしかできないけど、医師は瀉血《しゃけつ》を勧めるんじゃないかしら。ともかく、いまは祈りなさい。きっと大丈夫よ」

そんなことをいわれても、カリスは安心できなかった。「マティを呼んできます」

彼女は建物を飛び出し、市の混雑を掻き分けていった。一年前、自分がまったく同じことをしていたのが思い出された。グウェンダが出血多量で死にそうになり、マティを呼びにいったのだ。いまは自分の父親だ。あのときとは恐怖の種類が違っていた。あのときも心底グウェンダを心配したが、今回は世界が崩れ落ちていくような感じだった。父が死ぬかもしれないという恐怖は、ときどき夢で見る、キングズブリッジの大聖堂の屋根の上にいて、そこから降りるには飛び降りるしかないときの恐怖に似ていた。

走るという物理的な行為が、多少気持ちを落ち着かせてくれた。マティの家に着くころには冷静さがかなり戻っていた。マティならどうすればいいか知っているはずだ。そして、こういってくれるだろう。「以前にも同じような人を見たことがあるわ。次はどうなるかもわかってる。さあ、これが薬よ」

カリスは扉を激しく叩いた。返事がない。焦《じ》れったくなって、閂《かんぬき》をこじ開けようとした。鍵はかかっていなかった。すぐになかに飛び込んで叫んだ。「マティ、すぐに施療所へきて！　パパが倒れたの」

手前の部屋にはだれもいなかった。台所を仕切っているカーテンを開けた。そこにもいなかった。カリスは大声を張り上げた。「こんな大事なときに、どうして家にいないの？」どこへ行ったのかわかる手掛かりがないかとあたりを見回した。すると、部屋ががらんとしているのに気がついた。小さな壺や瓶が全部なくなっている。戸棚のなかも空っぽだ。材料をすりつぶすのに使っていた乳鉢やすりこぎも、溶かしたり沸かしたりするのに使っていた鍋も、薬草を切ったり叩いたりするのに使ったナイフも、みんな姿を消していた。表側の部屋へ戻ってみると、マティの持ちもの——裁縫箱、磨き上げられたワイン用の木製のカップ、飾りとして壁にかけてあった刺繍《ししゅう》されたショール、大切にしていた、彫刻を施した骨の櫛——も、影も形もなかった。

荷物をまとめて出ていったようだった。

そうか、とカリスは思い当たった。きのう教会にいて、フィルモンがわたしに質問するのを聞いていたに違いない。

教会裁判が開かれるのは羊毛市の週の土曜日と昔から決まっている。つい二年前、頭のおかしいネルが異端だといって、修道士たちが彼女をその裁判にかけた。

マティはもちろん異端なんかじゃない。でも、それを証明するのが難しい。多くの先人の女性たちも証明できなかった。マティは自分が生き残れるチャンスがどのくらいあるかを推定し、絶望的だと悟って、こっそり荷物をまとめて町を出ていったのだ。おそらく市で作物を売った帰りの農民を見つけて、牛車に乗せてほしいと頼んだのだろう。マティが夜明けとともに家を出て、車の上で箱を自分の横に置き、外套の頭巾を深くかぶって顔を隠している姿が目に浮かんだ。彼女がどこに行ったのか、想像すらできなかった。

「どうしよう?」カリスは空っぽの部屋で途方に暮れた。マティはキングズブリッジにいるだれよりも病人を救う方法を知っている。いまこそ彼女がいてくれなくては困る、最悪のときなのだ。エドマンドが意識不明の状態で施療所にいるというのに。カリスは失意のどん底に落とされた。

カリスはマティの椅子に坐った。必死で走ってきたせいで、まだ息が苦しかった。施療所まで走って帰りたかったが、もう意味はない。どんなに急いで戻っても、マティがいなければ、だれも父親を救えないのだ。

いや、だれかいるはずだ。祈りや聖なる水、あるいは瀉血に頼るのではなく、効き目のある簡単な治療ができる人。だれもいないマティの家のなかに坐っていると、それができる人物に思い当たった。マティのやり方を知っていて、彼女の実践哲学を信じている人――わたし自身だ。

突然頭に浮かんだその発見は暗闇に射した一条の光のようだったが、カリスはいまだ確信できず、坐ったまま動かなかった。マティの主な薬の調合方法は知っている――痛み止め、吐き気止め、傷の消毒、解熱《げねつ》。一般的な薬草の使用法も知っている――消化不良にはディル、熱にはフェンネル、お腹にガスが溜まるときにはヘンルーダ、不妊症にはクレソン。マティが決して書き留めなかった治療方法も知っている――動物の糞《ふん》から作る湿布、金や銀を含む薬、ベラム紙に書かれた詩を患部に当てるなどという怪しげな治療法。

わたしには生得《しょうとく》の才能があるといって、マザー・セシリアが修道女になれと誘ってきたことがあった。修道女になるつもりはなかったが、マティのしていることを引き継いでもいいような気はしていた。布地の商売はマーク・ウェバーに任せればいい――いまでも、ほとんど彼がやっているようなものなのだ。

ほかにもマティのような女性がいるのではないか。たとえば、シャーリング、ウィンチェスター、ロンドンに。そういう女性を探し出してやり方を教えてもらい、何が成功して何が失敗だったかを質問してみよう。男性は自分たちの職人技を〝秘伝〟と呼んで、あたかも革を鞣したり、蹄鉄《ていてつ》を作ったりするのが神がかりだとでもいうように他人には教えたがらないが、女性は自分の知識をほかの女性と共有したがるのが普通だから、きっと教えてくれるはずだ。

修道士の古い教科書も読んでみよう。そこに真実が隠されているかもしれない。おそらくセシリアのいう生得のわたしの才能は、実践的な治療という〝種〟と、聖職者の無意味な儀式という〝籾殻《もみがら》〟を篩《ふる》い分けるときに、大きな力を発揮するはずだ。

カリスは立ち上がり、家を出た。ゆっくりと歩みを進めながらも、施療所に戻ったときを思うと恐ろしかった。でも、すべてを宿命として受け止めよう。父は大丈夫か、そうでないかのどちらかだ。わたしにできるのは、自分の下した結論を実行し、これから愛する人が病に倒れたときにその人を助けられるよう、できるかぎり多くを学ぶことだ。

市を抜け、修道院の建物に入っていくとき、カリスは涙をぐっとこらえた。施療所に入っても、すぐには父親の顔を見られなかった。ベッドの周りにはたくさんの人がいた──マザー・セシリア、オールド・ジュリー、ブラザー・ジョゼフ、マーク・ウェバー、ペトラニッラ、アリス、エルフリック。

おそらく、もう、きっと……。カリスは覚悟を決めた。姉のアリスの肩に手を置くと、横によけて道を開けてくれた。そして、ついに父と対面した。

エドマンドは生きていた。青白い顔をして疲れてはいるが、意識も戻っていた。目も開いていて、カリスを見ると弱々しく微笑んだ。「驚かせたみたいだな。悪かった」

「ああ、神様、ありがとうございます」カリスは泣き出した。

水曜日の朝、マーティンが驚愕した顔でカリスの屋台にやってきた。

「ベティ・バクスターに妙なことを訊かれたんだ。オールダーマンの選挙では、だれがエルフリックに対抗するのかとね」

「何の選挙ですって？」カリスは訊き返した。「オールダーマンはわたしの父じゃないの……そうか」彼女は事態を把握した。エドマンドはもう年で病気でもあるから、役を務めるのは難しい、だれか新しい人間が必要だとエルフリックが吹聴しているのだ。そして、自分が候補として立ったということなのだろう。「すぐにパパに知らせなきゃ」

カリスとマーティンは市を出て大通りを横切り、家へ戻った。エドマンドはきのう、修道院の施療所を出ていた。修道士にできることはもうなかった。あるとしても、瀉血ぐらいだ。そんなことをされたらますます悪化する。だから、出てきたのだ。そして家まで運んでもらい、一階の客間に用意したベッドに横になっていた。

今朝、父親は間に合わせのベッドに、枕をいくつも積み重ねてもたれかかっていた。とても弱っているように見えたので、カリスは悪い知らせを父の耳に入れるのがためらわれた。代わりに、マーティンがエドマンドの横に坐り、簡潔に事実を伝えた。

「エルフリックは正しい」マーティンが話し終わると、エドマンドがいった。「私を見てみろ。自力で坐っていることすらできない。聖堂区ギルドには強いリーダーシップが必要だ。それは病人の仕事ではない」

「でも、すぐによくなるわ！」カリスは叫んだ。

「おそらくな。だが、私も年を取ってきた。おまえも気がついているだろうが、集中力も欠けてきて、物忘れも激しくなってきた。それに、羊毛の市場価格が下落したときも、反応するのが致命的に遅かった——おかげで、昨年はずいぶん損をした。幸いにも赤い布地のおかげで富を取り戻すことができたが、それをやったのは、カリス、おまえだ。私ではない」

カリスはもちろんすべてを承知していたが、憮然《ぶぜん》とする気持ちは抑えられなかった。「エルフリックにあとを任せるつもりなの？」

「もちろん、そうは思っていない。あいつなんかに任せたら大変なことになる。あいつはゴドウィンのいいなりになりすぎる。自由都市になってからも、修道院と対抗できるオールダーマンが必要だ」

「ほかにだれかいないの？」

「ディック・ブルワーに持ちかけてみるといい。彼はこの町で最も金持ちの一人だ。オールダーマンは金持ちでないといけない。ほかの商人たちの尊敬を集めないといけないからな。それに、ディックはゴドウィンもほかの修道士も恐れていない。彼はいいリーダーになるだろう」

父親にいわれたとおりにやるのは気が進まなかった。父親が死ぬのを受け入れることになるような気がしたのだ。わたしが物心ついたときから、父はオールダーマンだった。自分を取り巻く世界が変わらないでほしかった。

マーティンはカリスの不本意な気持ちを理解し、それでも彼女を励ました。「お父さんの考えを受け入れるんだ。このまま放っておいたら、エルフリックにいいようにされてしまう。そうなれば悲惨なことになる――あいつなら自由都市許可の申請だって取り下げかねない」

カリスは決心した。「そうね。ディックを探しましょう」

ディック・ブルワーは市のいろいろな場所に荷車を出していた。それぞれに大きな樽を置き、彼の子供たち、孫たち、親戚たちが、樽からエールを手早く注いで売っていた。マーティンとカリスが見つけたとき、ディックは家族が稼いでくれるのを横目に自分で醸造したエールを大ジョッキであおり、その見事な飲みっぷりを披露していた。二人は彼を脇に引っぱっていき、状況を説明した。

ディックが訊いた。「カリス、あんたの親父さんが死んだら、彼の財産はあんたと姉さんに平等に分配されるんだよな?」

「そうだけど」それはエドマンドから遺言として聞いていた。

「アリスの相続分がエルフリックの財産に加われば、彼は相当の富を得ることになる」

カリスは自分の赤い布地で稼いだお金の半分が姉の手元に渡ることに、いま初めて気がついた。父親が死ぬなど思ってもいなかったのだ。カリスは愕然とした。お金そのものはどうでもよかったが、エルフリックがオールダーマンになる手助けはしたくなかった。「だれがいちばん金持ちかという問題ではないわ。わたしたち商人の権利を守ってくれる人が必要なのよ」

「対抗馬を立てる必要があるな」ディックがいった。

「それをあなたにお願いしたいんだけど」カリスは即座にいった。

ディックが首を横に振った。「おれを説得しても無駄だ。今週末には、長男に仕事を譲るんだ。残りの人生はエールを造るんじゃなく、飲んで過ごそうと思っているんだよ」そして、一気にエールをあおり、満足そうにげっぷをした。

諦めるしかない、とカリスは思った。決意は固いみたいだ。「だれか、いないかしら?」

「十分に見込みがあるのが一人いる」ディックがいった。「あんただ」

カリスは仰天した。「わたしが! どうして?」

「あんたはこの町を自由都市にするための運動を裏で推進してくれた。あんたの婚約者が架けた橋は羊毛市を救ってくれたし、羊毛の値段が下落したときは、あんたの布地が町を繁栄に導いてくれた。それに、現職のオールダーマンの子供だ。この組織は世襲ではないが、リーダーの家系にはリーダーが育つとみんな思っている。そして、それは正しい。あんたはここ一年、実質的にオールダーマンとしての役割を果たしてきた。あんたの父親が弱ってきたのも、ちょうどそのころからだ」

「これまでに女性がオールダーマンになったことがあるの?」

「おれが知るかぎりでは、いないはずだ。ましてあんたみたいに若いのはな。この二点はあんたにとって、かなり逆風となるだろう。あんたが勝つと断言はできないが、エルフリックに勝てるとすれば、あんたしかいない」

カリスは頭がくらくらした。そんなことができるのだろうか？　わたしがオールダーマンになるなんて？　治療師になるという誓いはどうするの？　わたしよりもオールダーマンにふさわしい人はこの町にはいないの？「マーク・ウェバーは？」カリスは訊いた。

「いいかもしれない。特に、あいつにはしっかり者の奥さんがついているからな。ただ、町の人間はいまでも、マークは貧しい機織り屋だと思っている」

「いまは裕福だわ」

「あんたの赤い布地のおかげでな。だが、町の連中は新しい金持ちをあまり信用しないんだよ。マークは成り上がりの機織り屋だといわれるだけかもしれない。オールダーマンにはそれなりの家柄が求められるんだ。本人の父親も金持ちで、できれば祖父もそうであるほうがいい」

カリスはエルフリックに勝ちたかった。だが、自分にその力があるかどうかがわからなかった。彼女は父親の忍耐強さ、抜け目のなさ、心底陽気なところ、無尽蔵のエネルギーを思い浮かべた。そのいずれかでも自分にあるだろうか？　カリスはマーティンを見た。

「きみは史上最高のオールダーマンになると思うよ」

彼のためらいのない断言が、彼女を決心させた。「わかった。やってみるわ」

羊毛市の週の金曜日、ゴドウィンはエルフリックを食事に招待した。高価な料理――生姜《しょうが》と蜂蜜で料理した白鳥――を用意させた。フィルモンが給仕をし、一緒に席に着いた。

町の住人たちは、近日中に新しいオールダーマンを選ぶ選挙をすると決定した。候補者は二人――エルフリックとカリス。

ゴドウィンはエルフリックを好きではなかったが、使えると考えていた。建築職人として優れているわけでは決してないが、当時のアントニー院長に首尾よく近づき、大聖堂の修理をする契約を取っていた。ゴドウィンもエルフリックのなかに従順な追従者《ついしょうしゃ》としての一面を見て、そのまま雇っていた。エルフリックは人気はないが、町のほとんどの建築職人を雇い、あるいは、下請けの仕事を回してやっていた。というわけで、仕事の欲しい者はエルフリックに盾《たて》つけなかった。エルフリックに信用された職人たちは、自分たちに恩恵を施せる立場に彼をつかせたいと願うはずだった。それがエルフリックの力の源だった。

「私は不確かなことは嫌いなんだ」ゴドウィンはいった。

エルフリックが白鳥を口に入れたまま、くぐもった声で訊き返した。「何の話ですか?」

「新しいオールダーマンを選ぶ選挙のことだ」

「そもそも、選挙というのは不確かなものでしょう。候補者が一人しかいない場合は別ですがね」

「私としてはそれが望ましい」

「おれもです。もしおれが候補者だったら、ですがね」

「いまからその話をしようとしているのだ」

エルフリックは料理から目を上げた。「本当ですか?」

「エルフリック、教えてくれ。あなたはどのぐらいオールダーマンになりたいのかね」

エルフリックが口のなかのものを飲み込んだ。「何としてもなりたいです」彼はいい、声がかすれていることに気づいて、あわててワインを流し込んだ。「おれこそふさわしいと思ってます」怒りの口調が少しずつ露わになってきた。「おれはだれにも引けを取りませんよ。そうでしょう。いったいどうしておれがオールダーマンになれないんですか?」

「自由都市の申請はつづけるのか?」

エルフリックが院長の顔を見つめた。「取り下げてほしいと?」

「あなたがオールダーマンに選ばれたらな」

「おれが選ばれる手伝いをしてくださるとでも?」

「そうだ」

「でも、どうやって?」

「対立候補を潰すのだよ」

エルフリックが訝った。「どうやったらそんなことができるんです?」

ゴドウィンに促されてフィルモンがいった。「どうやらカリスは異端者のようなんです」

エルフリックがナイフを取り落とした。「カリスを魔女裁判にかけるんですか?」

「これは他言無用に願います」フィルモンが釘を刺した。「事前に知ったら、彼女が逃亡するかもしれませんからね」

「マティ・ワイズのようにですか」

「マティが捕まって、土曜日に教会裁判にかけられると町の者に触れるんです。でも、直前に別の人間を告発するんですよ」フィルモンが明かした。

エルフリックがうなずいた。「教会裁判だから、都合のいいことに起訴状も陪審も必要ありませんね」そして、ゴドウィンを見た。「あなたが審判を下されるんですね？」

「残念ながら、私ではない」ゴドウィンはいった。「リチャード司教が主宰《しゅさい》することになっている。だから、私たちは自分の主張を証言する必要があるんだ」

「証拠はあるんですか？」エルフリックが疑い深い眼差《まなざ》しを向けた。

ゴドウィンが答えた。「いくつかはある。だが、もっと必要だ。告発されているのが家族も友人もいないネルのような老女だったら、私たちがすでに手にしている証拠で十分だろう。だが、カリスを知っている人間は多いし、しかも、裕福で影響力の大きい家の出だからな」

フィルモンが付け加えた。「私たちにとってとても運のいいことに、彼女の父親は相当具合が悪く、ベッドから離れるのもままならないようです——娘を守ろうにも、それができない状態なんですよ」

ゴドウィンはうなずいた。「それでも、彼女には味方がたくさんいる。だから、私たちには強力な証拠が必要なのだ」

「何か考えでもあるんですか？」エルフリックが訊いた。

フィルモンが答えた。「彼女の家族が出廷して、彼女が悪魔を呼び出しているとか、十字架を逆さまにしているとか、だれもいない部屋で何かに向かってつぶやいているとか、そういう話をしてもらえると助かるんですがね」

エルフリックは何のことだかわからない様子だったが、しばらくして理解した。「ああ！家族というのは私のことでしたか」

「返事をする前によく考えてください」

「私の義妹を絞首台行きにする手伝いをしろということですね」

ゴドウィンが答えた。「あなたの義妹であり、私の従姉妹だ」

「考えてみます」

ゴドウィンはエルフリックの顔に野心、強欲、強いうぬぼれを見てとった。そして、神聖な目的のためには人間の弱ささえも利用してしまう、神のやり方に驚愕した。エルフリックの考えは想像がついた。オールダーマンという地位は、エドマンドのように無欲で、町の商人たちの利益のために力を行使する男にとっては、大変な仕事だ。しかし、自分の利益に目を光らせている男にとっては、この地位は私腹を肥やし、権力を拡大するチャンスが山のようにある。

フィルモンが静かに、自信たっぷりに話をつづけた。「あなたが証言できないというのなら、もちろんこの話はおしまいです。どうか、じっくりと記憶をたどってください」

フィルモンはこの二年でずいぶん成長したな、とゴドウィンは感じた。役立たずだと思っていた使用人の顔ではなくなり、助祭長のような話しぶりをしているじゃないか。

「よくよく考えればそのときはまったく無害だと思われることでも、今日の話と照らし合わせれば、不吉な点が見えてくるかもしれませんよ」

「わかっていますよ、ブラザー」エルフリックが答えた。

長い沈黙があった。だれも料理に手をつけようとしなかった。ゴドウィンは忍耐強く、エルフリックの決断を待った。

「もちろん、カリスが死んだら、エドマンドの財産はすべてもう一人の娘であるアリス……あなたの妻に渡るのです」フィルモンがいった。

「ええ」エルフリックが答えた。「それはもう考えました」

「そうですか」と、フィルモン。「何か、私たちの手助けになるようなことはありませんでしたか」

「ありますとも」ついにエルフリックがいった。「たくさんありますよ」

42

マティ・ワイズがどうなったのか、カリスは突き止められなかった。つかまって修道院の小部屋に閉じこめられているのだという者もあった。本人不在のまま裁きを受けるのだろうと考える者もあった。まったく別のだれかが異端に問われるのだという意見もあった。ゴドウィンはカリスの疑問に答えようとはせず、ほかの修道士たちも知らないの一点張りだった。

土曜の朝、カリスはマティがいようといまいと彼女の弁護をし、馬鹿げた告発に苦しむすべての気の毒な女たちの味方になろうと決意して大聖堂へ向かった。修道士や聖職者はどうしてこうも女を憎むのかしら？　聖母マリアは崇拝するくせに、ほかの女はすべて悪魔の化身みたいに扱うんだから。何がそんなに嫌なのだろう？

陪審がいて予備審問のある世俗裁判なら、マティの罪状の証拠が何なのかを前もって知ることができる。だが、教会裁判には独自のルールがあった。

罪状が何だろうと、カリスはマティのことを、薬草や薬を使い、よくなるよう神に祈りなさいと人々に諭す治療師でしかないと、はっきり主張するつもりでいた。マティに助けられた大勢の町の人たちがきっと味方になってくれるはずだ。

カリスはマーティンとともに北側の袖廊《トランセプト》に立ち、二年前の土曜日、ネルの裁判が開かれたときのことを考えた。わたしはあの裁判で、ネルは頭はおかしいけれども無害だと主張した。でも、何の役にも立たなかった。

あのときと同じように、町の住人やよそからきた者たちが群れをなして大聖堂に集まり、見世物を期待している。告発、反論、異議申し立て、激情、罵倒。そして、女は鞭《むち》打たれながら通りを引き回され、ガロウズ・クロスで縛り首になる。托鉢修道士のフライアー・マードの姿が見えた。大きな話題を呼ぶ裁判があるとき、彼は必ずそこにいる。こうした裁判は、群衆の興奮を煽るのが得意な彼の活躍の場なのだ。

聖職者たちが現われるのを待つあいだ、カリスはとりとめのない考えに耽《ふけ》っていた。明日、この教会で、わたしはマーティンと結婚する。ベティ・バクスターと四人の娘は、すでに祝宴に出すパンや菓子を焼くのに大童《おおわらわ》だ。明日の夜から、わたしは島のマーティンの家で、彼と一緒に寝ることになる。

結婚についてあれこれ気に病むのはやめていた。もう決意したのだし、あとは成り行き任せだ。実のところ、カリスはとても幸福だった。何をそんなに恐れていたのかと、ときどき不思議な気持ちになる。マーティンはだれも奴隷扱いなどしない――彼はそういう性質《たち》ではない。年若い助手のジミーにだって優しくする男だ。

何よりカリスが気に入っているのは、二人のあいだの愛の営みだった。これこそカリスの人生に起きた最高の経験だった。何より楽しみなのは、自分たちだけの家とベッドを持てることだ。これからは、ベッドに入ったときでも目覚めたときでも、真夜中でも真っ昼間でも、いつでも好きなときに愛し合える。

ようやく修道士や修道女が、リチャード司教と助手のロイド助祭長を先頭に入ってきた。彼らが席につくと、ゴドウィン修道院長が立ち上がった。「本日われわれが集まったのは、エドマンド・ウーラーの娘のカリスを、異端のかどで告発する裁判のためである」

聴衆が息を呑んだ。

マーティンが叫んだ。「馬鹿な！」

すべての視線が彼女に集まった。カリスは恐怖で吐き気を感じた。こんなことは予想もしていなかった。いきなり暗闇のなかで殴られたような気がした。彼女は困惑しながらいった。「なぜです？」だれも返事をしなかった。

自由都市の実現に脅かされたゴドウィンが極端な反応をするかもしれないと父親に警告されたのを、カリスは思いだした。「ちょっとした口論でも、ゴドウィンがどれだけ冷酷になれるかはおまえも知っているだろう」と、父親はいった。「今度のことでは、全面戦争になりかねない」カリスはそのときの自分の返事を思い返してぞっとした。「全面戦争ね——結構じゃないの」

たとえそうなったとしても、父親が元気ならゴドウィンに勝ち目は少なかったはずだ。父親はゴドウィンを阻止しようと闘い、おそらく打ち負かしただろう。だけど、わたし一人となれば話は別だ。わたしには父親ほどの権力も、威信も、人々の支持もない——少なくとも、いまはそうだ。父親がいなければ、ゴドウィンがわたしにつけこむ余地は十分にある。

聴衆のなかに、ペトラニッラ伯母の姿が見えた。だれもがカリスを見ているなか、伯母だけは目をそらしていた。こんなときに、よくも黙って立っていられるわね。普通なら息子のゴドウィンを支持するのは当然だけど、それにしても、彼がわたしを死に追いやろうとすれば、さすがに止めてくれるものじゃないのかしら？　一度は母代わりになりたいとまでいってくれたのに、忘れてしまったの？　カリスは漠然と、きっと憶えていないのだろうと感じた。伯母の息子に対する愛情はとてつもなく深い。だから、わたしと目を合わせられないのだ。ゴドウィンの邪魔はしないと心に決めているのだろう。

フィルモンが立ち上がり、形式ばった口調で裁判官に呼びかけると、すぐに聴衆に向き直った。「ご承知のとおり、マティ・ワイズという女は罪を裁かれることを恐れて逃げだしました。カリスは何年ものあいだ、マティの常連客でした。ほんの何日か前、カリスはまさにこの大聖堂で、人々の前であの女を弁護したのです」

フィルモンがマティについて訊いたのはこのためだったんだわ、とカリスは悟った。彼女はマーティンの目を見た。マーティンも、フィルモンが何を考えているのかわからずにずっと心配していた。懸念は的中した。これで、二人にも事情が飲み込めた。

同時に、カリスは心のどこかで、フィルモンの変貌ぶりに驚嘆してもいた。不器用で不満だらけの少年は、自信にあふれた傲慢な男となり、司教や修道院長や町の人々の前に立って、いまにも攻撃を仕掛けようとする蛇のように悪意を漲《みなぎ》らせている。

フィルモンは言葉をつづけた。「カリスはマティが魔女ではないと誓うといっています。その意図は何なのでしょう――自分の罪を隠すためではないのでしょうか？」

マーティンが叫んだ。「逆だ！　罪など犯していないからだ、マティと同じようにな。この嘘つきの偽善者め！」

こんなことをいえばマーティンまで晒し台に乗せられるところだが、ほかの人間も同時に叫びはじめたため、この侮辱の言葉は不問に付された。

フィルモンはさらにつづけた。「カリスは最近、まさにイタリアの緋色《ひいろ》のような色合いで羊毛を染めるという、キングズブリッジの染色業者のだれにもできなかった奇跡を起こしています。なぜそんなことができたのでしょう？　魔法の呪文を使ったからです！」

カリスの耳に、マーク・ウェバーの低い声が聞こえた。「そんなのは嘘だ！」

「もちろん、昼間にそんなことはできません。夜になると裏庭で火を焚いていたのを、近所の住人が目撃しています」

フィルモンは昔から執念深い男だったわ、とカリスは不吉な予感を覚えた。近所の人々に訊いて回ったのだろう。

「それに、奇妙な韻文《いんぶん》を唱えてもいたそうです。なぜでしょう？」確かにカリスは、染料を煮たり布地をつけたりしているあいだ、よく退屈しのぎに鼻歌を歌っていた。しかしフィルモンには、他愛のないことを悪事の証拠に仕立て上げる才能があるようだった。彼は声を落とし、ぞっとするようなささやき声でいった。「カリスは秘密の助けを求めていたのです……」そして、大声で叫んだ。「……暗黒の皇子ルシファーの助けをです！」

聴衆が恐怖にうめいた。

「あの布は悪魔の緋色です！」

カリスはマーティンの顔を見た。呆然としている。「愚か者どもがあいつの言葉を信じはじめてるぞ！」

カリスのなかに度胸が戻ってきつつあった。「諦めちゃ駄目よ」カリスはいった。「わたしはまだ自分の主張をしていないわ」

マーティンがカリスの手を取った。

「カリスが使った呪文はそれだけではありません」フィルモンは普通の声に戻ってつづけた。「マティ・ワイズは媚薬《びやく》も作っていました」そして、非難がましい目でぐるりと聴衆を見回した。「いまこの教会のなかにも、マティの力を借りて男に魔法をかけた邪《よこしま》な女たちがいるかもしれません」

あなたの妹もね、とカリスは思った。フィルモンはそれを知っているのかしら？

「ここにいる修練女が証言してくれます」と、フィルモン。

エリザベス・クラークが立ち上がった。目を伏せ、静かな声で話す彼女の姿は、修練女らしくつつましやかだった。「神に誓って申し上げます」と、彼女は話しはじめた。「わたしはマーティン・フィッツジェラルドと婚約しておりました」

マーティンが声を上げた。「嘘だ！」

「わたしたちは愛し合っていて、とても幸福でした」エリザベスはつづけた。「それなのに、彼は突然変わってしまったのです。まるで見知らぬ他人のようになりました。すっかり冷たくなったのです」

フィルモンがエリザベスに尋ねた。「ほかに何かおかしなことはありませんでしたか、シスター？」

「はい、ブラザー。わたしはマーティンが左手でナイフを持っているのを見ました」

聴衆がまた息を呑んだ。よくいわれる魔法の印だが、カリスがとうに承知のように、マーティンは両手利きだった。

エリザベスはいった。「そしてマーティンは、カリスと結婚するつもりだと宣言したのです」

驚いたわね、とカリスは思った。真実をちょっと歪《ゆが》めただけで、話はすっかり悪意を含んだものに変わってしまう。実際に何があったか、わたしは知っている。マーティンとエリザベスはずっと友人だったが、エリザベスがそれ以上の関係を望むようになり、マーティンがその気持ちを共有できないと告げたために、二人のあいだに距離ができただけだ。しかし、悪魔の呪文が絡んでくれば、話は俄然《がぜん》面白くなる。

エリザベスは自分では真実を語っているつもりかもしれない。でも、フィルモンはそれが嘘なのを知っている。それに、フィルモンはゴドウィンの道具にすぎない。ゴドウィンに良心があるとすれば、よくこんな不正を働けるものだ。修道院への奉仕のためなら何でも正当化されると信じ込んでいるのだろうか？

エリザベスは最後にこう締めくくった。「わたしはマーティン以外の男性を愛せません。だから、人生を神に捧げようと決めたのです」そして、着席した。

見事な証言だこと、とカリスは思った。失望が冬の空のように暗くのしかかってきた。エリザベスが修練女になっているという事実が、その証言に説得力を与える。情に訴える脅迫状を突きつけたようなものだ。わたしがこれだけの犠牲を払っているのに、わたしの話を信じてもらえないんですか、と。

町の人々はさっきよりも静まり返っていた。頭のおかしな老女に対する告発と違って、今回の事例は笑っていられる見世物ではない。いま繰り広げられているのは、仲間の住民一人の命がかかった闘いなのだ。

フィルモンがいった。「司教、最後の証人が何より有力な証言をしてくれます。告発されている女の一家に近い人物です。カリスの義兄のエルフリックです」

カリスは息を呑んだ。わたしはすでに、従兄弟のゴドウィン、親友の兄のフィルモン、そして、エリザベスから告発されている――でも、今度のはさらに酷《むご》い。姉の夫が告発の証言をするとは、何という裏切りだろう。エルフリックは二度と人から敬われないに違いない。

そのエルフリックが立ち上がった。その表情を見て、カリスはエルフリックが自分を恥じていると見抜いた。「神に誓って申し上げます」エルフリックが口を開いた。

カリスは姉のアリスの姿を探したが、見つからなかった。もしここにいるのなら、アリスはきっと夫を止めたはずだ。エルフリックが何か口実を設け、妻に家にいるよう命じたのは間違いない。おそらくアリスは何も知らないのだろう。

エルフリックがいった。「カリスは空っぽの部屋で、見えない何かと話をしていました」

「霊ですか？」フィルモンが尋ねる。

「そうだと思います」

聴衆から畏怖のささやきが漏れた。

自分がよく独り言をいうのはカリスも自覚していた。多少はみっともないかもしれないが、害になる癖だと思ったことはない。父親は想像力豊かな人間ならだれでもやることだといってくれたものだ。それがいま、わたしを追い詰めるための証言として使われている。抗議したかったが、ぐっとこらえた。まずは告発の手続きを踏ませ、それから一つ一つ論破《ろんぱ》していったほうがいい。

「それはいつですか？」フィルモンがエルフリックに尋ねた。

「ほかにだれもいないと本人が思っているときです」

「何をしゃべるのですか？」

「何をいっているかはよくわかりません。異国の言葉のようなものをしゃべっています」

聴衆はここでも反応した。魔女やその仲間たちは、ほかの人間にはわからない自分たちの言葉を持っているといわれているからだ。

「どんなことをいっているように思われましたか？」

「声の調子から察するに、助けを頼み、幸運を願い、不運をもたらす人間を呪っているような、そんな感じでした」

マーティンが叫んだ。「そんなのは証言じゃない！」人々が注目するなか、彼はさらにいった。「言葉は理解できなかったといったじゃないか——でっちあげだ！」

分別ある人々からいくらか賛同の声が聞かれたが、それでも、カリスが期待したほどの抗議にはならなかった。

ここで初めて、リチャード司教が口を開いた。「静粛に」と、彼はいった。「裁判の進行を妨げる者は治安官に命じて退廷させるからそのつもりで。つづけなさい、ブラザー・フィルモン。ただし、真実を知らないといいながら証拠をでっちあげるような証人は召還しないように」

公正な扱いだ、とカリスは思った。リチャードとその一族は、マージェリーの結婚についての諍い以来、ゴドウィンをよく思っていない。その一方で、聖職者であるリチャードとしては、町を修道院の手に負えない状況に陥れたくないのかもしれない。少なくともこの件については中立を守ってくれそうだ。カリスは少し希望を持った。

フィルモンはエルフリックに尋ねた。「カリスが話していた相手は、何らかの形で彼女を助けたと思いますか？」

「きっとそうでしょう」エルフリックが答えた。「カリスの友人や目をかけている人間は、幸運を得ています。マーティンは大工として年季が明けてもいないのに、建築職人として成功しています。貧しかったマーク・ウェバーは金持ちになりました。カリスの友人のグウェンダは、ウルフリックがほかの女と婚約していたにもかかわらず、彼と結婚したのですよ。自然に反した助けがなければ、こうしたことが起きるはずがないのではありませんか？」

「ありがとう」

エルフリックが着席した。

フィルモンが証言を総括しているあいだ、カリスは湧き上がってくる恐怖をじっとこらえていた。ネルが荷車の後ろにつながれて鞭打たれる情景を、何とか頭のなかから追いだそうとした。自分を弁護するためにどういおうか考えようと、必死に気持ちを集中した。自分についての証言をすべて一蹴《いっしゅう》するぐらいはできるが、それだけでは十分ではないかもしれない。人々がどうして嘘の証言をするのか、彼らの動機は何なのかを説明する必要がある。

フィルモンの弁論が終わると、ゴドウィンがいいたいことはあるかとカリスに訊いた。カリスは自信ありげな態度を装い、声を張り上げて返事をした。「もちろんあります」そして、聴衆の前へ進み出た。自分の告発者ばかりに権力の場を独占させておく気はない。カリスは人々に気をもたせるように、ゆっくりと足を運んだ。司教座の前まで歩いていき、リチャードの目を正面から見つめる。「司教さま、神に誓って申し上げます……」それから聴衆を振り返り、こう付け加えた。「フィルモンは誓わなかったみたいですけれどね」

ゴドウィンが口をはさんだ。「修道士はいちいち誓う必要はない」

カリスはさらに声高《こわだか》にいった。「それは何よりですね。そうでなければ、彼は今日話した嘘のせいで、地獄の業火《ごうか》に焼かれてしまうでしょうから!」

一点獲得、とカリスは希望が高まってくるのを感じた。

彼女は聴衆に向かって口を開いた。判決を下すのは司教だとしても、町の人々の反応に大きく影響されるはずだ。司教は厳格主義ではない。

「マティ・ワイズはこの町のたくさんの人々を癒してきました」カリスはいった。「二年前に古い橋が落ちたとき、マティは真っ先に怪我人を助けにいった一人で、マザー・セシリアや修道女たちと働きました。いまこうして教会を見渡せば、あの恐ろしい災難のさなか、マティの世話を受けた人が大勢いるのがわかります。あの日、マティが悪魔に助けを乞うのを聞いた人はいますか? もしそうなら、いまここでそういってください」

カリスは間を置き、沈黙が聴衆にしみわたるのを待った。

彼女はマッジ・ウェバーを指さした。「マティはあなたの子供の熱を下げる水薬をくれましたね。彼女はあなたに何といいましたか?」

マッジは怯えたようだった。魔女の弁護側の証人になるのは、ぞっとするものだ。だが、彼女はカリスに大きな借りがあった。だから、背筋を伸ばして、毅然として答えた。「マティはわたしにいいました。〝神に祈りなさい、神だけが癒すことができるのです〟と」

カリスは治安官を指さした。「ジョン、マシュー・バーバーが接骨してくれているとき、マティは痛みを癒してくれましたね。彼女は何といいました？」

告発する側に立つほうに慣れているジョンはやはり複雑な顔をしたが、はっきりした声で事実を述べた。「〝神に祈りなさい、神だけが癒すことができるのです〟」

カリスは聴衆に向き直った。「マティが魔女でないことはだれだって知っています。ブラザー・フィルモンは、なぜ彼女が逃げたのかとおっしゃいました。簡単です。自分について、嘘をいわれるのが怖かったんです――わたしが嘘をいわれているのと同じようにね。聖職者と修道士の司《つかさど》る裁判の場で、ありもしない異端の罪を問われたとき、自信を持って無実を証明できる女性がここにどれだけいるでしょうか？」カリスは聴衆を見回し、町で名の知れた女たち一人一人に視線を投げかけた。リブ・ウィーラー、サラ・タヴァナー、スザンナ・チェプストウ。

「わたしがどうして夜に染料をかきまぜているかって？」カリスは話をつづけた。「一日がすぎて、昼だけでは間に合わないからですよ！　みなさんと同じように、わたしの父も去年は羊毛を売り切ることができませんでしたから、加工してない羊毛を売りに出せる商品にしたかったんです。製法を発見するのは骨が折れましたけど、毎日毎晩、何時間も懸命にがんばって、やっと見つけたんです――悪魔の手など借りずにね」そこで息をついだ。

ふたたび話しはじめたとき、カリスの口調はもっとおどけたものになっていた。「わたしがマーティンに魔法をかけたという件ですが。これは確かに、疑われるのもしょうがないかもしれません。シスター・エリザベスを見てください。立っていただけますか、シスター」

エリザベスがしぶしぶ立ち上がった。

「美しいかたですよね、そう思いません?」と、カリス。「頭もいいし、しかも、司教の娘です。司教さま、お許しください。ご無礼を申し上げたいわけではありませんから」

この厚かましい物言いに、聴衆から笑いが漏れた。ゴドウィンは腹を立てたようだったが、リチャード司教は笑いを嚙み殺していた。

「シスター・エリザベスは、自分ではなく、わたしを選ぶ男性がいる理由がわからないのだと思います。わたしにもわかりません。不可解なことですが、マーティンはわたしの顔と同じくらいに飾りっ気なく、わたしを愛しているのです。理由なんて説明できません」笑い声が大きくなった。「エリザベスをそこまで怒らせてしまったのは残念です。わたしたちが旧約聖書の時代に生きていたなら、マーティンは二人の妻を持てばいいのであって、みんなが幸せになれたでしょうにね」これにはみんなが大笑いした。カリスは笑いが静まるのを待って、今度は真顔でいった。「わたしが何より残念に思うのは、失望した女性にありがちな嫉妬心というものが、信用できない修練士の口にかかると、異端のような深刻な告発の口実にされてしまうということです」

信用できないといわれたフィルモンが反論しようと立ち上がったが、リチャード司教が片手を上げて制し、カリスを促した。「つづけなさい」

エリザベスについては十分だと思ったカリスは、別の話題に移った。「一人でいると、ときどき低俗な言葉を使ってしまうのは事実です――特にへまをやらかしたときなどがそうです。ですが、義理の兄がなぜわたしに不利な証言をするのか、わたしの独り言を邪悪な霊への祈りだなどというのはなぜなのか、それを聞きたいかたもいらっしゃるでしょう。これには理由があります」カリスは間を置き、それから重苦しい口調になった。「わたしの父は病気です。父が世を去れば、財産はわたしと姉とに分け与えられます。でも、もしわたしが先に死ねば、姉が全財産をもらうことになります。そしてわたしの姉は、エルフリックの妻なのです」

カリスは黙り、問いかけるように聴衆を眺めた。「驚きましたか?」と、彼女はいった。「わたしも驚いています。でも、もっと少ないお金のために人を殺す人間だっていますからね」

話は終わったというようにカリスはその場を離れ、フィルモンが立ち上がるのを見て、ラテン語で話しかけた。「カプト・トゥーム・イン・アノ・エスト」

修道士たちが大声で笑いだし、フィルモンが顔を赤らめた。

カリスはエルフリックを見た。「いまの言葉はわからなかったでしょう、エルフリック?」

「ああ」エルフリックがむっつりといった。

「わたしが何か邪な呪術の言葉を使っていると思ったのはそのせいじゃない?」カリスはフィルモンに目を戻した。「ブラザー、わたしが使った言葉が何かはご存じでしょう?」

「ラテン語だ」と、フィルモン。

「いまわたしが何といったか、あなたは説明できるんじゃないかしら」

フィルモンは訴えるように司教を見た。だが、リチャードは面白がっていた。「答えるように」

憤激しながらも、フィルモンは司教に従った。「〝あんたは自分の尻《けつ》の穴に頭を突っ込んでるだけのわからず屋よ〟です」

町の人々から笑いが巻き起こり、カリスは自分の席へ戻っていった。

笑い声がやみ、フィルモンが口を開こうとしたが、リチャードはそれをさえぎった。「おまえの話はもういい。おまえはカリスに対して断固として告発を行ない、カリスのほうも精力的に自己弁護に当たった。この告発に対して、何かいいたいことのある者はいるか？」

「ここにいます」フライアー・マードだった。喝采《かっさい》する聴衆もあれば、不満を漏らす聴衆もいて、マードに対する反応はさまざまだった。「異端は悪です」マードは説教をするときのように朗々と声を響かせた。「異端は女も男もその魂を堕落させ――」

「ありがとう、ブラザー、だが、異端がいかなるものかは私も知っているよ」リチャードがさえぎった。「ほかに何かいうことがあるかね？　そうでなければ――」

「いいたいのは一つだけです」と、マードが返した。「繰り返しますが――」

「もしすでにいったことなら――」

「――司教ご自身のお言葉のとおり、この告発は断固たるものであり、弁護のほうも同様です」

「だから、この件は――」

「でありますから、解決策を提案いたします」

「よろしい、ブラザー・マード。どんな提案かね？　できるだけ簡潔に頼む」

「悪魔の印を探させるべきです」

カリスの心臓が止まりそうになった。

「いいだろう」司教がいった。「以前の裁判でも、きみは同じ提案をしたことがあったな」

「そのとおりです。悪魔は特別な乳首を使い、自分の信者の熱い血を貪り吸うのです。まるで生まれたての赤子が大きな乳房に吸いつくように――」

「ありがとう、フライアー。それ以上の説明は必要ない。マザー・セシリア、ほかの二人の修道女と一緒に、被告の女性を検査できる場所へ連れていってくれないかね？」

カリスはマーティンを見た。マーティンの顔も恐怖に青ざめている。二人とも同じことを考えていた。

カリスの身体には痣《あざ》がある。

小さな痣だが、修道女はきっと見つけるはずだ――悪魔がいちばん興味を持つと考えられている場所、外陰部の左側、割れ目のすぐ脇。周囲の銅《あかがね》色の陰毛では隠せない、濃い茶色の痣だった。その痣に気づいたとき、マーティンはこういってからかったものだった。「フライアー・マードはきみを魔女だというぞ――あいつには絶対見せるなよ」カリスは笑っていい返した。「あいつが地上で最後の男になったって見せるもんですか」

よくも無邪気にあんなことがいえたものだ。いまやその痣がわたしに死を宣告しようとしているというのに。

カリスは絶望的な気持ちで周囲を見回した。逃げるべきだと思ったが、何百人という人々に囲まれていては、きっとだれかに阻《はば》まれてしまう。マーティンの手がベルトに差したナイフに置かれているのも見えたが、そのナイフが長剣だったとしても、そして、マーティンが優れた戦士だったとしても――実際には違う――この群衆のなかで逃げ道を作るのは無理だ。

マザー・セシリアがやってきて、カリスの手を取った。

教会の外に出たらすぐに逃げよう、とカリスは決意した。歩廊《クロイスター》を渡れば簡単に逃げ出せる。

そのとき、ゴドウィンがいった。「治安官、被告女性の護衛に助手を一人つけるように。検査がすむまで外で待つのだ」

セシリアではカリスをつかまえておくことはできないが、二人の男にならできるだろう。ジョンはいつも助手として最初に選ぶマーク・ウェバーを見た。カリスはかすかな希望を感じた。マークはカリスの忠実な友人だ。だが、治安官も同じことを考えたらしく、マークではなく、クリストファー・ブラックスミスを指名した。

セシリアがそっとカリスの手を引いた。

まるで悪夢のなかを歩いているような心地で、カリスは連れていかれるままに教会を出た。セシリアとカリスは北側の扉を抜け、その後ろにシスター・メアーとオールド・ジュリー、そのすぐあとに、ジョン・コンスタブルとクリストファー・ブラックスミスがつづいた。彼らは歩廊を渡って修道女の宿舎に入り、共同寝室へ向かった。二人の男たちは外にとどまった。

セシリアが扉を閉めた。

「調べる必要はありません」カリスは力なくいった。「わたしには痣があります」

「知っているわ」セシリアが答えた。

カリスは眉をひそめた。「どうして？」

「あなたの身体を洗ったからよ」セシリアはメアーとジュリーを見た。「わたしたち三人でね。二年前のクリスマスのとき、施療所にきたでしょう。何か悪いものを食べてね」

カリスが妊娠中絶の薬を飲んだことを、セシリアは知らないか、あるいは知らないふりをしているようだった。

セシリアがつづけた。「あなたは上からも下からも汚物をまき散らして、そのうえ出血もしていた。何度も洗浄しなければならなかったわ。だから、三人ともあの痣を見ているのよ」

望みを失い、耐えがたい絶望感に襲われて、カリスは目を閉じた。「では、わたしに死刑を宣告なさるのですね」その声はほとんどささやきに近かった。

「その必要はないわ」セシリアがいった。「別の方法があります」

マーティンは気が狂いそうだった。カリスは罠にかけられたのだ。死刑宣告を受けるのだろう。だが、ぼくは何もできない。自分がラルフのようにたくましい身体を持ち、剣と暴力を好む男だったとしても、カリスを救うことはできないだろう。マーティンは恐怖にかられながら、カリスが姿を消した扉をじっと見つめていた。カリスの痣がどこにあるかは知っているし、修道女たちは必ず見つけるはずだ——彼女たちがいちばん入念に調べる場所にあるのだから。

マーティンのまわりで、聴衆が興奮してざわめいていた。人々はカリスの罪状をめぐって賛否両論を繰り広げたり、裁判を振り返ったりしていたが、マーティンの頭は真っ白で、彼らの話もほとんど理解できなかった。マーティンの耳に響く人々の話し声は、百もの太鼓《たいこ》がでたらめに叩かれているかのようだった。

いつしか、マーティンはゴドウィンを見つめていた。あいつはいま、何を考えているのだろう。ほかの人間の考えていることはわからないでもない——エリザベスは嫉妬に身を焼き、エルフリックは欲に取り憑《つ》かれ、フィルモンはただひたすら悪意の塊と化している——だが、修道院長の考えは読めない。ゴドウィンは従姉妹のカリスとともに育ってきて、彼女が魔女でないことも知っている。それでも、カリスを死に追いやるつもりでいるのだ。どうしたらそんな酷い真似ができるのだろう？　どうやって自分を正当化しているんだ？　すべては神の栄光のためだとでも考えているのか？　かつてのゴドウィンには教養と良識があったし、アントニー修道院長の狭量な保守主義に対しても、解毒剤の役目を果たしてくれていた。しかし、いまの彼はアントニーよりも性質《たち》が悪い。同じ古くさい目的を追求するのに、さらに冷酷な手段を選んでくる。

カリスが死刑になったら、とマーティンは考えた。必ずゴドウィンを殺してやる。

マーティンの両親が近づいてきた。二人は裁判のあいだ、ずっと大聖堂にいたのだった。父親が何かいったが、よく聞きとれなかった。「何ですって？」マーティンは訊き返した。

そのとき、北側の扉が開き、聴衆が静かになった。マザー・セシリアが一人で入ってきて扉を閉めた。好奇心に満ちたささやき声が起きた――今度はいったい何だ？

セシリアは司教座に近づいていった。

リチャードが尋ねた。「さて、マザー？　報告してもらえるかね？」

セシリアはゆっくりと口を切った。「カリスは告白しました――」

聴衆から驚きの声があがった。

セシリアは声を張り上げた。「……罪《シン》を告白したのです」

あたりがふたたび静かになった――いったいどういうことなんだ？

「カリスは赦しを受けました――」

「だれから？」ゴドウィンが口をはさんだ。「修道女が赦しを与えることはできないぞ！」

「ファーザー・ジョフロイからです」

彼のことはマーティンも知っていた。屋根を直してやった、聖マルコ教会の聖職者だ。ジョフロイはゴドウィンを快く思っていないはずだ。

それにしても、何が起きているんだ？　全員がセシリアの説明に注目した。

セシリアはいった。「カリスはこの修道院で修練女になることを希望しています——」

集まった町の人々が驚きの叫びを上げ、またしてもセシリアの声がかき消された。

彼女はそれに負けじと叫んだ。「——そして、わたしは彼女を受け入れました！」

どよめきが上がった。マーティンにはゴドウィンが大声を張り上げているのがわかったが、その声も聞こえなかった。エリザベスが憤激している。フィルモンが毒々しい憎しみを込めてセシリアを睨みつけ、エルフリックは困惑している。リチャードは面白がっている。マーティン自身、この事態が示す意味合いに頭がぐらぐらしてきた。司教はこれを受け入れるのか？　だとすれば、裁判はこれで終わりか？　カリスは死刑を免《まぬが》れるのか？　ようやく喧噪《けんそう》が静まりはじめた。すぐにゴドウィンが、怒りで蒼白になりながら口を開いた。「それで、カリスは異端を自白したのか、それともしてないのか？」

「懺悔《ざんげ》は神聖なる信任の行為です」セシリアは冷静に答えた。「カリスがファーザー・ジョフロイに何といったのかは存じませんし、もし知っていたとしても、あなたにもほかのだれにも話すことはできません」

「悪魔の印はあったのか？」

「調べませんでした」はぐらかすような返事だとマーティンは感じたが、セシリアは素早く言葉をつづけた。「いったん赦しを受ければ、調べる必要はありません」

「そんな話がまかり通るものか！」ゴドウィンが怒鳴った。フィルモンが告発者だという建前もどこかへ消えていた。「女子修道院長がこんなふうに裁判の手続きを阻むことなど許されないぞ！」

　リチャード司教が制した。「もういい、院長――」

「裁判の秩序は保たれねばなりません！」

　リチャードが声を張り上げた。「保つとも！」

　ゴドウィンはなおも抗議しようと口を開いたが、思いとどまった。

　リチャードがいった。「これ以上の議論を聞く気はない。わたしの考えは定まった。これから判決を下す」

　聴衆がしんとなった。

「カリスを女子修道院で受け入れるという提案は興味深い。カリスが魔女だとしても、神聖な環境にいれば害を及ぼすこともできないだろう。悪魔はそこへは入っていけないからな。一方、もしカリスが魔女でないとすれば、われわれは罪のない女性に有罪宣告をするという過ちを避けることができる。女子修道院での生活はカリスが望むところではないかもしれないが、神に献身的に仕えれば慰めも見いだされるはずだ。以上を考えると、これは満足すべき解決策のように思われる」

　ゴドウィンがいった。「カリスが修道院から逃げたらどうなるのです？」

「鋭い指摘だ」と、司教。「それを防ぐために、彼女に死刑を宣告し、修道院にいるかぎりは執行を猶予するという形にしようと思う。もしカリスが誓約を破れば、刑は執行される」

　なんてことだ、とマーティンは絶望に陥った。要するに終身刑と同じじゃないか。怒りと悲しみの涙が湧き上がってきた。

リチャードが立ち上がると、ゴドウィンが声を張り上げた。「これで閉廷とする！」司教は立ち去り、修道士や修道女が列をなしてあとにつづいた。

マーティンは呆然自失のまま歩きだした。母親が慰めるように何かいったが、聞こえなかった。人波に流されるままに大聖堂西側の大扉に向かって歩き、やがて芝生の上に出た。商人たちが売れ残りの品をしまい、屋台を片づけている。羊毛市は来年まで開かれない。ゴドウィンは欲しいものを手に入れたのだ、とマーティンは悟った。エドマンドが死にそうで、カリスを排除できたいま、エルフリックがオールダーマンになり、自由都市の請願も取り下げられるだろう。

マーティンは灰色をした修道院の石壁を見た。カリスはあのどこかにいる。マーティンはその方向に向き直り、群衆の流れを横切って施療所へ向かった。

施療所は空っぽだった。きれいに片づいていて、壁際に泊まり込みの訪問者用の藁布団がきちんと寄せてある。東側の隅の祭壇では蠟燭が燃えている。何をすべきかもよくわからないまま、マーティンはゆっくりと部屋の奥まで歩いていった。

彼は『ティモシーの書』のことを思いだした。自分の先祖のジャック・ビルダーも、短い期間を修練士として過ごした。著者の文章からは、ジャックがしぶしぶその立場に甘んじたこと、禁欲的な規律をなかなか受け入れられなかったことがうかがえる。いずれにしろ、事情はティモシーが伏せているのでよくわからないが、ジャックの修練期間は唐突に終わったらしい。

しかしリチャード司教は、もしカリスが修道院を去れば死刑執行だと明言している。

若い修道女が入ってきて、マーティンに気づいて怯えた。「何かご用ですか？」彼女は訊いた。

「カリスと話させてくれ」

「訊いてまいります」修道女はあわてて出ていった。

マーティンは祭壇に目をやり、十字架像を眺め、この病院の守護聖人であるハンガリーのエルジェーベトを描いた三連祭壇画を見た。一枚目の絵は王女だった聖女が冠をかぶって、貧者に施しをする姿、二枚目は彼女が施療所を建てている場面、三枚目は外套の下に入れて運んだ食べ物が薔薇の花になったという奇跡を描いている。こんな場所でカリスに何をしろというんだ？　カリスは懐疑論者で、教会の教えのすべてを疑っている。王女がパンを薔薇に変えたなんて話は信じない。「それが本当だと、どうしたらわかるの？」ほかのだれもが疑いなく受け入れているような物語にも、カリスはきっとそんな疑問をさしはさむ——アダムとイヴ、ノアの箱船、ダヴィデとゴリアテ、キリスト降誕の話にさえも。修道院にいるカリスなんて、まるで檻《おり》に入れられた山猫だ。

カリスと話をして、彼女が何を考えているのか聞かなければ。きっと思いもよらない計画があるに決まっている。マーティンはじりじりしながら修道女が戻ってくるのを待った。代わりに現われたのはオールド・ジュリーだった。「よかった！」マーティンは叫んだ。「ジュリー、すぐにカリスに会わせてください!」

「申し訳ないけれど、マーティン」ジュリーはいった。「カリスはあなたに会いたがっていません」

「馬鹿をいわないでください。ぼくたちは婚約してるんですよ——明日、結婚することになってるんです。会わなきゃならないんです!」

「カリスはもう修練女です。結婚はできません」

マーティンは声を荒らげた。「もしそうなら、彼女が自分でぼくにそういうべきでしょう」

「それはわたしには決められません。カリスはあなたがここにきたのを知ったうえで、それでも会おうとしないのですよ」

「そんなことは信じない」マーティンはジュリーを押しのけ、彼女が入ってきた扉を通り抜けた。そこは小さな広間だった。ここにきたのは初めてだった。修道院のなかでも、修道女のいる領域に足を踏み入れた男はほとんどいない。もう一つの扉を抜けると、修道女の使う歩廊に出た。そこには何人かの修道女がいて、本を読んだり、瞑想に耽りながら中庭の周囲を歩いたり、静かな声で会話したりしていた。

マーティンは拱廊《アーケイド》に沿って走った。彼に気づいた一人の修道女が悲鳴を上げた。マーティンは無視した。階段を見つけて駆け上がり、最初の部屋に入った。そこは共同寝室で、マットレスが二列に並び、その上にきちんと畳まれた毛布が載っている。だれもいなかった。マーティンは廊下を進み、すぐ次の部屋の扉を開けようとした。鍵がかかっている。「カリス！」マーティンは叫んだ。「なかにいるのか？ 話をさせてくれ！」拳で激しく扉を叩いた。指のつけ根が擦り切れて血が滲んだが、痛みなど感じなかった。「入れてくれ！」さらに大声で叫ぶ。「入れてくれ！」

背後で声がした。「入れてあげますよ」

振り返ると、マザー・セシリアが立っていた。

彼女はベルトから鍵を出し、静かに錠をはずした。マーティンは勢いよく扉を開けた。窓が一つあるだけの小さな部屋だった。壁はすべて棚になっていて、畳んだ衣類が並んでいる。

「ここは冬用のローブを置く部屋よ」と、セシリア。「物置なの」

「彼女はどこです？」マーティンは叫んだ。

「カリスは彼女自身の希望で、鍵のかかった部屋にいるわ。あなたには部屋を見つけられないし、もし見つけられても、なかには入れないわ。カリスはあなたには会いません」

「カリスが生きている証拠はどこにあるんですか！」感情が込み上げて声がかすれたが、気にしている場合ではなかった。

「あなたはわたしをご存じのはずよ」セシリアがいった。「カリスは死んではいません」そして、マーティンの手を見て気の毒そうにいった。「怪我をしているじゃないの。いらっしゃい、薬を塗ってあげましょう」

マーティンは自分の手を見やり、それからセシリアを見た。「あなたは悪魔だ」

踵を返したマーティンは、もときた道を走って施療所へ入っていき、怯えた顔のジュリーの脇を通りすぎて外へ飛びだした。そして、終了間近の市が賑《にぎ》わう大聖堂の前を通り抜けて、大通りへ出ていった。エドマンドと話そうかとも考えたが、それはやめた。病の床にあるカリスの父親にこの過酷な現実を話すのは、だれかほかの人間のほうがいい。そのほうが冷静に話せる。だれなら信用できるだろう？　マーク・ウェバーか。

マークとその家族は、大通りの大きな家に越していた。布地の梱《こり》の保管部屋として、大きな石造りの平屋のついた家だった。台所にはもう織機はなく、彼らで組織したほかの業者にやらせている。マークとマッジは深刻な面持ちでベンチに坐っていた。マーティンが入っていくと、マークが弾かれたように立ち上がった。「カリスに会えたのか？」彼は叫んだ。

「会わせてくれないんだ」

「けしからん話だ！」マークが腹を立てた。「結婚するはずだった男に会わせない権利なんてないだろう！」

「修道女の話だと、カリスがぼくに会いたがっていないんだそうだ」

「そんなことがあるものか」

「ぼくもそう思う。なかに入って彼女を探したんだが、見つけられなかった。鍵のかかった部屋が無数にあるんだ」

「そのどこかにいるのは確かだろう」

「そうさ。金槌《かなづち》を持って一緒にきてくれよ。カリスを見つけるまで、扉という扉を全部壊してやる」

マークがためらった。力持ちだが、暴力は嫌いなのだ。

マーティンはなおもいった。「カリスを見つけなきゃならない——死んでるかもしれないんだ！」

マークが返事をする前に、マッジが口をはさんだ。「もっといい考えがあるわ」

二人の男はマッジを見た。

「わたしが女子修道院に行くのはどうかしら。女が行ったほうが、修道女たちも神経質にならないと思う。もしかしたら、わたしと会うようにカリスを説得してくれるかもしれないわ」

マークがうなずいた。「そうなれば、少なくとも生きているかどうかはわかるな」

マーティンはいった。「だけど……知りたいのはそれだけじゃない。彼女は何を考えてるんだ？　ほとぼりがさめるのを待って、逃げだすつもりなのか？　ぼくが押し入って助けだしたほうがいいのか？　それとも、待ったほうがいいのか——だとすれば、どのぐらい？　一カ月か？　一年か？　それとも七年か？」

「会わせてもらえれば、わたしが聞いてくるわ」マッジが立ち上がった。「ここで待っていて」

「いや、一緒に行くよ」マーティンはいった。「外で待ってる」

「だったらマーク、あなたもきて、マーティンと一緒にいてあげてくれない？」

ぼくが揉《も》めごとを起こしたりしないように見張らせたいんだろうと思ったが、マーティンは反対しなかった。二人に助けを頼んだのは自分だ。それに、味方として信頼できる人間が二人もいるのはありがたかった。

三人は急いで修道院へ行った。マークとマーティンは施療所の外で待ち、マッジ一人がなかへ入っていった。入り口にカリスの老犬のスクラップが坐って、飼い主が現われるのを待っているのが見えた。

マッジが入っていって三十分がたち、マーティンはいった。「きっと会えたんだな。でなければ、もうとっくに戻ってきているはずだ」

「すぐわかるさ」マークが応えた。

二人は、最後に残っていた商人たちが荷物をまとめて去っていき、あとに残った大聖堂の芝生が泥だらけになっているのを眺めていた。マーティンはうろうろと歩き回り、マークはあたかもサムソン像のように、身じろぎもせずに坐っていた。一時間がたち、さらに一時間が過ぎた。マーティンは待ちきれない思いだったが、時間がかかっているのが嬉しくもあった。マッジがカリスと話をしているのはほぼ確実だ。

町の西側に太陽が沈みつつあるころ、ようやくマッジが戻ってきた。その表情は険《けわ》しく、頬が涙に濡れていた。「カリスは生きてるわ」彼女は報告した。「どこも悪いところはなかった、心身ともにね。物言いもしっかりしてた」

「何といってたんだ?」マーティンが急かした。

「全部教えてあげるわ。庭で坐って話しましょう」

三人は菜園のところまで行くと、石のベンチに坐って夕陽を眺めた。マッジの落ち着いた様子を見て、マーティンは嫌な予感がした。怒り狂って唾でも吐いてくれたほうがまだましだ。マッジの態度から、報告がよからぬものだと感じとれた。マーティンは希望を失った。

「彼女がぼくに会いたがっていないというのは本当なんだな?」

マッジがため息をついた。「ええ」

「だけど、なぜ?」

「わたしも訊いたわ。そうしたら、胸が引き裂かれてしまいそうだからだっていってた」

マーティンは泣きだした。

マッジが、低いけれども、はっきりした声でつづけた。「マザー・セシリアがわたしたちを二人きりにしてくれたから、だれに聞かれる心配もなく率直な話をしたわ。カリスは、自由都市の請願のせいで、ゴドウィンとフィルモンが自分を追いだそうと決めたんだと思ってる。女子修道院にいれば安全だけど、出ていけばきっと殺されてしまうって」

「逃げればいいんだ、ぼくがロンドンまで連れていく!」マーティンはいった。「ゴドウィンだって、そこまでは追ってこられないだろう!」

マッジがうなずいた。「わたしもそういったの。そのことで長いあいだ話し合ったわ。カリスは、二人とも死ぬまで逃亡生活を送ることになるだろうし、あなたをそんな目にあわせたくないといったのよ。当代最高の建築職人になるのはあなたの運命よ。あなたはきっと名を挙げる。でも、カリスと逃げたらいつまでも自分の素性を明かせないし、陽の当たる場所には出られないのよ」

「そんなことはどうだっていいんだ！」

「あなたはきっとそういうだろうって、彼女もいったわ。でも、どうだっていいはずはないし、何よりカリスは、あなたにどうだっていいなんて思ってほしくないの。どっちにしても、カリスにとってはどうでもよくないことなのよ。たとえあなたが望んだとしても、カリスにはあなたの運命を奪うようなことはできないわ」

「だったら、自分でぼくにそういえばいいじゃないか！」

「あなたに説き伏せられそうで怖いのよ」

マッジが真実を語っているのはわかっていた。セシリアのいったことも本当だったのだ。カリスは自分と会いたがっていない。悲しみに胸が詰まった。マーティンは込み上げるものをこらえ、涙を服の袖で拭うと、何とか声を絞りだした。「それで、彼女はどうするって？」

「最善を尽くすだけだって。修道女として精進するって」

「教会が大嫌いなのにか！」

「カリスが聖職者にあまり敬意を払っていないのはわたしも知ってる。この町では珍しいことじゃないしね。でも、彼女は自分の仲間の男女を癒すのに人生を捧げることで、何かしら慰めは見いだせるかもしれないと考えてるの」

マーティンはそれを考えてみた。マークとマッジは黙ってマーティンを見つめていた。カリスが施療所で働き、病気の人々の世話をする姿は想像ができる。だが、夜の半分を歌と祈りに費やす生活にはどんな思いをするのだろう？　「カリスは自殺してしまうよ」長い沈黙のあとで、マーティンはいった。

「それはないわ」マッジが断言した。「ひどく悲しんではいるけど、そんなことはきっとしない」

「だったら、ほかのだれかを殺してしまうかも」

「そっちのほうはあり得るわね」

「でも」マーティンはしぶしぶ認めた。「何とか幸せは見つけられるかもしれないな」

マッジは答えなかった。マーティンはその顔をじっと見つめた。やがて、マッジもうなずいた。

辛い話だが真実だ、とマーティンは思った。カリスは幸せになれるかもしれない。家を失い、自由を失い、夫となる相手を失った。それでも、最後には幸せになれるかもしれない。

それ以上は何もいえない。

マーティンは立ち上がった。「友人でいてくれてありがとう」そして、マーティンは歩きだした。

マークが声をかけた。「どこへ行くつもりだ？」

マーティンは立ち止まって振り向いた。頭のなかで考えがぐるぐる回っていた。それがはっきり形になったときは、自分でも驚いた。だが、すぐにその考えは正しいとわかった。正しいばかりか、完璧だった。

マーティンは涙を拭い、沈みゆく夕陽の赤い光のなかに立つマークとマッジを見た。

「フィレンツェへ行くよ」マーティンは宣言した。「お別れだ」

第五部

一三四六年三月〜一三四八年十二月

43

シスター・カリスは女子修道院の歩廊を出ると、きびきびとした足取りで施療所へ向かった。ベッドには三人の病人が横たわっている。年老いたジュリーは衰弱し、今では聖務日課を務めることも、二階にある女子修道院の宿舎への階段を上ることもできなくなっていた。ディック・ブルワーの息子のダニーの妻、ベラ・ブルワーは難産から回復しつつあり、十三歳のリッキー・シルヴァーズの骨折は、マシュー・バーバーによって治療が施されている。それとは別に、二人の人間がベンチの片側に坐っておしゃべりをしていた。修練女のネリーと、修道院の使用人のボブだった。

カリスの老練な視線が部屋を見回し、ベッドの横に汚れた皿が置きっぱなしになっているのを見つけた。正餐の時間はとうに終わっている。「ボブ！　あの皿を片づけなさい。ここは修道院よ。清潔が美徳なの。急ぎなさい！」

「すみません、シスター」ボブが飛び上がった。

「ネリー、ジュリーをお手洗いへ連れていった?」

「まだです、シスター」

「ジュリーは食事の後に必ず行かないといけないのよ。わたしの母もそうだったわ。すぐに連れていきなさい。粗相《そそう》をしてしまう前にね」

ネリーが老修道女の身を起こしはじめた。

カリスは忍耐を身につけようと努力してきたが、修道女になって七年もたつのにいまだに短気が直らず、いまも苛立っていた——何度同じような指示を繰り返さなければならないの。ボブは正餐が終わったらすぐに皿を片づけなければならないのはわかっているはずだ——それまでに何度も注意していたのだから。ネリーもジュリーのことはわかっている。それなのに、二人はベンチに坐って無駄話をし、一瞬で様子を見て取ったわたしに驚いている。

カリスは手を洗うのに使われた水の入った深皿を持つと、中身を外に捨てようと施療所の反対側まで歩いていった。外に出ると、見知らぬ男が壁に向かって立ち小便をしていた。おそらく一晩の宿を求める旅人だろうと見当をつけ、カリスはぴしゃりといった。「次からは厩舎の裏の便所をお使いなさい」

男はペニスをつかんだまま横目でカリスを睨みつけ、横柄な口調で尋ねた。「あんたはだれだい?」

「この施療所の責任者です。今晩ここに泊まりたいのなら、作法に気をつけなさい」

「ほう! 随分と偉そうじゃないか」そういって、男がゆっくりと滴《しずく》を振り落とした。

「その粗末なものをしまいなさい。さもないと、修道院はもちろん、この町に泊まれなくなるわよ」カリスは深皿の水を男に向かってぶちまけた。男は飛びのいたが、ペニスまでびしょ濡れにされて呆気に取られた。

カリスは室内へ戻り、水場でふたたび深皿を満たした。修道院の地下には水道管が通っており、町の上流から歩廊や厨房、施療所へ綺麗な水を運んでいた。それとは別に、地下を走る分流が便所を流れている。ジュリーのような高齢の患者が遠くまで行かずにすむように、いつか施療所に面した新しい便所を作りたいとカリスは思っていた。

見知らぬ男はカリスについてなかへ入ってきた。「手を洗いなさい」カリスは深皿を手渡した。

男は一瞬戸惑ってから、それを受け取った。

カリスは男を観察した。わたしとほぼ同じか、三十歳ぐらいだろう。「あなたは？」

「ヘレフォードのギルバート、巡礼者だ。聖アドルファスの遺骨を参拝にきた」

「それなら、この施療所に一晩お泊まりなさい。わたしに——それからここの者たちに、敬意を払って口をきけるならね」

「承知しました、シスター」

カリスは歩廊へ戻った。穏やかな春の日で、時を経て滑《なめ》らかになった中庭の石が太陽に照らされている。西側側廊では、シスター・メアーが女子学生たちに新しい賛美歌を教えていた。カリスは立ち止まってその様子を眺めた。メアーは人々から天使のようだといわれていた。透きとおるように白い肌、明るい瞳、口元は弓のように丸みを帯びている。学校は規則のうえではカリスの責任下にある組織の一つで、彼女は女子修道院の外からやってくる者をもてなす訪問者接待係でもあった。カリス自身も、二十年近く前にはこの学校の生徒だった。

学校には九歳から十五歳まで、十人の生徒がいた。キングズブリッジの商人の娘と、貴族の子供たちだ。神は正しいという主題の賛美歌を歌い終えると、一人の少女が尋ねた。「シスター・メアー、もし神が正しいのなら、どうしてわたしの両親は死んだんですか?」

それは賢い子供たちが遅かれ早かれ尋ねる古典的な質問に、その少女の個人的な疑問を重ねたものだった。どうして悪いことが起こるの? カリスもまた、同じ質問をしたことがあった。興味を引かれて、カリスは質問した少女を見た。ローランド伯爵の十二歳になる姪、ティリー・シリングだった。カリスの好きな、悪戯っぽい顔をしている。ティリーの母は彼女を産んだときに出血多量で亡くなり、父親もそのあとすぐ、狩りの最中に誤って首の骨を折って死んでしまった。そのために、ティリーは伯爵家で育てられていた。

メアーは神の不可思議なやり方について、そつのない答えを返した。ティリーは明らかにその答えに満足していない様子だったが、疑問を明確に表現することができずに押し黙った。あの疑問はいつかまた浮かんでくるだろう。カリスにはわかっていた。

メアーは生徒たちにふたたび賛美歌を歌わせると、カリスのほうへやってきた。

「賢い子ね」カリスはいった。

「あのなかでいちばんです。一年か二年すれば、わたしと激しく議論するようになるでしょう」

「だれかに似ているわ」カリスは眉間に皺を寄せた。「あの子の母親を思い出そうとしてるんだけど……」

メアーがそっとカリスの腕に触れた。修道女同士での愛情表現は禁じられていたが、カリスはいちいち目くじらを立てなかった。「あなたに似ているんですよ」

カリスは噴き出した。「わたしはあんなに可愛くなかったわ」

だが、メアーは正しかった。カリスは子供のころから懐疑論的な質問を繰り返していたし、後に修練女になってからは、神学の授業のたびに議論をするようになった。一週間も経つころには、授業中には黙っているようマザー・セシリアが注意しなければならないほどだった。ついで、カリスは女子修道院の規律を破りはじめ、叱責されると、規律について論理的な説明を求めた。ふたたび、カリスは黙っているよう命じられた。

少しして、マザー・セシリアはカリスに取引を持ちかけた。一日の大半を施療所で過ごし――それだけはカリスも、修道女の仕事として大事だとおもっていた――必要であれば聖務日課を抜けてもいい。その代わり、規律を軽視するのをやめ、神学的な考えは自分の胸の内に留めておく。カリスは気が進まない様子でしぶしぶこの条件を受け入れたが、賢明なセシリアの考えたとおり、これはうまくいった。いまでもうまくいっている。カリスは大部分の時間を施療所の監督に費やしているのだから。礼拝は半分も務めていなかったが、混乱の種になるようなことを公然と口にしたり行なったりは滅多にしなかった。

メアーが微笑した。「いまは可愛いですよ。特に笑ったときにはね」

カリスは自分が一瞬、メアーの青い瞳に見とれていたことに気づいた。そのとき、子供の泣き声が聞こえた。

振り返ると、声は歩廊の生徒たちからではなく、施療所から聞こえていた。カリスが狭い玄関ホールを走り抜けると、鍛冶屋のクリストファー・ブラックスミスが八歳くらいの女の子を抱いていた。彼の娘のミニーが痛みに泣き叫んでいた。

「敷き布団に寝かせて」カリスはいった。

クリストファーが子供を降ろした。

「どうしたの？」

剛悍《ごうかん》なクリストファーもひどく狼狽していて、妙に甲高い声で答えた。「おれの仕事場で転んで、赤く焼けた鉄に腕をついてしまったんです。早く何とかしてやってください、シスター。ひどく痛がってるんです！」

カリスはミニーの頬に触れた。「大丈夫よ、ミニー、すぐに治してあげますからね」芥子《けし》のエキスは強すぎる。こんなに小さな子では死んでしまうかもしれない。もっと刺激の少ない薬が必要だ。「ネリー、薬剤室へ行って〈麻《ヘンプ》エキス〉と書いてある壺を持ってきてちょうだい。急いでね、でも、走ったら駄目よ——転んで容器を割ってしまったら、抽出しなおすのに何時間もかかるから」ネリーが急いで出ていった。

カリスはミニーの腕を調べた。ひどい火傷ではあったが、幸運にも傷は腕だけに留まっていて、火事などで見られるような全身火傷ほどの危険性はなかった。前腕部のほぼ全面に恐ろしい火ぶくれができ、中心部では皮膚が焼け落ちて、その下の焦げた肉が露出していた。

助けを求めてカリスは顔を上げ、メアーに目を留めた。「厨房からワインを半パイント、それにオリーヴ油も同じだけ、別々の容器に入れてきてちょうだい。どちらも熱くならない程度に温めてね」メアーも施療所を出ていった。

カリスはミニーに話しかけた。「ミニー、叫ぶのをやめて。痛いのはわかるわ、でもよく聴いて。これから薬を作ってあげる。痛くなくなるはずよ」叫び声がいくぶん小さくなり、すすり泣きに変わっていった。

ネリーが麻のエキスを持って戻ってきた。カリスはスプーンにそれを少し注ぐと、開いたミニーの口へ差し込み、鼻をつまんだ。ミニーは液体を飲み込むとふたたび泣き出したが、少しすると静かになってきた。

「綺麗なタオルを」カリスはネリーにいった。施療所ではたくさんのタオルを使うので、祭壇の後ろの戸棚はいつも綺麗なタオルで一杯になっていた。

メアーが厨房からワインとオイルを持って戻ってきた。カリスはミニーが寝ているマットレスの横の床にタオルを敷くと、火傷を負った腕をその上に載せた。「どんな感じ？」

「痛い」ミニーが泣き声で訴えた。

カリスは満足してうなずいた。患者が初めてはっきりと発した言葉だった。最悪の状態は脱した。

麻のエキスが効いてくるにつれ、ミニーが眠そうになってきた。カリスは声をかけた。

「腕を治すのに、ちょっと薬を塗るわよ。じっとしていてね?」

ミニーがうなずいた。

カリスは火傷がいちばん少ない手首に、温めたワインを少しかけた。ミニーはびくっとしたが、腕をよけようとはしなかった。その様子に自信を得たカリスは、ワインを腕の上部の、火傷が最も酷い部分にまでゆっくりとかけていって傷口を消毒した。次にオリーヴ油を同じようにかけたが、これは傷を落ち着かせ、空気中にある悪い影響をもたらすものから肉を守るためだった。最後に清潔なタオルを軽く腕に巻き、蠅がたからないようにした。

ミニーは呻きながらも、半ば眠りに落ちていた。カリスは彼女の表情を観察した。顔は苦痛で赤くなっていた。これはいいことだ——青白くなったら、薬が強すぎたという印だった。

カリスはいつでも、薬について神経質だった。一つ一つの強さが異なるうえに、それを正確に量る手段がなかった。弱すぎれば効果がないし、強すぎれば危険をもたらす。特に、小さな子供に薬を過剰摂取させてしまうのが怖かった。だが、わが子の苦しみに胸を痛める親たちからは、いつも、より強い薬を使うよう心理的な圧迫を受けていた。

そのとき、ブラザー・ジョゼフが入ってきた。すっかり歳を取り——五十代後半くらいだろう——歯もすべて抜けてしまっていたが、いまでも修道院一の医師だった。クリストファー・ブラックスミスが彼の足元へ飛びついた。「ブラザー・ジョゼフ、きてくださったとはありがたい。おれの小さな娘がひどい火傷をしてしまったんです」

「見てみよう」ジョゼフがいった。

一歩退きながら、カリスは苛立ちを押し隠した。修道士は優れた医師で奇跡に近いことも行なえるが、修道女は患者に食事を与えて掃除をするだけだと、だれもが信じ込んでいる。カリスは遠い昔にそういう考えと戦うのをやめたが、いまだに不愉快ではあった。

ジョゼフはタオルを剝《は》ぐと、患者の腕を診た。焼けた肉を指でつつく。薬によって眠らされているミニーが、ぐずるように泣いた。「ひどい火傷だが、致命傷ではない」ジョゼフがいって、カリスを見た。「鶏の脂三、山羊の糞三、鉛白一の割合で湿布を作って火傷に巻きなさい。そうすれば、膿《うみ》を出してくれる」

「はい、ブラザー」カリスはその湿布の効き目に疑問を抱いていた。修道士は快復の兆しとして膿が出るのを重要視するが、膿が出なくても傷がよくなるのを、彼女は何度も見てきていた。カリスの経験からいえば、そのような軟膏《なんこう》の下でも傷が腐りだす場合がある。だが、修道士の意見は違っている――もっとも、二十年ほど前に修道院長だったアントニーから処方された湿布のせいで腕を失ったと信じている、ブラザー・トマスだけは別だった。しかしながら、これはカリスが諦めたのとは別の戦いだった。修道士の医術は、古代の医学書を著わしたヒポクラテスやガレノスから受け継がれた権威を持っていたし、全員が彼らが正しいと信じていた。

ジョゼフが施療所を出ていった。カリスはミニーの苦痛が消え、父親もほっとしたのを確かに感じた。「目が覚めたら喉が渇いているでしょう。たくさん飲ませてやってください

——弱いエールか、水で割ったワインなんかをね」

湿布を作るのを急ぐつもりはなかった。しばらくは放っておいても大丈夫だ。ジョゼフが戻ってきて、患者の容態を確認する可能性は低かった。ネリーを大聖堂の西にある草地へ山羊の糞を拾いにやらせてから、カリスは薬剤室へ向かった。

薬剤室は修道士の図書室の隣りにあった。残念ながら、図書室のような大きな窓はついていない。狭く暗かったが、作業台や、壺やガラス瓶を並べる棚、それに薬品を熱する小さな炉はあった。

カリスは戸棚に小さなノートをしまっていた。羊皮紙は高価だったし、同じ形の用紙を綴《と》じたものは聖書の筆写にしか使われなかった。しかし、カリスは形のばらばらな紙片を集めて縫い合わせたものに、重篤《じゅうとく》な病状の患者の記録をすべて書き残していた。日付、患者の名前、症状、与えられた治療を記録し、後日、結果を付け足す。患者の病状が悪化したり快復したりするまでに、正確に何時間、もしくは何日かかったのかも、必ず書き入れた。そして、しばしば過去の記録を見直し、それぞれの治療法がどれくらい効果的だったかという記憶を新たにした。

ミニーの年齢を書いていると、マティ・ワイズの薬を飲みさえしなければ、いまごろ自分の子供はミニーと同い年になっていただろうという思いが唐突に浮かんできた。カリスは理由もなく、娘だったはずだと思った。もし自分の娘が事故にあったら、わたしはどうするだろう。緊急時にも冷静に対応できるだろうか？　それとも、クリストファー・ブラックスミスのように、怯えてうろたえるだろうか？

記録をつけ終えたとたんに晩課の鐘が鳴り、カリスは礼拝に向かった。礼拝後は修道女の夕食だ。食事がすむとベッドに入り、午前三時の朝課まで少し眠ることになる。

カリスはベッドへは行かず、湿布を作りに薬剤室へ戻った。山羊の糞は気にならなかった――施療所で働いていれば、だれだってもっと酷いものを目にするのだ。だが、ジョゼフはいったいなぜこんなものが火傷に効くなどと思うのだろう。

朝になるまで、その湿布を巻くつもりはなかった。ミニーは健康な子供だ。そのころにはずいぶんよくなっているはずだ。

材料を混ぜ合わせていると、メアーが入ってきた。

カリスは不思議そうに彼女を見た。「ベッドにも入らず、何をしているの？」

メアーが作業台の前のカリスの隣りに立った。「お手伝いをしにきました」

「湿布を作るのに二人は必要ないわ。シスター・ナタリーは何といったの？」ナタリーは副院長であり、規律に関しての責任者だったので、彼女の許可なしにはだれも夜中に宿舎を離れられなかった。

「ぐっすり眠っていました。本当に自分が可愛いと思わないんですか？」

「そんなことを訊きにベッドを抜け出してきたの？」

「マーティンはあなたを可愛いと思っていたんでしょうね」

カリスは微笑んだ。「そうね」

「マーティンがいなくて寂しいですか？」

カリスは調合を終え、深皿の水で手を洗った。「彼のことは毎日考えるわ。いまではフィレンツェでいちばん裕福な建築職人よ」

「どうしてそれを？」

「毎年羊毛市にやってくるボナヴェントゥーラ・カロリに教えてもらうの」

「マーティンもあなたの消息を知っているんですか？」

「わたしの消息？　話すほどのことなんかないでしょう。わたしは修道女よ」

「彼が恋しいですか？」

カリスは振り向いてメアーの目を見つめた。「修道女が男性を恋しがるのは禁じられているわ」

「でも、女性は別です」メアーはそういって、カリスの唇にキスをした。

カリスはあまりの驚きに、数秒間、身じろぎすらできなかった。メアーは重ねた口を離さない。女性の唇は柔らかく、マーティンのキスとは違っていた。動揺はしていたが、恐ろしくはなかった。最後にキスをしてから七年が過ぎていた。カリスは突然、自分がどれほどそれを望んでいたのかに気がついた。

そのとき、静寂を破って、隣りの図書室から大きな物音が聞こえた。

メアーが後ろめたそうに飛び退《の》いた。「何の音ですか？」

「箱が床に落ちた音みたいね」

「だれでしょう？」

カリスは眉をひそめた。「こんな夜遅くに、だれも図書室にいるはずがないわ。修道士も修道女もベッドのなかよ」

メアーが怯えた様子でいった。「どうしましょう？」

「行ってみましょう」

二人は薬剤室を出た。図書室は薬剤室に接していたが、そこからは女子修道院の歩廊を通り、男子修道院の歩廊を抜けなければ、図書室の扉まで行けなかった。暗い夜だったが、何年もそこに住んでいた二人は、暗闇のなかでも道に迷うことはなかった。目的地に着くと、高い窓に炎がゆらめいているのが見えた。夜中には鍵が掛けられているはずの扉も半開きになっている。

カリスは扉を押し開けた。

一瞬、自分が何を見ているのかわからなかった。戸棚の戸が開かれ、テーブルの上には箱が、その隣りには蠟燭が置かれて、黒い人影が見える。ややあって、カリスはその戸棚が特許状やその他貴重な品々を収めている宝庫であること、箱のほうは特別礼拝の際に大聖堂で使われる、宝石をちりばめた金銀の聖具を収めた金庫であることに気づいた。暗がりの男は箱から品物を取り出しては、何か袋のようなものに詰め込んでいた。

人影が顔を上げた。カリスにもその正体がわかった。ヘレフォードのギルバート、今日、施療所へやってきた巡礼だ。だが、彼は巡礼ではない。恐らくヘレフォードの出身でもないだろう。ただの泥棒だ。

誰一人動こうとしないまま、三人は睨み合った。

メアーが悲鳴を上げた。

ギルバートが蠟燭をつかんだ。

カリスは扉を閉じ、少しでもギルバートを足止めしようとした。そして、メアーの手を取ると、歩廊を走って壁の窪みに飛び込んだ。

二人がいたのは男子宿舎の階段の下だった。メアーの悲鳴で修道士たちは目を覚ましただろうが、反応は遅いかもしれない。「修道士たちに知らせて！」カリスはメアーに叫んだ。「さあ、走って！」メアーが階段を駆け上った。

何かが軋《きし》む音が聞こえた。図書室の扉が開いたのだろうとカリスは思った。敷石を踏む足音がしないかと耳を澄ませたが、ギルバートは常習犯で慣れているらしく、逃げる足音を殺しているようだった。カリスは息を詰めて、さらに耳をそばだてた。そのとき、階上から興奮した声が聞こえてきた。

時間がないと悟って突然駆け出した泥棒の足音を、カリスはついに捕らえた。

金や宝石は司教や院長を喜ばせるばかりで、当の司教や院長はまったく神を喜ばせていないと思っていたカリスは、貴重な大聖堂の聖具などあまり気にしていなかった。だが、ギルバートへの嫌悪と、修道院に盗みに入った人間が金持ちになるかもしれないという思いには、どうしても耐えられなかった。カリスは隠れ場所を飛び出した。

ほとんど何も見えなかったが、先を行く足音は聞き逃しようがなかった。思わず手を伸ばしたカリスの腕のなかに、ギルバートが飛び込んできた。カリスはよろめいたが、ギルバートの衣服をしっかりと摑み、もろともに地面へ倒れこんだ。十字架と聖杯が敷石に当たって音を立てた。

転倒の痛みに怒りを増したカリスは、服を摑んだ手を離し、顔と思われる場所に手を伸ばした。そして肌に触れると、深く爪を立て、思い切り引っかいた。ギルバートが悲鳴を上げた。カリスの指先に、血が流れる感触があった。

だが、ギルバートのほうが力が強く、カリスをつかんで馬乗りになった。修道士の宿舎の階段の上に明かりが灯り、不意にギルバートの顔が見えた——ギルバートにもカリスの顔が見えた。カリスにまたがったギルバートが、右の拳で、次に左で、そしてまた右で、カリスの顔面を殴った。今度はカリスが痛みに悲鳴を上げる番だった。

さらに明かりが灯された。修道士たちがばたばたと階段を駆け下りてきた。カリスの耳に、メアーの声が届いた。「彼女を放しなさい、この悪魔！」ギルバートはカリスの身体から降りて手探りで袋を探したが、ときすでに遅かった。メアーが先の太い何かを手に、ギルバートに飛びかかった。ギルバートは頭に一撃をくらい、反撃しようと振り向いたところを、怒濤《どとう》のように押し寄せた修道士たちの波に呑み込まれた。

カリスは立ち上がった。メアーが近寄ってきて、二人は抱き合った。

メアーが尋ねた。「何をしたんですか？」

「転ばせて、顔を引っ掻いてやったのよ。あなた、何で殴ったの?」

「宿舎の壁にあった木の十字架です」

「ああ」カリスはいった。「打たれた反対の頰を差し出すのはもううんざりだわ」

44

ギルバート・ヘレフォードは教会裁判でゴドウィン院長の審判を受け、有罪を宣告されて、教会へ盗みに入った者に相応《ふさわ》しい刑罰を与えられることになった。生きたまま、皮を剝がれるのだ。それは、皮を切り取られ、意識は残ったままで失血死することを意味していた。処刑日には、ゴドウィンとマザー・セシリアが毎週行なっている会合があった。それぞれの補佐役、フィルモン副院長とナタリー副院長も同席する。修道院長の館の玄関で二人がやってくるのを待ちながら、ゴドウィンはフィルモンに語りかけた。「何としても二人を説得して、新しい宝庫を作らなくてはならない。宝物はもう図書室に置いておけない」

フィルモンが思案げにいった。「女子修道院と共有の宝庫ですか？」

「そうならざるを得ないだろうな。修道院には宝庫を造る金がないんだ」

ゴドウィンはかつて若かりしころの自分が抱いていた、修道院の財政を再建し、ふたたび裕福にしようという大望を思い出して悔しかった。そうはならなかったし、なぜそうならなかったのかは、いまだにわからなかった。彼は確固たる意思を持っていた。町の住人には、修道院の製粉所や養魚池、養兎場などを使用して代金を支払うよう強制してきた。だが、彼らはゴドウィンの決まりに必ず抜け道を見つけた——町の外に作った製粉所のように。密猟者や無断で修道院の森の木を切った者には、男であれ女であれ、厳しい判決をいい渡してきた。修道院の金を使って製粉所を建てさせようとか、炭焼きや精錬工に免許状を与えて修道院の薪を浪費させようという輩《やから》の甘言《かんげん》にも、ずっと抵抗してきた。これまで自分が取ってきた姿勢は正しかったと確信していたが、それに見合うだけの収入にはいまも届いていなかった。

「それなら、セシリアに金を出してもらうんですね」フィルモンがやはり思案顔でいった。

「われわれの財産を修道女たちのと一緒にしておくのには、利点もあるかもしれませんよ」

ゴドウィンは、飛躍しがちなフィルモンの考えがどこへ向かっているのかを察した。「だが、そんなことはセシリアにはいえない」

「もちろんです」

「わかった、それは私が提案しよう」

「こうして待っているあいだに……」

「何だ？」

「ロングハムの村なんですが、聞いておいてほしいことがあるんです」

ゴドウィンはうなずいた。ロングハムは修道院に敬意を——それに税金も——払っている、数十の村の一つだった。

フィルモンが話しはじめた。「メアリー＝リンという未亡人の土地所有権の問題なんです。夫が死んだとき、彼女は隣りのジョン・ノットという男に自分の畑を使わせてやった。ところが彼女が再婚して、新しい夫が使えるように土地を返してほしがっているんですよ」

ゴドウィンは首をひねった。それはどこにでもある農民同士の争いで、修道院長の仲裁を必要とするには小さすぎる問題だ。「土地管理人は何といってる？」

「土地を未亡人に返すようにいっています。取り決めは一時的なものだと」

「それなら、そうすればいいだろう」

「それが、問題があるんですよ。実はシスター・エリザベスには、ロングハムに住む父親の違う弟が一人と、妹が二人いるんです」

「そういうことか」ゴドウィンにもフィルモンが興味を持つ理由がわかったような気がした。シスター・エリザベス、かつてのエリザベス・クラークは、女子修道院の保守営繕係だった。若く活発で、はるか上の階層からの落とし胤《だね》だ。もしかすると貴重な盟友になるかもしれない。

「その三人は、ベル・インで働いている母親を除けば、彼女にとって唯一の家族なんです」フィルモンがつづけた。「エリザベスは農業をやっている弟妹たちが大好きで、逆に彼らのほうは彼女を家族内の聖人のように崇《あが》めています。だから、キングズブリッジにくるときには、必ず女子修道院に贈り物を持ってくるんです――果物や蜂蜜や卵や、そういう類のものをね」

「それで……？」

「ジョン・ノットはシスター・エリザベスの弟なんです」

「エリザベスがおまえに仲介を頼んだのか？」

「はい。それから、マザー・セシリアへは黙っていてくれと頼まれました」

ゴドウィンはフィルモンがこの種の出来事が大好きなのを知っていた。言い争いの最中に自分がどちらかの側に影響を与えられるような、権力を持った人物だと思われるのが好きでたまらないのだ。そういった出来事があると、決して満足することのないフィルモンの自惚《うぬぼ》れは一層膨れ上がる。それに、秘密の話にも目がなかった。エリザベスが女子修道院長にこの頼みを知られたくないという事実が、フィルモンを喜ばせているのだ。それはつまり、彼女の恥ずべき秘密を知っているということになる。守銭奴が金を貯め込むように、彼は秘密の情報を次から次へと貯めこんでいた。

「どうしてほしいんだ？」ゴドウィンは尋ねた。

「決めるのはあなたです。ですが、ジョン・ノットにそのまま土地を使わせてはどうでしょう。エリザベスはわれわれに借りができるわけです。いつか必ず役に立ちますよ」

「未亡人には酷な話だな」ゴドウィンは心配そうにいった。

「その気持ちもわかります。でも、修道院の利益を考えれば仕方がないでしょう」

「神の仕事のほうが大事か。よし、土地管理人にそう伝えろ」

「未亡人は来世で褒美を貰えますよ」

「そのとおりだ」ゴドウィンはフィルモンの謀略に権威を与えるのをためらっていた時期もあった。だが、それもずいぶん昔のことだ。フィルモンは自身の有用性を証明してきた――ゴドウィンの母のペトラニッラが十数年も前に見通したとおりに。

そこへ扉をノックする音がして、ペトラニッラその人が入ってきた。

ペトラニッラは現在では、大通りからすぐのキャンドル・コートにある、こぢんまりとした快適な家に住んでいた。弟のエドマンドが、彼女が残りの人生を十分生きていけるだけの遺産を気前よく遺していたのだ。かつては大女だったペトラニッラも、五十八歳になったいまでは背が曲がり、身体も弱くなって、杖をついて歩いていた。しかし、熊をも捕らえる罠のような頭の切れ味はいまも変わることがない。いつものように、ゴドウィンは母親と会えるのを喜ぶ一方で、何か機嫌を損ねるようなことをしてしまっていないかと怯えてもいた。

いまではペトラニッラが一家の長だった。橋の崩落でアントニーが死に、七年後にエドマンドが死んだため、ペトラニッラがその世代の最後の生存者となった。ゴドウィンに指図をするのも躊躇しなかった。彼女は姪のアリスとよく似ていた。アリスの夫のエルフリックは長老参事《オールダーマン》だが、彼女もまた彼に命令をする。ペトラニッラの権力はアリスの継娘のグリセルダにも及んでおり、グリセルダの八歳の息子のリトル・マーティンまで彼女を恐れていた。ペトラニッラの判断はいつでもはっきりしたもので、全員がほとんど必ず彼女の指示に従った。何らかの理由で命令をしないときでも、結局はみな彼女に伺《うかが》いを立てるのだ。ペトラニッラがいなくなったら一家がやっていけるのか、ゴドウィンは疑問に思うほどだった。滅多にないことだが、彼女の命令どおりにしないときには、彼らは必死になってその事実を隠し通そうとした。彼女に楯《たて》突くのはカリスだけだ。「わたしに向かってああしろこうしろといわないで」ペトラニッラに向かって、カリスは何度となくいった。「そんなふうにいわれたら死んでしまいそうだわ」

ペトラニッラが腰を下ろして部屋を見回した。「よくないわね」

彼女はよく唐突な物言いをしたが、そういった話し方をされるとゴドウィンのほうもいらいらした。「どういうことかな?」

「もっといい館に住まなきゃ駄目よ」

「それはわかっているけど」八年前、ゴドウィンはマザー・セシリアを説得して、新しい館を建てようとした。そのときは三年後に資金を融通するという約束を取りつけたのに、いざ三年がたってみると、マザー・セシリアは考えが変わったといい放った。ゴドウィンには、自分がカリスにした仕打ちが原因だという確信があった。あの魔女裁判のあと、彼の魅力はセシリアには通用しなくなり、彼女から金を引き出すのも容易でなくなっていた。

ペトラニッラがいった。「司教や大司教、男爵や伯爵を楽しませる立派な館が必要だわ」

「最近では招く人もいないんだ。ローランド伯爵とリチャード司教は、ここ数年フランスへ行ったきりだしね」エドワード王は一三三九年にフランス北東部へ攻め入り、翌年を丸々フランスで過ごした。その後、一三四二年に北西部へ軍を動かしてブルターニュの戦いを起こし、一三四五年、イングランド軍は南西部のワインの産地ガスコーニュでの戦いを終えた。現在エドワード王はイングランドへ戻り、新たな侵攻軍を召集していた。

「ローランドとリチャードだけが貴人ではないでしょう」ペトラニッラが苛立たしげにいった。

「ほかにはだれもここへこないよ」

ペトラニッラの声が高くなった。「それはあなたが訪問客の望むように彼らを泊められないからでしょう？　宴会場が必要だし、一般には開放されない礼拝堂も、広い寝室もいるわ」

そんなことを考えて一晩じゅう起きていたんだろうな、とゴドウィンは思った。それが母親のやり方だった。アイディアを何度もこね回してから、矢のように放つ。彼は何がこんな小言の原因になったのかと訝った。「贅沢すぎないかな」時間を稼ごうとして、ゴドウィンは訊いた。

「わからないの？」ペトラニッラがぴしゃりといった。「この修道院はもっと影響力を持てるのよ。そうなっていないのは、単にあなたが国の権力者たちと顔を合わせていないからよ。立派な部屋を備えた館があれば、きっと彼らもやってくるわ」

ペトラニッラは正しいかもしれない。ダーラムやセント・オールバンズといった裕福な修道院は、受け入れを余儀なくされる貴族や王族の訪問客の多さに不平を口にすることさえあるのだ。

彼女はつづけた。「きのうは父の命日だったわ」それでこんなことをいいにきたのか、とゴドウィンは合点がいった。母は祖父の輝かしい経歴を思い出していたんだ。「あなたがこの院長になってもう九年よ。ここで終わってほしくないの。大司教や国王があなたを司教にしようか、ダーラムのような大修道院に赴任させようか、法王への使節団に任命しようかと考えていてもいいころなのよ」

ゴドウィンも、キングズブリッジは高位への踏み台だと昔から考えてきた。しかし、いまになって気づいてみると、その野望が萎《しぼ》むに任せていたような気がする。選挙で院長に選ばれたのが、ついこのあいだのように思われた。しかし、母のいうとおりだ。もう八年以上が過ぎているのだ。

「どうして彼らがあなたをもっと重要な地位につけないか?」ペトラニッラが大げさにいった。「それは、彼らがあなたの存在を知らないからよ! あなたは大修道院の院長なのに、それをだれにもいわないんだもの。自分の偉大さを見せつけなさい! 館を建てるのよ。最初の客はカンタベリー大司教がいいわ。礼拝堂に彼の好きな聖人を掲げて、国王にも来館を願って、王族専用の寝室を造ったと伝えなさい」

「ちょっと待って、一つずついこう」ゴドウィンは異議を口にした。「ぼくだって館は建てたいけど、金がないんだ」

「それなら、集めなさい」

どうやって、と尋ねたいところだったが、ちょうどそのとき、女子修道院の指導者二人が部屋に入ってきた。ペトラニッラとセシリアはお互いを警戒するように礼を交わし、ペトラニッラは退出した。

マザー・セシリアとシスター・ナタリーが腰を下ろした。セシリアもいまや五十一歳で、髪には白髪が混じり、目も悪くなっていた。いまだに忙しい小鳥のようにあたりを飛び回り、あらゆる部屋に嘴《くちばし》を突っ込んで、修道女や修練女、使用人たちに指示を飛ばしていたが、歳を取るにつれて物腰は柔らかくなり、論争を避けるようになっていた。

セシリアは巻物を持ってきていた。「女子修道院に遺産を贈与されたわ」腰を落ち着けるなり、彼女がいった。「ソーンベリーの敬虔な女性からね」

「いくらです？」ゴドウィンは尋ねた。

「金貨で百五十ポンドよ」

ゴドウィンは仰天した。莫大な金額じゃないか。それだけあれば立派な館が建てられる。

「女子修道院が受け取ったものなんですね――修道院ではなくて？」

「女子修道院よ」セシリアがきっぱりといった。「これが遺書の写しよ」

「どうしてそんな大金を寄贈したんですか？」

「ロンドンからの帰り道に彼女が病気で倒れたとき、わたしたちが看病したからでしょうね」

ナタリーが口を開いた。セシリアより二、三歳年上の、穏やかな丸顔の女性だ。「問題はどこに金貨をしまっておくかということなんです」

ゴドウィンはフィルモンを見た。二人が持ち出そうとしていた話題を、ナタリーが切り出してくれたのだ。「いまはどこに置いているのかな?」

「女子修道院長の寝室です。そこへは宿舎のなかを通っていかないといけませんから」

まるでその場で思いついたように、ゴドウィンはいった。「その遺産の一部を使って、新しい宝庫を造ったらどうです」

「わたしもそう思っていたのよ」セシリアがいった。「窓のない石造りの建物に、頑丈な樫の扉をつけるといいわ」

「建てるのにそれほど時間はかからないはずですよ」ゴドウィンは答えた。「五ポンドから十ポンドくらいでできるでしょう」

「安全のために、大聖堂の一部に作りたいの」

「なるほど」修道女たちがやってきた理由はそれなのか。彼女たちが女子修道院の敷地内に宝庫を造るなら相談にくる必要はない。だが、大聖堂は修道士と修道女の両方が共有している。「大聖堂の壁際、北の袖廊と聖歌隊席の角に作って、大聖堂のなかからしか入れないようにしたらどうでしょう。そうすれば、修道院もその宝庫を使えるし」ゴドウィンは提案した。

「そうね――わたしとまったく同じ考えだわ」

「よかったら、今日じゅうにエルフリックにいって見積もってもらいましょう」

「お願いするわ」

ゴドウィンはセシリアが得た遺産の一部を引き出せそうでうれしかったが、満足はしていなかった。母との会話の後とあって、もっと多くの金を手にしたかった。できれば丸ごと頂戴したいものだ。だが、その方法は？

大聖堂の鐘が鳴り、四人は立ち上がって部屋を出た。

大聖堂の西側に、死刑宣告を受けたギルバートがいた。裸にされ、扉枠のような長方形の木枠に手足を縛りつけられている。すでに百人ほどの住民が集まって刑の執行を待っていた。一般の修道士、修道女は呼ばれていない。彼らが流血沙汰を見るのは好ましくないと考えられているのだ。

執行人はウィル・タナーという五十近い男だった。ウィルは粗布の前掛けを掛け、ずらりとナイフを並べた小さなテーブルの前に立って、そのなかの一本を砥石《といし》で研いでいた。金属が花崗岩《かこうがん》に削られる音に、ゴドウィンは背筋が寒くなった。

彼はいくつか祈禱文を唱え、最後に即興で、神がこの盗人の死と引き換えに同種の罪からほかの者を守ってくれるようにと英語で祈った。それがすむと、ウィル・タナーにうなずいた。

ウィルが繫《つな》がれた盗人の背後に立った。そして、先の尖った小さなナイフを首の真ん中に突き刺し、背骨の下端まで一気に長い直線を引いた。ギルバートが悲鳴を上げ、切り口から血が噴き出した。ウィルは肩と平行にもう一本の切れ目を入れ、ちょうどTの字のような形を描いた。

そしてナイフを置き、次は薄刃の長いナイフを選んだ。二つの切り口の交点に慎重に刃を差し込み、皮膚の端を剝ぎ取る。ギルバートがふたたび悲鳴をあげた。ウィルは皮膚の端を左手でつまみながら、丁寧にギルバートの背中の皮を切り離しはじめた。

ギルバートが絶叫した。

シスター・ナタリーが喉の奥を鳴らし、くるりと背を向けて修道院へ駆け戻っていった。セシリアが目を閉じて、祈りはじめた。ゴドウィンは吐き気を感じた。群集のなかで、だれかが気を失った。フィルモンだけが平気な顔をしていた。

ウィルは手早く仕事を進めた。皮下脂肪を切り裂く鋭いナイフが、その下の網目状の筋肉を露わにしてゆく。おびただしい量の血が流れ出し、ウィルは数秒ごとに前掛けで手を拭わなければならなかった。ギルバートは一切りごとに、おさまることのない痛みに悲鳴を上げつづけた。背中の皮膚はあっという間に、二枚の幅の広い布のように垂れ下がった。

ウィルが一インチほどの深さになった血溜まりに膝をつき、両脚に取り掛かった。

突然悲鳴がやんだ。どうやらギルバートは失神したようだった。ゴドウィンはほっとした。ギルバートには修道院へ盗みに入った罰として苦痛を与えたかったし、ほかの者たちにもその苦しむ様《さま》を目の当たりにさせたかったが、それでも、あの絶叫を聞くのは耐えがたかった。

ウィルは身体の裏側の皮膚――胴体、腕、脚――をすべて剝ぎ取ってしまうまでは、犠牲者に意識があろうとなかろうと関係ないといった様子で、まったく動じずにことを進めていった。後ろがすむと、今度は前に回った。そして、足首と手首の周囲を切り取り、皮膚を剝がすと、肩と腰から垂れ下がるようにした。ゴドウィンは骨盤の付近から上へ向かって皮を剝いでいくウィルを見て、彼がすべてを一枚の皮膚にまとめようとしているのだと気がついた。もうすぐ、身体についている皮は頭部だけになるのだろう。

ギルバートはまだ息をしていた。

ウィルは慎重に、頭部にいくつかの切れ目を入れた。ナイフを置き、もう一度手を拭いてから、とうとう肩のあたりの皮膚を摑《つか》むと、いきなり上へ引き上げた。顔と頭の皮が頭部を離れ、ほかの皮膚にしっかりと繋がっていた。

ウィルが血の滴るギルバートの皮をまるで猟の獲物のように高々と掲げると、群衆が拍手喝采《かっさい》した。

カリスは修道士たちと新しい宝庫を共有するのが心配だった。女子修道院の財産について彼女があまりにうるさく質問するので、シスター・ベスはとうとうカリスと一緒に点検に行くことにした。

ゴドウィンとフィルモンは、ちょうどそのときに偶然大聖堂に居合わせたふうを装って二人の修道女たちに会い、一緒についていった。聖歌隊席の南側の壁に造られた新しいアーチの下を通り、小さなロビーに出ると、鋲《びょう》を打たれた、禁じられた扉の前で立ち止まった。シスター・ベスが大きな鉄製の鍵を取り出した。彼女は大方《おおかた》の修道女と同じく、慎ましくて控えめな女性だった。「これはわたしたちの鍵よ」ベスがカリスにいった。「好きなときに宝庫に入れるの」

「当然よ、わたしたちが費用を出したんだもの」

四人は小さな四角い部屋へ入った。羊皮紙の巻物が積み上げられたテーブル、ストゥールが数脚と、鉄張りの大きな収納箱があった。

「この収納箱は大きすぎて、入り口を通らないわ」ベスが指摘した。

カリスは尋ねた。「それなら、どうやってここへ入れたの？」

その質問にはゴドウィンが答えた。「ばらばらにして運び込み、大工がこのなかで組み立てたんだ」

カリスはゴドウィンに冷たい視線を向けた。この男はわたしを殺そうとしたのだ。魔女裁判以降、カリスは常に彼に嫌悪の目を向け、可能なかぎり口をきかないようにしてきた。カリスはにべもなくいった。「収納箱の鍵を修道女も持つべきだわ」

「その必要はない」あわててゴドウィンがいった。「あのなかには大聖堂の聖具が入っている。聖具は聖具保管係が管理するもので、聖具保管係は常に修道士だ」

カリスはいった。「なかを見せてちょうだい」

カリスは自分の口調にゴドウィンが気分を損ね、半分は断わりたい気持ちになったものの、正直で悪意のないことも証明してみせたいがために、しぶしぶ鍵を取り出す様子をじっと見ていた。ベルトにつけた財布から鍵を取り出し、ゴドウィンは箱を開けた。なかには大聖堂の聖具とともに、修道院の譲渡証書がたくさん収められていた。

「聖具だけじゃないじゃない」カリスの疑念は正しかった。

「譲渡証書もある」

「女子修道院の譲渡証書もあるわ」カリスは断固としていった。

「そうだな」

「念のために、わたしたちにも鍵がいるわ」

「考えたんだが、譲渡証書はすべて複写して、複製を図書室に置いておくんだ。譲渡証書が必要になったら図書室の複製を読むようにすれば、大事な原本は鍵のかかった場所に保管しておける」

争いごとの大嫌いなベスが恐るおそる口を挟んだ。「それは素晴らしい考えだわ。そうでしょ、シスター・カリス」

カリスもしぶしぶ認めた。「修道女がいつでも自分の証書を読めるならね」譲渡証書は最重要事項ではない。ゴドウィンではなくベスに向かって、彼女はいった。「もっと大事なのは、どこにわたしたちのお金をしまっておくかよ」

ベスが応えた。「床下の秘密の隠し穴よ。全部で四つあるの――二つは修道士用、二つは修道女用に。注意深く見れば、動かせる石がわかるわ」

カリスは少し床を調べてからいった。「教えてもらうまで、まるでわからなかったわね。鍵は掛けられるの？」

「掛けられるさ」ゴドウィンがいった。「だが、鍵を掛けたらどこに金があるかが丸わかりになってしまう。敷石の下に隠す意味がない」

「でも、これでは修道士も修道女も、相手のお金に自由に近づけるわ」

フィルモンが咎《とが》めるような目でカリスを見た。「どうしてあんたがここにいるんだ？　訪問者接待係だろう？　宝庫には関係ないじゃないか」

カリスはフィルモンに対して嫌悪感以外に何も感じておらず、人間とさえ思っていなかった。善悪の区別もなく、道徳心も、良心も持ち合わせていない。ゴドウィンのことは悪と知りつつ悪事を働く邪悪な人間だという理由で忌み嫌っていたが、フィルモンは人間というよりも、狂犬や暴れ熊のような、手のつけられない獣という印象だった。「わたしは詳しく知りたいの」

「そこまで疑うのか？」憤慨したようにフィルモンがいった。

カリスは笑った。「あなたがそんなことをいうとはね、フィルモン。皮肉なものだわ」

フィルモンは傷ついたようだった。「何をいっているのかわからないな」

二人を落ち着かせようと、ベスがふたたび口を挟んだ。「彼女に色々とよくわからない質問をされたから、実際に自分の目で確かめてもらいたかっただけなの」

カリスはいった。「たとえば、修道士が修道女のお金を盗まないという確証はどこにあるの？」

「見せてあげるわ」ベスが壁にかけられていた丈夫で長い樫の棒を手に取った。そして、その棒を梃子《てこ》のように使って敷石を持ち上げた。その下は空洞になっていて、鉄張りの箱が収まっていた。「それぞれの空洞に合うような、鍵のかけられる小箱を作ったのよ」そして、手を伸ばして箱を取り出した。

カリスは箱をあらためた。しっかりした造りのようだ。蓋《ふた》は蝶番《ちょうつがい》で留められ、留め金には南京錠が掛けられている。「この鍵はどうしたの？」

「クリストファー・ブラックスミスに作ってもらったわ」

いい判断だ。クリストファーは立派なキングズブリッジ市民だ。鍵の複製を泥棒に売って名声を落とすような危険は冒さない。

カリスは管理体制に不備を見出せなかった。杞憂《きゆう》だったのかもしれないと、彼女は宝庫を出ていこうとした。

そこへ、エルフリックが現われた。袋を持った徒弟も一緒だ。「例のものを取りつけにきました」

フィルモンが答えた。「どうぞやってください」

エルフリックの徒弟が袋から大きな革のようなものを取り出した。

ベスが訊いた。「それは？」

「まあ見てるといい」フィルモンがいった。「すぐにわかる」

徒弟がそれを扉に向かって広げた。

「乾くのを待っていたんだ」フィルモンがいった。「ギルバート・ヘレフォードの皮さ」

ベスが恐怖の悲鳴をあげた。

カリスがいった。「なんてひどい」

皮膚は黄色くなり、頭皮からは髪が抜け落ちていたが、顔は見分けられた。耳、目のあった二つの穴、薄笑いを浮かべているような口の裂け目。

「これを見れば、盗人も恐れをなして逃げ出すだろう」フィルモンは満足げだった。

エルフリックが金槌を取り出し、宝庫の扉に皮を打ちつけはじめた。

修道女たちは宝庫をあとにした。ゴドウィンとフィルモンは、エルフリックがおぞましい仕事を終えるのを待って宝庫のなかへ入った。

ゴドウィンはいった。「ここなら安心だ」

フィルモンがうなずいた。「カリスは疑い深い女ですね。だが、あいつの質問にはみなちゃんと答えたから、さすがに納得したでしょう」

そして扉を閉め、鍵を下ろすと、修道女の敷石の片方を持ち上げて箱を取り出した。

「シスター・ベスは普段使うのに必要な金を女子修道院のどこかにしまっているんです」フィルモンは説明した。「ここにくるのは大きな金を出したり入れたりするときだけなんですよ。しかも、いつももう一方の、ペニー銀貨が入っている箱しか開けない。遺産の入っているこの箱は絶対に使わないいんです」

フィルモンが箱を回し、裏側の蝶番を見た。それは四本の釘で打ちつけられていた。彼はポケットから鑿《のみ》とペンチを取り出した。どこでその道具を手に入れたのかとゴドウィンは不思議に思ったが、訊かずにいた。ときには知らないほうがいいこともある。

フィルモンが鋭い鑿の刃先を蝶番の下に当てて、押し込んだ。蝶番がわずかに浮き上がり、フィルモンはさらに鑿を差し込んだ。絶対に損傷に気づかれないように、作業は慎重に、辛抱強く、注意深く行なわれた。蝶番の金属板がゆっくりと離れはじめ、同時に釘もゆるんできた。ペンチで釘の頭がつかめるようになると、彼はそれをすべて引き抜いた。これで蝶番が外れ、蓋を開けられるようになった。

「さあ、ソーンベリーの敬虔な女性の遺産ですよ」フィルモンがいった。

ゴドウィンは箱のなかを覗き込んだ。金貨はヴェネチアのダカットだった。表面には聖マルコにひざまずくヴェネチア総督が、裏面には天国で星に囲まれている聖母マリアが描かれている。ダカットはフィレンツェのフローリン金貨と交換できるよう、大きさも、重さも、金の純度も同じになっていた。一枚で三シリング、すなわち三十六ペニーと同等の価値がある。イングランドもエドワード王の改革で金貨を作るようになっていたが――ノーブル金貨、半ノーブル金貨、四分の一ノーブル金貨――流通から二年足らずで、まだ外国の金貨に取って代わるほどではなかった。

ゴドウィンは五十ダカットを手に取った。これで七ポンド十シリングだ。フィルモンが蓋を閉じ、釘の一本一本に薄い革を巻きつけて、緩まずに蝶番を留められるようにしてから、箱を穴に戻して敷石を被《かぶ》せた。

「もちろん、あいつらもいつかは金が減っていることに気づくでしょうね」フィルモンがいった。

「何年もかからないかもしれないぞ」ゴドウィンは答えた。「そうなったら思い切った手を打たないといけないな」

二人は外に出た。ゴドウィンは扉に鍵を掛け、フィルモンにいった。「エルフリックを探せ。墓地で会おう」

フィルモンが立ち去ると、ゴドウィンは修道院長の館のすぐそばにある墓地の西端へ向かった。風の強い五月のことで、爽やかな風がローブを脚にまとわりつかせた。野放しの山羊が墓石のあいだで草を食《は》んでいた。ゴドウィンはそれを眺めながら考えた。

自分が修道女とのあいだに大騒動を起こす危険を冒しているのはわかっている。一年か二年は露見しないだろうが、それも確証はない。もし見つかったら大変なことになる。だが、実際のところ、彼女たちに何ができるだろう？　私は利己的な理由で金を盗んだギルバート・ヘレフォードとは違う。敬虔な女性の遺産を、神聖な目的のために使おうとしているのだ。

ゴドウィンは心配を横へ押しやった。母は正しい。さらなる昇進を望むのであれば、キングズブリッジ修道院長という役職を飾り立てなければならない。

フィルモンがエルフリックを連れて戻ってくると、ゴドウィンはいった。「ここに修道院長の館を建てたい。いまの場所からはずっと東側に」

エルフリックがうなずいた。「そこなら最高の場所ですよ。修道士集会場にも近く、大聖堂の東端で、墓地の近くの市からも離れているから、プライヴァシーも守れます。それに、騒音もありません」

「一階には宴会を開けるような大広間が欲しい」ゴドウィンはつづけた。「百フィート四方くらいの大広間だ。立派で、印象的な部屋でないといけない。貴族や、ことによっては王族をも楽しませられるような」

「承知しました」

「一階の東側には礼拝堂を作る」

「しかし、大聖堂まではすぐじゃありませんか」

「上流の人々は一般人に姿を見せたくないときもある。そういう場合、一人で神を讃《たた》えられるようにしなければならないのだ」

「二階は？」

「もちろん修道院長の部屋だ。祭壇と書き物机を置く場所がいるな。それに、来客用の大きな部屋を三つ」

「素晴らしい」

「費用はどれくらいかかる？」

「百ポンド以上――二百ポンドになるかもしれません。設計図を描いてから、もっと正確な見積もりを出しましょう」

「百五十ポンドを超えては駄目だ。それ以上は出せない」

エルフリックはゴドウィンがどこから急に百五十ポンドを手に入れたのだろうと訝ったが、尋ねはしなかった。「早々に石材を用意しないといけませんね」彼はいった。「とりあえずいくらか頂けませんか？」

「五ポンドでいいか？」

「十ポンド頂ければ」

「ダカットで、七ポンドと十シリング渡しておこう」ゴドウィンは修道女の箱から取った五十枚の金貨を手渡した。

三日後、正餐前の九時課を終え、修道士と修道女たちが列を作って大聖堂から出てくるときに、シスター・エリザベスがゴドウィンに声をかけた。

修道女と修道士が気軽に会話をすることは禁じられていたので、エリザベスは策を弄さなければならなかった。ちょうどその日は礼拝のあいだ、身廊《ネイヴ》に入り込んで吠えつづけていた犬がいた。犬はよく教会に入り込んでくる小さな困りものだったが、大抵の場合は無視されていた。しかし、エリザベスは行列を離れて、犬を追い払いにいった。犬のところへ行くには修道士の列を横切らねばならず、エリザベスはタイミングを計って、ゴドウィンの前を通るようにした。申し訳なさそうに笑顔を見せて、彼女は声をかけた。「すみません、院長」そして、ささやいた。「偶然を装って、図書室でお会いしましょう」エリザベスは犬を追って西の扉へ走っていった。

興味を引かれたゴドウィンは、図書室へ行って『聖ベネディクトの会則』を読んでいた。

すぐにエリザベスがやってきて、『マタイの福音書』を手に取った。ゴドウィンが修道院長の座について男性と女性の分離をはっきりさせようとしたとき、修道女たちは自分たちの図書室を作った。しかし、彼女たちが修道士の図書室から女子修道院の本をすべて持ち出してしまったためにそこに本がなくなり、ゴドウィンは決定を覆《くつがえ》さざるを得なかった。女子修道院の図書室は、いまでは寒い日に学校の教室として使われていた。

エリザベスは声が聞こえる程度の距離を置いてゴドウィンに背を向けて坐り、だれかが入ってきても謀議《ぼうぎ》を凝らしていると気取《けど》られないようにした。「お伝えしておきたいことがあるんです」エリザベスがいった。「シスター・カリスは新しい宝庫に女子修道院のお金を入れておくことに批判的です」

「それは知っている」

「彼女はシスター・ベスを説得して、きちんと金額を確かめるために、しまってあるお金を数えさせることにしました。それをあなたに知らせておいたほうがいいのではないかと思ったんです。つまり、もしあなたがそこから……借りているのなら」

ゴドウィンの心臓が止まった。調べれば、五十ダカット足りないことはすぐにわかるだろう。それに、新しい館を建てるためには、残りの金もすべて必要だ。これほど早くそのときがやってくるとは思っていなかった。ゴドウィンはカリスを呪った。あれほど秘密裡《り》にことを進めたのに、どうして感づいたのだろう？

「いつだ？」ゴドウィンは焦って訊いた。

「今日です。何時かはわかりませんが――いつであってもおかしくありません。でも、カリスは断固としてあなたに事前通告するのを拒んでいます」

できるかぎり急いでダカットを戻しておかなければならない。「ありがとう」ゴドウィンはいった。「教えてもらって非常に助かった」

「ロングハムの家族に便宜をはかっていただきましたから」そういって、エリザベスは図書室を出て行った。

ゴドウィンは急いで彼女の後につづいた。エリザベスが恩義を感じてくれていたとは何という幸運か！　陰謀に関するフィルモンの本能は計り知れないほど貴重なものだった。そう思っていると、ちょうど歩廊を歩く彼の姿が目に入った。「道具を持って宝庫へこい！」ゴドウィンはささやくと、修道院を離れた。

彼は緑地を突っ切って大通りへ出た。エルフリックの妻のアリスは、エドマンド・ウーラーの屋敷を相続していた。カリスが染物で稼いだ金を使った、町で最も大きな家の一つだった。いまや、エルフリックはとても豊かに暮らしていた。

ゴドウィンは扉を叩くと、玄関広間へ入っていった。アリスは正餐の残りを前に、テーブルに坐っていた。一緒にいるのは義理の娘のグリセルダと、その息子のリトル・マーティンだ。いまとなっては、マーティン・フィッツジェラルドが彼の父親だと信じる者はいなかった――グリセルダの逃げ出した婚約者、サースタンに瓜二つだったのだ。グリセルダは父の使用人の一人、石工のハロルド・メイソンと結婚していた。礼儀を知る者は、八歳の息子をマーティン・ハロルドソン（ハロルドの息子の意）と呼び、礼儀知らずはマーティン・バスタード（私生児）と呼んだ。

アリスはゴドウィンを見ると、椅子から飛び上がった。「まあ、従兄弟の修道院長さまがわが家にきてくれるなんて！　ワインはいかが？」

ゴドウィンはアリスの丁寧な歓迎を無視した。「エルフリックはどこだ？」

「階上で少し居眠りしているわ。客間で待っていてもらえればすぐに呼んでくるけど」

「頼む、急いでくれ」隣りの客間には坐り心地のよさそうな椅子が二脚置いてあったが、ゴドウィンは部屋をうろうろと歩きつづけた。

エルフリックが目をこすりながら入ってきた。「すみません、ちょうど――」

「三日前に渡したあの五十ダカットを返してくれ」

エルフリックは驚いた。「でも、あれは石を買うために」

「何を買うための金かはわかっている！　だが、いますぐに必要なんだ」

「少し使ってしまいましたよ。荷馬車屋に石切場から石を運ばせたので」

「どれくらい？」

「半分くらいでしょうか」

「その使った分は、あなたの金で立て替えられないか？」

「もう館はいらないということですか？」

「もちろん必要だ。だが、いますぐにあの金がいるんだ。理由は聞かないで、とにかく返してくれ」

「買ってしまった石はどうしましょう」

「そのまま取っておけばいい。金はすぐに返す。ほんの二、三日必要なだけなんだ。さあ！」

「わかりました。待っててください」

「どこへも行かないよ」

エルフリックが出ていった。あいつはどこに金をしまっているんだろう、とゴドウィンは考えた。炉床の石の下が一般的だ。だが、建築職人のエルフリックなら、もっと手の込んだ隠し場所を作っているのかもしれない。ともかく、エルフリックは数分で戻ってきた。

そして、金貨を五十枚、数えながらゴドウィンの手に乗せた。

ゴドウィンはいった。「ダカットを渡したはずだ——フローリンが混じってるじゃないか」フローリン金貨は同じ大きさだったが、別の意匠《いしょう》が刻まれていた。片側に洗礼者ヨハネが、反対側には花が描かれている。

「同じ金貨はありませんよ！　使ってしまったといったでしょう。フローリンでも価値は同じじゃないんですか？」

確かに価値は同じだ。だが、問題は修道女たちが違いに気づくかどうかだ。

ゴドウィンはベルトの財布に金貨を放り込むと、ものもいわずに家を飛び出した。

大急ぎで大聖堂に戻ると、宝庫にはフィルモンがいた。「修道女たちが検査をしようとしている」ゴドウィンは息を切らしながら説明した。「エルフリックから金は取り返してきた。箱を開けろ、急げ」

フィルモンが敷石をずらして箱を開けると、釘を抜いて蓋を開けた。

ゴドウィンは金貨を調べた。どれもダカット金貨だった。

仕方がない。ゴドウィンは金貨を掘り、いちばん奥にフローリン金貨を押し込んだ。「蓋を戻して、箱をしまえ」

フィルモンがいわれたとおりにした。

一瞬、ゴドウィンはほっとした。盗んだ金はともかくも返した。少なくとも、ひと目でわかるほどではなくなった。

「金貨を数えるときにはここにいたい」ゴドウィンはいった。「ダカットにフローリンが混じっていることに修道女が気づくかどうか心配なんだ」

「いつくるのかわかってるんですか？」

「いや」

「修練士に聖歌隊席を掃除させましょう。そして、ベスがきたら、われわれに知らせるよういっておきます」修練士のなかにはフィルモンを尊敬し、喜んで言いつけを守る者がいた。

だが、結局修練士は必要なかった。二人が宝庫を出ようとしたとき、ちょうどシスター・ベスとシスター・カリスがやってきたのだ。

ゴドウィンは会計の話の途中の振りを装い、フィルモンにいった。「昔の会計簿を見てみないといけないな、ブラザー」そして、いま気がついたかのように二人に挨拶した。「これはどうも、シスター」

カリスは修道女の隠し穴を両方とも開け、箱を二つ取り出した。

「何か手伝おうか？」ゴドウィンが声をかけた。

カリスは無視した。

ベスが答えた。「ちょっと確かめるだけですから、すぐにすみます」

「どうぞごゆっくり」鷹揚《おうよう》にいいながらも、ゴドウィンの心臓は早鐘を打っていた。

カリスが不機嫌な声でいった。「恐縮する必要はないわよ、シスター・ベス。わたしたちの宝庫の、わたしたちのお金なんだから」

ゴドウィンは会計を記した巻物を適当に広げ、フィルモンと二人で詳しく調べている振りをした。ベスとカリスが銀貨のほうの箱を数えはじめた。ファージング、半ペニー、ペニー、それにルクセンブルグと呼ばれる、混ぜ物をした銀で作られた不完全な偽造ペニーも混じっていた。ルクセンブルグは細かい釣り銭に使われていた。各種の金貨もあった。フローリン、ダカット、二つによく似た金貨——ジェノヴァのジェノヴィーノ、ナポリのレアル——少し大きめのフランスのアニェル、真新しいイングランドのノーブル。ベスは小さな帳面で合計を計算し、それが終わるといった。「ぴったりだわ」

二人は硬貨を箱に戻し、鍵を掛けて床下の穴へ戻した。

そして、もう一つの箱の中身を数えはじめた。金貨を十枚ずつ重ねていく。箱のいちばん下まで辿《たど》り着くと、ベスが眉をひそめて当惑したような声を出した。

「どうしたの？」カリスが尋ねた。

ゴドウィンはやましい心に恐怖を感じた。

「この箱にはソーンベリーの敬虔な女性からの遺産だけが収めてあるの。ほかとは分けておいたのよ」

「それで……？」

「彼女の夫はヴェネチアで仕事をしていたの。間違いなく全部ダカットだったわ。それなのに、フローリンが混じっている」

ゴドウィンとフィルモンは凍りついたようになって耳をそばだてた。

「おかしいわね」カリスがいった。

「わたしの勘違いかしら」

「それはないんじゃないの？」

「そうかしら」ベスがいった。「でも、泥棒は金貨を宝庫に戻したりしないでしょ？」

「そうね」カリスも同意せざるを得なかった。

二人は金貨を数え終えた。十枚の山が百個、つまり百五十ポンドだ。「帳簿の数字とぴったりよ」ベスがいった。

「一ペニーも違わないのね」カリスがいった。

「だからいったでしょう」

45

カリスはシスター・メアーを思いながら何時間も過ごした。

キスには驚かされたが、もっと意外なのは自分自身の反応だった。興奮を感じたのだ。いまのいままで、彼女はメアーにも、あるいはほかの女性にも興味を引かれたことはなかった。それどころか、キスや身体のつながりを求めたのはたった一人、マーティンしかいなかった。女子修道院では身体を触れ合わせずに暮らすことを学んだ。以来、あそこに触れたのは自分の手だけだった。彼と愛を交わした日々を思い出したときは、共同寝室の暗がりのなかで枕に顔をうずめ、喘ぎ声がほかの修道女たちに聞かれないようにしなくてはならなかった。

メアーに対しては、マーティンが抱かせてくれた沸きたつような欲望を感じなかった。だが、マーティンは千マイルの彼方にいて、七年が過ぎていた。それに、メアーを気に入っていた。天使のような顔立ちのためか、青い目のためか、施療所や学校で見せる彼女の態度のためかもしれなかった。

メアーはいつも可愛いらしくカリスに話しかけ、だれにも見られていないときには腕に、あるいは肩に、一度は頬にふれた。カリスははねつけはしなかったが、反応しないよう自分を抑えた。罪《シン》かもしれないと考えたためではない。女性たちが自分自身で、あるいは女性同士で無邪気に楽しむのを禁じる規則を定めるほど神は愚かではないと、カリスは確信していた。メアーを失望させたくなかった。彼女の気持ちは強く揺るぎないものだと直感が告げていたが、カリス自身の気持ちが定まっていなかった。わたしは愛されている、でも、わたしは彼女を愛していない。もし彼女とまたキスをすれば、お互いが一生涯の伴侶かと期待を抱くかもしれない。わたしにはそんな約束はできない。

そうやって何もしないでいるうちに、羊毛市の週になった。

キングズブリッジの市は、一三三八年の低迷期を脱していた。原毛はまだ国王の介入で損害を被ったままだったし、イタリア人たちは一年おきにしかこなかったけれども、新しい商売の毛織物と染物がその穴埋めになった。ゴドウィン修道院長が個人の工場を禁止したために、産業は町から流出して周辺の村々に移り、町はまだ本来の活気を取り戻していなかった。しかし、織物のほとんどは町の市場で売られ、キングズブリッジ・スカーレットとして有名になっていた。マーティンの橋はエルフリックによって仕上げられ、人々は荷馬車や荷車を引いて、幅広の橋の上をせわしなく行き交った。

市が開催される前夜の土曜、施療所は訪問者で溢れかえっていた。

そして、そのなかの一人は病気だった。

彼はモールドウィン・クックという名で、塩味のきいたセイボリー（濃い味つけのつまみや前菜）を小麦粉と魚や肉の細切れで作るのを商売にしていた。バターでさっと炒めたその値段は、六つで一ファージングだった。彼は到着してまもなく急に激しい胃痛を訴え、つづいて嘔吐《おうと》と下痢に苦しんだ。カリスは扉に近いベッドをあてがう以外、何もしてやれなかった。

彼女はずっと前から施療所専用の便所を作り、清潔に管理できるようにしたかった。だが、それは彼女が望む改善点のほんの一つでしかなかった。施療所に隣接する新しい薬剤室——広々として明るく、薬を用意したり記録をつけたりできる部屋——を必要としていた。それに、患者たちにもっとプライヴァシーを与える方法を見つけ出そうとしていた。現状では、お産をする女性やひきつけを起こす男性、嘔吐する子供が、部屋にいるだれからでも見えた。苦しむ人々には大きな教会の付属礼拝堂のような個室があてがわれるべきだと、彼女は常に思っていた。ただ、どうすればそれが実現できるかがわからなかった。施療所には十分な広さがなかった。建築職人のジェレマイアと——その昔、彼はマーティンの助手のジミーだった——何度も打ち合わせを重ねたが、それでも満足のいく解決法は思い浮かばなかった。

次の朝、さらに三人にモールドウィン・クックと同じ症状が出た。

カリスは訪問者たちに朝食を施して市へ送りだした。病人だけが残ることを許された。施療所の床はいつも以上に汚物まみれだったが、彼女はそれを拭《ふ》き取って洗い流した。そして、大聖堂の礼拝に出かけた。

リチャード司教は不在だった。国王とともに、またもフランス侵攻の準備をしていたのだ。

彼は常に、司教の職を主に自分の貴族的な生き方を支えるための手段とみなしていた。不在のあいだ、司教区はロイド助祭長が執《と》りしきり、司教の十分の一税と地代を徴収し、子供たちに洗礼名を与え、根気強く、しかし、事務的な効率のよさで務めを果たした――その特徴は、信仰が金銭より重要である理由について長い説教を行なうところや、イングランドの主要な市の開催にあたっての、風変わりな式辞によく表われていた。

ともあれ、いつもの初日同様、みな心が昂ぶっていた。羊毛市は住民と近隣の村々の農民たちにとって、一年でもっとも盛り上がるときだった。人々は市で金を儲け、宿屋の賭けごとで金を失った。村のはすっぱな若い娘たちは、口のうまい町の若者に誘惑されるがままだった。裕福な農民たちは町の娼婦に金を払い、自分の妻には頼めないような奉仕をさせた。人殺しが一件、しばしば数件、起きるのもいつものことだった。

カリスは体格のいい、金持ちらしい身なりをしたボナヴェントゥーラ・カロリの姿を礼拝で見かけ、心が揺れた。マーティンの近況を知っているかもしれない。彼女は上の空で賛美歌の唱和をつづけた。外へ出ようとするところで、やっとボナヴェントゥーラに気づいてもらえた。彼は微笑みを返した。彼女は首をかしげることで、あとで会いたいとなんとか伝えようとしたが、その意思が伝わったかどうかは自信がなかった。

彼女は施療所へ向かった――修道院のなかで唯一、部外者の男性と修道女が会える場所だった。すると、ほどなくボナヴェントゥーラが入ってきた。彼は質のいい青い外套を羽織り、先の尖った靴をはいていた。「最後に会ったとき、きみはリチャード司教から修道女に任命されたばかりだったな」と、彼はいった。

「いまは、訪問者接待係をしています」

「おめでとう！　きみがこれほど女子修道院の生活になじむとは想像もしなかった」ボナヴェントゥーラは幼い少女のころからカリスを知っていた。

「わたしもです」と、彼女は笑い声を上げた。

「修道院は順調らしいな」

「そうおっしゃるわけは？」

「ゴドウィンが壮大な新しい館を建てているようだからさ」

「そうですけど」

「儲けているに違いない」

「そうかもしれません。あなたはいかが？　商売の具合は？」

「問題がいくつかあるんだよ。イングランドとフランスの戦争で輸送が滞っているし、エドワード王の税金でイングランドの羊毛はスペインより高くなった。もっとも質も高いんだがね」

　税金にはいつもみな不平をいう。カリスは本当に聞きたいことを尋ねた。「マーティンのことは何か？」

「実をいうと、あるんだ」ボナヴェントゥーラが答えた。彼のしぐさはそれまで同様礼儀正しかったものの、彼女はそこにためらいがあるのを感じ取った。「マーティンは結婚したよ」

カリスは殴られたような気がした。まったく予想もしていなかったし、考えたことさえなかった。マーティンが結婚するなんて。彼は……わたしたちは……。

彼が結婚しないでいる理由など、もちろん何一つない。わたしは一度ならず彼を拒み、あげくの果てに、女子修道院に入ることで拒絶を決定的なものにした。彼がそれほど長いあいだ待ってくれただけでも驚きだ。わたしが傷つく筋ではない。

カリスは無理に笑顔を作った。「なんて喜ばしいことでしょう。彼におめでとうと伝えてください。相手はだれなんですか？」

ボナヴェントゥーラは彼女の心痛に気づかない振りをし、当たりさわりのないゴシップでも流しているかのように何気なく答えた。「シルヴィアという女性だよ。町いちばんの名士の一人、アレッサンドロ・クリスティの次女だ。東洋の香辛料を扱っている商人で、何隻か船も所有している」

「歳は？」

ボナヴェントゥーラがにやりとした。「アレッサンドロか？　私とほぼ同い年のはずだが……」

「からかわないでください！」カリスは気持ちを和ませてくれたボナヴェントゥーラに感謝した。「シルヴィアの歳ですよ」

「二十三だ」

「わたしより六つ年下ですね」

「美しい娘だが……」

それとない含みが感じられた。「でも……？」

彼が言い訳がましく首をかしげた。「彼女は口が過ぎるというもっぱらの評判なんだ。もちろん、人はみな好き勝手なことをいうものだがね……しかし、おそらくそれがずっと独身でいた理由だろう——普通、フィレンツェの娘たちは十八になるまでに結婚するからな」

「口が過ぎるというのは本当でしょうね」カリスはいった。「キングズブリッジでマーティンが好きになった女性は、わたしとエリザベス・クラークだけでした。そして、二人とも口が過ぎる女でしたもの」

ボナヴェントゥーラが笑い声を上げた。「いやいや、とんでもない」

「結婚式はいつ？」

「二年前だ。前にきみに会ってから、ほどなくしてだったな」

わたしが修道女に任命されるまでマーティンは独身を守っていたのだ、とカリスは気がついた。ボナヴェントゥーラを通じて、わたしが最後の一歩を踏み出したと聞いたに違いない。四年以上も異国の地でわたしを思っていてくれたんだわ。そう考えると、偽りの健気《けなげ》さがもろくも崩れはじめた。

ボナヴェントゥーラがいった。「子供も生まれたんだ。ローラという女の子だ」

もう十分よ。七年前に感じた悲しみが——もう永遠に消え去ったと思っていた痛みが——どっとよみがえってきた。一三三九年のあのとき、彼を本当に失ってしまったわけではなかったのだ。彼は長いあいだ、わたしを思ってくれていた。でも、わたしはついに彼を失ってしまった。決定的に、永遠に。

ひきつけでも起こしたかのように身が震え、もう長くは耐えられないと自分でわかった。震える声で、カリスはいった。「あなたに会えたことも、話を聞けたことも、本当によかったわ。でも、そろそろ仕事に戻らないと」

彼の表情に不安がよぎった。「気にさわったのでなければいいんだが。きみが知りたいだろうと思ったものだからね」

「そんなにやさしくされたら、わたし、泣いてしまいます」カリスは踵を返し、急いでその場を離れた。

施療所から歩廊を抜けて歩くあいだ、彼女は俯いて顔を隠した。どこか独りになれる場所を探しながら、共同寝室への階段を駆け上がった。日中はここにはだれもいない。がらんとした部屋を通り抜けながら、彼女はすすり泣きはじめた。突き当たりはマザー・セシリアの寝室だった。許可なしに入るのはだれも許されていなかったが、かまわずなかに入り、乱暴に扉を閉めた。そして、セシリアのベッドに崩れ落ちた。修道女の帽子が脱げたのにも気づかなかった。カリスは藁布団に顔をうずめて泣いた。

しばらくして、頭に手が置かれ、短く刈りこんだ髪が撫でられるのを感じた。部屋に人が入ってくる音は聞こえなかった。だれだろうとかまわなかった。カリスの心は少しずつ静まっていった。泣きじゃくる声が和らいで涙が乾き、感情の嵐も凪《な》ぎはじめた。身を起こして慰めてくれる人を見上げた。メアーだった。

カリスはいった。「マーティンが結婚したの――女の子も生まれたって」そして、また泣きはじめた。

メアーがベッドに横になり、カリスの頭を両腕で抱いた。メアーの柔らかな胸に顔を押しつけると、涙が毛織りのローブに吸いこまれていった。

しばらくすると、カリスは落ちついた。悲しみを出し尽くしてさっぱりした。マーティンが黒髪のイタリア人の赤ん坊を抱いている姿を想像し、彼はさぞ幸せなのだろうと思った。彼が幸せならうれしかった。やがて、彼女は疲れ切って眠りに落ちた。

モールドウィン・クックに始まった病気は、夏の野火のように羊毛市の民衆のあいだに広まった。月曜には施療所から宿屋へ、火曜には訪問者から町の住民へと飛び火した。自分の記録から、カリスはその特徴に気づいた。胃痛で始まり、ついで急激な嘔吐と下痢が二十四時間から四十八時間つづく。大人ならそれ以上は悪化しないが、老人や幼な子は死亡した。

水曜には、修道女たちと女子修道院学校の女児たちが発症した。メアーとティリーの二人もその病気にかかった。カリスはボナヴェントゥーラをベル・インで探し出し、イタリアの医者はこの病気の治療法を知らないだろうかと不安げに訊いた。「治療薬はない」と、彼は答えた。「何一つ効かないんだが、医者たちは人々から金を巻き上げるためだけに、毎日のように何かしらを処方している。だが、アラブ人の治療師のなかには、この病気が広まるのを防げると信じている者もいる」

「本当ですか?」カリスは興味を引かれた。修道士は必死で否定していたものの、商人たちによると、イスラムの医者はキリスト教圏の同業者よりも優れていた。「それはどうやって?」

「この病気は病人に見られたときに伝染すると、彼らはそう信じている。視覚というのは目から発せられた光線が目にしたものにふれて作用する——たとえば、指を伸ばして、それが暖かいのか、乾いているのか、あるいは硬いのかと探るようなものだ。だが、その光線は、同時に病気も放射している可能性がある。だから、決して患者と同じ部屋にいないようにすれば、この病気は避けられるそうだ」

カリスには病が視線で伝染するとは信じられなかった。もしそれが本当だとすれば、大聖堂での大事な儀式の後、礼拝堂にいた全員が、司教のかかっていた病のどれかをうつされていたはずではないか。国王が病気になれば、彼を見た数百人に必ず病気がうつったに違いない。そうであれば、間違いなくだれか気づく者がいたはずだ。

とはいえ、病にかかった者と同室にするべきではないという考え方には説得力があった。この施療所でも、モールドウィンの病は患者と近くにいた者へとうつったようだ。病人の妻や家族が最初にかかり、つづいて近くのベッドにいた人々に波及した。

カリスはある種の病——腹をこわしたり、咳や風邪、あらゆる種類の瘡《かさ》——が、市や市場で急激に広まったように見えることに以前から気づいていた。だから、病気がある人からほかの人へと何らかの形でうつっていくのは間違いないと思われた。

水曜の夕食のとき、施療所の来訪者の半分は同じ病を患っていた。木曜の朝には一人残らずかかっていた。修道院の使用人たちもまた病に倒れたので、カリスは掃除をする人手にも事欠いた。

朝食の時間にその混乱を見て、マザー・セシリアは施療所の閉鎖を勧めた。

カリスはそれを受け入れる覚悟ができていた。病気に対する自分の無力さに消沈し、汚物まみれの自分の施療所に打ちひしがれていた。「でも、人々はどこで眠ればいいのでしょうか？」彼女は訊いた。

「宿屋へ行かせなさい」

「宿屋でも同じ問題を抱えています。大聖堂をあてがってはいかがでしょう」

セシリアが首を振った。「聖歌隊席で賛美歌が歌われているかたわらで農民たちが身廊で嘔吐するなど、ゴドウィンは認めないでしょう」

「彼らがどこで眠るにしろ、病人を健康な者から離すべきです。ボナヴェントゥーラによれば、それで病気の広がるのを防げるそうです」

「一理あるわね」

カリスの頭のなかで、新しい思いつきが閃いた。これまでは考えたこともなかったが、いまは、なぜかそれしかあり得ないように思われた。「もしかすると、この施療所を手直しするだけでは駄目かもしれません」と、彼女はいった。「わたしたちは病人だけのための新しい施療所を建てるべきではないでしょうか。そしてこの古いほうを巡礼者や健康な訪問者たちのために使うのです」

セシリアが考え込んだ。「費用がかさむわね」

「わたしたちにはあの百五十ポンドがあります」夢が膨らみはじめた。「新しい薬剤室を併設できるかもしれません。慢性の病人用に個室も建てられるかも」

「費用を見積もってごらんなさい。エルフリックに訊いてみるといいわ」

カリスはエルフリックを毛嫌いしていた。彼がカリスを嫌う前から、彼女は彼が嫌いだった。エルフリックなんかに新しい施療所を建てさせたくなかった。「エルフリックはゴドウィンの新しい館にかかりきりです」と、カリスはいった。「ジェレマイアに相談します」

「あなたにまかせるわ」

カリスの心にセシリアへの愛情があふれた。彼女は厳格で規則に厳しい人だけど、補佐の裁量に任せる余地を与えてくれる。わたしを突き動かす衝動的な葛藤を、いつも理解し、その衝動を無理に押さえ込もうとする代わりに、それを活かす方法を見つけてくれる。集中できる仕事をあてがい、反抗しがちなエネルギーの捌《は》け口を与え、わたしがここでこうして目の前の難局に対処できずにいるのに、新しい長期計画を進めるようにと落ち着いて命じてくれた。「ありがとうございます、マザー・セシリア」

その日の午後、修道院の敷地を巡りながら、カリスはジェレマイアに自分の目標を語った。彼は相も変わらず迷信深く、日々のごくつまらない出来事に神や悪魔の業を見ていた。とはいえ、一方では創意に富んだ建築職人で、新しい思いつきもすぐに受け入れた。さすがはマーティンの教え子だった。二人がさっそく新しい施療所に最適と決めた場所は、いまの厨房のすぐ南だった。ほかの施設から離れているので、病人たちが健康な者と接触する機会も少ないはずだし、食事を遠くまで運ぶ必要もなく、それでいて、新しい施設は修道女たちのいる歩廊からも便利だった。薬剤室と新しい便所、それに個室のある二階も含めて、ジェレマイアは約百ポンドと費用を見積もった——寄付の大部分だった。

カリスはマザー・セシリアに候補地を相談した。その土地は修道院にも女子修道院にも属していなかったので、二人してゴドウィンに相談に行った。

ゴドウィンは彼本人が建築計画を進めている、新しい館の現場にいた。枠組みは建ち上がっていて、屋根もできていた。この現場を訪れるのは数週間ぶりだったが、カリスはその規模に驚かされた——わたしの新しい施療所とほぼ同じくらいになるだろう。ボナヴェントゥーラが壮大と形容した理由がわかった。食堂は女子修道院のそれよりも広かった。まるでゴドウィンが完成を急いでいるかのように、現場には職人があふれていた。色とりどりのタイルが敷き詰められて床に幾何学模様を描き、大工が数人で扉をこしらえ、ガラス職人の親方は窓ガラスを作るための炉を設置済みだった。ゴドウィンはかなりの財を注ぎ込んでいた。

彼とフィルモンは、新しい建物を司教の代理のロイド助祭長に見せているところだった。二人の修道女が近づくと、ゴドウィンはぴたりと話をやめた。セシリアがいった。「わたしたちにはおかまいなく——でも、終わったら施療所の前で会ってもらえないかしら。お見せしたいものがあるの」

「仰《おお》せのままに」ゴドウィンが答えた。

カリスとセシリアは大聖堂正面の市を抜けて施療所へ戻った。金曜日は羊毛市の安売りの日だった。商人たちは売り物を家まで持ち帰らずにすむよう、売れ残りの品を割引き価格で売った。カリスはマーク・ウェバーを見かけた。丸顔でいまやお腹も丸く、自家製の明るいスカーレットの外套を羽織っていた。四人の子供たちが店を手伝っていた。なかでもカリスのお気に入りのドーラはもう十五歳になり、引きしまった身体に、母親ゆずりの活発さに満ちた自信がそなわっていた。

「繁盛しているようね」カリスはにこやかにマークに話しかけた。

「この富は本当はあんたのものなんだけどね」彼は答えた。「染料を考え出したのはあんただ。おれはいわれたとおりにしただけだよ。なんだかあんたを騙したような気分だ」

「一生懸命働いたご褒美よ」と、彼女はいった。マークとマッジが自分の考案したものでとてもうまくやっているのは気にならなかった。難しい商売への挑戦をいつも楽しんでいたとはいえ、金もうけの欲は一度も持たなかった——おそらく裕福な家庭で育ったおかげで、お金があるのが当たり前だったからだろう。理由はどうあれ、自分が得ていたかもしれない財産をウェバー一家が稼ぎつづけていても、後悔の念はなかった。ウェバー家の子供たちが健康でよい身なりをしているのを見るとうれしかった。一台の織機に占領された部屋の床で、六人の子供たちが寝場所を見つけなければならなかったころが思い出された。

カリスはセシリアと修道院の敷地の南端へ向かった。厩舎のまわりの土地は農場のようだった。小さな建物がいくつかあった。鳩舎、鶏小屋、それに物置き。鶏が泥をほじくり返し、豚が厨房の生ごみを漁《あさ》っていた。カリスはすべてを掃除したくてうずうずした。

まもなく、ゴドウィンとフィルモンがやってきた。ロイドも一緒だった。セシリアが厨房脇の一区画を指し示して切り出した。「新しい施療所を作るつもりなんだけど、ここに建てたいのよ。どうかしら？」

「新しい施療所ですと？」ゴドウィンが訊いた。「どうして？」

その不安げな様子を見て、カリスはなぜだろうと訝った。

セシリアがつづけた。「モールドウィン・クックから始まった胃痛の病のせいとでもいうのかしらね。今回はことさら伝染性の強い例だけど、病気が市で急激に拡大するのはよくあることなの。そして、それほど急速に広まる理由の一つは、わたしたちが病人と健常者を食事や睡眠、便所も共にさせてしまっていることにあるかもしれないの」

ゴドウィンがむっとした。「修道女たちはいまや医者でもある、というわけですか」

カリスは眉をひそめた。こういう当てこすりはゴドウィンらしくない。彼はご機嫌取りで自らの主張を通してきた。セシリアのような権力者に対してはなおさらだ。この発作的な苛立ちには、何かほかに隠された理由があるはずだ。

「とんでもない」セシリアがいった。「だけど、病気のなかに罹《り》患者《かんしゃ》から隣り近所へ広まるものがあるのはみんな知っているわ——明らかにそうなのよ」

　カリスが割り込んだ。「イスラムの治療師たちは、病人を見ることで病が伝染すると信じているわ」

「そうかい。それは実に興味深い話だな」ゴドウィンの嫌味は不自然だった。「薬学を七年も大学で学んだわれわれも、修道女になりたての女性からよろこんで講義を受けさせてもらおうか」

　カリスはひるまなかった。かつて自分を殺そうとした、嘘つきの偽善者に敬意を表するつもりなど、これっぽっちもなかった。「もし病の伝染を信じないのなら、今夜施療所へきて、吐き気と下痢に苦しむ百人の人々の脇で休み、自分の信念を証明したらどうなの？」

　セシリアが諫《いさ》めた。「シスター・カリス！　もう十分です」そして、ゴドウィンに向かっていった。「ごめんなさいね。病気のことで、たかが修道女との議論にあなたを巻きこむつもりはなかったのよ。ただ、わたしの選んだ候補地に異存はないか、それを確かめたかっただけなの」

「いずれにせよ、いまは無理でしょう」ゴドウィンが答えた。「エルフリックは新しい院長の館にかかりきりですからね」

　カリスはいった。「エルフリックはいらないわ――ジェレマイアを使うつもりよ」

　セシリアが彼女に向きなおった。「カリス、お黙りなさい！　立場をわきまえるのです。二度とわたしと修道院長の会話をさえぎってはなりません」

　カリスは自分がセシリアの助けになっていないと気づき――自分の気持ちに逆らって――

彼女に頭を下げた。「すみませんでした」

セシリアはゴドウィンに話しかけた。「問題はいつ建てるかではなく、どこに建てるかです」

「残念ですが、それは認めません」彼は頑《かたく》なに答えた。

「それなら、どこならいいの?」

「あなたがたに新しい施療所が必要だとはまったく思いません」

「悪いけど、女子修道院の責任者はわたしです」セシリアはぴしゃりと答えた。「わたしたちのお金をどのように使うか、あなたの指図は受けません。とはいっても、新しい施設を建てる前にお互いが相談し合うのが通例です――でも、いわせてもらえれば、あなたは自分の館を計画するとき、このちょっとした気遣いを忘れたわね。それでも、わたしはあなたに相談しているのですよ――施設の場所の問題についてだけだけど」そして、ロイドを見た。

「助祭長はどう考えておられるのかしら?」

「同意は必要ですな」ロイドが当たりさわりのない返事をした。

カリスは当惑し、眉をひそめた。なぜゴドウィンは気にするのだろう? 彼の建てている館は大聖堂の北側にある。修道女たちが新しい施設をここ南側、修道士たちがまず滅多にこない場所に建てたところで、彼には何の不都合もないはずなのに。

ゴドウィンがいった。「私はその場所も、施設自体も承認しないといっているのです。これでこの件は終わりです!」

カリスは不意に閃いた。ゴドウィンの不審な言動の理由がわかった。あまりの驚きに、彼女は思わず口走った。「お金を盗んだのね！」

セシリアが諫めた。「カリス！　わたしの言いつけを――」

「彼はソーンベリーの女性からの寄付金を盗んだんです！」カリスは激しい怒りでセシリアをさえぎった。「そうよ、新しい館を建てるお金の出どころはそこだったんだわ。そしていま、わたしたちに施設を建てるのをやめさせようとしているのは、宝庫へ行ったらお金がなくなっているのがばれるからよ！」怒りで身体が爆発しそうだった。

ゴドウィンがいった。「馬鹿馬鹿しい」

反論にしてはあまりにおとなしかったので、カリスは図星を突いたに違いないとわかった。確信を得て、さらに怒りが増した。「証明するわ！」彼女は叫び、もっと穏やかに話すよう自分を抑えた。「いますぐ宝庫へ行って保管箱を確認します。異存はありませんね、院長？」

フィルモンが割りこんだ。「これはまったく品位を欠いた所業でしょう。修道院長が疑いをかけられるなど、あり得べからざることだ」

カリスは無視した。「修道女たちには百五十ポンドの蓄《たくわ》えがあるはずですね」

「まぎれもなく」ゴドウィンが答えた。

「それでは告発がなされた以上、修道女たちは何はともあれ、蓄えを確認しなければなりません」といってカリスはセシリアを見た。女子修道院長が同意のうなずきを返した。「では、修道院長がその場にいたくないとおっしゃるのなら、助祭長に証人として立ち会っていただきます」

ロイドはこの争いにかかわりたくないといった様子だったが、仲裁役を演じるのを断わるのは難しかったので、こうつぶやいた。「もちろん、双方の役に立てるのであれば……」

カリスは忙しく頭を働かせた。「保管箱はどうやって開けたのかしら。錠を作ったのはクリストファー・ブラックスミスだけど、彼は正直者だから、鍵の複製を作って渡すような盗みの手伝いはしない。箱を壊して開け、そして、どうにかして修理したに違いないわ。どうやったのかしら。蝶番を外した?」ゴドウィンがフィルモンをちらりと見たのに気づき、カリスは勝ち誇っていった。「なるほど、蝶番を外したのはフィルモンなのね。でも、お金を取ったのは修道院長で、彼はそれをエルフリックに渡したんだわ」

セシリアがいった。「推測はそこまでです。議論を終わらせましょう。みんなで宝庫へ行って箱を開ければ、それで万事解決するわ」

「盗みではない」ゴドウィンがいった。

全員が彼を見た。ショックで沈黙に包まれた。

セシリアがいった。「認めるの!」

「盗みではない」ゴドウィンが繰り返した。「あの金は修道院の便益と神の栄光のために使われているのだ」

カリスはいった。「同じことよ。あなたのお金ではありません!」

「あれは神の金だ」ゴドウィンがしつこく繰り返した。

セシリアが反論した。「あのお金は女子修道院に遺されたものです。それはあなたもご存じのはずよ。遺言状を見たでしょう」

「遺言状など知らない」

「いいえ、ご存じのはずよ。あなたに渡して、写しを……」セシリアの言葉が途切れた。

ゴドウィンがまたもや繰り返した。「遺言状など知らん」

カリスはいった。「彼は捨てたんです。写しを作るからといって原本を箱に入れ、宝庫に置いて……でも、彼は捨てたんです」

セシリアが呆れ果ててゴドウィンを見つめた。「予想すべきでした。あなたがカリスにしようとしたことを考えれば、あなたを二度と信用すべきではありませんでした。でも、わたしはあなたの魂にまだ救いがあるかもしれないと考えたのです。でも、わたしは完全に間違っていました」

カリスはいった。「手渡す前に、遺言状の写しを自分たちで作っておいたのは幸いでした」それは嘘だった。

ゴドウィンがいった。「遺言状などでっち上げに決まっている」

カリスは答えた。「そもそもお金があなたのものであったのなら、手に入れるのに箱を壊して開ける必要などなかったはずでしょう。では、行って確かめましょうよ。どちらにしても、それで結着がつくわ」

フィルモンがいった。「蝶番が細工されていたという事実は何の証拠にもならない」

「やっぱりね。わたしの思ったとおりだったわ！」カリスはいった。「どうして、蝶番が細工されていたのを知ってるの？　シスター・ベスはあの監査のあとは宝庫を開けていないし、あのときは箱は無傷だった。箱が細工されたとあなたが知っているのは、自分で箱を動かしたからに違いないわ」

フィルモンがうろたえ、返す言葉を見つけられなかった。

セシリアがロイドに向きなおった。「助祭長、あなたは司教の代理です。お金を女子修道院に返すよう修道院長に命じるのは、あなたの責任だと思いますが」

ロイドが困った様子でゴドウィンに訊いた。「お金はいくらかでも残っているかね？」

カリスが憤然としていた。「盗人を捕らえたとき、不当に得た利益を弁償する余裕があるかなどと尋ねたりはしません！」

ゴドウィンが答えた。「半分以上はすでに館の建設に使った」

「工事はいますぐ中止よ」カリスはいった。「働き手たちを今日で解雇して建物を解体し、資材を売り払いなさい。一ペニー残らず返すんです。現金で払えないぶんは、館を解体したあと、土地やほかの資産で償ってもらいます」

「断わる」

セシリアがふたたびロイドに話しかけた。「助祭長、責任を果たしてください。司教に仕える者が同じ仲間から盗むなど、両者が聖職についていようがいまいが見過ごしてはなりません」

ロイドが答えた。「私一人ではこのような争いは裁定できない。大事《おおごと》すぎる」

カリスは怒りで言葉もなく、ロイドの軟弱さに呆然とした。

セシリアは食い下がった。「でも、やらなければ！」

ロイドは追いつめられた様子だったが、頑として首を横に振った。「窃盗の告発、遺言状の破棄、文書捏造《ねつぞう》の容疑……これは司教その人に裁いてもらうしかない！」

セシリアがいった。「でも、リチャード司教はフランスへ向かう途中ですよ。いつ戻られるのか、だれにもわかりません。そのあいだも、ゴドウィンに盗んだお金を使いつづけさせるのですか！」

「私にはどうしようもない」ロイドがいった。「リチャード司教に申し立ててもらうしかない」

「それなら結構です」カリスはいった。思い詰めた彼女の口調に、全員が彼女を見つめた。

「そういう事情であれば、なすべきことは一つしかありません。司教を探しに行きましょう」

46

一三四六年七月、国王エドワード三世はイングランド史上最大の、千隻近い侵攻艦隊をポーツマスで組織した。向かい風に足止めされたものの、七月十一日、大艦隊はついに秘密の目的地へ向け出航した。

カリスとメアーがポーツマスに到着したのはその二日後、一足違いで、リチャード司教は国王に従って出帆したあとだった。

二人は軍を追ってフランスへ渡ろうと決めた。

ポーツマスへの旅でさえ承認をもらうのは簡単ではなかった。マザー・セシリアはカリスの提案を検討するために修道女集会を招集したが、なかにはカリスが道徳的また肉体的な危険にさらされるかもしれないと考える者がいた。しかし、修道女が修道院を離れる例はないわけではなく、巡礼のみならず、商用でロンドン、カンタベリー、さらにローマへも旅をしていた。それに、何よりもキングズブリッジの修道女たちは、盗まれた金を取り戻したがっていた。

そうはいっても、英仏海峡を渡るさらなる許可がもらえるかどうか、カリスは確信が持てなかった。ただ、幸いなことに、ポーツマスまできてしまったいまとなっては、もはや許可の求めようがなかった。

だが、たとえ国王の目的地を知っていたとしても、すぐに軍を追うことはできなかった。イングランドの南海岸にある外海を渡れる船は、一隻残らず侵攻のために徴用されていたのだ。というわけで、二人の修道女は、ポーツマスの町外れの女子修道院で、気をもみながら知らせを待った。

カリスはやがて、エドワード王とその軍勢が上陸したのはフランスのバルフルール近郊の北岸、サン・ヴァース・ラ・オグの広い砂浜だと知らされた。ところが、艦隊はすぐには戻らず、侵攻軍とともに海岸沿いに東へ二週間進んで、カーンで戦利品――宝石、高価な衣服、それに金銀の食器といった、エドワード軍がノルマンディーの裕福な上流市民から略奪した品々――を積んで戻ってきた。

最初に戻ったうちの一隻、〈グレース〉は大きな幅広の貨物船で、舳先《へさき》も艫《とも》も丸みをおびていた。陽に焼けたロロという名の船長は、国王を心から賞賛していた。船も水夫も、国王から頼まれな額の報酬を受け取り、ロロ自身も略奪品からかなりの分け前を得ていた。「あんなでかい軍隊は初めて見ましたよ」と、ロロは楽しげに語った。彼によると、少なくとも一万五千の兵がいて、その半数ほどは弓矢隊、騎馬は五千ほどだろうとのことだった。「追いつくためには近道をしなくてはならないが」と、彼はいった。「おれがカーンまで連れていってあげましょう。そこから自力で跡をたどればいい。どっちの方角へ向かったにしろ、あなたたちより一週間は先に進んでるはずです」

カリスとメアーは船賃を交渉し、ブラッキーとスタンプという二頭のポニーとともに〈グレース〉に乗船した。ポニーの足は速いとはいえないが、軍隊はたびたび戦闘で停止するはずであり、それなら追いつくのは可能だ、とカリスは考えた。

フランスに到着し、船がオルヌ川の河口に滑りこんだのは、ある晴れた八月上旬の早朝だったが、カリスはそこで、胸の悪くなるような古びた灰の臭いに気づいた。川の両岸の景色は真っ黒だった。畑の作物が焼き払われていた。「常套手段ですよ」と、ロロがいった。「軍隊が運べないものは破壊しないと駄目なんです。さもないと、敵を利することになるのでね」カーンの港に近づくにつれ、燃え尽きた船の残骸を何度か通り過ぎた。同じ理由で火をかけられたのだと思われた。

「王の計画はだれにもわからない」と、ロロが語った。「南に向かってパリに進軍するかもしれないし、あるいは北に転じてカレーを目指し、そこでフランドル諸侯の同盟軍と合流するのを期待しているかもしれない。でも、あなたたちは跡をたどれるでしょう。焼け野原を左右に見ながら進めばいいんです」

別れる前に、ロロが塩漬け肉をくれた。「ありがとう。でも、燻製の魚と硬チーズが鞍袋《くらぶくろ》にいくらかありますから」と、カリスは断わった。「それに、お金もあります——必要なものはなんでも買えますから」

「金はあまり役に立たないと思いますよ」船長が教えた。「買えるものなど一つもないかもしれない。軍隊ってのはイナゴみたいなものでね、国ごと丸裸にしてしまうんです。だから、塩漬け肉を持っていきなさい」

「ご厚意に感謝します。さようなら」

「できたらおれのために祈ってくれませんか、シスター。若いころ、重い罪《シン》をいくつか犯したんでね」

カーンは数千の家屋がある都会だった。キングズブリッジのように新市街と旧市街に二分され、オドン川で分けられていたが、橋が架かっていた。橋近くの川岸で、二人の漁師が獲物を売っていた。カリスは鰻の値を尋ねた。漁師の言葉は聞いたこともないフランスの方言で、ほとんど理解できなかった。ようやく意味がわかったとき、彼女はその値段に息を呑んだ。食料が乏《とぼ》しいのだ。だから、宝石よりもずっと貴重なのだ。カリスはロロの厚意に改めて感謝した。

身元を訊かれたら、ローマに向かう途中のアイルランドの修道女だと答えることにしていた。とはいえ、いまやカリスとメアーは川から遠ざかっていた。自分たちの訛《なま》りでイングランド人だとばれてしまうのではないかと、カリスは気が気でなかった。

地元の人間はあまり見かけなかった。破られた扉や打ち割られた鎧戸《よろいど》から覗いてみると、家のなかは空っぽだった。町は幽界のような静寂に包まれ、物売りの声もなく、子供たちの喧嘩の声もなく、教会の鐘の音もなかった。戦闘があったのは一週間以上前なのに、険しい顔つきの男たちが何人もかかって、いまなお建物から遺体を運び出しては荷車に積みこんでいた。イングランドの軍隊は男も、女も、子供たちも、ひたすら虐殺したらしかった。教会にさしかかると、庭に大きな穴が掘られ、遺体が棺に納められることも、屍衣《しい》にくるまれることもなく、そのまま穴に投げこまれていた。一人の聖職者が祈りを唱え、耐えがたい悪臭が漂っていた。

身なりのいい男が二人に頭を下げ、手助けが必要ではないかと尋ねた。その物腰から、彼は町を治める市民の一人で、訪れた聖職者に累が及ばないよう気を配っているらしかった。カリスはその申し出を断わったが、男のノルマン－フランス語がイングランド貴族とまったく同じだということに気がついた。おそらく下層階級の人々はそれぞれ自分たちの方言を話し、支配階級は各国共通の言葉を使うのだろう。

二人の修道女は町を出て東へ向かう道を進み、恐ろしい町並みをあとにしてほっとした。田園地帯もまた荒れ果てていた。灰の苦味が常に口のなかに感じられた。道の両側の畑や果樹園はほとんどが焼かれていた。数マイルおきに、かつては村だった焼け焦げた廃墟を通り過ぎた。農民たちは軍隊がくる前に逃げ出したか、あるいは大火事のなかで死んだかしたのだろう、生命の気配はほとんどなかった。ただ、鳥や豚や鶏が軍隊が残した飼料の周辺に群れ、ときには犬がまごついた様子で瓦礫《がれき》に鼻を突っこみ、冷えた燃え殻の山のなかに飼い主の匂いを見つけようとしていた。

さしあたっての目的地は、カーンから馬で半日の距離にある女子修道院だった。二人はキングズブリッジからポーツマスへの旅でそうしたように、宗教施設であればどこでもかまわず――女子修道院、男子修道院、あるいは施療所でも――夜を過ごすつもりだった。カーンとパリのあいだにある五十一カ所のそういった施設の名前と場所を、二人は憶えていた。エドワード王の黒焦げの足跡を追いながら先を急ぐなか、もし施設を見つけられれば、宿泊や食事は無料だし、盗賊からも安全なはずだった――何よりも、とマザー・セシリアならこう付け加えただろう。アルコールや男性との交際という肉体の誘惑からも安全です、と。

セシリアは直感が鋭かったが、カリスとメアーのあいだにただよう一種独特の悩ましさまでは感じ取れなかった。カリスはそれが理由で、同行したいというメアーの願いを初めのうちは断わっていた。速く移動することだけに集中したかった。感情的な面での問題で自分の使命がややこしくなるのはごめんだった。しかし、勇敢で機転のきく同行者もいなくてはならなかった。いま、カリスは自分の判断に満足していた。修道女のなかで、イングランド軍を追ってフランスを進む根性があるのはメアーだけだった。

出発前に率直に話し合いをして、旅のあいだは肉体的な愛情はあってはならないと告げるつもりだった。だれかに見られでもしたら一大事だ。けれども、なぜか率直に話し合う気持ちになれなかった。そして、二人はフランスにきて、口に出せずに引きずったままの思いを道づれに、ポニーにまたがって旅をつづけていた。

昼ごろ、森の外れの小川のほとりで足を止めた。そこはポニーたちが食めるような、燃やされていない牧草が残っていた。カリスはロロの塩漬け肉を何切れか薄く切りとり、メアーは荷物からポーツマスで買った堅くなったパンをひとかたまり取りだした。小川の水は消し炭の味がした。

カリスは先を急ぎたいという気持ちを押し殺し、日中の暑さにそなえて馬を休ませた。やがて出発の準備をしていると、自分たちを見つめる視線に気づいてぎくりとした。片手に塩漬け肉を、片手にナイフを持ったまま、身体を動かせなかった。

「どうしました?」メアーが訊き、カリスの視線を追っていった。

男が二人、数ヤード先の木陰に立ってこちらを見つめていた。かなり若そうに見えたが、確信はもてなかった。なにしろ、顔が煤《すす》だらけで、着ているものはぼろぼろだった。

しばらくして、カリスはノルマン-フランス語で話しかけた。「神の祝福を、わが子らよ」

二人は答えなかった。彼らはどうしようか迷っているようだった。しかし、迷っているのだとしたら何を迷っているのか?　おいはぎか?　強姦魔か?　目つきは何かを狙っているようだった。

カリスは恐ろしかったが、落ち着いて頭を働かせた。何を望んでいるにせよ、死ぬほど飢えているに違いない。「パンを二切れちょうだい」カリスはメアーにいった。

メアーがすばやく厚切りのパンを二切れ、かたまりから切り取った。カリスも塩漬け肉を厚く切り取ると、それをパンに載せてメアーに命じた。「一つずつ渡しなさい」

メアーは怯えているふうだったが、それでも、しっかりした足取りで草地を越えていき、食べ物を差しだした。

二人がそれを引ったくり、貪《むさぼ》るように食べはじめた。カリスは自分の見当が正しかった幸運に感謝した。

塩漬け肉を急いで鞍袋に戻し、ナイフをベルトに差して、ブラッキーにまたがった。メアリーもパンをしまい、スタンプに乗った。馬の背にいるほうがまだ安全な気がした。

背の高いほうの男が足早に近づいてきた。カリスはポニーに一蹴り入れて飛び出したかったが、その前に男が手綱をつかんだ。口一杯に食べ物をほおばったまま、男がいった。「ありがとう」きつい訛りだった。

カリスは答えた。「わたしではなく、神に感謝するのです。神があなたを助けるためにわたしを遣わされたのですから。神はあなたを見守っておられます。何もかもお見通しです」

「袋のなかにもっと食い物があるんだろ」

「だれに与えるべきかは神がお示しになるでしょう」

少し間があり、男はその言葉を考えているようだったが、やがていった。「では、祝福を与えてくれ」

カリスは昔ながらの祝福のしぐさをするために右手を伸ばすのは気が進まなかった――ベルトに差したナイフから手が離れすぎてしまう。男や女がみな身につけている類の刀身の短い料理用ではあったが、手の甲に切りつけて手綱を放させるぐらいは十分にできた。

カリスはそこで閃いた。「いいでしょう」と、彼女はいった。「ひざまずきなさい」

男がためらった。

「祝福を受けたいのなら、ひざまずかなければなりません」カリスの声はうわずり気味だった。

ゆっくりと、手に食べ物を握ったまま、男がひざまずいた。

カリスは彼の仲間に視線を移した。間もなく、二人目の男も同じようにした。

カリスは二人に祝福を与え、すぐにブラッキーに一蹴りくれてそこを離れた。しばらくして振り返ると、メアーはすぐ後ろにいた。二人の男はこちらを見つめて立ち尽くしていた。

その日の午後、カリスはこの出来事を何度も思い返して不安になった。太陽は明るく輝いているのに、地獄のようだった。ところどころで、森のあたりから、あるいは、くすぶった納屋から、とぎれがちに煙が立ち昇っていた。だが、この田園地帯が完全に見捨てられたわけではないのだと、徐々にわかってきた。大きなお腹の妊婦が、イングランド軍の松明を免れた畑に豆の種をまいていた。子供が二人、大邸宅の焼け焦げた壁石の陰から怯えた顔をのぞかせた。数人の男たちの集団がいくつも、常に森のはずれの木々のあいだに姿を見え隠れさせながら、明らかに何か獲物を狙う抜け目なさで動き回っていた。それを見て、カリスは不安になった。飢えた男は危険だ。先を急ぐより、安全を優先すべきだろうか。

立ち寄るつもりの宗教施設までの道を探すのもまた、思っていたよりずっと難しくなりそうだった。イングランド軍が通り道をこんな廃墟にしていくとは想像もしていなかった。道を教えてくれる農民たちがそこらじゅうにいると思っていたのだ。平時でさえ最寄りの市が開かれる町より先へ旅したことのない人々から、そういう情報を得るのは至難の業だろう。加えて、いまや彼女の話しかける相手は逃げ腰で怯えているか、さもなければ略奪者だった。

太陽を見ると、東へ向かっているのがわかった。また、干上がった泥に残る荷馬車の轍《わだち》から、本道を辿っているのも確かだった。今夜の目的地は、女子修道院が中心にあることにちなんでオピタル・デ・スゥール（修道女の施療所の意）と呼ばれる村だった。影が長く伸びるにつれ、カリスは徐々に焦りを募らせながら、道を教えてくれそうな人を求めてあたりを見回した。

子供たちは二人が近づくと恐れて逃げた。まだ飢えた様子の男たちに近づく危険を冒すほど切羽詰まってはいない。カリスたちは女性が通りかかるのを待った。若い女性の姿はどこにもなく、カリスはイングランド軍の非道によって強いられたかもしれない彼女たちの末路《まつろ》を危ぶんで恐ろしくなった。はるか彼方に、放火を免れた畑に種をまく姿がときおり見かけられたが、道を離れて遠くまでいくのは気が進まなかった。

ようやく二人が見つけたのは、どっしりした石造りの家の隣りで林檎の木陰に坐っている、皺だらけの老婆だった。彼女はまったく熟していない小さな林檎をいくつももぎとって食べていた。怯えているのを見て取って、カリスは敵意のないことを示そうと馬を降りた。老婆は服のひだのあいだに貧しい食料を隠そうとしたが、逃げるだけの力は残っていないらしかった。

カリスは丁寧に尋ねた。「こんばんは、お婆さん。オピタル・デ・スゥールへ行くにはこの道でいいんでしょうか」

老婆は落ち着きを取り戻したらしく、二人が目指していた方角を指差してはっきりと答えた。「森を抜けた、あの丘の向こうさ」

老婆には歯が一本もなかった。熟していない林檎を歯茎で食べるのはほとんど無理だっただろうと哀れになった。「遠いですか？」

「かなりあるね」

たいていの距離は年寄りには遠い。「日暮れまでには着けるでしょうか？」

「馬があればね」

「ありがとう、お婆さん」

「娘がいたんだ」老婆がいった。「孫も二人。十四と十六だ。いい子たちだった」

「お気の毒でした」

「イングランド人め」老婆が言った。「みんな地獄で焼かれるがいい」

カリスとメアーがイングランド人かもしれないという疑いは、まったく浮かんでいないようだった。

これでカリスの不安が消えた。地元の人々は異邦人の出身など見分けがつかないのだ。

「お孫さんたちのお名前は？」

「ジルとジャンさ」

「ジルとジャンの魂にお祈りを捧げます」

「パンは持ってないかい」

カリスはあたりを見回し、近くをうろつく者、襲いかかろうと待ちかまえている者がいないのを確かめた。そこには三人しかいなかった。メアーにうなずくと、彼女は鞍袋からパンの残りを取り出して老婆に差しだした。

老婆がメアーの手からパンをひったくり、歯茎でむしゃぶりついた。

カリスとメアーは馬に戻り、そこをあとにした。

メアーがいった。「あんなふうに食料を与えつづけていたら、わたしたちが飢え死にしてしまいますよ」

「わかっているわ」カリスは答えた。「でも、どうして断われる？」

「死んでしまったら、使命も果たせませんよ」

「わたしたちは修道女よ」カリスはきっぱりと答えた。「貧しい者を助け、わたしたちが死すべきときは神におまかせするのよ」

メアーが驚いた。「意外ですね、あなたの口からそんな言葉が出るなんて」

「父は道徳心について説教する人が大嫌いだったの。われわれはみな事足りれば善人なのだ、というのが父の口癖でね。道徳を押しつける必要はない。何か邪なことをやろうとするから必要になるんだって。たとえば、不誠実な取引で大金をもうけようとしたとき、あるいは隣人の妻の美しい唇にキスをしようとしたとき、あるいは窮地から逃れようと嘘をつこうとしたときなどにね。誠実さというのは剣も同然だ、ともよくいっていたわ。試練にさらされるまでは振りかざしてはならないとね。剣術のことなど何一つ知らなかったくせにね」

メアーがしばらく沈黙した。カリスの言葉を嚙みしめているのかもしれなかったが、ただ単純に説得を諦めただけかもしれなかった。

エドマンドの話をするとき、カリスはいかに自分が父を慕っていたかに必ず気づかされた。母の死後、父は彼女の人生の礎《いしずえ》となった。いつもそばにいてくれて、同情や理解を示し、的確な助言を与え、情報が必要なときにもすぐに応えてくれた。森羅万象に通じていた。しかし、いまや父はいず、そこにぽっかりと穴があいているような感じだった。

二人はぽつぽつと森のある土地を抜け、やがて老婆に教えられたとおり、上りにさしかかった。浅い窪地を見下ろしたときに見えたのは、焼け焦げた村だった。これまでの村とまったく同じだったが、一つだけ違うのは、小さな女子修道院らしき石造りの建物群があることだった。「オピタル・デ・スゥールに違いないわ」と、カリスはいった。「神よ、感謝します」

近づきながら、カリスは自分がどれほど女子修道院の生活になじむようになっているかに気がついた。いまも、丘を下りながら、手を清める儀礼や沈黙のなかでとる食事、夕暮れの就寝、午前三時の朝課の眠い平穏さが、楽しみだった。今日見てきた状況のあとでは、その灰色の石壁の守りがとても魅力的に思われた。彼女は疲れたブラッキーの横腹を蹴り、先を急いだ。

動きまわる姿は見えなかったが、さほど驚きはしなかった。村の小さな施設だから、キングズブリッジのような大きな修道院で見られる賑わいらしきものは期待できないだろう。それでもこの時間なら、夕餉《ゆうげ》の仕度をする煙の一条くらいは立ち昇っているはずだ。しかし、カリスは近づくにつれさらに不吉な兆候に気づき、全身にゆっくりと絶望が広がっていった。いちばん手前の建物は礼拝堂らしかったが、明らかに屋根がなかった。窓はどれもぽっかり空いた穴で、鎧戸やガラスはなくなっていた。石壁はあちこち黒くなり、煙でいぶされたようだった。

そこは静まり返っていた。鐘の音もなく、馬の世話係や厨房係が叫ぶ声もなかった。ここは見捨てられたのだと、カリスは馬の歩調をゆるめながら気づいてがっかりした。しかも村のほかの家々同様、火をかけられていた。石の壁はまだほとんどが建ったままだったが、屋根の材木は崩れ落ち、扉やほかの木材部は燃え尽き、窓のガラスは熱で溶けていた。

メアーがとても信じられないという様子でいった。「女子修道院に火をかけるなんて」

カリスもショックを受けていた。侵攻軍はキリスト教の施設をかならず無傷で残していくものと信じていた。それは鉄の掟《おきて》だといわれていた。聖なる場所を侵した兵士を、指揮官はためらわず死刑にするはずだった。彼女は疑い一つ持たずにそれを信じていた。「大した騎士道だこと」

二人は馬を降りて歩き、真っ黒な梁《はり》や焼け焦げた瓦礫を慎重に避けながら、居住区まで進んだ。厨房の扉に近づくやいなや、メアーが悲鳴をあげた。「神よ。あれはいったい?」

カリスはその答えがわかった。「修道女の遺体だわ」床の上の亡骸《なきがら》は裸だったが、修道女らしく髪を短く刈りこんでいた。遺体はどうにか火災を逃れて無事だったが、死んでから一週間ほどたっていた。両目はすでに鳥たちについばまれ、顔の一部は肉食の動物に食いちぎられていた。

しかも、両胸が切り取られていた。

メアーが呆然としていった。「これはイングランド軍のしわざなのかしら？」

「フランス人ではないでしょうね」

「軍隊には外国人もいて、一緒に戦っているんですよね？　ウェールズ人とかゲルマン人とかいろいろ。彼らのしわざかも」

「みんな、わが国王の命に従っているの」カリスはきっぱりと否定した。「軍をここまで率いてきたのは国王よ。軍の行動は国王の責任よ」

二人はぞっとする光景を眺めた。見ているうちに、鼠が一匹、遺体の口から出てきた。メアーが悲鳴を上げて顔をそむけた。

カリスは抱きしめた。「気を静めなさい」叱咤《しった》したが、それでも、メアーの背中を撫でて慰めた。「行きましょう」しばらくして、彼女はいった。「ここを離れるのよ」

二人は馬のところに戻った。カリスは修道女の遺体を埋葬したいという衝動を抑えた。もたもたしていると、日没にもまだここにいることになる。でも、どこに行けばいいのか？今夜はここで明かすつもりだったのに。「林檎の木の老婆のところへ戻りましょう」と、カリスはいった。「カーンを出て以来、無傷な建物は彼女の家しか見ていないわ」そして、沈みゆく太陽に目を向けた。「馬を急《せ》かせば、真っ暗になるまでには着けるでしょう」

二人は疲れたポニーを急がせ、もときた道を引き返した。正面で、太陽がぐんぐん地平線に沈んでいった。最後の光が消えかけたころ、二人は林檎の木の家へ帰りついた。

老婆は再会を喜んだ。二人は食べ物を分けてもらえるという彼女の期待に応えてやった。三人は暗がりのなかで食事をした。老婆はジャンヌという名だった。火はおこせなかったが、気候は穏やかで、三人は並んで毛布にくるまった。老婆を完全には信用していなかったので、カリスとメアーは食料の入った鞍袋を抱えて横になった。

カリスはしばらく目を覚ましたまま横になっていた。ポーツマスであれほど長く足止めをされたあと、こうして移動できるのがうれしかった。それに、ここ二日はかなりの進み具合だった。リチャード司教を見つけられれば、ゴドウィンに修道女たちのお金を償わせてくれるはずだと確信していた。リチャードは決して誠実さの鑑《かがみ》ではなかったが、視野が広く、彼なりのもったいぶったやり方ではあるにせよ、公平に審判を執り行なっていた。だから、ゴドウィンは魔女裁判のなかでさえ、思いどおりには物事を進められなかったのだ。リチャードを説得して、盗んだお金を返させるべく、ゴドウィン宛てに修道院の資産の売却を命じる手紙を書いてもらう自信はあった。

しかし、自分とメアーの身の安全が心配だった。軍は女子修道院には手を出さないだろうと思っていたのに、それは完全な間違いだった。オピタル・デ・スゥールで目撃した事実で、それがはっきりした。彼女とメアーには偽りの姿が必要だった。

夜明けの光で目覚めたとき、カリスはジャンヌに訊いた。「お孫さんたちの――服はまだありますか？」

　老婆が箪笥《たんす》を開けていった。「好きなのを持っておいき。ほかにあげる人もいないしね」

そして、手桶を取り上げて水汲みに出かけた。

　カリスは箪笥の服を片端から選り分けはじめた。ジャンヌは代金を求めなかった。これほど人が死んでは、服などほとんど価値がないのだろう。

　メアーが尋ねた。「どうするつもりですか？」

「修道女は安全ではないわ」カリスは答えた。「領主に仕える小姓《こしょう》に変装しましょう――領主の名前はピエールがいいわ。ブルターニュのロンシャンの貴族。ピエールはありふれた名前だし、ロンシャンという地名もたくさんあるはずよ。わたしたちの主人がイングランド軍に捕らえられたので、奥様の命で主人を見つけて身代金の交渉をするところよ」

「わかりました」メアーがその気たっぷりで答えた。

「ジルとジャンは十四と十六だから、幸い、彼らの服はわたしたちの身体にぴったりのはずよ」

　カリスはチュニックと臑当《すねあ》て、それに頭巾つきの帽子を選び出した。どれも生成《きな》りの毛織りの薄ぼけた茶色だ。メアーは緑色でよく似た服装に、半袖の下着のシャツも一緒に見つけた。女性は下着のシャツはつけないのだが、幸い、ジャンヌは亡くなった家族のリネンの衣類をきれいに洗濯していた。靴はそのままでよかった。修道女の実用的な履き物は、男性用とまったく同じだった。

「着ましょうか？」メアーがいった。

二人は修道女のローブを脱いだ。メアーの裸を見るのは初めてだった。こらえ切れずに一瞥《いちべつ》して、息を呑んだ。彼女の肌はピンク色で真珠のような輝きだった。胸はふくよかで、乳首は少女のように淡く、ブロンドの恥毛は豊かだった。カリスは自分の身体がそれほど美しくないことを自覚した。顔をそむけ、選んだ服をさっさと身につけはじめた。

頭からチュニックをかぶった。足首ではなく膝までの長さというところをのぞけば、女性用の服とほぼ同じだった。リネンの下着のシャツとレギングを引っ張り上げ、それから靴をはいてベルトを締めた。

メアーが尋ねた。「どんなふうに見えます？」

カリスは彼女をつぶさに眺めた。メアーは男の子の帽子を短いブロンドの髪の上にちょっと斜めにかぶり、にこにこ笑っていた。「あなた、とっても楽しそうね」と、カリスは驚いた。

「昔から男の子の格好が好きなんです」メアーは狭い部屋のなかをふんぞり返って歩きまわった。「男の子って、こうやって歩くんですよ。いつも、必要以上に身体を大きく動かすんです」あまりにも少年のようだったので、カリスはたまらず噴き出した。

そして、ふと思いついた。「おしっこも立ったままでしないといけないかしら？」

「わたしはできますよ。でも、肌着をつけたままでは——狙いが定まらないので」

カリスはくすくす笑った。「下着は欠かせないわ——突然のつむじ風でわたしたちの、その……いんちきがばれてしまっては」

メアーが声を上げて笑った。それからカリスを見つめ、上から下まで眺めて、視線が合うとじっと見つめ返した。その様子は変ではあったが、なじみがないわけでもなかった。

「何をしているの？」

「男はこうやって女性を見るんです。まるで自分の持ち物みたいに。でも、気をつけないと——もし男性にこうしたら、相手は喧嘩腰になりますから」

「思っていたより難しそうね」

「あなたは美しすぎるから」と、メアーがいった。「顔を汚さなければ」彼女は暖炉へ行き、煤《すす》で手を汚してカリスの顔をこすった。その触れかたは愛撫のようだった。わたしの顔は美しくない、とカリスは思った。だれにもそういわれたことはない——もちろんマーティンは別だけど……

「やりすぎね」しばらくしてメアーがいい、反対の手で少し拭い取った。「よくなったわ」

そして、カリスの手を汚していった。「今度はわたしに」

カリスはメアーの顎や喉をうっすらと黒くし、淡い顎髭が生えているように見せかけた。彼女の顔を見つめながら、その肌にやさしく触れていると、愛を交わしているような気がした。額と頰が黒くなると、メアーは可愛らしい男の子そっくりで、とても女性には見えなかった。

二人は互いを見つめた。メアーの赤い弓なりの唇に笑顔が見え隠れした。カリスはある予感を覚えた。何か大きな転機を迎えようとしているかのようだった。そのとき、声がした。

「尼さんたちはどこだい」

二人はそろってばつが悪そうにふり向いた。ジャンヌが入り口に立ち、汲みたての水が入った重そうな手桶を下げて、怯えたように見つめていた。「尼さんたちをどうしたんだ」

カリスとメアーは噴き出して大笑いし、やがて、ジャンヌも二人に気づいた。「まあ、すっかり変わっちまって！」

みんなで水を飲み、カリスは燻製《くんせい》の魚の残りを分け合った。いい兆候だ、とカリスは思った。ジャンヌはわたしたちだと気づかなかった。慎重にやれば、おそらくうまくやりおおせられるだろう。

二人はジャンヌと別れて、出発した。オピタル・デ・スゥールの手前の丘を登っていくと、真正面に朝陽が昇り、女子修道院に真っ赤な光を投げた。廃墟はいまも燃えつづけているかに見えた。カリスとメアーは急いで村を通り抜け、瓦礫のなかに横たわる修道女の無惨な死体を考えないようにつとめながら、朝焼けのなかへ馬を進めた。

47

八月二十二日の火曜、イングランド軍は退却中だった。

どうしてこうなってしまったのか、ラルフ・フィッツジェラルドはよくわからなかった。ノルマンディーを西から東と駆け抜けて荒らしまわり、略奪と放火を繰り返し、誰一人立ち向かえる者はいなかった。ラルフは自分の分隊を持っていた。行軍中、兵士は見かけたものすべて――食料、宝石、女――を手に入れ立ちふさがる者は殺した。毎日がそんな生活だった。

国王はラルフが思ったとおりの男だった。エドワード三世は戦いを愛していた。平時にはほとんどの時間を手の込んだ武術大会に費やし、特別な軍服に身を包んだ騎士の部隊で、出費のかさむ模擬戦を催した。会戦では常に突撃隊や強襲部隊を率い、臨戦態勢でみずからの命を危険にさらし、決してキングズブリッジの商人のように危険と利益を天秤にかけたりしなかった。年かさの騎士たちや諸侯はその蛮行を批判し、カーンの女性たちへの集団暴行に抗議したが、エドワードは耳を貸さなかった。カーンの市民のなかに自分の家を荒らしまわる兵士に石を投げる者がいると聞くと、彼は町の住民を皆殺しにせよと命令し、サー・ゴドフリー・ド・ハーコートら諸侯の懸命の抗議で、ようやく態度をやわらげた。

風向きが変わったのはセーヌ川まできたときだった。ルーアンで橋が壊されているとわかり、町は――川の向こう岸だったが――堅固に要塞化されていた。フランス国王フィリップ六世その人が町にいて、屈強な軍隊を率いていた。

イングランド軍は上流へと行軍し、渡れる場所を探したが、フィリップに先回りされていたらしく、橋という橋はどれも厳重に守られているか、あるいは落とされていた。はるばるポアッシー――パリからわずか二十マイルのところ――まで進軍し、ラルフは首都を攻撃するものと確信したが、年かさの兵たちは思慮深く首を振り、不可能だといった。パリは五万人の大都市で、カーンからの知らせを聞いて準備を進めているに違いなく、慈悲は望むべくもなしと知って、死ぬ気で戦う覚悟のはずだった。

もし国王にパリを攻めるつもりがないのなら、どんな計画なのかとラルフは訊いた。知る者は一人もおらず、もしやエドワードはただ破壊し尽くすことしか考えていないのではないかとラルフは疑った。

ポアッシーの町は住民が避難したあとで、イングランド軍工兵はフランス軍の攻撃を斥《しりぞ》けながら橋を再建した。そうすれば、少なくとも渡河は可能だった。

そのころにはフィリップ軍がイングランド軍よりもはるかに大部隊だと判明していて、エドワードは急ぎ北への進軍を決めた。北東から侵攻していたアングロ－フランドルの連合軍と合流するのが狙いだった。

フィリップがあとを追ってきた。

その日、イングランド軍はもう一つの大河、ソンムの南側に野営していたが、フランス軍によってセーヌ川と同様の計略をしかけられていた。突撃隊と偵察部隊の報告では橋はどれも落とされ、川沿いの町はすべて堅固に要塞化されていた。さらにまずいことに、イングランド軍の分遣隊はかなたの川岸に、フィリップの最も名の知れた恐るべき同盟者、ボヘミアの盲目王ヨハンの旗印を見かけていた。

エドワードが出発したとき、総勢一万五千の兵がいた。六週間の会戦のあいだにその多くが斃《たお》れた。また逃亡する者もいたが、彼らは戻る道すがら、鞍袋を財宝で満たした。エドワードには約一万の兵が残されている、とラルフは踏んだ。スパイの報告によると数マイル上流のアミアンでは、フィリップはいまや六万の歩兵と一万二千の騎士を擁《よう》しており、数ではるかに勝っているらしかった。ラルフはノルマンディーへの初上陸以来、これほどの不安を感じたことはなかった。イングランド軍は窮地に陥っている。

翌日、軍は下流のアブヴィルに進んだ。ソンム川が河口となって川幅が広くなるすぐ手前だ。しかし、市民は長年にわたって費用を投じて外壁を強化しており、イングランド軍にもその堅牢さが見てとれた。市民は自信満々で騎士の大軍を送りだし、イングランド軍の前衛を攻撃して、城壁に囲まれた町へ撤退させられるまで激しい小競《こぜ》り合いを繰り返した。

フィリップの軍がアミアンを出発し、南方から進軍をはじめたころ、エドワードは三角地帯のなかに囲いこまれたと気づいた。右手は河口、左手は海、そして後方からはフランス軍が、野蛮な侵略者の血を求めて迫っていた。

その日の午後、ローランド伯爵がラルフに会いにきた。

ラルフは七年のあいだ、ローランドに従って戦いつづけていた。伯爵はもう彼を未熟な若者と見てはいなかった。いまだにさほどラルフを好んでいないという印象を受けてはいたが、しかし一目おいているのは間違いなく、彼は戦線の弱点を支援したり、反撃の先陣を切ったり、あるいは、強襲隊の指揮をとるようなときに使われるのが常だった。ラルフは左手の指を三本失っており、一三四二年、ナンテ郊外でフランス兵の矛槍に頸骨《けいこつ》を砕かれて以来、疲れると足を引きずって歩いた。それでも、ラルフはまだ国王から騎士《ナイト》に任じられていなかった。彼はそれについて、苦い憤りを感じていた。これまで蓄えた戦利品でも——そのほとんどは安全のためにロンドンの両替商に預けてあった——ラルフは物足りなかった。自分の父のジェラルドもまた不満だと、彼はわかっていた。父と同様、彼が戦っているのは栄誉のためで、金のためではなかった。だが、これまでのところ、彼は貴族への階段を一歩も上れていなかった。

ローランドが現われたとき、ラルフは軍にぐしゃぐしゃに踏みしだかれた実りかけの小麦畑に腰を下ろし、アラン・ファーンヒルや五、六人の仲間たちとともに、玉ネギ入りの豌豆《えんどう》のスープの食事を陰気にすすっていた。食料は尽きかけ、肉は残っていなかった。ラルフは仲間同様、絶え間ない行軍に疲れ、落とされた橋と固い守りの町に出会う繰り返しに消沈して、フランス軍に追いつかれたらいったいどうなることかと恐れていた。

ローランドはもはや老人で、髪と顎鬚は白髪まじりだったが、それでも背筋を伸ばして歩き、声には威厳が満ちていた。表情を動かさず、岩のように無表情でいる術《すべ》を身につけていたおかげで、人々には気づかれずにすんでいたが、顔の右半分は麻痺していた。「ソンム川の河口は潮の干満が激しい。引き潮のときには水深が浅いところがあるかもしれんが、川底がぬかるんでいて歩けんのだ」

「結局、渡れないということですか？」ラルフは訊いた。しかし、ただ悪い知らせを届けるためだけにローランドがくるはずはない、とラルフの胸に期待が芽生えた。

「だが、浅瀬があるかもしれん——川底の固いところがな」ローランドはつづけた。「あるとすれば、フランス人が知っているだろう」

「私にそれを探れと」

「できるかぎり急いでくれ。隣りの畑に捕虜が何名かいるから、そいつらを尋問すればいい」

ラルフは首を振った。「兵たちはフランスのどこからきているかわかりませんし、あるいは他国からかもしれません。情報を持っているのは地元民です」

「だれを尋問してもかまわん。国王の野営所に、日暮れまでに情報をもってきさえすればいい」ローランドは歩み去った。

ラルフは椀を飲み干してすっくと立ちあがった。積極的に動ける任務がうれしかった。

「鞍をつけろ」

彼はいまもグリフと一緒だった。奇跡的に、愛馬は七年の戦《いくさ》を生き抜いてきた。グリフは軍用馬よりいくぶん小柄だったが、騎士のほとんどが好む特大の軍馬よりずっと精気に満ちていた。戦いで経験を重ねたいまでは、鉄の蹄鉄は白兵戦のもう一つの武器になってくれた。ラルフは人間の仲間よりグリフを好んでいた。実のところ、命あるもののなかでグリフ以上に親愛を感じているのは、兄のマーティンだけだった。もう七年も会っていなかったし、マーティンがフィレンツェに移ってしまったために、もう二度と会えないかもしれなかった。

一行は北東をめざし、河口へ向かった。もし浅瀬があるなら、半日で歩ける範囲に住む農民なら一人残らず知っているに違いないとラルフは見込んでいた。家畜の売買、親戚の結婚式や葬式、市や宗教行事へ行くために、川を渡るのにいつも使っているはずだった。当然、侵略者であるイングランド軍に情報を教えるのは嫌がるかもしれないが、その問題の解決法はわかっていた。

軍から離れ、到着した数千の兵にまだ荒らされていないあたりにさしかかると、そこでは羊たちが牧草地に群れ、畑には作物が実っていた。彼らはかなたに河口をのぞむ村に入った。馬に蹴りをくれて駆け足にさせ、村へつづく草深い小道を走らせた。農民たちの一間あるいは二間しかないあばら家の列を見て、ラルフはウィグリーを思い出した。予想どおり、農民たちは四方八方に逃げ出した。女たちは赤ん坊や子供を抱え、男たちはほとんどが斧あるいは鎌を手にしていた。

ラルフと仲間はこの数週間、二、三十回もこうした場面に出くわしていた。彼らは情報収集の専門家だった。通常、軍隊の指揮官は地元民が隠した備蓄の場所を知りたがる。イングランド軍の接近を聞くと、気のきいた農民たちは牛や羊を森へと追いたて、小麦の袋を地面に掘った秘密の穴にしまいこみ、まぐさの束を教会の鐘楼《しょうろう》に隠した。食べ物の隠し場所を明かせば自分たちが飢え死にしてしまうと農民はわかっていたが、しかし、いつも遅かれ早かれ白状した。軍隊には道案内が必要なときもあった。重要な町だったり、戦略的な橋、要塞化された大修道院などである。農民はそういった聞き込みにはためらわず答えるのが普通だが、嘘をついていないか確かめる必要があった。なかには小賢しい者がいて、兵士たちが処罰しに戻ってくるのは無理と知り、侵略軍を欺こうとしているかもしれないからだ。

ラルフと部下は庭や畑を越えて逃げる農民たちを追いかけたが、男は無視して女と子供に的を絞った。女子供を捕らえれば、夫や父親は必ず戻ってくる。

彼は十三歳くらいの少女に追いついた。数秒間その脇を走りながら、おののく表情を見つめた。黒髪に浅黒い肌でごく平凡な顔立ちだったが、若いながらも女性らしいふくよかな身体つきをしていた――好みのタイプだった。グウェンダを思い出した。ほんの少しでも違う状況にいたなら、ここ数週間で何人も似た感じの少女にしてきたように、慰み者にして楽しんだかもしれない。

だが、今日はほかに優先すべきことがあった。グリフの向きを変えて少女をさえぎった。

少女は身をかわそうとしたが足をもつれさせ、野菜畑にばったりと倒れこんだ。ラルフは馬を跳びおり、立ち上がろうとする少女をわしづかみにした。悲鳴をあげた少女に顔を引っかかれ、腹に一撃をくらわせておとなしくさせた。それから長い髪をつかんだ。馬を引き、少女を後ろにしたがえて村のほうへ歩き出した。少女は足をもつれさせて転んだが、おかまいなしに、髪をつかんだまま引きずっていった。少女がもがき、痛みに悲鳴を上げた。そのあとは二度と転ばなかった。

木造の小さな教会に集合した。八人のイングランド兵が捕虜にしたのは、女性が四人に子供が四人、赤ん坊も二人いた。全員を祭壇の前に坐らせた。しばらくすると男が一人駆けこんできて、早口の現地訛りのフランス語で必死に泣きついた。ほかに四人がつづいた。

ラルフは満足だった。

彼は祭壇の脇に立ったが、それはただ白く塗られた木のテーブルにすぎなかった。

「黙れ!」と叫んで、ラルフは剣を閃かせた。全員が口を閉ざした。彼は一人の若者を指した。「おまえ、職業は」

「革職人です。どうか妻と子を傷つけないでください。悪いことは何一つしていません」

別の一人を指した。「おまえは?」

「ただの牛飼いです」

「牛飼いだと?」好都合だった。「どのぐらい牛に川を渡らせるのか」

「年に一度か二度です。市に行くときに」

「浅瀬はどこだ」

彼はためらった。「浅瀬？　浅瀬はありません。アブヴィルの橋を渡るしかありません」

「確かか」

「はい」

彼はぐるりと見回した。「おまえたち——それは本当か」

全員がうなずいた。

ラルフは考えた。みな恐れている——怯えている——が、それでも嘘かもしれない。「もし聖職者を呼びにやって聖書を持ってこさせれば、おまえたちは自らの不死なる魂にかけて、河口を渡れる浅瀬は一つもないと誓えるか？」

「はい」

しかし、それでは時間がかかりすぎる。ラルフは自分が捕らえた少女に目をやった。「こっちへこい」

娘は一歩あとずさった。

牛飼いがひざまずいた。「どうか、無垢《むく》な子供を傷つけないでください。その子はほんの十三で——」

アラン・ファーンヒルが少女をまるで玉ネギの詰まった袋のように抱え上げ、ラルフの足下に放りだした。ラルフは彼女を引きずり起こした。「おまえらはそろって嘘つきだ。浅瀬はあるに違いない。おれが知りたいのはその正確な場所だ」

「わかりました」牛飼いがいった。「では、申し上げますが、まずその子を放してください」

「浅瀬はどこだ」

「アブヴィルから一マイル下流です」

「その村の名は」

その問いに牛飼いは一瞬ぎくりとし、すぐに答えた。

「村はありません。ですが、対岸に宿屋があります」

嘘をついていた。旅をしたことがないので、浅瀬のそばには必ず村があるのを知らないのだ。

ラルフは少女の片手を持ち上げ、祭壇に載せてナイフを抜いた。素早い動きで少女の指を一本切り落とした。頑丈な刃は、かぼそい骨をたやすく断ち切った。激痛で少女は泣き叫び、祭壇の白い塗料の上に血が赤く噴きだした。農民が恐怖の叫びを上げた。牛飼いは怒りのあまり一歩踏み出したが、アラン・ファーンヒルに剣の切っ先を突きつけられ、立ちどまった。

ラルフは少女の片手を押さえたまま、切り落とした指をナイフの先に刺して掲げてみせた。

「おまえは悪魔の化身だ」牛飼いがショックで身を震わせながらいった。

「いや、違う」ラルフは前にもそう誹《そし》られるのを耳にしたが、それでもやはり心が痛んだ。

「おれは数千人の命を救おうとしているだけだ。だが、もし必要とあらば、この娘の残りの指を切り落としてみせよう。一本ずつな」

「やめてくれ！」

「では、浅瀬が本当はどこにあるのか教えろ」彼はナイフを見せつけた。

牛飼いが叫んだ。「ブランシュタークです。ブランシュタークと呼ばれてます。どうか娘を放してください!」

「ブランシュタークだと?」ラルフがいった。疑っている振りをしたが、まず間違いなさそうだった。聞き慣れない言葉ではあるが、〝白い踏み石〟という意味に聞こえなくもない響きだったし、それに、怯えた男がとっさに思いつくようなでまかせらしくもなかった。

「そうです。そう呼ばれているわけは、川底の白い石でぬかるみを渡れるからです」彼は恐ろしさのあまり涙をぼろぼろ流していたが、それはつまり、ほぼ間違いなく真実を語っているからだった。ラルフは満足した。牛飼いはしゃべりつづけた。「噂では敷石ははるか昔、ローマ人によって置かれたそうです。どうか、私の娘を放してください」

「どこにある」

「アブヴィルから十マイル下流に」

「一マイルではなく?」

「今度は嘘はついてません。助けていただきたいのです!」

「村の名は」

「セーニュヴィル」

「浅瀬はいつでも渡れるのか、それとも引き潮のときだけか」

「引き潮のときだけです。ことに家畜とか荷車をつれているならそうです」

「だが、おまえは満ち引きの時を知っているな」

「はい」

「では、おまえに最後の質問をする。しかし、いちばん大事な質問だぞ。もしおまえが嘘をついているという疑いがほんのわずかでもあれば、娘の片手を切り落とす」少女は泣き叫んだ。ラルフは念を押した。「おれが本気だとわかっているな？」

「はい！」

「明日の引き潮の時間は」

牛飼いにあわてた表情がよぎった。「ええと、ええと、計算しますから！」男は取り乱していて、ほとんど頭が回らなかった。

革職人がいった。「私が答えます。兄がきのう川を渡ったのでわかります。明日の引き潮は午前の半ばごろ、正午の二時間前です」

「そうです！」牛飼いがいった。「そのとおりです！　午前の半ばか、その少しあとです。そのあと、夜にもう一度」

ラルフは血を流す少女の手を押さえつけたままだった。「確かだな」

「もちろんです。自分の名前をいえるのと同じくらいです。誓ってもいい！」

おそらく男はそのとき自分の名前もわからなかっただろう。恐怖であまりにも取り乱していた。ラルフは革職人を見た。表情には嘘をついている様子はなく、反抗の意思も、あるいは取り入ろうという色も表われていなかった。ただ自分を恥じている様子で、まるで自分の意思に背いて何か悪事を強制されたかのようだった。これは真実だとラルフは思い、有頂天になった。おれはやり遂げたぞ。

彼はいった。「ブランシュターク。アブヴィルから下流に十マイル。セーニュヴィル村のあたり。川底に白い踏み石。明日午前半ばが引き潮」

「そうです」

ラルフが少女の手首を放すと、彼女は泣きながら父親のところに駆け寄った。父は両腕で娘を抱きしめた。ラルフは白い祭壇のテーブルに広がる血溜まりを見下ろした。若い娘の指一本にしては量が多かった。「引き上げだ」彼はいった。「用はすんだ」

ラルフは夜明けの喇叭《らっぱ》で目を覚ました。焚火を起こす時間も朝食を食べる暇もなかった。軍はただちに野営をたたんだ。一万の兵が——そのほとんどが徒歩で——午前半ばまでに六マイルを進まねばならなかった。

プリンス・オブ・ウェールズの部隊が行軍を先導し、国王の部隊がつづいた。ついで輸送隊と、それから後衛。フランス軍との距離を確認するために、斥候が放たれた。ラルフは前衛にいて、十六歳の皇太子が一緒にいた。名は父と同じくエドワードだった。

彼らは浅瀬でソンム川を渡り、フランス軍を奇襲できればと願っていた。前夜、国王はこう言った。「でかしたぞ、ラルフ・フィッツジェラルド」ラルフはもうずっと前から、その手の言葉には何の意味もないとわかっていた。国王エドワード、ローランド伯爵、そしてほかの貴族たちのために、数々の有用さあるいは勇敢さを示してきたが、いまだに騎士《ナイト》に任せられていない。だが、今回に限ってはほとんど憤りを感じなかった。彼の命はこれまでずっとそうであったように、今日も危険にさらされていたが、彼は自分で逃げ道を見つけだしたことが嬉しかったので、全軍を救った功績をだれからも認められなくてもまったく気にしなかった。

行軍をつづけながら、部隊長や副隊長が数十人、しょっちゅう巡回しては軍を正しい方角へ向かわせ、陣形をまとめ、部隊ごとの区切りを維持しながら、遅れた兵をかき集めていた。命令を下す権限が必要なので、部隊長はみな貴族だった。国王エドワードは狂信的なまでに整然とした行軍にこだわっていた。

軍は北へ向かった。地形はゆるやかな上りで尾根へつづき、そこから、かなたに河口のきらめきがのぞめた。それからは、麦畑を突っ切るくだりだった。村々を通過しながら、部隊長たちは決して略奪行為を許さなかった。川を渡るのに余分な荷物は望ましくないからだ。さらに作物に火をかけるのも控えたのは、煙で敵軍に正確な位置を知られるのを恐れたためだった。

陽が昇ろうとするころ、先鋒がセーニュヴィルに到着した。村は川面から三十フィート切り立った崖の上にあった。川岸に立って、ラルフは恐るべき難関を眺めた。一マイル半の水と湿地帯。浅瀬の目印となる川底の白っぽい石が見えた。河口の向こう岸は緑の丘だった。太陽が右手から昇ると、かなたの斜面に金属のきらめきと鮮やかな色が一瞬見え、彼の心は失望で満たされた。

あたりが明るくなるにつれて、恐れは確信になった。敵の待ち伏せだ。フランス軍は当然浅瀬の場所を知っており、賢い指揮官はイングランド軍がその場所を見つける可能性に備えていた。奇襲どころではなかった。

ラルフは水面を見やった。流れは西向きで、潮が引いている証《あかし》だった。しかし、人が渡るにはまだ深すぎた。待たなければならなかった。

イングランド軍は続々と川岸に集結し、一分おきに数百人の兵が到着した。いま国王が軍を転進させて戻ろうとしようものなら、大混乱が生じ、悪夢さながらの状態に陥ってしまうのは間違いない。

帰ってきた斥候がプリンス・オブ・ウェールズに行なう報告に、ラルフは耳を傾けた。それによると、フィリップ王の軍隊はすでにアブヴィルを出発し、川のこちらの岸から近づいていた。

フランス軍の行軍速度をはかるため、ふたたび斥候が放たれた。

もはや、戻る道はない、とラルフは不安を胸に抱いて悟った。イングランド軍は川を渡るしかないのだ。

対岸を見つめ、北岸に待つフランス軍の数を計ろうとした。千人以上はいると思われた。しかし、より大きな危険は、アブヴィルから近づく一万人の敵の大部隊だった。ラルフはフランス軍と何度も交戦した経験から、彼らが並外れて勇敢——ときには向こう見ず——だと知っていたが、しかし、彼らは無秩序でもあった。行軍はばらばらで命令には従わず、ときには自らの勇猛さを証明しようと、待機していたほうが有利なときに攻撃をしかけてきた。だが、無規律という悪癖を克服して数時間以内に到着すれば、エドワード王の軍は川の真ん中で追いつかれる。両岸から挟み打ちにされては、イングランド軍は全滅しかねない。

過去六週間に彼らが行なった破壊行為のあとでは、慈悲は望むべくもなかった。

ラルフは鎧のことを思い出した。彼には七年前カンブレーでフランス人の死体から奪った重鎧《プレートアーマー》があったが、しかし、それは輸送隊の荷車のなかだった。仮に身に着けていたとしても、そんな身重で、水やぬかるみのなかを一マイル半も進む自信はなかった。いま身に着けているのは鋼《はがね》の兜《かぶと》と鎖帷子《くさりかたびら》の短いケープで、行軍中はそれが精一杯であり、それで十分とするしかなかった。ほかの兵も似たような軽装備だった。歩兵のほとんどは兜を腰にぶらさげており、敵の射程範囲に入る直前にかぶるのを常としていた。完全装備で行軍する者など一人もいなかった。

東に陽が高く昇った。水面はちょうど膝の高さまで下がった。貴族たちが国王のそばを離れ、渡河開始の命令を下した。ローランド伯爵の息子のカスターのウィリアム卿が、ラルフの隊への指示を携えてやってきた。「弓兵が先行し、対岸に近づきしだい射撃を始めろ」と、ウィリアムは告げた。ラルフは無表情に彼を見つめた。イングランド軍の半数がここ六週間のあいだに行なったのと同じ行為をしたという理由だけで、ウィリアムに絞首刑にされそうとなったのを忘れていなかった。「そして、対岸に着いたら弓兵は左右に展開し、騎士隊と軽装歩兵を通せ」いうのは簡単だ、とラルフは思った。命令はいつもそうだ。だが、血みどろになるだろう。敵は川を見下ろす斜面に完璧な布陣を敷き、水をもがき渡る無防備なイングランド兵を狙い撃ちにするに違いない。

ヒュー・ディスペンサーの兵が、目立つ白地に黒の旗を捧げ持って先陣を切った。弓兵たちが弓を水面より上に掲げて川に入り、騎士隊と軽装歩兵が水しぶきをあげてその後ろにつづいた。ローランドの兵がそれにつづき、まもなくラルフとアランも川に馬を乗り入れた。

一マイル半はただ歩くのなら大した距離ではないが、水のなかを進むとなるとそう簡単ではなかった。深さは場所によって異なっていた。ぬかるみが水面に顔を出しているところもあれば、水が腰の高さにまで達するところもあった。人も動物もすぐにくたびれた。八月の太陽が頭上から照りつける一方で、腰から下は冷たさでだるくなった。そしてそのあいだずっと、前を見上げれば——近づくにつれてはっきりと——敵が北岸で待ちかまえているのが目に入るのだった。

対峙《たいじ》する敵軍を見れば見るほど、ラルフは恐怖が増した。岸辺に並ぶ最前列は石弓《クロスボウ》兵で構成されていた。彼らはフランス人ではなくイタリア人の傭兵で、ジェノヴァ兵と呼ばれていたが、実際にはイタリアの様々な土地の出身だった。石弓は長弓よりも装塡《そうてん》に手間がかかったが、標的が浅瀬をのろのろと進んでいるのだから、あわてる必要はなかった。石弓兵の背後、緑豊かな上り坂では歩兵と馬に乗った騎士が突撃態勢を取っていた。

振り返ると、数千のイングランド兵が川を渡っていた。やはり、引き返すという道は選べない。それどころか後ろからくる兵が前へ迫っていた。

いまや、敵の隊列がはっきりと見えた。岸辺にずらりと並んだ木製のどっしりした盾は大盾《パヴィス》と呼ばれており、石弓兵が使うものだった。イングランド兵が射程に入るやいなや、ジェノヴァ兵が撃ちはじめた。

三百ヤードの距離では狙いは不正確で、矢《ボルト》は力なく落下するだけだったが、それでも数頭の馬と兵に命中した。負傷した兵は倒れ、下流に流されて溺れた。傷ついた馬は川のなかで暴れ、水が血で染まった。ラルフの心臓が早鐘を打ちはじめた。

イングランド兵が岸辺に近づくにつれてジェノヴァ兵の狙いが定まり、ボルトの着弾する勢いが増した。石弓は遅かったが、鏃《やじり》が鋼でできたボルトはとてつもない威力があった。ラルフのまわりで、兵も馬もばたばたと倒れた。即死する者もいた。自分を守る術は何一つなく、彼は死を覚悟した。よほどの幸運に恵まれないかぎり、命はない。あたりは戦闘の喧騒で満たされた。死を運ぶ矢が風を切る音、傷ついた兵の罵声、馬の激痛のいななき。

イングランド軍の先鋒《せんぽう》の弓兵が攻撃を開始した。先端が水につからないよう六フィートの長弓を不慣れな角度に傾けなければならなかったし、足下の川底は滑りやすかったが、それでも彼らは最善を尽くした。

接近戦では石弓のボルトは鎧をも貫くが、いずれにせよ、イングランド兵は誰一人重装の鎧を着けていなかった。兜を除けば、雨霰《あめあられ》と降り注ぐ矢から身を守るものはほとんどなかった。

ラルフはできるものなら馬を返して逃げ出したかった。だが、背後から押し寄せる一万の兵とその半数の馬に踏みにじられ、溺れてしまうに違いなかった。グリフの首に頭を伏せ、先を急がせる以外、道はなかった。

先陣を切っていたイングランド軍の弓兵がようやく浅瀬に到着し、より効果的な構えで長弓を撃ちはじめた。大盾の上を越えるよう、山なりに矢が飛びはじめた。イングランドの射手は一分間に十二本の矢を放った。矢柄は木製だが——通常はトネリコだ——鏃には鋼が使われていて、数を打てば脅威になった。敵軍からの射撃が間遠になり、大盾がいくつか倒れた。ジェノヴァ兵は押し戻され、イングランド軍が岸に到達しはじめた。

弓兵は固い地面に上陸するや左右に散開し、浅瀬を脱した騎士隊が敵をめがけて突進した。ラルフはまだ川を渡っていたが、多くの戦いを経験して、この時点でフランス軍が取るはずの戦法がわかった。本来なら、敵は戦列を維持して、川岸や川のなかにいるイングランド兵の虐殺を石弓兵につづけさせるべきだった。しかし、騎士道の掟《おきて》に従うフランスの貴族たちが、卑しい生まれの弓兵たちの背後に隠れたままになっているはずはなく、やがて戦列を割って馬を進め、イングランド軍の騎士と刃を交えるだろう。彼らはそうやって、自らの優位をわざわざ捨て去ってしまうのだ。ラルフはかすかな希望の光を見いだした。

ジェノヴァ兵が後退しはじめ、川岸は混戦になった。ラルフの心臓は恐怖と興奮で高鳴っていた。フランス軍にはまだ丘を下って突進する強みがあり、しかも完全武装だった。彼らはヒュー・ディスペンサー部隊の大半を惨殺した。突撃した前衛は水を蹴散らして浅瀬に突入し、まだ川のなかにいる兵たちを切り捨てた。

ローランド伯爵の弓兵がラルフとアランのすぐ前で岸に達し、すぐさま左右に分かれた。イングランド軍はもう終わりだ、とラルフは諦めかけた。自分は間違いなく死ぬだろう。しかし、前に進む以外に道はなく、気がつけば、頭をグリフの首に伏せ、剣をかざし、フランス軍めがけて突進していた。横なぐりに襲ってくる剣を首を縮めてかわしながら、ようやくしっかりした地面にたどり着いた。鋼の兜に打ちかかったが虚しく終わり、そのとたんに、グリフが相手の馬とぶつかった。フランス兵の馬は大柄だったがまだ若く、よろめいて、乗り手をぬかるみに振り落とした。ラルフは手綱を返して駆け戻り、再度突進しようと身がまえた。

重鎧相手では剣はほとんど役に立たなかったが、ラルフは精気あふれる馬を駆る巨軀《きょく》であり、うまくいけば敵兵を馬から叩き落とせるはずだった。彼はふたたび突進した。ここまでくると、怖れは感じなかった。できる限り多くの敵を殺せと、自分を突き動かす興奮と怒りだけがあった。戦いを交えていると時間は静止し、その一瞬一瞬を戦うだけで、時が過ぎ、陽が沈みはじめて戦闘が終わるころ、初めて一日が過ぎたことに気づくのが常だった。いま、彼は繰り返し敵に突進し、剣をかいくぐり、チャンスと見れば剣を突き出しつづけた。決して足をゆるめなかった。それはすなわち、死を意味した。

数分後かもしれないし、数時間後かもしれないが、ふと気がつくと、信じがたいことに、イングランド軍はもはや虐殺されてはいなかった。それどころか優勢を勝ちとり、望みを取り戻しつつあるようだった。ラルフは混戦を離れて一休みし、息を切らせながら戦況を確かめた。

岸は死体で埋まっていたが、イングランド兵と同じくらいのフランス兵が倒れていた。ラルフはフランス軍の突撃の愚かしさを知った。両軍の騎士が接触するやいなや、同士討ちを恐れてジェノヴァ兵の石弓隊は射撃をやめ、川のなかにいたイングランド兵はそれ以上の犠牲を出さずにすみ、そのあと群をなして続々と岸にたどり着いた。そして、弓兵は左右に散開し、騎士と歩兵は情け容赦なく進みつづけて、フランス軍を数で圧倒したのだ。ちらりと川を振り返ると、潮がまた満ちはじめていた。まだ川のなかにいるイングランド兵は、岸で待ち受ける運命などおかまいなしに、水から上がろうと必死だった。

息を整えているうちに、フランス軍が怖気づいた。岸辺から駆逐《くちく》され、丘を追いあげられ、水位の上がりつづける川から殺到する敵軍に圧倒されて、退却を始めた。イングランド軍は追撃しながらも、自分たちの幸運が信じられなかった。そういう状況では常のことだったが、退却は敗走に変わり、敵がわれ先にと逃げだすまでには、驚くほどわずかな時間しかかからなかった。

ラルフはふたたび川を振り返った。輸送隊が流れの真ん中にいて、牛馬が重い荷車を引いて浅瀬を渡り、御者が潮の流れに打ち勝とうと狂ったように鞭を振るっていた。対岸では小規模の戦闘が始まっていた。フィリップ王の軍隊の前衛が到着し、まだ渡河を開始していないイングランド軍と交戦しているに違いない。ラルフは陽光のなかに、ボヘミアの軽騎兵の軍服の色を見たような気がした。だが、敵は遅すぎた。

安心してふっと身体の力が抜け、彼は鞍の上にかがみこんだ。戦いは終わった。信じられないことだが、予想にまったく反して、イングランド軍はフランス軍の罠をすり抜けたのだ。

今日のところはもう安心だった。

48

カリスとメアーは八月二十五日にアブヴィルの近くに着いたが、すでにフランス軍がいるのを知って不安に襲われた。何万という歩兵や弓兵が町の周囲の野原で野営している。道中で耳にしたなかには、フランスの地方の訛りだけでなく、フランドルやボヘミア、イタリア、サヴォア、マジョルカといった、かなり遠くの言葉もあった。

フランス軍およびその協力国は、イングランドのエドワード王とその軍隊を追っていた——カリスとメアーと同じである。わたしたちが彼らを追い越すことなどできるだろうか、とカリスは疑問を抱いた。

二人が午後遅くに門を抜けて町に入ったところ、通りはフランスの貴族で一杯だった。カリスはロンドンでさえ、高価な衣類に立派な武器、堂々とした馬、新品の靴が、これほどまでに揃ったところは見たことがなかった。フランスの貴族階級がこの地に勢揃いしたかのようだった。客の要求を満たすべく、居酒屋、パン屋、大道芸人、娼婦らが休みなく働いていた。どこの居酒屋も伯爵だらけで、どこの家も騎士《ナイト》を泊めていた。夜露《よつゆ》をしのぐ場としてカリスとメアーが予定していた修道院の一つが、聖ペテロ大修道院だった。だが、たとえ二人が修道女の恰好のままでいたところで、客用の部屋に足を踏み入れるのは困難だっただろう。というのも、その修道院にはフランス王が滞在しており、その取り巻きがあらゆる場所を占領していたからである。いまはクリストフ・ド・ロンシャンとミシェル・ド・ロンシャンに変装しているキングズブリッジの二人の修道女は、修道院教会へ行くようにいわれた。そこでは、何百人もの王の従者や馬丁、そのほかのお付きの者が、身廊の冷たい石敷の上で眠りにつこうとしていた。ところが、二人はそこの担当司令官から場所がないといわれてしまい、身分の低い連中と同じように、野外で眠らざるを得ない状況となった。

北の袖廊は野戦病院になっていた。教会を出ようとしたカリスは足を止め、呻き声を上げている重騎兵の頬の深い切り傷を縫う軍医の様子に目をやった。その手際がよかったので、処置が終わったところで声をかけた。「お上手ですね」

「それはどうも」軍医はそう答えると、彼女のほうをちらりと見て付け加えた。「きみのような子供にわかるのか？」

カリスは治療に当たるマシュー・バーバーを何度となく見たことがあるのでわかったのだが、ここは急いで話を作り出さねばならなかった。「父がロンシャンで領主付きの外科医をしているのです」

「それで、いまはその領主と一緒に？」

「領主はイングランド軍に捕らえられたので、奥様が私と弟を身代金の交渉役に送られたというわけです」

「そうなのか。では、ロンドンへまっすぐ行ったほうがよかったかもしれないな。いまはロンドンにいなくても、すぐにそっちへ送られるだろうからね。私の手伝いをしてくれれば、今夜の寝床は確保してあげてもいいぞ」

「喜んで」

「きみのお父さんが、温かいワインで傷口を洗うところを見たことはあるか？」

傷口を洗うぐらいは目をつぶっていてもできる。彼女とメアーはすぐに、自分たちがいちばんよく知っていることを始めた。病人の手当てである。大半が前日のソンム川の浅瀬における戦闘の負傷者だった。貴族はすでに先に手当てをすませており、いま、軍医は兵士を診て回っていた。彼らは休憩も取らずに何時間も働きつづけた。夏の長い夕方が暗くなってくると、蠟燭が運び込まれた。骨がすべて接《つな》がれ、つぶれた手足が切断され、傷口が縫われると、軍医のマルタンはようやく二人を食堂に連れ出し、食事をさせてくれた。

二人は王の取り巻きの一員として扱われ、玉ネギ入りの羊肉シチューを振る舞われた。肉を口にするのは一週間ぶりだった。上等の赤ワインまで出てきた。メアーはおいしそうにそれを飲んだ。カリスは体力をつける機会を得られて何よりと思ったものの、イングランド軍に追いつくことに関しては依然として気を揉《も》んでいた。

同じテーブルにいた騎士が口を開いた。「隣りの大修道院長用の食堂で、王が四人と大司教二人が食事をしてるんだ」そして、名前を挙げながら指を折って数えはじめた。「フランスとボヘミアとローマとマジョルカの王と、ルーアンとサンスの大司教だ」

これは一目見なくては。カリスは台所に至ると思われる扉を通って食堂を出た。使用人が料理を山盛りにした大皿を別の部屋に運んでいたので、その扉から覗いてみた。

食卓についているのは明らかに身分の高い人たちだった——テーブルが丸々一羽の鶏と、牛肉と羊肉を焼いたもの、豪勢なデザート、そしてピラミッド状に積まれた砂糖漬けの果物で一杯だったからである。上席にいるのがフィリップ王のようだった。五十三歳で、ブロンドの顎髭に白いものが混じっている。隣りに坐っている、王に似た年下の男性が長広舌を振るっていた。「イングランドの連中は貴族とはいえない」怒りで顔を真っ赤にしている。「夜中に盗みを働いて、逃げを打つ泥棒に近い」

カリスの肩のところにマルタンが顔を出し、耳元でささやいた。「あれが私の主君だよ——王の弟で、アランソン伯のシャルルだ」

別の声が響いた。「私は違う意見だ」カリスにはその人物が盲目だとすぐにわかったので、ボヘミア王のヨハンだと判断した。「イングランドの連中はあまり長くは走れない。食料が乏しいうえに、疲れているからな」

シャルルが答えた。「エドワードはフランドル方面からフランス北東部を侵略したアングロ‐フラマン軍と手を組みたがっているが」

ヨハンが首を振った。「今日つかんだところでは、その軍は退却を始めたらしい。エドワードは踏みとどまって戦わざるを得ないだろう。しかも、やつからすれば早いに越したことはない。日がたつにつれて、配下の士気はますます下がる一方だからな」

興奮したシャルルが口走った。「では、明日にでも連中を捕らえられるかもしれない。連中がノルマンディーでやったことを考えれば、一人残らず死に値する――騎士や貴族はおろか、エドワード本人までもな！」

フィリップ王がシャルルの腕に手を置いて、弟を静めた。「弟の怒りももっともだ。イングランドの非道ぶりには反吐《へど》が出る。だが忘れてはならないのは、敵に相対した際には、ここにいる一同の意見の違いはひとまずおいておくべきだ。諍いや恨みは忘れて、戦闘のあいだだけでも互いを信ずることが最も重要なのだ。われわれは数の上で勝っており、難なく打ち負かせるはずである。ただし、われわれは一つの軍としてともに戦わねばならない。さあ、われわれの結束に乾杯だ」

これは興味をそそられる乾杯だわ。こっそりと引き下がりながら、カリスは思った。あの王は明らかに、自分の協力国を一枚岩と見ていない。ただ、いまの会話で気になったのは、近いうちに――おそらく明日にでも――戦いが起こりそうだという点だった。巻き込まれないよう気をつけないと。

食堂へ戻る際に、マルタンが小声でいった。「あの王と同じで、きみも手に負えない弟を持ったようだな」

食堂では、メアーが酔っ払っていた。両足を開いて坐り、肘をテーブルについて、男の子の役を大げさに演じている。「だれが何といおうがうまいシチューだったけど、やけにおならが出るんだよな」というのが、男物の服に身を包んだかわいらしい顔の修道女の言葉だった。「いや、申し訳ない」メアーがワインをさらに注いで、喉に流し込んでいる。

男たちは初めて酒に酔う少年の姿をおかしがって鷹揚《おうよう》に笑っていたが、自分たちの恥ずかしい過去の姿を思い出していたようでもあった。

カリスが手を取った。「もう寝る時間だ。さあ行こう」

メアーはまずまず協力的だった。「うちの兄貴は古女房みたいだろ」と一同にいう。「でも、おれのことが好きなんだ――そうだろう、クリストフ?」

「そのとおりさ、ミシェル。大好きだよ」カリスがそういったので、一同はまた笑った。

メアーはカリスにしっかりとつかまった。カリスは教会まで一緒に戻り、毛布を置いていった身廊の場所を探し出した。メアーを横にして、毛布をかけてやった。

「お休みのキスをしてよ、クリストフ」メアーがいった。

カリスは唇にキスしてから声をかけた。「酔っ払いはもう寝なさい。明日は早いんだから」

カリスは気にかかることがあって、しばらく寝つけなかった。自分はなんて運が悪いのだろう。イングランド軍とリチャード司教にあと少しで追いつくというのに、フランス軍に追いつかれてしまった。戦場からは十分に離れていなければ。ただ、フランス軍の後方に留まっていたら、いつまでたってもイングランド軍には追いつけない。

いろいろと考えた末に、朝一番に出発して、フランス軍より前に出る努力をすることにした。これほどの大軍なら、素早い行動は取れない――隊列を組むだけで何時間もかかるだろう。自分たちが迅速に行動すれば、彼らの先を維持できるはずだ。危険ではあるが、いずれにせよ、ポーツマスを出てからは危ない橋ばかりを渡ってきたのだ。

カリスはいつしか眠っていたが、朝課を知らせる三時の鐘で目が覚めた。メアーを起こし、頭痛がすると聞かされても取り合わなかった。教会で修道士が賛美歌を歌っているあいだに、厩へ行って自分たちのポニーを見つけ出した。空は晴れ渡り、星明かりで見通しがきいた。

町のパン屋は一晩じゅう営業していたので、途中で食べるパンは手に入れることができた。だが、城門がまだ閉まったままだったので、冷たい風に震え、できたてのパンを食べながら、夜が明けるまで辛抱強く待たねばならなかった。

四時半ごろにようやくアブヴィルを出た二人は、ソンム川の右岸に沿って北西を目指した。イングランド軍が進んだといわれる方角である。

四分の一マイルも行かないうちに、城壁で起床喇叭が鳴り響いた。カリスと同じく、フィリップ王も早くに出発すると決めていたらしい。兵士や重騎兵が起き出した。司令官たちは前夜のうちに命令を受けていたらしく、すべてを承知しているふうで、ほどなくして一部の軍勢がカリスとメアーに追いついた。

それでも、フランス軍より先にイングランド軍に追いつけるとカリスは期待していた。いうまでもなく、フランス軍は開戦前に立ち止まって、再編成する必要がある。その隙にイングランド軍に追いつき、戦場から離れた安全な場所を見つける時間を稼げるだろう。両軍に挟まれるのだけは避けたかった。この任務を引き受けたのは無謀だったかもしれない。戦争のことなど何も知らず、苦境や危険を思い描けなかったのだから。だが、いま悔やんでもどうしようもない。それに、ひどい目にあうこともなくここまでこれたじゃないの。

近づいてきたのはフランス兵ではなく、イタリア兵だった。鋼鉄製の石弓と鉄製の矢の束を抱えている。気さくな連中だったので、カリスはノルマン－フランス語とラテン語、そしてボナヴェントゥーラ・カロリから覚えたイタリア語を混ぜておしゃべりした。彼らの話では、戦闘の際は常に最前線に立ち、重たい木製の大盾――いまは後方の荷馬車に積まれている――の陰から攻撃するという。慌ただしい朝食に不満たらたらで、フランスの騎士連中を直情的で怒りっぽいとなじり、数ヤード前方を行く自分たちの隊長のオットーネ・ドリアのことは尊敬をこめて語った。

陽が昇ってきたので、暑くなってきた。石弓射手は戦闘を予想して、キルト状のもので詰め物をした厚手の外衣を羽織ったうえ、弓矢のほかに鉄兜と膝当てまで身につけていた。正午近くになると、メアーが休憩しないと倒れるといい出した。カリス自身もへとへとだった。夜明けからずっと馬に乗っていたから、馬にも休息が必要だった。そのために、何千という射手に追い抜いていかれながら、不本意にもいったん止まらざるを得なかった。

カリスとメアーはソンム川で小馬に水をやり、自分たちはパンを食べた。ふたたび出発したときには、周りにいるのはフランス軍の騎士や重騎兵になっていた。その先頭には、王の弟の怒りっぽいシャルルの姿があった。フランス軍の真っ只中にいるために、前進をつづけながら追い抜く機会がくるのを願うよりほかに手がなかった。

正午を過ぎて間もなく、命令が伝わってきた。イングランド軍が予想していた西側ではなく北側にいるとわかったので、フランス王がその方向に――縦隊を組むのではなく、いっせいに――動くよう命じたのである。シャルル伯爵に率いられていたカリスとメアーのまわりの兵士も、川辺を離れて野を抜ける狭い道へと進んでいった。カリスは気落ちしながらあとをついていった。

聞き覚えのある声がし、軍医のマルタンが横に並んだ。「滅茶苦茶だな」と、険しい顔でいう。「行進の隊形が完全に破綻している」

駿馬に乗った数名が野を横切って現われ、シャルル伯を呼び止めた。「斥候だ」マルタンはいうと、話を聞きに前へ行った。カリスとメアーのポニーもついていった。群れるという馬の習性だった。

「イングランド軍が行軍をやめました」と、声が聞こえた。「クレシーの町の近くの尾根で防御陣を敷いています」

マルタンが教えてくれた。「報告しているのはアンリ・ル・モワンヌだ。ボヘミア王とは古い付き合いなんだ」

シャルルはその知らせに喜んだ。「では、これから戦いだな!」彼がそういうと、周りの騎士が耳障りな歓声を上げた。

アンリが注意を促すように手を上げた。「全部隊をいったん止めて、再編成すべきかと考えますが」

「ここで止まるだと？」シャルルが喚《わめ》いた。「イングランドの連中がようやく止まって戦う気になったんだぞ？　さっさと攻め込むんだ！」

「わがほうの人馬にも休憩が必要です」アンリが落ち着いた口調でいった。「王ははるか後方におられます。追いつかれるまで待って、戦場を見ていただきましょう。兵士に体力が戻る明日の戦いに備えて、作戦の計画を練られるでしょうから」

「計画などどうでもいい。イングランド軍はたかだか数千人だ。わけなく圧倒できる」

アンリがお手上げという恰好をした。「私は閣下に命令する立場にはありません。ですから、兄君である王に命令を伺ってみます」

「そうだ！　兄に訊けばいい！」シャルルは馬を走らせていった。

マルタンがカリスにいった。「どうしてわが主君はあんなに過激なんだかな」

カリスは考えた末に答えた。「生まれ合わせで王になれないとわかってはいても、自分にも国を治めるだけの勇気があることを証明しないと気がすまないのでしょう」

マルタンが鋭い目つきでカリスを見た。「子供にしては賢いな」

カリスはその視線を避けると、偽りの身分を忘れないよう自分を戒めた。彼の声音に敵意は感じられなかったが、怪しいとは思っている。医者だから男女の骨格の微妙な違いには詳しいだろうし、クリストフとミシェルが普通ではないと気づいたかもしれない。幸いにも、彼はその件をしつこく訊いてはこないけれど。

空は曇っていたが、大気は依然として蒸し暑かった。左手に林地が見えてきた。クレシーの森だとマルタンが教えてくれた。イングランド軍は近くにいる——カリスはここにきて、いずれの軍からも殺されずに、フランス軍から離れてイングランド軍と一緒になる方法を思案した。

森があるせいで行軍の左側面が詰まるため、カリスのいる道が渋滞しはじめ、さまざまな連隊が滅茶苦茶に入り乱れた。

王からの新たな命令を急使が伝えにきた。行軍をやめて野営せよという指示である。カリスの期待が高まった。これでフランス軍を追い抜く機会ができた。シャルルと急使のあいだで激しい口論が起きたので、マルタンがシャルルのそばへ聞きにいき、信じられないという表情で戻ってきた。「シャルル伯爵が命令を拒んでいるんだ！」

「どうしてですか？」がっかりしながらカリスが尋ねた。

「兄上を用心深いと思っているらしい。あんな弱い敵を前にして立ち止まるほど、自分は臆病ではないというんだ」

「戦場では王の命令は絶対だと思ったけどな」

「そのとおりだ。だが、フランスの貴族にとっては、騎士道的規範が何よりも大切でね。臆病な真似をするぐらいなら死を選ぶんだ」

一行は命令を無視して前進した。「きみたち二人がいてくれてよかったよ」と、マルタン。

「また助けが必要になりそうだからな。勝っても負けても、日沈までには負傷者が多数出るだろう」

逃げるのは無理だ、とカリスは悟った。ただどういうわけか、逃げたいという気持ちはもうなくなっており、これまでに感じたことのないやる気を覚えていた。この人たちが剣や矢で互いを傷つけあうほどおかしくなっているのなら、わたしは負傷者の手助けをするまでだ。間もなく、石弓射手の隊長のオットーネ・ドリアが集団のあいだを縫い――大群衆だったので楽々とではなかったが――シャルルと話をしに戻ってきた。「進軍をやめろ！」と、彼は伯爵に向かって叫んだ。

シャルルが怒りを露わにした。「この私に命令するとは無礼だぞ！」

「命令は王から下ったものだ！　われわれは止まらなくてはならない――それなのに、それができない。そちらが後ろから押しているからだ！」

「それなら先へ進ませればよかろう」

「われわれは敵のそばまできている。これ以上進めば、戦いは避けられない」

「かまわんではないか」

「だが、一日じゅう行進してきたのだ。腹もすき、喉も渇き、疲労も見える。おまけに射手には大盾がない」

「臆病だから盾がなくては戦えないというのか？」

「わが兵士を臆病者呼ばわりするのか？」

「戦わないのならそうだろう」

オットーネがしばし口をつぐんだ。それから低い声でつぶやいたが、カリスにはかろうじて聞き取れるほどだった。「愚かだな、アランソン。日が暮れるころには地獄行きだぞ」そして、馬の向きを変えると走り去った。

カリスは顔が濡れたのを感じて、空を見上げた。雨が降りはじめていた。

49

雨は激しかったが、短時間であがった。窪地を見下ろしたラルフは、敵の姿を見て恐怖を覚えた。

イングランド軍は南西から北東へと走る尾根に陣取っていた。後方の北西側は森で、前方と左右は下り坂になっていた。右側面にはマイ川の流域に抱かれたクレシー・アン・ポンチューの町が見渡せる。

フランス軍は南側から迫っていた。

ラルフは若きプリンス・オヴ・ウェールズの指揮下にあるローランド伯爵の部下とともに、右側面にいた。彼らはスコットランド相手に効果を発揮した、馬鍬《まぐわ》形の隊形を取っていた。左右両側に弓の射手が三角形に立ち、馬鍬の二本の歯のようになっている。その歯のあいだの離れた後方には、下馬した騎士と重騎兵が陣取っていた。この陣形は斬新《ざんしん》だったので、騎士の多くは依然として反対していた。彼らは自分たちの馬を気に入っているから、下馬すると無防備に感じるのだ。だが、王は頑として譲らず、全員下馬するよう命じた。騎士の目の前の地面には落とし穴が掘られていた。縦・横・深さとも一フィートの穴で、フランス軍の馬を転ばせるためである。

ラルフの右側の尾根の端には、目新しいものがあった。射石砲《しゃせきほう》と呼ばれる三基の大砲で、火薬を用いて丸石を放つのである。ノルマンディーからずっと引きずってきた代物《しろもの》だが、ここまで一度も使った試しがなく、うまくいくかどうかはだれにもわからなかった。今日のエドワード王には、利用できるあらゆる手を使う必要があった。四対一から七対一のあいだで、敵の勢力のほうが優位に立っていたからである。

イングランド軍の左側面には、ノーサンプトン伯の部下が同じく馬鍬形の隊形を取っていた。最前線の後ろには、王率いる大隊の三分の一が予備として控えていた。その王の後ろには、退路が二つ用意されていた。一つ目は軍の装備を積んだ荷馬車が円形に並んでおり、非戦闘員――料理人や工兵や馬丁――が、馬とともにその円の内側にいた。二つ目は森そのものので、退却となった場合にイングランド軍の残存兵が逃げ込めるうえ、馬に乗っているフランス軍の騎士は追いかけづらくなっていた。

一行は早朝からこの地にいたが、食べるものといえば玉ネギ入りの豆スープしかなかった。ラルフは甲冑を身にまとって、暑さにまいっていたから、雨は大歓迎だった。しかも、雨のおかげでフランス軍が攻めてくる上り坂もぬかるみ、その進入を実に不安定なものとしていた。

ラルフにはフランス軍の戦術を予測できた。ジェノヴァ兵の石弓射手はこちらの戦列の弱体化を狙って、盾を陰にして攻撃してくるだろう。そして、十分に損害を与えたら脇へよけ、そこにフランス軍の騎士が軍馬で攻め入ってくるのだ。

この攻撃ほど恐ろしいものはない。〝フランスの狂気〟と呼ばれる、フランス貴族の最終兵器である。自分たちの規範ゆえに、みずからの身の安全は省みないのだ。上から下まで甲冑を身につけて鉄人のように見える騎手が巨大な馬にまたがり、その馬が射手や盾、剣、重騎兵をあっさりと薙《な》ぎ倒していくのである。

もちろん、いつもうまくいくわけではない。この場のように、守る側にとって地形が有利な場合は撃退されることもある。それでも、フランス軍は簡単には諦めないから、再度攻撃を仕掛けてくるだろう。しかも、数のうえでは向こうが大幅に勝っているため、イングランド軍がどこまで寄せつけずにいられるかは、ラルフにもわからなかった。

恐ろしくもあったが、軍隊にいることは後悔していなかった。強い者が王となり、弱い者は歯牙《しが》にもかけられないという、常に望んできた戦闘を伴う生活を七年にわたって送ってきた。二十九歳になっていたが、兵士がそこまで生き長らえることはあまりない。卑劣な罪は犯してきたものの、それもすべて赦された。いちばん最近赦しを得られたのは今朝のことで、いまここに、その父である伯爵の隣りに立っているリチャード司教によってである。司教は見るからに危なそうな戦棍《せんこん》で武装していた――聖職者は人を殺《あや》めてはいけないことになっているが、戦場で鈍器を用いるのは都合よくも認められていた。

白い上衣姿の敵の石弓射手が、坂のふもとにたどり着いた。腰を下ろしていたイングランド軍の射手も、自分たちの目の前の地面に鏃を突き刺して矢を置いていたが、敵の姿が見えたいまは立ち上がって弓に弦《つる》を張りはじめた。ラルフにはほとんどの者が自分と同じ気持ちなのがわかった。長い待機の時間が終わったという安堵と、形勢が不利だという恐怖が入り混じっているのだ。

時間はたっぷりある。ラルフにはそう思えた。ジェノヴァ側には、戦術上必須の木製の大盾の姿が見えない。盾が運び込まれないかぎり、戦いは始まらないだろう。

石弓射手の後方では、何千という騎士が南のほうから窪地へと雪崩れ込み、射手の後方で右に左にと広がっている。太陽がふたたび顔を出し、彼らの明るい色遣いの軍旗や馬の外衣を照らし出した。フィリップ王の弟のアランソン伯シャルルの紋章が見て取れた。

石弓射手は坂のふもとで足を止めている。何千という数だった。合図でもあったかのように、全員がいっせいに恐ろしい叫び声を上げた。跳びはねている者もいる。喇叭が鳴らされた。

それは敵を怖がらせる彼ら流の鬨《とき》の声で、相手によっては効果があっただろう。だが、イングランド軍は六週間におよぶ軍事行動を終えつつある経験豊富な兵士が揃っており、叫び声ぐらいではひるまなかった。彼らは動じることなく見つめていた。

次の瞬間、ラルフは度肝《どぎも》を抜かれた。ジェノヴァ側が石弓を掲げて射ってきたのである。

あいつら、何を考えている？　盾もないのに！

不意を突く恐ろしい音がして、五千本の鉄の矢が飛んできた。だが、石弓射手がいるところは射程外だった。おそらく、坂の上に向けて射るという点に思い至らなかったのだろう。さらには、イングランド軍の後方から照りつける午後の太陽が眩しかったに違いない。理由はどうあれ、矢はまったく届かなかった。

イングランド軍の最前線の中央付近で炎がきらめくや、雷のようなすさまじい音が轟《とどろ》いた。驚いたラルフが見ると、射石砲のある場所から煙が立ちのぼっている。圧倒されるような音だったが、敵方に目を戻してみると、実害はほとんど見られなかった。それでも、石弓射手の多くは仰天して、矢を装塡する手を止めていた。

その瞬間、プリンス・オヴ・ウェールズが射手に攻撃命令を下した。

二千の長弓が掲げられた。地面と平行に射っては届かない距離だとわかっているので、射手は狙いを空に向けた。矢が描くゆるい弧を直観的に考えた結果である。すべての弓がいっせいに引かれた。さながら、突然のそよ風に吹かれる麦の穂だった。次の瞬間、全体から教会の鐘のような音が上がって、矢が放たれた。矢はどんな鳥よりも速く飛んで空へ向かっていき、下向きになるや、雹《ひょう》のように石弓射手の上に降り注いだ。

敵はぎゅうぎゅう詰めのうえに、詰め物がされた上衣は防御が薄かった。盾もない石弓射手は悲惨なまでに無防備だった。何百という者が命を落とし、怪我を負った。

しかし、これは始まりにすぎなかった。

残った石弓射手が再装塡しているあいだに、イングランド側は次々に攻撃を重ねた。地面から矢を抜き、それを弓につがえ、弦を引きしぼり、狙いを定め、放ち、次の矢に手を伸ばすまで、五秒とかからない。経験を積んだ熟練者なら、もっと早くできた。一分間に二万本の矢が、無防備な石弓射手の上に降り注いだ。

これは大量虐殺であり、結果は目に見えていた。敵は逃げ出した。

ジェノヴァの連中が射程距離から離れていくと、イングランド軍は攻撃の手を止め、不意に訪れた勝利に酔って敵を嘲った。実はそのとき、石弓射手は新たな危機に直面していた。フランス軍の騎士が前進していたのである。逃げを打つ大勢の石弓射手と、攻撃を仕掛けたくてうずうずしている騎手の一団が、真正面からぶつかった。しばらくは大混乱となった。

敵が同士討ちを始めたのを見て、ラルフは呆然とした。騎士は剣を抜いて石弓射手を叩き切り、石弓射手は騎士に向けて矢を放つや、次いで短剣で戦いつづけた。フランス側の貴族はこの大虐殺を止める努力をすべきだったのに、ラルフが見たかぎりでは、高価な甲冑をまとって大きな馬に乗っている連中は、戦いの最前線でさらに怒りを増して味方を攻撃していた。

騎士が石弓射手を坂のほうへと押しやったため、彼らはふたたび長弓の射程内に入った。プリンス・オヴ・ウェールズはもう一度射手に攻撃を命じた。今度は石弓射手ばかりでなく、騎士の上にも矢が降り注いだ。ラルフは従軍して七年になるが、このような光景は見たことがなかった。敵は何百人も死んだり怪我を負ったりしているのに、イングランド側の兵士にはかすり傷も見られない。

フランス軍の騎士がとうとう退却し、残った石弓射手も四散した。イングランド軍の陣地の下の坂には、死体の山ができた。ウェールズとコーンウォールの小刀使いは隊列から戦場へと飛び出すと、まだ息のあるフランス軍の負傷兵の息の根を止め、再利用できる矢を長弓射手のために回収しはじめた。その際に死者から略奪を働いていたのは間違いない。同じころ、補給部隊から新しい矢を受け取った使い走りが、イングランド軍の最前線へと運んでいた。

小休止が訪れたが、それも長くはつづかなかった。

フランス軍の騎士は、何百、何千と新たに到着した連中が加わって補強され、立て直していた。その並びに目を凝らしたラルフは、アランソンの軍旗にフランドルとノルマンディーの軍旗が加わっているのを見て取った。アランソン伯の軍旗が前線に移ると喇叭が響き渡り、騎手が動きはじめた。

ラルフは鉄兜の面頬《めんぼお》を下ろすと剣を抜き、母を思った。彼女が教会へ行くたびに自分のことを祈ってくれていたのを思い出し、感謝の念を束の間覚えた。それから、敵を見渡した。巨大な馬は騎手が甲冑で完全武装しているせいで、動き出しが遅かった。沈む太陽の光がフランス軍の面頬に当たってきらめき、旗は夕風に吹かれてはためいている。地面を打つ蹄の音が徐々に大きくなり、進軍も速度を増してきた。騎士は馬や仲間に対して鼓舞する言葉をかけ、剣や槍を振り回している。浜辺に打ち寄せる波のごとく、近づくにつれて大きさも速さも増してきた。ラルフの口は渇き、心臓が太鼓のように打った。

彼らが弓の射程内に入ると、プリンス・オブ・ウェールズはふたたび攻撃命令を出した。いま一度矢が空中に放たれ、死の雨のごとく降り注いだ。

向かってくる騎士は完全武装だったから、弱点である板金の間の継ぎ目部分に当たるのはまぐれ以外の何物でもない。ただ、馬のほうには顔当てと鎖帷子の首当てしかついていなかった。つまり、無防備なのは馬のほうだった。肩や腰に矢が突き刺さると、馬は急に立ち止まったり倒れたりして、なかには向きを変えて逃げようとする馬もいた。苦痛にいななく馬の声があたりに満ちた。さらには、馬同士がぶつかって騎士が地面に投げ出され、ジェノヴァ兵の石弓射手の死体と一緒になった。後方にいたものは速度が出すぎているために回避行動を取れず、落馬した者の上を仕方なく駆け抜けた。

ただ、騎士は何千人といて、彼らは進軍をつづけた。

距離が狭まったことで、矢が描く弧は水平に近くなった。敵が百ヤードにまで迫ると、射手は鏃の種類を、甲冑を貫ける平らな鋼鉄製のものへと変えた。これで騎手をも仕留めることができ、馬に当たっても同じくらいの効果を望めた。

雨のために地面はとうにぬかるんでいたうえ、今度はイングランド軍が掘っていた落とし穴に迎えられるはめとなった。馬にはかなりの勢いがついていたので、深さ一フィートの穴にはまってつまずかないものはほとんどなく、多くが倒れて、騎手をほかの馬の進路上に投げ出す形になった。

近づいてくる騎士が射手を避けた結果、イングランド軍がにらんだとおり、彼らは狭い場所に集中して左右を攻めてきた。

これがイングランド軍の戦術の鍵だった。ここにいたって、イングランド軍が騎士を下馬させた賢明さが明らかになった。仮に騎士が馬上にいた場合、彼らは攻撃の衝動を抑えられずに飛び出していくかもしれず、そうなると射手は味方を殺すのを恐れて撃つのをやめてしまう。しかし、下馬させておけば騎士も重騎兵も隊列を崩さないでいるため、自軍には犠牲者を出すことなく、敵を一網打尽にできるのだ。

しかし、それだけでは十分ではなかった。フランス軍は数が非常に多く、実に勇敢だった。まだまだ進軍をつづけてきて、ついには射手の後方で下馬している騎士と重騎兵の列にまで達し、本格的な戦いが始まった。

馬はイングランド軍の前線を踏みつけはしたものの、ぬかるんだ上り坂のせいで速度が落ちていたために、密集しているイングランド軍の隊列の前で立ち止まる形となった。いきなりその渦中にいることになったラルフは、騎士が馬上から振り下ろしてくる攻撃をかわしながら、馬の脚を狙って剣を振り回した。馬を動けなくする最も容易かつ確実な方法は、膝腱《しっけん》を切り裂くことだった。戦いは苛烈《かれつ》を極めた。イングランド側に逃げ場はなく、フランス側は撤退しようにも、またもや死の矢が降り注いでくるなかを戻っていかねばならないとわかっていたからである。

ラルフの周りでは、剣や戦斧《せんぷ》に切りつけられた兵士が次々と倒れ、鋼をかぶせた軍馬の蹄《ひずめ》に踏みつけにされた。ローランド伯爵がフランス軍の剣にやられるところが、ラルフの目に映った。ローランドの息子のリチャード司教が倒れた父親を守ろうと戦棍《せんこん》を振り回したが、軍馬に押しのけられてしまって、結局伯爵は踏みつけられた。

　イングランド軍が後退を余儀なくされると、ラルフにはフランス軍の狙いがわかった。プリンス・オヴ・ウェールズの首である。

　十六歳になるその王位継承者をラルフはまったく好意的に見ていなかったが、もしも彼が捕らえられたり殺されたりしたら、イングランド軍の士気にとって大打撃となる。ラルフは後退して左手に移ると、プリンスの周りで防御を固めている面々に加わった。だがフランス軍は勢いを増しており、馬に乗っていた。

　次の瞬間、ラルフは自分と肩を並べて戦っているのがプリンスだと気づいた。青い下地に菖蒲《あやめ》の花があり、赤い獅子《しし》の紋章のついた四分された外衣からそれとわかったのだ。一瞬ののち、フランス軍の騎手がプリンスに向けて戦斧を振るい、プリンスが地面に倒れた。

　恐怖の瞬間だった。

　ラルフは前に飛び出すとその騎手に向かっていき、甲冑の継ぎ目である相手の腋のところに長い剣を滑り込ませた。剣の先が皮膚を貫く感覚に満足を覚え、傷口から血が噴き出るのを目にした。

　だれかが倒れたプリンスをまたぐように仁王立ちし、大きな剣を両手で持って、人に対しても馬に対しても同じように振り回していた。プリンスの旗手のリチャード・フィッツシモンだった。旗は仰向けになっているプリンスの身体の上にかけられている。しばらくは、リチャードもラルフも王の息子が生きているのか死んでいるのかわからないまま、闇雲に戦った。

そこに援軍が到着した。重騎兵の大集団とともに現われたのはアランデル伯だった。その重騎兵は戦闘には不慣れだったが、それでも勢いよく加勢すると、形勢を逆転させた。フランス軍は退却をはじめた。

プリンス・オヴ・ウェールズが膝をついた。ラルフは面頰《めんぽう》を上げて、立ち上がるプリンスに手を貸した。プリンスは怪我をしたようだったが重傷ではなかったので、ラルフはその場を去って戦いをつづけた。

その後、フランス軍は散り散りになった。戦術は常軌《じょうき》を逸していたものの、度胸ある彼らはイングランド軍の戦列を分断する寸前にまで至っていた――だが、十分ではなかった。敵はいまや逃げ出し、射手による攻撃のなかを逃げる際にさらに脱落しては、坂を転げ落ちて自軍へと戻っていった。イングランド軍から歓声が上がった。疲労は見られたが、喜びに満ちていた。

ウェールズの連中がまたもや戦場に押し寄せ、負傷兵の喉を掻っ切り、矢を何千と集めた。射手も矢を拾って補充した。後方から料理人がエールとワインの水差しを持って現われ、軍医は負傷した貴族の手当てに駆けつけた。

カスターのウィリアム卿がローランド伯爵の上にかがみ込んだ。伯爵は息をしていたが、その目は閉じられ、死期が迫っているように見えた。

ラルフは血のついた剣を地面で拭うと、面頬を上げてジョッキのエールを口にした。プリンス・オヴ・ウェールズが近づいてきて声をかけた。「おまえの名前は?」

「ウィグリーのラルフ・フィッツジェラルドと申します」

「立派な戦いぶりだった。明日にはラルフ卿となるだろう。王が話を聞いてくれればだがな」

ラルフの顔が喜びで輝いた。「ありがとうございます」

プリンスが鷹揚にうなずいて、立ち去った。

50

カリスは窪地の反対側から戦闘の序盤を見ていた。ジェノヴァ兵の石弓射手が逃げようとして、味方の騎士に切り殺されていく。つづいて、アランソン伯のシャルルの軍旗を先頭に、何千という騎士と重騎兵による最初の大攻勢が見えた。

これまで戦闘を見たことはなかったが、心底嫌になった。何百人もの騎士がイングランド軍の矢に倒れ、軍馬の蹄の下敷きになっていく。距離が離れていたから接近戦の様子は詳しくはわからなかったが、剣がきらめいては兵士が倒れるのが見えた。カリスは泣きたくなった。修道女だから重傷者——高い足場から落ちた者、鋭利な道具で怪我した者、狩猟の際に事故にあった者——は見たことがあり、失われた腕やつぶれた足、損傷を受けた脳といったものの痛みと無意味さは常に感じていた。そういった怪我を互いに意図的に与えるのを目の当たりにすると、吐き気を催した。

しばらくは、戦いはどちらに転んでもおかしくないようだった。もしも彼女が自国にいて、遠方での戦争の知らせを耳にしたら、イングランドの勝利を願ったことだろう。だが、彼女はこの二週間に目にしたもののせいで、嫌悪感を伴うある種の中立の立場になっていた。農民を殺して作物に火をつけるイングランド軍に共感できず、ノルマンディーで残虐行為を働いたことも許せなかった。もちろん、フランス軍だってポーツマスを焼き払ったのだからその報いを受けるのは当然だという意見もあったが、そんな考え方は馬鹿馬鹿しかった——その馬鹿馬鹿しさのせいで、こんな悲惨な場面が引き起こされているのだ。

フランス軍は退却したが、態勢を立て直して王の到着を待ち、新たな戦略を練るのだろう。数のうえでは依然として圧倒的な差があるのだから。それに窪地には何万という兵士がいて、まだまだ増えている。

ところが、フランス軍は立て直しを図らなかった。それどころか、新たに加わった部隊はまっすぐ攻撃に参加し、無謀にもイングランド軍の陣地を目指して坂を上っていったのである。第二、第三の攻撃は最初よりひどい結果になった。イングランド軍の隊列に到達する以前に射手によってやられる者もおり、残りも歩兵に撃退されていた。尾根の下の坂は、何百という人馬の血で光りはじめていた。

最初の攻撃のあと、カリスはほとんど戦闘を目にせずにすんだ。運よく戦場を離れることのできたフランス軍の負傷者の手当てで忙しかったのだ。マルタンは彼女を自分と同じくらいの名医と思ったらしく、器具を自由に使わせてくれたし、彼女とメアーにはそれぞれ単独の仕事をさせていた。二人は何時間もつづけて傷口を洗い、縫合し、包帯を巻いた。

犠牲者が運ばれてきそうだという知らせが最前線から届いた。貴族の最初の死者は、アランソン伯のシャルルだった。当然の運命だ、とカリスは思わずにはいられなかった。分別に欠けた熱意と締まりのない規律を目の当たりにしたからである。数時間後には、ボヘミア王のヨハンも死んだという知らせが入った。盲目の人を戦闘に駆り立てるとはどれほどの狂気なのだろうと、彼女は思わずにはいられなかった。

「いったい全体、どうしてやめないんだろう」マルタンが気分転換にエールを持ってきてくれたときに、カリスは——当然、男を装っていた——訊いてみた。

「恐怖のせいさ」マルタンが答えた。「不名誉を恐れているんだ。痛手も負わせられずに逃げるのは恥ずべきことだからな。そのくらいなら死を選ぶんだ」

「たくさんの人が、その願いをかなえてもらったわけだ」カリスは険しい口調でいうと、ジョッキを飲み干して仕事に戻った。人体に対する自分の知識と理解は飛躍的に伸びている。彼女はそう思った。人体のあらゆる部分を目にした——砕かれた頭蓋骨内の脳、喉の管の数々、切り開かれた腕の筋肉、砕かれた胸郭内の心臓と肺、どろどろに絡み合う腸、腰や膝や足首の骨の関節。施療所の一年間よりも、戦場の一時間のほうが発見が多かった。こうやってマシュー・バーバーは多くを学んだんだわ。自信に満ちるのも無理はない。

殺戮《さつりく》は夜になるまでつづいた。夜陰《やいん》に乗じた奇襲を恐れて、イングランド軍は松明を灯した。カリスはもう大丈夫だといってやりたかった。フランス軍の負けだ。フランス軍の兵士が戦死した同族の者や戦友を捜す声が聞こえるようだった。王は絶望的な攻撃のさなかに、すんでのところで逃げだした。そのあとは退却しかなかった。

川の霧が窪地を満たし、遠くの炎をかすませた。その夜も、カリスとメアーは松明の明かりの下で夜遅くまで働き、負傷者の手当てをした。歩いたり足をひきずったりできるとわかった者はすぐに立ち去った。イングランド軍とはできるだけ距離を置き、明日行なわれるのが必至の残虐な掃討作戦を避けようとしているのだった。犠牲者に対して手を尽くし終えると、カリスとメアーはそっと立ち去った。

いまが絶好の機会だった。

二人は自分たちのポニーを見つけると、松明を頼りに二頭を引きながら先へ進んだ。窪地の底に出ると、そこにはだれもいなかった。霧と闇夜に隠れながら、二人は少年の服を脱いだ。戦場のど真ん中で裸になるのはひどく無防備だったが、見ている者は一人もいなかった。二人はすぐに修道服を着た。男物の服はまた必要になるかもしれないので、ほかの荷物と一緒にした。故郷までは長い道のりで、何があるかわからない。

カリスは松明を捨てることにした。イングランド軍の射手が明かりを頼りに撃ってきて、あとから質問攻めにされるとまずいからだ。二人は馬を引きながら、離れ離れにならないように手をつないだ。何も見えない。霧のせいで、月明かりも星明かりも力が弱っている。二人はイングランド軍の戦列を目指して坂を上った。おびただしい数の人馬の死体が地面を埋め尽くして、足の踏み場もないほどだった。二人は歯を食いしばってこらえながら、死体を踏みつけた。靴はすぐに泥と血にまみれていった。

地面にある死体の数がまばらになり、やがて一つもなくなった。イングランド軍に近づくにつれて、カリスは深い安堵を覚えはじめた。この瞬間のために何百マイルも旅をし、苦しい二週間を過ごし、命を危険にさらしてきたのだ。修道院長のゴドウィンが金庫から百五十ポンドを盗んだ恥知らずな事件も危うく忘れるところだった――今回の旅はそもそもその事件が原因なのに。しかし、これほどの流血を目の当たりにしては、それもさほど重要に感じられなかった。それでも、リチャード司教に訴え出て、修道院のために正義を勝ち取らなくてはならない。

昼間に窪地を見渡したときに思ったよりも、道のりが長く感じられた。道に迷ったのではないかと不安に襲われた。間違った方向に曲がったために、イングランド軍の横を通り過ぎてしまったのかもしれない。いまや軍は自分の後ろにいるのではないか。何か聞こえないかと耳を澄ました。一万の人間がいるのだから、たとえその大半が疲労困憊で寝入っていたとしても、静かなわけがない。だが、霧のせいで物音はかき消されていた。

エドワード王がいちばんの高地に陣地を張った以上、坂を上っていけば王に近づける。彼女はその思いにすがりついた。だが、前が見えず、苛々する。崖でもあれば、真っ逆さまだ。

夜明けの光が霧を真珠色へと変えはじめたころになって、ようやく人の声が聞こえてきた。足を止めると、男の低い声が何かをつぶやいていた。あせったメアーが手を握り締めてきた。別の声も聞こえた。どこの言葉だかわからない。ぐるっと一回りして、フランス軍側に戻ってきてしまったのではないだろうか。

メアーの手を握り締めたまま、声のするほうへ顔を向けた。灰色の靄《もや》のなかに赤く輝く炎が見えてきたので、そのほうを目指した。さらに近づくと、話し声もより明確になった。それが英語だとわかるや、カリスは胸を撫でおろした。つづいて、男たちが集団で火を囲んでいるとわかった。毛布にくるまって寝ている者もいるが、足を組んで背筋を伸ばして坐っている者も三人おり、火を見つめながら話している。さらには、霧のほうを覗き込んでいる男も一人いた。見張りなのだろうが、近づいてくる彼女に気づかないところからして、役に立っていなかった。

彼らの注意を引こうと、カリスは小声で呼びかけた。「イングランドの人々に神のご加護を」

それは相手を飛び上がらせる結果になった。一人が恐怖の叫びを上げた。遅まきながら、見張りが誰何《すいか》した。「だれだ?」

「キングズブリッジ修道院の修道女二名です」カリスは答えた。彼らは迷信に裏打ちされた恐怖の眼差しで彼女を見つめた。亡霊なのではないかと思っているのだ。「心配しないでください。わたしたちは生身の人間です。このポニーも生きています」

「キングズブリッジだと?」一人が驚きの声を上げた。「知った顔だ」そして、立ち上がった。「見た憶えがある」

カリスも相手がだれかわかった。「カスターのウィリアム卿でいらっしゃいますね」

「いまはシャーリング伯だ。父が一時間前に負傷して命を落としたのでな」

「ご冥福をお祈りいたします。わたしたちは弟君のリチャード司教にお目にかかりにきたのです。わたしたちの大修道院長ですので」

「遅かったな」ウィリアムがいった。「弟も死んだ」


昼近くになると霧が晴れ、ウィリアム伯爵はカリスとメアーをエドワード王に謁見させた。イングランド軍のあとを追ってきた修道女二人の話にだれもが驚き、つい前日に死に直面した兵士でさえ、その冒険談に引きつけられた。ウィリアムはカリスに対し、王が彼女自身の口からその話を聞きたがっていると告げた。

エドワード三世は即位して十九年になるが、まだ三十三歳だった。背が高くて肩幅が広く、美男というよりは堂々としていて、権力向きといえる顔をしていた。大きな鼻に高い頬骨、そして豊かな長い髪の生え際が広い額から後退しつつあった。彼が獅子と呼ばれる理由が、カリスにはわかった。

王は天幕の前の腰掛けに坐っており、二色の長靴下にスカラップ刺繍で縁取られた外套という流行の恰好をしていた。甲冑も武器も身に着けていない。フランス軍が姿を消したからだが、実際には敗残兵を見つけ出して殺すよう、復讐心にはやる部隊を送り込んでいた。周りには数人の男爵が立っている。

荒れ果てたノルマンディーでの食住探しの顚末《てんまつ》を語りながらも、自分が苦労話を聞かせることで、王が非難されている気分になるのではないかとカリスは思った。しかし、王は他人の苦労が自分に対する非難になるとは思っていないようだった。船が難破したときに勇敢な行動をとった者の話を聞いているかのように、彼女の骨折りを喜んで聞いた。

カリスは話の終わりに、これだけ苦労したのに、正義を与えてくれると期待していたリチャード司教が亡くなったと知ってがっかりしたと告げた。「陛下には、盗んだ金を修道女に返すよう、キングズブリッジの修道院長に命じられますようお頼みいたします」

エドワードが嘆かわしいという笑みを浮かべた。「勇気ある女性だが、政治のことは何も知らないようだな」見下すような口調だった。「王はそのような教会内の揉め事には関与できないのだ。司教全員から抗議が殺到してしまう」

そうかもしれないが、王の目的に適《かな》っていれば、王が教会に干渉する妨げとはならないのに。だが、彼女は黙っていた。

エドワードがつづけた。「それに、おまえの主義にも傷がつくぞ。利点があったとしても、教会側に激怒されて、国じゅうの聖職者が私の統治に反対してしまう」

これには何かありそうだ。彼女はそう判断した。王は見せかけほど無力ではない。「キングズブリッジで不当な扱いを受けた修道女のことはお忘れにはならないでしょうから」と、カリスはいった。「キングズブリッジに新しい司教を任命なさる際には、わたしどもの話をお伝えください」

「もちろんだ」王は答えた。だが、忘れてしまうに違いない。

謁見が終わると思われたそのとき、ウィリアムが口を開いた。「陛下、私が父の伯爵位を継ぐことは承認していただきましたが、カスターの領主をだれにするかという問題が残っております」

「そうだったな。息子のプリンス・オヴ・ウェールズはラルフ・フィッツジェラルド卿はどうかといっている。息子の命を救ったので、昨日ナイト爵を授けたのだ」

カリスが不満の声を漏らした。「そんな！」

その声は王には届かなかったが、ウィリアムには聞こえており、彼も同じように思っているのは明らかだった。彼は次のように告げながらも、みずからの憤りはうまく隠せないでいた。「ラルフは陛下の軍に入って恩赦を手にする以前は、数々の窃盗、殺人、略奪の罪を犯した無法者だったのですが」

カリスが期待したほどには、王はこの発言には心を動かされなかった。王がいった。「それでも、ラルフがわれわれとともに七年間戦ったことに変わりはない。彼はもう一度チャンスをつかんだのだ」

「そのとおりです」ウィリアムはそつなく答えた。「ですが、これまでに彼が起こした問題を考えますと、爵位を授ける前に、彼がしっかり腰を据えるのを一、二年ほど見てみたいのですが」

「まあ、おまえが彼の上級領主となるのだから、好きにすればよかろう」エドワードが認めた。「おまえの意志に反してまで彼を押しつけるつもりはない。ただ、何かしらの褒美は取らせたいとプリンス・オブ・ウェールズが熱心なのだ」王はしばし考えてからつづけた。

「おまえには年ごろの従姉妹がいなかったか?」

「はい、マティルダです」ウィリアムが答えた。「ティリーと呼んでいますが」

カリスはティリーを知っていた。彼女は女子修道院学校にいる。

「そうだったな」と、エドワード。「おまえの父のローランドが後見人だったな。彼女の父親はシャーリングの近くに村を三つ持っていた」

「陛下は細かい点までご記憶が素晴らしい」

「レディ・マティルダをラルフと結婚させて、ラルフには彼女の父親の村を与えよ」エドワードがいった。

カリスは唖然《あぜん》とした。「でも、あの子はまだ十二歳です!」思わず口を突いた。

ウィリアムがたしなめた。「黙れ!」

王がカリスに冷たい視線を投げた。「シスター、貴族の子女は早い成長を求められるものだ。フィリッパ女王は私と結婚したとき十四歳だった」

カリスは口を閉じているべきだとわかっていたが、我慢できなかった。マーティンの娘を産んでいたら、ティリーとは四つしか違わない。「十二歳と十四歳では大違いです」彼女は必死でいった。

若い王はより一層冷ややかになった。「王の面前では、訊かれたときだけ意見を述べればいいのだ。それに、王は女の意見を聞くことなどほとんどない」

カリスは方針を誤ったと気づいた。結婚に反対したのはティリーの年齢ではなく、ラルフの性格ゆえだったのに。「わたしはティリーを知っています」カリスはいった。「あの子をラルフのような獣と結婚させてはなりません」

メアーが怯えた声でささやいた。「カリス！　だれに口をきいてるかわかってるの！」

エドワードがウィリアムに目をやった。「シャーリング伯、連れていけ。聞き捨てならんことを口走る前にな」

ウィリアムはカリスの腕をつかむと、王の面前から連れ出した。メアーがあとに従う。彼らの後ろから、王の声が届いた。「あの女がノルマンディーで生き延びたのもわかる――地元の者が恐れたのだろう」王の周りの貴族が笑い声を上げた。

「頭がどうかしたのか！」ウィリアムがなじった。

「そうお思いですか？」カリスはいった。王の耳には届かないところまできていたので、声を荒らげた。「この六週間というもの、あの王は男も女も子供も何千人と死にいたらしめ、作物や家を焼き払いました。わたしは十二歳の女の子が殺人者と結婚させられるのを止めようとしました。ウィリアム卿、もう一度いってください。どちらの頭がおかしいのかを」

51

一三四七年はウィグリーの農民が凶作に見舞われた年だった。村人たちはそのようなときにいつも行なうことをした。食べる量を減らし、帽子やベルトの購入を見合わせ、くっついて眠って暖を取ったのだ。老未亡人のヒューバーツは思いのほか早く亡くなり、ジェイニー・ジョーンズは豊作の年だったら持ちこたえられたであろう咳にやられ、ジョアンナ・デイヴィッドのところに生まれた赤ん坊は、状況が違えば望みがあったかもしれないが、一歳の誕生日を迎えられなかった。

グウェンダは幼い息子二人に目を光らせていた。八歳になるサムは年の割に大柄で力が強く、人からはウルフリックの体格を受け継いでいるといわれたが、本当のところは実の父であるラルフ・フィッツジェラルドに似ていると、彼女にはわかっていた。そんなサムでさえ、十二月を迎えるころには目に見えて痩せていった。橋が崩壊したときに死んだウルフリックの兄にちなんで名づけられたデイヴィッドは六歳だった。小柄で色黒なところがグウェンダに似ていた。乏しい食事のせいでデイヴィッドは体力が衰えてしまい、秋は軽い病気にかかりっぱなしだった。風邪に始まり、発疹《ほっしん》に咳とつづいた。

そんな状態ではあったが、ウルフリックと一緒にパーキンの土地へ秋まき小麦の種まきに行くときは、子供たちも連れていった。身を切るような冷たい風が、さえぎるもののない畑に吹きつける。彼女が畝《うね》に種を落とし、ウルフリックが土をかぶせる。その前に種を奪おうとする鳥を、サムとデイヴィッドが追い払った。叫びながら駆けたり跳ねたりする子供たちを見るにつけ、きちんと動いている二人の小さな人間が自分の身体から出てきたということが、グウェンダには不思議だった。鳥を追い払うのがいつしか競争のようになり、彼らの創造性の豊かさが嬉しかった。自分の一部だったものが、いまでは自分のあずかり知らない考えを持てるまでになっていた。

ほうぼうで土を踏みつけるうちに、足に泥がこびりついた。その広い畑には流れの速い小川が接しており、対岸にはマーティンが九年前に建てた縮絨工場が立っている。遠くから響いてくる木槌を打つ音が、ウルフリックたちが作業しているといつも聞こえた。その工場はジャックとイーライという変わり者の兄弟——どちらも土地を持たない独り者——が管理しており、甥を見習いにしていた。彼らは凶作のあおりを受けていない唯一の村人で、それはマーク・ウェバーが冬のあいだも均一の賃金を払うからだった。

真冬の一日はすぐに暗くなった。グウェンダたちが種まきを終えたころには、灰色だった空が暗くなりはじめ、遠くの森では薄明かりが靄のようになってきた。みんな疲れていた。

まだ種が袋に半分ほど残っていたので、パーキンの家へ持っていくことにした。パーキンの家へ近づくと、その当人が向こうからやってきた。娘のアネットを乗せた荷車の横を歩いている。家の木から採れたその年最後の林檎と梨を売りに、キングズブリッジまで行ってきたのだ。

アネットは二十八歳で子供もいるというのに、いまだに少女のような体形を保っていて、やや短すぎる服と無造作な髪型で若々しさを見せつけている。馬鹿っぽく見えるわね、とグウェンダは思った。その意見は村の女性全員と同じだったが、男性陣とは相容《あいい》れなかった。

パーキンの荷車に果物が山積みなのを見て、グウェンダは驚いた。「どうしたんです?」パーキンが険しい表情を見せた。「キングズブリッジの連中もこっちと同じで厳しい冬を送っている。林檎を買う余裕もないんだ。これでサイダーでも作るしかないな」

悪い知らせだった。パーキンがこんなにも売れ残りを抱えて市から戻ってくるとは、グウェンダは思ってもいなかった。

アネットはどこ吹く風という感じだった。手を差し出すと、ウルフリックが彼女を荷車から降ろすのに手を貸した。地面に着くところで彼女がよろめき、ウルフリックの胸に手をついて倒れこんだ。「あら!」彼女はウルフリックに笑いかけながら体勢を立て直した。ウルフリックの顔が喜びで赤くなった。

この馬鹿、とグウェンダは内心で吐き捨てた。

みんなで家へ入った。パーキンがテーブルにつくと、妻のペギーがスープの入った深皿を彼の前に置いた。彼はテーブルの上のパンを一枚、厚く切った。次に、ペギーは自分の家族の分を用意した。アネットとその夫のビリー・ハワード、アネットの弟のロブとその妻である。四歳になるアネットの娘のアマベルと、ロブの幼い息子二人にも少量を与えた。そのあとで、ウルフリックたちに坐るようにいった。

グウェンダは舐めるようにスープを飲んだ。自分が作るものより濃厚だった。ペギーが硬くなったパンを入れているからだが、グウェンダの家ではパンが硬くなる暇などなかった。パーキン家の面々はエールを口にしていたが、グウェンダとウルフリックには何も振る舞われなかった。厳しい時期には、もてなしもこの程度である。

パーキンは顧客を相手にするときは冗談を口にするが、そうでないときはぶすっとしており、程度の差こそあれ、家の雰囲気は暗いのが常だった。彼はキングズブリッジの市の様子を憮然《ぶぜん》として語った。ほとんどの商人は商売あがったりで、多少でも商売が成り立っているのは小麦や肉や塩といった必需品を扱う連中ぐらいであり、いまでは有名になったキングズブリッジ・スカーレットの布地を買う者など一人もいないという。

ペギーがランプを灯した。グウェンダは家に帰りたかったが、彼女もウルフリックも給金をもらわなくてはならなかった。子供たちの行儀が悪くなりだして、走り回っては大人にぶつかった。「子供たちも寝る時間ね」グウェンダはいったが、実際はそんな時間でもなかった。

とうとうウルフリックが切り出した。「パーキン、給料をもらったら帰るから」

「その金がないんだ」と、パーキンが答えた。

グウェンダは雇い主を睨んだ。パーキンの下でウルフリックと働いてきたこの九年間、彼の口からそのような話が出たことは一度もなかった。

ウルフリックがいった。「給料はもらわないと。ぼくたちだって食ってかなきゃならないんだ」

「スープはもらったろう？」パーキンがいった。

グウェンダは目をむいた。「わたしたちはお金のために働いてるのよ。スープのためじゃないわ！」

「しかし、ないものはないんだ」パーキンが繰り返した。「林檎を売ろうと市へ行ったが、だれも買ってくれなかった。だから、林檎なら食うに困らないほどある。だが、金はないんだ」

驚きのあまり、グウェンダは二の句が継げなかった。パーキンが金を出さないなどとは考えたこともなかった。でも、わたしにできることは何もない。彼女は刺すような恐怖に襲われた。

ウルフリックがゆっくりとした口調でいった。「それなら、どうするんだ？　ロングフィールドへ行って、まいた種を引っくりかえしてこようか？」

「今週分の給料は貸しにしてもらうよりない」と、パーキン。「状況がよくなったら払う」

「来週は？」

「来週もおそらく金はないだろう——どこかから湧いて出てくるわけでもないからな」

グウェンダは口をはさんだ。「それなら、マーク・ウェバーのところへ行くわ。縮絨工場で雇ってくれるかもしれないから」

パーキンが首を振った。「あいつにはきのう、キングズブリッジで会ったときに訊いてみた。おまえたちを雇えないかとね。答えはノーだったよ。布地がたいして売れてないそうだ。ジャックとイーライとあの子供にはつづけてもらうけど、商売が上向くまでは在庫を抱えて我慢するしかないそうだ。新たな人手を雇う余裕はないといっていた」

ウルフリックが取り乱した。「ぼくたちはどうやって生きていけばいいんだ？　春の耕作はどうするんだ？」

「食事と引き換えに働くという手ならあるが」と、パーキンが持ちかけた。

ウルフリックがグウェンダを見た。家族全員にとっての一大事であり、だれかを敵に回している場合ではない。彼女は急いで考えを巡らせた。選択肢はないに等しい。食べるか、飢えるかだ。「食べるためだもの、働くわ。でも、お金の貸しも忘れないで」彼女はいった。

パーキンが首を振った。「それは公平とは——」

「公平ですとも！」

「わかった、わかった。だが、そうだとしても、無理な注文には変わりない。いつ金ができるのかもわからんのだからな。聖霊降臨日のころには、貸しが一ポンドにもなってしまうじゃないか！　食べ物のために働くか、さもなければ仕事はなしだ」

「家族四人を食べさせてください」

「いいだろう」

「でも、働くのはウルフリックだけよ」

「それは――」

「家族には食べ物以外にも必要なものがあるわ。子供たちには服が必要だし、男には靴がいる。給料を払ってくれないんなら、ほかの方法を見つけて、そういうものを手に入れるしかないでしょう」

「どうするんだ？」

「それはわからないわ」グウェンダは間を置いた。実のところ、さっぱり見当がついていなかった。パニックになりそうなのを必死でこらえた。「父に訊いてみなくちゃならないかも」

ペギーが口を割り込んだ。「わたしならそんなことしないわ――ジョビーなら盗めというに決まってるわ」

グウェンダは苛立った。何の権利があってペギーは見下すような態度を取るのだろう。ジョビーは人を雇ったこともないし、当然のことながら、週の終わりになって給料を払えないといったこともないのに。それでもぐっとこらえて、穏やかな口調でいった。「あの人は十八回の冬のあいだ、わたしに食べさせてくれたわ。最後には無法者を押しつけられたけどね」

ペギーがつんと頭を反《そ》らし、テーブルの深皿をそそくさと片づけだした。

ウルフリックが声をかけた。「もう行こう」

グウェンダは動かなかった。何が得られるかはわからないが、それを手に入れられるのはいましかない。ここを出てしまったが最後、パーキンは取引成立とみなして再交渉には応じないだろう。彼女は必死に考えた。自分の家族にしかエールを出さなかったペギーのことを思い出して、こういった。「わたしたちを古い魚や水っぽいエールなんかではぐらかさないで、自分や家族と同じものを出してくれるのよね——肉もパンもエールも」

ペギーが不満げな声を漏らした。グウェンダが黙っていたら、まさにそうしようと考えていたのだった。

グウェンダは付け加えた。「あなたやロブと同じ仕事をウルフリックにしてもらいたいと思うんだったらね」ウルフリックがロブ以上に、また、パーキンの倍以上働くのは、周知の事実だった。

「わかったわよ」と、ペギー。

「それから、これは緊急措置ですからね。それははっきりさせておきます。あなたにお金ができ次第、給料は同じように払ってもらいます——一人一日当たり一ペニーです」

「わかってるよ」

やや沈黙があってから、ウルフリックが口を開いた。「もういいか?」

「たぶんね」と、グウェンダ。「パーキンと合意の握手をしなさいよ」

二人は握手した。

グウェンダとウルフリックは子供たちを連れて家路についた。外はすっかり暗くなっている。雲が出て星が隠れているので、鎧戸や扉の隙間から漏れるわずかな光を頼りに歩かなければならなかったが、パーキンの家から自分の家までは何千回と歩いていたので、何ということもなかった。

ウルフリックがランプを灯して火をおこし、グウェンダは子供たちを寝かしつけた。寝室は二階だった――彼らはウルフリックの両親が住んでいた広い家にいまも住んでいた――が、暖を取るために台所で寝ていた。

子供たちを毛布でくるんで火のそばに寝かせながらも、グウェンダの気分は晴れなかった。自分の母のような、常に心労や貧乏に見舞われる生活は送らないと心に決めて生きてきたのに。彼女は自立を望んでいた。少しの土地、働き者の夫、良心的な領主である。ウルフリックは父親が耕していた土地を取り戻したいと願っていた。そういった二人の願いは、どれも叶えられなかった。彼女は貧しく、夫は土地を持たない労働者で、その雇い主は一日一ペニーの給料さえ払えない。まさに母と同じ道を歩んでしまった。辛すぎて涙も出ない。

ウルフリックが棚から陶器の瓶を取って、木のカップにエールを注いだ。「よく味わいなさいよ」グウェンダは冷たくいい放った。「しばらくはエールも買えないわ」

ウルフリックがくだけた感じで話しかけた。「あのパーキンに金がないなんてな。ネイサン・リーヴを別にすれば、村一番の金持ちなのに」

「パーキンは金を持ってるわよ」グウェンダはいった。「暖炉の下にペニー銀貨を入れた壺があるのよ。わたし、見たんだから」

「それなら、どうして金を出そうとしないんだ？」

「蓄えに手をつけたくないのよ」

ウルフリックは呆気に取られた。「でも、その気になれば金は出せるわけだろ？」

「そうよ」

「それなら、どうしてぼくは食い物のために働くんだ？」

グウェンダはもどかしげに呻いた。どうしてわからないの？「そうしないと、仕事を完全に失うからよ」

ウルフリックが一杯食わされたという顔をした。「給料をもらえるよう踏ん張るべきだったな」

「どうしてそうしなかったの？」

「暖炉の下に銀貨入りの壺があるなんて知らなかったからだよ」

「ねえ、パーキンほどの金持ちが、荷車一台分の林檎が売れなかったぐらいで貧乏になるわけがないでしょう。十年前にあなたのお父さんの土地を手に入れてからは、ウィグリー一の土地持ちなのよ。蓄えぐらいあるに決まってるじゃない！」

「そうだな」

グウェンダが火を見つめているあいだにウルフリックはエールを飲み干し、二人は寝床に入った。彼の手が身体に回され、彼女も彼の胸に頭を預けたが、身体を重ねたいとは思わなかった。怒りが満ちていた。彼女は自分にいい聞かせた。夫に八つ当たりしては駄目よ。自分たちを失望させたのはウルフリックではなく、パーキンなんだから。だが、ウルフリックに対しても怒りはあった――激怒といってもいい。彼が寝入るのを感じながら、自分の怒りは給料のことではないのに気づいた。この手のことは、だれもが折に触れて悩まされる不運の一つだ。悪天候とか、大麦にできた黴《かび》のようなものだ。

それでは、何なのか？

アネットが荷車から降りる際に、ウルフリックに倒れこんだ場面が思い出された。媚びるような彼女の笑みと、喜びで真っ赤になったウルフリックの顔を思い出すと、彼の顔をひっぱたきたくなった。わたしはあなたに怒ってるのよ。頭の空っぽなあの尻軽女のせいで、あなたがとんでもない愚か者に見えてしまうからよ。

クリスマス前の日曜日に、礼拝後の教会で荘園会議が開かれた。寒い日だったので、村人は肩を寄せ合い、外套や毛布にくるまっていた。責任者はネイサン・リーヴだった。荘園領主のラルフ・フィッツジェラルドは、久しくウィグリーに顔を見せていない。そのほうが好都合だと、グウェンダは思った。それに、いまはラルフ卿になって、その領土には新たに村が三つも加わったのだから、牛や牧草地に大して興味はないだろう。

アルフレッド・ショートハウスが今週亡くなった。十エーカーの土地を持つ、子供のいない男やもめである。「故人には血族相続人がいない」ネイサンがいった。「それで、パーキンがその土地を引き継ぎたいと申し出ている」

　グウェンダは驚いた。これ以上土地を手に入れてどうしようというのか。驚きのあまり声を失っているあいだに、バグパイプ奏者のアーロン・アップルトリーが先に口を開いた。

「アルフレッドは夏以降病気がちだった。秋耕もせず、秋まき小麦もまいていない。仕事は山積みだ。パーキンは手一杯になるぞ」

　ネイサンがいった。「土地を自分にと?」

　アーロンが首を振った。「二、三年して息子たちが手を貸してくれるぐらいになったら、こんなチャンスには飛びつくがね。いまはとても無理だ」

「私なら大丈夫だよ」パーキンがいった。

　グウェンダは眉を寄せた。ネイサンは明らかにパーキンに土地を渡したいと思っている。賄賂の取り決めがなされたのは間違いない。パーキンに金があるのは、彼女には最初からお見通しだった。だが、彼の裏の部分を暴くことに興味はなかった。この状況を自分の有利になるように利用して、家族を貧困から抜け出させる方法を彼女は考えていた。

　ネイサンが告げた。「人を雇うのか、パーキン」

「ちょっと待ってください」グウェンダは口をはさんだ。「パーキンはいま雇っている者にも給料を払えていないんです。それなのに、どうしていま以上に土地を引き受けられるんですか?」

　パーキンは面食らったが、グウェンダの言い分に反論できなかったので、だんまりを決め込んだ。

ネイサンがいった。「では、ほかにだれであれば対処できると？」

グウェンダが間髪を入れずに答えた。「わたしたちが引き受けます」

ネイサンが驚きの表情を見せた。

グウェンダはすぐに付け加えた。「ウルフリックは食べ物と引き換えに働いています。わたしには仕事がありません。わたしたちには土地が必要なんです」

何人もの頭がうなずいていているのに、彼女は気づいた。パーキンがしてきたことを支持している村人など一人もいない。いつか自分たちも同じ状況になりかねないと、だれもが恐れているのだ。

ネイサンは自分の計画が破綻する危険を感じ取った。「借地相続税を払えないだろう」

「少しずつ払っていきます」

ネイサンが首を振った。「いますぐに支払いのできる借地人でなくては駄目だ」そして、村人たちの顔を見渡した。だが、進み出る者は一人もいなかった。「デイヴィッド・ジョンズ、あんたはどうだ？」

デイヴィッドは中年で、息子たちは自分の土地を持っている。「一年前なら手を挙げただろうが、収穫期に雨にやられてしまったからな」

十エーカーという売り物が出た場合、普段であれば是が非でもという村人たちのあいだで取り合いが繰り広げられるところだが、何せ不作の年だった。グウェンダとウルフリックはほかの者たちとは違っていた。一つには、ウルフリックが自分の土地を持ちたいと望まない日がなかった。アルフレッドの土地にウルフリックの相続権はないが、何もないよりはましである。とにかく、グウェンダとウルフリックは喉から手が出るほど土地が欲しかった。

アーロン・アップルトリーが口を開いた。「ネイサン、ウルフリックに譲ってやれよ。働き者だから、秋耕もきっと間に合わせてくれるさ。それに、この夫婦にだっていいこともないとな——いままで、お釣りがくるほど辛い目にあってきたんだから」

ネイサンは気分を害したようだったが、農民のあいだからは賛同の声が大きく上がった。貧乏ではあったが、ウルフリックとグウェンダは尊敬されていた。

珍しい事態が重なり、グウェンダの一家にはよりよい生活への道が開けるかもしれなかった。可能性が見えてきたように思えたグウェンダは、興奮が高まるのを感じた。

しかし、ネイサンは依然として疑わしげだった。「ラルフ卿はウルフリックを嫌っている」

ウルフリックの手が頬に伸び、ラルフの剣でできた傷に触れた。

「それは知ってます」と、グウェンダ。「でも、ラルフはここにいないわ」

52

　ローランド伯爵がクレシーの戦いの翌日に亡くなったとき、数人が出世の梯子を一段登った。伯爵の長男のウィリアムは爵位を継ぎ、シャーリング州の領主として国王に仕える身となった。ウィリアムの従兄弟、サー・エドワード・コートホースはカスターの領主となり、伯爵の転借人としてその封土である四十の村の支配権を引き継ぎ、カスターハムにあるウィリアムとフィリッパの元の屋敷に居を移した。そして、サー・ラルフ・フィッツジェラルドはテンチの領主に任ぜられた。

　それから十八カ月はだれも故郷に戻れなかった。みな国王とともに進軍し、フランス人を殺すことに忙しかったのだ。やがて、一三四七年になると、戦いは膠着《こうちゃく》状態に陥った。イングランド軍は重要なカレーの港町を攻略し、占領したが、それ以外には十年に及ぶ戦争の見るべき成果はほとんどなかった——むろん、大量の戦利品は別だったが。

　一三四八年一月、ラルフは自分の新しい領地をわがものにした。テンチは百戸の農家がある規模の大きな村で、所領には隣接する比較的小さな村が二つ含まれる。彼はまた、馬の脚で半日ほどの距離にあるウィグリーの所有権も保持した。テンチを馬で通り抜けながら、ラルフは誇りでぞくぞくするのを覚えた。このときを心待ちにしていたのだ。農民がお辞儀をし、その子供らが目を見張る。自分はこの土地の住民という住民の主人、物という物の所有者なのだ。

屋敷は囲いを巡らしたなかにあった。フランスからの略奪品を積んだ荷馬車を従えて構内に馬を乗り入れながら、ラルフはすぐさま防壁が損壊して久しいのを見て取った。修復するべきだろうか。ノルマンディーの市民は概して防衛には無頓着で、だからこそエドワード三世も比較的容易に各都市を制圧できたのだ。他方、イングランド南部が侵略される可能性はいまではかなり小さい。戦争初期、フランス艦隊の大半はスロイスの港で一掃され、その後、イングランドは両国を隔てる海峡の制海権を握った。海賊による小規模な襲撃を除けば、スロイス以降、あらゆる戦闘はフランス本土で行なわれてきた。結局のところ、防壁を再建する価値はほとんどなさそうだ。

馬丁が何人か現われ、馬の世話を引き受けた。ラルフはアラン・ファーンヒルに荷降ろしの監督を任せて、自分の新しい住まいのほうへ歩き出した。片足を引きずっていた。長時間馬に乗ると、決まって負傷した脚が痛んだ。テンチ・ホールは石造りの荘園屋敷だった。壮麗なものだ、と彼は満ち足りた思いだった。もっとも、修理は必要だ——驚くには当たらない、レディ・マティルダの父親が亡くなって以来空き家だったのだから。とはいえ、設計はいまふうだった。旧式な屋敷では、領主の私室はいちばん重要とされる大広間の端に付け足しのように設けられたものだが、外側から見てわかるとおり、ここでは家族の居室が建物の半分を占めている。

彼は広間に入り、ウィリアム伯爵の姿を認めてむっとした。

部屋のいちばん奥に黒っぽい木で作られ、力強い紋章が精巧に彫刻された大きな椅子があった。背もたれと肘掛けには天使とライオン、脚には蛇と怪物が彫られている。館の主人の椅子であることは明白だ。だが、いまそこにウィリアムが坐っている。

せっかくの昂揚感も消え失せた。自分の主人に監視されていたのでは、新たな領土の主《あるじ》となった喜びに浸れない。これでは、夫が扉の向こうで耳を澄ませているというのに、その妻とベッドをともにするようなものだ。

内心の苛立ちを押し隠して、ラルフは礼儀正しくウィリアム伯爵に挨拶した。伯爵は傍《かたわ》らに立つ男を紹介した。「こちらはダニエルだ。二十年にわたってここの土地管理人を務め、父に代わってよく土地を管理してきた。ティリーは未成年だからな」

ラルフはダニエルに堅苦しく礼をいった。ウィリアムがいわんとしていることは明らかだった。引きつづき、ダニエルをその職につけようとしているのだ。しかし、ダニエルはもともとローランド伯爵の家来で、いまはウィリアム伯爵の配下にある。ラルフとしては、自分の領地を伯爵の配下に管理させるつもりはなかった。土地管理人は彼一人に忠実でなければならなかった。

ウィリアムはラルフがダニエルについて意見するのを期待して待っているようだが、ラルフはここで議論を始めるつもりはなかった。十年前であればたちまち抗議の声を上げただろうが、国王に仕えているうちに、多くのことを学んでいた。土地管理人の選任に関して伯爵の承認を得なければならない筋合いはないのだから、わざわざ掛け合うまでもない。何もいわずにウィリアムが出立するのを待ち、そのあとダニエルには、ほかの職務を割り当てると告げてやればいいのだ。

ウィリアムとラルフはしばらく頑固に押し黙っていたが、やがて緊張が破れた。大広間の端の、家族の居室に通ずる大きな扉が開いて、大柄で優美な姿のレディ・フィリッパが入ってきた。最後に彼女を見かけてから長い月日がたっていたが、若いころの情熱が衝撃とともに甦ってきて、ラルフは息がつけなくなった。彼女は老けたとはいえ――四十歳を超えているはずだ、と彼は踏んだ――まさに女盛りだった。記憶より少し体重が増えているかもしれない。腰回りに肉がつき、胸はさらに豊かになっている。だが、それも魅力を倍加させているだけだ。足取りは相変わらず女王のようだ。彼女の姿を目にして、ラルフは毎度ながら、どうして自分はあのような妻が持てないのだろうと、またもや腹立たしく自問した。

かつてのフィリッパはラルフにほとんど目もくれようとしなかったが、今日は笑みを浮かべて握手をした。「ダニエルと近づきになったところね？」

この女《ひと》もまた、自分が伯爵の家臣を雇いつづけることを望んでいるのだ――だからこそ、こんな丁重な態度をとるのだろう。あの男を追っ払う理由がますます増えた、と彼は内心喜んだ。「着いたばかりです」ラルフは当たりさわりのない言葉を返した。

フィリッパが夫婦ともどもここにきた理由を説明した。「あなたが若いティリーと対面するとき、その場に居合わせたかったのよ――あの子はわが家の一員だから」

ラルフはキングズブリッジ修道院の修道女に、今日彼が顔を合わせられるよう、許婚《いいなずけ》をここへ連れてくるよう命じておいた。お節介にも、修道女どもはウィリアム伯爵に経緯を伝えたらしい。「レディ・マティルダはローランド伯爵の被後見人でしたね。彼の霊よ、安らかに」ラルフはいい、ローランドの死によって後見権が失われたことを強調した。

「ええ――それに、わたしは国王があの子の後見権を夫に譲ってくださるだろうと思っていたの。ローランドの跡継ぎとしてね」明らかに、フィリッパはそのほうがよかったと考えているようだった。

「しかし、国王はそうなさらなかった。妻に迎えるようにと私にくださったのです」まだ何の儀式も行なわれていないが、その時点で、少女はすぐさまラルフの庇護下に入った。厳密にいえば、ウィリアムやフィリッパには、ティリーの両親面《づら》をしてここへ押しかけてくる資格はない。だが、ウィリアムはラルフの主君なのだから、いつでも好きなときに立ち寄れるのだ。

ウィリアムとは口論したくなかった。その気になれば、彼はいともたやすくラルフの人生を破滅に追いやれるのだ。それに、新伯爵はいま、柄にもなく自分の権威をひけらかしている――おそらくは妻から圧力をかけられたのだろう。だが、ラルフとしてはおとなしく引き下がるつもりはなかった。この七年のあいだに、彼は自分に与えられてしかるべき権利を守りきる胆力を身につけていた。

いずれにせよ、彼はフィリッパと渡り合うのを楽しんでいた。彼女を見つめる口実ができたからだ。相手の意志的な顎と豊かな唇に視線を注ぐ。いくら尊大だろうと、こうなっては彼の相手をしないわけにはいくまい。こうして、彼はこれまでになく長い時間、彼女と言葉を交わすことになった。

「ティリーはまだ子供だわ」フィリッパがいった。

「今年で十四歳になります」ラルフはいった。「わが王妃はその歳でお輿《こし》入れなさったのですよ――クレシーの戦いのあと、国王ご自身が私とウィリアム卿にご指摘くださったように」

「戦いの直後は、若い娘の運命を決めるのに必ずしも最適な時期ではないでしょうに」フィリッパが小声でいった。

その一言を聞き過ごすわけにはいかなかった。「私としては、陛下のご決断には従わなければならないと考えております」

「わたしたちはみなそうよ」彼女がつぶやいた。

ラルフは彼女を打ち負かしたのを感じた。性的な、まるで彼女を押し倒したかのような気分だった。満足して、ダニエルのほうを向いた。「許婚は正餐の時間までに到着することになっている。怠りなく饗応《きょうおう》の準備をしろ」

フィリッパが口をはさんだ。「そのことなら、わたしがすでに手配したわ」

ラルフはゆっくりと首を回して、ふたたび彼女に視線を注いだ。この女は図々しくも、他人《ひと》の家の厨房に入り込んで命令を下したというのか。

出すぎた真似をしたとわかって、フィリッパが赤面した。「あなたがいつここに到着するのかわからなかったものだから」

ラルフは何もいわなかった。彼女が謝罪するわけもないが、釈明の言葉を引きだせて満足だった——彼女ほど驕慢《きょうまん》な女にとって、これは屈服に等しい。

しばらくのあいだ、表で馬の騒がしい音がしていたが、やがてラルフの両親が入ってきた。久々の再会で、ラルフはそそくさと二人を抱擁した。

二人とも五十代だが、母親のほうが早く老けたように思われた。髪は白く、顔には皺が目立つ。かすかに腰が曲がっている。父親のほうがずっとかくしゃくとしていた。この場の晴れがましさに興奮しているせいもあるのだろう。誇りに顔を上気させ、ラルフの手をポンプで水を汲むときのように激しく振り動かす。とはいえ、赤い髭に白いものは見当たらず、ほっそりとした身体は相変わらず生気に満ちている。二人とも新品の服を着ていた——ラルフが金を送っておいたのだ。サー・ジェラルドは分厚い毛織りのサーコート、レディ・モードは毛皮の外套をまとっていた。

ラルフはダニエルに向かって指を鳴らした。「ワインを持ってこい」土地管理人は一瞬、下男のように扱われたことに抗議するかのような表情を浮かべたが、すぐに自尊心を抑えて、足早に厨房へ向かった。

ラルフはいった。「ウィリアム伯爵、レディ・フィリッパ、父のサー・ジェラルドと、母のレディ・モードをご紹介します」

ウィリアムとフィリッパが両親を鼻であしらうのではないかと心配したが、二人は十分丁重に挨拶を返した。

ジェラルドがウィリアムにいった。「私はあなたのお父さまの戦友でした。父上の霊の安からんことを。それどころか、ウィリアム伯爵、私は子供のころのあなたを存じております。もっとも、あなたは憶えておられないでしょうが」

父が栄光ある過去に注意を向けさせようとするのが、ラルフは気に入らなかった。かえっていまの落魄《らくはく》ぶりを強調するばかりだ。

だが、ウィリアムは気づいていないようだった。「いや、憶えているような気がするな」彼はいった。おそらく単なる社交辞令だろうが、ジェラルドは喜んだ。「そうだ」ウィリアムがつづけた。「身長が少なくとも七フィートはある大男だったな」

背の低いジェラルドがうれしそうな笑い声を上げた。

モードがあたりを見回していった、「なかなか素敵なお屋敷ね、ラルフ」

「フランスから持ち帰った、ありったけの宝物で飾りたいんですよ。しかし、まだ着いたばかりなのでね」

女の使用人がワインの入った水差しとゴブレットを数個、盆に載せて運んできた。一同は軽い食事を取った。ワインは上等のボルドーだった。透き通っていて、甘い。この屋敷に食材をたっぷり蓄えておいてくれたことについてはダニエルの功績を認めてやらねばなるまい、とラルフは最初考えた。しかしすぐに、ここには永年、それを賞味する人間がいなかったことを思い出した――むろん、ダニエルを除いては。

ラルフは母親に尋ねた。「マーティンについて何か消息は？」

「順調にやっているわよ」彼女は誇らしげにいった。「結婚して娘が一人いるし、お金持ちになって。ボナヴェントゥーラ・カロリの一族のために大邸宅を建てているところなの」

「でも、まだ伯爵《コンテ》になってはいませんよね？」冗談を装いつつも、マーティンがいくら成功したところで貴族の称号を得ることはないのだということを、そして、自分こそが、一族を貴族階級に復帰させて父親の悲願を成就させたのだということを明確にした。

「まだだよ」父親が陽気にいった。まるでマーティンがイタリアの伯爵になる可能性が本当にあるかのような口調だった。ラルフは苛立ったが、それもほんの束の間のことだった。

母親がいった。「わたしたちの部屋を見せてくださる？」

ラルフはためらった。〝わたしたちの部屋〟とはどういう意味だ？　両親はここに住むつもりでいるのかもしれないという恐ろしい考えが頭をよぎった。それはごめんだった。二人は一族の恥辱の日々を絶えず思い出させるだろう。それに、こちらが気ままに過ごせなくなる。一方で、高貴な身分の者がその両親を修道院の扶養者として一部屋の家に住まわせておくのが恥ずべきことだということは、いまでははっきり理解していた。

この件はもっとじっくり考えてみなければなるまい。さしあたって、ラルフはこう答えた。「私自身、家族の居室はまだ覗いてもいないんですよ。数日は快適に過ごせるよう取りはからいましょう」

「数日？」母親が即座にいい返した。「おまえはわたしたちをキングズブリッジのあばら屋へ追い返すつもりなの？」

ウィリアムやフィリッパの目の前でその話が持ちだされて、ラルフは屈辱を感じた。「二人に住んでもらう余裕があるとは思えないんです」

「まだ部屋を見ていないというのに、どうしてそれがわかるの？」

ダニエルが話に割り込んだ。「ウィグリーから村人が一人参っております、サー・ラルフ――パーキンという者です。緊急な用件で相談があるとか」

普通であれば、話の邪魔するような者は追い払うところだが、今回ばかりは話題が変わったのがありがたかった。「部屋をご覧になっていてください、母上。私はその農民に会わなければなりませんので」

ウィリアムとフィリッパが居室を案内するために、彼の両親を連れて退出し、ダニエルがパーキンをテーブルに連れてきた。パーキンは以前にも増して追従的《ついしょう》になっていた。「フランスから無事にお戻りになられ、こうしてお目にかかれるのはこのうえない喜びに存じます」

ラルフは指が三本欠けた左手に目をやった。「まあ、ほとんど無事というところだがな」

「ウィグリーの村人はこぞって、あなたの怪我を痛ましいことと感じています。でも、その甲斐はあったというものでしょう！　ナイトの爵位に、新たな三つの村、そのうえ、レディ・マティルダとご祝言《しゅうげん》とは！」

「祝辞に感謝する。それはそうと、相談を要する緊急の用件というのは何だ？」

「はい、話せば長い物語というわけでもないんです。アルフレッド・ショートハウスが跡取りなしに十エーカーの土地を遺して死にまして、わたしがその土地を引き継ごうと申し出たんです。このところひどく難儀してるんですがね、昨年の八月は雷雨に祟《たた》られまして――」

「天気の話などどうでもよい」

「おっしゃるとおりで。かいつまんでいえば、ネイサン・リーヴがあなたのお気に召しそうもない決定をしたんです」

ラルフはいらいらしてきた。アルフレッドの十エーカーの土地をどこの農民が耕そうが、彼はいっこうにかまわなかった。「ネイサンがどういう決定を下そうが――」

「彼はその土地をウルフリックに与えたんです」

「ほう」

「村人のなかにはウルフリックにはその資格があるという者がおりまして、彼は土地を持っていませんから。でも、彼には借地相続税を支払う余裕がありませんし、とにかく――」

「説得してくれるには及ばん。あの厄介者にわが領土の土地の所有を認めるつもりはない」

「ありがとうございます。ネイサン・リーヴに、あなたはあの十エーカーの土地を私が手に入れるのをお望みだと伝えてもよろしゅうございますか？」

「ああ」ラルフは答えた。伯爵夫妻が彼の両親を付き従えて私室のほうから姿を現わした。

「今後二週間以内に、私が自ら出向いて承認しよう」片手を振って、パーキンを下がらせた。

ちょうどそのとき、レディ・マティルダが到着した。

彼女は両脇に修道女を従えて大広間に入ってきた。一人はマーティンの昔の恋人のカリスで、ティリーは結婚するには幼すぎると国王に進言しようとした女だった。反対側にいる修道女はクレシーまでカリスに同行した、天使のような顔つきの女で、その名前をラルフは知らない。三人の後ろからくるのは、おそらく彼らの護衛役なのだろう、九年前にラルフをいとも巧妙に捕らえた片腕の修道士、ブラザー・トマスだった。

そして、中央にティリーがいた。ラルフはすぐさま修道女たちが彼女を結婚させまいとした理由を悟った。彼女は子供のようなあどけない顔つきをしていた。鼻にそばかすが散り、二つの前歯のあいだには隙間がある。怯えた目をしていた。その幼げな外観を誇張しようとしてか、カリスは飾りのない修道女の白いローブと、地味な縁なし帽を身に着けさせていたが、そんな服装でも、その下の身体の女らしい曲線は隠しようがなかった。カリスは明らかに、ティリーが婚姻《こんいん》生活を営むには幼すぎると思わせたいのだ。しかしそういうやり方は、ラルフにはかえって逆の効果をもたらした。

ラルフが国王に仕えているあいだに学んだ秘訣の一つは、多くの場合、先に口を開いた者が主導権を握れるということだった。彼は大声でいった。「こっちへきなさい、ティリー」

少女は進み出て、彼のほうへきた。お付きの者はためらい、そのままの位置にとどまった。

「私がおまえの夫だ」ラルフは彼女にいった。「名前はサー・ラルフ・フィッツジェラルド、テンチ卿だ」

彼女は怯えた表情を変えなかった。「お目にかかれてうれしゅうございます」

「これからはここがおまえの家だ。子供のころ、おまえの父上がここの領主だったころと同じようにな。おまえはこれからテンチ卿夫人と呼ばれる、おまえの母上が昔そうだったようにな。生家に戻れてうれしいだろう？」

「はい」だが、その顔はまったくうれしそうではなかった。

「おそらく修道女たちからは、こういい聞かされているのだろう――従順な妻になり、夫の意に添うよう精一杯努めるべきだと。夫はおまえの主君、主人なのだからな」

「はい」

「それから、こちらは私の母と父だ。これからはおまえの両親でもある」

彼女はジェラルドとモードに膝を曲げて軽くお辞儀をした。

ラルフはいった。「ここへきなさい」両手を差し出す。

ティリーは反射的に手を取ろうとしたが、そのとき彼の障害を負った左手に気がつき、嫌悪の声を上げて後ずさった。

怒りと呪いの言葉が口から出かかるのを、ラルフは抑えた。かなりの苦労をして、無理に軽い口調で話そうとする。「怪我した手を怖がることはない。むしろ誇りに思うべきだぞ。

この指を失ったのは、国王に従い、軍務についていたためなのだからな」両腕は期待を込めて伸ばしたままにした。

彼女はおそるおそる彼の両手を取った。

「さあ、キスしておくれ、ティリー」

ラルフは坐り、ティリーは目の前に立っていた。ティリーが身をかがめて、頬を差し出した。彼は欠損のあるほうの手を相手の後頭部にあてがい、顔を振り向かせると、その唇にキスした。彼女がおぼつかない様子なのが感じられ、男にキスされるのはこれが初めてらしいと察せられた。しばらく口を離さなかった。一つには彼女の唇がとても甘かったから、また一つには見守っている連中を怒らせたかったからだ。やがて、ゆっくり慎重に、傷ついていないほうの手を彼女の胸に押しつけ、乳房を探った。それは丸く、豊かだった。もう子供ではなかった。

ラルフはティリーを解放し、満足してため息をついた。「婚礼を急がなければならん」カリスに目をやると、彼女は見るからに怒りを抑えつけていた。「キングズブリッジ大聖堂で、四週間後の日曜日だ」フィリッパに視線を向けながら、ウィリアムに話しかける。「私たちはエドワード国王陛下の明白な思し召しを得て結ばれるのですから、ご参列いただければ光栄です、ウィリアム伯爵」

ウィリアムがそっけなくうなずいた。

カリスが初めて口を開いた。「サー・ラルフ、キングズブリッジ修道院長からお祝い申し上げます。修道院長としては謹《つつし》んで婚儀をつかさどる用意があるとのことです。もちろん、新司教がみずから執り行なわれる場合は別ですが」

ラルフは礼儀正しく会釈した。

彼女はさらにつづけた。「でも、これまでこの子を預かってきたわたしどもとしては、彼女は婚姻生活を営むにはまだ幼すぎると考えます」

フィリッパがいった。「わたしも同意見よ」

ラルフの父親が口をはさんだ。「いいかね、私もおまえの母親と結婚するときは、ずいぶん待たされたものだったんだ」

またぞろその話を聞かされるのはまっぴらだった。「父上、あなたと違って、私は国王の命令でレディ・マティルダと結婚するんです」

彼の母親がいった。「少し待つべきじゃないかしら」

「もう一年以上待たされているんです！　国王がお与えくださったとき、彼女は十二歳でした」

カリスがいった。「婚儀は行ないましょう、正式な手順に則《のっと》って――でも、その後一年間は、女子修道院で預からせてください。彼女がすっかり一人前の女性に成長するまで。そのあと、家庭にお迎えになるべきです」

ラルフは冷笑するように鼻を鳴らした。「その一年のあいだに、私は死んでいるかもしれない。とりわけ国王がふたたびフランスへ戻ると決意された場合にはな。だが、フィッツジェラルド家には跡継ぎが必要だ」

「彼女はほんの子供――」

ラルフは声を荒らげて話をさえぎった。「彼女は子供ではない――よく見ろ！　つまらん修道服を着せたところで、あの胸はごまかしようがない」

「幼な太りに――」

「女の毛は生えているのか？」ラルフは詰問した。

ティリーが彼の露骨な物言いに息を呑み、恥ずかしさに頬を赤らめた。

カリスはためらった。

ラルフはいった。「ひょっとしたら、母上が私の代わりに調べて、教えてくださるかもしれない」

カリスは首を横に振った。「その必要はありません。ティリーには、大人の女性にはあっても、子供にはない部分に体毛があります」

「思ったとおりだ。以前、見たことがあるのだが――」ラルフは言葉を切った。ここにいる全員に、ティリーと同じ年頃の少女の裸をどういう状況で目にしたのかを知られるのはまずいと気づいたのだ。「外見から、そう推測したんだ」母親の視線を避けながら訂正した。

カリスの声がめったに聞かれない懇願の色を帯びてきた。「でも、ラルフ、精神的にはまだ子供なのよ」

精神など知ったことかとラルフは思ったが、口には出さなかった。「四週間あれば、知っておいてしかるべきことは学べるだろう」カリスに意味ありげに目配《めくば》せする。「おまえなら何から何まで教えてやれるはずだ」

カリスは赤面した。いうまでもなく修道女は夫婦の営みについては知らないことになっている。しかし、彼女はかつて彼の兄と懇《ねんご》ろだった。

母親がいった。「ここは譲って――」

「事情がおわかりになっていないようですね、母上」彼は無作法に母親の言葉をさえぎった。「彼女の年齢など、実際にはだれも気にかけてはいないんです。私が娶《めと》るのがキングズブリッジの商人の娘だとしたら、その子が九歳でも何もいわないでしょう。問題はティリーが高貴な生まれだということなんです、それがおわかりにならないんですか？　彼らは自分たちがわれわれより格式が上だと思っているんですよ！」自分が怒鳴っていることは承知していたし、周囲の者がみな驚いた顔をしていることにも気づいていたが、かまわずつづけた。「彼らはシャーリング伯の親族を貧乏騎士の息子の嫁になどしたくないんです。結婚を延期させたいのも、床入りの前に私が戦死するのを期待しているからなんです」彼は口元をぬぐった。「ところが、この貧乏騎士の息子はクレシーの戦いで武勲《ぶくん》を立て、プリンス・オヴ・ウェールズの命を救った。そうやって国王の恩寵《おんちょう》を得た」みな顔を順ぐりに眺める――傲慢なウィリアム、冷笑的なフィリッパ、怒り狂うカリス、驚きあきれる両親。「だから、あなたがたも事実は事実として受け入れたほうがいい。ラルフ・フィッツジェラルドは騎士《ナイト》で、領主で、国王の戦友だ。そして、伯爵の血筋のレディ・マティルダを妻に迎える――あなたがたが気に入ろうが、気に入るまいがだ！」
衝撃に、しばらく沈黙がつづいた。
やがて、ラルフはダニエルのほうを向いた。「さあ、正餐の用意だ」

53

一三四八年春、マーティンはよく思い出せない悪夢から脱したかのような思いで目を覚ました。怯えて、無力な気分だった。目を開くと、そこは半分開いた鎧戸から漏れ入る、何条もの明るい陽差しに照らされた部屋だった。天井は高く、四方の壁は白く、赤いタイルが敷かれている。気温は暖かかった。ゆっくり現実が戻ってきた。ここはフィレンツェの自宅の寝室だ。ぼくは病気で伏せっていたのだ。

まず病状の記憶が甦ってきた。それは発疹から始まった。胸に紫がかった黒いできものができ、それが両腕から、しまいには全身に広がった。そのあとすぐ、腋の下に痛みをともなう腫れ物、すなわち横根《よこね》が表われた。熱が出てベッドで汗をかき、シーツをもみくちゃにして身もだえした。嘔吐し、喀血《かっけつ》した。このまま死ぬのだと思った。いちばん耐えがたかったのは、アルノ川に口を開けたまま飛び込みたくなるほどの、猛烈な、抑えようのない喉の渇きだった。

罹患したのは彼だけではなかった。何千人ものイタリア人がこの疫病に倒れていた、いや、何万人も。彼の建設現場では職人の半分が姿を消し、自宅の使用人も大半はいなくなった。この病気にかかった者のほとんどは五日以内に死亡した。人々はこれを〝大悪疫《ラ・モーリア・グランデ》〟――ペスト――と呼んだ。

だが、彼は生き延びた。

病に伏しているあいだに、きわめて重要な判断を下したような気がしてならなかったが、よく思い出せなかった。しばらく脳味噌を絞った。考えれば考えるほど、その記憶は遠ざかり、しまいに消えてしまった。

ベッドに身を起こした。四肢に力が入らず、ちょっとのあいだ頭がくらくらした。身に着けているのは清潔な麻の寝間着で、だれが着せてくれたのだろうと訝った。一息ついてから、立ち上がった。

彼の家は中庭付きの四階建てだった。彼が自分で設計し、建築した建物で、伝統的な上階が張り出した造りではなくファサードは平らで、窓の丸いアーチや、古典的な円柱といった建築上の特徴を備えている。近所の人々からは〝小宮殿《パラジェット》〟と呼ばれていた。それが七年前のことだった。フィレンツェの富裕な商人数人が自分たちのために小宮殿を建ててもらいたいと依頼してきて、そこから彼の出世が始まった。

フィレンツェは共和国で、王侯貴族の支配下にはなく、統治しているのは相争う商人の家系の名士だった。街には何千人もの織工《しょっこう》が住んでいるが、財産を築くのは商人だった。彼らは大邸宅の建造に大枚をはたき、それゆえこの街は、才能のある若い建築職人が身を立てるには絶好の環境だった。

彼は寝室のドアのところへ行って、妻の名を呼んだ。「シルヴィア！ どこだい？」九年も経ち、いまではトスカーナ方言が自然と口をついて出た。

やがて彼は思い出した。シルヴィアも病に倒れたのだ。三歳になる娘もまた。娘は名前をラウラといったが、夫婦は彼女の舌足らずな発音をそのまま採《と》って、ローラと呼んでいた。恐ろしい恐怖に胸が締めつけられた。シルヴィアは助かったのか？ ローラは？

家のなかは静かだった。街もひっそりしていることに、不意に気がついた。部屋に射し込む光の角度からして、いまは午前の半ばだろう。本来なら行商人の売り声や、馬の蹄の音や、荷馬車の車輪の轟きや、ざわざわした人々の話し声が耳に入ってきてしかるべきだ——だが、何も聞こえない。

階段を上がった。身体が弱っているので、それだけで息が切れた。育児室の扉を押し開けた。部屋は空っぽに見えた。恐怖の汗がどっと噴き出した。ローラのベビーベッド、衣服を収めた小さな箪笥、おもちゃの入った箱、小型のテーブルと二脚の小ぶりな椅子が目に入る。そのとき、声がした。部屋の隅で、こざっぱりしたドレスを着たローラが床に坐り込み、脚が関節で折り曲げられるようになっている小さな木馬で遊んでいた。マーティンはほっとして、喉を締められたような声を上げた。娘がその声を聞きつけて顔を上げ、感情を交えない口調でいった。「パパ」

マーティンは彼女を抱え上げて抱きしめた。「無事だったんだね」英語でいった。

隣りの部屋で物音がして、マリアが入ってきた。白髪混じりの五十代の女性で、ローラの乳母をしている。「旦那さま！　お目覚めになったんですね――もうよろしいんですか？」

「おまえの女主人はどこだい？」

マリアの顔が曇った。「本当にお気の毒です。奥さまは天に召されました」

ローラがいった。「ママは死んじゃったの」

マーティンは一撃を食らったようなショックを受けた。呆然として、ローラをマリアの手に預けた。ゆっくり、そろそろと向きを変えて部屋を出ると、階段を下りて〝主要階《ピアノ・ノビレ》〟へ向かった。細長いテーブルと、数脚の空っぽの椅子と、床の絨毯と、壁の絵画をじっと見つめる。そこは赤の他人の家のようだった。

聖母マリアとその母親を描いた絵の前に立った。イタリアの画家はイングランドや他のどこの国の画家よりも腕が立ち、この絵の描き手も聖アンナの顔をシルヴィアに似せて描いていた。彼女はしみ一つないオリーヴ色の肌に高貴な顔立ちをした気高い美人だったが、画家はその超然とした茶色の目にくすぶる性的な情熱を加えていた。

シルヴィアがもはやこの世に存在しないことを呑み込むのは難しかった。妻のほっそりした身体を思い、その完璧な乳房に何度驚嘆させられたかを思い返した。マーティンが究め、かつ親しんできたあの身体は、いま、どこか地面の下に横たわっていた。その光景を思い浮かべると、ついに涙が込み上げてきて、彼は悲しみにむせび泣いた。

彼女の墓はどこにあるのだろう、と惨めな思いで考える。フィレンツェでは葬儀は行なわれなくなっていた。人々が怖がって家を離れなくなったからだ。死者の亡骸《なきがら》は単に表に引きずり出され、通りに横たえられた。街の泥棒や、乞食や、酔っ払いには新たな仕事ができた。彼らは死体運搬人《ベッキーニ》と呼ばれ、法外な手間賃を取って遺体を運び、集団墓地に放り込んだ。シルヴィアの埋葬場所はわからないままかもしれなかった。

結婚して四年だった。慣例に則って聖アンナの赤い衣をまとった絵のなかの彼女を眺めるうちに、正直になりたいという気持ちが痛切に襲ってきて、彼女を本当に愛していたのだろうかと彼は自問した。たしかにとても好意は感じていたが、焼き尽くすような情熱には程遠かった。彼女は独立心と毒舌の持ち主で、父親が裕福だった。だから、彼女に求婚する度胸があったのはフィレンツェでは彼一人だった。お返しに、彼女は献身的な愛情を注いでくれた。だが、彼女は彼の愛のありようを正確に見抜いていた。「何を考えているの？」ときどきそう訊かれて、マーティンは疚《やま》しさにぎくりとしたものだった。キングズブリッジのことを回想していたのだ。まもなく、彼女は質問をこう変えた。「だれのことを考えているの？」カリスの名前は一度も口にしなかったが、シルヴィアはいった。「きっと女の人ね。顔にそう書いてあるわ」しまいには〝イングランドのあなたのいい女《ひと》〟という言い方をしはじめた。「またイングランドのあなたのいい女《ひと》のことを思い出してるのね」といわれたとき、彼女の推測はいつも当たっていた。だが、それを黙って受け入れてくれているようだった。マーティンはシルヴィアに誠実だった。それに、ローラを愛していた。

しばらくして、マリアがスープとパンを運んできた。「今日は何日だい？」彼は尋ねた。

「火曜日です」

「ぼくは何日床についていた？」

「二週間です。とても重い病気でいらっしゃいましたから」

自分はどうして助かったのだろう。生まれつき免疫があるかのようにこの病気を寄せつけない者もなかにはいるが、感染した者はほぼ確実に死亡した。だが、快復したごく少数の者は二重に幸運だった。この病気を二度患うことはないからだ。

食事を取ると、ずっと元気になった。生活を立て直さなければならない。病に伏しているあいだに、すでに一度何かを決心したらしいのだが、そのあたりの記憶をたぐり寄せることができなくて、ふたたび焦れったい思いを味わった。

最初の仕事は家族の安否を確かめることだった。

彼は食器を台所に運んだ。そこでは、マリアがローラに山羊の乳に浸したパンを食べさせていた。彼はマリアに尋ねた。「シルヴィアの両親はどうしている？　元気か？」

「存じません」彼女は答えた。「噂も聞いてません。出かけるのは食料の買い出しをするときだけですので」

「確かめたほうがいいな」

着替えて階段を降りた。住まいの一階は工房で、裏の中庭は木材や石材を保管するのに使っていた。だれも作業はしていなかった——屋内でも、野外でも。

家を出た。近所の建物はほとんどが石造りで、なかにはとても規模の大きなものもあった。キングズブリッジにはこれらに匹敵する家屋はない。キングズブリッジ一の金持ち、エドマンド・ウーラーですら住居は木造だった。ここフィレンツェでは、そういう家に住むのは貧乏人だけだ。

通りは閑散としていた。街のこんな状態は真夜中でも経験がなかった。薄気味悪かった。いったいどれくらいの人が死んだのだろう？　人口の三分の一？　二分の一？　死者の魂はまだ横丁や、陰になった片隅にとどまっていて、運のいい生存者を妬ましげに観察しているのだろうか？

クリスティ家はすぐ隣りの通りにあった。マーティンの義父、アレッサンドロ・クリスティは、彼のフィレンツェで最初の、そして、最高の友人だった。ボナヴェントゥーラ・カロリの学友でもある彼は、マーティンに簡単な倉庫の建設という最初の仕事を与えてくれたのだ。彼はもちろん、ローラの祖父でもあった。

アレッサンドロの小宮殿の扉には錠が下りていた。それ自体、異例なことだった。マーティンは木の扉をどんどんと叩いて様子を見た。ややあって、エリザベッタが顔を覗かせた。アレッサンドロの洗濯女をしている、小柄でふくよかな女性だ。彼女が驚いた目でマーティンを見つめた。「ご無事でしたか！」

「やあ、ベッタ。きみも無事だとわかってうれしいよ」彼は答えた。

彼女は振り返って、奥に呼びかけた。「イングランドのお殿さまよ！」

自分は殿さまではないと彼はいって聞かせたのだが、使用人たちは信じなかった。家のなかに足を踏み入れた。「アレッサンドロは?」

エリザベッタが首を横に振って泣きはじめた。

「では、奥方は?」

「二人ともお亡くなりになりました」

玄関広間から主要階へと階段がつづいていた。ゆっくり上りながら、自分の身体がいかに衰弱しているかに驚かされた。主室に入ると、腰を下ろして一休みした。アレッサンドロは裕福で、室内には絨毯やタペストリーや絵画や宝飾品や書籍がふんだんに飾られていた。

「ほかにここにいるのは?」彼はエリザベッタに尋ねた。

「リーナとその子供たちだけです」リーナは稀だとはいえ、フィレンツェの富裕な家では決して珍しい存在ではないアジア人の奴隷だった。アレッサンドロとのあいだに幼い子が二人いて――男の子が一人、女の子が一人――アレッサンドロは二人を嫡出子同然に扱っていた。実際、シルヴィアは父親の二人への溺愛ぶりを、自分や弟のときよりずっとひどいと辛辣《しんらつ》に評した。世慣れたフィレンツェ人には、そういうやり方は恥ずべきこと、というよりも風変わりなことと見なされた。

マーティンはいった。「シニョール・ジャンニはどうしてる?」ジャンニはシルヴィアの弟だった。

「亡くなりました。奥さまも。赤ん坊はここで預かってます」

「なんということだ」

　ベッタがおずおずと訊いてきた。「あなたさまのご家族は?」

「妻は死んだよ」

「それはお気の毒に」

「でも、ローラは無事だ」

「ああ、ありがたい!」

「マリアが世話をしてくれている」

「マリアは善良な女です。何かお持ちしましょうか?」

　マーティンがうなずくと、彼女は部屋を出ていった。

　リーナの子供たちがやってきて、彼をじろじろと見つめた。アレッサンドロによく似た黒っぽい瞳の七歳の少年と、母親譲りのアジア人ふうの目をした四歳の可愛い少女だ。それから、リーナ本人が入ってきた。金色の肌に高い頬骨の、二十代の美人だ。暗紅色のトスカーナ産のワインが入った銀のゴブレットと、アーモンドとオリーヴを盛った盆を運んでくる。

　彼女はいった。「これからはこちらにお住まいですか?」

　マーティンは驚いた。「そのつもりはないが——どうしてだい?」

「この家はいまではあなたのものです」片手を振って、クリスティ家の富を指し示す。「一つ残らずあなたのものなんです」

　たしかに彼女のいうとおりだった。マーティンはアレッサンドロ・クリスティの、現存する唯一の大人の親族だ。それゆえ、彼が相続人になるわけだ――さらにローラに加えて、三人の子供たちの後見人に。

「一つ残らず」リーナは繰り返し、彼の目を直視した。

相手の遠慮のない視線を受け止めて、マーティンは彼女が自分を差し出そうとしていることを理解した。

先行きを考えてみた。この屋敷は美しい。ここはリーナの子供たちの生家で、ローラや、ジャンニの赤ん坊にとってさえなじみ深い場所だ。子供たちはみなここで幸せになれるだろう。相続した財産で残りの人生は十分暮らしていける。リーナは知性と経験を兼ね備えた女性で、彼女と親密になる喜びは容易に想像がついた。

彼女は彼の心を読んだ。彼の片手を取って自分の胸に押しつけた。薄手の毛織りのドレスを通して、その乳房は柔らかく、暖かかった。

だが、それは彼の望んでいることではなかった。彼はリーナの手を自分のほうに引き寄せて、キスした。「この家はきみと、きみの子供たちに提供しよう。心配することはない」

「ありがとうございます」彼女は答えたが、がっかりした顔つきをしていた。それに、その目の色は、申し出が単なる実利的なものではなかったことを物語っていた。彼が自分の単なる新しい主人以上の存在になってくれることを心から望んでいたのだ。だが、問題はまさにその点だった。彼には自分の所有する者とのセックスは想像できなかった。考えただけでぞっとした。

ワインをちびちび飲んでいるうちに、元気が出てきた。贅沢で、肉欲も満たせる、安逸《あんいつ》な生活に魅力を感じないというのなら、自分はいったい何を望んでいるのか？　家族はほとんど死んでしまった。残ったのはローラだけだ。しかし、仕事はまだある。街のあちこちで、彼の設計した建造物が三つ、建設中だった。愛してやまぬ仕事を諦めるつもりはなかった。ペストを生き延びたのは、怠け者になるためではない。イングランド一高い建物を建てたいという、若いころの野心を思い出した。やめたところからつづけよう。建設事業に没頭することで、シルヴィアを失った悲しみを乗り越えるのだ。

彼は立ち上がって、いとまを告げた。リーナが抱きついてきた。「感謝します。子供たちのことを気にかけてくださって、本当に感謝します」

彼はリーナの背中を叩いた。「二人はアレッサンドロの孫じゃないか」彼はいった。「フィレンツェでは、奴隷の子供だからといって奴隷とは見なされない。「大きくなったら、二人とも金持ちだ」彼女の抱擁からそっと逃れて、階段を降りた。

軒を連ねる家々はみな錠を下ろし、鎧戸を閉めていた。ここかしこの戸口に死体とおぼしい布に包まれたかたまりがあった。通行人は少なく、ほとんどが貧乏人に見えた。この荒廃ぶりには狼狽させられた。フィレンツェはキリスト教世界最大の都市であり、毎日、何千ヤードもの上質の毛織物を生産する喧《かまびす》しい商業の中心地だった。担保物件はもちろん、アントワープからの書簡や、どこぞの王子の口約束にすら基づいて、多額の金が支払われる大市場だ。この静かな、人気《ひとけ》の絶えた通りを歩くのは、倒れて立ち上がることができない、傷ついた馬を見ているような気分だった。強大な勢力は瞬時にして無と化した。知人とはだれにも行きあわなかった。友人たちはみな家に閉じこもっているのだろう――まだ生きている者は。

マーティンはまず近くの、旧ローマ市街にある広場へ向かった。彼はそこに行政当局からの依頼で噴水を建設していた。フィレンツェの長く雨の少ない夏期に、ほとんどすべての水を再循環させる複雑な装置を考案したのだ。

しかし、広場に着いてみると、すぐに、工事現場ではだれも働いていないことがわかった。彼が病に倒れる前、地中管の埋設は済んで、池の周囲の階段状の台座の石組みの一段目が組み上がったところだった。だが、石材が埃にまみれ、ほったらかしにされている様子からして、もう何日も作業は行なわれていないようだ。なお悪いことに、木の板の上に小型のピラミッド状に積み上げられているモルタルがひとかたまりに硬化して、蹴飛ばすと塵《ちり》が舞い上がった。地面には数個の工具すら散らばっている。盗まれていないのが奇跡だった。

この噴水は耳目《じもく》を驚かすものになるはずだった。マーティンの工房では、街でいちばん腕の立つ石工が中央に置く彫刻を制作している――というか、制作していた。工事が中断したのはがっかりだった。まさか建築職人が全員死んだはずはあるまい。おそらくマーティンが快復するのを待っているのだろう。

ここは彼の手がける三つの事業のうち、誉れ高いとはいえ、いちばん規模の小さいものだった。彼は広場を離れると、もう一つの工事現場を見に行くために北へ向かった。だが、歩くうちに心配になってきた。もっと広い視野から見た情勢を教えてくれるほど十分な知識を持った人間には、まだ会っていなかった。市の行政府にはだれが残っているのだろう？　疫病は終息しつつあるのか、それとも、ますます悪化するのか？　イタリアのほかの地方の状況は？

一度に一つずつ片づけよう、と彼は自分にいい聞かせた。

彼はボナヴェントゥーラ・カロリの兄、ギレルモのために自宅を建てているところだった。これは本物の宮殿《パラッツォ》になるはずだ。正面玄関の両側に主室の窓がある背の高い建物で、街の一部の通りよりずっと幅広い大階段を中心に設計されている。一階の壁はすでにできあがっていた。ファサードは一階では緩い縦勾配をつけて傾斜し、かすかな張り出しが要塞のような印象を与える。だがその上には、二面の明かり取りと三つ葉飾りを配した優美な尖塔《せんとう》アーチの窓が並ぶ。このデザインはなかに住む人々が有力で洗練されていることを示した。それこそカロリ家が望んでいることだった。

二階のための足場は組み上がっていたが、だれも作業していなかった。本来なら、五人の石工が石を組んでいるはずだった。現場にいる唯一の人間は、裏の木造小屋に寝起きして管理人を務める年配の男だけだった。彼は焚火で鶏肉を焼いていた。愚かにも、高価な大理石の平板を炉床に使っている。「みなはどこだ？」マーティンはいきなり尋ねた。

管理人がさっと立ち上がった。「シニョール・カロリは亡くなって、息子のアゴスティーノさまが給金を払ってくださらないんで、みんな、やめちまったんです。それまでに死ななかった者は、ですが」

これは衝撃だった。カロリ家はフィレンツェで有数の素封家だ。彼らがもはや建設費を出す余裕はないと考えているとしたら、危機は相当深刻だ。

「すると、アゴスティーノは健在なんだな？」

「はい、今朝ほどお見かけしました」

若いアゴスティーノのことは知っていた。父親や叔父のボナヴェントゥーラほどの才気がないので、極端に用心深く、保守的に振る舞うことによってその欠点を補っている。一族の財政事情がペストの影響から抜け出したとはっきりするまでは、工事は再開しないだろう。

しかし、三つ目のいちばん規模の大きな事業については、工事は続行しているという自信があった。彼は街の商人にとても人気のある修道会のために教会を建てていた。工事現場は川の南側だったので、新しい橋を渡った。

この橋が完成したのはわずか二年前だった。実をいえば、この事業については、マーティンも設計主任の画家、タッデオ・ガッディの下で多少の仕事をした。橋は雪解け水の速い流れに耐えうるものでなければならなかったので、橋脚の設計に手を貸したのだ。いま、橋を渡りながら、その上に並ぶ小さな金細工師の店がすべて休業しているのを見て、彼はうろたえた——また一つ、よくない兆候だ。

サンタ・アンナ・デイ・フラーリ教会は、彼がこれまでに手がけた最も大がかりな事業だった。大きな教会で、むしろ大聖堂に近い——修道会は裕福だった——が、キングズブリッジの大聖堂にはまるで似ていない。イタリアにもゴシック式の大聖堂はあるし、ミラノの大聖堂はその最大級のものだが、近代的な考え方をするイタリア人はフランスやイングランドの建築を好まなかった。巨大な窓や飛び梁をおどろおどろしい異国趣味と見なしたのだ。陰鬱な北西ヨーロッパでは理にかなう光への執着も、陽光あふれるイタリアでは奇異なものと見なされた。なにしろ、ここでは人々が求めるのは日陰や涼しさなのだ。イタリア人は古代ローマの遺跡に囲まれて生活していて、その古典的建築に共感していた。切妻壁や丸いアーチを好み、色さまざまな石や大理石を組み合わせた装飾的な図案を贔屓《ひいき》にして、派手な外装彫刻は受けつけなかった。

しかしマーティンは、この教会でフィレンツェ市民すら驚かせてみせるつもりだった。計画では一続きの正方形の、それぞれの上部にドームを載せることにしていた——一列に五つ、そして、交差部《クロッシング》の両端に二つ。ドームの噂は昔、イングランドで聞いていたが、実物を見たのはシエナ大聖堂を訪れたときが初めてだった。ドームはフィレンツェにはなかった。明かり層《クリアストーリー》には丸い窓、すなわち眼窓を一列に並べる。天に焦がれて上へ伸びようとする細い柱の代わりに、この教会はそれ自体完結している円を基調とし、フィレンツェの商人の特徴である、世俗的な自律の気風を表わした。

足場を組み立てている石工や、大きな石材を運んでいる労働者や、巨大なへらでモルタルをかき混ぜている女たちの姿が見えなくても、驚きこそしなかったが、落胆した。この建設現場も、ほかの二カ所と同じように静まり返っていた。だが、ここについては工事を再開できるという自信があった。修道会は個人と関わりなく、それとして命を持つのだから。彼は敷地を一回りしてから、修道院に入った。

なかはひっそりしていた。もちろん、修道院は本来そういうものだが、この静けさには、どこか不安にさせられるところがあった。玄関広間を抜けて、待合室に入った。ここには通常修道士が一人詰めていて、訪問者の応対の合間に聖書研究をしているのだが、今日は無人だった。危惧《きぐ》を覚えながら別の扉をくぐると、歩廊に出た。中庭に人気《ひとけ》はなかった。「こんにちは！」大声を上げた。「だれかいませんか？」声が石造りの歩廊にこだました。

彼は構内を捜し回った。修道士は全員いなくなっていた。厨房で、三人の男がテーブルについて塩漬け肉を食べ、ワインを飲んでいた。豪華な商人の服を着ているが、髪はもつれ、髭はあたっておらず、手は汚ない。死者の衣服をくすねた貧民だろう。彼が入っていくと、三人は後ろめたそうな顔つきをしたが、悪びれはしなかった。マーティンは尋ねた。「修道士たちはどこへ行った？」

「みんな死んでしまったよ」三人のうちの一人がいった。

「みんな？」

「一人残らず。病人の世話をするだろう。それで、病気がうつってしまったんだ」

この男は酔っている、とマーティンは思った。だが、話していることは事実らしい。この三人は悠々と修道院に陣取り、修道士たちの食料を食らい、ワインを開けている。異議を唱える者が残っていないことをよく知っているのだ。

マーティンは新しい教会の建設用地に戻った。聖歌隊席と袖廊の壁はできあがり、明かり層の眼窩が見て取れる。交差部の中央、大量の石材の真ん中に坐って、自分の作品を眺めた。この事業はどれほどの期間、延期されることになるだろうか？　修道士が全員亡くなったとなれば、彼らの財産はだれが受け継ぐのだろう？　彼の知るかぎり、この修道会はより規模の大きい修道会の一員ではなかった。相続権は司教が主張するかもしれないし、教皇が主張するかもしれない。法律上の争いが生じたら、解決までには何年もかかるだろう。

今朝、マーティンは仕事に没頭することでシルヴィアの死の痛手から立ち直ろうと決意した。ところがいま、少なくともさしあたっては仕事が一つもないと明らかになった。十年前、キングズブリッジの聖マルコ教会の屋根の修復を始めて以来、いつも少なくとも一つは進行中の建設事業があった。一つもなくなってしまうと、途方に暮れた。どうしたらいいのかわからなかった。

目覚めてみたら、全人生が壊滅していた。突然大金持ちになったという事実も、悪夢のような感覚を強めるだけだった。彼の人生に残されたのはローラだけだった。

次にどこへ行けばいいのかすらわからなかった。結局は帰宅するにせよ、丸一日、三歳の娘と遊んだり、マリアとおしゃべりして過ごすわけにもいかない。そこで、彼はいまいる場所にとどまった。円柱の元になる彫刻を施した石の円盤の上に坐って、身廊《ネイヴ》になるはずのあたりを見やった。

陽が西に傾いていくうちに、病気のことが頭に浮かんできた。自分はきっと死ぬ、と彼は思っていた。助かる者はごく少ないので、自分がその幸運な一人になれるとは思ってもいなかった。頭が一時的に冴えたときには、自分の人生を終わったものとして振り返った。何か重大な認識に達したことはわかっていたが、快復してこのかた、それが何だったのか思い出せずにいた。いまこうして未完成の教会の静寂に包まれながら記憶に甦ったのは、自分が人生で一つ大きな過ちを犯したという結論に達したことだった。その過ちとは何だろう？　エルフリックと仲違いしたことか、グリセルダとセックスしたことか、エリザベス・クラークをはねつけたことか……そのどの選択も問題と困難を引き起こしたが、人生最大の過ちとまではいえない。

ベッドに横たわり、汗をかき、咳をして、渇きに苦しみながら、彼はもう少しで死を望むところだったが、完全にはそうしきれなかった。何かが彼を引き留めた——こうしていまになって、それが何だったかにようやく気がついた。

もう一度、カリスに会いたかったのだ。

それが生き延びた理由だった。熱に浮かされながら、彼女の顔が眼前に浮かび、何千マイルも離れたこの地で死ぬかもしれない悲しみに涙が流れた。彼の人生最大の過ちとは、彼女のもとを去ったことだった。

ようやくその捕まえにくい記憶を取り戻し、その啓示のまばゆいばかりの真実を悟って、マーティンは奇妙な幸福感に満たされた。

道理にかなってはいなかった。彼女は俗世を捨てた。彼に会うことも、事情を説明することも拒んだ。だが、彼の心は理性的ではなく、彼女のいるところにいるべきだと告げていた。

いま、カリスは何をしているだろう、自分がこうして疫病にほぼ破壊された都市の、造りかけの教会に坐り込んでいるあいだに。最後に聞いた噂では、彼女は司教によって聖別されたという。この決定は取り消せない——というか、取り消せないものだといわれている。カリスは他人《ひと》から規則だといわれたことは決して受け入れない。その一方、いったん決意を固めたら、翻意を促すのは概して不可能だった。彼女が新しい人生に強く専心しているのは間違いない。

だが、そんなことはかまわない。もう一度彼女に会いたかった。会わずにいるのは、人生で二番目に大きな過ちになりそうだった。

それに、ぼくはいま自由だ。フィレンツェとのつながりはすべて切れた。妻は死んだし、三人の子供を除けば、義理の親族はすべて亡くなった。ここに残っている家族はただ一人、娘のローラだけだ。娘は一緒に連れていけるだろう。とても幼いから、街を離れたことにもほとんど気づかないかもしれない。

これは大変な引っ越しだ、と彼は自分にいい聞かせた。まずアレッサンドロの遺言状の検認を受けて、子供たちのことについて取り決めをしなければならない——これについてはアゴスティーノが助けてくれるだろう。それから、自分の財産を金に替えて、イングランドに送ってもらうよう手配しなければならない。こちらについてもカロリ一族の手が借りられるだろう——彼らの国際的なネットワークがいまも損なわれていないなら。最も厄介なのは、フィレンツェからヨーロッパ大陸を横切ってキングズブリッジまで、千マイルもの旅をしなければならないことだ。それに、苦労を重ねてようやく故郷に帰り着いたとしても、カリスが受け入れてくれるかどうかはわからない。

長く、慎重な考察を要する問題であるのは明らかだった。

しかし、答えは一瞬のうちに出た。

帰国しよう。

54

マーティンはフィレンツェやルッカから集まった十数人の商人とともに、イタリアを後にした。一行はジェノヴァで船に乗り、フランスはマルセイユの古い港に到着した。そこからは陸路でアヴィニヨンに入った。この都市は五十年以上もローマ教皇の本拠地であり、ヨーロッパで最も豪華な王宮がある。そしてマーティンにとっては、これほど悪臭をたたえた場所もなかった。一行はそこで聖職者の大きなグループと合流し、北をめざす巡礼に復帰した。

旅ではだれもが集団を作っていた。それも、数が多ければ多いだけ有利だった。商人は金銭や高価な商品を持ち運んでいたし、強盗に備えて用心棒も雇っていた。同行者がいれば道中もやりやすくなる。聖職者のローブや巡礼者の記章には盗賊を遠ざける効果もあり、マーティンのようなごく普通の旅人であっても、人数が増えるというだけで助けになったのだ。

資産のほとんどはフィレンツェのカロリ家に預けてあった。イングランドにいる彼らの親族が、それを現金に替えてくれる手はずになっていた。カロリ家はこのような国境を越えた資金移動を常に行なっており、マーティン自身、九年前に彼らに頼んでキングズブリッジからフィレンツェまで、ちょっとした額を送金したことがあった。彼らにしても完璧でないのは承知していた。カロリ家のような有力者であっても、場合によっては破産することもある。とりわけ王族のような信頼できない相手に金を貸したりしていれば危ない。その対策として、彼は下着のシャツに多額のフローリン銀貨を縫いつけておいた。

ローラは旅を楽しんでいた。一行でたった一人の子供ということもあって、とてもかわいがられていた。日がな馬の背に揺られ、マーティンの前に据えた鞍に坐っていた。マーティンは手綱を取りつつ、腕でローラをしっかりと押さえていた。彼は歌を歌い、詩を繰り返し口ずさみ、物語を語ったり、二人が見かけたものについて娘に説明したりした——木や水車、橋や教会といったものである。彼のいうことの半分もローラには理解できなかったが、父の声を聞くだけでも彼女は幸せになれた。

マーティンはそれまで、娘と一緒にいることがほとんどなかった。しかしいまは、くる日もくる日も、何週間も共に過ごした。こうやって身近にいることで、母を失った痛手を少しでも埋め合わせできればとマーティンは願っていた。それは確かに効果があったが、思っていたものとは違っていた。マーティンのほうが、ローラがいないと寂しくて仕方がなくなったのだ。ローラは母のことを口にしなくなっていたが、ときどきマーティンの首に手を回しては、必死になってくっついてきた。あたかも父親がどこかにいってしまうのではないかと恐れているようだった。

パリから六十マイルのところにあるシャルトルの大聖堂を前にしても、マーティンは後悔の念を抱くだけだった。大聖堂の西の端には二つの塔があり、北側の塔は完成していなかったが、南側の塔は三百五十フィートもの高さだった。それはかつて自分で設計してみたいと思っていたような建築物を連想させた。だが、そのような野心をキングズブリッジで実現させるのは難しいように思えた。

パリでは二週間も長居してしまった。ペスト禍もここまでは達しておらず、人々は売り買いをし、あちこち出歩いている。大都市でごく普通の生活が営まれているのを目にして、彼はひどく安堵した。大通りに人気がなく、建物の入り口に死体が転がっているような光景とは無縁なのだ。彼は活気を取り戻していたが、それも自分が後にしたフィレンツェにあったような恐怖にずっと取り憑《つ》かれていたことに気がついてから、ようやくそのような気持ちになれたのだ。パリの大聖堂や王宮を見てまわり、興味をひかれた部分を写生したりもした。紙を綴じた小さなノートを持ち歩いていたが、それはイタリアで出回りだしたばかりのもので、書き付けに最適だと人気を呼んでいた。

マーティンはパリを離れ、シェルブールに戻る途中という高貴な一家と道中を共にすることになった。ローラが話すのを聞いて、みなはマーティンがイタリア人だと思っており、彼もそれを正そうとはしなかった。北フランスではイングランド人はひどく嫌われていたことも理由の一つだった。その一家と従者たちに同行して、マーティンはゆっくりした足どりでノルマンディーを渡った。前に置いた鞍にローラを乗せ、手綱で荷馬をあやつり、二年ほど前にエドワード王の侵攻による荒廃を生き延びた教会や修道院を眺めていた。

もっと速く移動することもできたのだが、これだけ数多くの建築物を目にできるという、滅多にない機会を利用しようと自分にいい聞かせていた。それでも本心では、キングズブリッジに到着してから目にするかもしれないことを恐れていると認めざるを得なかった。

故郷に戻り、カリスに会うつもりだった。だが、彼女は九年前のカリスではなくなっているだろう。内面も外見もすっかり変わっているかもしれない。食べることにしか楽しみを見いだせなくなり、ひどく太ってしまった修道女もいるのだ。それよりもカリスの場合ありそうなのは、自己否定の快楽にふけるあまり、いきすぎた節食で幽霊のように痩せているのではないかということだった。いまや信仰に取り憑かれたようになり、日がな祈りに没頭しては、ありもしない罪で自らを責めているかもしれない。あるいは、すでに死んでいるかもしれない。

どれも、想像できる最悪の事態だった。心のなかでは、カリスがひどく太っていることも、狂信者になっていることもありえないとわかっていた。死んでいるとすれば、カリスの父のエドマンドのときと同じように、その知らせが届いているはずだった。カリスはきっと変わっていない。小柄できちんとしていて、気のきいたことをすかさず口にして、てきぱきとして確信に満ちた、あのカリスでいるだろう。だが、マーティンが真剣に気に病んでいるのは、カリスが自分をどのように迎えてくれるだろうかということだった。九年がたったいま、カリスはぼくをどう考えているだろうか？　あまりにも遠くなった過去の存在として、どうでもいいと思っているだろうか？　たとえばぼくにとってのグリセルダのように？　それとも、魂の奥深くで、いまでも想っていてくれているだろうか？　マーティンにはまったく見当がつかなかったが、まさにそれこそが、彼が抱えている不安の真の原因だった。

マーティンたちは船でポーツマスに到着し、そこからは商人の集団と共に移動した。マドフォードの十字路で商人たちはシャーリングに行くというので別れ、マーティンとローラは馬で浅い川を渡って、キングズブリッジに向かう道に入った。キングズブリッジへの道順を記した標識が見当たらないのが残念だった。ここからであればキングズブリッジのほうが近いのだが、単にそれを知らないために行き先にシャーリングを選んでしまう商人がいったいどれだけいるのか、マーティンには見当もつかなかった。

それは暖かい夏の一日であり、ようやく目的地が見えてきたころにも、陽はあいかわらず照っていた。マーティンが最初に目にしたのは、大聖堂の塔の先端で、木々のあいだからのぞいていた。少なくとも塔は崩れ落ちていないのだな、とマーティンは思った。エルフリックの修繕は十一年はもったわけだ。マドフォードの十字路から塔が見えないのが残念だった――もし見えていれば、キングズブリッジへの来訪者も増えていたに違いない。

さらに町に近づくと、期待と恐怖がないまぜになった不思議な感情にさいなまれて、胸のむかつきを覚えた。何度か、馬から降りて吐きたくなったくらいだった。なんとか落ち着くよう自分にいいきかせた。何が起こるというのだ。たとえカリスに冷たくされても、別に死ぬわけでもない。

新市街《ニュータウン》の郊外の周縁にさしかかると、いくつかの目新しい建物を見かけた。彼がディック・ブルワーのために建てた壮麗な邸宅は、キングズブリッジの外れには見当たらなかった。町はあの邸宅があったあたりを越えて広がっていた。

自分が手がけた橋を目にしたときも、一瞬そのことを忘れてしまっていた。橋は川堤から優雅な曲線を描いて建っており、スモール・アイランドのあたりで美しく終わっていた。島のこちらから離れた側で、橋はふたたび始まっており、二番目の水路を渡っていた。橋の白い石が陽に輝いていた。人や荷馬車が、橋の両側から入っては渡っていた。その光景を目にして、マーティンは誇らしさで胸がいっぱいになった。そこには、かつて彼が願ったことのすべてがあった。美しく、実用的で、強固な建築物。ぼくがそれを造ったんだ。やってよかった。

だが、橋に近づいてショックを受けた。こちらに近い側の橋は、梁の中央のあたりで石積みが崩れていた。石材に罅が入っており、不格好な鉄のかすがいがはめられていた。かすがいにはエルフリックの認め票が貼られていた。マーティンは愕然とした。石材にはめられた不格好なかすがいは釘で留められていたが、その釘は錆《さ》びており、茶色の水滴がしたたり落ちていた。そのありさまを見て、マーティンは十一年前、エルフリックが古い木橋を修繕していたことを思い出した。彼は思った。だれにだって間違いはある。だが、過去の過ちに学ぼうとしない者はいずれ同じ間違いをしでかす。「なんと愚かな連中だ！」彼は声を上げた。

「愚かな連中《ブラディ・フールズ》」ローラが繰り返した。彼女は英語を覚えつつあった。

マーティンは橋に上ってみた。通交面はきちんと仕上げられている。それを確かめて嬉しくなった。また、欄干《らんかん》の出来映えも満足のいくものだった。その強固な梁に用いられた冠石には彫刻が施されており、大聖堂の繰形《くりかた》を連想させた。

スモール・アイランドは相変わらず、大勢の兎でにぎわっていた。マーティンはこの島に土地を持っており、人に貸したままになっていた。彼が留守のあいだは、マーク・ウェバーが地代を取り立てており、借り手は毎年、修道院に名ばかりの使用料を支払っていた。そこから前もって取り決められた手数料を差し引いた残りの額が、毎年、カロリ家を通じてフィレンツェにいるマーティンに渡されていた。さまざまな差し引きの後では、残った額はわずかなものだったが、それでも、年を追うごとに少しずつ増えていた。

島にあるマーティンの家は、明らかにだれかが住んでいるようで、鎧戸は開いたままになっており、玄関のあたりが掃除されていた。この家はジミーに住まいとして貸してあった。当時は子供だったが、いまでは一人前になっているだろうとマーティンは思った。

二つ目の橋を渡り切ろうとしていたとき、陽射しのなかに見知らぬ老人が坐って、使用料を徴収していた。マーティンは一ペニーを支払った。すると老人は、あたかも前に会ったことがあるかのようにマーティンを凝視し、だれなのか思い出そうとしているようだったが、それでも何もいわなかった。

町はよく知っているようであり、見知らぬようでもあった。前とほとんど同じだったために、変わったところがあたかも奇跡のように見え、一夜でそうなったかのように思わせた。

立ち並んでいた粗末な小屋が取り壊され、跡地には綺麗な家屋が建てられていた。裕福な未亡人が住んでいた暗い雰囲気の屋敷は、客でにぎわう宿屋に変わっていた。井戸は干上がってしまい、つぶされて道路になっていた。灰色だった家が白色に塗り替えられていた。

大通りへ入り、修道院の門の隣りにあるベル・インに行ってみた。そこは変わっていなかった。立地に恵まれた宿屋なら何百年もつづけられるのだろう。馬から降り、手荷物を馬丁に預けてから、ローラを抱えて店に入った。

ベル・インはどこにでもあるような宿屋だった。正面に大ざっぱな造りの机やベンチが並ぶ大広間があり、奥の厨房にはエールやワインの樽が棚に置かれて、食事が作られていた。人気があり、儲かってもいたために、床の藁も頻繁に取り替えられ、壁もきれいに上塗りされたばかりで、冬には大きな火が暖炉に燃え盛っていた。夏のさなかであるいまは、すべての窓が開け放たれ、大広間には穏やかな風が流れ込んでいた。

しばらくすると、奥からベシー・ベルが出てきた。九年前には優美な曲線をたたえた娘だったが、いまでは成熟した女性になっていた。彼女はマーティンだとわからないようだったが、服装を値踏みして上客と判断したらしかった。「こんにちは」彼女はいった。「どうぞ、お子さんと一緒に楽になさってください。何かご希望は？」

マーティンは満面の笑みを浮かべた。「きみの部屋に連れていってもらいたいな、ベシー」

とたんに彼女は気がついた。「マーティン！」マーティンは握手しようと手を差し出したが、彼女は両腕で彼を抱きしめた。いまもマーティンの弱点を心得ているのだ。彼女は身体を放すと、彼の顔をしげしげと見つめた。「ずいぶん立派な髭をたくわえているのね！　それがなければすぐにわかったんだけど。そちらはあなたの娘さん？」

「ローラというんだ」

「まあ、可愛いお嬢さんだこと！　きっとお母さんも美人なのね」

マーティンはいった。「妻を亡くしてしまってね」

「そうだったの。でもこの子は幼いし、いずれ忘れてしまうでしょう。わたしも夫を亡くしたのよ」

「きみが結婚していたとは知らなかった」

「夫と出会ったのは、あなたがいなくなった後だもの。グロスター出身のリチャード・ブラウンって人よ。一年前に死んだわ」

「それは気の毒に」

「父もカンタベリーに巡礼に出ているの。それで、いまはわたしがこの店を切り盛りしてるってわけ」

「きみのお父さんは本当にいい人だったよ」

「父もあなたを好もしく思っていたわ。気骨のある男がお気に入りだったから。わたしの夫のことはどうでもよかったみたいだけどね」

「そうだったのか」マーティンは会話があまりにも早急に親密になりすぎたと感じていた。

「ぼくの両親について、何か新しい情報はあるかな？」

「二人ともキングズブリッジを出てしまったわ。テンチにあなたの弟さんが新居を構えていて、そちらに移ったの」

　ボナヴェントゥーラを通じて、ラルフがテンチの領主になったことは知っていた。「父さんも嬉しいだろう」

「それこそ孔雀《くじやく》みたいに誇らしげだったわよ」彼女は笑みを浮かべていたが、やがて心配そうな表情になった。「お腹もすいたでしょうし、きっと疲れているでしょう。馬丁に、あなたの荷物を上に持っていってもらうよう伝えておくわ。それからエールをジョッキで、それとスープもね」

「それはありがたい。ただ……」

　ベシーが戸口のところで立ち止まった。

「ローラにもスープを出してもらえればありがたい。親としての務めを果たさないとね」

　ベシーがうなずいた。「もちろんよ」彼女は腰をかがめてローラにいった。「ベシーおばさんと一緒に行く？　パンはどう？　作りたてよ？」

　マーティンはベシーの言葉をイタリア語で伝えた。ローラがうれしそうにうなずいた。

　ベシーはマーティンに視線を移した。「シスター・カリスに会いに行くんでしょう？」

　おかしなことだが、彼は罪悪感を抱いた。「そのつもりだけど、彼女はまだここにいるのかい？」

「ええ。女子修道院の訪問者接待係をしているわ。いずれは必ず女子修道院長になるでしょうね」彼女はローラの手をとって奥の厨房へ連れていきながら肩越しに声をかけた。「幸運を祈るわ」

マーティンは店を出た。ベシーはお節介がすぎるところもあるが、彼女の愛情は誠実なものであり、温かく迎え入れられたことに安堵した。修道院の敷地に入ると、立ち止まって、高くそびえる大聖堂の西側正面を見た。二百年もの歴史をもつ建築物だが、相変わらず驚嘆せずにはいられなかった。

教会の北側、墓地の向こう側に見慣れない石造りの建物があるのに気づいた。中程度の大きさの邸宅で、堂々とした玄関や上層階を備えていた。それは木造だった昔の修道院があった場所のすぐ近くに建てられており、ゴドウィンの館として建て替えられたものだと思われた。それにしても、ゴドウィンはどこから資金を調達したのだろう。

さらに近寄ってみた。館は実に立派だったが、その設計はマーティンには気に入らないところがあった。どの要素を取ってみても、背景となる大聖堂との関係が考慮されていないのだ。細部にも配慮が見られなかった。仰々しい出入り口は、上のあたりが上層階の窓を部分的にふさいでいた。最悪なのは、邸宅が建てられている地軸が教会のそれとずれていることだった。そのため、何だか奇妙な角度で建っているように見えてしまう。

エルフリックの仕事なのは間違いなかった。

太った猫が入り口でひなたぼっこをしていた。尾のところに白斑《しろまだら》模様のある黒猫で、マーティンに敵意のある視線を向けていた。

彼はゆっくりとした足どりで施療所へ向かった。大聖堂の緑地は静かで、人気《ひとけ》がなかった。今日は市が開かれていないのだ。胃のあたりに、興奮と不安がふたたび沸き起こるのがわかった。いつカリスと出くわすかわからないのだ。入り口に立ち、なかに入った。入り口よりも明るく照らされた長い部屋があり、記憶にあるよりも新しい匂いがした。すべてがきれいに洗浄されているようだ。床の敷き布団に何人かが横たわっており、大半は老人だった。祭壇では若い修練女が大きな声で祈りを捧げていた。マーティンはそれが終わるのを待った。ひどく気がせいて、横になっている病人たちよりもよほど病んだ状態になっていた。この瞬間のために千マイルもの距離を移動してきたのだ。それとも、あれはまったくの徒労だったのだろうか？

修練女がようやく「アーメン」とつぶやき、振り返った。見知らぬ顔だった。彼女が近づいてきて、丁寧な口調でいった。「ごきげんよう」

マーティンは深呼吸をした。「シスター・カリスに会いたいのですが」

修道女集会は、いまでは大食堂で行なわれるようになっていた。以前は修道士と一緒に、大聖堂の北東の端にある八角形の壮麗な修道士集会場で開かれていた。だが、残念なことに両者のあいだにあった不信があまりにも強くなり、修道女たちは集会の様子を相手側に盗み聞きされるのではないかと懸念するようになった。そのため、食事をとる場所として使っていた長い空き部屋を集会場に使っていた。

女子修道院の幹部たちは長い机を前に坐り、中央にはマザー・セシリアがいた。副院長はいなかった。その地位にあったナタリーは数週間前に七十五歳で亡くなっており、セシリアはまだ後任を決めていなかった。セシリアの右には会計を担当する宝物係のベスと、その補佐になったばかりのエリザベス——旧名エリザベス・クラーク——がいた。セシリアの左側には、物資の調達を一手に管理している食料品係のマーガレットと、その補佐で訪問者接待係のカリスがいた。三十人の修道女が、それぞれの上役にあたる幹部と向かい合わせになる形で、ベンチに坐っていた。

祈禱と朗読の後で、マザー・セシリアから発表があった。「ゴドウィン院長がわたしたちの資産を強奪した件で司教に訴えていましたが、その返事が届きました」期待のざわめきが起こった。

返事はひどく遅かった。エドワード王はリチャード司教の後任を決めるのに一年近くを費やしており、ウィリアム伯爵は父の有能な秘書だったジェロームをその座につけるべく熱心に働きかけていたが、エドワード王は結局、妻の縁戚で、北フランスはアノー出身のアンリ・オヴ・モンスを選んだ。アンリ司教はイングランドでの就任式をすませた後、ローマで法王の追認を得てシャーリングの館に落ち着いた。その後でようやく、セシリアから送られた苦情申し立ての公式書簡に返答したのである。

セシリアがつづけた。「あの略奪行為について、司教はいっさいの措置を拒絶されました。事件はリチャード司教の在任時に起こったものであり、もはや過去の出来事に過ぎないというのです」

修道女たちはひどく驚いた。最後には正義が勝つと確信し、遅い返事を辛抱強く待っていたのだ。拒絶されたのはショックだった。

カリスは返事を一足先に読んでいたから、ほかの修道女たちのように驚いたりはしなかった。新しい司教が、着任早々にキングズブリッジ修道院長と戦交えることに気乗りしなかったのは無理もない。返事には、アンリ司教はあくまで現実的な統治者を目指すものであり、主義主張にこだわる人間にはならないとも書かれていた。その点において、彼はこれまで教会政治を勝ち抜いてきた男たちの大半と何の違いもなかった。

とはいえ、彼女は自分が驚かなかったことに失望してもいた。このような結論が下されたことで、近い将来に、病人を健康な面会者と隔離できる新しい施療所を建てるという夢も諦めなければならなくなったのだ。それでも、悲嘆してはいけないと自分にいい聞かせた。そのような贅沢な施設がなくとも修道院は何百年もつづいてきたのだから、あと数十年待つことだってできるはずだ。その一方で、モールドウィン・クックが昨年の羊毛市に持ち込んできたような病気がたちまち広まっていくのを、黙って見ていなければならないのは腹立たしいことでもあった。病気が広がる原因については、だれもはっきりしたことはわからなかった。病人を見たらうつるのか、それとも触ったり、同じ部屋にいたらそうなるのか、いまだに答えは出ていなかった。ただし、数多くの病気が患者のそばにいる人間に伝染しているのは間違いない。だが、いまは病気のことは忘れるより仕方がなかった。

ベンチに坐っていた修道女たちのあいだから、怒りに満ちたざわめきが起こった。とりわけ目立ったのがメアーの声だった。「あの修道士たち、さぞ得意になるでしょうね」

そのとおりだわ、とカリスは思った。ゴドウィンとフィルモンは白昼堂々盗みを働き、まんまと逃げおおせたのだ。連中はいつも、修道女の金を修道士が使うのは、結局は神の栄光のためなのだから盗みにはならないと公言していた。そしていま、連中は司教のお墨付きを得たと考えているだろう。実に苦々しい敗北だった。とりわけ、カリスやメアーにとっては。

だが、マザー・セシリアはくよくよして時間を無駄にするつもりはなかった。「わたしたちのうちのだれかに過ちがあったわけではありません。もっとも、責められるべきはわたしなのかもしれませんけどね――わたしがお人好しすぎたのです」

あなたはゴドウィンを信じていたけれど、わたしは違う。そうカリスは思った。だが口は固く閉ざし、セシリアの次の言葉を待った。院長が幹部を交代させるだろうことはわかっていたが、具体的なところはだれも知らなかった。

「ただし、これからはもっと用心深くしなければなりません。修道士が手出しできないような資産を作る必要があります。所在すら知られてはならないようなものにしないといけません。シスター・ベスは宝物係として長いあいだ頑張ってくれました。後任はシスター・エリザベスにお願いしましょう。わたしは彼女に全幅の信頼を置いています」

カリスは嫌悪の表情を浮かべないよう自制した。エリザベスはかつて、カリスを魔女だと証言した。それは九年前のことであり、セシリアはエリザベスを赦したが、カリスは決して許すつもりはなかった。ただし、カリスが反発した理由はほかにもあった。エリザベスは気難しく、性格的に歪んだところがあり、ひとたび怒らせるとまともな判断が下せなくなるのだ。カリスにいわせれば、そのような人間を信頼できるはずがなかった。そのような連中は、自分の偏《かたよ》った思い込みから物事を決めてしまう。

セシリアがつづけた。「シスター・マーガレットから幹部を退任したいとの申し出がありました。食料品係はシスター・カリスに引き継いでもらいます」

カリスは落胆した。セシリアの代理人にあたる副院長の役職を希望していたのだ。何とか笑みを浮かべようとしたが、簡単ではなかった。セシリアが副院長を任命する気がないのははっきりした。対立しているカリスとエリザベスの二人をそろって部下にしておき、互いに争わせるつもりなのだ。カリスはエリザベスの視線に気づいた。その顔にはあからさまな憎悪が表われていた。

セシリアはさらにつづけた。「カリスの部下として、シスター・メアーには訪問者接待係を務めてもらいましょう」

メアーは見るからに嬉しそうだった。彼女にとって昇進は喜ばしいことだし、カリスの下で仕事ができるとあればなおさらだった。この人事だけはカリスも気に入った。二人とも清潔さを重視していたし、瀉血のような修道士の治療法を信頼していないのも同じだった。

カリスは望む立場につけなかったものの、セシリアがさらに格下の人事を告げているあいだも、なるべく喜んでいるように見せかけた。集会が終わると、彼女はセシリアに感謝の言葉を伝えた。

「ほんとうに難しい決断だったわ」セシリアがいった。「エリザベスは頭がいいし、決断力もある。それに、考えが定まらないあなたと違って安定している。ただし、あなたには想像力があるし、人を使うのもうまい。だから、二人とも必要だったの」

セシリアが自分に下した評価について、カリスは反論のしようがなかった。この人はわたしをよくわかっている。カリスは後ろめたく思った。この人こそ、父が死に、マーティンがいなくなったいま、この世で最もわたしを理解している。彼女は愛情が波のように押し寄せるのを感じた。セシリアはまるで母親鳥のようだ。いつも忙しく動きまわり、ひな鳥の世話をしている。「期待に添えるよう全力を尽くします」カリスは誓った。

オールド・ジュリーの様子を見ておく必要があった。だれよりもジュリーの世話をしているのはカリスだった。若い修道女にいくらいっても、彼女たちは弱ってしまった老人を快適にしておく必要などないと思っているようだった。寒い日には毛布をかけてやり、喉が渇けば飲み物を与え、いつも決まった時間に用足しに行きたがるジュリーを介助するのは、常にカリスだった。温かい飲み物を持っていこう。薬湯を飲めば元気を取り戻してくれるだろう。

カリスは薬剤室に行き、小さな平鍋に水を張って火にかけた。

メアーが薬剤室に入ってきて、扉を閉じた。「素晴らしいことじゃない？」彼女はいった。「これからも一緒に働けるんですよ！」そして、カリスに抱きつき、唇にキスをした。

カリスも抱き返したが、すぐに身体を離した。「そんなふうにキスをしないで」

「あなたが好きなんですもの」

「わたしもそうだけど、まったく同じってわけじゃないわ」

それは本当だった。カリスはメアーをとても気に入っていた。フランスで危険を共にしてから、絆が深まった。メアーの美しさに惹かれている自分に気づいてさえいた。カレーの宿屋で、鍵のかかる部屋で一夜を共に過ごしたときには、最終的にメアーの誘いに屈してしまった。メアーはカリスの秘所をまさぐってキスをし、カリスもメアーに同じことをした。メアーはあれが人生でいちばん幸せな日だといったこともある。残念ながら、カリスはそうではなかった。楽しくはあったが刺激的ではなく、同じことを繰り返すつもりもなかった。

「別にいいんです」メアーはいった。「ほんの少しでも愛してくれているのなら、わたしはそれで幸せです。これからもそうしてくれるでしょう?」

カリスは薬草に湯を注いだ。「あなたがジュリーみたいなおばあさんになっても、元気なままでいられるよう薬湯を持っていってあげるわよ」

メアーの目に涙があふれた。「そんなにやさしい言葉をかけてもらったのは初めてです」

カリスは、永遠の愛を誓ったつもりではなかった。「感傷に浸ったりするものじゃないわ」彼女はやさしく声をかけ、木のカップに薬湯を注いだ。「さあ、ジュリーの様子を見にいきましょう」

二人は修道院を横切り、施療所に入った。豊かな赤髭をたくわえた男が祭壇のそばに立っていた。「ごきげんよう」カリスは声をかけた。どこか見憶えがあった。相手は返事をしなかったが、激しさをたたえた茶色の瞳でカリスを凝視していた。カリスは相手に気づいてカップを取り落とした。「何てこと！　あなたなの？」

カリスがマーティンに気づくまでの瞬間はかけがえのないものだったし、マーティンもまた、このときのことを何があろうと、二度と忘れないだろうとわかっていた。マーティンは九年ぶりになる相手の顔を見つめ、まるで暑い日に冷たい川に飛び込んだかのような衝撃をもって、それが自分にとってどんなに大切なものだったかを思い起こしていた。カリスはほとんど何も変わっていなかった。恐れていたことには何の根拠もなかったのだ。彼女は年を重ねたようにすら見えなかった。もう三十歳になっているはずだが、二十歳のころと同じようにほっそりとして自信に満ちていた。鋭い威厳をたたえた態度で、薬湯を満たした木のカップを手にし、足早に施療所へ入ろうとしていた。そして、彼に目をやり、立ち止まって、カップを取り落とした。

マーティンは幸せを感じながら、満面の笑みを彼女に向けた。

「こっちにきていたのね！」カリスがいった。「てっきりフィレンツェにいるものと思っていたわ」

「戻ってこれてうれしいよ」彼は答えた。

カリスは床にこぼれた薬湯を見た。一緒にいた修道女が声をかけた。「心配いらないわ。始末しておくから。お話があるんでしょ？」可愛らしい女性だったが、その目に涙が浮かんでいるのにマーティンは気がついた。だが、興奮していたので気にもとめなかった。

カリスは訊いた。「いつ戻ってきたの？」

「一時間前に着いたばかりだよ。元気そうじゃないか」

「あなたも……ずいぶん立派になったのね」

マーティンが笑った。

彼女はいった。「それにしても、どうしてこっちに？」

「話せば長くなるけどね」彼が答えた。「ただ、きみには伝えておきたいな」

「外に出ましょう」カリスは彼の腕にそっと触れて、施療所の外へ連れ出した。修道女は男性の身体に触れることも、男性と個人的な話をすることも禁じられていたが、彼女にとってそんな決まりはどうでもよかった。彼女が権威を絶対視する態度に染まっていないとわかって、マーティンはうれしくなった。

マーティンは花壇のそばにあるベンチを指差した。「あそこにマークやマッジ・ウェバーと坐っていたんだ。きみが修道院に入った、九年前のあの日にね。そのときにマッジから、きみがぼくに会うつもりはないと聞かされた」

カリスはうなずいた。「人生であんなに不幸な日はなかったわ——でも、あなたに会ってしまったら、よけいひどくなるのはわかっていたから」

「ぼくも同じだよ。ただ、ぼくはそれでもきみに会いたかった。どんなに惨めなことになってもね」

カリスは正面からマーティンを見つめた。ところどころ金色の斑点がある緑色の瞳は、かつてと同じように率直だった。「なんだか責められているみたい」

「そうかもしれない。なにせ、きみにひどく腹を立てていたからね。きみの決心はどうあれ、なんらかの説明はあってしかるべきだと思っていたよ」こんな話をするつもりはなかったが、どうしてもいわずにいられなかった。

カリスは言い訳をしなかった。「それなら簡単だわ。あなたと別れることに耐えられそうになかった。無理にでも話をさせられることになれば、きっと死を選んでいたでしょう」

マーティンにしても同じだった。九年ものあいだ、カリスが別れの日に見せた態度を自分勝手だと思っていたのだ。しかしいま、彼女がどんな辛い思いをしていたのかを知って、わがままなのは自分のほうだったように思えてきた。そして、気がついた。カリスは昔からぼくの考えを変えようとしてきた。気分のいいものではなかったが、正しいのが彼女である場合も多かった。

二人はベンチに坐らず、向きを変えて大聖堂の芝生を歩いた。空には雲がかかり、太陽は隠れてしまっていた。「イタリアでは恐ろしい病気があってね」マーティンがいった。「向こうでは大悪疫《ラ・モーリア・グランデ》と呼ばれているんだ」

「それなら聞いたことがあるわ。南フランスでも流行っているみたいね。恐ろしいことだわ」

「ぼくもその病気にかかった。回復できたけれど、それは異例のことなんだ。妻のシルヴィ

ア は死んでしまったよ」

カリスは衝撃を受けた。「そうだったの。辛かったでしょう」

「彼女の家族はみんな死んでしまい、ぼくの顧客も揃って犠牲になった。それもあって、故郷に戻るにはいい頃合いかと思ったんだ。きみのほうは？」

「たったいま、食料品係を任されたところよ」その口調には、はっきりとした誇りが感じられた。

だがそれも、マーティンにとっては取るに足りないことに思われた。あのような惨禍《さんか》を目の当たりにしたあとではなおさらだった。それでも、昇進は女子修道院の生活において重要なのだろう。マーティンは大聖堂を見上げた。「フィレンツェには立派な大聖堂があって、彩色された石材で色々な模様がつけられている。でも、ぼくはこっちのほうがいいな。曲線を活かした外形で、色も統一されている」マーティンは塔を入念に見ていた。灰色の空にそびえる灰色の建築物を。そのうちに雨が降りはじめた。

二人は雨宿りのために大聖堂に入った。身廊に十人ほどが散らばっていた。大聖堂を見物している訪問者や、熱心に祈りを捧げている地元の人々のほか、二人の修練士が掃き掃除をしていた。「きみがあの柱の向こう側にいる気配を感じたことを思い出したよ」マーティンは満面の笑みを浮かべていった。

「わたしも憶えてるわ」カリスはそう応じたが、マーティンの目を見てはいなかった。

「きみに対する気持ちは、あの日とまったく変わっていない。それが戻ってきた本当の理由だ」

振り向いたカリスの目には、はっきりと怒りがあった。「そんなことをいっても、あなたは結婚したじゃないの」

「そして、きみは修道女になった」

「わたしを愛していたのなら、どうして彼女と――シルヴィアと――結婚できたわけ？」

「きみを忘れられると思ったんだ。無理だったけどね。そして、死をはっきり意識したとき、きみを忘れられないと気がついた」

カリスの怒りは、それが起こったときと同じくらい唐突に消えた。そして、涙が浮かんだ。

「わかっていたわ」そういって、彼女は視線をはずした。

「きみも同じ気持ちだったわけか」

「心変わりなんて一度もなかった」

「そうしようと思ったことは？」

カリスは彼の目を直視した。「仲間の修道女がいて……」

「病院にいた、あの可愛い子かい？」

「どうしてそれを？」

「ぼくを見て涙を浮かべていた。だから、どうしてだろうと気になったんだよ」

カリスが気まずそうな顔をしたが、マーティンは彼女がきっと、かつて自分がシルヴィアに〝イングランドのあなたのいい女《ひと》のことを考えているんでしょう〟といわれたときと同じような気持ちになっているのだろうと思った。

「メアーはわたしにとって大切な存在よ」カリスがいった。「わたしを愛してくれているし。でも……」

「きみはぼくを忘れなかった」

「そう」

マーティンは勝ち誇ったような気分になったが、それを悟られないよう努めた。「そういうことなら、きみは神に対する誓約を棄《す》て、修道院を離れ、ぼくと結婚するべきだ」

「修道院を離れる？」

「きみはまず、魔女と断罪されたことの謝罪を受ける必要がある。絶対に無理ということはない――司教と大司教に賄賂を渡すんだ。必要とあれば、法王にもそうする。資金ならぼくが都合するから――」

カリスにはマーティンが考えるほど簡単かどうかわからなかった。だが彼女にとって、本当の問題はほかにあった。「そうしたい気持ちもないわけじゃないけど、セシリアに誓っているのよ。わたしをどうか信頼してくださいって……メアーが訪問者接待係になったから手助けしないといけないし……資産の保管場所も新しく確保しないと……それに、わたしがいなくなったらオールド・ジュリーの世話だって……」

マーティンは当惑した。「そのすべてが大切な役目だというのか？」

「当たり前でしょう！」

「女子修道院というのは、年寄りの修道女が祈っているだけの場所かと思っていたよ」

「病人の治療もすれば、貧しい人のために炊《た》き出しだってやってるわ。何千エーカーもの土地も抱えているのよ。どれをとっても、橋や教会を建てるのに負けないくらい大切な仕事だわ」

マーティンにとっては思いがけないことだった。昔の彼女は宗教にまつわる決まりごとを本気にしていなかった。強要されて修道院に入ったのも、そうしなければ破滅が待っているからだ。ところが、いまでは科せられた罪を大いに気に入っているように見える。「きみはまるで、地下牢に閉じ込められていながら自由の身になるのを嫌がっている囚人みたいだ。牢の扉は大きく開け放たれているのにだ」

「扉は開いてなんかいないわ。自由の身になるためには、わたしは誓約を棄てないといけないのよ。マザー・セシリアは——」

「いろいろ問題はあるようだけど、二人で何とかしようじゃないか。すぐに取りかかろう」

カリスはひどく気落ちしているようだった。「それでいいのか、わたしにはわからないわ」

彼女がそこまで悩むのが、マーティンには大変な驚きだった。「きみはいったいどうしてしまったんだ?」彼は信じられないという口調でいった。「修道院なんて偽善や不正ばかりだといって嫌っていたじゃないか。怠惰で、強欲で、不実で、独善的だって——」

「ゴドウィンやフィルモンについてはそのとおりだけど」

「それなら、そこを出ればいい」

「出て、それから？」

「もちろん、ぼくと結婚するんだ」

「それだけ？」

マーティンはまたもや当惑した。「それだけだ」

「そうじゃないでしょう。あなたは王宮や教会を設計することを望んでいる。イングランドでいちばん高い建物を建ててみたいと思っているはずよ」

「だれかの世話をしたいというのなら……」

「何のこと？」

「小さい娘がいるんだ。ローラという名前で、三つになる」

カリスは気持ちを固めたらしく、ため息をついていった。「わたしは管理職で、三十五人の修道女を部下に抱えているの。十人は新入りで、残りの二十五人も指導しないといけない。それに学校や施療所、薬剤室だって切り盛りする必要がある――それなのに、あなたはそのすべてをなげうって、会ったこともない女の子一人の世話役につけというわけね」

マーティンは議論をつづける気を失っていた。「ぼくにわかっているのは、きみを愛しているということと、一緒にいたいということだけだ」

カリスが冷ややかな笑みを浮かべた。「それだけだというのなら、わたしがその気になるよう話してみるべきだったわね」

「わけがわからない。きみはぼくを拒絶しているのか？　それともそうじゃないのか？」

「わたしにもわからないわ」

55

その夜、マーティンは横になったままほとんど眠れなかった。宿屋に泊まるのは慣れていたし、ローラも安らかな寝息をたてていた。それでも、今夜の彼はカリスのことを考えずにはいられなかった。戻ってきた自分に対するカリスの態度に混乱していたのだ。いまとなってはわかるのだが、再会はしたものの、彼女の思いをまったく筋道立てて予測していなかった。ひどい姿に成り果てていたらどうしようなどと、ありそうもない悪夢に怯える一方で、楽しく和解することを望んでいた。もちろん、彼女はぼくを忘れていなかった。それでも、理解しておくべきだったのだ。九年ものあいだ、カリスがぼくだけを思って過ごしていたわけではないことを。カリスはそういう性格ではないことを。

同じように、カリスが修道女の仕事にあれほど没頭しているとも予測していなかった。彼女は教会に対して常に――程度の違いはあれ――敵意を抱いていた。どんな形であれ宗教を批判するのがきわめて危険なのを考えると、ぼくにさえ心の奥底にある懐疑心を隠していたひどく動揺した。それだけに、彼女が修道院を離れるのに乗り気でないとわかったときにはのかもしれない。

ひどく動揺した。リチャード司教の死刑宣告に対する恐怖や、誓約の撤回について許しが得られるかどうかへの不安ならわかるが、修道院での生活に生き甲斐を感じているから、そこを出てぼくの妻になるのは気乗りしないというとは思ってもみなかった。

マーティンはカリスに怒りを覚えていた。違う言い方をすればよかったとも思った。「千マイルの向こうから、きみに求婚するためにここまでやってきたんだ――ぼくの気持ちは疑いようがないだろう？」と。彼は自分がいったかもしれない言葉の数々を考えた。あのときに思いつかなかったのは、かえってよかったかもしれない。二人の会話は、カリスがしばらく時間をおきたいと告げて終わった。マーティンが突然に戻ってきたことと、自分が本当に望んでいることについて考えたいというのだ。マーティンは同意した。そうするしかなかった。だが、それによって、十字架にかけられた男のように苦しみに苛まれることになった。

ようやく、マーティンは煩悶《はんもん》したまま眠りに落ちた。

いつものようにローラに早く起こされると、二人は下に降りてポリッジの朝食をとった。マーティンとしては、すぐにも施療所へ行き、またカリスと話したかった。だが、彼はその気持ちを抑えた。時間が欲しいということだったし、彼女を苦しませたところで意味はない。もしかするとこれから先、さらに混乱させられるようなことがあるかもしれず、ひとまずはキングズブリッジの現状を把握しておいたほうがいいとも思われた。それで、朝食をすませたらマーク・ウェバーを訪ねることにした。

ウェバーは大通りの大きな邸宅で暮らしていた。カリスの勧めで布地の商売を始め、その成功によって建てたものだった。そういえば、とマーティンは思い出した。彼は一部屋しかない住まいに四人の子供といたんだったな。あの家は織機を　台置くとほとんど一杯になってしまうぐらい狭かった。彼らの新居は石造りの一階部分が店舗兼倉庫で、住居にしているのは木造の二階である。マッジが店舗にいた。彼女はかなりの量の赤い布地を検分していたが、それは彼らが町の外に抱えている紡績所の一つから送られてきたばかりのものだった。もう四十歳近くになっており、黒い髪に白いものが混じっていた。背は低く、かなり太っており、胸が突き出て、尻も大きくなっていた。マーティンが彼女から連想するのは鳩、それも獰猛《どうもう》な鳩だった。その理由は、彼女の突き出た顎と、はっきりした態度にあった。

そこには二人の若者がいた。十七歳ほどの美しい娘と、彼女よりいくらか年上らしい大柄な青年である。マーティンはマッジの子供のうち、年長の二人を思い出した。みすぼらしい服装をした細身の少女ドーラと、内気な少年のジョン――そして、二人がまさにその当人であり、成長した姿であるのに気づいた。いま、ジョンは重い布地をやすやすと運び、ドーラはその布地を棒で計っていた。そんな二人を見て、マーティンは自分がずいぶん年をとったように感じた。おれはまだ三十二じゃないか、と彼は苦笑した。それでも、ジョンを見ると、そんな気持ちになってしまうのだった。

マッジがマーティンに気づいて、驚きと喜びの混じった叫び声を上げた。そして彼に抱きつき、髭のある頬にキスをすると、ローラを見て大騒ぎをした。

「きみの子供たちに遊び相手になってもらえないかと思ったんだが」マーティンは残念そうにいった。「みんなすっかり大きくなったみたいだな」

「デニスとノアは修道院の学校に行ってるの。十三と十一になったのよ。でも、ローラの相手ならドーラが引き受けてくれるわ――子供好きだから」

ドーラがローラを抱き上げた。「隣りの部屋に子連れの猫がいるの。見たい?」

ローラがイタリア語で返事をすると、ドーラはそれを同意と判断し、二人は部屋を出ていった。

マッジはジョンに荷降ろしを任せ、マーティンを上階に連れていった。「マークはメルコムに行ってるの。うちの布地をブルターニュやガスコーニュに輸出しているのよ。今日か明日には戻ってくるわ」

マーティンは客間に坐り、エールの入ったカップを受け取った。「キングズブリッジはずいぶん賑わっているみたいだね」

「羊毛の取引はすっかり駄目になってしまったわ。戦時税のせいでね。売ろうにも、すべて一握りの大手業者を通さないといけなくなったの。そうしておけば、王に分配金が渡るからね。キングズブリッジにも、数は少ないけど商人はいることはいるのよ。ペトラニッラはエドマンドの商売を引き継いだわ。でも、昔の勢いはすっかりなくなってしまったわね。幸いにも、この町にかぎっていえば、布地の取引が大きくなって、羊毛にとってかわるくらいの規模になったけどね」

「修道院長は相変わらずゴドウィンなのかい？」

「残念だけど、そうなのよ」

「まだ問題を起こしているのか？」

「なにせ頭が固いんだもの。どんな変革にも反対するし、改善策も拒否するのよ。マークが市を日曜だけでなく、ためしに土曜にも開いてみようと提案したことがあるんだけどね」

「いくらゴドウィンでも、それには反対のしようがないんじゃないか？」

「そんなことをしたら、みんな教会を素通りして市にいってしまうといい出したのよ。それはよくないって」

「土曜日に教会に行く人だっているだろう」

「ゴドウィンという人は何でも、半分しか器に入っていないと思うのよ。半分も入っているとは考えないのね」

「聖堂区ギルドの連中だってゴドウィンに反対しただろう？」

「それほどでもなかったわ。いまのオールダーマンはエルフリックなの。彼とアリスが、エドマンドが残していったものをほとんどすべて手に入れたの」

「オールダーマンが町でいちばんの資産家とはかぎらないだろう」

「ほぼそうなったのよ。なにせ、エルフリックはたくさんの職人を雇っているでしょう――大工に石工、モルタル職人、鳶職《とび》――それに、建築資材を扱う商人はみな彼に買ってもらっている。程度の違いはあるけど、この町は彼の味方をするしかない人たちが大勢いるの」

「おまけに、エルフリックは昔からゴドウィンと親しくしているからな」

「そのとおりよ。修道院が仕切っている工事は、すべてエルフリックのところに行くようになっている——それはつまり、公共工事を独占してるということよ」

「あんなに腕の悪い職人だっていうのにな！」

「おかしな話よね」マッジが思案するような口調になった。「普通なら、ゴドウィンはいちばんの腕利きに仕事を任せそうなものだけど、そうしないの。彼の頭には、文句をいう人間がだれで、彼の希望を黙って受け入れるのがだれかしかないのね」

マーティンはいささか気落ちした。何一つ変わっていない。ぼくの敵は相変わらず有力者のままだ。それはまた、ぼくがかつての生活を取り戻すのが決して楽ではないことを意味する。「どうやら、ここはぼくにとっていいように変わってはいないみたいだな」彼は立ち上がった。「さて、ぼくの島を見に行ってみようか」

「マークがメルコムから戻り次第、あなたのところに行かせるわ」

マーティンは隣りの部屋にいるローラの様子を見たが、ドーラとずいぶん仲良くしているようなので、町へ出て川辺まで散歩してみることにした。自分が手がけた橋の罅割れをもう一度見てみたが、そう細かく調べる必要はなかった。原因ははっきりしていた。その後で、島をひととおり見回った。変わったところはほとんどなかった。西の端に草地や倉庫がいくつかあり、東の端にはジミーに貸している家があった。さらに、二つの橋をつなぐ道があった。

この島を買ったばかりのころは、大々的に開発するつもりだった。当たり前のことだが、自分が留守にしているあいだには何も起こらなかった。いま、マーティンはここで何かできるのではないかと考えていた。土地を大まかに歩測しつつ、さまざまな建物や大通りができた様子を想像していると、昼食の時間になった。

ローラを迎えに行き、ベル・インへ戻った。ベシーは大麦でとろみをつけたおいしい豚のシチューを出してくれた。店は静かで、ベシーは夕食も二人と一緒にとった。彼女は店でいちばんの赤ワインを瓶で持ってきた。食事がすんでもそのワインを楽しみながら、マーティンは自分の構想を語った。「二つの橋をつなぐ、島を横断している道がある。そこなんか、店を出すには格好の場所だ」

「酒場だってそうだわ」ベシーが指摘した。「町でいちばん繁盛している宿屋は、ここととホーリー・ブッシュだけど、それも大聖堂に近いからよ。とにかく人通りが絶えない場所なら、どこだって宿屋に向いているわ」

「島に宿屋を建てるなら、ぜひきみに任せたいな」

ベシーがマーティンの目をまっすぐ見つめていった。「わたしたちが一緒にやることだってできるわよ」

マーティンは微笑みで応じた。ベシーが出すおいしい料理やワインですっかり満たされていたし、男ならだれでも彼女と寝床を共にし、その柔らかい、丸みをおびた身体を愛《め》でるだろう。だが、ぼくにはできない。「妻のシルヴィアをとても好きだった」マーティンはいった。「だけど、結婚しているあいだ、ぼくはカリスをずっと想っていた。シルヴィアもそれを知っていた」

ベシーが遠い目をした。「悲しいことね」

「そうだ。だから、もう女性をそんな目にあわせたくない。もう結婚はしないよ。カリスが相手でなければね。ぼくは男として誠実ってわけじゃないが、そこまで腐ってもいない」

「カリスが結婚してくれるかどうかわからないわよ」

「そうだな」

ベシーが立ち上がって食器を集めた。「いい男じゃないの」彼女はいった。「度が過ぎるくらいだわ」そして、厨房へ戻っていった。

マーティンはローラに昼寝をさせると、ベル・インの前のベンチに坐り、九月の陽光を心地よく浴びながら、スモール・アイランドを見下ろして石板にスケッチした。スケッチはあまり進まなかった。道行く人々がひっきりなしに帰郷した彼を歓迎して、留守にしていた九年のあいだに何をしていたのかと訊いてきたからだ。

夕方になると、マーク・ウェバーの巨体が見えてきた。樽を乗せた荷車を操りながら、丘を上ってくる。昔から大柄な男だったが、いまは身長だけでなく、腹まわりも相当なものになっていた。

マーティンは彼の大きな手を握った。

「メルコムに行っていたんだ」マークがいった。「数週間おきに通ってる」

「樽の中身は何だ？」

「ボルドー産のワインだ。船から降ろされたばかりのな――同じ船でニュースも仕入れてきたぞ。ジョーン王女がスペインに向かっていたのは知ってるか？」

「ああ」ヨーロッパの事情通ならだれでも、十五歳になるエドワード王の娘が、次期のカスティーリャ王であるペドロ王子のところに嫁ぐ予定なのは知っていた。この婚姻によって、イングランドとイベリア半島で最大の王家は同盟関係になり、エドワード王は南からの干渉を気にすることなく、延々とつづくフランスとの戦争に集中できるはずだった。

「それなんだが」と、マーク。「ジョーン王女はボルドーで亡くなったんだ。例の病気でな」

マーティンは二重に動揺した。フランスでのエドワード王の立場が突然危うくなったのも心配だが、それよりも、あの病気がボルドーにまで達していたことに驚いたのである。「ボルドーにもあの病気が？」

「通りには死体が山積みになっているそうだ。フランス人の船員から聞いた」

マーティンは不安に駆られた。大悪疫《ラ・モーリア・グランデ》とは縁が切れたと思っていたのだ。もしかしてイングランドに上陸する可能性もあるのだろうか？　彼自身は恐れていなかった。あの病気に二度かかった者はいない。だから、ぼくは安全だ。また、なぜかあの病気にかからない者もいて、ローラもその一人だ。しかし、自分たち以外の者が心配だった――とりわけカリスが。

マークはほかにも考えていることがあった。「いいときに戻ってきてくれたよ。若い商人のあいだでは、エルフリックのオールダーマンとしての振る舞いに不満が大きくなっているんだ。ゴドウィンの犬みたいになってばかりなんだよ。おれはやつといずれ対決するつもりで、いろいろ考えているところだ。あんたなら影響力ある存在になれるだろう。今夜、聖堂区ギルドの集会があるんだ――一緒に行こう。あんたならすぐに入会を許される」

「ぼくは正式に独立を許されてないんだぞ。大丈夫か?」

「ここでも外国でも、あれだけのものを造ってきたんだ。問題なんかあるもんか」

「わかった」あの島を開発するためには、何が何でもギルドのメンバーになっておく必要がある。新しい建物については、何でも理由を見つけて反対する者が出てくる。そのためにも、味方が必要だ。しかし、マークがいうほど入会が簡単かどうかはわからない。

マークは自宅に樽を届けに行き、マーティンは宿屋へ戻ってローラに夕食をとらせた。日が落ちるころにマークがベル・インへマーティンを迎えにきた。暖かい午後が、次第に寒気のする夜へ変わりつつあった。

ここで橋の構想を聖堂区ギルドに披露したころにはギルド会館も立派に見えたが、いまのマーティンには、不格好でみっともない代物でしかなかった。彼はイタリアで壮麗な公会堂の数々を目にしていた。留置場や台所が共存し、欠点の目立つ石造りの地下室や屋根を支えるために大広間の端から中央までみっともなく並んでいる柱の列。こんなものをボナヴェントゥーラ・カロリやロロ・フィオレンティーノのような人々が見たらどう思うだろう。

マークはマーティンがいないあいだにキングズブリッジへやってきたり、あるいは出世した人々に彼を紹介した。だが、そこにいるのは――年はとってはいたが――顔見知りの者がほとんどだった。マーティンはここの二日のあいだに見かけなかった、ごくわずかな人々に挨拶した。そのなかにはエルフリックもいて、銀糸で縫われた繻子《しゅす》地の外衣をこれみよがしに着ていた。驚いた様子もなく――マーティンが戻ってきたのが耳に入っていたのだろう――それどころか、敵意を露わにして睨みつけてきた。

修道院長のゴドウィンや、副院長のブラザー・フィルモンも出席していた。マーティンには、四十二歳になったゴドウィンがますます叔父のアントニーに似てきたように思えた。その彼は唇をへの字に曲げ、怒りと不満を表わしていた。表面上は感じよく見せているから、彼をよく知らない相手なら騙されてしまうかもしれない。フィルモンも変わっていた。かつての弱々しくてぎこちないところが消えて、裕福な商人のように太り、高慢なうぬぼれを身にまとっていた。それでもマーティンには、そのみせかけの姿の下に、卑屈なおべっか使いにありがちな不安と自己嫌悪が見て取れた。握手をしたときには、あたかも蛇にでも触るかのようだった。昔の憎悪がこれほどまでに忘れられていないことを知って、マーティンは憂鬱になった。

整った顔だちをした黒髪の青年が、マーティンを見かけるやいなや十字を切り、自己紹介をした。かつてマーティンの助手だったジミーで、いまはジェレマイア・ビルダーと名乗っていた。彼が聖堂区ギルドに所属できるまでに成長して、マーティンは嬉しかった。それにしても、ジミーは相変わらず迷信深いようだ。

マークはだれかれなく、ジョーン王女の死を伝えていた。マーティンは例の病気についていくつか心配そうな質問を受けたが、キングズブリッジの商人たちはむしろ、カスティーリャ王家との同盟がなくなったことで、フランスとの戦争が長引くかもしれないほうを心配していた。そうなれば商売にも差し障りがあるからだ。

エルフリックが巨大な秤の前の大きな椅子に坐り、開会を宣言した。早々にマークがマーティンの入会を認めるよう提議した。

案の定、エルフリックが反対した。「マーティンはまだ徒弟のままだ。ギルドのメンバーになる資格はない」

「どうせあんたの娘とは結婚しないだろうしな。そうだろ?」だれかが口をはさみ、みながどっと笑った。マーティンは発言の主をさぐった。それは建築職人のビル・ワトキンで、禿《は》げあがった頭頂部の周囲の黒髪が白くなりかけていた。

「職人に必要な技能を身につけていないのだ」エルフリックが頑なにいい張った。

「何の根拠があってそんなことをいうんだ?」マークが抗議した。「彼は家屋、教会、大きな邸宅だって手がけている」

「この町の橋もそうだ。たった八年で罅が入ってしまったがね」

「あれはあんたの橋だろう、エルフリック」

「私はマーティンの設計図どおりに造っただけだ。明らかに橋梁《きょうりょう》の強度が不足していたために、路床や通行物の重みを支えられなかった。私が鉄のかすがいで補強したが、十分ではなかったので割れ目が広がってきている。そこで提案なのだが、中央の橋脚の両側にあるアーチを補強したい。二つある橋の両方ともだ。ふたたび石を組んで、厚みを二倍にする。今日はこのことを提案しようと、経費をあらかじめ見積もっておいた」

エルフリックは、マーティンが戻ってきたと聞いた瞬間に、この攻撃を考えたに違いなかった。彼にとってマーティンは常に敵であり、それは変わってはいなかった。だが、彼は橋の何が問題なのかを理解できておらず、それがマーティンに反撃の機会を与えた。

マーティンはジェレマイアにこっそりささやいた。「ちょっと頼まれてくれないか？」

「何なりと！　あれだけお世話になったんですから」

「いますぐ修道院へ走っていって、シスター・カリスに至急会いたいと面会を申し込め。本人が出てきたら、ぼくが描いた橋の設計図を探してもらうよう頼むんだ。修道院の図書室にあるはずだから。見つかったら、大急ぎでここに持ってきてくれ」

ジェレマイアはこっそり集会を抜け出ていった。

エルフリックはさらにつづけた。「すでにゴドウィン院長には話してあるのだが、あらためてギルドのメンバーに伝えておきたい。院長に確かめたところでは、橋の修復作業にかかる経費は修道院では負担できないそうだ。あの橋の建設についてはわれわれで資金を出し合ったが、今回の修復も同じことになる。つまり、通行料で払い戻すということだ」

会員がうめいた。そのあと、ギルドのメンバー一人当たりの負担金をいくらにするかについて、長く険悪な話し合いがつづいた。マーティンは会場で自分への反感が高まっているのを感じた。それこそが、まさにエルフリックの狙いだった。マーティンは入り口をじっと見つめて、ジェレマイアが戻ってくるのを待った。

ビル・ワトキンがいった。「彼の設計が原因なら、修復の費用はマーティンが負担すべきなんじゃないのか」

もはや話し合いに加わるほかなかった。マーティンは風向きを一変させる言葉を放った。

「そうしてもいい」

全員が驚いて沈黙した。

「ぼくの設計が原因で鋳割れが起こったのなら、ぼくが自費で修復しよう」マーティンは無謀とも思われる言葉をつづけた。橋は何かと高くつくものであり、もし彼の間違いが原因であれば、修復にかかる費用は財産の半分にも達してしまう。

ビルがいった。「結構な話だ」

「だが、ギルドのみんなが許してくれるのなら、まず説明しておきたいことがある」マーティンはそういってエルフリックを見た。

拒絶する口実を思いつかないらしく、エルフリックは躊躇した。

「話を聞いてみようじゃないか」ビルがいい、全員が賛成の声を上げた。

エルフリックが渋々うなずいた。

「ありがとう」マーティンは説明を始めた。「アーチの強度が十分でない場合にできる鋳割れには、決まったパターンがある。アーチには当然下向きの力がかかるから、橋の下端はしだいに広がっていく。そして、割れ目はアーチのいちばん上の内側にできるものなんだ——隠れた側にね」

「そのとおりだ」ビル・ワトキンがいった。「その手の鋳割れならよく見かけるな。たいていは、そう致命的なものじゃない」

マーティンはつづけた。「でも、それはあの橋にできた鋳割れとは違う。エルフリックのいっていることは逆で、実際にはアーチ自体の強度は十分なんだ。アーチの厚みはいちばん底のところの直径の十二分の一で、この比率はどこの国でも標準的なものとして使われている」

同席していた職人たちがうなずいた。その比率は彼らにとって常識だった。

「いちばん上には何の問題もない。ところが、中央の橋脚の両側にあるアーチにできた鋳割れは横方向に広がっている」

ふたたびビルがいった。「ああいう鋳割れなら、四分ヴォールトでも見かけたりするけどな」

「だが、あの橋は四分ヴォールトじゃない」マーティンは指摘した。「もっと複雑なものだ」

「では、何が原因なんだ?」

「エルフリックがぼくの設計どおりに造らなかったのさ」

エルフリックがいった。「そんなことはない!」

「ぼくは橋脚の両端に、大きくて軽めの石を積んでおくよう指示していた」

「石積みだと？」エルフリックが嘲るようにいった。「それで橋が崩れないようにできるというのか？」

「そのとおり」と、マーティン。この場にいる職人すら、エルフリックの疑問に同調する者がいた。だが、彼らは橋について知識があるわけではない。橋は水中に建てられているために、ほかのどのような建築物とも違っているのだ。「あの石積みが欠かせない設計になっているんだ」

「そんなものは図面になかった」

「エルフリック、あんたの言い分を証明するために、ぼくが描いた図面を出してきたらどうかな」

「転写に使っていた作業場はとっくの昔になくなった」

「図面は羊皮紙に引いてある。修道院の図書室にあるはずだ」

エルフリックがゴドウィンを見た。その瞬間、二人が共謀しているのが明らかになった。

マーティンはそれがギルドの面々にも見えていることを願った。ゴドウィンがいった。「羊皮紙は高価なものだ。あの図面はかなり前に廃棄され、再利用されている」

マーティンはゴドウィンの言葉を信じるかのようにうなずいた。いまだにジェレマイアが戻ってくる気配はない。元の図面がなしで議論に勝たなくてはならないかもしれない。「あの石積みこそ、ここで問題になっている鋳割れを防ぐはずのものだったんだ」

フィルモンが横槍を入れた。「そんなことをいっても、こちらとしては信じる理由がない。

エルフリックの話に対するおまえなりの反論でしかない」

マーティンはあえて自分を危険な立場にさらさなければならないと悟った。一か八かだ。

「何が問題なのかを説明して、そいつを白日の下に証明してみせるよ。明日の夜明け、川岸に集まってもらいたい」

エルフリックの顔にはこの挑戦を拒みたい気持ちがありありと出ていたが、ビル・ワトキンが言葉をはさんだ。「結構！　みんなで集まることにしよう」

「ビル、泳ぎや潜りのうまい男の子を二人、連れてきてくれないか？」

「お安い御用だ」

エルフリックが集会を仕切れなくなったのを見て、ゴドウィンが割って入った。それによって、ゴドウィンが黒幕だとはっきりした。「いったいどんな猿芝居を見せるつもりなんだ？」その言葉には怒気《どき》が含まれていた。

だが、もはや手遅れだった。ギルドのメンバーは興味津々だった。「マーティンに説明させてやろうじゃないか」と、ビルがいった。「猿芝居だったらすぐにわかることだ」

そのとき、ジェレマイアが戻ってきた。その手には木枠でできた額があり、大判の羊皮紙が入れられていた。マーティンは内心で快哉《かいさい》を叫んだ。エルフリックは愕然としていた。

ゴドウィンが顔色を失った。「いったい、だれがそれを？」

「簡単な質問ですね」マーティンはいった。「あなたは、図面の中身も、置き場所についても訊こうとしなかった――どうやら、いずれもすでにご存じだったらしい。聞いたのはただ、だれのしわざなのかということだけだ」

ビルがいった。「そんなことはどうでもいい。それより早く図面を見せてくれ、ジェレマイア」

ジェレマイアが秤の前に立ち、設計図をみんなに見えるようにした。そこにはマーティンのいったとおり、橋脚の両端に石積みが描かれていた。

マーティンは立ち上がった。「石積みの働きについては明朝に説明しましょう」

夏は秋に変わりつつあり、夜明けの川べりは寒かった。面白い見せ物があるという知らせはたちまち広まったらしく、聖堂区ギルドの面々のほかに、二、三百人ほどの群衆が、マーティンとエルフリックの対決を一目見ようと集まっていた。カリスまでが顔を出していた。マーティンはもはやこれが単なる建築工法の問題ではないことを悟っていた。彼は有力な老人の権威に挑む若者であり、群衆もそれを知っていた。

ビル・ワトキンは二人の少年を連れてきていた。いずれも十二、三歳ほどで、下着姿のまま寒さに震えていた。マーク・ウェバーの下の息子、デニスとノアだった。十三歳のデニスは背が低くてがっちりした体形が母親に似ており、赤毛の髪はまさしく秋の枯葉の色だった。弟のノアはデニスより背が高く、成長すれば父親に負けないほどの大男になりそうだった。マーティンとしては、赤毛のデニスのほうに共感するところがあった。あの年頃にはマーティンも、弟のほうが大柄で体力もあったために悩んでいたのだが、デニスもそんな気持ちなのだろうか。

マークの息子たちが潜り役になれば川に潜って調べた結果をあらかじめいい含められるおそれがあるとエルフリックが反対するのではないかとマーティンは心配していたが、彼は何もいってこなかった。マークが正直者であることはだれもが知っていたし、彼がそのようないかさまをしでかすとは思えなかった。それはエルフリックにもわかっていたし、おそらく、ゴドウィンのほうがよくわかっていただろう。

マーティンはデニスとノアに指示した。「まず中央の橋脚まで泳いでいって、それから潜るんだ。橋脚はずっと下までなだらかにつづいている。それをたどっていくと、基礎にいきつく。そこはたくさんの石がモルタルで固めてあるはずだ。底に届いたら、基礎のところを触ってみてくれ。おそらくは何も見えないだろう——水がひどく濁っているからな。なるべく息をもたせて、基礎のまわりに何があるか探ってみてくれ。浮上したら、何があったかをみんなに教えてもらいたい」

二人は川に飛び込み、中央まで泳いでいった。マーティンは集まった町の人々に語りかけた。「この川の底は岩ではなく、泥でできています。川の流れは橋脚のまわりで渦を巻いているのですが、それが脚台の下にある泥をかきだしてしまうのです。それこそまさに、昔の木造の橋で起こったことでした。あの樫でできた橋脚は川底にしっかりと接地しておらず、それどころか路床からぶらさがっていたのです。それが橋が崩れた原因です。新しい橋で同じことが起こらないよう、私は脚台のまわりに大きな粗石を積んでおくよう指示しました。

石積みによって流れが乱されるので、勢いが拡散して弱まるのです。ところが、石積みが実際には造られなかったために、脚台の下にある泥がかきだされてしまいました。橋脚はその上にある構造を支えるどころか、そこからぶら下がるかたちになり——そのために、アーチをつないでいる部分に罅割れができたのです」

エルフリックが疑わしげに鼻を鳴らしたが、ほかの職人たちは態度を決めかねているようだった。二人の少年は川のまんなかに達し、中央の橋脚に触れると、深く息を吸い込んで水中に姿を消した。

マーティンはつづけた。「二人が戻ってくれれば、橋脚が底に接地しておらず、窪みのなかに浮かんでいる状態だと教えてくれるでしょう。隙間には水がたまっており、人一人が入っていけるくらいの大きさになっているはずです」

そのとおりであればいいのだが、とマーティンは願った。

デニスとノアは驚くほど長い時間潜っていた。マーティンは自分まで息苦しくなっているのに気づいた。あたかも二人と一心同体になっているかのようだった。ついに濡れた赤毛の頭が水面に現われ、さらに、褐色の頭も浮かび上がった。デニスとノアは短く言葉をかわすと、同じものを見たのを確認するようにうなずきあい、岸へと泳ぎ出した。

自分の見立てが正しいかどうか、マーティンは確固とした自信があったわけではないが、罅割れについてはほかに思い当たる理由がなかった。また、あくまで自信満々に見せる必要があるとも感じていた。これで間違っていれば恥の上塗りだった。

少年たちは岸にたどりついた。すっかり息があがっていた。マッジが毛布を渡すと、二人はそれを震える肩にかけた。マーティンは彼らが息を整えるのを待って声をかけた。「どうだった？　何があった？」

「何もなかった」年長のデニスがいった。

「それはどういうことだね？」

「橋脚の底には何もなかった」

エルフリックが勝ち誇ったような顔をした。「川底には泥しかなかったということだろう」

「そうじゃない！」デニスがいった。「泥もなかった——水だけだった」

ノアが付け加えた。「人が一人、楽に入っていけそうな穴があったよ——それくらい大きかった！　あの大きな橋脚は上からぶらさがるようになっていて、その下には何もなかった」

マーティンは安堵の気持ちを何とか表に出さないよう努めた。

エルフリックが大声を上げた。「粗石を積めば問題を解決するという主張には何の裏づけもない」しかし、その言葉を聞く者はいなかった。群衆の眼前で、マーティンは自分が正しいことを証明してみせたのだ。みんなが彼を取り囲み、意見や質問をぶつけてきた。その直後、エルフリックは一人で立ち去った。

マーティンは一瞬、良心の呵責《かしやく》を覚え、すぐに思い直した。徒弟だったころ、あいつに長い材木で顔を殴られたじゃないか。同情心は冷たい朝の空気のように消えていった。

56

翌朝、修道士がベル・インにマーティンを訪ねてきた。頭巾を取っても最初はだれだかわからなかった。だが、左腕の肘から下がないのを見て、ブラザー・トマスだと気づいた。すでに四十代になっていて、顎鬚は白くなり、目と口の周りには皺が刻まれていた。これだけ年月がたったいまでも、あの秘密はまだ危険なんだろうか、とマーティンは訝った。真実が公表されたら、いまでもトマスの命は危険にさらされるのだろうか。

しかし、トマスはその話をしにきたのではなかった。「橋についてはきみのいうとおりだった」

マーティンはうなずいた。嬉しくもあり、残念でもあった。トマスが認めてくれたのはいいとしても、修道院長のゴドウィンに解雇されたいまとなっては、自分の橋が完璧に仕上がることはない。「当初、粗石の大切さについて説明したかったんですが……」と、マーティンはいった。「エルフリックとゴドウィンがぼくのいうことを聞くわけがない。そこでエドマンド・ウーラーに話したのですが、彼は死んでしまった」

「私に話すべきだった」

「確かに」

「教会にきてくれないか?」と、トマスがいった。「きみはわずかな亀裂からいろんなことを読みとれるから、見てもらいたいものがあるんだ」

彼はマーティンを南側の袖廊《トランセプト》に連れていった。ここと南の聖歌隊席の側廊《アイル》に、エルフリックは十一年前に崩れた土台を利用してアーチを作り直していた。マーティンはトマスの悩みの原因をすぐに見つけた。ふたたび亀裂が現われていた。

「きみのいったとおり、亀裂がまた現われた」トマスがいった。

「問題の根源を正さないと、何度でも再発しますよ」

「きみは正しかった。そして、エルフリックは間違った。しかも、二度もだ」

マーティンは興奮に火がつくのを感じた。塔を建て直さなければならないのなら……「あなたは理解しているようですが、ゴドウィンは?」

トマスは答えなかった。「問題の根源は何だと思う?」

マーティンは目の前の問題に集中した。何年も、折にふれてそれを考えてきた。「これは最初からある塔ではないですよね?『ティモシーの書』には何度か再建されて、徐々に高くなっていったと書かれていたけど」

「百年ほどになる。羊毛業が盛んなころのことだ。高く造りすぎたのかな?」

「土台によります」大聖堂の敷地は南にある川に向かってゆるやかに傾いており、それが原因かもしれなかった。彼は交差部《クロッシング》を抜けて、塔の下を通り、北の袖廊へ向かった。そして交差部の北東にある巨大な柱の下に立ち、頭の上を越えて壁まで伸びるアーチを聖歌隊席の北の側廊から見上げた。

「心配なのは南側の側廊だ」トマスが少し苛立ったようにいった。「こちら側に問題はない」

マーティンは指摘した。「アーチの内側に割れ目が入っています。内輪のところですよ。アーチのね。橋を例にとると、橋脚の基礎がしっかりしていないとあのような亀裂が入って傾きはじめるんです」

「どういうことだ？　塔が北の袖廊からずれはじめているというのか？」

マーティンはふたたび交差部に戻り、今度は南側のアーチに目を向けた。「こちら側にも亀裂が入っていますが、外側です。見えますか？　その上の壁にも割れ目が入っています」

「それほど大きな亀裂ではないな」

「でも、何が起こっているかはわかります。北側のアーチが引っ張られていて、南側のアーチはつぶされています。ということは、塔は南に傾いているということです」

トマスが慎重に上を見上げていった。「私にはまっすぐに見えるがな」

「目では見えませんよ。でも、塔に登って、交差部にある柱のいちばん上からアーチの迫高《せりだか》の真下まで測鉛線を下ろすと、測鉛線が柱から数インチ南にずれていることがわかるはずです。柱が傾くにつれて聖歌隊席の壁から離れていくので、あの場所がいちばん大きなダメージを表わしているはずです」

「どうすればいい？」

マーティンはこういいたかった。「新しい塔を造る資金をくれ」と。しかし、そういうにはまだ時期が早すぎた。「何もせずに、まずは調べるべきです」彼は興奮を抑えて助言した。「塔が傾いているために亀裂が生じていることはわかったけれども、塔が傾く理由がまだわかっていませんからね」

「どうやって調べるんだ？」

「穴を掘るんですよ」マーティンはいった。

その穴はジェレマイアが掘ることになった。トマスとしては、マーティンを直接雇いにくかったのだ。それでなくてもゴドウィンから調査のための資金を得るのは難しい状況なんだ、とトマスはいった。無駄にする金などないと、ゴドウィンはことあるごとにいっていた。それに、エルフリックに頼むわけにもいかなかった。調べる理由などないといわれるに決まっているからだ。そこで、妥協策としてマーティンの昔の助手が雇われた。

ジェレマイアはマーティンから効率よく仕事をすることを学んでおり、自身も早い仕事を好んだ。初日に南の袖廊の敷石をはがすと、翌日には交差部の南東の巨大な支柱の周りの土を掘りはじめた。

穴が深くなると、ジェレマイアは大量の土を外に運び出せるように木造の巻き上げ機を造った。二週目には、穴の横に木製の梯子をかけなければ、労働者たちは底にたどり着けなくなった。

一方、聖堂区ギルドは橋の修理の契約をマーティンと交わした。当然エルフリックは反対したが、その仕事は自分が適任だと主張できる立場ではなく、ほとんど反論できなかった。マーティンはすぐさま、精力的に仕事に取りかかった。問題の二つの橋脚の周りに、一時的に堰を造って水を抜き、橋脚の下にある穴を粗石とモルタルで埋めた。次は最初の計画どおり、橋脚の周りに大きな粗石を重ねる。そして最後に、エルフリックが設置した見苦しい鉄の補強を外して亀裂にモルタルを埋め込む。修復された基礎がしっかりしていれば、ふたたび亀裂が入る心配はない。

しかし、彼が本当にやりたい仕事は塔の再建だった。

それは簡単ではなかった。彼の設計は修道院と聖堂区ギルドの許可が必要だったが、それらを牛耳っているのは彼の最大の敵、ゴドウィンとエルフリックだった。しかも、ゴドウィンは資金を調達しなければならなかった。

第一段階として、マーティンはマークに長老参事《オールダーマン》の選挙に立候補し、エルフリックの後任になるよう勧めた。オールダーマンの選挙は毎年一回、諸聖徒日《オール・ハロウズ・ディ》の十一月一日に行なわれるが、本人が引退するか、死ぬまで再選しつづけるのが現状だった。だが、それ以外の者が立候補していけないという決まりはなく、事実、エルフリック自身もエドマンド・ウーラーがオールダーマンだったときにそうしていた。

マークを説得する必要はほとんどなかった。彼はエルフリックの支配を終わらせたくてうずうずしていた。エルフリックがゴドウィンと親しすぎるために、聖堂区ギルドの意味自体がなくなっていた。その結果、町は修道院に支配され、ゴドウィンは狭量で、保守的で、新しい考えを信用せず、町の人々の関心事には無頓着になっていた。

こうして、二人の立候補者が支持を集めるための活動を始めた。エルフリックにも支持者はいたが、その多くは彼が雇ったか、資材を買った者たちだった。しかし、エルフリックは橋の一件でひどく信用を失っており、味方をする者たちは意気消沈していた。マークの支持者は対照的に活気にあふれていた。

マーティンは毎日大聖堂を訪れ、ジェレマイアが掘って露わになった巨大な柱の土台を調査した。土台も教会のほかの部分と同じ石でできていて、モルタルで何層にも重ねられていたが、見えない場所なので、形はそれほど整えられていなかった。どの層も、一つ上の層よりも幅が広く、ピラミッドのような形をしていた。掘る作業と並行して、彼はすべての層を調べて弱点を探したが、見つからなかった。しかし、いつかは見つかるという自信があった。

マーティンは頭のなかにある考えをだれにもいわなかった。もし彼の疑いが正しければ——十二世紀の土台が十三世紀の塔を支えられるわけがない——解決策は厳しいものになるはずだった。いまある塔を取り壊し、新しい塔を建てなければならない。しかし、そうなれば、新しい塔をイングランドで最も高いものにすることができる。

十月半ばのある日、カリスが掘削現場に現われた。まだ朝早く、冬の陽光が大きな東の窓から降り注いでいた。彼女はまるで光輪のように頭を頭巾で覆って、穴の縁に立った。マーティンの心臓の鼓動が速くなった。答えを持ってきたのかもしれない。彼は勢い込んで梯子を上った。

彼女は相変わらず美しかったが、強い太陽の光を通しても、九年の月日がその顔に小さな変化を与えたことに気づいた。肌は以前のように滑らかではなかったし、唇の横にはほんの小さな皺があった。しかし、彼が愛してやまない緑色の目は、いまも何一つ見落とさない賢さに輝いていた。

身廊の南の側廊を一緒に歩き、彼女の身体に触れたことを思い出させる柱のそばで立ち止まった。「会えてうれしいよ」マーティンはいった。「まるで隠れているみたいだったな」

「わたしは修道女よ。隠れているものなの」

「でも、誓いを捨てることを考えている」

「まだ決めてないわ」

マーティンはがっかりした。「どれぐらい時間がいる？」

「わからない」

マーティンは横を向いた。彼女のためらいによって、自分がどれだけ傷ついたかを見られたくなかった。彼は何もいわなかった。それはあんまりじゃないかといいたかったが、そんなことをいって何になる？

「テンチのご両親のところにも行くんでしょ？」カリスが訊いた。

マーティンはうなずいた。「近いうちに行くつもりだ。父も母もローラに会いたいだろうからね」マーティンも早く両親に会いたかったが、橋と塔の仕事に深く関わってしまったために先延ばしにしているのだった。

「それなら、ウィグリーのウルフリックのことをラルフに話してもらえないかしら」

マーティンはウルフリックとグウェンダではなく、自分とカリスの話をしたかった。しかし、素知らぬ顔で答えた。「何を話せばいいんだ？」

「ウルフリックはお金をもらわずに働いてるわ。もらってるのは食料だけよ。ラルフは彼に、ほんの小さな農地さえも与えようとしないの」

マーティンは肩をすくめた。「ウルフリックはラルフの鼻を折ったからな」面白くないという気分が声に表われていた。なぜだろう、とマーティンは自問した。ぼくと何週間も口をきかずにいたのに、久しぶりに話したらグウェンダのことだったからだろうか？　カリスの頭のなかを、ぼくではなくてグウェンダが占領しているからか？　何をくだらないことを気にしているんだ、と自分にいい聞かせたが、その思いは振り払えなかった。

カリスが腹を立てて真っ赤になった。「十二年も前の話じゃないの！　ラルフはもう十分復讐をしたはずよ」

久しぶりだな、とマーティンは懐かしかった。昔はいつもこうして口論したものだ。「そうだな。ぼくもそう思う。だがラルフにはラルフの考えがあるんじゃないのか」マーティンは素気《そっけ》なく答えた。

「だから、ラルフを説得してと頼んでいるんじゃないの」

彼女の態度に、マーティンは腹が立ってきた。「ぼくはきみの僕《しもべ》ってわけだ」

「どうしてそんな皮肉をいうの？」

「ぼくはきみの僕じゃないのに、きみはそう思ってるみたいだからさ。それが馬鹿馬鹿しくなってきたんだ」

「呆れたわね。もしかして、わたしがこのお願いをしたから怒っているの？」

なぜかはわからないが、マーティンは確信した――カリスは修道院に残るだろう。そして、懸命に感情を抑えようとした。「恋人や許婚なら何を頼んでもいい。だけど、まだそうじゃないし、ぼくを袖にする可能性だってあるんだろう。だとしたら、少し遠慮が足りないんじゃないか？」もってまわったいい方なのはわかっていたが、口が勝手に動いていた。まともに気持ちをぶつけたら泣いてしまいそうだった。

カリスは自分の憤りに精一杯で、彼の苦しみに気づかなかった。「でも、わたし自身のことじゃないのよ！」

「きみが寛大なのはわかってる。それでも、ぼくは利用されていると感じずにはいられないんだ」

「わかったわ。それなら話してくれなくて結構よ」

「話さないとはいっていないだろう」マーティンは突然我慢できなくなり、踵を返してその場を離れた。いいようのない激情に震えていた。大聖堂の側廊を大股で歩きながら、どうにか落ち着く努力をした。そして、掘削現場に辿り着いた。馬鹿馬鹿しいと思いながら振り返ったが、カリスの姿はもうなかった。

穴の縁に立って底を覗き込み、心のなかの嵐が静まるのを待った。

やがて、掘削が重要な段階を迎えていることに気がついた。三十フィート下では、男たちが石の土台よりも下を掘りはじめていて、隠れていたものが現われようとしていた。カリスに関しては、いまのところ何もできない。仕事に集中するのがいちばんだ。彼は深呼吸をして梯子を下りていった。

とうとうこのときがきた。カリスのことで感じていた悲しみは、男たちの仕事を見ているうちに徐々に消えていった。重たい泥が次々と掘り出されて穴の外へ運ばれた。マーティンは土台の下に現われた地層を調べた。砂と小石が混ざったもののようだった。泥がどかされると、砂のようなものが穴のなかにこぼれ落ちてきた。

マーティンは作業をやめるよう指示した。

そして膝をつき、砂のような物質を手に取った。周囲の土とはまったく違っていた。この敷地にもとからあるのではなく、建造者によって持ち込まれたものに違いない。彼の内部で発見の興奮が湧き起こり、カリスについての悲しみを押しやった。「ジェレマイア！　急いでブラザー・トマスを呼んできてくれ」

彼は男たちに、掘削はつづけるが、穴を狭くするように指示した。掘削自体が建物に危険を及ぼす可能性があった。まもなく、ジェレマイアがトマスとともに戻ってきた。三人は男たちが穴を掘りつづけるのを見守った。ついに砂の層が終わり、次の層は自然の泥状の土だとわかった。

「あの砂のようなものは何だろう」トマスが訊いた。

「予想はつきますよ」マーティンは得意げな表情を隠して平静を装った。何年も前から、問題の根本を発見しないかぎりエルフリックの修復工事は意味がないとわかっていたが、〝ほら、ぼくのいったとおりじゃないか〟とあからさまに勝ち誇ってみせるのはみっともない。

トマスとジェレマイアが期待の目でマーティンを見た。

彼は説明した。「土台の穴を掘るとき、底を粗石とモルタルを混ぜたもので覆います。そして、その上に石を敷き詰めていきます。とてもいい方法ですよ、土台と上の建物の均斉がとれている場合はね」

トマスはもどかしそうにいった。「それは私もジェレマイアも知っている」

「ここで何が起こったかというと、それを支えられるようには設計されていない土台の上に、予期していた以上に高い塔が建てられてしまったんです。予期しない重みが百年以上かかり、粗石とモルタルの層はつぶれて砂になりました。砂には粘着性がないので、圧力がかかった砂は外へ広がり、上にあった石が下に沈みました。東側により大きく影響が出ているのは、敷地が東に傾いているからです」マーティンはこの問題を解いたことに深い満足感を感じていた。

ジェレマイアとトマスは考えていた。「では、土台を補強しなければならないだろうな」

やがて、トマスがいった。

ジェレマイアが首を振った。「石造物の下を補強する前に、砂のようなものを取り除かなければならないでしょう。でも、そうすると建物の支えがなくなってしまって、塔が倒れてしまいます」

トマスは途方に暮れた。「どうすればいいんだ」

二人はマーティンを見た。「交差部の上に一時的に屋根を作り、足場をかけて、塔を解体するしかありません。石を一つずつはずしてね。そして、最後に土台を補強するんです」マーティンは答えた。

「それなら新しい塔を建てるほうが早いんじゃないのか？」

それこそまさにマーティンの望みだった。だが、それを露わにはできない。新しい塔を建てたいから補強工事が難しいといっているのではないかと、トマスが疑わないともかぎらない。「残念ながら」彼は落胆を装った。

「ゴドウィン修道院長が納得しないのではないかな」

「そうですね」マーティンはいった。「でも、ほかに方法はありません」

翌日、マーティンはローラを前に乗せ、馬でキングズブリッジを出発した。森のなかを進みながら、カリスとの会話を繰り返し思い返した。ぼくは心の狭い態度を取ってしまった。彼女の愛を取り戻したいと思っているときに、なんと愚かだったことか。何を考えていたんだ。カリスの頼みはまったく正当なものだ。自分が結婚相手として考えている女性のささやかな頼みを、なぜ叶えてやらないのか。

しかし、彼女はぼくとの結婚を受け入れたわけではない。いまも拒否権を持っている。だから、腹が立つんじゃないか。彼女は許婚としての約束を果たさずに権利を利用しようとしている。

しかし、そんなことが問題か？　おまえはそんなちっぽけな人間なのか？　おまえの愚かさのせいで、親密で幸せなひとときが、つまらない口論になってしまったんじゃないのか？しかし、ほんとうの苛立ちの原因はもっと現実的なことだった。いつになったらカリスは返事をくれるのか？　おまえはいつまで待つつもりなのか？　だが、いまはそれを考えたくなかった。

とにかく、いまはウルフリックの迫害をやめるようラルフを説得するのが先だ。

テンチは反対側だったので、マーティンは途中のウィグリーで一晩過ごした。グウェンダとウルフリックは、夏に雨が多く、二年つづけて不作だったために、痩せてしまっていた。頬がくぼんだために、ウルフリックの傷がより際だって見えた。小さな二人の息子は顔色が悪く、鼻水をたらして、唇にできものができていた。

マーティンは彼らに羊の脚肉と小さな樽に入ったワイン、そしてフローリン金貨を渡し、カリスからの贈り物だといった。グウェンダが羊を炉で調理しながら、語気も鋭く、いかに自分たちが不当に扱われているかを語った。「パーキンが町のほぼ半分の土地を所有しているのよ！　それでもやっていけるのは、ウルフリックが三人分の仕事をこなしているからよ。

それなのに、仕事は増えるばかりで、わたしたちは貧乏なままだわ」

「いまもラルフに恨まれているとは辛いな」マーティンはいった。

「ラルフが売った喧嘩じゃないの！」グウェンダがいきりたった。「レディ・フィリッパでさえそういっているわ」

「昔の喧嘩だ」ウルフリックが悟ったようにいった。

「弟を説得してみるよ」マーティンはいった。「一応、きみの本当の希望を聞かせてくれないか」

「そうだな」ウルフリックが珍しく遠くを見る目つきになった。「ぼくは毎週日曜、父の農地を取り戻したいと祈りを捧げている」

「そんなこと起こりっこないわ」グウェンダがすぐさまいった。「パーキンの守りは堅すぎるもの。それに、たとえ彼が死んでも、彼の息子と娘が受け継ぐでしょうし、孫息子たちも日に日に大きくなっている。でも、わたしたちも自分の土地が欲しい。この十一年、ウルフリックはほかの男の子供を養うために一生懸命働いてきたのよ。そろそろ報われてしかるべきだわ」

「もう十分に復讐はしただろうと、弟を説得してみるよ」マーティンはいった。

次の日、彼とローラはふたたび馬にまたがってテンチへ向かった。ウルフリックのために何かしたいと、マーティンは強く思うようになっていた。カリスを喜ばせ、意地悪な態度を取った埋め合わせをしたいだけではない。ウルフリックとグウェンダのように正直で一生懸命生きている者たちが、ラルフの復讐心だけのせいで貧しく、痩せほそって、病弱な子供たちを抱えているのを目の当たりにして、悲しみと憤慨を感じたのだ。

両親はテンチ・ホールではなく、町の家に住んでいた。マーティンは母が年を取ったのを見て衝撃を受けたが、彼女はローラを見たとたんに背筋を伸ばした。父は母よりも元気そうだった。「ラルフはよくしてくれているよ」と父はいったが、弁解するようなその口調から、マーティンは逆なのだろうと思った。なかなか居心地のいい家だったが、両親にしてみれば、ラルフと一緒に住みたかったはずだ。ラルフはきっと、自分のすることを母親に見られたくないのだろう。

家のなかを案内しながら、ジェラルドがキングズブリッジでの様子を訊いた。「フランスとの戦争の影響がなくはないけど、町はいまも繁栄していますよ」と、マーティンは答えた。

「そうか。だが、エドワード王は生得権のために戦わなければならない」と、父はいった。

「彼こそがフランス王座の正式な後継者なのだからな」

「それは夢ですよ、お父さん」と、マーティンはいった。「王が何度侵略しても、フランスの貴族はイングランド人を王とは認めないでしょう。そして、伯爵の援助がなければ、王は統治できません」

「しかし、イングランドは南沿岸の港をフランスの襲撃から守らなければならなかった」

「それはスロイスの海戦でイングランドがフランス艦隊を破って以来、大きな問題ではなくなっていますよ。もう八年前のことです。とにかく、農民の作物を焼いたって海賊はいなくならない。もしかしたら増えるかもしれないんです」

「フランスはイングランドの北の領地を狙うスコットランドと手を組んでいる」

「王がフランスの北部ではなくイングランドの北部にいれば、スコットランドの侵略を阻止できるとは思いませんか？」

ジェラルドは当惑した様子だった。父は戦争の意味を疑うなど考えたこともなかったのだろう。「まあいい。とにかくラルフは騎士になった」と、父がいった。「カレーから母さんに銀の燭台《しょくだい》を持って帰ってきたよ」

そんなものなんだろうな、とマーティンは思った。戦争の本当の理由は戦利品と栄誉だ。

彼らは一緒にラルフの屋敷へ歩いていった。ラルフはアラン・ファーンヒルと狩りに出かけていた。大広間には彫刻を施した木製の大きな椅子があり、それは明らかに領主のものだった。使用人だと思った若い妊娠した女をラルフの妻ティリーだと紹介されて、マーティンは狼狽してしまった。彼女はワインを取りに厨房に入っていった。

「彼女はいくつなんだい」マーティンはその隙に母に訊いた。

「十四歳よ」

十四歳の少女が妊娠するのは珍しくはないが、それでも、常識のある者なら軽はずみなことは慎むものだ。少女の妊娠は、政治上の理由から熱心にあととりを求める王室や、身分が最も低く、知識もまったくない農民のあいだではよくあるが、中流階級の人々はもう少し高い規範を維持していた。「彼女は少し若すぎないかい？」彼は静かにいった。

モードが答えた。「わたしたちももう少し待つようにいったんだけどね。ラルフがうんといわなかったのよ」明らかに不満のようだった。

ワインの入った水差しと林檎を盛った深皿を持った使用人とともに、ティリーが戻ってきた。本当は可愛い子なのかもしれないとマーティンは思ったが、彼女は疲れきった様子だった。父が無理に明るい口調でいった。「元気を出せ、ティリー！　もうすぐ旦那が帰ってくるぞ。浮かぬ顔で出迎えたくないだろう」

「妊娠しているのは、もううんざりです」と彼女はいった。「いますぐにでも赤ちゃんが出てきてくれればいいのに」

「もうすぐですよ」モードがなだめた。「きっと、三、四週間だと思うわ」

「永遠のように感じます」

馬のいななきが聞こえた。「ラルフのようね」モードがいった。

九年間会っていない弟を待ちながら、マーティンの気持ちはますます複雑になった。弟への愛情は常に、ラルフの凶悪な一面を知っていることで汚されていた。アネットの陵辱《りょうじょく》は始まりにすぎなかった。法を逃れて過ごしていたころ、ラルフは罪のない男女や子供を殺した。ノルマンディーを通過したとき、エドワード王の軍隊がひどい残虐行為を行なったと聞いた。ラルフが正確に何をしたかは知らないが、強姦や放火、略奪、大量虐殺を、ラルフが黙って見ていたとは思えない。

ラルフの気持ちも複雑だろう、とマーティンは確信していた。法を逃れて隠れている場所を明かしてしまった兄を、いまも許していないかもしれない。それに、ブラザー・トマスにラルフを殺さないように約束させたが、もし捕まったらラルフは絞首刑になるとわかっていた。キングズブリッジのギルド会館の地下にある牢獄で、ラルフが最後にぼくにいった言葉は〝あんたはおれを裏切った〟だった。

ラルフがアランとともに、狩りの泥をたくさんつけて入ってきた。片足を引きずっているのを見て、マーティンはショックだった。マーティンに気づくまでに一瞬の間があったが、ラルフはすぐに破顔した。「大きな兄さんじゃないか！」それは昔からの冗談で、マーティンは確かに兄だったが、子供のころから身体はラルフより小さかった。

二人は抱き合った。いろいろあったが、マーティンは心が温かくなった。少なくともぼくたち二人は生きている。戦争もペストもくぐり抜けたんだ。この前別れたときは、もう会えないかもしれないと思ったのに。

ラルフが例の大きな椅子に腰を下ろした。「ティリー、エールを持ってこい。喉が渇いた！」

昔の恨みは水に流したということかな、とマーティンは訝った。

ラルフは一三三九年に戦争に出かけていったあの日以来、ずいぶん変わっていた。左手の指が何本かなくなったのは戦いのせいだろう。道楽者の雰囲気があり、顔は酒の飲み過ぎで筋張っており、皮膚は乾燥してかさかさしているようだった。「狩りはうまくいったのか？」と、マーティンは訊いた。

かせた。

「牛のように太った鹿をものにした」ラルフが満足げに答えた。「晩飯は肝にするか」

マーティンは王の軍隊での戦いぶりを弟に尋ね、ラルフはそのあらゆる見せ場を語って聞かせた。

「イングランドの騎士はフランスの騎士の十倍は価値がある！」ジェラルドが熱っぽくいった。「クレシーの戦いがそれを証明している」

しかし、ラルフの答えは驚くほど慎重だった。「おれの見るところでは、イングランドの騎士もフランスの騎士もそれほど変わりませんよ。フランスはまだ、下馬した騎士と兵士を弓隊で挟み込むおれたちの戦闘隊形を理解できていないだけなんです。やつらはいまだに、自滅的に正面から突っこんでくるんです。できれば、今後もそうしつづけてほしいものですがね。しかし、いつかは気づいて戦略を変えてくるでしょう。おれたちは守りに関しては無敵です。ところが、いまのわれわれの陣形は攻撃にはまったく役に立たないんですよ。だから、負けもしないけど勝ってもいないんです」

マーティンは弟がずいぶんと成長したことに驚いた。戦争は彼に、いままで持っていなかった深みと洞察力を与えていた。

一方、マーティンはフィレンツェの街の驚くべき大きさ、商人の裕福さ、教会や宮殿などの壮大さを語った。ラルフは少女の奴隷にとりわけ興味があるようだった。

暗くなると、使用人がランプと蠟燭に火を入れ、夕食を運んできた。ラルフはしたたかにワインを飲んだ。マーティンは弟がほとんどティリーと話さないことに気がついた。驚くことではないのかもしれなかった。ラルフは三十一歳の軍人で、成人してからの人生の半分を戦地で過ごしてきたが、ティリーは女子修道院で教育を受けた十四歳の少女だ。二人が何を話題にすればいいというのだ？

夜遅くなって、ジェラルドとモードが自分たちの家に帰り、ティリーが寝てしまうと、マーティンはカリスに頼まれた話題を持ち出した。彼は楽観的になっていた。ラルフは成長の兆しを見せている。一三三九年のことでもぼくを許していたし、イングランドとフランスの戦略に対する冷静な分析は、極端にイングランドに肩入れすることがなくて印象的だった。

マーティンはいった。「ここへくる途中、ウィグリーに一晩泊まったんだ」

「毛織工場は忙しいみたいだな」

「スカーレットの布がキングズブリッジを救ったようだな」

ラルフが肩をすくめた。「マーク・ウェバーは家賃を遅れずに支払っている」商売について語るのは貴族の威厳に反するとされていた。

「グウェンダとウルフリックのところに泊めてもらったんだ」マーティンはつづけた。「グウェンダが子供のころからカリスと友だちだったことは知っているだろう」

「おれたちが森でサー・トマス・ラングリーに会った日のことは憶えてるよ」

マーティンは素早くアラン・ファーンヒルに視線を向けた。彼らは誓いを守り、だれにもあの日のことを話していなかった。マーティンはこのまま秘密を守りたかった。なぜかはわからないが、トマスにとって大切だと感じていたからだ。しかし、アランは何の反応も見せなかった。どうやらワインを飲み過ぎたらしく、何も気づいた様子がなかった。

マーティンはさらにつづけた。「ウルフリックのことを話してきてくれと、カリスに頼まれたんだ。あの喧嘩の罰はもう十分与えただろうと、彼女はいっている。ぼくも同感だ」

「やつはおれの鼻を折ったんだぞ」

「ぼくもあの場にいた、憶えているだろう? おまえも悪かったんだ」マーティンは軽い調子を保とうと思った。「彼の許婚を触ったのは事実だ。名前は何だっけ?」

「アネットだ」

「彼女の胸を触って鼻を折られ、損をしたと思うなら、それは自分が悪い」

アランは笑ったが、ラルフはおもしろくなさそうだった。「ウルフリックのせいで、おれは危うく絞首刑になるところだったんだぞ。アネットがおれに陵辱されたふりをしたせいで、ウィリアム卿が動いたんだ」

「でも、絞首刑にはならなかった。そして、おまえは裁判所から逃げてきて、ウルフリックの頬を切りつけたじゃないか。あれは恐ろしい傷だった。傷口から奥歯が見えていたよ。あの傷は一生消えない」

「当然だ」

「おまえは十一年もウルフリックに罰を与えつづけた。彼の妻は痩せほそり、子供は病気だ。もう十分だろう、ラルフ」

「いいや」

「どういう意味だ？」

「十分ではない」

「なぜだ？」マーティンはいらだって声を荒らげた。「おまえが理解できない」

「おれはウルフリックを懲らしめ、邪魔をし、やつとやつの妻に恥を与えつづける」

　マーティンはラルフの率直さにぎょっとした。「いつまで？」

「普通はその質問には答えない。自分のことを説明しても何の意味もないとわかったんだ。だが、あんたは兄だし、子供のころからおれはあんたの同意を求めてきたからな」

　ラルフは変わっていない、とマーティンは気がついた。若いころとくらべて、多少自分を知ったように見えるだけだ。

「理由は簡単だ」ラルフがつづけた。「ウルフリックはおれを恐れていない。あの羊毛市の日も恐れていなかったし、さんざん痛めつけたいまも、まだ恐れていない。だから、やつは今後も苦しみつづけなければならない」

　マーティンは恐怖を感じた。「一生つづくんじゃないのか」

「やつがおれを見て、その目に恐怖が見えたときは赦してやるさ」

　マーティンは唖然とした。「人々がおまえを恐れることがそんなに大事なのか？」

「この世でいちばん大事なことだ」ラルフがいった。

57

マーティンが戻ってきたことは町全体に影響を及ぼしていた。カリスはその変化に驚き、感激した。それは、聖堂区ギルドで、彼がエルフリックに勝利したことから始まった。エルフリックに能力がないから橋を失ったのかもしれないと人々は気づき、無関心だった心に火がついたのだ。しかし、彼らはエルフリックがゴドウィンの手先であることを知っており、結局のところ、怒りの矛先《ほこさき》は修道院に向いていた。

修道院に対する人々の態度は変わりつつあった。反抗的な雰囲気が漂っていた。しかし、カリスは心配していなかった。マーク・ウェバーが十一月一日の選挙に勝ち、オールダーマンになる可能性は高かった。そうなれば、ゴドウィン修道院長もいまのようにすべてを思いどおりにはできなくなり、もしかしたら町は発展するかもしれない。土曜日の市、新しい製粉所、商人に信頼される独立した裁判所などのある町に。

だが、いまの彼女は自分の立場を考えて過ごすことが多かった。マーティンの帰還は、彼女の人生の基盤を揺るがす大地震だった。最初の反応は九年以上積み上げてきたもの――マザー・セシリアと可愛らしいメアリー、オールド・ジュリー、そして何よりも、前よりもきれいで使いやすく、患者を受け入れやすくなった彼女の施療所――を捨てることへの恐怖だった。

しかし、暗くなるのが早くなり、寒くなってきて、マーティンが橋を直し、スモール・アイランドに新しい建物を作るために道の基礎を設計しはじめると、修道女でいつづけようという決意が揺らぎはじめた。すると、気にするのをやめていた修道院の制約がふたたび気になりはじめた。ロマンティックな気晴らしだったメアリーの献身的な情熱も、いまは苛立つだけだった。そして、もしマーティンの妻になったらどんな人生になるのかを考えるようになった。

ことあるごとに、ローラについて、そして、自分とマーティンのあいだにできたかもしれない子供について考えた。ローラは目の色が黒く、黒髪だから、きっとイタリア人の母親に似ているのだろう。カリスの娘はウーラー家の緑の目を受け継いだかもしれなかった。すべてを投げ出してほかの女性の子供を育てるという考えは、理屈では彼女をぞっとさせたが、ローラに会ってすぐに、優しい気持ちになってもいた。

当然のことながら、それは修道院のだれにも話せなかった。マザー・セシリアは誓いを守らなければならないというだろうし、メアリーはとどまってくれと懇願するだろう。一人で悩むしかなかった。

けなのに。

ウルフリックのことでマーティンと口論になったときには絶望し、彼が立ち去ったあと、薬剤室へ戻って泣いた。なぜすべてはこうも難しいのだろう。自分は正しいことをしたいだけなのに。

マーティンがテンチにいるあいだに、彼女はマッジ・ウェバーに秘密を打ち明けた。

マーティンが出発した二日後、夜が明けるとすぐに、マッジが施療所に入ってきた。カリスとメアーが見回りをしているときのことだった。「うちのマークが心配なの」と、彼女はいった。

メアーはカリスにいった。「きのう、彼を見に行ったんです。熱を出し、腹痛になってメルコムから戻ってきたんですよ。大したことはなさそうだったから、あなたにはいわなかったけど」

「でも、いまは血を吐いているの」マッジが訴えた。

「わたしが行くわ」カリスはいった。ウェバー家は昔からの友人だったので、マークは自分で診たかった。カリスは必要最低限の薬が入った袋をつかむと、マッジとともに大通りにあるウェバー家に向かった。

住居は店の上にあった。マークの三人の息子が、不安そうに食堂を歩きまわっていた。カリスは悪臭のする寝室へ連れていかれた。汗や吐瀉物、人間の排泄物が混じった臭いには慣れていた。彼の大きな腹が、まるで妊娠しているかのように宙に突き出していた。娘のドーラがベッドの横に立っていた。

カリスはマークの横に膝をついて訊いた。「気分はどう？」

「苦しい」マークがかすれた声で応えた。「何か飲み物をくれないか」

カリスはドーラからカップに入ったワインを受け取り、マークの口に当てがってやった。大男が無力なのが不思議だった。マークは常に不死身のような存在だったのに、とカリスは不安になった。生まれたときからある樫の木が、突然の落雷で倒れたような感じだった。

額に触れてみると、燃えるように熱かった。喉が渇くのは当然だった。

「飲みたいだけ飲ませてあげて」カリスはいった。「ワインよりも弱いエールがいいわ」

自分がマークの病気に困惑し、不安になっていることは、マッジにはいわなかった。熱と腹痛は珍しくないが、吐血は危険な兆候だった。

袋からガラス瓶に入った薔薇水を取り出すと、小さな毛織りの布にしみこませ、マークの顔と首を濡らした。その処置で、彼の苦痛はすぐに和らいだ。水分が少しは身体の熱を冷ますだろうし、香りは部屋の悪臭を隠した。「薔薇水を取りにきて。もう少し必要だわ」彼女はマッジにいった。「医者は脳の炎症にこれを処方するの。熱は高くて湿度があるけど、薔薇は涼しく乾燥していると修道士たちはいうの。理由は何であれ、彼の苦痛を和らげることは確かよ」

「ありがとう」

しかし、カリスは血痰の効果的な治療方法を知らなかった。修道士は血量が多いと診断して瀉血を勧めるだろうが、彼らはほとんど何にでもその治療法を勧めるし、カリスはそれを信用していなかった。

マークの首を濡らしているとき、カリスはマッジから聞いていない症状に気づいた。首と胸に黒紫色の発疹ができていた。

いままで見たことのない病気で、カリスは戸惑ったが、マッジにはそれを悟らせなかった。

「一緒に戻りましょう。薔薇水をあげるから」

施療所に向かって歩いていると、太陽が昇りはじめた。「あなたはわたしたち家族にとてもよくしてくれるのね」マッジがいった。「あなたがスカーレットの布の商売を始めるまで、わたしたちは町でいちばん貧乏だったわ」

「成功したのは、あなたたち夫婦の力と努力の賜物《たまもの》よ」

マッジがうなずいた。彼女は自分の努力をわかっていた。「それでも、あなたなしではやれなかったわ」

カリスはマッジとプライヴェートな会話ができるよう、女子修道院の歩廊を通って薬剤室に行くことを衝動的に決めた。普段は一般信徒を入れてはいけなかったが、例外もあったし、いまのカリスには規則を破ってもいいかどうかぐらいは決められる程度の力があった。

狭苦しい部屋に二人きりだった。カリスは陶器の瓶に薔薇水を詰め、マッジから六ペンスを受け取ってからいった。「わたし、誓いを破ろうかと考えているの」

マッジが驚きもせずにうなずいた。「みんな、あなたがどうするか興味津々よ」

カリスは町の人々が自分の悩みを知っていることに動揺した。

「どうして知っているの？」

「透視能力がなくてもわかるわよ。魔術に対する死刑を逃れるためだけに、あなたは女子修道院に入った。でも、もう十分に貢献したんだから許されてもいいはずよ。あなたとマーティンは愛し合っていたし、いつ見てもお似合いだった。その彼が戻ってきた。結婚したいと考えるのは当然だわ」

「だれかの妻になると、どんな人生になるのかしら」

マッジは肩をすくめた。「わたしの人生と少し似たものになるかもしれないわね。マークとわたしは布の商売を一緒にやっている。わたしは家庭も切り盛りしなければならない。夫というのはそれを期待するものなのよ。でも、難しいことじゃないわ。使用人を雇うお金があるなら、なおさらよ。それに、子供たちの面倒をみるのは、いつでも夫よりは妻だわ。でも、わたしでも何とかやっているんだから、あなたなら大丈夫よ」

「あまり楽しそうには聞こえないけど」

マッジが笑顔になった。「楽しい部分はもう知っているでしょう。愛され、大切にされることや、いつでも自分の隣りにだれかがいるという安心感。力強くやさしいだれかと毎晩ベッドに入り、彼が求めてくる。わたしにとってはそれが幸せよ」

マッジの飾らない言葉が鮮明な絵になって頭に浮かび、カリスは突然強い望みに駆られてほとんど耐えられなくなった。冷たく、固く、愛のない修道院の生活——そこでは、ほかの人に触れるのは最大の罪だといわれている——を、早くやめたくてたまらなくなった。いまマーティンが部屋に入ってきたら、彼の服を破り取って、床に押し倒していただろう。

マッジが小さな笑顔を浮かべて見ていた。カリスは考えを悟られたとわかって顔を赤くした。

「気にしないで」マッジはいった。「よくわかるわ」そして、薔薇水の瓶を手に取った。「夫の看病をしないと」

カリスは平静を取り戻した。「楽にしてあげて。何か変わったことがあれば、すぐにわたしを呼びにきてちょうだい」

「ありがとう」マッジがいった。「あなたがいなかったら、どうしたらいいかわからないわ」


キングズブリッジに戻る旅の途中、マーティンは物思いに沈んでいた。ローラの明るい意味のないおしゃべりも、気分転換にはならなかった。ラルフは多くを学んでいたが、根の部分は変わっていない。いまも残酷な男だ。まだ少女にすぎない妻をおろそかにし、両親には我慢ができない様子で、しかも異常な復讐心を持っている。領主であることを楽しんではいるが、自分に仕える農民を世話する義務はほとんど感じていない。周囲の出来事や人々は、自分を喜ばせるために存在すると思いこんでいる。

しかし、キングズブリッジに関しては、マーティンは楽観的だった。諸聖徒日《オール・ハロウズ・ディ》にマークがオールダーマンになる可能性は高く、それが町の発展につながるかもしれなかった。

マーティンは諸聖徒日の前日、十月の最終日に帰ってきた。今年は金曜日だったので、マーティンが十一歳、カリスが十歳のときのように、悪霊の夜が土曜日に重なったといって大勢が殺到する心配はなかった。それでも人々は神経質になっており、だれもが日暮れとともにベッドに入るつもりでいた。

大通りで、マーク・ウェバーの長男のジョンと出会った。「父が入院しました」と、少年がいった。「熱を出したんです」

「いま病気になるとは時期が悪いな」マーティンはいった。

「今日は星回りの悪い日ですから」

「日にちのことをいっているのではないよ。明日、聖堂区ギルドの集会に出席しなければならないんだ。欠席したのでは、オールダーマンに当選できない」

「父は集会には行けないと思います」

心配だった。マーティンは馬をベル・インへ連れていき、ローラをベシーに預けた。

修道院の構内で、ゴドウィンと彼の母に出くわした。きっと一緒に食事をしたあと、ゴドウィンが母を門まで見送っているところなのだろう。二人は不安そうな表情で会話を交わしており、きっと、自分が意のままに操ってきたエルフリックがオールダーマンの選挙に落選するかもしれないと心配しているのだ。マーティンに気づいて、二人が話すのをやめた。ペトラニッラがわざとらしくいった。「マークの具合が悪いそうで、心配ね」

礼儀正しくしなければと自分にいい聞かせて、マーティンは答えた。「単なる発熱ですよ」

「早くよくなるように祈っているわ」

「ありがとうございます」

マーティンは施療所に入った。マッジが取り乱していた。「血を吐いているの、それに喉の渇きを癒せない」彼女はカップに入ったエールをマークの口に当てた。

マークの顔と腕に紫色の痣ができ、汗をかいて、鼻血が出ていた。

マーティンはいった。「今日は調子が悪いか、マーク？」

マークがしわがれた声で答えた。「とても喉が渇く」

マッジがまたカップを口に当ててやりながらいった。「どんなに飲んでも、乾きが癒えないの」マーティンがいままで聞いたことのないおびえた声だった。

まさか、とマーティンは不安になった。マークはよくメルコムに行き、ペストがはびこるボルドーからきた船乗りたちと話していた。

明日の聖堂区ギルドの集会は、マークにとってもうどうでもいいことだった。そして、それはマーティンにとっても同じだった。

みんなの命が危ない、と叫びそうになり、彼は固く口を閉ざした。恐怖におびえた男のいうことを聞く者はいないし、そもそも、まだ確信がなかった。マークの病気が自分の恐れているものではない可能性も、わずかながら残っている。まずはカリスだけに、落ち着いて論理的に話そう。しかし、急がなければならない。

カリスはマークの顔を香りのいい液体で濡らしていた。彼女は石のように無表情で、マーティンはその表情に見憶えがあった。気持ちを隠しているのだ。カリスは明らかに、マークの病気がどれだけ深刻か、ある程度はわかっているのだ。

マークは羊皮紙の切れ端のようなものを握っていた。祈りか聖書の言葉か魔法の呪文が書かれているのだろう、とマーティンは推測した。きっとマッジの考えだ。カリスは文字で病が治るとは信じていない。

ゴドウィン修道院長が、いつものようにフィルモンを従えて施療所に入ってきた。「ベッドから離れなさい！」フィルモンがいった。「祭壇が見えなくて、どうして快復できますか」

マーティンと二人の女性が後ろに下がると、ゴドウィンは患者を上から覗き込んだ。マークの額と首を触り、脈を診た。「尿を見せなさい」と、彼はいった。

修道医は患者の尿を調べることを重視していた。そのために、施療所には溲瓶《しびん》と呼ばれる特別なガラス瓶が用意されていた。カリスはゴドウィンにその瓶を渡した。マークの尿に血が混じっているのは、専門家でなくてもわかった。

ゴドウィンは瓶を戻した。「血液の温度が上昇して苦しんでいるのだ」と、彼はいった。「瀉血して、酸味の強い林檎と羊の腸を食べさせなさい」

マーティンはフィレンツェですでに経験していたから、ゴドウィンがいい加減なことをいっているのがわかったが、黙っていた。マークの病について疑いの余地はほとんどなくなっていた。皮膚の発疹、出血、喉の渇き。これはフィレンツェで彼自身がかかり、シルヴィアと一族を奪ったペストだった。

ついに、あの病気がキングズブリッジにもやってきたのだ。

諸聖徒《オール・ハロウズ・デイ》日の前日、暗くなると、マーク・ウェバーの呼吸はさらに荒くなった。カリスは彼が弱っていくのを見つめながら、患者を助けられないときの、どうしようもない怒りを感じていた。マークは目を閉じていて気づいていないようだったが、汗をかき、喘ぎながら、苦しそうに意識を失った。マーティンにいわれて、カリスはマークの脇の下に触れた。大きな腫瘍《しゅよう》のようなものができていた。だが、これが何を意味するのかは聞かなかった。それはあとでいい。マッジと四人の子供たちがどうしたらいいかわからず、混乱して立ち尽くすあいだ、カリスは祈り、賛美歌を歌った。最後にマークが大きく身悶《みもだ》えし、血が突然の洪水のように口から噴き出した。そして、仰向けになったまま動かなくなり、呼吸が止まった。

ドーラが大きな嘆きの声を上げた。三人の息子は当惑し、男らしくない涙を止めようと必死になっていた。マッジは悲痛の涙を流していた。「世界一の男だったわ」と、彼女はカリスにいった。「それなのに、神様はなぜ彼を奪ったの?」

カリスは悲しみに勝たなければならなかった。家族の悲しみとは較べものにはならない。神はなぜ善人の命を奪い、悪事を行なうとわかっている邪悪な人間を生かしておくのか。善意の神が自分たちを見守っているとは信じにくかった。病気は罪を犯したことへの罰だと聖職者はいうが、マークとマッジは愛し合い、子供たちを育て一生懸命働いていた。なぜ彼らが罰せられなくてはならないのか。

宗教的な疑問の答えは見つからなくてもいいが、現実的な疑問の答えは急いで見つけなくてはならない。マークの病気について、マーティンは何かを知っているようだ。カリスは涙を飲み込んだ。

マッジと子供たちを家に帰して休ませ、埋葬のためにマークの遺体を整えるよう修道女たちに伝えたあとで、彼女はマーティンにいった。「話があるんだけど」

「ぼくもだ」彼が応えた。

マーティンは怯えていた。珍しいことだった。カリスの恐怖が深くなった。「教会にきて。あそこなら人に聞かれる心配がないから」

冬のように冷たい風が、大聖堂の芝生の上を横切っていた。晴れた夜だったので、星明かりで周りが見えた。内陣《チャンセル》では、修道士たちが諸聖徒《オール・ハロウズ・デイ》日の夜明けの礼拝の準備をしていた。カリスとマーティンは話を聞かれないように修道士から離れ、身廊の北西の角に立った。カリスは震えながらローブを身体に巻きつけた。「マークの病気が何だったか知っているの?」

マーティンが震える息を吸った。「ペストだ」

カリスはうなずいた。恐れていたとおりだった。それでも説明を要求した。「なぜわかるの?」

「マークはよくメルコムに行き、ボルドーの船乗りと話していた。ボルドーの通りは死体が山積みになっている」

カリスはふたたびうなずいた。「マークはメルコムから戻ってきたばかりだったわ」それでも、マーティンの言葉を信じたくなかった。「でも、ペストだというのは確かなの?」

「症状が同じだ。熱、黒紫色の斑点、流血、腋の下にあるリンパ腺の腫れ、それに、何よりも喉の渇きは絶対に忘れられない。ぼくは快復した数少ない一人だ。ほとんどの人は五日で、多くの場合もっと早く死んでしまう」

カリスはこの世の終わりが訪れたような気がした。これまでにもイタリアや南フランスの恐ろしい話を聞いていた。そこでは家族全員が死に、だれもいなくなった場所で埋葬もされずに死体は腐り、親を失った幼児が泣きながら道をさまよっていて、無人と化した町では管理人を失った家畜も死んでいったという。キングズブリッジにも同じことが起こるのだろうか。「イタリアの医者はどんな治療をしたの？」

「祈り、賛美歌を歌い、瀉血をし、お得意の万能薬を処方して高額を請求した。何をやっても無駄だったよ」

二人は額を寄せるようにして小声で話していた。カリスはマーティンの表情を、修道士が遠くで使う、ほのかな蠟燭の明かりで見ることができた。マーティンは異様なほどに熱を帯びた目でカリスを見つめていた。気持ちがかきたてられているのだとわかったが、それはマークを失った悲しみではないようだった。カリスしか眼中になかった。

カリスは訊いた。「イタリアの医者はイングランドの医者と較べてどうなの？」

「イスラム教の医者に次いで、イタリアの医者は世界で最も知識があるといわれている。彼らは病気についてもっと調べるために、遺体を切り刻むほどだからね。でも、その彼らでさえ、ペストの患者は一人も救えなかった」

カリスは絶望しそうになったが、それを受け入れなかった。「まったく無力ということはないはずよ」

「そうだな。治療はできないが、逃げることはできるという人もいる」

カリスは勢いこんで訊いた。「どうやって？」

「あの病気は人から人へうつるらしい」

彼女はうなずいた。「そういう病気は多いわ」

「普通は家族の一人がかかるとみんながかかる。距離の近さが問題なんだ」

「なるほどね。人によっては、病気の人を見るだけで具合が悪くなるというわ」

「フィレンツェでは、修道女が人々に町の集会、市、ギルドの会合や会議を避けて、可能なかぎり家にいるように勧めた」

「教会の礼拝は？」

「それはいわなかったが、人々は教会にも行かずに家にいたよ」

それはカリスが何年も考えてきたことと一致した。新たな希望が頭をもたげた。もしかしたらペストを何とか食い止められるかもしれない。「病気の人に会ったり、触れなければならない修道女と修道士はどうしていたの？」

「聖職者は人々の近くに寄らなくてもいいように、小声で懺悔を聞くのを断わった。修道女は同じ空気を吸わなくてもいいように、口と鼻を覆うリネンのマスクをした。なかには患者を触ったあと、酢で手を洗う者もいた。修道士はどれも意味がないといったが、ほとんどがとにかく町を出ていった」

「それで、そういう予防対策は効いた？」

「はっきりとはわからない。どの対策も、あの病気が大流行してからとられたものだからね。それに、どれも組織的なものではなく、みんなが違うことを試していた」

「でも、努力はしなくてはいけないわ」

彼はうなずき、一呼吸置いていった。「一つだけ確かな予防策がある」

「それは何？」

「逃げることだ」

彼はこれをいいたかったのだ、とカリスは気づいた。

マーティンがつづけた。「〝早めに、遠くへ逃げろ。すぐに戻ってくるな〟といわれていて、その言葉に従った人々は病気から逃れることができた」

「出ていくなんて無理だわ」

「なぜ？」

「それは無理よ。キングズブリッジには六、七千人もの人がいるのよ。みんなが町を出るなんてできないわ。どこへ行くというの？」

「町の人の話じゃない。きみのことだ。よく聞いてくれ。マークの病気はきみにうつっていないかもしれない。マッジと子供たちがかかってしまったのはほとんど確実だが、きみは彼のそばで過ごした時間が短い。きみの体調がまだいいなら、ぼくたちは逃げられる。今日にでも出発しよう。ぼくときみとローラで」

ペストはすでに蔓延していると彼が決め込んでいることに、カリスはぞっとした。もう駄目なのだろうか。「それで……どこへ行くの？」

「ウェールズかアイルランドだ。遠く離れた村を見つけないといけない。他所者が目立たない村がいい」

「あなたはペストにかかった。二度はかからないといっていたわよね」

「そのとおりだ。それに、最初からまったくかからない者もいる。ローラはきっとその部類だ。母親からうつらなかったのだから、だれからもうつらないだろう」

「ところで、なぜウェールズへ行きたいの？」

彼にふたたび激しく見つめられ、自分が感知した彼の恐怖はわたしを思ってのことなのだと気づいた。わたしが死ぬかもしれないと恐れているのだ。カリスは涙ぐんだ。〝いつでも自分の隣りにはだれかがいるという安心感〟というマッジの言葉が思い出された。マーティンはわたしが何をしようと面倒をみようとしてくれた。カリスはかわいそうなマッジを思った。いつも隣りにいた人を失い、悲しみでうちひしがれているだろう。でも、わたしにはマーティンを拒否できない。

だが、カリスは断わった。「キングズブリッジを捨てることはできないわ。特にいまは無理よ。だれかが病気になったら、町の人はわたしを頼るの。ペストが流行したらなおさらよ。わたしが逃げ出したら……そうね、どう説明したらいいかわからない」

「わかる気がするよ」マーティンがいった。「最初の弓が飛んできたとたんに逃げ出す兵士と同じだ。自分を臆病者だと感じるだろう」

「そうよ。それに、裏切り者だとね。これまで修道女としてやってきたし、人のために尽くすと誓ったんだもの」

「そういうだろうと思っていたよ」マーティンがいった。「でも、誘わずにはいられなかったんだ」彼の声に含まれる悲しみに、カリスの心は壊れそうになった。「当面は誓いを破るつもりはないということだね」マーティンが付け加えた。

「そうよ。人々は施療所に助けを求めてやってくる。わたしは修道院で自分の役目を果たさなければならない。わたしは修道女でいなければならないの」

「わかった」

「落ち込まないで」

苦い悲しみとともに、彼はいった。「落ち込んではいけないかい?」

「フィレンツェでは人口の半分が亡くなったのよね?」

「確かそれぐらいだった」

「でも、少なくとも半分の人はかからなかった」

「ローラのようにね。なぜかはだれにもわからない。もしかしたら特別な強さを持っているのかもしれない。または、あの病には法則がないのかもしれない。まるで敵地に打ち込む矢のように、当たることもあるし当たらないこともあるということかもしれない」

「どちらにしろ、わたしがペストにかからない可能性はあるわけね」

「二つに一つの可能性だ」

「コインを投げたときのようにね」

「表か、裏か」マーティンがいった。「生きるか、死ぬかだ」

58

マーク・ウェバーの葬儀には、何百人もの人々がやってきた。彼は町の住民たちの主導的存在というだけでなく、それ以上のものがあった。近隣の村々からも貧しい機織職人たちが何時間もかけてやってきていた。よほどの人望があったんだろうな、とマーティンは思った。あの大きな身体と優しい人柄がみんなを魅了したんだ。

雨が降っていた。墓の周りに集まった人々は金持ちも貧しい者も、頭に何も被らずに濡れていた。悲しみの涙を流す人々の頬を、冷たい雨が容赦なく打った。マッジは幼い二人の息子のデニスとノアの肩を抱いて立っていた。その両脇には、長男のジョンと娘のドーラが並んでいたが、二人とも母親より背が高く、まるで彼らのほうが両親に見えた。

次に死ぬのはマッジか、この子供たちのだれかなのだろうかと考えて、マーティンは気が重くなった。

六人の屈強な男たちが、やっとのことで特別に大きな棺を墓に降ろした。修道士たちが最後の賛美歌を歌うと、マッジが力なくすすり泣いた。雨に濡れそぼった土が棺にかけられはじめると、人々は徐々に散っていった。

ブラザー・トマスが頭巾の雫《しずく》を払いながら、マーティンのところへやってきた。「修道院には塔まで再建する金はない。ゴドウィンがエルフリックに建築を委託したのは、古い塔を取り壊して交差部に屋根をつけることだけだ」

マーティンはペストの恐怖を頭から振り払った。「ゴドウィンはどうやってエルフリックに金を払うつもりなんですか？」

「修道女たちが寄付を募ってる」

「ゴドウィンのことを嫌っていたんじゃないんですか」

「金の管理はシスター・エリザベスがしているんだが、ゴドウィンはシスターの家族になにかと世話をやいている。シスターの家族は修道院に養ってもらっているんだ。ほかの修道女たちがゴドウィンを嫌っているのは事実だが、とにかく修道院がなければ生きていけないからな」

マーティンはより高い塔を建てたいという望みを諦めていなかった。「ぼくが資金を集められれば、修道院は新しい塔を建ててもいいと思っているんですか？」

ブラザー・トマスが肩をすくめた。「それは何ともいえないな」

その日の午後、エルフリックは聖堂区ギルドの長老参事《オールダーマン》に再選された。集会が終わると、マーティンはエルフリックに次ぐ建築職人のビル・ワトキンを探しだした。「塔の土台を修復すれば、もっと高い塔を建てられるんだけど」

「まあ、そうだろうな」ビルがいった。「何がいいたいんだ?」

「もっと塔が高ければ、マドフォードの十字路からでも見えるはずだ。でも、いまは巡礼者や商人といった旅人たちは、キングズブリッジを素通りしてシャーリングに行ってしまう。つまり、この町は膨大な関税を取り損ねていることになる」

「ゴドウィンが無理だというだろう」

「いいですか」マーティンはつづけた。「橋を建てたのと同じ方法で、新しい塔の資金も集められるかもしれない。町の商人たちから金を借り、橋の通行料で返せばいいでしょう」

ビルが修道士と見まがうような白髪頭の前髪を掻いた。彼自身は考えたことがなかった。

「だが、塔はあの橋とは関係ないぞ」

「それが問題ですか?」

「いや、そうじゃないとは思うがね」

「橋の通行料があれば、借りた金は返済できるという保証になるでしょう」

ワトキンが訊いた。「おれも何か仕事がもらえるのかな?」

「これは一大事業になる——町の建築職人はみんなが仕事を請け負うことになりますよ」

「それは助かるな」

「よし。それなら、ぼくが高い塔の設計をしたら、次のギルド集会で賛成してもらえますか?」

ビルはまだ納得していないようだった。「ギルドの連中は無駄遣いは認めないんじゃないか？」

「無駄遣いじゃないですよ。費用がかなりかかるということだけです。でも、交差部の上に円天井を乗せれば、迫持《せりもち》なしで塔を造れます」

「円天井だって？　新しいアイディアだな」

「イタリアにはたくさんありますよ」

「それなら建築費を抑えられるな」

「それに、塔のいちばん上に細い木造の尖塔《せんとう》を立てれば外観も美しい」

「みんなおまえが考えたのか？」

「そうでもないけど、フィレンツェから戻って以来、ずっと考えてはいました」

「おれはいい考えだと思うな。仕事にもなるし、町にとってもいいことだ」

「ぼくたちの永遠の魂にとってもね」

「この計画が通るように全面的に協力するよ」

「ありがとう」

マーティンは橋を修復したり、スモール・アイランドに新しい家を建てたりという普段の仕事をしているときも、塔の設計について考えつづけた。そうしていると気が紛れ、カリスがペストにかかるのではないかという恐怖に苛《さいな》まれずにすんだ。頭にあるのはシャルトル大聖堂の南塔だった。二百年前に建てられたもので少々時代遅れだが、間違いなく大傑作だった。

シャルトル大聖堂の塔で気に入っているのは、四角い塔から八角形の尖塔へつながる部分だった。塔のてっぺんには、対角線上に向き合った小尖塔が四隅に一つずつ配置されている。塔の四つの側面中央には、小尖塔と似た形の屋根窓が同じ高さに配されている。これら八つの建造物はその背後にそびえる塔の八つの傾斜した側面と調和しているので、四角形から八角形への変化は目で見てもわからないくらいだった。

とはいっても、シャルトルは十四世紀の基準に照らし合わせると、必要以上にどっしりした造りになっていた。マーティンの塔はもっとほっそりした円柱と大きな窓になるはずで、そうすることによって、下の支柱にかかる重みを減らし、また、窓から風を十分に入れ圧力を減らせるはずだった。

マーティンはスモール・アイランドの作業場に、設計図を描くための仕事場を作った。細かく設計していくのは面白かった。新しい塔に大きな窓を開けるために、旧大聖堂の鋭尖《ランセット・ウィンドウ》窓は二倍、四倍の大きさに拡大し、柱頭や円柱の形も現代風にしていった。

高さについてはなかなか決められなかった。マドフォードの十字路から見えるようにするには、どのくらいの高さにすればいいのか計算する方法がなかったのだ。試行錯誤でやっていくしかない。石の塔を完成させたら、まず仮設の尖塔を建てる。それから晴れた日にマドフォードまで出向いて、その尖塔が見えるか試してみる。大聖堂は高台に建っているが、道はマドフォードで上り坂になり、すぐまた下って川と交差する。マーティンの勘では、シャルトルの南塔より若干高ければ——そう、四百フィートぐらいあれば——十分だと思われた。

ちなみに、ソールズベリー大聖堂の塔の高さは四百四フィートだった。マーティンは新しい塔の高さを四百五フィートにしようと考えた。

屈《かが》んで屋根の小尖塔の設計図を描いていると、ビル・ワトキンがやってきた。「これで、どうでしょう?」マーティンはビルに訊いた。「てっぺんに十字架をつけたほうがいいかな? それとも、ぼくたちを見守る天使のほうがいいですか?」

「どっちも必要ない」ビルがいった。「結局、陽の目は見ないんだ」

マーティンは左手に直定規、右手に製図用の鉄針を持ったまま立ち上がった。「どういうことです?」

「ブラザー・フィルモンがやってきた。とにかく、急いでおまえさんに知らせたほうがいいと思ってね」

「あいつが何といったんです?」

「つとめて友好的に振る舞っていたよ。おれのためを思って忠告にきたんだそうだ。あんたの塔建築計画には協力しないほうが身のためだとさ」

「なぜ?」

「ゴドウィン修道院長を怒らせることになるからだそうだ。ゴドウィンはおまえさんの計画を認めるつもりがないらしい」

マーティンは驚かなかった。マーク・ウェバーがオールダーマンになっていたら、この町の権力構造も変わっていただろう。そして、マーティンが新しい塔建築を請け負っていたかもしれない。しかし、ウェバーの死はマーティンにとって逆風となっていた。それでも最後まで諦めずにいたのだが、いまとなっては、大きな絶望を感じないわけにはいかなかった。

「エルフリックが請け負うんですか？」

「もう請け負ったそうだ」

「ゴドウィンはまだ懲りてないいんですか？」

「傲慢な人間に常識は通用しない」

「この町のギルドはエルフリックの設計した、ちゃちで無様《ぶざま》な塔で手を打つんですか？」

「まあ、そういうことだ。それで満足するわけじゃないだろうが、ともかく金は手に入る。何はともあれ、大聖堂を誇りに思っているからな」

「エルフリックに能力がないのは、あの橋で証明されたじゃないですか！」マーティンは憤慨した。

「みんな、わかってるさ」

マーティンは怒りを露わにした。「ぼくが問題点を突き止めていなかったら、あの塔は崩壊していたんですよ――それだけじゃない、大聖堂全体が崩壊していたかもしれないんだ」

「みんな、それも承知のうえだ。だが、おまえさんを不当に扱っているというだけで、おれは修道院長と争う気はない」

「そうでしょうね」マーティンは平静を装って答えた。しかし、その裏では怒りがたぎっていた。キングズブリッジの町のために、ぼくはゴドウィン以上に腐心してきた。それなのに、町の人々はぼくのために戦おうとしてくれない。そうはいっても、ほとんどの民衆がいつもその場の私利私欲で動くのはよくわかっていた。

「民衆とは恩知らずなものさ」ビルがいった。「がっかりするな」

「わかってます」マーティンはそういってビルを見たが、やがて目をそらし、持っていた製図道具を放り出して歩き去った。

夜明け前の祈りのとき、カリスは身廊を見て驚いた。一人の女が北側側廊のキリスト復活の壁画の前でひざまずいているではないか。傍らに置かれた蠟燭の光に照らされて、ずんぐり肥った身体と尖った顎が浮かびあがり、それがマッジ・ウェバーだとわかった。

マッジは礼拝のあいだ、ずっとその場を動かなかった。賛美歌にまったく気を配る様子もなく、祈りだけに集中していた。夫マークの罪を赦し、安らかに眠らせたまえと神に祈っているのだろう。しかし、カリスの知っているかぎり、マークはたいした罪を犯してはいなかった。それとも、天国から家族の幸運を願ってくれとマークに頼んでいるのかもしれない。マッジは年上の二人の子供の助けを借りて、布地の商売をつづけていこうと考えていた。商人が先立った後、未亡人と繁盛している事業が残されることはよくあった。マッジが将来に対して亡き夫の祝福を願うのも無理はなかった。

それでも、カリスは釈然としなかった。マッジのたたずまいには、どこかただならないものが感じられた。動きはしないが、非常な情熱を秘めているようだった。まるで恐ろしく重大な願いを聞き入れてほしいと天に嘆願しているように。

礼拝が終わり、修道士と修道女たちが連なって出ていくと、カリスは自分だけ列から抜けて薄暗い身廊を通り、蠟燭の明かりのほうへ向かった。

マッジがその足音を聞いて立ち上がり、カリスだとわかると非難めいた口調でいった。

「マークが死んだのはペストが原因だったのよね?」

「そうよ」カリスはいった。

「あなた、わたしにそういわなかったわ」

「そうだったかしら。町の人たちはもちろんだけど、あなたの不安をかきたてたくなかったのよ。あのときは、まだはっきりそうとわかったわけじゃなかったから」

「ブリストルまで感染がきてるって聞いたわ」

町はその話で持ち切りだった。「ロンドンにもよ」カリスはいった。巡礼者から聞いた話だった。

「わたしたち、どうなるのかしら?」

悲しみがカリスの心を貫いた。「わからないわ」それは嘘だった。「次から次へと感染していくらしいわ」

「たいていの病気はそうよ」

マッジのきつい言葉と、その顔に浮かんだ懇願するような表情に、カリスの胸は張り裂けそうだった。ほとんど聞きとれない小さな声でマッジが訊いた。「うちの子供たちも死ぬのかしら？」

「マーティンの奥さんもそれで亡くなったの。家族もね。でも、マーティンは快復したし、ローラはまったく感染しなかったわ」

「それなら、うちの子供たちも大丈夫かしら？」

そこまで約束するわけにいかなかった。「そうかもしれないわね。かかる者もいれば、免れる者もいるわ」

マッジは満足しなかった。大抵の患者がそうであるように、マッジもまた、大丈夫かもしれないというのではなく、大丈夫だと断定してほしかった。「どうしたらあの子たちを守れるかしら？」

カリスはキリストの壁画に目をやった。「あなたはできることはすべてしているわ」気持ちを抑えきれなくなっていた。嗚咽《おえつ》が込み上げるのを隠そうと踵を返し、急いで大聖堂をあとにした。

しばらく修道女側の歩廊に坐って気持ちを静め、いつものように施療所へ向かった。

メアーの姿がなかった。たぶん病人の看護をするよう、呼ばれて町へ行ったのだろう。カリスは訪れる人や患者に朝食が配られるよう指示を出し、衛生状態が保たれているかを確認し、病人の様子をみた。メアーが気がかりだったが、働いていると気が紛れた。オールド・ジュリーには賛美歌を読んで聞かせた。その日の仕事がすべて終わってもまだメアーが現われなかったので、カリスは探しに出かけた。

メアーは、共同寝室の自分のベッドに俯せになっていた。カリスの心臓が跳ねた。「メアー！　どうしたの？」

メアーが身体の向きを変えて仰向けになった。顔は青白く、汗をかいている。咳き込むばかりで言葉が出てこない。

カリスは傍らにひざまずき、メアーの額に手を置いた。「熱があるわ」胃のあたりに込み上げてくる恐れを押し殺していった。「いつからなの？」

「昨日から咳が出はじめて」メアーが何とか話しはじめた。「でも夜はよく眠れたし、朝には目が覚めたんです。朝食に行ったら急に吐き気がしたので便所へ行き、ここへ戻って横になったんだけど、眠ってしまったみたいですね……いま何時かしら？」

「そろそろ三時課の鐘が鳴る時間だわ。でも、あなたは休んでいなければ駄目よ」あの病気のはずはない、とカリスは自分にいい聞かせた。メアーの首に触れて、修道女のローブの頭巾を取ってやった。

メアーが弱々しく微笑んだ。「わたしの胸を見るの？」

「ええ」

「修道女はみんな同じね」

カリスが見るかぎり、発疹はなかった。たぶんただの風邪だろう。「どこか痛む？」

「腋の下が」

それだけではペストとは限らない。腋の下や腿《もも》のつけ根が腫れたり痛んだりするのは、ほかの病気にも見られる特徴だ。「ともかく施療所へ行きましょう」

メアーが頭を持ち上げたとき、枕に血痕がついているのが見えた。

カリスは激しい衝撃に襲われた。マーク・ウェバーは血を吐いていた。彼が病気になったとき、最初に看病をしたのはメアーだった。カリスがウェバーの家を訪れた前の日に、すでにメアーはそこにいた。

カリスは恐怖心を隠し、メアーが起きるのを手伝った。涙が溢れてきたが、なんとかこらえた。歩くにも支えを必要とするかのようにメアーがカリスの腰に腕をまわし、頭をカリスの肩に預けた。カリスもメアーの肩に腕を添えた。二人は一緒に階段を降り、女子修道院の歩廊を通って施療所へ向かった。

カリスはメアーを祭壇《オールター》の近くの敷き布団へ連れていった。そして、歩廊の泉から冷たい水をカップに一杯持ってきてやった。メアーはそれを貪《むさぼ》り飲んだ。メアーの顔と首を薔薇水で濡らしてやった。しばらくすると、メアーは眠ったようだった。

三時課の鐘が鳴った。いつもならこの時間の祈りには出ないのだが、今日のカリスは少しのあいだでも心を落ち着けたかった。修道女たちの列に加わって大聖堂へ入った。歴史を重ねた灰色の石造りの建物が、今日は冷たく厳しいものに感じられた。機械的に賛美歌を歌ったが、心に嵐が吹き荒れていた。

メアーはペストにかかったのだ。発疹はないが、熱があり、喉が渇いて、血を吐いている。

死ぬのは時間の問題だ。

カリスは罪の意識を感じた。メアーはわたしを一心に愛している。でも、わたしは彼女の愛に応えられなかった。メアーが望んでいるようにはしてやれなかった。そのメアーがいま死のうとしている。何とかならなかったのだろうか。メアーを喜ばせてやれたはずなのに。命を救ってやることだってできたはずなのに。カリスは賛美歌を歌いながら泣いた。その涙に気づいた者には、信仰心から感極まって泣いたと思ってほしかった。

祈りの時間が終わると、一人の修練女が南側袖廊の扉の外で、心配そうにカリスを待っていた。「至急話をしたいといっている方が施療所に見えています」

マッジ・ウェバーだった。恐れで顔は蒼白だった。

訪ねてきた理由は訊かなくてもわかった。カリスは薬の入った鞄をつかみ、大急ぎで外へ出た。肌を突き刺すような十一月の風が吹くなかを、二人は大聖堂の緑地を抜け、大通りに建つウェバーの家へ向かった。二階に上がると、マッジの子供たちが居間で待っていた。年上の二人の子供たちはテーブルについていて、怯えた様子だった。幼い男の子たちは二人とも床に横たわっていた。

カリスは急いで子供たちの容態を調べた。四人とも熱があるようだった。女の子は鼻血を出していた。男の子三人は咳をしていた。

子供たち全員の肩や首に、黒紫色の発疹がたくさんできていた。

マッジがいった。「同じでしょ？　マークが死んだときと同じだわ。ペストなのね」

カリスはうなずいた。「かわいそうに」

「わたしも死んでしまいたい」マッジがいった。「そうすれば、みんな天国で一緒になれるわ」

59

施療所では、カリスがマーティンからいわれたとおりの予防処置を施していた。リネンを細く切り、ペストの患者の看護をする修道女の口と鼻を覆った。患者に触れるたびに、必ず酢と水で手を洗うよう徹底させたので、修道女たちの手はあかぎれになった。

マッジは四人の子供たち全員を連れてきたが、彼女自身も具合が悪くなっていた。マーク・ウェバーが死の床にあったとき隣りにいた、オールド・ジュリーもまた臥《ふ》していた。カリスにできることはほとんど残されていなかった。顔を水で冷やし、歩廊の泉からきれいな冷たい水を汲んできて飲ませ、もどした血を拭いて、病人たちが死んでいくのを待つだけだった。

あまりにも忙しくて、自分も死ぬかもしれないと怯える暇もなかった。ペストの犠牲になった者たちの額に手を当てて慰めている姿を、町の人々は賞賛と恐怖の眼差しで見ていた。だが、カリスは自分を擲《なげう》ち、殉教者になるつもりでやっているわけではなかった。手をこまねいて見ているわけにはいかないのだ。行動するしかない。次はだれなのだろうかという問いが頭を離れなかったが、つとめて考えないようにした。

ゴドウィン修道院長が患者を診にきたが、マスクなど女のすることだと馬鹿にして、自分はつけなかった。診断は以前と同じだった。瀉血し、酸っぱい林檎と羊の腸を食べさせるよう指示した。

患者には何を食べさせても同じだった。結局はすべて吐いてしまうからだ。ただ、血を抜くのは病気を悪化させるはずだとカリスは考えた。もう十分に出血しているのだ。咳のたびに肺からも胃からも血を吐き、血尿も出た。それでも、修道士は訓練を受けた医者だからというだけで指示に従わなければならない。修道士か修道女が患者の枕もとにひざまずき、片方の腕をつかんでまっすぐ伸ばし、小さな鋭い刃物で静脈を切る。押さえた腕から一パイントかそれ以上の貴重な血が、床に置いた桶にぽたぽたと落ちるあいだ、カリスはただ見ているよりほかなかった。とやかく文句をいっている時間などなかった。

反対する者がいるかもしれないことなど気に留めず、カリスはメアーの腕をつかみ、いちばん端に並んで坐っていた。彼女の苦痛を和らげるため、マティから教わった芥子から抽出した薬をほんの少量与えた。メアーがまた咳をしたが、それほど苦しまなかった。咳の発作のあと、少しのあいだ呼吸が楽になったようで、小さな声で話しはじめた。「カレーでのあの夜はありがとう。あなたはあまり楽しくなかったでしょうけれど、わたしは天にも昇る気分でした」

カリスは涙を見せないよう必死に振る舞った。「望みを叶えてあげられなくてごめんなさいね」

「いいえ、あなたはわたしを愛してくれました。あなたのやり方でね。わかっています」

そして、また咳き込んだ。発作が落ち着くと、カリスは唇から血を拭き取ってやった。

「あなたを愛しています」メアーがそういって目を閉じた。

カリスはだれが見ていようが何といわれようが、涙が流れるにまかせた。メアーの顔色がだんだんと失せ、呼吸がさらに浅くなっていくのを、涙に曇る目でじっと見守った。やがて、呼吸が止まった。

カリスはマットレスの傍らで、亡骸の手を握ったまま床に坐っていた。こんな姿になったいまも、メアーは美しかった。肌は白く、永遠に動かない。メアーに劣らずわたしを愛している人がいるではないか、カリスは突然気がついた。マーティンだ。わたしはなぜメアーの愛を拒否し、彼の愛をも拒否したのだろう。わたしは間違っていたんじゃないかしら。普通の女性のように喜んで愛を受け入れなかったのは、いつの間にか心が歪んでいたからかもしれない。

その夜遅く、マーク・ウェバーの四人の子供たちが死んだ。そして、オールド・ジュリーも世を去った。

カリスは動揺した。できることは何もないのか？　ペストの猛威は急速に広がり、みんなが死んでいく。監獄に入れられ、今度はどの囚人仲間が絞首台に連れていかれるのかを待っているような気分だった。キングズブリッジも、フィレンツェやボルドーのように死体で川がいっぱいになるのだろうか？　次の日曜は大聖堂の横の緑地で市が立つ。何百人という人々が、あらゆる村々からやってきて商売をする。教会や居酒屋から出てきた町の人たちと混じり合う。どれだけ多くの人が死の病にかかって家路につくのだろうか？　この途方もない脅威を前にして、カリスはやり切れない気持ちになった。お手上げだといってすべてを神に委《ゆだ》ねてしまう人々の気持ちも理解できた。だが、それは彼女の流儀ではなかった。

修道院のだれかが死ぬと、必ずすべての修道士と修道女が集まり、旅立った魂のために特別な葬礼の祈りを捧げた。オールド・ジュリーはその優しい心で、メアーはその美しさで、深く愛されていた。たくさんの修道女たちが二人のために涙を流した。マッジの子供たちの葬儀も一緒に行なわれ、数百人の町の人々が駆けつけた。マッジ自身は加減が思わしくなく、施療所を離れることができなかった。

空は暗く灰色に曇り、人々は墓地に集まった。冷たい北風に雪の匂いが感じられた。ブラザー・ジョゼフが墓地で祈りを捧げ、六つの棺が墓に下ろされた。

集まった人々のなかから尋ねる者があった。それはだれもが抱いている問いだった。

「われわれもみな死んでいくのですかね、ブラザー・ジョゼフ？」

ジョゼフは修道院でいちばん評判のいい医者だった。歳もすでに六十近く、歯も一本も残っていなかったが、聡明で、死の床に臨んでは心優しく、礼儀をわきまえていた。そのジョゼフがいった。「友よ、われわれはいつか死ぬのです。しかし、だれにもその時期はわからない。だからこそ、いつも神の御前に出たときの準備をしておかなければならないのです」

ベティ・バクスターが、質問したのはだれだろうとあたりを見回し、つづけて訊いた。「わたしたちはペストを前にしてどうしたらいいのですか?」

「祈るのです。それが最善の方法です」ジョゼフが答えた。「それでも神があなたを召すとお決めになったときは、教会にきて罪の赦しを乞いなさい」

ベティはそう簡単に引き下がらなかった。「マーティンの話だと、フィレンツェでは病人と接触をしないよう、みな家に引きこもっているそうです。妙案だと思いませんか?」

「そうは思いません。フィレンツェの人々は、それでペストにかからなかったのですか?」

全員の目が、ローラを抱いたマーティンに注がれた。「かからなかったわけではありませんが、そうしていなかったら、もっとたくさんの人が死んだでしょう」

ジョゼフが首を振った。「家にこもっていては教会に行けない。神を敬うことこそ最善の医術なのです」

カリスも黙っているわけにいかなかった。「この病気は人から人へ、次々に伝染していきます」怒りがこみ上げてきた。「ほかの人々と接触しないようにすれば、感染を防ぐ確率は高くなります」

ゴドウィン修道院長が声を上げた。「なんだ? 女が医者になったのか?」

カリスは無視してつづけた。「市は中止すべきです。そうすれば、多くの命が救えます」

「市を中止するだと!」ゴドウィンが嘲るようにいった。「どうすればそんなことができるんだ？　すべての村に中止の使いを出すのか？」

「町の門を閉じるのです」カリスは答えた。「橋を封鎖し、ほかの村からやってくる者をこの町から締め出すのです」

「だが、町にはすでに病人がいるだろう」

「居酒屋を閉め、ギルドの集会も取り止め、婚礼に客を呼ぶのを禁止するのです」

マーティンがいった。「フィレンツェでは、市議会も会議を中止していました」

エルフリックが声を上げた。「それなら、どうやって商売をすればいいんだ」

「商売をしていたら、あなたは死んでしまいます」カリスはいった。「奥さんも子供たちも死んでしまいます。どちらを選びますか」

ベティ・バクスターがいった。「お金が入らなくなるから店を閉めたくはないけど、命のほうが大事だものね」それを聞いて、カリスの期待は膨らんだ。ところが、その希望を次のベティの言葉がしぼませてしまった。「お医者さまたちの意見はどうなの？　いちばんよく知ってるはずでしょ」

ゴドウィン修道院長がいった。「この病気は神がわれわれの罪を罰するために与えたもうたものです。世の中には邪悪がはびこっています。異端、好色、不敬が蔓延しているのです。男は権威あるものに異議を唱え、女はおのれの肉体をひけらかし、子供たちは両親に逆らう。神はお怒りなのです。そして、その怒りは実に恐るべきものです。神の裁きから逃れようとしてはなりません！　どこに逃げ隠れしようとも、免れることはできないのです」

「わたしたちはどうしたらいいのですか？」

「死にたくなかったら、教会へ行って赦しを乞い、祈るのです。そうすれば、よりよい人生を送ることができるでしょう」

ここで議論しても仕方がないとわかってはいたが、カリスはそれでもいわずにいられなかった。「餓死寸前の人は教会に行くだけじゃなくて、食べないと生きていけないわ」

マザー・セシリアがいった。「シスター・カリス、やめなさい」

「でも、わたしたちにはたくさんの命を救う責任が――」

「大丈夫、救えます」

「これは生きるか死ぬかの問題なんですよ！」

セシリアが声を落とした。「だれもあなたのいうことは聞いていないわ」

セシリアのいうとおりだった。どんなに議論しようと、人々は聖職者のほうを信じるだろう。カリスは唇を嚙んで口を閉ざした。

ブラインド・カーラスが賛美歌を歌いはじめ、修道士たちは教会へ戻っていった。修道女たちもその後につづき、群衆は散っていった。

教会から歩廊へ入ったとき、マザー・セシリアがくしゃみをした。

毎晩、マーティンはローラをベル・インの部屋のベッドに寝かせた。いつも子守歌を歌い、詩を暗誦《あんしょう》し、物語を聞かせてやった。そんなとき、ローラはマーティンにいろいろな話をした。三歳の幼子は、あるときは子供っぽく、あるときは意味深長な、またあるときは大笑いを誘うような、突拍子もない質問をした。

その夜、マーティンが子守歌を歌ってやっていると、ローラが急に泣きはじめた。

「ドーラはどうして死んだの？」

そういうわけだったのか。マッジの娘のドーラはローラと仲良しだった。数遊びをしたり、お互いの髪を編んだりして、一緒に過ごしていた。

「病気にかかったんだよ」マーティンはいった。

「ママもそうだったわ」ローラはそういってから、すっかり忘れたわけではなかったイタリア語で話した。「大悪疫《ラ・モーリア・グランデ》でね」

「パパもかかったけど、よくなったんだよ」

「リビアもね」リビアというのは、ローラがはるばるフィレンツェから持ってきた木の人形だった。

「リビアもあの病気にかかったのかい？」

「そうよ。くしゃみをしたり、身体が熱くなったり、ぶつぶつができたけど、修道女の人が治してくれたの」

「よかった。それなら、もう大丈夫だ。二度かかることはないからね」

「パパも大丈夫なのよね？」

「そうだよ」マーティンはここまでにしようとした。「さあ、もう寝なさい」

「おやすみなさい」

マーティンは部屋を出ようとした。

「ベシーは大丈夫なの？」

「寝なさい」

「あたし、ベシーが大好きなの」

「それはよかったね。おやすみ」マーティンは扉を閉めた。

階下の店に客の姿はほとんどなかった。みんなが人混みに出かけることに神経質になっていた。ゴドウィンよりもカリスの言葉のほうが効いたのだ。

おいしそうなスープの匂いがした。匂いのほうをたどっていくと、厨房に行き着いた。ベシーが火にかけた鍋をかき回していた。「塩漬け肉入りの煮豆スープよ」

マーティンはベシーの父親のポールと一緒にテーブルについた。ポールは五十がらみの大男だった。マーティンがパンを食べていると、ポールが金属製のジョッキにエールを注ぎ、ベシーはスープをよそってくれた。

ベシーとローラはお互いを気に入るようになっていた。昼はローラの面倒を見てくれる乳母を雇っていたが、夜はたびたび、ベシーがローラの世話をした。ローラもベシーのほうを好いていた。

マーティンはスモール・アイランドに家を持っていたが、フィレンツェの家に較べると、とりわけ狭く感じられた。あそこにはジミーを住まわせておけばいい。ベル・インは居心地がよかった。暖かく清潔で、心のこもった手料理とおいしい飲み物がたっぷりある。勘定は毎週土曜日に払ったが、それ以外は家族の一員のような暮らしだった。用意された部屋へそそくさと退散する必要もなかった。

そうはいっても、ここに居坐るわけにもいかなかった。引き払うとなれば、ベシーを残していくのは嫌だとローラが駄々をこねるだろう。ローラは幼いのに、あまりにも多くの人に先立たれていた。もうこりごりのはずだ。ベシーにあまりなついてしまわないうちに出ていかなければならない。

ポールが先に食事を終え、寝室へ下がっていった。ベシーがもう一杯エールを注いでくれた。二人は暖炉のそばに坐った。「フィレンツェではどのくらいの人が死んだの？」彼女は訊いた。

「何千人、いや何万人だろう。だれも数えられなかった」

「キングズブリッジでは、次はだれかしら」

「ぼくも、いつもそれを考えているんだ」

「わたしかもしれないわ」

「そうならないように願うよ」

「死ぬ前にもう一度、男と寝たいわ」

マーティンはにやりとしたが、何もいわなかった。

「うちのリチャードが先に行ってしまってから、すっかり御無沙汰なの。もう一年以上になるわ」

「寂しいんだね」

「あなたはどうなの？　最後に女と寝てからどのくらいになるの？」

シルヴィアが病気で倒れてからは女性と寝ていなかった。彼女を思い出すと、突き上げるような哀しさを感じた。妻の愛に十分な感謝を示せなかった。

「きみと同じようなものかな」

「奥さん？」

「そうだよ。彼女の魂に平安がありますように」

「ずいぶん長いこと愛し合ってないのね」

「ああ」

「でも、あなたはだれが相手でもいいってタイプじゃないものね。あなたには愛する人が必要よ」

「そのとおりだ」

「わたしだってそうよ。男の人と寝るのはすてきだし、最高だけど、お互いに心から愛し合っていないとね。わたしもたった一人の男性しかいなかったわ。リチャードよ。ほかの男性と寝たことはないわ」

本当かな、とマーティンは思った。まんざら嘘でもなさそうだが、何せ女のいうことだからな。

「あなたはどうなの？」ベシーが訊いた。「経験は？」

「三人かな」

「奥さんでしょ、その前はカリスでしょ……その前はだれだったっけ？　ああ、思い出した――グリセルダね」

「教えないよ」

「心配しなくても、みんな知ってるわよ」

マーティンは悲しげに微笑した。もちろん、みんな知っている。確信があるわけではないが、推測でものをいう。そして、その推測はだいたい当たっている。

「グリセルダの産んだリトル・マーティンはいくつになったの――七歳？　八歳？」

「十歳だ」

「膝のあたりが太っちゃってね」ベシーがドレスの裾をめくって見せた。「わたしはこの膝が大嫌いだったんだけど、リチャードはここが好きだったの」

マーティンが見ると、その膝はぽっちゃりとくぼみができていた。白い腿まで見えた。

「この膝にキスしてくれたものよ。優しい人だったわ」ベシーが服を整えるふりをして裾を持ち上げた。誘惑するように、ちらりと股間の毛が見えた。「身体じゅうにキスをしてくれることもあった。特にお風呂に入った後にね。よかったわ。全部好きだった。愛してくれる女のためなら、男の人は何だってできるのよね？」

これ以上は聞いていられない。マーティンは立ち上がった。「きみのいうとおりかもしれない。でも、こんな話をしていたら行き着く先は一つだ。罪を犯すまえに寝ることにするよ」

ベシーが悲しげに微笑んだ。「おやすみなさい。寂しくなったら、わたしはここにいるわ」

「覚えておくよ」

マザー・セシリアは敷き布団でなくベッドに寝かされ、急いで祭壇の前に運ばれた。施療所でいちばん神聖な場所だった。修道女たちは昼も夜も交替で、セシリアのまわりで賛美歌を歌い、祈りを捧げた。いつもだれかが冷たい薔薇水で顔を拭いてやり、傍らにはきれいな泉の水が入ったカップが置かれた。だが、どれも効き目はなかった。ほかの患者と同じく、急速に衰えていった。鼻からも膣《ちつ》からも出血し、呼吸はますます苦しくなり、喉の渇きは癒されることがなかった。

セシリアは発病して四日がたった日の夜、カリスを呼んだ。

カリスはぐっすり眠っていた。毎日多忙を極めていた。施療所は患者で溢れ返っていた。彼女は夢を見ていた。キングズブリッジのすべての子供たちがペストにかかり、自分はその面倒をみようと施療所のなかを忙しく走り回っていた。すると突然、自分もその病気にかかっていることに気づいた。一人の子供がさかんに袖を引っ張るが、かまっていられない。自分もこんな病気になってしまい、患者全員をどうやって世話をしていったらいいのか、絶望的な気持ちで考えあぐねている。そのとき、だれかが切羽詰まった様子で何度も肩を揺すった。「起きてください、シスター。マザー・セシリアがあなたを呼んでいらっしゃいます」

カリスは目を覚ました。修練女が蠟燭を手に、ベッドの傍らにひざまずいていた。「マザーの具合はどうなの？」

「衰弱していらっしゃいますが、まだお話はできます。あなたに会いたいとおっしゃっています」

カリスはベッドを出てサンダルを履いた。身を切るような寒い夜だった。修道女用のローブに着替え、ベッドの毛布を肩に巻いた。そして、石の階段を足早に降りた。

施療所は死を間近にした人々で溢れていた。床に敷かれたマットレスは魚の骨のような形に並べられていたので、坐っていられる患者たちからは祭壇が見えた。家族がベッドの周りに集まっていた。血の臭いがした。カリスは扉の近くに置いてある籠から清潔なリネンを取り、口と鼻を覆った。

四人の修道女が、セシリアのベッドの傍らにひざまずいて賛美歌を歌っていた。セシリアは目を閉じて枕にもたれかかっている。最初、カリスは間に合わなかったのではないかと思った。だが、年老いた女子修道院長は彼女に気づいたらしく、目を開いた。

カリスはベッドの端に腰掛けると、薔薇水の入った深皿に布切れを浸して、セシリアの上唇についた血を拭ってやった。

セシリアがひどく苦しそうな息遣いで、喘ぎながらいった。「こんな恐ろしい病を克服できた人はいるのかしら？」

「マッジ・ウェバーだけは」

「生きていたくないといっていた人ね」

「子供が四人とも亡くなったんです」

「わたしも、まもなく死ぬでしょう」

「そんなことをおっしゃらないでください」

「あなたはわが身を顧みずに人のために尽くしています。わたしたち修道女は死を恐れません。わたしたちの命はすべて天にましますキリストとともにありたいと願っているからです。死が訪れたときは喜んで受け入れるだけです」長く話したので、セシリアは体力を消耗し、咳の発作を起こした。

カリスは顎についた血を拭いてやった。「おっしゃるとおりです、マザー・セシリア。けれども、残された者は嘆き悲しみます」涙が流れた。メアーとオールド・ジュリーを失い、さらにまた、セシリアまで失おうとしている。

「泣いてはいけません。涙はほかの人のために取っておくのです。あなたはしっかり強くならなければなりません」

「なぜですか」

「神はあなたがわたしの跡を継ぐことを望んでおいでなのです。女子修道院長になることを」

そうだとしたら神はとても変わった選択をしたものだ、とカリスは思った。神が選ぶ人はいつでも正統派のまともな人物のはずだ。でも、そんなことをいっても仕方がない。カリスはそれをとうの昔に学んでいた。「シスターたちがわたしを選ぶのなら、最善を尽くします」

「みんな、あなたを選ぶと思いますよ」

「シスター・エリザベスも選ばれたいのではないでしょうか」

「エリザベスは確かに頭がいいけれど、あなたには優しさがあります」

カリスは頭を下げた。セシリアはたぶん正しいのだろう。エリザベスにはきついところがある。祈りと賛美歌に費やされる修道院の生活に疑問を抱いているとはいえ、ここをまとめていくのは、やはりわたしが最適なのだろう。わたしは学校と施療所を存続させたい。天はエリザベスが施療所を廃止するのを許さないだろう。

「まだいっておきたいことがあります」セシリアの声が小さくなり、カリスは身体を屈めて耳を近づけた。「アントニー院長が亡くなるとき、わたしに話してくれたことです。彼は最後まで秘密にしていました。わたしもいま、初めてあなたに話すのです」

カリスはそれほどの秘密を背負い込むことに不安を覚えた。だが、死の床にある人の前では、そのような躊躇《ためら》いは忘れなければならないのだろう。

セシリアがいった。「先王は自然死ではありません」

カリスはショックを受けた。もう二十年以上前の出来事だったが、そのときの噂は憶えていた。王の殺害は考えうる最悪の犯罪であり、反逆と殺人という二重の罪で死刑に値する。このような秘密を知っているだけでも危険きわまりない。アントニーが隠し通したのも当然だ。

セシリアがつづけた。「女王と愛人のモーティマーは、エドワード二世をなきものにしたかったのです。王位継承権があったのはまだ幼い王子だったので、モーティマーは実質的な王になりおおせました。でも結局は望んだほど長続きしなかった。知ってのとおり、若きエドワード三世が早く立派に成長したからです」セシリアがまた咳をした。衰弱はいっそう激しかった。

「モーティマーはわたしがまだ若かったころに処刑されました」

「でも、エドワード三世王は父王に起こった出来事をだれにも知られたくなかった。だから、秘密のままなのです」

カリスは恐ろしさに身がすくむ思いがした。母后イザベラはまだ存命で、ノーフォークで贅沢な暮らしをしている。国王が尊敬する母君ではないか。もし夫を手にかけたのが明るみに出れば、政治的にも激震が走るだろう。秘密を知っただけでも、カリスには罪深いことに思われた。

「では、先王は殺されたのですか？」カリスは尋ねた。

返事がなかった。カリスは女子修道院長を見つめた。セシリアは静止したまま、天井を見て息を引き取っていた。

60

セシリアが世を去った翌日、ゴドウィンはシスター・エリザベスを食事に招いた。

いまほど危険なときはなかった。セシリアが亡くなったことで権力の均衡が崩れた。ゴドウィンにはどうしても女子修道院が必要だった。修道院の計画がうまくいかなかったからだ。結局資金繰《ぐ》りは改善されず、修道女たちはゴドウィンに盗まれた金のことで腹を立て、彼に強い反感を持っていた。その修道女たちが女子修道院長——たぶん、カリスになるだろう——のもとで恨みを晴らそうとすれば、それこそ修道院の最期を意味する。

ゴドウィンもペストは恐ろしかった。自分がかかったらどうなるだろうか？　もしフィルモンが死んだら？　そうした悪夢がちらつき、下手をすると気力を失いそうになったが、何とか胸の奥底に封じ込めていた。ペストごときで永年の夢を諦めるわけにはいかない。

女子修道院長の選出こそ危機そのものだった。ゴドウィンは行く末を考えた。修道院を閉鎖し、面目をつぶしてキングズブリッジを去り、どこかほかの場所で一介の修道士となる。

そこの修道院長の下で、罰や屈辱を耐え忍ぶことを余儀なくされる。そんなはめになるぐらいなら、自ら命を絶つほうがましだ。

一方で、これは脅威であると同時にチャンスでもあった。ことをうまく運べば、自分に都合のいい女子修道院長、喜んでゴドウィンに主導権を握らせてくれる人物を擁立できる。エリザベスこそ、彼にとって最適の人物だった。

エリザベスは傲慢な指導者になり、常に威厳を示そうとするだろう。だが、彼女となら一緒にやっていける。実利主義者だからだ。それがはっきりわかったのは、カリスが宝物の監査を計画していると忠告してきたときだ。エリザベスは味方になるはずだ。

エリザベスは頭を高く上げ、堂々とした様子で入ってきた。突然自分が重要な役割を担ったとわかって、それを堪能しているのだ。これから提示する計画を支持してくれるだろうか。慎重に話を進めなければいけない。

エリザベスは広いダイニングホールにぐるりと目をやった。「素晴らしい館を建てられたのですね」資金援助を思い出させようとする口ぶりだった。

この建物は一年前に完成していたが、彼女がなかに入ったことはない。ゴドウィンは修道院側に女性が入るのを好まなかった。立ち入りを許されたのはペトラニッラとセシリアだけだった。ゴドウィンはいった。「ありがとう。力のある高貴な人々から敬意を受けることと信じている。すでにモンマスの大司教を招いてあるんだ」

予言者たちの生涯を描いたタペストリーを買うために、彼は修道女たちから集めた最後のフローリン銀貨も使ってしまっていた。エリザベスは獅子の穴に入る予言者ダニエルのタペストリーをじっくり観察した。「とてもよくできているわ」

「アラス（フランス北部、カレーの県都）から取り寄せたものだ」

エリザベスが眉をひそめた。「食器棚の下にいるのはあなたの猫ですか？」

ゴドウィンは舌打ちして追い払った。「なかなか出ていかなくてね」嘘だった。修道士はペットを飼ってはいけないことになっていたが、猫がいると心が落ち着いた。

二人は宴会用の長テーブルの片端に坐った。ゴドウィンはここに女性がいること、まるで男のような顔をして正餐の席につくことを嫌っていたが、いまは不快感を押し隠した。

高価な料理が供された。生姜と林檎が添えられた豚肉料理。フィルモンがガスコーニュ産のワインを注いだ。エリザベスが豚肉を口に入れた。「おいしいわ」

ゴドウィンは人に好印象を与える手段として以外、あまり食べ物に興味を持たなかった。一方、フィルモンはなんでもがつがつとよく食べた。

ゴドウィンはようやく本題に入った。「今度の選挙を勝つために、どのような計画を立てているのかね？」

「シスター・カリスより、わたしのほうが優れた候補者だと思います」

カリスの名前を発したとき、エリザベスが感情をつとめて抑えているのがわかった。マーティンがカリスを愛しているからといって自分を拒絶したのをいまだに恨んでいて、昔からのライヴァルとまた新たな戦いを始めようとしているのだ。今回はどうしても勝ちたいのだろう、とゴドウィンは考えた。

願ってもない好都合だ。

フィルモンがエリザベスにいった。「なぜあなたのほうが優れていると思うのかな？」

「わたしはカリスよりも年上です。修道女になったのも先だし、修道院幹部としてもわたしのほうが長い。なにしろ、修道会の家庭で生まれ育ったのですから」

フィルモンが否定的に首を振った。「そんなことはまったく関係ない」

エリザベスが彼のぶしつけな態度に驚き、眉をひそめた。ゴドウィンはフィルモンがこれ以上乱暴なことをいわないよう願った。〝彼女にはこっちのいいようにやってもらわなくちゃならないんだ〟と、小声でささやきたかった。〝怒らせるんじゃないぞ〟

だが、フィルモンは容赦なくつづけた。「カリスより経験があるといっても、わずか一年多いだけだ。それに司教だった――その魂に平安あれ――父君の存在は、あなたにとって不利な要因になる。つまり、司教が子を持つことは許されていないからだ」

エリザベスの顔に血が昇った。「修道院長が猫を飼うことだって許されていないはずです」

「いまは院長のことを議論しているのではない」フィルモンが苛立った。その無礼な物言いに、ゴドウィンはたじろいだ。彼自身は敵意があってもそれを上手く隠して、親密な平静さを装うことができた。だが、フィルモンにはそういった術が身についていなかった。

しかし、エリザベスは冷静に受け流した。「それでは、今日お呼びになったのは、わたしでは無理だとおっしゃるためだったのですか？」そういって、彼女はゴドウィンに向き直った。「高価な生姜の料理は、ただの楽しみのためではありませんよね」

「そのとおりだ」ゴドウィンは答えた。「われわれはあなたに女子修道院長になってもらいたい。そのためにできることは何でもする」

フィルモンがいった。「そのためにまず、あなたに勝算があるかどうか、現実的な見方をしなければならない。カリスは修道女、修道士、商人、貴族たち全員から慕われている。彼女のしていることが有利に働いているのだ。多くの修道士や修道女、何百人という町の者は病気をかかえて施療所にやってきては彼女に助けられる。一方、あなたを目にする人は少ない。それに、宝物係だから、計算ばかりしている冷たい人間だと思われている」

「率直にいってくださって感謝しますわ」エリザベスがいった。「諦めたほうがよさそうですね」

彼女が皮肉でいっているのかどうか、ゴドウィンにはよくわからなかった。

「あなたが勝つのは難しい」フィルモンがいった。「だが、カリスが負ける可能性だってないわけではない」

「持ってまわった言い方はやめてくださらないかしら。うんざりだわ」エリザベスがぴしゃりといった。「はっきりおっしゃればいいでしょう」

エリザベスが人気がない理由がわかる気がするな、とゴドウィンは思った。

フィルモンは彼女の怒りに気づかない振りをした。「これから数週間でカリスを潰《つぶ》さなければならない。修道女たちが心に抱いている、働き者で哀れみ深い、愛すべきシスターを、怪物に変貌させるのだ」

　エリザベスの目に野望の光がきらめいた。「そんなことができるんですか？」

「われわれの力添えがあれば可能だ」

「どうやるんです？」

「カリスはいまも、施療所で修道女たちにリネンのマスクをつけるよういっているのか？」

「ええ」

「手も洗うようにと？」

「そうです」

「こうした医療行為には何の根拠もない。ガレノスにも、ほかの権威ある医学文献にも記述はないし、もちろん聖書にも出てこない。単なる迷信にすぎない」

　エリザベスは肩をすくめてみせた。「確かにイタリアの医者たちはペストが空気感染すると信じています。病気の患者を見たり、触れたり、患者の息を吸ってもうつると。でも、わたしにはどうやって――」

「イタリア人はどうしてそう考えるようになったんだ？」

「たぶん患者を観察した結果でしょう」

「イタリアの医者がいちばん優秀だが、アラブ人はさらに別格だとマーティンがいっているのを聞いたことがある」

　エリザベスがうなずいた。「わたしも聞いたことがあります」

「ということは、マスクをするという考えはイスラム教徒から始まったものかもしれない」

「ひょっとすると、そうかもしれません」

「異教の医療行為というわけだ」

「そうなりますね」

フィルモンが核心を突いたといわんばかりに、椅子の背もたれに身体を預けた。

エリザベスはまだ納得がいかなかった。「ということは、カリスが異教の迷信を女子修道院に持ち込んだといいふらすわけですか？」

「いや、違う」フィルモンが悪賢そうな笑いを浮かべた。「魔術を行なっているというのだ」

やっと合点がいった。「なるほど！　それは考えつかなかったわ」

「裁判のとき、あなたはカリスに不利な証言をしたんじゃなかったかな」

「ずいぶん前のことです」

「あなたのライヴァルが訴えられた罪のことだ、よもや忘れてはいないだろう」フィルモンがそそのかした。

フィルモン自身はそれをまったく忘れていた。思い出したのはゴドウィンだった。人の弱みを握り、恥ずかしげもなくつけ込むのは、ゴドウィンの得意とするところだった。ゴドウィンはときどきフィルモンの悪知恵の深さに罪の意識を感じたが、それを利用しないではいられなかったので、先の不安は考えないようにしていた。修道女はカリスを慕っているのだ。その彼女を憎ませる方法など、ほかのだれに考えられようか？

修練士が林檎とチーズを持ってきたので、フィルモンはまたワインを注いだ。エリザベスがいった。「わかりました。それで、実際にはどのように計画を進めるのですか?」

「下準備が重要だ」フィルモンがいった。「大半があなたの側についたとはっきりするまで、決して正式に告発してはならない」

こういうことにかけてはフィルモンは実に巧みだな、とゴドウィンは感心した。

「どうすればいいでしょう?」

「あれこれ言葉でいうより行動で示すほうがいい。あなたがマスクをつけないようにすればいい。訊かれたら、肩をすくめて小声でいうのだ。あれはイスラム教の習慣だそうだから、わたしはキリスト教が教える予防手段をとります、と。周りの者にも、あなたを支持する証としてマスクをやめるよう説得することだ。また、あまり頻繁に手を洗ってもいけない。カリスのやり方を踏襲しつづける者がいたら、非難めかして顔をしかめるのだ——しかし、何もいってはならない」

ゴドウィンはフィルモンの計画を承諾していることを示すためにうなずいた。フィルモンの悪賢さはときに天才の域に達するな。

「異端だともいわないほうがいいのですか?」

「直接カリスと関連づけなければ、好きなようにいえばいい。ほかの町で処刑された異教徒の話とか、フランスかどこかで女子修道院全体をまんまと堕落させた悪魔崇拝者の噂を聞いたことがあるとかな」

「真実でないことはいいたくありません」エリザベスが身体をこわばらせた。

フィルモンはだれもが自分と同じように破廉恥《はれんち》ではないのだということを忘れがちだった。ゴドウィンは急いで言葉を継いだ。「もちろん、いわなくていい——フィルモンはただ、修道女たちがそんな話をしていたら、いまのような話を繰り返すようにと助言したまでだ。危険が迫っていることを絶えず思い出させるのだ」

「わかりました」九時課を知らせる鐘が鳴り、エリザベスが席を立った。「礼拝を欠席するわけにいきません。だれかがわたしがいないと気づいて、ここにいると疑うかもしれないので」

「そうだな」ゴドウィンはいった。「ともあれ、あなたはこの計画に賛同したわけだ」

エリザベスがうなずいた。「マスクはしないんでしたね」

ゴドウィンは彼女が疑念を抱いているのを見て取った。「マスクが有効だと考えているのではないだろうな？」

「もちろん思っていません」

「よろしい」

「正餐をありがとうございました」エリザベスは帰っていった。

うまくいった、とゴドウィンは思った。だが、安心するのはまだ早い。彼は心配そうにフィルモンにいった。「エリザベスだけでは、カリスが魔女だとみんなに信じこませるのは無理ではないだろうか」

「同感ですね。途中で手伝ってやる必要があるでしょう」

「説教なんかどうだろう」

「いいでしょうね」

「大聖堂の説教壇からペストの話をしよう」

フィルモンが考え込んだ。「直接カリスを攻撃するのは危険だと思います。逆効果になりかねません」

ゴドウィンも同じ考えだった。彼とカリスが公の場で衝突すれば、町の者はおそらくカリスを支持するだろう。「彼女の名前は出さない」

「疑念の種を蒔《ま》くだけにするのです。そのあとどのような結論を出すかは、それぞれに任せればいい」

「私は異端、悪魔崇拝、異教の習慣を断じて許さない」

ゴドウィンの母のペトラニッラが入ってきた。彼女はひどく腰が曲がって、歩くにも二本の杖で身体を支えていた。しかし、大きな顔は骨ばった肩から出しゃばるかのように前に突き出していた。「どんな具合だった？」カリスを攻撃するようゴドウィンを説得したのはペトラニッラだったし、フィルモンの計画に賛成したのも彼女だった。

「エリザベスがわれわれが望んだとおりにやってくれるはずだよ」ゴドウィンは自信を持って答えた。母親にいい知らせを伝えられるのが嬉しかった。

「よろしい。さて、また別の話をしたいんだけど」そういって、ペトラニッラがフィルモンを見た。「席を外してもらえるかしら」

フィルモンは突然平手打ちを受けた子供のように、一瞬傷ついて見えた。他人の感情は冷酷なまでに逆撫でするが、自分自身は簡単に傷つくのだ。しかし、すぐさま立ち直ると、本心とは裏腹に、彼女の高飛車な態度を楽しんでさえいるように振る舞った。「もちろんですとも、マダム」フィルモンは大げさに敬意を表した。

ゴドウィンがフィルモンにいった。「私に代わって九時課を務めてもらえるかな」

「わかりました」

フィルモンが出ていくと、ペトラニッラが大きなテーブルに腰を下ろした。「確かにあの若者の才能を重用するようにいったのはわたしだけど、最近は見ただけで虫酸が走るわね」

「以前にも増して役に立っているけどね」

「手段を選ばないような男を信用しては駄目よ。人を裏切る男は、いつなんどきあなたを裏切らないともかぎらないわ」

「肝に銘じておくよ」と答えたものの、いまやフィルモンとはあまりに密接な間柄になっていたので、彼なしで何かをするなど考えられなかった。しかし、そんなことは母にいいたくなかった。ゴドウィンは話題を変えようとした。「ワインを一杯どう？」

ペトラニッラが首を振った。「わたしはそれでなくても倒れそうなのよ。とにかく、ここに坐って話を聞きなさい」

「わかった」ゴドウィンは母の隣りに坐った。

「この疫病被害がひどくならないうちに、あなたにキングズブリッジを離れてもらいたいの」

「それはできない。でも、お母さんだけでも――」

「わたしはいいの！　どっちにしろ、もう長くないんだから」

それを聞いて、ゴドウィンはうろたえた。「そんなことをいわないで」

「何をいってるの。わたしはもう六十よ。見てごらんなさい――まともに立っていることさえできないでしょう。もう潮時よ。でも、あなたはまだ四十二――もっと出世するでしょう。司教、大司教、枢機卿にだってなれるわ」

いつもながら息子に対する母の留まるところを知らない期待に、ゴドウィンは目が眩《くら》みそうだった。

本当に枢機卿になどなれるのだろうか？　それとも、ただ親の欲目なのだろうか？　よくわからなかった。

「あなたが天命を達成する前に疫病でなんか死んでほしくないの」ペトラニッラがいった。

「お母さんを死なせたりはしないよ」

「わたしのことは忘れなさい！」

「ぼくは町を離れられないよ。修道女たちがカリスを女子修道院長にしないのを見届けなければならないからね」ゴドウィンは抵抗した。

「急いで選挙を行なわせなさい。それができなければ、ともかくここから逃げ出して、選挙は神の手に委ねるのです」

ゴドウィンはペストも怖かったが、失敗も恐れていた。「カリスが選ばれれば、ぼくはすべてを失ってしまうんだ！」

母の声が優しくなった。「ゴドウィン、わたしのいうことをよく聞きなさい。わたしのたった一人の子、それがあなたなのよ。あなたを失うなんて耐えられないわ」

突然母の声の調子が変わったことにショックを受け、ゴドウィンは言葉も出なかった。

母がつづけた。「どうか、お願いだからこの町を出て、疫病の危険の及ばないところへ逃げてちょうだい」

母がこのように懇願する姿は、いままで一度も見たことがなかった。ゴドウィンは驚き、恐ろしくなった。そして、母に話をやめさせようとする一心でいった。「考えてみるよ」

「この疫病は」母がつづけた。「森に住む狼と同じよ。姿を見たら、考えていないで――とにかく逃げるの」


ゴドウィンはクリスマスの前の日曜に説教をした。

冷たい白い雲が空を高く覆う、乾燥した日だった。大聖堂の中央の塔には、鳥の巣のようにロープと木の枝の建築足場が組まれていた。緑地に立った市では寒さに震える商人たちが、すでに集まっていた数人の客たちを相手にささやかに商売をしていた。その市のはるか向こうでは、霜の降りた共同墓地の草地一面に、百を超える新たな墓が、茶色い長方形のキルト模様のように並んでいた。

しかし、教会はいっぱいだった。早朝の一時課のとき、ゴドウィンは壁のなかで霜がまだ凍ったままなのに気づいたが、クリスマスの礼拝をしようと教会に入ったときには、何千という人々の温もりですでに融けていた。礼拝に集まった人々は厚手の土色の外套を着込み、身体を寄せ合って、まるで囲いに追い込まれた牛のようだった。みんながペストを恐れて祈りにきているのだ。町の何千という信者に加えて、周辺の農村からきた何百という人々で、教会はさらに膨れ上がっていた。全員が、病気から守ってくれるよう神に祈ろうとしているのだ。どの町や田舎の村でも、一家族に少なくとも一人はその病気にかかっていた。ゴドウィンは同情し、気の毒に思った。彼もまた、最近はより熱心に祈っている一人だった。

普段からまじめに礼拝に出席しているのは、前列に坐っている人々だった。後ろの席の者たちは、いつもなら友人や近所の者とおしゃべりをし、子供たちはもっと後方で遊んでいた。ところが今日は、身廊で話をしている者はほとんどいなかった。すべての顔が礼拝を執り行なっている修道士や修道女に向けられ、しっかりと目を見開いている。助かるにはどうしたらいいのかを何が何でも聞きたいと一心に願い、真剣な面持《おもも》ちで、何事かを口のなかでつぶやいていた。ゴドウィンは人々の顔をつぶさに眺め、その表情を読んだ。そこにあるのは恐れだった。彼と同じように、人々もまた、次にくしゃみをするのはだれなのか、鼻血を出し、黒紫色の発疹が現われるのはだれなのか、恐怖に慄《おのの》いていた。

正面右には、ウィリアム伯爵が妻のフィリッパと二人の息子のローランドとリチャード、そして、十四歳の末娘のオディーラと一緒にいるのが見えた。ウィリアムは父のローランドと同じく秩序と正義を重んじ、ときには残忍なほど断固とした手腕で領地を治めていた。彼の顔には心労が見て取れた。彼がどんなに厳しい手段を講じてもすでに手に負えないほど、領地にペスト禍が広がっていたのだ。フィリッパは若い娘の肩を守るように抱いていた。

その隣りには、テンチの領主のラルフがいた。ラルフは感情を隠すことが下手で、見るからに恐れおののいている様子だった。彼の幼妻は生まれたばかりの男の子を抱いていた。ゴドウィンがその幼子に祖父の名をとってジェラルドという洗礼名を授けたのは、つい先日のことだった。その祖父は、妻のモードと並んで立っていた。

ゴドウィンの視線はそのままラルフの兄のマーティンへ移っていった。マーティンがフィレンツェから戻ったとき、ゴドウィンはカリスが修道女の誓願を捨てて女子修道院を去ってくれるのを願った。一市民の妻になってくれれば、煩《わずら》わされることも少なくなるだろうと考えたのだ。しかし、そうはならなかった。マーティンが幼いイタリア人の娘を連れてきたからだ。彼らの隣りにはベル・インのベシーがいた。ベシーの父親のポール・ベルは、すでに今度の疫病で倒れていた。

はるか離れたところに、マーティンが絶縁した家族がいた。エルフリック、娘のグリセルダ、彼らがマーティンと名づけた少年——十歳になっていた——そして、マーティンの妻になるのを諦めてグリセルダが結婚した夫のハロルド・メイソンだ。エルフリックの傍らには後妻のアリスもいた。彼女はゴドウィンの従姉妹でもあった。エルフリックはずっと天井を見上げている。塔を取り壊した後、彼が身廊と袖廊が交わる交差部に仮天井を造ったのだが、自分の仕事に感心しているのか、もしくは、何か心配でもあるのだろう。

シャーリングのアンリ司教が参列していないのが気になった。クリスマスには司教が説教を行なうのが普通だった。しかし、その姿がなかった。あまりにも数多くの聖職者が今度の疫病で死んだため、司教は教区を訪れたり、代わりの聖職者を探すのに忙殺されているのだ。すでに聖職者の資格を緩和し、二十五歳以下でも任命してはどうかといった議論や、正式には認められない者でも致し方ないとする意見もあった。

ゴドウィンは一歩前に出て、話を始めた。慎重に進めなければならない。恐怖心と、キングズブリッジでいちばん人気のある人物に対する憎悪を煽《あお》りたてなければならない。しかも、彼女の名前を出すことも、また、ゴドウィンが彼女に敵意を抱いているかもしれないと勘ぐられることも避けなければならない。彼女を非難するよう仕向けはするが、ゴドウィンに先導されたのではなく、あくまでも自分たち自身で考えた結果であると思わせるのだ。

すべての礼拝で説教を呼び物にするわけではなかった。大きな儀式があって大勢の聴衆が参列するときだけ、ゴドウィンは信徒たちを前に語りかけた。しかも、いつも説教をするわけでもなかった。大司教や国王から国事——戦勝、税金、皇族の誕生や死——についての発表や通達がなされる場合もあった。しかし、今日は特別だった。

「病とは何でしょうか？」ゴドウィンは話しはじめた。教会のなかはすでに静かだったが、さらにしんとなった。だれもが心のなかに抱いている疑問だったのだ。

「なぜ神は病やペストをこの世に送り、私たちを苦しめ、死に至らしめられるのでしょうか?」ゴドウィンはエルフリックとアリスの後ろに立っている母の目をしかと捉えた。もう長くはないといった母の言葉が突然思い出された。しばしのあいだ、彼は恐怖で凍りつき、何も話せなくなった。信徒たちがそわそわしはじめ、注意が散漫になったのを見て、ゴドウィンはパニックに襲われた。それがさらなる悪循環を生みそうになった。しかし、何とかそれを克服して、彼はふたたび話しはじめた。

「病は罪に対する罰なのです」何年もかけて、ゴドウィンは説教の仕方を上達させていた。彼は托鉢修道士のマードのように大げさな言葉を声高に叫んだりはしない。扇動政治家というよりも理性的な人間の言葉で、話しかけるように語った。憎しみをかき立てたい場合、それがほんとうにふさわしいのか、ゴドウィンには疑問だった。しかし、そのほうがさらに説得力があると、フィルモンがいい張ったのだ。

「ペストは特別な病です。それは神が私たちに特別な罰を科しているからなのです」聴衆から囁《ささや》きとも呻きともつかない低い声が漏れた。これこそ彼らが聞きたかった言葉なのだ。ゴドウィンは勇気づけられた。

「私たちはこの罰を糧《かて》とするため、私たちの犯した罪とは何だったのかを自らに問わなければなりません」ゴドウィンはこのとき、マッジ・ウェバーが一人で立っていることに気がついた。この前教会にきたとき、彼女は夫と四人の子供たちと一緒だった。ゴドウィンは一瞬、彼女が魔術で調合した染料で金もうけをしたといってやろうかと考えたが、結局断念した。

その危険を冒すには、マッジはあまりにもみなから好かれ、尊敬されていた。

「神が私たちを罰しておられるのは、異端の罪のためなのです。世の中には——この町にも——今日、この偉大な大聖堂においても——神の神聖なる教会の権威に、そして、その聖職者に異議を唱える者がいます。彼らはサクラメントの秘跡がパンをキリストの身体に変えることに疑いを持ち、死者を葬るためのミサの有効性を否定し、聖人像の前で祈りを捧げるのは偶像崇拝だと主張するのです」これはオックスフォードで聖職者を目指す学生が議論する、ごく一般的な異端論だった。キングズブリッジでは、このような議論に関心を持つ者はほとんどいなかった。ゴドウィンは説教を聞いている信徒たちの顔に失望と倦怠《けんたい》の色が浮かんできたのを見て取った。ふたたび聴衆の注目を失いつつあると感じて、彼はふたたびパニックに陥りそうになり、切羽詰まって付け加えた。「そして、この町にも魔術を使う者がいるのです」

これはさすがに聴衆を引きつけた。人々がいっせいに固唾を飲んだ。

「偽りの宗教に対しては、怠りなく用心しなければなりません」ゴドウィンはつづけた。「心にしかと刻みつけておくのです。神のみが病を治せるのだということを。祈禱、懺悔、聖体拝領、告解——これらこそ、キリスト教が認めた救済の手立てなのです」そして、少し声を高くした。「これ以外のものはすべて、神への冒瀆《ぼうとく》行為です！」

これだけではまだ十分ではない。もっと具体的に指摘する必要があるだろう。

「神が与えたもうた罰から逃れようとするなら、神の意志を無視せずにいられるでしょうか？　まず神に祈って赦しを乞うのです。そうすれば、神の叡智《えいち》によって病は癒されるでしょう。ところが、異教徒の治療は事態を悪化させるばかりです」聴衆が聞き入っているので、ゴドウィンも興奮してきた。「あなたがたに警告する！　魔術、妖精を呼び出す術、非キリスト教的呪文、そして、とりわけ異教的医術――これらはすべて魔女の行ないであり、神の治める聖なる教会で禁じられていることなのです」

その日、ゴドウィンの後ろで聖歌隊として立っていた三十二人の修道女たちは、彼の説教を間近で聞いた。これまでカリスに反対し、ペスト予防のマスクの着用を拒否してエリザベス支持を明らかにしているのは数人にとどまっていた。このままいけば、来週の選挙でカリスは簡単に勝つだろう。ゴドウィンは修道女たちに、カリスの治療方法が異教のものであるとはっきり伝える必要があった。

「そのような医術を行なうような罪深き者は……」彼は効果を狙って言葉を切り、身を乗り出して信徒を見た。「……この町のだれであれ……」今度は後ろを振り返り、聖歌隊の修道士と修道女に目をやった。「……もしくは、この修道院内にいるとしても……」また正面の信徒に向き直った。「そのような医術を実践している者はだれであれ、排除されなければならない」

彼はまた注意を引くために、言葉を切って間を置いた。

「彼らの魂に神のご慈悲があらんことを」

大聖堂《だいせいどう》——果《は》てしなき世界《せかい》 〔中〕

2009年3月31日　初版発行
2011年2月 5 日　第5刷

著者　ケン・フォレット

訳者　戸田裕之《とだひろゆき》

発行者　新田光敏

発行所　ソフトバンク クリエイティブ株式会社
〒107-0052　東京都港区赤坂4-13-13
電話03-5549-1201（営業部）

印刷・製本　中央精版印刷株式会社

イラスト　影山徹

デザイン　ヤマグチタカオ

フォーマット・デザイン　モリサキデザイン

本文組版　アーティザンカンパニー株式会社

ISBN 978-4-7973-4624-4